Salle des mariages Bauchamie
de la Mairie

73 82 43 18

route Arlac
Champetière
Notre Dame de Mas

SW St Bonnet le Chapelle

Über dieses Buch »Bisher sind aus der noch längst nicht abgeschlossenen ›Thuja-Thrilogie‹ die beiden Anfangsbände ›Flug ins Herz‹ (1977) erschienen, in denen ein dreist und verzweifeltes Komplott sich über unser ganzes Land erstreckt. Johann Jakob Weberbeck, Kurier und Chronist dieser Jahre, wird nun in Norwegen auf der Flucht gefaßt und erlebt, zurückgebracht, die Schrecken und Wunder eines technisch gleißend ausgestatteten Gefängnisses seiner Heimat. Nach seiner Befreiung durch resolute Beamtinnen beobachtet er den Massenselbstmord von Jugendlichen in einer Schlucht, versteckt sich als Hausdiener in einem Landgasthaus, wird in einem Segelflugzeug entführt und gelangt über die barock-bayerische Wieskirche auf geheimnisvollen Wegen nach Wuppertal. Jenseits dieser hüglig schönen Stadt beginnt die elektrisch geschützte Morgenthau-Idylle, letzte Rettung für immer mehr Suchende. Die Frage lautet: Was hätte sein können, wenn unser tosend fleißiger Staat nicht zu einem der mächtigsten Industriegebilde geworden wäre? In Morgenthau herrschen Genügsamkeit und Verkrautung, so daß seine Bewohner wieder lernen müssen, sich der Phantasie und einer fortwährend Unmittelbarkeit hinzugeben, Wunsch und tägliche Peinlichkeit zugleich. (...) Ohne unsere hastige Leitplankenkultur wäre der Traum nach einem anderen Leben nicht entstanden. Er besitzt genügend Scharten, Widersprüche und blinde Flecken der Utopie, aber gerade seine Machtlosigkeit wird ihn weitertragen, denn die Literatur ist, wenn sie ernst und lustvoll meint, die Rache, der Zorn und die Sehnsucht vieler.« Günter Herburger

Der Autor Günter Herburger, 1932 als Sohn eines Tierarztes in Isny/Allgäu geboren, studierte Philosophie, Soziologie und Sanskrit in München und Paris, versuchte sich in verschiedenen Berufen in Frankreich, Spanien, Nordafrika und Italien; fiel erstmals mit Erzählungen auf, die 1964 unter dem Titel ›Eine gleichmäßige Landschaft‹ erschienen; anschließend Funk-, TV- und Filmskripte, mehrere Lyrikbände und Romane (darunter ›Die Messe‹, 1969, und ›Jesus in Osaka‹, 1970); machte sich auch einen Namen als Kinderbuch-Autor. Günther Herburger lebt in München.
Im Fischer Taschenbuch Programm ist von ihm lieferbar der Roman ›Flug ins Herz‹ (Bd. 5310); für Oktober 1985 ist vorgesehen der Band ›Die Eroberung der Zitadelle‹ (Bd. 5853).

Günter Herburger

Die Augen der Kämpfer

Roman

Fischer Taschenbuch Verlag

Ungekürzte Ausgabe
Veröffentlicht im Fischer Taschenbuch Verlag GmbH,
Frankfurt am Main, Mai 1985

Lizenzausgabe mit freundlicher Genehmigung des
Hermann Luchterhand Verlags GmbH, & Co KG

Umschlaggestaltung: Jan Buchholz/Reni Hinsch
unter Verwendung eines Gemäldes von Fritz Hechelmann
Druck und Bindung: Clausen & Bosse, Leck
Printed in Germany
1480-ISBN-3-596-25882-0

I.

Es mußte eine Nachtigall sein, deren Rufe ich hörte. So kühn und voll schriller Zuversicht sang kein anderer Vogel, obgleich sein unscheinbarer Leib nicht zu entdecken war, selbst wenn ich in einer Wiese gestanden wäre und zum Himmel hätte blicken können.
Ich lag und lauschte, streckte mich auf meinem festgeschraubten Bett aus, dessen Kürze zu Schwimmbewegungen einlud, die ich aber, um Kräfte zu sparen, unterließ, denn das auf- und abflatternde Lied erfüllte bald den ganzen Raum und begann, da Entfernungen unmöglich geworden waren, an mir zu zerren, als handle es sich um eine neue Art von Peinigung.
Wieder kam würgendes Zittern in mir, doch je größer meine Furcht wurde, desto mehr schien ich auch aus meinem Leib zu geraten, als könnte ich für eine Weile mir und meiner Angst verwundert zusehen, wie sie dort bleich und schwitzend auf der Pritsche ineinandersteckten, zuckend, dann jammernd, schließlich nur noch hastig atmend, als ginge es bergauf oder unaufhaltsam im Kreis.
In der Angst vor der Angst verbarg sich eine geheimnisvolle Kraft, wie ich inzwischen schon oft erfahren hatte, die sich nach Hemmungen und vielen zermürbenden Angriffen kurz vor der erlösenden Bewußtlosigkeit plötzlich entfaltete und hinaushob über alle Zweifel, vergleichbar einem Spaziergang auf Wolkenfeldern, zwischen denen die Erde heraufleuchtete, so daß bei jedem Schritt der Absturz sicher zu sein schien. Aber ich fiel nicht, sondern schwebte, vielleicht ein wenig seitlich, um mich und meine Panik dort unten, wo beide im Streit sich gegenseitig verschlangen, besser betrachten zu können.
Der Inhalt der Flaschen, die um mein Bett standen, seitdem ich während meines freiwilligen Hungers nicht mehr trank, schimmerte in verlockenden Farben. Ich hätte nur zugreifen

und diese Honig-, Himbeer- oder Wacholdersäfte in mich rinnen lassen müssen, schnappend nach Luft und Wohlbehagen, doch dazu war ich nicht mehr fähig. Die letzten Manöver eines Wehrlosen beinhalten weder Anstrengungen noch Ziel.
Als die schmetternden Laute des Vogels mich völlig ausgehöhlt hatten, kam ich zu mir zurück. Das Neonlicht brannte wie immer gleißend hell, so daß ich nicht wußte, ob es Tag oder Nacht war. Einen Blick durch eine Luke, eine dicke Scheibe oder ein Gitter gab es nicht. Genausogut hätte ich mich unter der Erde oder in einem Turm befinden können, oder meine übersteigerte Einbildung, die aus Notdurft unablässig Bilder entwarf, hatte mich endgültig in eine ausgebrannte Kalksteinlandschaft entrückt, wo ich mich nicht mehr um Essen oder Trinken zu kümmern brauchte.
Die Schmerzen fingen erneut an, sich im Rücken, Magen und in der Brust ballend. Ich vermochte sie nicht mehr wegzuatmen, mußte schreien, mich verschlucken und wieder schreien, bis ich endlich so erschöpft war, daß ich mich nach einer kurzen Pause selbst hörte. Vielleicht war die Nachtigall tatsächlich hier gewesen und hatte, entsetzt vor der Enge, übermächtig laut zu trillern begonnen oder aber der fürchterliche Gesang war durch Lautsprecher geschickt worden, eine Schleife auf einem Tonbandgerät außerhalb.
Ich sprang auf, stürzte, kroch zu einer Wand und versuchte, gegen sie zu hämmern, es konnte auch ein Streicheln gewesen sein. Jedenfalls machten die Wärter, die mich durch unsichtbare Gucklöcher überwachten, aus Eifer oder Besorgnis einen Fehler. Zwei, drei kamen herein, hoben mich auf, schlugen mich mit nassen Handtüchern, die höchstens Spuren einer Saunabehandlung hinterließen, und warfen mich wieder auf das kurze Bett.
Ich solle trinken, dann ein wenig essen, hieß es aus dem schattenhaften Gemenge, sonst würde ich sterben.
Ich liebte mein federleichtes Gewicht, sagte oder summte ich. Bald entwiche ich durch den nächsten Spalt.
Gelegenheit dazu gebe es nicht, wurde mir gedroht.

Und die Nachtigall, fragte ich. Ob ich sie behalten dürfe? Weiter konnten die vor Anstrengung verzerrten Gesichter und ich uns nicht verständigen, denn Zeit spielte damals für mich keine Rolle mehr. Eine Armbewegung wog so viel wie ein langsam kippender Karren voll Steinen, den ich wieder aufrichten wollte, und ein Satz glich dem Sprung über ein Balkongeländer in die Tiefe.

Einer der Beamten, deren Namen ich nicht kannte und die ich, da sie alle dieselben Uniformen anhatten, nicht voneinander unterscheiden konnte, trug in einem seiner Schuhe einen roten Schnürsenkel, wahrhaftig leuchtend rot, als handle es sich um die verführerische Blütenzunge einer Pflanze, die zu wuchern begonnen hatte.

Ein Zeichen für mich, Geduld zu üben und der Natur, die bis auf mich als Rest ausgeschlossen worden war, trotzdem zu vertrauen? Oder eine neue Erfindung, mich zu verhöhnen, damit der letzte Widerstand gebrochen wurde, wofür der Beamte, dessen Dienst lebenslänglich dauerte, wenn ich schon längst nicht mehr zu seinen Pflichten gehören würde, privat sich hatte ein teuflisches Signal einfallen lassen?

Der Gesang der Nachtigall war verstummt. Mein Seufzen und Wimmern, das sich in meiner Kraftlosigkeit ähnlich anhörte, schien eins zu werden mit einer Landschaft, aus der sich Bäume, Sträucher und Grasinseln hoben, aber wieder in ihr versanken, sobald ich mich auf meinen Zustand besinnen wollte. Ich mußte mich zu spalten versuchen, zu verdrei- und vervierfachen, damit die Schmerzen für Augenblicke wie ein Häufchen Reisig beiseite geschoben werden konnten, die Angst in Tränen ertrank und die Hoffnungslosigkeit von den Wänden abglitt, deren Haut sich wie nachgiebiges Glas anfühlte, es ließ sich weder auf ihnen zeichnen noch in sie ritzen.

Dieser rote Schnürsenkel in dem einen Schuh bedeutete nicht Blut oder noch Lebendigsein. Im Gegenteil, er warnte mich, auf keine wahren oder erträumten Geständnisse einzugehen, selbst wenn der Wächter ihn nur aus Nachlässigkeit benützte, weil er gerade nichts anderes zur Hand gehabt hatte. Die Pracht meiner Ohnmacht sollte in dem Maße wachsen, je geringer ich wurde.

War ich nackt? Die große Hose und das weite Anstaltshemd umhüllten mich nicht mehr, waren wie mit den Mauern der Zelle verwachsen. Meistens schwitzte ich, auch aus Schwäche, manchmal fauchte jedoch kalte Luft durch die Gebläserippen an der Decke, so daß ich meine Knie umklammerte, zu einer Kugel werden wollte, einem Ungeborenen, der einen Weg suchte zurück in die warme Herberge voll Feuchtigkeit und pulsierender Nahrung, aber ich besaß nicht einmal eine Decke.

Früher, vor vielen Monaten oder ein, zwei Jahren, als ich hierher gebracht worden und noch kräftig gewesen war, hatte ich Übungen versucht, Kopfstand, Liegestütz, schnelles Marschieren auf der Stelle, wozu mir die Wärter sogar rieten, denn sie wünschten, daß ich bei der Schutzhaft, wie sie sich ausdrückten, in gutem herzeigbarem Zustand blieb. Damals kümmerte sich ein Anwalt um mich, der dann bei einem Autounfall ums Leben gekommen war, so wurde mir erzählt. Seitdem verlangte ich nach ausländischen Anwälten.

Nun lag ich, immer noch triefend vor Elend und Angst, auf der Seite und suchte den mattweißen Raum, der sich auszudehnen und wieder zu verengen schien, als wolle er mir gleichmäßiges Atmen beibringen, nach dem entschwundenen, kleinen Vogel ab, dessen Stimme ich begehrte, als könne sein Geschrei meines ersetzen oder sein Jubel meiner sein.

Kälte drang von oben herab und breitete sich in Schwaden über dem Boden aus, wurde dichter und hätte, wenn ich die Augen schloß, auch eine Lichtung in der Frühe sein können. Ein Reh, ein Hase, ein Igel standen dort und hoben den Kopf, doch es handelte sich nur um mich, verloren in einer stetigen Verkleinerung. Ich fror und bebte, erreichte meine Knie nicht mehr, war zu schwach geworden. Gleich würde Fieber wieder in mir anschwellen, mich beschleunigen, bis das Herz zu jagen begann und ich vor Angst laufen wollte, rudern,

Treppen steigen, von Wand zu Wand taumeln. Durch diese Wechselbäder von heißer und kalter Luft hielt mich die Gefängnisleitung am Leben, setzte Fieber als Kreislaufmittel ein und ließ mich später in feuchter Wärme erschlaffen und ruhen. Vielleicht überwachte mich aus der Ferne ein Arzt an sensorischen Monitoren, andererseits war ich manchmal, sobald ich mich erholt hatte, von Wärtern überfallen worden, die mich wieder mit nassen Handtüchern schlugen.
Mein Blick fiel auf die farbigen Flaschen mit Fruchtsäften, die einladend im Kranz um mein Bett standen. Falls die Kälte genügend lang anhielte, würde Frost die Flaschen aufbrechen, Unaufhaltsam wüchse das schillernde Eis, dehnte sich aus, umschlösse auch mich und sprengte schließlich die Zelle, und ich, nach einer geruhsamen Weile sacht ausschmelzend mit roten Backen und erfrischt, träte an die Öffentlichkeit, ein Wunder, das in Bann zöge und zu weissagen verstünde.
Nichts von alledem geschah, nur meine Schmerzen ließen nach. Hunger spürte ich nicht mehr, Durst auch keinen. Die Finger wurden taub, in den Ohren knackte es, als hätten Gehör und Gleichgewichtssinn kleine Risse bekommen, während mein struppiger und betrunkener Vater, den ich vor Jahren im Grasland des Allgäus zum letzten Mal gesehen hatte, auf Alma, der sprechenden Rennsau, mehrmals an mir vorbeiritt, mit der Faust drohend und mich heftig ermahnend, ich solle endlich aufstehen, bis er sich winkend in der Ferne der glitzernden Wand gegenüber verlor.
Ich wurde hochgenommen und an den Beinen und nach hinten gedrehten Armen davongeschleppt. Wenn ich mit dem Bauch am Boden schleifte, verstärkten sich die Griffe, so daß ich mich aufbäumen mußte. Die stechenden Schmerzen verwandelten sich mitunter in Lichtblitze.
Ich hörte die Beamten atmen, dann verärgert sagen, die Schaukel tue ihren Dienst. Leute wie ich seien hier fehl am Platz, man habe Arbeit genug. Ob ich nicht endlich abtreten wolle?
An Antwort war nicht zu denken, denn es ging im Laufschritt

über eiserne Treppen hinab, so daß ich auf den Kopf achthaben mußte, um nicht mit dem Gesicht über die Stufen zu schrammen. Schrecklich die Angst vor einem Sturz, noch schlimmer das Entsetzen, ich würde nun endgültig vernichtet werden.

An einer Ecke in dem hallenden Korridor, als ich zwischen dem Beamten wie ein Karussellschiffchen hing, sah ich einen großen Häftling in bleiernen Kleidern warten mit Geschirr in der Hand. Sein Haar war weiß geworden, aber an der Brille und der aufrechten Haltung glaubte ich ihn zu erkennen, während ich weitergezerrt wurde.

Ich schrie nach Axmann, Axmann!

Plötzlich hielt der Zug an und stellte mich aufrecht, obwohl ich nicht stehen konnte. Von einem zum anderen Beamten fallend, hin und her im Kreis, versuchte ich trotzdem, noch einmal meinen Freund zu erblicken, dort an der Biegung unserer Verachtung.

Axmann, hieß es, wieso Axmann? Wie der Vorname sei? Ein wenig Hilfe werde mir nützen, man gewähre mir dann genügend Ruhe.

Ein Faustschlag, den ich kaum fühlte, öffnete mir den Mund, und statt Arno Axmann zu sagen, fiel ich um mit ein wenig Blut auf der Zunge, Erlösung für meinen Durst, denn die Gewalt, wie ich wußte, war immer nur ein Anfang.

Axmann, vielleicht als Puppe oder leibhaftig, gezwungen mir zu begegnen, seitdem er vor Jahren, nachdem er, verfolgt von Polizisten auf der Insel Sylt, sein Archiv im brennenden Wohnwagen mit dem Auto hinter sich hergezogen hatte, bis kein Rest mehr übriggeblieben und er gefangengenommen worden war, schweigend und, wie damals schon erzählt wurde, sich bei Gedankenübungen in der Zelle wohl fühlend, Axmann hielt sich hier auf, als Gast oder Geist, dem ich mich würdig erweisen mußte. Der sinnreiche Trick der Staatsanwaltschaft war fehlgeschlagen, ich bekam wieder Mut.

Ob ich untergehakt gehen oder auf einer Bahre getragen werden wolle, hörte ich die Beamten fragen.

Ich blieb auf dem kühlen Zementboden liegen, wo sich eine Pfütze befand, die ich aufschleckte, langsam tief ein- und ausatmend, das laue Wasser schmeckte nach Eintopf und Erbrechen.
Der Schuh, den ich schon einmal gesehen hatte, senkte sich auf meine Hand, doch der Schmerz lief ab, ein Docht im Blick, die rote Verschnürung des Stiefels nun wie Flügel. Nägel waren mir keine ausgebrannt oder entrissen worden, dafür gab es aber genügend Beispiele überall in der Welt. Ich war, ein abgemagerter Kurier zwischen den Lagern, erst zu Beginn des Leidens angekommen, nicht wissend, wie viele mit mir aushielten, umgeben von Angst. Und das würde, schwor ich mir, meinem Gedächtnis helfen, das Stromstöße in die Lider, Lippen, Mundwinkel, Zunge, Brustwarzen oder Hoden nicht zu löschen vermochten.
Das Bild des Henkers vor dem Fall mit dem Knoten des Stricks im Genick. Der Habicht in der Luft, der, mit den Flügeln schlagend, wie ich ruft, weil er umsonst auf der verödenden Erde nach Nahrung sucht.
Wir waren angekommen, ich wurde hineingestoßen und auf einen Schragen geworfen, zwei, drei Männer saßen auf mir, meinen Kopf, als sei ich ein Unfallopfer, zur Seite drehend, damit ich nicht erstickte, falls ich mich erbrach. Auf den Autobahnen zu Ferienzeiten werden Verletzte ähnlich behandelt.
Ein Mann sagte, ich solle lockerlassen.
Ich hatte Muße, ihn anzuschauen, ein junger Arzt, blond, mit einem Bärtchen auf der Oberlippe und nervös hin- und hergehend. Mein rechter Arm, unter dem Leib hervorragend wie ein dürrer Ast, wurde abgebunden, dann noch einmal, denn das Zweiglein war zu dünn, bis schließlich die Spritze hineingestochen werden konnte, ich sah, wie sich der Kolben im Glas hob.
Als ich mich aufrichten wollte, drückten mich die Wärter, die auf mir hockten, erneut nieder. Ich seufzte, als sei ich noch in der Lage dazu. Gestank kam auf, Hitze und Schweiß, aber

Blut, das sie von mir haben wollten und das geprüft werden sollte, war ein wichtiger Unterschied zwischen ihnen und mir, Gesundheit und Furcht, Essen und Verweigerung, Macht und Opfer.
»Können Sie nicht ruhig bleiben«, hörte ich den jungen Arzt fragen. »Wir wollen nur Ihr Bestes.«
Mein dickes Blut zog in der Spritze hoch, sich vereinigend mit dem roten Schnürsenkel des Beamten, der auch auf mir Platz genommen und aus Nachlässigkeit an diesem Tag seinen Schuh mit so viel Schmuck versehen hatte. Axmann in seinen schweren Kleidern an der Wendung des Korridors und der feuerrote Pflanzenbewuchs im Schuh des Wärters, sie genügten mir. Ich würde achthaben müssen in meinem extremen Zustand.
Doch eines Tages würden wir unseren Kindern, die der einzige Reichtum waren, von dem zu erzählen wagen, was sie retten konnte oder nicht, und diese Entscheidung, alle Gefühle verletzend, würde ein Triumph sein.
Ich solle pumpen, die Faust auf- und zumachen, mahnte mich der Arzt. Es komme nicht genügend Blut. Er müsse prüfen, ob mein Hungern mich schon geschädigt habe. In diesem Fall hätte der Staat die Pflicht zu einer anderen Haltung.
Ich wollte antworten, daß ich mich noch nie so leicht, manchmal schon jenseits der Schrecken empfunden habe wie jetzt, aber das Gewicht der Beamten, nach Wut und Fleisch riechend, drückte mich nieder, so daß ich kaum mehr atmen konnte. Einige Zähne im Mund schienen immer lockerer zu werden und herausfallen zu wollen.
Warum ich barfuß sei, fragte der Arzt. Ob ich nicht friere?
Das komme auf das Wetter in der Zelle an, sagte ich.
Kalt oder warm?
Meistens heiß, das wisse er doch, antwortete ich.
Die Spritze bohrte sich, da ich die Gewalt auf mir nicht mehr ertragen konnte und sie abzuwerfen versuchte, tiefer in die Armader, würde gleich die Schulter erreichen und mich aufschlitzen. Die Angst vor meiner Einsamkeit vergrößerte

sich, trotz der vielen Menschen, noch mehr, und zum ersten Mal seit Tagen floß wieder Urin aus mir. Ich hörte die Beamten lachen und fluchen, und einer sagte, man solle mir einen Knoten hineinmachen.

Dann standen sie alle auf, ich durfte mich auf den Rücken drehen. Ich roch Zigarettenrauch, der sich mit meinen Schwindeln vermischte, die Zimmerdecke über mir bewegte sich auf und ab, es konnte auch eine Art Gewölbe sein. Draußen, wo Bäume standen und Blumen wuchsen, hätte diese Art von wahlloser Verengung und Erniedrigung keine Möglichkeit gehabt.

Der Mann mit dem roten Schnürsenkel im Schuh riet dem Arzt, mich in die Krankenstation zu verlegen. Dort sei mein Gesundheitszustand besser zu kontrollieren, außerdem müsse er im Namen seiner Kollegen zu bedenken geben, daß einer wie ich zuviel Arbeit mache. Der Anstaltsbetrieb werde gestört, sie seien unterbesetzt.

Der Arzt erwiderte, er habe gehört, seit der Arbeitslosigkeit strömten genügend Dienstanwärter in die staatlichen Unternehmen. Bei der Polizei, im Heer, im Rechnungswesen, selbst bei der Müllabfuhr gebe es keine freien Stellen mehr. Abiturienten wollten sogar Forstgehilfen werden.

Er sei doch auch Beamter, bekam der Arzt zur Antwort.

Nein, Angestellter des städtischen Krankenhauses und, als Jüngster dort, von der Gefängnisleitung ausgeliehen worden, sagte der Arzt.

Irgend jemand war nicht zufrieden, stolperte und stieß gegen einen der Apparate, die sich in dem Raum befanden. Jedenfalls fiel die volle Spritze zu Boden, und ein Schuh trat auf sie. Blut floß über das helle Linoleum, teilte sich in Zungen, wußte nicht wohin und bildete, wie unruhiges Quecksilber, mehrere Flecken, immer wieder der gemeinsamen Mitte zustrebend, deren Kern nicht mehr genügend Anziehung besaß. Blutspritzer hatten sich auch an Hosenbeinen und auf Stiefeln niedergelassen, als wucherten nun Blüten aus jedem Spalt, während ich leerer wurde, bald nichts mehr spüren

würde und gelassen betrachten konnte, wie man mich noch beatmete, abklopfte, zusammenpreßte, unter Strom setzte, bis schließlich dieser Leib seine teilnahmslose Ruhe fand.
Nun beginne alles wieder von vorn, hörte ich sagen.
Der Arzt beugte sich zu mir herab und fragte, ob ich dazu in der Lage sei?
Ich wollte nicken, meinen Arm bewegen, doch das Verlangen mißtraute bereits dem Gedanken daran. Es war, als sei ich endgültig zerbrochen in eine körperliche Hälfte und jene, die inzwischen weder Schuld noch Sühne kannte, nur noch wegstrebte, um sich mit einer lang andauernden Gleichgültigkeit zu vereinen.
Der Arzt rief nach Kampfer oder Kalzium. Hitze durchfuhr mich, das Atmenkönnen zerrann, als seien die Lungenflügel in sich zusammengefallen, brennend aufeinanderklebend, und dann kam die Angst wieder, vergleichbar dem Fieber unter den Düsen in der Zelle, das mich mit seiner feindlichen Stärke wiedererweckte. An der Wand standen nebeneinander die vier Wärter und sahen mich neugierig an.
Ich hätte gern einen Apfel, sagte ich.
Obststücke seien in diesem Stadium tödlich, entgegnete der Arzt. Ich könne einen Brei oder Quark mit Honig oder mageren, kleingehackten Schinken haben.
Einer der Beamten holte aus seiner Uniformjacke ein Päckchen, wickelte es aus und trat vor. Es war ein dick belegtes Brot, das ich kaum zu Friedenszeiten in den Mund gebracht hätte.
Diese Nahrung sei auch verboten, sagte der Arzt.
In ein paar Minuten beginne die Mittagspause, erwiderte der Beamte. Man könne nicht zulassen, daß ein einziger Häftling die ganze Ordnung durcheinanderbringe. Und zu mir gewandt, sagte er, ich solle essen.
Bevor der Arzt einschreiten konnte, hatte der Beamte meinen Kopf gepackt und versuchte, mir das wie eine schwarze Torte hochaufgeschichtete Brot in den Mund zu schieben. Ich würgte und bekam Butter und Eibröckchen in die Nase, die

nach vorverdauter Gemütlichkeit rochen. Die anderen Beamten hielten mich fest und vergrößerten sich im Blickwinkel über mir zu einer einzigen Masse, deren Hände und Gesichter nicht mehr voneinander zu unterscheiden waren.
Ich hörte Befehle oder vielleicht rief der Arzt auch um Hilfe, aber die Wächter ließen nicht los, bis ich vollgestopft schien, was nichts nützte, ich konnte weder beißen noch schlucken, mein Mund war völlig ausgetrocknet.
Man solle mich wenigstens wiegen, sagte der Arzt.
Diese Schinderei hatte ich schon erlebt, mich dagegen wehrend, bis ich mit zurückgedrehten Armen auf dem Boden kniete. Dieses Mal sträubte ich mich nicht, hatte nur einen Wunsch, den fetten und nach beschmierten alten Handschuhen riechenden Klumpen wieder aus dem Mund zu bekommen.
Man warf mich auf das andere Bett, das wie eine hochgestellte Viehwaage aussah, und schnallte mich fest. Ich hatte wieder einige Pfund abgenommen, doch, wie der Arzt sagte, noch nicht die Grenze erreicht, von der es kein Zurück mehr gebe. Wenn ich mich endlich zu trinken entschlösse, würde ich noch lange aushalten, wie ein Fakir.
Ich bat um verdünnten Tee ohne Zucker.
Der junge Arzt lobte mich und sagte zu den Beamten, nicht Roheit, sondern Einsicht lösten beharrlichen Widerstand.
Ich hätte diesem vom städtischen Krankenhaus ausgeliehenen Assistenten erklären müssen, daß er nicht Gemeinsamkeit mit mir suchen solle, um Verständnis zu demonstrieren, doch ich hatte keine Kraft dazu, und auf dem Weg in die Zelle wurde ich deshalb, wie ich es erwartet hatte, wieder an Händen und Füßen geschleppt, die eiserne Treppe hinauf und im Laufschritt an der Biegung vorbei, wo kein Axmann mehr stand, während die Stiefel der Beamten im Korridor hallten und mein Kopf mitunter anschlug, Nase und Backe scheuerten über den rauhen Estrich. Hopp, hopp, hopp, hörte ich meine Träger unterdrückt rufen, als wollten sie den Kadaver gleich mit Schwung auf einen Abfallhaufen werfen. Eine Ohrfeige

oder ein Stoß stürzte mich auf meine Pritsche.
Daß ich den französischen und den italienischen Anwalt, die sich angeboten hätten, sehen möchte, sagte ich noch ziellos in die Gesichter über mir hinein. Es sei höchste Zeit, bald könne ich überhaupt nicht mehr sprechen.
Für beide bestehe Einreiseverbot, hörte ich jemanden sagen. Es sei ein Pflichtanwalt bestellt. Er werde mir eine Schallplatte schicken, persönlich dürfe ich aus Sicherheitsgründen nicht mit ihm verkehren.
Wie ich ihn hören und mit ihm reden solle, fragte ich.
Die Botschaft des Anwalts komme durch Lautsprecher in die Zelle, erklärte der Beamte mit dem roten Schnürsenkel im Schuh, dessen fast wimpernlose Augen ich nun deutlich sah. Ich müsse dann nur laut sprechen, es werde alles aufgenommen und dem Anwalt übergeben.
Auf meine Frage, ob wir dadurch kontrolliert würden, erhielt ich keine Antwort.
Das gewohnte Alleinsein begann wieder, sich immer mehr verdichtend, als zögen sich meine Muskeln zusammen, um mich zu knebeln. In den Knien pochten Schmerzen, und aus der verletzten Backe rann Wundflüssigkeit. Mein ängstliches Herz verlor sich in Schläge, setzte aus, schien sich im Hals zu fangen, es würgte und verdammte mich, bis ich schrie. Unter dem vermuteten Guckloch in der Tür setzte ich mich auf den Boden. Nichts war zu hören, auch wenn ich das Ohr an die Türfüllung preßte, die mit derselben nachgiebigen Masse wie die Wände überzogen war. An keiner der Mauern verlief ein Rohr, alle Leitungen lagen unter Verputz, selbst das Closett in der Ecke ließ sich nicht als Verstärker benützen, wenn man mit den Fersen gegen das Becken hieb.
Vielleicht waren die andern Zellen in dem schmalen Gang, wo sich meine befand, gar nicht belegt, oder die Isolierung der Wände schluckte jeden Ruf, jedes Geräusch. Wenn Axmann noch lebte und im selben Bau gefangengehalten wurde, da über einen Prozeß gegen ihn schon vor Jahren nichts in den Zeitungen gestanden hatte, so wollte die Anstaltsleitung mit

ihm oder einer Puppe, die ihm täuschend glich und an der Biegung des Korridors aufgestellt worden war, meine Sicherheit vollends zermürben, damit ich endlich zu sprechen begann, weshalb wir damals Willi Quatander, den Milliardär, entführten, der sich seither nie mehr in der Öffentlichkeit gezeigt hatte. Ich wurde wahrscheinlich des Mordes verdächtigt, und Quatanders Konzern verschwieg, ob der Mehrheitsaktionär noch am Leben war oder nicht.
Es konnte auch sein, daß diese List beider Seiten Axmann und mich verführen sollte, denn weder Brandstetter war entdeckt worden, noch seine Tochter Rebekka, auch Johann Jakob Hiller nicht oder zum Beispiel der taubstumme Xander Gommeran aus der Stanzenhalle der Deutschen Automobilwerke, wo wir alle einmal gearbeitet hatten.
Aber wie brachte es Quatander zustande, jahrelang unsichtbar zu bleiben, obwohl ein so reicher Mann sich um seine Beteiligungen kümmern mußte, Vorstandssitzungen leiten mußte, außerdem eine weitverzweigte Familie besaß mit Nichten, Kindern und Enkeln? Hatte er aus Furcht vor einem neuen Anschlag seine Identität gewechselt, war er gestorben und nahm nun über seinen Tod hinaus Rache, oder war es ihm gelungen, auf jegliche Tätigkeit sowie Vergnügungen zu verzichten, um sich, nach dem Schock seiner damaligen Gefangennahme, einer Art Selbstreinigung hinzugeben, die völlige Genügsamkeit hieß? Es konnte auch sein, daß einer, der einmal alles besessen hatte, nun hochmütig nichts mehr benötigte und, in einem fernen Land, sich eines mönchischen Betteldaseins erfreute.
Ich kroch zum Closett, das ich, seitdem ich hungerte, nicht mehr benützen mußte, und legte meinen Kopf auf den Rand. Die Schüssel umarmend fand ich Halt. Dieser Schlund, der sich darbot und aus dem Frische heraufzog wie aus einer Quelle, konnte der Anfang zum letzten Weg sein. Die Glätte des Prozellans verhieß, sich einer schimmernden Ohnmacht hinzugeben, allmählich in sie zu versinken wie in einen vorbeistreichenden Nebel, der sich behutsam teilte, schließ-

lich einschloß und hinabzog auf den Grund.
Während der Flucht in den leeren Norden, wo ich wegen eines lächerlichen Irrtums entdeckt worden war, da meine Paßphotographie nicht mehr meinem Aussehen, eher der Phantomzeichnung eines Suchbildes glich, das in Zeitungen veröffentlicht worden war, holte mich unsere Leichtfertigkeit ein, der wir viel verdankten, aber der Traum, der in der Wirklichkeit hatte festgehakt werden sollen, zerriß, Einsamkeit und Angst, allen von früher bekannt, gewannen wieder.
Ich glaubte einen Ton zu hören, in einer Front auf mich zustrebend, so daß ich mich vor Furcht auf den Bauch legte, um vielleicht unter ihm hindurchzukommen. Je mehr das Brummen und Grollen anschwoll, das jedoch so tief war, daß es kaum vernehmbar blieb, desto mehr begann ich zu zittern, als würden meine Nervenfasern in Schwingungen versetzt. Die Arme gerieten in Bewegung, schlugen schmerzhaft aus, die Beine scharrten und schleuderten, und der Kopf fing an, sich aufzulösen, schien Öffnungen zu bekommen. Die Zunge, der Gaumen, die Nase und Augen verflochten sich wie in einem brodelnden Gefäß.
Ich sah wieder die flackernden Lichter an den Apparaten von Xander Gommeran, dem Taubstummen, den ich einst morgens in der Gärtnerei getroffen hatte, wo er auf einer zwischen zwei Stockwerken eingehängten Treppe saß und mir einen Kopfhörer überstülpte mit der Behauptung, er könne nun hören. Und tatsächlich, wir hatten uns drei, vier Sätze lang verständigt, ohne einander von den Lippen abzulesen. Gommeran, hilf mir, bettelte ich. Sieht der Tod angenehm wie ein Bild in der Erinnerung aus oder leitet er, um uns zu betören, bevor er sich in uns gräbt, noch ein paar Schritte beiseite?
Ich weiß nicht mehr, wie ich zu meinem Bett an der anderen Seite der Zelle kam, wahrscheinlich auf den Knien, Stück um Stück. Ich erwachte schweißnaß, immer noch zitternd und mit einem brennendem Strang im Leib, der vom Hals durch das Brustbein bis in den Bauch reichte.

Dieses Mal konnte ich nicht mehr widerstehen, mußte trinken, eine der Flaschen zu öffnen versuchen. Tröpfchenweise würde mir ein für meinen elenden Zustand richtig verdünnter, nicht zu habhafter Wacholder- oder Traubensaft durch die Kehle rinnen, den Gaumen betupfen, das Schlucksegel überwinden, dann in der Speiseröhre abwärtsstreben, wo er vorher die Abzweigung zu den Lungen schon überwunden hatte mit seiner überraschend haltbaren Oberfläche.
Die allernächste Flasche, die ich erreichte, leuchtete rot, ein Himbeer- oder giftiger Vogelbeersaft. Ich sah zu, wie meine linke Hand danach griff, während die rechte an dem Verschluß zu schrauben anfing, umständlich klamm, als sei ich in Grönland erwacht, obwohl es in der Zelle wieder sehr warm geworden war und vielleicht ein Beamter oder der blonde junge Arzt meine Bemühungen durch den Spion in der Tür kontrollierte.
Meine obere Hand wuchs, Klauen ragten aus ihr, konnten sich nicht zusammenschließen. Die Nägel, obgleich oft benagt, waren zu groß geworden, gelb und auf eine bedrohliche Weise verharzt.
Sie solle nehmen, sich selbständig machen, verwegen werden, habe ich zu der Hand gesagt, die zwar mir gehörte, aber trotzdem eine furchterregende Portion an Entschiedenheit entwickelte, da ich meine Absicht, zu dem Hungern auch noch das Aufnehmen von Flüssigkeit zu verweigern, durchbrochen hatte.
Die Hand wurde zu einer Faust, schraubte auf der richtigen Fährte linksherum, doch dann, weil die andere Hand unten an der Flasche abglitt und auf den Zementboden schlug, so schwer und mich hinter sich herreißend, als sei ich nur noch ein Anhängsel, stürzte ich vom Bett und bekämpfte nun meinen Durst und meinen Zorn gegen das Unglück gleichermaßen, während die Flasche mit der kostbaren Tinktur vor mir herschlitterte und schließlich, um sich kreiselnd, zerbrach. Mahnend stoben die Scherben auf und ab, bis sie endlich weit auseinander wie ein glitzerndes Kleid hoffärtig

einzeln liegenblieben, doch die Nahrung für mein Leben floß in einer großen Lache aus und verbreitete sich bis zur nächsten Wand, als hätte sie nichts anderes im Sinn, ihre boshafte Dünnheit, die jede geringste Unebenheit in meiner Zelle umgehen konnte, in Gewissensbisse zu verwandeln.
Ich ruderte, schwamm, kroch hinter dem Bild her, welches dort lag und das ich millimeterweise aufschlecken wollte. Ein Staubkörnchen hatte sich, während meine begierige Zunge noch im Mund lag und erst den Rand der Lippen erreichte, mit dem heliotropen Wacholder- oder Wachstumssaft zu einer glucksend glücklichen Kugel vereinigt, die sich vor mir gleich Christbaumschmuck drehte.
»Bleiben Sie liegen, bewegen Sie sich nicht und hören Sie mir zu«, sagte eine dröhnende Stimme.
In der Zelle schien es plötzlich dunkler geworden zu sein, und vor dem Fenster, das nicht vorhanden war, doch in einer Lücke der Mauer wechselten manchmal die Ausblicke, verschob sich die Ecke des Gefängnishofes zu einem Hügel mit Sträuchern und Blumenbeeten, als sollte ich Zeuge eines Gesinnungswandels werden.
»Ich bin Ihr Pflichtanwalt«, fuhr die Stimme fort. »Da es uns nicht gestattet ist, einander persönlich zu begegnen, nehme ich die Gelegenheit wahr, wenigstens auf diese Weise mit Ihnen zu sprechen. Diese Behinderung schränkt zwar den für einen Anwalt gewohnten Verkehr ein, aber wir wollen uns nicht schrecken lassen. Jedes Übel sorgt auch für einen Vorteil.«
Ich versuchte, wie mir von den Beamten gesagt worden war, laut zu antworten, damit meine Stimme übertragen werden konnte, doch mehr als ein Krächzen und Lallen brachte ich nicht zuwege, außerdem lag noch das verheißungsvolle Safttröpfchen in seinem Staubmantel vor mir, als wolle es die abnehmende Helligkeit wie eine Schusterkugel in meinen Blick konzentrieren.
»Ich weiß, daß Sie völlig entkräftet sind«, sagte die Stimme weiter. »Strengen Sie sich nicht an. Ich sitze allein in einem

Raum vor einem Mikrophon, das mit Ihrem Zellenlautsprecher verbunden ist, aber wir wollen nicht töricht sein, natürlich läuft ein Band mit. Der Arzt, der Sie begutachtet hat, versprach mir, Ihnen alle Sorgfalt angedeihen zu lassen.«
Wann würden sie mich wieder schlagen? Zuerst langsam, dann fester mit den feuchten Handtüchern, so daß ich beim Atemholen nicht mehr mitkam und die Angst vor jedem nächsten Hieb beinahe noch schlimmer war als der Schmerz, der eintraf. Würden sie mich auch nochmal in eine Röhre zwängen, in die ich nur mit verkrampft vorgerecktem Kinn und nach hinten angelegten Armen hineinpaßte und deren Enge sich noch mehr zusammenzog, als setze meine steigende Körperhitze sie in Gang. Wie oft mußte ich noch Todesfurcht ausstehen, bis wenigstens die Phantasie endete?
»Ich möchte Ihnen nichts vormachen, Ihr Fall ist bekannt«, hob die zu laute Stimme erneut an. »Da sich niemand mehr mit Ihnen beschäftigen wollte, ein Kollege vor mir bei einer merkwürdigen Gelegenheit starb, den ausländischen Vertretern, die sich anboten, keine Einreise gestattet wurde und ich außerdem alt bin, habe ich mich entschlossen, es darauf ankommen zu lassen. Das ist kein Vorzug, eher ein Trampelpfad, aber ich möchte ihn mir leisten, so lang Spielregeln, die im Ernstfall wahrscheinlich wenig nützen werden, noch möglich sind.«
Die Stimme ging in ein Pfeifen über, das mit einem Krachen und Poltern abschloß, daraufhin setzte Musik ein, eine Polka oder ein Walzer, während in der Fensterluke das Bild des hügeligen Gartens verblaßte und die gewohnte fahle Mauer wiederkehrte, gleichmäßig erhellt von der Neonbeleuchtung in der Zelle. Allein mein Tröpfchen lag immer noch still vor mir, Gesundheit, Wohlstand und siebzehn quecksilbrige Kinder verheißend, wenn ich es mit der Zunge antippen, schließlich zerteilen könnte. Ich kniff ein Auge zu, damit das Kügelchen runder wurde, schärfer an den Rändern, nicht mehr so weit entfernt war in seiner Pracht, denn hinter ihm lockte ein Gebirgssee aus vergossenem Maulbeer-, Zichorie-

oder Dromedarsaft, der mir genügend Kraft beschert hätte, wenn ich bis an sein Ufer gelangt wäre, um in ihn einzutauchen.

»Verzeihen Sie die Störung«, sagte die vorher mächtige Stimme nun leiser. »Wir sollen uns auf das Geschäftliche beschränken, das auch seine Tücken hat. Insofern werde ich für heute nur von mir erzählen, damit sie erfahren, daß Sie in Ihrer Folgsamkeit nicht allein sind.«

»Ja«, sagte ich. »Ich kann Sie verstehen.«

Überrascht von meiner eigenen Stimme, drehte ich mich zur Seite, so daß ich mit einer Armbewegung durch die Lache auf den Boden wischte und ihren Märchenglanz zerstörte.

»In den letzten zehn Jahren habe ich nur noch Verkehrsunfälle, Haus- und Körperschäden bearbeitet«, sagte der unsichtbare Anwalt. »Ich hatte mein Auskommen. Wer sein Leben lang sparen muß, für den wird Geld doppelt soviel wert, schon aus Schadenfreude. Mein Haus steht weit außerhalb der Stadt, wo die engen Täler beginnen, keine Wohnsilos mehr möglich sind und jedes Frühjahr durch die Schneeschmelze genügend Geröll aus den überhängenden Kalksteinfelsen herabstürzt, daß einen die Natur, die scheinbar gezähmt sein soll, nicht gleichgültig läßt. Meine langjährige Sekretärin, die seit dem zweiten Weltkrieg für mich schreibt, hat sich endlich dazu überreden lassen, mich endlich zu heiraten. Das ist ein Segen gewesen. Doch schon vorher, weil ich sehr einsam war und außerdem sehr dick bin, Sie würden erschrecken, wenn Sie mich sähen, habe ich ein Waisenkind adoptiert, meinen Sohn Ricco. Er hat nie Sonne vertragen, nach der Pubertät wurde er mehr und mehr zu einem Albino. In der Schule gehörte er zum Durchschnitt, ich habe ihn nicht gedrängt, er hätte mit meiner Hilfe jeden Beruf ergreifen können, auch den eines Tischlers oder Elektromeisters, obwohl ich ihm gern meine Kanzlei übergeben wollte. Es wäre einfacher gewesen.«

Ich robbte zu meinem Bett und kam auf die furchtbare Höhe hinauf. Um die allmählich in der bösartigen Wärme der Zelle

verdunstende Lache des Erholungssaftes kümmerte ich mich nicht mehr, ich hatte sie einfach durchquert.
»Ja, ich höre«, sagte ich laut.
»Es freut mich, daß Sie sich bewegen«, sagte der Anwalt. »Wissen Sie, mein Adoptivsohn hat sich umgebracht.«
Gas in der Bratröhre des Herdes röche ich wie die Erinnerung an ein Hochzeitsmahl, habe ich gedacht oder gemurmelt.
»Er hat sich erhängt«, sagte der ferne Anwalt hinter den Mauern. »Mein Sohn war Jugendmeister für Weitsprung gewesen. Ich habe ihn darin bestärkt, daß er nicht aufgeben soll, doch ich, hören Sie, ich, sein Vater, für ihn nur auf dem Papier, konnte ihn nicht aufhalten, er tat, als sei er gar nicht geboren worden. Ich habe ihn selbst abgeknüpft und auf die Erde gelegt.«
Ein wenig fühlte ich mich leichter, nicht mehr so schwach, von Lasten erdrückt. Ich tastete meine hervorstehenden Rippen ab und zog am Hals die Haut in die Länge, eine Prüfung, die mir das Unglück des anderen erst möglich machte. Dann mußte ich lachen.
Eine Stimme mahnte, wir sollten uns mit unserer Unterhaltung beeilen, die Zeit sei beschränkt.
Der Anwalt entschuldigte sich und sagte, ob er draußen jemanden von mir grüßen solle, Vater, Mutter, Kollegen oder Freundin? Der bescheidene Kostensatz, der ihm für mich zur Verfügung stehe, erlaube ihm auf jeden Fall das Verschicken von Briefen.
»Sie wollen Adressen«, fragte ich.
Er bat wieder um Verzeihung, vergessen zu haben, daß die Staatsanwaltschaft mithöre, er habe sich an die neuen Gesetze noch nicht gewöhnt. Aber er könne zum Beispiel in ein, zwei Zeitungen verschlüsselte Grußadressen aufgeben, als Lebenszeichen oder Ermunterung.
Ich dachte an Rosa, die einst eine Anzeige, daß sie einen Mann suche und ein Kind wolle, an das schwarze Seufzerbrett zwischen Rohbau und Lackiererei in der Autofabrik gehängt hatte, und niemand meldete sich, außer mir.

So dumm könne niemand sein, rief ich und wollte weinen, aber vor Erschöpfung blieben die Tränen aus.
Es geschehe alles anonym, antwortete der Antwalt. Mein Name werde selbstverständlich nicht genannt. Es sei eine Frage der geschickten Formulierung.
Ich wartete und atmete, gleichmäßiger als ich es gewohnt war, denn ein Verdacht, der immer gegenständlicher wurde, versetzte mich in vorsichtige Spannung, eine kurze Erholung, die ich genoß.
»Warum schweigen Sie«, fragte die laute Stimme. »Sie dürfen mir vertrauen. Ich verdiene an Ihnen nichts, nicht einmal Ansehen. Mein Einsatz beschränkt sich auf eine alte, demokratische Gewohnheit, die ich nicht aufgeben möchte.«
Ein leiser Wortwechsel war durch den Lautsprecher zu vernehmen, während ich gern eine der Flaschen zu dem künstlichen Schandmaul hoch oben in der Wand geschleudert hätte, um es zum Schweigen zu bringen, aber die Kraft dazu fehlte.
Er komme in ein paar Tagen wieder, sagte der dröhnende Anwalt. Ihm werde gleich die Übertragung entzogen.
Ich schwieg immer noch, ausgestreckt auf meinem zu kurzen Bett, dessen eisenbeschlagene Kanten sich meinen Beinen und Armen angepaßt zu haben schienen seit der langen Zeit, die ich hier war, ein Körper, der wundersamerweise mehr ertrug, als Gedächtnis und Einbildungskraft für möglich hielten.
»Hören Sie mich«, sagte der Anwalt. Und er fing zu zählen an, als müsse er die technische Qualität der Anlage prüfen.
»Kennen Sie die Gesetze, Vorschriften, Einlassungen und Verschärfungen des Parlaments in unserem von der Geschichte ausersehenen Land inmitten Europas zwischen Ost und West«, fragte ich.
»Nach drei Wochen Hunger kann man nicht mehr so lange Sätze formulieren«, gab der Anwalt ungeduldig zurück. »Nehmen Sie nachts von der Gefängnisleitung ein wenig Nahrung an? Sind Sie ein Simulant, der mein Gewerbe, das in der Öffentlichkeit ständigen Verdächtigungen ausgesetzt ist,

in Verruf bringen will? Ich bin ohne Vorurteile hierhergekommen und muß Ihnen nicht gestehen, daß es sehr schwierig war und mich viel Überredungskünste gekostet hat, endlich mit Ihnen zu sprechen, wenn auch hinter Wänden. Ich werde nicht bereit sein, mich zu einem Zeugen der Exekutive machen zu lassen. Ich könnte mich auch wieder auf Verkehrsunfälle, Sach- und Körperschäden beschränken wie bisher.«

Ich sagte nicht, daß unser Plan, kreuzweise von extrem verschiedenen Eltern, die der Armut und dem Reichsein angehörten, Kinder groß zu ziehen, nur ein verzweifeltes Spiel gewesen war, uns ein kleines Maß an Stolz wiederzugeben, da die Wissenschaften nicht mehr auf uns Rücksicht nahmen, nur noch für die Herrschaft arbeiteten, obwohl ihre Vertreter von uns kamen, aus der riesigen Menge der nicht Erweckten, dem furchtsamen Proletariat und dem Kleinbürgertum. Im Gefängnis wird der Geringste unter Schlägen noch zum König für den nächsten Tag, wenn er überlebt.

»Lieber Herr«, sagte ich, »eine Grußadresse oder anonyme Anzeige in einer Zeitung weckt natürlich Verdacht.«

»Warum«, hörte ich den alten, sich selbst als dick bezeichnenden Anwalt sagen oder einen Beamten, vielleicht jenen mit dem nachlässig eingezogenen roten Schnürsenkel im Schuh.

Ob er die Anordnungen nicht kenne, fragte ich.

Welche, hieß es aus dem Lautsprecher.

Daß einer, selbst wenn er zur Legislative gehöre wie er, bezahlt aus der Staatskasse, sich der Gemeinsamkeit mit einer terroristischen Gruppe schuldig mache und verfolgt werde, sobald er Erleichterungen für seinen Mandanten anstrebe.

Was er dann für mich noch tun solle, vernahm ich aus den Schlitzen dort drüben in der gleichmäßig übertünchten Wand.

Das überließe ich ihm, sagte ich. Wir gehörten nicht zusammen, wie es früher die Regel war. Heute seien die, die man beschuldigte, schon im voraus ausgestoßen und verurteilt, und diejenigen, die sich noch um sie kümmerten, würden

ihnen gleichgesetzt. Er solle sich umbringen wie sein adoptierter Albinosohn, der ehemalige Jugendmeister im Weitsprung.
»Schluß jetzt«, sagte eine Beamtenstimme.
Ich wartete darauf, im nächsten Augenblick bestraft zu werden mit Stößen, Hieben, Schlägen, vielleicht auch mit Zangen von einem der Trupps, die schon oft in meine Zelle gestürmt waren. Meine Finger- und Zehennägel waren noch ganz, ich betrachtete sie sehnsüchtig, wie sie wohl aussähen und wieder zu wachsen begönnen danach, dick, gelb und verkrümmt. Bei den geringsten Anzeichen gestände ich alles, was man von mir würde wissen wollen. Die Angst ist der beste Lehrmeister, die Grausamkeit auch vor dem Tod zu achten.
Nur noch das Rauschen der Lüftung war zu hören, wahrscheinlich nahm die Hitze zu, denn meine große Hose hatte ich während der Erkundung um den Erholungssee auf dem Zellboden verloren, und das alte Hemd, das ich seit Wochen oder Monaten trug, war steif wie Pergament geworden. Einmal, beim letzten Gang zur Kleiderkammer, hatte ich irgendwo in der Gefängnisfestung einen Blick auf ein Flachdach werfen können. Dort lagen angebissene Brote, also gab es außer mir noch andere Insassen, die jedoch, welche Verschwendung, mit ihrer Nahrung nicht zufrieden waren. Damals hatte ich zu hungern beschlossen. Wenn ich mich schon mit niemandem in Verbindung setzen durfte, wollte ich wenigstens ein Zeichen geben, das vielleicht irgendwann durch die Mauern drang, jedenfalls zur Verwaltung und schließlich hinaus.
War dort die Zahl der Arbeitslosen gewachsen und ein Generalstreik durchgeführt worden? Patroullierten bereits Heeresverbände auf Grund von Notstandsgesetzen in den Straßen? Wurden die Kollegen und Kolleginnen in den Betrieben und im öffentlichen Dienst zwangsverpflichtet?
Die Anklage gegen mich, die ich immer noch nicht kannte, würde sich inzwischen verschärft haben, damit das in den

Zeitungen und im Fernsehen gezeichnete Bild von Unordnung und Gewalt mit lebensbedrohenden Einzelheiten versehen werden konnte. Ich würde beileibe nicht der einzige sein, der dafür auserwählt worden war. Als man mich in Norwegen verhaftet und nach Hause abgeschoben hatte, waren die Gefängnisse schon überfüllt gewesen. Doch wieviel erhielten dieselbe raumverschwendende und technisch aufwendige Behandlung wie ich? Wollte man mich zu einer beweisführenden Stilisierung der Rechtssprechung präparieren, vergleichbar einem seltenen Stück bösartiger Hochglanzmalerei, das, je kostbarer gerahmt, desto wertvoller wurde?

Es gab zwei Möglichkeiten: Entweder mußte ich vorher sterben oder ich würde für immer eingemauert bleiben, ein ausgedörrtes, tapsend im Kreis älter werdendes Bündel, das dankbar im vorgetäuschten Fenster seiner Zelle die Sonnenauf- und -untergänge und wechselnden Landschaften je nach Jahreszeiten bestaunen könnte und schließlich jedes Geständnis, das noch verlangt wurde, teilnahmslos nachlieferte.

Ich mußte aufspringen und schreien, meinen Körper, in dem die Lähmung mehr zu wiegen schien als er selbst, in die Höhe reißen und gegen die Tür schlagen, die Wände, in das ungetrübte, verlockende Wasser des Closetts zu stopfen versuchen, mußte mich bestrafen und blutig machen, damit die Absicht, eines Tages für alle Wendungen eines Prozesses verfügbar zu sein, vereitelt wurde.

Als ich mit dem Kopf gegen die nachgiebig verkleideten Mauern rannte, immer wieder wie ein schlecht getroffenes Kalb im Schlachthaus, das sich noch einmal befreien wollte, wurde ich von zwei, drei Beamten, die ich nur als Schatten bemerkte, so schnell waren sie hereingekommen, ergriffen und auf das Bett geschleudert. Die Spritze, mit der mir in den Arm gestochen wurde, sah ich größer und größer werden, dann fing das Zerfließen der Wände in ihrer kahlen Helligkeit an.

Die Droge, die in mich geschossen worden war, vervielfältigte jeden Griff, mit dem ich mich an der Bettkante, meinen

Fingern, einem Büschelchen Haaren, das ich ausriß, festhalten wollte. Die Zeit, höhnisch ausgeweitet und voll verborgener Echos, deren verstümmelte Worte nach Hilferufen klangen, doch viel zu leise, beschleunigte sich nur nach innen und ließ den Raum um mich erstarren, ohne den sie überhaupt nicht erfolgen konnte, so daß alle meine Bemühungen, irgendeinem Grund oder Aufprall, einer Ecke oder, noch tiefer, dem Dunkel der Verzweiflung zuzustreben, ständig scheiterten. Jede verzerrte Aufmerksamkeit barg mehrfache Wiederholung in sich.
Schließlich, da ich wie an einer unendlich gestreckten Verdünnung hing, durch die meine Organe verrannen, so daß jede Gegenwehr sich auf ein Maß verlangsamt hatte, als befände ich mich in der Luftleere, Drehungen kopfunter und über seitlich geneigte Achsen nirgendwo mehr Widerstand fanden sowie das von Panik getriebene Keuchen in ein ergebenes Atmen überging, hinter dem das Licht verlöschen und das Tor sich schließen würde in diesem allmählich mich sogar mit einer Art erschöpften Glückgefühls durchflutetem Zustand, versank ich plötzlich in meinem knochenharten Bett, versuchte mich herauszustemmen, bekam Wolle oder Leder in den Mund, war dem Ersticken nahe, schwamm in den Boden hinein, der, je länger ich abfloß, desto vielschichtiger wurde, als sollte ein in Bernstein eingeschlossener Käfer die hämische Fürsorge seines Elends möglichst langwierig erleben.
Dann, als ich tot war, stand ein kleiner Baum vor mir, ein Liliputgewächs, und sagte, ohne zu sprechen, daß es Bonsai heiße.
Ich begrüßte es und fragte, ob die bedrohliche Geschlossenheit seiner winzigen Zweige, die frömmelnde Gespreiztheit seiner zierlichen Blätter und das erstarrte Schattenspiel der gefleckten Rinde den Jahreszeiten unterworfen sei?
Das Zwergbäumchen erwiderte, als lebende Antiquität bleibe es unabhängig, auch in Haft, denn es komme nur in dieser vor.

Ob es ein Gleichnis bedeute, eine Aufforderung oder Beschwichtigung, forschte ich begierig weiter.
Seine Dauerhaftigkeit könne mit dem Segen freiwilliger Wachtumshemmung umschrieben werden, antwortete es, obgleich es einmal im Jahr, wie jeder Baum, Blüten hervorbringe und Früchte trage.
»Und wer bestäubt die Blüten«, fragte ich, »wenn Wind und Insekten fehlen?«
»Die Jungfernzeugung ist ein alter Ausweg der Natur«, sagte die standfeste Erscheinung mit einer Stimme, die wie von Binden umwickelt klang, als sei das Gewächs eine extrem geschichtliche Vergangenheit, die sich aber durch technischen Aufwand erhalten hatte.
Ich wunderte mich, daß es mir in meinem Zustand möglich war, mich mit dieser gelassen vor mir erschienenen Verlokkung zu unterhalten, obwohl ich fortwährend von sich widerstrebenden Kräften geschüttelt und zugleich wie vereist wurde.
»Ich bin da, weil ich gebraucht werde«, hörte ich das vielfältig verästelte und in allen Feinheiten deutlich wahrzunehmende, obwohl nur handbreit große Gegenüber sagen. »Meine Anwesenheit bezeugt höchsten Verlust, als sei schon fast der Tod eingetreten, wenn die Schärfe des Schmerzes nachläßt und der Zauber der Konzentration beginnt. Ich bin selbst erstaunt, daß ich hier bin, denn eigentlich werde ich nur im Osten, aber nun anscheinend auch im Westen als Zierpflanze gepflegt. Früher war ich ein Mißwuchs, eine Laune der Entwicklung, die schleichende Lebensformen ausprobieren wollte. Inzwischen habe ich, da die Erde immer mehr Menschen trägt, wieder an Sachlichkeit gewonnen. Diese neue Würde macht mich froh und optimistisch.«
Mit einem Ruck war ich Teil meines Betts geworden, womöglich zum Winkeleisen an einem seiner Kanten oder dem Brett unter der Auflage, die Kneblung ließ keinerlei Bewegung mehr zu.
Das Bäumchen wuchs, erhielt mehr Laub an den sich entfal-

tenden Ästchen, knackte und knirschte, als sprenge eine Mumie ihre Fesseln, versuchte Schritte mit seinen verhängnisvoll gebogenen Wurzeln durch den Raum, schwankte und neigte die Krone, sich weiter verbreiternd, während ich, nicht mehr lebendig, endgültig zu einem eingefügten Gegenstand geworden war, der einmal einen Mund gehabt hatte, um zu rufen, Glieder, um sich zu bewegen, Augen, um in Not wegzusehen, und Gedanken und Gefühle, um selbständig zu sein.

»Magst du mich«, hörte ich diese schrecklich groß gewordene Natur sagen. »Willst du mir vertrauen? Ich fürchte, es bleibt dir nichts anderes übrig, denn du bist so allein wie meine Freundin Nachtschnecke, die am Morgen zu spät über einen Weg kroch, nachdem die Sonne schon aufgegangen war. Du mußt dich fügen und vertrocknen, versteinert eins werden mit der Paläographie.«

Mein sich selbst verdauender Magen, mein daumenklein gewordenes Herz glichen Schüsselchen voll Gelee, und meine verlängerten Nägel, die als einzige unter der Erde noch ein wenig weiterwüchsen, wenn ich schon Teil des Versickerns geworden war, schlossen sich an die Zweige des Baums an, wurden zu Formen, die es verstanden, durch Mauern, die Schlitze der Lüftung und des Lautsprechers an der Decke zu dringen, wuchsen vielleicht entlang der Festungsgänge und unter dem Bleiglas der Fenster hindurch, doch für mich bedeutete diese verächtliche Unbeweglichkeit nichts mehr, ich lag, eingeschlossen in meinem Bett, nur noch als meine eigene dösende Erinnerung.

»Guck zu«, sagte der inzwischen zellenfüllende Baum. »Spürst du noch deine Spritze«, fragten seine höhnischen Blätter.

Der Klotz, der ich geworden war, rührte sich nicht, obwohl ich mich anstrengte.

»Kusch dich, dummes Fossil«, hörte ich mich sagen.

»Ergebenheit«, hauchte es zurück.

»Falls man dich erhalten möchte«, sagte ich, »bräuchte man

Waldboden, Sand und Lehm, für mich alles unerreichbar. Eher verirrt sich eine Schwalbe zu mir, die im Haar eines Beamten nistete.«

Diese Pflanze, die mich verhöhnt hatte, beugte sich den zunehmenden Zweifeln, wurde kleiner, bis sie schließlich nicht einmal mehr handgroß war.

»Ich bin wieder da«, stellte ich fest, »ruhe auf meinem Bett und nicht in ihm und könnte dich, wenn ich wollte, plattdrücken«.

Kein Widerspruch, Schweigen, geringste Gemeinsamkeit.

»Du hast deinen Pflichtanwalt gehört, diesen Blutdruckriesen, er heißt Adolf Wormbs, gute Nacht«, gurgelte das Bäumchen, das unaufhaltsam schwand und in den Boden entglitt.

Vielleicht wurde ich von dem jungen blonden Arzt durch den Spion in der Tür beobachtet. Ich wollte rufen, er solle hereinkommen und mir helfen, ich sei jetzt für alles bereit, Schwarztee, gekochte Kalbsfüße, Krokusse, Spinat, Honigbrote, Senf und Wurst, doch ich brachte keinen Ton zustande, nur das Scharren meiner Füße klang wie ein erwünschtes Alphabet.

Wahrscheinlich wurde ich aus einem Eimer überschüttet, Wasser stach. Beamte, die mich wütend in die Höhe zogen, weil ich die kurze, harte Liege beschmutzt hatte, stießen mich zu den elastisch beschichteten Wänden, von denen ich wie ein Ball zurückgeschleudert wurde, ließen mich im Kreis zwischen ihren Händen hin- und hertaumeln und verursachten einen märchenhaften, ihren Dienst unterbrechenden Zustand, von dem ich, je besser jeder Schlag traf, aufrecht gehalten wurde. Als ich so ihr Spielzeug geworden war, konnte ich sie auch verstehen.

Ich glaubte, deutlich zu sagen, daß wir zusammengehören. Sie begriffen nicht, die dicken Wärter, die jeden Abend viel Futter in sich hineinschieben mußten, damit die Sorge zusammenhielt, die sie mir und anderen laut Dienstvorschrift zu gewähren hatten.

»Dreh dich um«, hörte ich sie rufen. »Sei nicht wacklig, tu nicht so!« Ich antwortete, ich hätte eine Pflanze gesehen, die größer sei als der städtische Wasserturm.
»Scheißkerl«, tönte es. »Du machst Kummer.«
Und zum vierten, fünften oder zehnten Mal wurde ich mit den nassen Handtüchtern geschlagen, mich zusammenkrümmend auf dem Boden, als könne ich zwischen Schenkeln in die stetig warme Blindheit zurückrudern durch den Spalt, wo die Unwissenheit begann und die Nahrung, die ich verweigerte, keine Pflicht mehr bedeutete, sondern fortwährend durch mich floß.
»Wir machen dich jetzt tot«, sagte der wimpernlose Wärter, dessen rote Schnürsenkel ich in dem einen Schuh wiedersah.
»Dreh dich um.«
»Sofort«, antwortete ich und schämte mich, daß ich meinen Peiniger verstand. »Ich habe Sie nicht gesehen.«
Ein Zahn brach ab, der in der Wurzel verödet war, weil ich vor Jahren einmal inmitten des europäischen Reichtums eine Art Skorbut gehabt hatte.
Der eiserne Berg stürzte wieder über mich und begrub jede Regung. Dieses Mal wurde ich an Armen und Beinen mit dem Kopf nach oben davongetragen, als sei ich ein unfolgsames Tier aus dem zoologischen Garten. Das Murren und unterdrückte Keuchen der Beamten verband sich, auf- und abschwellend, mit dem Takt der Laufschritte, während ich es mir wohl sein ließ, über mir die Decke des Korridors erspähend, aus deren Sprüngen und durchnäßten Stellen mitunter ein Büschelchen Gras, ein Zweig unreifer Vogelbeeren oder ein paar blasse Glockenblumen herabzuwinken schienen.
Es ging mehrere Treppen hinauf, so daß ich nicht darauf achten mußte, ob mein Kopf an die eisernen Kanten stoßen konnte. Ich schloß die Augen, um nicht die Wärter zu erkennen.
Dann hielt der Trupp an, und ein verschwommener Schatten beugte sich vor. Es war Arno Axmann, mich durch seine

Brille wie durch spiegelndes Wasser anblickend, während sein blondes oder inzwischen weiß gewordenes Haar dünenhaft langsam auf- und abwellte. Schweigend hielt er ein Gefäß an meinen Mund, aber ich konnte nicht riechen, was darin war, sondern ließ den Kopf nach hinten sinken.

»Er meint es gut«, hörte ich einen Beamten sagen. »Keine Angst, es ist nicht scharf.«

Ich wurde gestützt, um auf gleiche Höhe mit Axmann zu kommen, unsere Gesichter stießen beinahe zusammen, und als er den Mund öffnete, sah ich, daß er fast keine Zähne mehr hatte bis auf einige Stümpfe und eine einsame Goldkrone im Oberkiefer. Statt mich zu überreden, wie ihm wahrscheinlich befohlen worden war, doch einen Schluck aus der Kanne zu nehmen, bewegte er kaum merklich den Kopf, es bedeutete eher Schwäche als Verneinung, während er zu lächeln versuchte, aber die Lippen rutschten nach innen und seine mit Stoppeln bedeckten Backen wurden noch hohler.

Die Beamten rissen mich von Axmann weg, schlugen und traten gleichzeitig nach ihm, jedoch nicht heftig genug, denn sie wollten mich nicht loslassen, so daß Axmann, der eine Drehung vollführte, sich über mich werfen und, mich umklammernd, zu Boden drücken konnte, seinen Mund auf meinen gepreßt.

Ich spürte eine kleine Kugel im Mund, wollte sie ausspucken, aber Axmann küßte mich, ohne abzusetzen, weiter, hielt mir auch die Nase zu, so daß mir nichts anderes übrigblieb, als die Kugel zu schlucken, meine erste Nahrung seit Wochen.

An den Armen wurde ich davongeschleift, denn die zwei Beamten, die mich an den Beinen getragen hatten, stürzten sich auf Axmann. Sie würden ihn in seine Zelle zurücktreiben und dort bestrafen. Ich spürte nur noch das Zerren in den Gelenken und den rauhen Zement.

In einer Kammer, festgeschnallt auf einem Gestell, das vielleicht Ärzte verwandten, wenn sie Frauen untersuchten, wollte ein Schlauch nicht durch meine Nase gehen, trieb sich irgendwo in der Stirn fest, und als ich schrie, klemmte sich ein

Keil bis zum Gaumen, so daß ich, um nicht zu ersticken, nachgab, was ein Fehler war, denn der Schlauch schob sich an der Sperre vorbei und immer tiefer, die ganze Speiseröhre füllend, ein knirschender Strang im Hals, schließlich flüssiges Eisen, das in den Magen tropfte, die Lungen anfraß und durch das Brustbein zu bohren schien. Die Marter zerlegte mich in lauter einzelne Teile.
Ich solle ruhig atmen, hörte ich jemanden sagen, dann nehme die Bedrängung ab.
Hände hielten einen gläsernen Topf über mich, an dem der Schlauch befestigt war, der in mich hinabreichte und durch den eine Nährflüssigkeit rann, deren Gewalt ich nicht mehr aufhalten konnte. Der Wille, sich zu wehren, verlagerte sich in die Haut, die Zellen der Knochen, Sehnen und Muskeln, als wolle er von dort noch einmal aufbegehren, doch ich blieb, gefesselt auf den schräg gestellten Instrumentenstuhl, ein verfügbares Bündel.
Das junge Gesicht des Arztes mit dem blonden Bärtchen schob sich neben den Nahrungskolben, mir zusprechend, jede Qual habe ein Ende. Man werde darauf achten, daß ich nicht überfüttert werde, Salze und Vitamine seien das wichtigste.
Dann, während ich zu schwitzen begann und ein Brausen einsetzte, als würde mein Körper aufgepumpt, bis er platzte, bemerkte ich noch, wie zwei behaarte Hände einen roten Schnürsenkel zu einer Schleife um den Schlauch über mir banden, ein Zeichen des Erntedanks oder Abschieds. Ich verlor das Bewußtsein.
Das beschwingteste Kleid ist das des Übergangs von der Pein in die Leblosigkeit. Blitzschnell gewachsene Federn tun sich auf, schwirrend und singend im Flug durch die farblose Nacht, in der jeder Blick in viele Weiten reicht, die Gefühle keine Last mehr beinhalten und die Gedanken zu angenehmen Geringfügigkeiten werden.
Die Gefängnisfestung, deren Umfang ich noch nie gesehen hatte, empfand ich jetzt als einen Korb voll Wolle, in dem es

sich nesten ließ. Wächter kletterten an Fäden entlang und machten zierliche Turnübungen. Axmann stampfte auf Beinen gleich Brillenbügeln einher, donnernd die Zukunft beschwörend, der ich überhaupt nicht angehören wollte, mir genügte die problemlose Gegenwart.

Als ich erwachte, lag ich wieder in meiner gleichmäßig erhellten Zelle. Vor Angst, daß die Gelegenheit, für kurze Zeit keine Mauern um sich gehabt zu haben, nur eine Täuschung gewesen war, wollte ich schreien, aber der Schlauch hatte den Gaumen wund und taub gemacht. Ich hörte mich nicht. An der Wand gegenüber hing die plakatgroße Photographie eines Mädchens, mit abgetrenntem Kopf. Der Schnitt durch den Hals, ein Finger breit und ein wenig ausgefranst, schien noch zu bluten.

»Kennen Sie das Mädchen«, fragte eine Frauenstimme im Lautsprecher.

Ich antwortete nicht, blickte nur auf das Bild an der glänzenden Wand. Es konnte aus einer Wohnung, einer Garage, oder von der Ecke eines Platzes stammen, nur Beton oder grauer Asphalt war zu sehen, auf dem der Körper lag, in der Hüfte abgewinkelt und mit hochgerutschtem Rock bis zu den Oberschenkeln, während der Kopf im Fallen noch so viel Schwung gehabt hatte, sich schamhaft vom Stumpf wegzudrehen.

»Wissen Sie, wie die Person heißt«, fragte die Frauenstimme.

Ich sagte, sie sei mir unbekannt.

»Haben Sie einen Verdacht? Können Sie uns Hinweise geben? Wir wären Ihnen dankbar. Veröffentlichungen in Zeitungen und im Fernsehen führten zu keinen Ergebnissen.«

Ich fragte, wer mich verhöre. Jede Unterhaltung freue mich in meiner Gruft. Schweigen und ständige Helligkeit gehörten zu den schlimmsten Zerstörungsmethoden.

Da die Hände der Toten hinter den Rücken geschoben waren und das Gesicht unnatürlich geneigt vom Betrachter sich abwandte, als sei beim Abtrennen des Kopfs darauf geachtet worden, daß das Entsetzen des Opfers im Dunkeln blieb,

konnte ich das Gesicht nicht sehen. Auffällig waren die Haare des Mädchens, kleine, sorgfältige Locken, ein verschwenderisches Bukett. Ich sagte, ich wisse nichts. Die Photographie müsse wieder aufgehängt werden, sonst würde ich sie von der Wand reißen.
»Versuchen Sie es«, entgegnete die Frauenstimme.
Ob nun die Zwangsernährung mir genügend Kraft gegeben hatte oder mein Zorn mich auf die Beine brachte, jedenfalls gelang es mir, das andere Ende der Zelle zu erreichen, doch das Bild ließ sich nicht entfernen. Es war ein Diapositiv, das durch irgendeine Öffnung, die ich noch nicht entdeckt hatte, zu mir hereinprojiziert wurde.
»Legen Sie sich wieder hin«, befahl die Beamtin. »Von Ihrem Platz aus können Sie am bequemsten sehen.«
Ich verlangte nach meinem Pflichtanwalt, Adolf Wormbs. Ich müsse mir eine solche Behandlung nicht gefallen lassen, diese Schläge, Schocks und pausenlosen Verhöre.
»Woher kennen Sie den Namen«, wurde gefragt.
Der Anwalt habe ihn mir gesagt, log ich.
Eine Pause entstand. Inzwischen betrachtete ich das Bild genauer. Wahrscheinlich wußte die Beamtin, daß der dicke Anwalt mir nicht seinen Namen genannt hatte und daß die Photographie eine Falle war, die mich zum Erzählen verleiten sollte. Die Locken als Perücke! Rebekka, Tochter von Martin Brandstetter. Einmal war sie mir um den Hals gefallen, wobei ihre komplizierte Frisur sich verschoben hatte. Und nun entdeckte ich auch, in Gedanken Kopf und Hals wieder zusammenfügend und die Photographie aus der Horizontalen in die Senkrechte umstellend, daß das Bild gekippt worden war, Rebekka in Wahrheit mit einem angezogenen Bein und hochgerafftem Rock an einer Mauer lehnte, die Hände zum Abstützen hinter sich geschoben, während sie zur Seite blickte, scheu oder mürrisch oder neugierig zu Boden, wo vielleicht zwei Ameisen ein abgebranntes Zündholz davontrugen. Die Enthauptung hatte nie stattgefunden! Der Kopf war mittels Retusche vom Hals getrennt worden,

allerdings unsauber. Reste, von denen ich geglaubt hatte, sie stellten heraushängende Adern- oder Sehnenzipfel dar, waren in Wirklichkeit nachlässige Schnittfransen.
»Ihr Pflichtanwalt heißt Adolf Wormbs«, ließ sich die Stimme wieder vernehmen. »Nun, es stimmt. Machen Sie sich nachher auf eine sorgfältige Untersuchung gefaßt, irgend jemand muß Ihnen eine Nachricht gegeben haben.«
Neues Manöver, um mich in Schrecken zu versetzen, falls sie mich filzen würden, voller Späße und Scheußlichkeiten, während ich die Augen verbunden bekam.
»Und die tote Person auf dem Bild«, fuhr die Beamtin fort. »Einiges spricht dafür, Sie mit diesem abscheulichen Verbrechen in Verbindung zu bringen.«
Ich würde die geköpfte oder geschlachtete Leiche nicht kennen, sagte ich, hätte sie noch nie gesehen, sei aber erschüttert. Wenn ich noch viele solche Bilder anschauen müßte, könnte ich bald für nichts mehr garantieren und beschuldigte mir völlig fremde Leute.
»Wen«, fragte die Beamtin schnell.
»Geben Sie mir ein Telefonbuch«, erwiderte ich.
Leider hustete ich dann leise, zufrieden, daß mir trotz meiner Verlassenheit etwas gelungen war. Die Photographie erlosch, Wärter drangen in die Zelle, hatten sich Kapuzen übergezogen und hieben mit den nassen Handtüchern auf mich ein, die keine Spuren hinterließen. Doch die Schmerzen waren diesmal meine eigene Strafe, übermütig und leichtsinnig gewesen zu sein, ich mußte noch mehr lernen.
»Es steht fest, daß Ihr Anwalt seinen Namen nicht erwähnt hat«, hörte ich die Frauenstimme abschließend sagen. »Sie bekommen einen anderen.«
Ich antwortete nicht, da einer schon bei einem Unfall gestorben war und die beiden ausländischen keine Einreiseerlaubnis erhalten hatten.
Mein ganzer Oberkörper glühte, als sei ich wie mit Nesseln gepeitscht worden, und aus einem Ohr rann Blut. Nur kurz

war die Erleichterung gewesen, daß ich ein Photo hatte ansehen dürfen.
Ich erinnerte mich an Johann Jakob Hiller, Hallendepp und Einfetter an den Karosseriestanzen wie ich, der mich, nachdem mein zottliger Vater mir eines Nachts ein gewildertes Reh in einem Sack über den Rücken gehängt hatte, in seinem Harmonium verbarg, wo ich mich nicht zu bewegen wagte wegen der vielen, leeren Flaschen darin, doch schließlich zusammengekrümmt gegen den Blasebalg zu liegen kam, so daß die Heimorgel, deren Tasten noch festgedrückt waren, den leisen Anfangsakkord von »Wachet auf, ruft uns die Stimme, der Wächter steht hoch auf der Zinne« erklingen ließ. Trotzdem war ich in meinem Verließ nicht gefunden worden. Dieses Glück bescherte ich mir, in Gedanken, nochmal.
»Sie werden gleich abgeholt«, dröhnte es durch den Lautsprecher. »Machen Sie sich bereit.«
Plötzlich sah ich an der Wand gegenüber das Zifferblatt einer Turmuhr, auf dem ein schwerer Minutenzeiger unendlich mühsam vorrückte wie ein Stemmeisen. Bei uns zu Hause hatte es solche Uhren noch gegeben, mit Krähen auf den Dächern und Nestern im Zahnradwerk, das im Frühjahr, nach dem Putzen und Ölen der Mechanik, dann langsam alles zermalmte.
»Ziehen Sie wieder Ihre Hose an«, hieß es laut.
Daß ich eine besaß, stellte ich zwar fest, aber das schmierig erstarrte Anstaltshemd, zu groß geworden, war verschollen. Es klebte vielleicht vor dem vermeintlichen Fensterausschnitt, in dem sich manchmal Jahreszeiten in schnellem Wechsel zeigten.
»Stehen Sie auf und gehen Sie ein paar Schritte«, hörte ich sagen.
Ich versuchte es, das heißt, ich fing zu knien an und fiel wieder um, mit dem Kinn über den Boden schrammend. Eine neue Wunde öffnete sich, und ich mußte haltlos lachen.
»Sie wissen, es ist nur eine Frage des Kreislaufs«, wurde mir

befohlen. »Ein bißchen Turnen hilft. Genügend Nährstoffe haben Sie erhalten. Eins, zwei und, eins, zwei und, eins, zwei, drei!«
Wahrhaftig, ich schaffte es. Jene Stimme, die da war, kräftigte. Schwankend stand ich auf meinen Beinen, hielt Gleichgewicht mit ausgestreckten Armen, und je mehr ich mich anstrengte, desto besser gelang es mir, aufrecht zu bleiben, durchströmt von Dankbarkeit.
»Legen Sie Ihre Hände hinter den Kopf und treten Sie an die Tür«, wurde von neuem gesagt. »Zählen Sie laut bis zehn, immer wieder!«
Ich wiederholte die Zahlen andächtig nacheinander, mich sättigend an ihrer Unbekümmertheit. Zu der Tür blickend, erkannte ich, wieviel Möglichkeiten es noch gab, ich mußte nur folgsamer werden.
Als ich hinausging, wäre ich beinahe mit dem Kopf an eine Schräge gestoßen, die herunterhing. Vielleicht hatte die Festungsleitung, während ich bei der Fütterung gewesen war, eine Art Guillotinebrett einziehen lassen, das automatisch herabfiel, falls jemand vom Personal mit mir Erbarmen spürte und zu mir eindringen wollte.
Ich marschierte durch Gänge, an deren Außenseite sich Milchglasscheiben befanden, das Licht war genügend hell. Hinter mir hörte ich Beamte laufen, die darauf achteten, daß ich die Hände hochbehielt. Zweimal wurde mir auf die Gelenke geschlagen, aber fast zart.
An einer Kreuzung, als ich nicht wußte wohin, prügelten Häftlinge auf mich ein, mit Eßbestecken, Schnüren, Latten und Mützen, doch viele Hiebe streiften mich nur. Die Kollegen waren abkommandiert worden, um mir deutlich zu machen, daß sie nichts mit mir gemeinsam hatten, vielmehr mich verachteten. Axmann war, wie ich mir einbildete, nicht darunter, aber als ich in dem Hagel, der mir die Richtung wies, genauer hinzublicken wagte, sah ich zwei, drei Frauen, obgleich in allen Strafanstalten Männer und Frauen stets getrennt waren.

Ich rief, ich sei allein, seit Monaten, Jahren!
Niemand antwortete, nur hinter mir holten die Beamten auf und stießen die anderen zurück, die sich zu wenig verausgabten.
»Geh weiter«, hörte ich sagen. »Dreh dich nicht um! Wenn du hinfällst, stehst du nicht mehr auf!«
In einem Aufzug wurde ich abwärts gebracht. Uniformierte standen mit dem Rücken zu mir und keilten mich ein. Angst, der Lift würde zwischen zwei Stockwerken stehenbleiben und wir würden für Stunden nicht befreit werden, während Urin und Kot auf dem Stahlboden sich ausbreiteten, überflutete mich, den Gefangenen, so stark, daß ich die Hände herunternahm und um mich zu boxen begann, als wollte ich, ausgerechnet in dieser Lage, auszubrechen versuchen.
Ich wurde zusammengeschlagen, die Gesichter der Wärter sah ich nicht. Und, blutend zwischen ihren Füßen, tastete ich trotz aller Schmerzen über die Uniformstiefel, ob der rote Schnürsenkel noch vorhanden war, dieses nachlässige Zeichen von Tod oder Befreiung.
»Steh auf und wisch dich ab«, hörte ich ermuntern.
Ich tat, was befohlen wurde, und fing erneut zu zählen an, von eins bis zehn, zurück und wieder von vorn, das einzige Gebet, auf das ich mich noch verlassen durfte.
Die Kabine ruckte, hielt plötzlich, Stimmen ließen sich von außen vernehmen, riefen Anweisungen, doch die Tür gab nicht nach. Wir saßen ein paar Zentimeter über den elektrischen Kontakten fest.
Die Beamten wandten sich alle nach vorn, ich lehnte allein in einer Ecke der Kabine, wohllüstig Öldunst und den Geruch von angeschmorten Kabeln einatmend.
Meine Wächter schlugen gegen die Tür, wollten flache Sicherheitsschlüssel, Nagelfeilen, Geldstücke, sogar ausgerissene Haare in Fugen und zwischen Angel und bremsende Schleifen einführen.
Ich sagte im Rücken der Beamten, sie sollten spucken, Nässe überbrücke unterbrochene Elektrizität.

Und nun sah ich endlich eines der Gesichter, ein schmales, blasses, umgeben von Kragen und Schildmütze, bestürzt mich anblickend, als schäle sich ein Motorradfahrer nach einem glimpflichen Unfall aus seiner Montur. Die armen Freunde in diesem doppelten Gefängnis spieen gegen alles, was nach Lücke, Fuge, Verdacht aussah. Rotzelnd, sich räuspernd, einatmend und möglichst flüssige Ladungen aus dem Abgrund ihrer Kehlen hervorlockend, mühten sie sich, allmählich zu einem Klumpen werdend, so daß ich immer mehr Platz bekam, die Arme vor mir verschränkte und befriedigt das Schauspiel begutachten konnte, während ab und zu noch ein Blutstropfen von meinem Scheitel abwärts angenehm vertraulich in meinen Mund lief.
»Auf die Knie«, hörte ich befehlen. »Kopf nach unten!«
Es machte mir nichts aus, ich rutschte über die Schwelle und in den Korridor hinein, die Kabinentür hatte sich geöffnet. Ich wurde auf meine Beine gestellt und vorwärtsgestoßen bis vor eine Luke, die von einem breiten, hellgrünen Leuchtstreifen bekränzt war, als führte sie in das Innere eines Frachtflugzeugs.
»Da hinein«, hieß es.
Ich bäte darum, antwortete ich, wie es nur Pietisten vermögen, die schwindelerregendsten Leute meiner Heimat.
»Anders herum«, hörte ich sagen. »Sie haben eine halbe Stunde Zeit, sprechen Sie durch den Telefonhörer. Jeder andere Kontakt ist verboten.«
Ich erhob mich und kam in einen Raum, der langgestreckt eng und durch eine dicke Scheibe unterteilt war, die vom Boden bis zur Decke reichte. Ich setzte mich auf einen Hocker und sah hinter dem Glas eine Frau und ein Kind warten, Rosa, meine Freundin, und ihre Tochter. Als ich den Hörer nahm, begannen beide zu weinen, zuerst das Kind, nachdem es zu seiner Mutter geblickt hatte.
Rosa war mager geworden, die Bluse, oder das Kleid, das sie trug, warf viele Falten. Ihre roten Haare standen nach den Seiten ab, durchzogen von grauen Strähnen, und ihre Lippen,

früher sich verächtlich wölbend, sahen klein und gespannt aus.
»Wie geht es dir«, rief ich in den Hörer. Und dann sagte ich, weil mir nichts anderes einfiel, mir gehe es gut.
»Mir auch«, antwortete sie schluchzend.
»Bist du zum ersten Mal hier«, fragte ich.
Sie schüttelte den Kopf, das kläglich weinende Mädchen an sich pressend, das sich unter ihren Arm schob.
Ich wollte sie fragen, ob sie noch in der Fabrik arbeite, in dem Häuschen an der Ausfallstraße wohne und ob Geierwalli, ihre Mutter, noch lebe, doch ein plötzlicher Schwindel, da ich beinahe mit meinen Fragen dem Abhördienst Hinweise geliefert hätte, schleuderte mich vom Hocker. Der rauhe Boden war kühl und vertraut.
»Wollen Sie den Besuch abbrechen«, hörte ich eine Lautsprecherstimme sagen.
Wir wurden also auch beobachtet, obwohl sich außer uns niemand in dem Raum befand.
Ich setzte mich wieder und antwortete, es sei nur eine kleine Schwäche gewesen, ich würde auf mich achten.
Rosas Tochter hatte sich vom schützenden Arm ihrer Mutter befreit und sich auf Zehenspitzen gestellt, um mich, das Kinn angestrengt auf das Anschlagbrett der Trennscheibe gedrückt, genau sehen zu können. Sie hatte lange, blonde Haare, ein etwas zerlaufendes, blasses Gesicht mit den großen Lippen Rosas, doch blau verschmiert wie ein Heidelbeermund, obwohl es im Sprechzimmer warm war, und ihre Augen schielten, je nach Bedarf kreuzweise, außerdem bemerkte ich, daß an ihren beiden Schneidezähnen zwei Ecken fehlten.
»Ist sie hingefallen«, fragte ich.
»Sie kann immer noch nicht richtig gehen«, sagte Rosa. »Auch Einlagen in den Schuhen haben nichts genützt. Sie stürzt jeden Tag ein paarmal.«
»Wie alt ist sie?«
»Über fünf.«

»Ein großes Mädchen«, tröstete ich.
»Ja, groß ist sie«, antwortete Rosa.
»Wie heißt sie?«
»Angela«, sagte Rosa leise.
»Angela«, sagte ich durch den Hörer zu Rosas Kind, »ich heiße Johann Jakob und begrüße dich. Es freut mich, dich kennenzulernen.«
Das Mädchen blickte mich mit seinen nach innen und außen verrutschenden Augen ernst an, den Hörer in falschem Winkel an sein Ohr pressend und zitternd, als habe es selbst für diese Aufgabe zu wenig Kraft.
»Guten Tag«, sagte ich. »Du besuchst mich. Das ist sehr aufmerksam von dir. Ich lebe hier in einem großen Haus, wie in einem Hotel, ohne dafür bezahlen zu müssen. Warst du schon einmal in Ferien, am Meer, in der Sonne?«
Und während ich fortfuhr, noch mehr unbeholfene Sätze von mir zu geben, die meine Lage verdeutlichen sollten, hatte ich die Hoffnung, daß mein Verdacht unbegründet war.
»Kommst du bald in die Schule«, fragte ich das Kind. »Kannst du bis zehn zählen und sagen, wieviel Uhr es ist?«
Das Mädchen erwiderte nichts, sondern hob den schwarzen Hörer nun mit zwei Händen ans Ohr, als müsse es eine schwierige Last stemmen.
»Sag, guten Tag«, versuchte ich es noch einmal und, auf meinen geschorenen Kopf weisend, »sag, hast du aber wenig Haare, fallen sie dir aus oder bist du ein Radiergummi?«
Ich weiß nicht, weshalb, denn dieses letzte Wort konnte sie kaum belustigt haben, doch sie fing zu lächeln an, so daß ihr bleiches Gesicht mit der breiten, kleinen Nase wie ein Mond im Nebel aufging, überwältigend zutraulich und liebesbereit.
Sie flüsterte in den Hörer »heia, heia« und »Papa, Mama, Büro, Büro«, dann »Rauch, Rauch«, schließlich »beide, beide«.
Vor Freude schmetterte sie den Hörer auf das Gesims und zwang sich mit einer stürmischen Ungeschicklichkeit hoch, bis sie das Glas mit ihren Lippen berühren konnte, mit dem

inzwischen etwas heller gewordenen, ergebenen Kindermund, so daß ich ebenfalls die Scheibe zu küssen begann. Stille trat ein, trocken, ohne feucht unschuldige Zärtlichkeit, während meine Schläfen einzusinken schienen und meine Hände, wie die von Angela den Hörer umklammernd, kalt und einzeln wurden, als trennte sie ein chemisches Messer lautlos ab.

»Sie kann nur wenig sprechen und sauber ist sie auch noch nicht«, sagte Rosa. »Die Ärzte meinen, später werde es besser, sie habe eine Störung. In einem Jahr soll sie zur Schule gehen.«

Durch Übung werde man Meister, antwortete ich gedankenlos.

Rosa, meine abgemagerte Freundin, mit der ich in Italien in einem tempelartigen Haus unter einem Baldachin gelegen hatte, den Sternenhimmel für unser Heil herbeizitierend samt dem Ende der Milchstraße, als ich ihren schwangeren Bauch abtastete und verkündete, das Kind habe jeweils sechs Finger, gleich einer überragenden Robbensorte damit ausgestattet für ein neues Zeitalter, Rosa sah mich mit zusammengekniffenen Augen an, eine Brille trug sie immer noch nicht.

Ich hörte die Tochter wieder »heia, heia« sagen, »beide, beide«, dann »Bussi, Bussi«, und die vermeintliche Mutter mußte dem Überschwang des Kindes nachgeben, das unentwegt mit Küssen die Scheibe zwischen uns bedeckte, als seien wir verirrte Fische auf Futtersuche hinter Glas.

Ich stellte mir vor, wie dieses zu groß geratene Kind voll Sehnsucht, doch vorsichtig allein in der Nähe eines Sandkastens stehen würde, mit emporgehobenen Armen in seinem Puppenkleid andere Kinder beobachtend, die auf langen Wippen ihr Gleichgewicht meisterten oder durch architektonisch verquere Schlupflöcher von Spielquadern krochen, als müßten sie Panzersperren überwinden. Mutter und Tochter umarmten sich von neuem, verzerrte Laute drangen aus dem Hörer. Nun mußte ich weinen, daß so viel Zärtlichkeit nur der verzweifelte Ausdruck von Trauer war, denn nach unse-

rem Plan war Angela gar nicht Rosas Kind, sondern das von Hella Munz, zum Beweis, daß Erbanlagen kaum eine Rolle spielten, viel eher Umgebung und Erziehung. Die Kinder beider Mütter waren ausgewechselt worden.
»Wie heißt Angela wirklich«, fragte ich.
»Im Geburtsregister steht kein anderer Name«, sagte Rosa.
»Warst du bei der Entbindung allein?«
Das wisse sie nicht mehr, antwortete sie. Es sei alles sehr schnell gegangen, wie bei Fallsucht.
»Und jetzt? Arbeitest du? Wer paßt auf das Kind auf, wenn du weg bist?«
»Ich bleibe zu Hause«, sagte sie. »Der Staat sorgt für uns. Ich kriege Rente, bin nicht mehr erwerbsfähig. Alles hat eine wunderbare Wendung genommen.«
Was heißt da in Tränen ausbrechen, geschwächt von freiwilligem Durst und Hunger, während Kinderlachen klang. Zornig, denn vielleicht wurde ich nur in ein lang vorbereitetes Täuschungsmanöver verwickelt, glaubte ich zu entdecken, daß dieses Kind seine Zärtlichkeit nur spielte und auch wahrscheinlich wie jedes Fünf- oder Sechsjährige zu sprechen vermochte.
Zwei Beamte kamen jenseits des mächtigen Glases, beide jung und beinahe gesichtslos, in die andere Hälfte des Sprechraums durch eine Tür, deren Fugen in der Mauer nicht zu unterscheiden waren. Sie rissen die sich Umarmenden auseinander, setzten Mutter und Tochter jede auf einen einzeln stehenden Hocker und drückten ihnen neue Hörer in die Hand. Dann verschwanden sie, aber einen der Wärter erkannte ich. Er hatte stumm eine Zeitlang den Tropfkolben meiner Zwangsernährung über mich gehalten, damit der Schlauch, der in mich hinabführte, stillag, nicht zu sehr verwundete.
»Vielen Dank«, schrie ich in meinen Verständigungsapparat. »Bei der nächsten Speisung werde ich vor Ehrfurcht fünftausend Kalorien schlucken wie ein Schwerarbeiter. Das reicht für eine ganze Woche.«
Mich umdrehend, wartete ich darauf, daß sie nun in meine

Seite des Zimmers stürmen würden, mich hinaustragend oder schlagend oder beides, doch nichts dergleichen geschah. Rosa, getrennt sitzend von ihrer Tochter, die nicht ihre leibliche war, zupfte an ihrer abstehenden, dünn gewordenen Frisur, und Angela, das vertauschte Kind, stürzte unvermittelt von seinem Hocker, flossenartig Beine und Arme hochgereckt, als habe es die Trockenheit seit seiner Geburt immer noch nicht überwunden, sondern glaube sich noch geborgen in der Fruchtblase voll warmer Flüssigkeit, in der keine Fallgesetze geherrscht hatten. Sein Gesicht schlug auf, und erbarmungswürdig nach Hilfe verlangend, wälzte sich das Kind auf dem Boden zu seiner Mutter, während ein Faden Blut aus der Nase zu rinnen anfing, über den Mund kroch, das Kinn, dann behutsam Tropfen für Tropfen zum gehäkelten Kragen des Puppenkleids.

»Angela«, rief Rosa und ließ den Hörer los, der noch zweimal hochschnellte, bevor er an der Strippe auspendelte.

»Angela, Kind«, schrie ich in meinen Hörer. »Hast du dir wehgetan?«

»Kommen Sie zum Ende« tönte es aus einem Lautsprecher. »Die Besuchszeit ist gleich um.«

Rosa leckte das Gesicht des Mädchens ab, bis es rein war, nahm auch die kleine Nase in den Mund und säuberte sie, während Angela in Rosas Armen lag, regungslos bleich. Dann stellte Rosa sie auf die Füße und blies sie an, immer wieder mit gewölbten Backen, bis das Kind sich faßte und im Kreis trampelte, so daß die blassen Lippen neue Lebensfarbe bekamen.

Ich fragte, wieviel Grad es draußen habe? Welches Wetter sei? Statt Rosa antwortete der Lautsprecher, Informationen solcher Art seien verboten.

»Und wenn ich es trotzdem sage«, hörte ich Rosa rufen.

»Dann wird die Sitzung sofort abgebrochen«, gab die Lautsprecherstimme zurück.

Rosa beugte sich über ihren Hörer und flüsterte hinein. »Es gibt Primeln und Nelken zu kaufen, Astern noch nicht, und die Rettiche sind dieses Jahr zu groß geworden, lauter gedüngte Treibhausware. Sie schmecken nach Kohl, ohne Schärfe.«

»Feuerbohnen, Schnittlauch, Salat, Weißkraut, Blaukraut, was ist damit«, fragte ich noch, doch erhielt keine Antwort mehr, obwohl, wie ich sah, Rosa weitersprach, die Verbindung war unterbrochen worden.

Ich klammerte mich an das Brett unter der Trennscheibe, denn gleich würde ich hinausgeführt werden, aber man gewährte mir noch eine Frist, vielleicht weil das Überwachungspersonal sich nicht entscheiden konnte, auf welcher Seite des Sprechraums es zuerst eingreifen sollte.

Gebückt wie ein Reisigweiblein lief Angela auf die kaum sichtbare Tür in der anderen Zimmerhälfte zu, ihren von Windeln gepolsterten Hintern hin- und herschwenkend, so daß das Röcklein zu wippen begann und der Watschelgang des Kindes diesmal kokett ausfiel. Rosa drehte sich auch nicht mehr um.

Ich war allein, hörte nur noch das leise Rauschen der Lüftung durch den Sprechapparat, sah, wie die Helligkeit der Lichtröhren abnahm, bis ein Dämmerzustand erreicht war. Mutter und Tochter würden nie mehr wiederkehren, vielleicht waren sie gar nicht dagewesen, ich hatte mir alles nur eingebildet. Ich wurde nicht ohnmächtig, wie ich es mir wünschte, sondern machte mich bereit, langsam von dem Hocker rutschend, die Beine weit auseinandergestellt, als könnte ich Widerstand leisten.

Aber sie ließen mich warten, sahen mir wahrscheinlich durch Beobachtungsschlitze zu und hatten uns nicht nur abgehört, sondern auch gefilmt während der Besuchszeit. Ich blickte auf, um irgendein Zeichen, eine Bedrohung oder Verlockung zu entdecken. Die weißen Wände blieben kahl, auch der gelbe Strich in halber Höhe des Raumes, der dick aufgetragene Isolierfarbe unterteilte, veränderte sich nicht, nur der Hörer vor mir, der zwar ausgeschaltet worden war, gab noch das Brodeln der Klimaanlage wider. Mit meinem Sohn aus der mißglückten Ehe war ich einmal während unserer Ferien an der Adria in einem Schlauchboot gelegen. Er stand schwankend über mir, triumphierend einen Arm hochgestreckt vor Lust, und ich ruhte, Gleichgewicht haltend, unten, wies auf ihn und war stolz, ein Bild, wie hinter Glas gemalt. Dann ließ er sich auf mich fallen, und wir stürzten beide lachend ins Meer.

Ich erhielt von hinten einen Hieb. Ein paar Worte und Flüche waren zu vernehmen, bevor ich versank. Als ich wieder zu mir kam, wurde eine Zigarette in meiner festgehaltenen Hand ausgedrückt. Es zischte und stank nicht, aber der Schmerz brachte mich zum Stehen. Ich hörte, ich solle nun gefälligst arbeiten, Beschäftigung sei ein Teil der Therapie.

Von der Decke hingen Leitungen, an denen sich Bügeleisen befanden, auf langen Tischen nebeneinander aufgereiht, und vor mir lag eines dieser Hemden, in die die Kollegen gekleidet gewesen waren, als sie an einer Biegung des Anstaltsgangs mir auf Befehl Schläge verabreicht hatten. Zuerst kamen der Kragen und die Manschetten an die Reihe, ich fing zu bügeln an mit dem nächsten Eisen, das sehr schwer war, es ließ sich kaum anheben. Der steife Stoff verrutschte immer wieder, aber ich konzentrierte mich, während mir Dampf entgegenströmte und ich den Geruch von aufsteigender Wärme einatmen durfte, mit dem heiß gewordenen Eisen über die mächtige Vorderseite des ausgebreiteten Hemdes fahrend, das an Umfang zunahm.

»Pro Stück bekommen Sie zehn Pfennig«, hörte ich aus dem Nebel sagen. »Am Wochenende können Sie dafür Tabak und Nahrungsmittel kaufen.«

Ich drehte das Hemd um und bearbeitete den Rücken, an dem eine Quetschfalte in der Mitte zusammengelegt werden mußte, eine nicht nur fingerfertige, sondern auch rechnerische Aufgabe, denn zweifellos beinhaltete die fünfte Potenz der Wurzel aus dem Längenmaß mal Pi den Breitengrad von mir aus gesehen zum Erdmittelpunkt, der unter Afrika, auf der kochenden Seite des Planetenballs lag und von wo mit

einer langen Nadel axial hineingestochen werden mußte, damit man den Kern traf.
Als ich fertig war, nahm einer der Beamten, die links und rechts von mir schweigend meine Arbeit beobachtet hatten und helle Perlonstrümpfe über den Kopf gezogen trugen, mir das Bügeleisen aus der Hand und drückte es gegen meinen Magen. Ich hatte kein Hemd an, nur die Anstaltshose, und war barfuß.
Das Geräusch der verbrennenden Haut vervielfältigte sich mit dem Schreien und Zucken vor dem Zusammenbrechen, aber die Beamten hielten mich aufrecht, so daß ich, irr vor Angst, zusehen mußte, wie ein großes, schwarzes A unter meinem Brustbein hervorsprang und, sich wölbend, so blieb, als habe es nur darauf gewartet, endlich da zu sein.
Es gibt längs der schlimmsten Pein eine Grenze, hinter der, wenn auch nur für Augenblicke, eine Art Paradies klafft, ein Abgrund voll Ruhe und Klarheit, eine gläserne Stille wie auf einen Zeigefinger gespießt, bevor er abbricht und das Meer der Verzweiflung einen endgültig erbeutet.
Ich wurde beklopft, beatmet, massiert und mit Pfefferminzöl eingerieben, als sei ich ein japanischer Ringer, tonnenschwer.
Wieder zufuß zwischen meinen Knechten, wurden mir dann drei lange, eiskalte Wurstkränze, die wahrscheinlich aus den Kühlschränken der Festung stammten, um den Hals gelegt. Sie reichten bis zu den Knien.
Es handle sich um Regensburger, Münchner Weißwürste und eine neue Sorte, Eisenherz genannt, zählten die Beamten auf.
Und diese lächerliche Fracht mit mir schleppend, trieben sie mich mit auf den Rücken gedrehten Armen durch die Gänge, wo niemand mehr sich aufhielt, in meine Zelle zurück, einer der vielen Gefangenen, der noch stolz darauf sein durfte, daß er mit so viel Phantasie bedacht wurde.

2.

Als ich aus einem rastlosen Erschöpfungsschlaf erwachte, in dem feuchte und runenbewachsene Steine von einem gemeinsamen Mittelpunkt auseinanderstürmten, doch in dem Augenblick, wenn ich mich durch sie hindurchzwängen mußte, im Raum stillstanden und bedrohlich wieder näherrückten, herrschte Dunkelheit in der Kammer.
Kindische Freude, nicht mehr das Neonlicht zu spüren, dessen immerwährende Helligkeit, seit ich in Haft war, wie in viele Nadeln zerlegt auf mich gebrannt hatte, so daß die geschlossenen Lider anschwollen, die Gelenke vor Anstrengung schillernd blau zu werden schienen, und die Haut, sehr weit und fremd geworden, wie unter einem Sonnenbrand sich wellte und schuppte. Wäre ich am Meer gelegen, vermittelt durch einen wechselnden Bildausschnitt im bösartigen Fenster der Mauer, hätte ich mich eingeölt und, ich bin sicher, die Beamten würden mir das Mittel gebracht haben, hoffend, ich tränke es.
Nun aber war ich gerettet, sei es aus Nachlässigkeit, Stromausfall oder Tücke der Leitung. Ich dehnte und streckte mich auf meinem zu kurzen Bett, dessen Kanten und Härten sich weicher anfühlten als ruhte ich auf Daunen. Da war die Nacht, zum ersten Mal selbstverständlich anwesend, wie ich sie von früher kannte, mir Kerzenwachs und Watte in die Ohren stopfend, selbst zwischen Bergen ohne Bewohner, um das Versinken in die Vergessenheit durch die Schläge des Herzens im Gehör noch besser auskosten zu können.
Das faule Drehen der Arme im Schutz der Schwärze, das risikolose Betten des Kopfes von einer Seite zur anderen, die Atmung des Bauches, der nicht mehr vorhanden war, aber trotzdem, nach innen verweisend, noch bestand auf der wunderbaren Unterlage, als sei ich nach Hause gekommen.
Damals im Lager, wir waren kleine Schüler in der Nach-

kriegszeit, hatte ich in einem Saal gewohnt, wo jedem Kind ein Bett, ein Stuhl, ein Tischchen und ein brusthohes, abschließendes Regal zustanden. Jeden Montag wanderten nach der Sperrstunde eine angerauchte amerikanische Zigarette und daraufhin, das illuminierte Gift nie überholend, ein Stückchen Speck von Mund zu Mund durch die Zimmer, in denen wir sehnsüchtig auf die Genüsse warteten, uns gegenseitig mit abgebrannten Zündhölzern die Brauen schwärzend, was notgedrungen wehtat, doch bedeutsam aussah. Dann maßen wir mit einem Zentimetermaß die bleichen, tütenhaften Schwänzchen, die, zitterend vor Erregung, bei jeder Berührung beinahe abbrachen.

Ich versuchte, mich reckend vor dem nächsten Schlaf, mein Glück auszudehnen, ein Schiffchen in der Brandung. Und, erfüllt von Genugtuung, obgleich sie nicht mein Werk war, ließ ich mich von der Pritsche fallen, so daß die restlichen Flaschen, die noch dastanden, umstürzten, teils zerbrachen oder davonrollten. Ich wälzte mich, als sei ich ein Wal, der seiner Größe vertrauen konnte, in Splittern und klebrigem Saft.

Immer noch hielt die Dunkelheit an, obwohl nun ein schmerzhaftes Lichtbad an der Reihe gewesen wäre, doch mir wurde weiterhin Milde beschert.

Wäre ein Anwalt hereingekommen und hätte mir zugeflüstert, was ich gestehen sollte, ich würde es, ohne ihn zu sehen, nur seiner warmen Stimme vertrauend, gutgeheißen haben.

»Weichen Sie zurück«, hörte ich durch den Lautsprecher eine der bekannten Stimmen sagen. »Sie erreichen bald die Wand.«

Ich strengte mich an, den Befehl auszuführen, eine Robbe, die auf Eisschollen noch nicht genügend Bescheid wußte.

Ein wenig zu Kräften gekommen, als stellte die kostbare Schwärze um mich eine Art Nahrung dar, durch die Haut sickernd oder sie einatmend, versuchte ich, vorzutasten, während Blut aus kleinen Wunden, die die Glassplitter gerissen hatten, von Brust und Rücken rann, doch ich spürte kaum Schmerzen.

»Stellen Sie sich aufrecht«, wurde mir befohlen. »Wir müssen eine Prüfung machen.«
Die Hütten in den Bäumen, wo der Wind an den Brettern zerrte und die Nägel in Ästen und Stämmen getränt hatten. Ahorn-, Buchen- und Birkensaft! Und nun verwandelten sich die Ängste in Staunen, einen Fingerhut voll Fröhlichkeit, als stünde ich auf einem freien Feld.
»Was soll ich tun«, fragte ich in die Dunkelheit hinein.
»Legen Sie die Hände an die Hosennaht und ändern Sie nicht die Haltung«, hieß es. »Wir vermessen jetzt.«
Ich hatte gelesen, daß eine Frau, die bei geöffneten Flügeltüren in einem Pavillion schlief, jeden Morgen, während sie noch träumte, Besuch erhielt. Zwei Löwen kletterten aus dem nahen Teich, schüttelten die Nässe ab und streiften lautlos durch den über den Wiesen hängenden Frühnebel. In ihrem gesträubten Halsfell glitzerten stechende Tropfen, aus ihrem Maul troff Speichel, und bei jedem Schritt, den sie näherkamen, verursachten ihre Krallen einen leisen, zischenden Ton, als wetzten sie Werkzeuge an dem dichten, grünen Gras.
Sich unter die reich bestickten Vorhänge duckend, die hin und wieder in einer leichten Brise aus dem Gartenhäuschen wehten, schlichen sie in das ovale Zimmer, wo Miss Virginia auf dem Bett ruhte, die Augen geschlossen, mit ernsthaftem Gesicht, und die Arme wie zu einem Willkommensgruß ausgebreitet. Die Löwen machten sich ans Werk.
Der eine verzehrte eine Hand, der andere fraß sich an einem Fuß, den er behutsam unter der Federdecke hervorgezogen hatte, höher. Vorsichtige Kaugeräusche ließen Miss Virginia lächeln, die weiterschlief und keine Schmerzen zu verspüren schien, wenn sie auch manchmal zusammenzuckte, als wolle sie ihre Glieder vor den wilden Tieren retten.
Ein kleiner, gelber Vogel flatterte erregt in seinem Käfig auf einem hohen Sekretär, schrille Laute ausstoßend, die sich zu einem Lied vereinigten, allen Vögeln nur in Italienisch bekannt: Es ist ein Scherz, ein Scherz, alles ist ein Scherz!
Als einer der Löwen kurz sein Mahl unterbrach und unwillig

zu dem Ziervögelchen blickte, verstummte dieses und duckte sich auf der obersten Sprosse in seinem Gehäuse. Miss Virginia seufzte wohlig, denn die Löwen schleckten nun die Wunden blank, die sie verursacht hatten.
Blitze durchschnitten meinen Raum, nicht nur in vertikalen Mustern, auch in der Horizontalen, doch trafen nicht, umschrieben eher, so daß ich unwillkürlich noch strammer stillstand, denn jede Bewegung, die den Aufwand an ferngesteuerter Vermessungs- oder Ablichtungstechnik gestört hätte, wäre für mich vielleicht schmerzhaft ausgefallen. Ich verharrte in der stummen Dunkelheit, aber fühlte mich, trotz aller Einflüsse, denen ich mich preisgeben mußte, wie in einem wachsenden Gespinst geborgen.
In der nächsten Nacht kamen die Löwen wieder. Miss Virginia, die tagsüber den Garten nicht mehr verlassen und ihre Gebrechen, einen angenagten Fuß und eine fehlende Hand, nicht weiter beachtet hatte, wälzte sich unruhig im Schlaf und versank erst in dessen schönste Tiefe, als die beiden Tiere gegen Morgen einen ganzen Arm und ein Stückchen Brust aßen. Einmal bäumte sich das Opfer auf und sank dann befriedigt und ermattet in die Kissen zurück, während die Löwenmäuler das strömende Blut auffingen, nur wenige Flecken blieben auf den Damastbezügen zurück.
Auch meine Kraft nahm zu, während ich ein paar Schritte in der Zelle wagte, barfuß durch Scherben und auftrocknenden Holunder- oder Orangensaft, und da kein Lichtgewitter mehr ausbrach, setzte ich mich nieder und befühlte Risse in der Haut, die bereits verschorften.
Das Ergebnis der wiederkehrenden Heimsuchung war grausam und blühend zugleich. Miss Virginia, die sich nur noch mittels eines Rollstuhls fortbewegen konnte und schließlich auch das nicht mehr, vermied Nahrung und Tageslicht, sehnte sich nur noch nach ihrem Bett, auf das die fett gewordenen Löwen jede Nacht mühsamer hinaufkletterten, obwohl die Speise knapp geworden war. Arme und Beine fehlten, der Rumpf schmolz dahin, dagegen rollte sich der

Kopf, umgeben von aufgelösten Locken, immer schneller in einem wilden Entzücken hin und her, so daß die beiden Statthalter ihn nur mißtrauisch berochen, als habe er einen Makel.
Zuletzt fiel in der silbrigen Dämmerung der kleine, gelbe Vogel, der seit Tagen nicht mehr gefüttert worden war, tot in das ausgetrocknete Getränkenäpfchen seines Käfigs, und Miss Virginia, deren ekstatisches Gesicht, vermengt mit Haaren, Lippenstift und der übertriebenen Schwärze der Augenbrauen, die ersten Sonnenstrahlen begrüßte, als stürme sie, nichts zurücklassend, weder blutige Teile noch Unverdauliches, auf ihnen davon, stieß zum ersten Mal einen Schrei aus, der die Löwen in die Flucht schlug.
Mit gesenkten Häuptern trotteten die satten Tiere zum See, aus dem sie gekommen waren, grollten noch ein wenig verdrossen und verkrochen sich im Wasser, das sich ohne Widerstand über ihnen schloß.
Die Stille hielt an. Ich wollte mich schon ausstrecken, ungeachtet der Flaschenscherben, als behutsam, fast liebevoll die Mahnung erklang, ich solle zu Bett gehen.
Dort fand ich die eisernen Kanten am Rande wieder, die Falten und geringen Mulden in der harten Unterlage, anheimelnde Gewohnheit, eine durch Zeit vertraut gewordene Anpassung.
Nichts rührte sich, auch ich mich nicht. Neuer Schlaf, verwunschen in der lindernden Dunkelheit, ließ mich auf gepolsterten Stufen durch enge Gänge wandern, als würde ich das Innere einer Ohrmuschel betreten.
Ferne Feuer, in denen, ohne zu verbrennen, Freunde und Feinde umhergeschleudert wurden. Ein wütender Schwan versuchte, eine durchsichtige Mohnkapsel zu sprengen, aber es gelang ihm nicht. Bekleidete Kinder wanden sich auf spitzigen Gabeln, doch starben nicht, und mein Freund Johann Jakob Hiller betätigte mit beiden Händen die Manuale eines Harmoniums, um das Getümmel zu bannen. Dann setzte unvermittelt, während ich noch in der von Bildern

durchzogenen Ruhe schwamm, infernalischer Lärm ein. Anfangs konnte ich mich dagegen wehren, indem ich den Atem anhielt, mit den Fingern die Ohren verstopfte und mich langstreckte, um, so dünn wie möglich geworden, darunter hinwegzutauchen, doch wie in eine Mülltonne geraten, in der sich, außer mir, auch Eisenstücke überschlugen, holte mich das Brausen und Krachen ein.

Ausholend änderten sich die Geräusche, polterten und erreichten durchdringene Schärfe, so daß ich glaubte, meine Fußnägel zu spüren; sie begannen sich zu krümmen, während Mund und Nase selbständig wurden.

Ein paarmal schrie ich aus Gegenwehr, aber hörte mich nicht. Auch Bisse in den Arm und verzweifeltes Reißen an der Halshaut, um durch Schmerz wieder anwesend zu werden, änderten nichts. Die Zertrümmerung geschah von außen nach innen, wobei die Schläge in so schnellen Folgen kamen, daß ich ihnen wie unnatürlich kurzen Meereswellen zusehen konnte. Dieses neue Stadium besaß eine Art Ausgewogenheit. Mitunter genoß ich sogar den riesenhaften Tanz imaginärer Gewichte, die mich zwischen sich zerreiben wollten, doch keinerlei Gewalt besaßen, sondern, sobald sie mich vernichtet glaubten, wieder auseinanderjagten, als hätten sie vor sich selbst Angst.

Kabel einer Seilbahn, von mir selbst gespannt, die in der von der Festungsleitung gewährten Nacht Gebirge zerschnitten, sangen vor Anstrengung, so daß ich mich wieder auf meinem Lager verlängerte, denn plötzlich hörte das vernichtende Kreischen und schrille Aneinanderreiben auf. Stille fiel gleich einem Amboß herab, der bei seinem Aufschlagen überwältigend breit und lasterhaft nachgiebig wurde.

Ich rief nach den Beamten, nannte sie Freunde, Väter, Sanitäter, und jedem, der hereingekommen wäre, hätte ich die Hand geküßt, auch ungewohnter wohlgetan, je nach Verlangen mit weißem Sperma im Mund oder brennendem Urin im Gesicht.

Aber ich blieb allein in der schwarzen Ruhe, hatte Glieder,

Kopf und Innereien zur Verfügung, die nach dem haushohen Lärm ein Vielfaches an Ausdehnung beanspruchten und mich auseinanderreißen wollten, und selbst das Bett unter mir strebte davon, sich verflüchtigend wie eine ferne, böse Wolke. Zum zweiten Mal durchschnitten jene Blitze, die mich schon vermessen hatten, den Raum und warfen ein kaum wahrnehmbares Bild gegenüber auf die Wand.
Bevor das nächste Bild aufflammte, kniete ich mich hin. Der für Momente an der Mauer stehenbleibende Lichtschweif stellte einen gestürzten Mann dar. Soweit ich erkennen konnte, war sein Hemd beschmiert, seine Hose zerfetzt, und neben seinem Kopf, der mir bekannt schien, breitete sich eine Lache aus.
Dann erlosch die Photographie oder Projektion, und neuer Lärm setzte ein, diesmal ein Grollen und zugleich ausuferndes Singen, das sich in durchdringenden Weiten verlor, bis ich nur noch Schmerzen fühlte, messerscharfe Höhen der Verlockung und stumpfe Gnaden des Gehorsams.
»Sind Sie da«, sagte eine Stimme, die mir oft befohlen hatte.
»Ja«, erwiderte ich. »Ich bin dankbar.«
Es würgte mich, doch nichts kam. Darm, Magen und Kehle waren noch nicht mit dem Kopf vereint.
»Wollen Sie etwas zu essen«, hörte ich sagen.
Noch nie, beschwor ich die Anrufung, hätte ich soviel Anteilnahme erfahren.
Als sei die Aufsicht zufrieden mit mir, bekam ich in meine schwarze Zelle das Schmettern und Gutheißen der Nachtigall geschickt, während in der Lücke der Mauer wieder die Gleichgültigkeit einer Ecke des Gefängnishofs erschien.
Wäre es mir gelungen, in Norwegen auf irgendeiner dieser kahlen Inseln vor der Küste eine Hütte zu bauen und vom Fischfang zu leben? Ich saß dort und hungerte, doch die Kälte trieb mich zurück, und als ich in einer Werft, wo ich nach Arbeit fragte, keine bekam, griff mich die Polizei auf, wahrscheinlich vom Personalbüro des Unternehmens verständigt, weil ich nur falsche Papiere besaß. Damals hatte ich mich nach

einem Gefängnis in der Heimat gesehnt, denn ich wollte schmutzig enge, vollgestopfte Räume, in deren übereinandergetürmten Betten ich mit vielen gehaust hätte. Wir wären eine gefährliche Gegenmacht gewesen, allmählich über Riegeln und Mauern hinaus im Land Echo findend und Widerstand weckend.

Statt dessen war ich, begraben in Helligkeit und Dunkel, beschallt bis zum Schmerz oder von Schweigen umgeben, in dem ich mich nicht mehr wahrnahm, allein.

Ich stellte mir vor, wie ich, einen schweren Rucksack umgehängt, auf Skiern durch gewundene Täler geflohen wäre, immer dem Norden entgegen, Tag und Nacht auf Füßen, selbst im Schlaf, bis zu einem eisigen Kap. Ich hätte die Sprache der Lappen und die Gewohnheiten der Rentiere und Robben erlernt und wäre, in barbarisch dicker Kleidung und bei roher, fetter Nahrung, mächtig geworden.

Der Blick schweifte über die Gletscher. In der dünn gewordenen Luft wichen die letzten Flechten, als jagten sie dem Sommer nach. Die mühsam aufgeschlagenen Wasserlöcher wüchsen, sobald man ihnen den Rücken kehrte, wieder zu, und in den Zelten tränkten sich die Fellbetten mit dampfendem Urin.

Aus meinem Mund rollte, ohne daß ich mich erbrochen hatte, die kleine goldene Kugel, die mir von Axmann bei der zweiten Begegnung im Korridor, als er mich füttern sollte, zwischen die Zähne gespuckt worden war.

Obwohl die Dunkelheit in der Zelle undurchdringlich blieb, sah ich einen schwachen Schein, ausgehend von der Kugel, die nicht vom Bett fiel, sondern entlang der eisernen Kante wanderte, als liefe sie auf mein Gesicht zu, das ein wenig von einer warmen, unbestimmbaren Strahlung getroffen wurde. Ich machte mich bereit, diese Halluzination, wie schon andere, gutzuheißen, denn Täuschungen waren zur Regel geworden, da die Sinnesorgane keine andere Arbeit mehr hatten.

Mich tiefer beugend, glaubte ich zu hören, ich solle mich in acht nehmen, sonst würde ich mir die Lippen verbrennen. Während ich zurückwich, vollführte die Kugel eine Drehung und begann, über den Bettrand hinunterzumarschieren, ein winziger, geschäftigter Pionier, der ohne Mühe alle Abgründe überwand.

Unten angekommen, verharrte die entgegen allen Gesetzen wendige Kugel, und es kam mir so vor, daß sie auffordernd über eine Schulter blickte, um Beifall zu bekommen, aber ich getraute mich nicht, dem Eindruck nachzugeben, sondern legte mich auf den Bauch und vergrub den Kopf unter den Armen.

Es half nichts, unablässig nagten und spotteten zarte Kräfte in dem abgedunkelten Verließ, wobei die Meßgeräte und Infrarotapparate, die hinter den Mauern zur Beobachtung auf mich gerichtet sein mochten, vermutlich keinerlei Daten von der Erscheinung verzeichneten, so daß ich mich dem fremden Einfluß, der nach Bestätigung verlangte, ohne Zeugen stellen mußte.

Der Unterschied zu allen bisher erfolgten Schrecken gewährte jedoch ein wachsendes Gefühl von Dankbarkeit, als sei ich, nach zahlreichen Krankheiten, bei der letzten angelangt.

Das brünstige Kügelchen fing zu rollen an, zuerst vorsichtig die Bodenbeschaffenheit der ungewohnten Umgebung prüfend, dann humpelte es, als bereiteten ihm die geringsten Unebenheiten ziemliche Schwierigkeiten, langsam im Krebsgang zur Seite und schielte zu mir, seiner Herkunft, in die es vielleicht wieder flüchten wollte. In Bann geschlagen streckte ich krampfhaft die Zunge heraus, bis die Kieferknochen knirschten, um dem Gast seinen Landeplatz bereitzuhalten. Schließlich konnte ich nach einem kaum wahrnehmbaren, quäkenden Befehl meinen Mund wieder schließen, denn Axmanns zwiespältiges Geschenk hatte eine der Wände erreicht und kroch, sich scheinbar ausdehnend, wie mit Saugnäpfen daran empor. Oben an der Decke blieb es eine Weile haften und richtete seine verhohlene Neugierde nach allen Seiten, bemühte sich wahrscheinlich, den Gefängnisraum nach Herkunft, Beschaffenheit, Inhalt und Zweck zu begreifen.

Ich bräuchte auch Orientierung, sagte ich.

Keine Antwort, doch eine Art gutwilliger Stimmung oder Verheißung streichelte mich, so daß ich um weitere Aufklärung bat, denn es war, nach vielen Tagen ohne Essen und Trinken eine Kleinigkeit, Laune auch noch für dieses Spiel aufzubringen.

Kaum war ich mit meinem Stoßgebet zu Ende, stürzte die kostbare Kugel von der Decke und bohrte sich in den Fußboden, hitzig den Eifer ihres schweren Metalls verströmend, so daß sie immer tiefer sank und bald nichts mehr von ihr zu sehen war.

Dies war die schlimmste Katastrophe! Schläge, Verlassenheit, Hunger und Durst, Zwangsernährung, das rauschhafte Gift der Lähmungsspritze, die grausamen Bildprojektionen und der folternde Lärm hatten mich, trotz Erschöpfung und Verzweiflung, immer wieder auf die Bedingungen meiner Haft verwiesen.

Eine weibliche Stimme sagte in den Lautsprechern, ich solle schlafen, es bleibe noch für einige Stunden in der Zelle dunkel, dann dürfe ich mich für ein neues Gespräch mit meinem Pflichtverteidiger bereithalten.

Gleich darauf sprach eine andere, vor Zorn verdünnte Stimme, denselben Beschwichtigungssatz nach.

Nach einer Weile glomm irgendwo aus dem Boden wieder das Kügelchen, größer geworden als vorher und schon beinahe einem Kobold gleichend, in argwöhnisch verzerrter, menschlicher Gestalt.

Der Unhold schoß rastlos hin und her, beschrieb Bögen, zog Kreise, unterbrach seinen Lauf und sprang in die Höhe, schmolz jedoch, herabfallend und in den Beton einschlagend, nicht mehr hinweg, sondern befreite sich sogleich ruckweise aus der Umklammerung des Materials. Daraufhin eilte er im Schlittschuhschritt davon, komplizierte Figuren ausführend, oft entgegen dem Widerstand des euklidischen Raums, hinter

sich Haftung herschleppend, als müsse er wie mit einem fleischig plumpen Schwanz steuern.
Aus dem runden Metall bauten sich zögernd schiefe Gestalten auf, die ich mitunter zu erkennen glaubte, aber sobald ich einen Namen flüstern wollte, änderten die Irrwische ihren Ausdruck, wechselten in pflanzenhafte oder mineralische Formen, es war eine vergebliche Jagd nach Verdinglichung. Die Verschwendung an Gedanken, Gefühlen und Blasphemien tanzten immer schneller mit der geschäftigen Kugel, der es gelungen war, für Augenblicke jeweils einen anderen Inhalt widerzuspiegeln, doch ich schrie nach Licht, Beamten, Ärzten, der Direktion und hämmerte gegen die Tür, deren Schutzbelag jeden Ton schluckte, als das Kügelchen, ängstlich wieder klein werdend, mich bat, wir sollten unter uns bleiben, ich sei sein einziger Hort.
»Dann zeig dich hohl«, sagte ich.
»Kann ich nicht«, bekam ich zur Antwort. »Die Abhängigkeit ist mein Lebenselixier.«
»Also, marsch zurück in meinen Magen«, befahl ich. »Wir brauchen beide ein bißchen Ruhe.«
»Ich könnte aus meinem Vorrat noch mehr anbieten, damit du überzeugt wirst«, schlug das kaum mehr schimmernde Kügelchen vor.
Scheinheilig mühte es sich näher, wobei es Ausbuchtungen bekam, sichtlich älter wurde, bis es schließlich stand und auf der Stelle hinkte, als besäße es ein Holzbein.
»Erkennst du mich«, fragte es.
»Keine Ahnung.«
»Und jetzt?«
Ich besah mir in der Dunkelheit das interessant auseinandergefaltete Produkt, auf dessen Goldleib sich eine Berufskleidung abzeichnete, schwarze Hosen, schwarze Weste, weißes Hemd und gepunktete Fliege, außerdem eilte das Männchen umher, sich bückend, mit einem Tuch nicht vorhandene Tische abwischend und unwirsch Speisen verteilend, wobei es schnaufte und vor sich hinmaulte, als müsse es ständig

ungeduldige Gäste abwehren. Dann verschwand es irgendwo in einer Lücke, aus der es schepperte und klirrte, bis es wiederkehrte und auf Rollschuhen atemberaubend kühn servierte, umgeben wie von zahlreichem Publikum in einem Ausflugslokal. Danach blieb es stolz vor mir stehen, massierte den wehen Stumpf, der in einer Prothese steckte und sagte, noch einmal dürfe ich raten.

Ich wisse immer noch nicht, was es vorstelle, wehrte ich ab.

»Gollwitzer, Helmut, Taschenbuchausgabe Seite 15, Titel, ›Und führen, wohin du nicht willst‹«, antwortete es kaum hörbar, bescheiden seinen Kopf senkend.

Nun erkannte ich die zu geringsten Maßen zusammengestauchte Gestalt, die erst durch die Groteske verdeutlicht wurde: Ludwig Lichtenberg, Oberkellner aus dem Hotel Königshof in Tilsit, während des Krieges als Instrumenteur bei 30 000 Operationen und 400 Amputationen tätig und oft das Kommando übernehmend, wenn die jungen Frontärzte vor Ekel nicht mehr zupacken konnten, beschrieben in jenem Buch. Später hatte Lichtenberg in den Deutschen Automobilwerken gearbeitet, war aber zum Wochenende Aushilfskellner in einem böhmischen Eckgasthaus am Elisabethenplatz in München geworden, da er, geschieden und von seinen Kindern verlassen, die Einsamkeit fürchtete.

»Streck die Hand aus und spring«, hörte ich väterlich sagen.

Mit seiner Hilfe schon gar nicht, beschied ich das goldene Wesen, das, nach so vielen Täuschungsmanövern, sich auch noch als Lichtenberg behaupten wollte.

»Komm, komm«, säuselte die verformte Kugel und rückte näher. »Wenn du willst, kannst du gleich das Ausland sehen.«

»Welches«, fragte ich.

»Deines! Die Straßen, Höfe, Häuser und Gärten.«

Eine kleine, durch höhere spezifische Dichte erwärmte Hand klopfte in meine, von der kalter Schweiß rann. Ich traute mich, zuerst scheu gebückt, dann stehend, herabzusteigen von meinem Lederbett in die schwarze, abgeschlossene Zelle, doch schon flog ich, geleitet und geschoben dahin, mußte

allerdings auch ein wenig Arbeit leisten, verquer zusammengebackene Zementadern auseinanderstoßen oder griesgrämig schwergewichtige Moleküle, die nicht weichen wollten, anherrschen, sie sollten Platz machen auf der Strudelstiege ihres lückenhaft chemischen Gefüges, für uns spiele die Trägheit einer nicht spontanen Natur im Augenblick keine Rolle.
»Keine Angst vor Kompliziertheit«, rief das vorausstürmende Kügelchen, das inzwischen viel geringer geworden war, als ich es von Axmann unbemerkt in einem Korridor der Haftanstalt empfangen hatte.
»Der Gewinn besteht darin, daß wir alle Gesetze für einen Moment mißachten. Weißt du, in den Lehrbüchern schwärmten zwar viele Wissenschaftler von der Zukunft, doch zu Hause, in ihrer Eigentumswohnung, bei Frau, Kind und Jugendstillampe, werden sie wieder wehleidig.«
Ich hatte keine Zeit, mich um die Wirklichkeit zu kümmern, da wir ins Freie gekommen waren, in den Gefängnishof, der sich bisher nur als Vorwand in der Mauer meines Verlieses dargeboten hatte.
»Dageblieben«, befahl mein Führer durch die Ordnungsregister. »Wenn du abfällst, bin ich auch nichts mehr wert. Gold liegt unter der Massenzahl von Blei. Ich will zu keinem altertümlichen Geschoß werden.«
Ächzend und eiernd überwanden wir noch die letzte Sperre, eine Mauer mit elektrischem Draht darüber oder irgendeinem anderen Verhau, dann landeten wir weich in Unrat oder auf einer Matratze, wie zum Beispiel die fein verkabelten Innereien der Elektronikkästen aus der zweiten Generation genannt werden, während hinter uns das Gefüge der chemischen Systeme, die wir gestört hatten, mit Getöse wieder zusammenstrebten, Blitze und Vorwürfe speiend.
»Gelungen«, hörte ich flüstern.
»Wo bin ich«, fragte ich.
»Auf der Straße, gegenüber dem Rundfunk.«
Mich aufrichtend, gewahrte ich, daß ich mich tatsächlich

außerhalb der Festung befand, Schritte und Bewegungen wagend, als sei ich zu dem Vogel geworden, der in meiner Zelle jubiliert hatte.
»Lichtenberg«, rief ich. »Ich brauche Beistand.«
Die kleine, goldene Kugel, gerade noch Kollege oder Genosse gewesen, meldete sich nicht. Ich kroch über Asphalt, betastete Glassplitter, Filter von abgebrannten Zigaretten, zwei Haarspangen, den Deckel eines Gullys, der festsaß, und eine Masse, die, wie ich gewissenhaft nachprüfte in meiner Verwirrung, eine weggeworfene Eiswaffel war.
»Lichtenberg, bring mich zurück«, schrie ich.
Keine Antwort, doch eine Katze kam auf drei Beinen im schwachen Licht eines gegenüberliegenden, noch beleuchteten Schaufensters näher, während ich, dem Gefängnis entsprungen, was nicht sein konnte, jedem Auftritt höchstmögliche Verklärung verlieh.
»Kannst du sprechen«, fragte ich das Tier.
Es hielt Abstand, mit hocherhobenem Kopf um mich streichend, rieb einmal seine mageren Flanken an meinen nackten Füßen, dann sprang es mit einem Satz davon, einen nebelhaften Laut hinter sich herziehend.
Ich rief wieder nach Lichtenberg oder dem goldenen Kügelchen.
Eine Frau torkelte auf mich zu und fragte, wo der Bahnhof sei.
Ich sagte, geradeaus.
Sie müsse nach Eching, flehte sie.
Bevor ich antworten konnte, setzte sie sich in die Hocke nieder und begann, mich umklammernd, zu pressen, wies mich an, daß ich ihren Rock aufreißen, unter sie eine Zeitung legen und darauf achten solle, daß wir allein blieben.
Die Gesichter aneinandergedrückt, ereiferten wir uns. Ich biß, nachdem die Geburt aus der Frau gefallen war, die Nabelschnur ab. Es gelang mir auch, der Frau ein Bett auf dem Trottoir mit meiner Hose zu bereiten, mehr hatte ich nicht an. Dann legte ich das Kind auf den großen Bauch seiner

Mutter, wo es hechelte und warme, bisher nährende Flüssigkeit ausstieß wie ein kleiner, unbekümmerter Pinguin.
»Heißt du Rosa«, fragte ich die Frau.
»Nein«, sagte sie. »Wo ist der Bahnhof? Ich will nach Hause!«
Ich zeigte die Straße hinab, die ich nicht kannte, und sie, noch im Wundkrampf, raffte sich auf, nahm das Kind und schritt breitbeinig davon, als stammte sie aus der Eisenzeit.
»Lichtenberg, wo bist du«, schrie ich.
»Hier, neben dir«, verkündete er.
»Ich sehe dich nicht!«
Nach viel Aufwand dürfe man nicht kleingläubig werden, hörte ich ihn mahnen.
»Dann leih' mir zwanzig Pfennig!«
Als ich meine von der Sturzgeburt durchnäßte und blutig gewordene Anstaltshose anzog, fand ich in der rechten Tasche zwei Münzen, überquerte barfuß die Straße und holte aus einem Automaten, der an einer Gartenmauer unterhalb des Rundfunkturms hing, eine Schachtel Streichhölzer und, Hölzchen um Hölzchen entzündend in der Nacht, wollte ich der Frau nachlaufen.
»Bleib da«, rief aus irgendeiner Richtung der verwachsene Lichtenberg. »Wer nicht lernt, allein zu sein, nützt den Tod nicht aus.«
»Was heißt das?«
»Den Generationswechsel beachten. Grab dich ein, sonst frierst du!«
Und ich, einseitig in Freiheit verrückt, kletterte über die Gartenmauer und wühlte mich zwischen Zierpflanzen, deren kleine Wurzeln mein Eindringen kaum behinderten, in das Erdreich, mit Händen und Füßen wie ein Maulwurf arbeitend, bis ich genügend tief saß, nur noch mein Kopf sah aus Humus und Torf.
Gegenüber, auf einem steifen Blatt, glitt die goldene Kugel wie ein vielleicht bald von der aufgehenden Sonne bedachter Tautropfen nieder, während ich nach oben blickte, wo das

steil aufragende Ungetüm des Rundfunkhauses sich nach hinten zu neigen schien.
»Hättest du etwas zu verkünden, wenn du in den Sender hinein könntest«, fragte der ehrgeizige Lichtenberg.
»Nichts«, gestand ich, geborgen in der Erde. »Ich glaube, wir haben uns zuviel vorgenommen.«
»Falsch! Es war zuwenig.«
»Nicht genügend Kinder«, fragte ich.
»Oh Gott«, höhnte der Goldknäuel, nun in Obhut einer fetten Primel, »ihr wolltet Zeit überspringen, aber ihr bleibt das ganze Leben an den Gesetzen des heiligen Mendel hängen, so schüchtern wie Lippenblütler.«
»Wir sahen keinen Ausweg«, antwortete ich.
»Ein, zwei oder hundert Kinder ändern nichts!«
»Im eigenen Haushalt wird jeder Dummkopf zu einem Verbrecher«, sagte ich, »doch ein kleiner Mozart wäre eine Offenbarung.«
»Habt ihr einen?«
Ich könne darauf nicht antworten, murmelte ich, mich, mit ein wenig Erde im Mund, noch tiefer zwängend. Ich sei sowieso kein Beispiel, denn wer habe schon Gelegenheit, am Rande der Nacht aus seinem Gefängnis zu entfliehen, wenn auch nur für Augenblicke.
»Zwick dich«, sagte Lichtenberg.
Ich tat es, und wahrhaftig, es schmerzte, so daß ich ruckweise wieder höher kam aus meiner Burg. Über die freigelegten Schultern strich kühler Wind, und ein Käfer, der gerade von einem Blätterstockwerk zum anderen fiel, landete auf meinem Gesicht.
»Vorhang auf«, rief die goldene Kugel.
»Muß ich gleich in die Verbannung zurück«, fragte ich.
»Welches Kind ist dir lieber«, hieß es von irgendwoher aus dem unterhalb des Rundfunkgebirges angelegten Alpengarten, in dem ich stak.
Ich hätte nur Rosas Tochter erlebt, sagte ich, die hinter der Trennscheibe des Besuchsraumes Küsse verteilt habe, weil

sie kaum sprechen und auch noch nicht richtig gehen konnte. Ob ich enttäuscht sei?

Ich hätte Wunder erwartet, entgegnete ich, doch daß Rosas Kind, ausgetauscht mit dem von Hella Munz, so viel Schäden habe, bringe jede Rechnung durcheinander.

Ich würde, falls ich genügend zäh bliebe, noch ganz andere Zerstörungen erleben, wurde mir prophezeit. Beim nächsten Mal dürfe ich den Sohn, also Rosas wirkliches Kind, das Hella Munz aufziehe, kennenlernen, einen Prachtskerl.

»Was noch«, fragte ich, faul in warmer, weicher Erde ruhend.

»Leichtfertigkeit«, hörte ich Lichtenberg jubeln, der über mir am äußersten Ende der Kehlung eines Blattes hing. »Wie schwer bist du geworden?«

»Weiß ich nicht.«

»Theoretisch bist du durchaus möglich«, dozierte das Goldmaul. »Im Meer der Instabilität kommen Atomgewichte von 300 bis 500 vor, Plutonium, Curium, Americium, Caracalla, Spetium, Lot und so weiter. Die meisten wird man nie finden, so flüchtig sind sie.«

»Und du«, fragte ich, »was hat dich zustandegebracht?«

»Ich bin ein Wunschtraum der Alchimisten des Mittelalters. Das Verfahren ist relativ einfach. Stell dir einen Teilchenbeschleuniger vor, in dem zwei, nicht zu leichte Ionen, deren Kerne zusammen größer als der des Goldatoms sind, mit annähernder Lichtgeschwindigkeit aufeinandergeschossen werden. Hat man gut gezielt, dann verschmelzen sie. Dabei können allerdings einige Bruchstücke davonfliegen, doch wenn die Zutaten an Giga-Energie richtig gewählt und unmißverständlich genau durch Ringmagneten gelenkt werden, entsteht auf diese Weise tatsächlich Gold.«

Gähnend wandte ich ein, bei solcher Einfachheit überkomme mich der ewige Schlaf.

Es sei wie auf einer Kegelbahn, erklärte Lichtenberg. Der richtige Drall entscheide, allerdings in milliardengeringsten Dimensionen.

»Führ vor«, bat ich, »sonst versinke ich.«

Ich war noch tiefer gerutscht, ein Gang oder eine Höhle unter mir hatte nachgegeben, so daß die Erde bis zu meinem Mund reichte.
Der technische Aufwand sei außerordentlich groß, sagte das Kügelchen, die hohen Investitionen würden alle abschrecken, die einen finanziellen Vorteil von diesen Versuchen erwarteten. Gold, das durch Kernreaktionen gewonnen werden könnte, bleibe praktisch unbezahlbar. Für die Herstellung eines einzigen Milligramms müßte der Schwerionenbeschleuniger einige hundert Jahre ununterbrochen in Betrieb sein. Dies sei unirdisch.
»Also nur in Sonnen möglich«, sagte ich.
»Wieviel Uhr ist es«, fragte Lichtenberg.
Er dürfe von einem, der Zustände nicht mehr auseinanderzuhalten vermöge, keine Zeitangabe erwarten, antwortete ich.
»Wirf ein Tüchlein über mich oder laß mich wieder in deinen Mund.«
»Kann ich nicht. Ich stecke fest.«
Licht sei äußerst schädlich, jammerte das Kügelchen. Alles, was mit Graden, Geschwindigkeiten und Einteilungen zusammenhänge, lasse Wunder nicht zu, bringe sie zum Schrumpfen.
»Todesangst?«
»Nein, Rücksturz ins periodische System.«
Ich wollte zugreifen und den goldenen Irrwitz bergen, doch durch den Garten kam ein Wachmann näher, eine Blendlampe vor die Brust geschnallt, deren Strahl über die Zierpflanzen schweifte, vielleicht auch uns traf.
Da meine Hände unbrauchbar waren, versuchte ich, mich hineinzufressen in die Erde, mußte aber husten, der Humus schmeckte nach Gewürm und Fäulnisbakterien. Horchend blieb der Wächter stehen, direkt neben meinem Hals, stampfte unwillig auf, so daß ich einen Stoß gegen die Schlagader erhielt. Würgend und unterdrückt keuchend kämpfte ich gegen eine Ohnmacht.
»Ist da jemand«, hörte ich ihn rufen.

Ehrfurcht gebietend verharrte er über mir, während ich wieder zu Atem kam in meiner überhäuften Wanne. An seinem Gürtel hingen Geräte wie Schlüssel, Knüppel und eine Pistole, nach der er zuerst griff, außerdem besaß er noch eine Schultertasche, die er nun langsam tastend öffnete. In der Ferne fing es zu glucksen und zu knacken an, als stolpere jemand selbstvergessen durch den Alpengarten. Mein Kügelchen war unterwegs.
»Stehenbleiben«, drohte der Wächter.
Ein Konzert begann. Steine pochten, nach Antwort suchend, in verschiedenen Stellungen gegen ihre Unterlage; in der morgendlichen Kühle steif gewordene Blätter fanden keinen Platz mehr an den engen Zweigen; Grillen und Heuschrekken, von dem umherhuschenden Lichtenberg aufgeschreckt, protestierten; Wasser, vielleicht ein kleiner Springbrunnen inmitten der Blumen, fiel in sich zusammen und besann sich dann wieder auf seinen Dienst.
»Grüß Gott«, sagte ich nach oben.
»Wer da«, rief der Wachmann und drehte sich, das Erdreich mit seinen Stiefeln pflügend, um, was mir schlecht bekam. Ein erneuter Tritt gegen meinen Kopf verstärkte das Summen und alptraumhafte Gurgeln.
Aus der Tasche, die der Rundfunkpförtner endlich aufgezerrt hatte, fiel etwas Schweres vor mich, eine unförmig doppelte Brotschnitte, die nach Schinken und Käse roch.
»Vielen Dank«, stammelte ich.
Der Wachmann stürmte davon, quer durch die steil den Hang hinaufwachsenden Pflanzen, deren kostbare Verstreutheit ein älterer Architekt sich ausgedacht haben mochte.
Lichtenberg, als Ablenkung unterwegs, besann sich allmählich, und ich sah, wie ein goldener Punkt unter den Dächern von Buschrosen, an falschen Enzianen, eitlen Akeleien und einem einsamen Büschel Bundschuh vorbei, näherkroch, schon beinahe nicht mehr vorhanden zwischen den weit auseinanderklaffenden Potenz- und Ordnungszahlen von Bewuchs und Metall.

Der Wachmann, sogar im Dienst nachlässig geworden, hatte keine Jacke angehabt, und nun lag sein Pullover, ausgezogen bei der kopflosen Suche nach uns, vor mir. Ich verfing mich, nachdem ich gierig das belegte Brot aufgegessen hatte, in einem Ärmel.
Die Kugel half mir aus dem Erdreich und, wieder unaufhaltsam kleiner werdend, erklommen wir gemeinsam die ersten Maschen der Wollware, uns verheddernd und gegenseitig hochstemmend auf durchhängenden Strängen.
Lichtenberg sagte, zwischen zwei links, zwei rechts kenne er sich noch aus, schwierig werde es in Hohlräumen, die mit dem Zeigefinger über die Stricknadel geschlagen würden.
Ich sagte, ich sei früher Bergsteiger gewesen.
»Mit Seil und Eisen?«
»Niemals! Ich verabscheue Haken und Stifte.«
Inzwischen hatten wir ein Muster erreicht, das norwegischen Formationen glich. Sturm setzte ein, Knoten waren blank geschliffen, so daß wir uns bäuchlings über herausstehende Kröpfe schwindeln mußten, böse Gelegenheiten für Alpinisten, an denen die Tiefe zerrt, wenn sie dabei unter sich blicken, um Atem zu holen.
»Wohin«, fragte der furchtsam gewordene Lichtenberg.
»Immer hinauf!«
Man muß wissen, daß, je höher man kommt, die Oberfläche der Felsen desto brüchiger wird, denn Unterschiede von Wärme und Kälte, Nässe und Trockenheit zermürben das Gestein. Auch energische Strickarten wie zwei, zwei, eins oder vier auf vier gelten dann nicht mehr, obwohl sie aussehen wie solider Gneis oder Tritte japanischer Zementwände an denen, für eine Gebühr, die Bevölkerung in den Städten das Kletterhandwerk lernt.
»Lawinen«, schrie Lichtenberg.
Wir retteten uns in ein Schrapnell, einen Felszwickel, inzwischen in Nepal oben angelangt. Nach Trägern, die Vorräte für uns hätten schleppen können, sahen wir uns vergebens um.
»Bist du so gescheit wie ich«, rief Lichtenberg, neben mir in

der Flanke hängend, über die es unablässig eiskalte Staublawinen schüttete.
Ich machte ihn darauf aufmerksam, daß das Ende des Ärmels erreicht sei. Ein gewölbter Schneegrat führe zum Hals, über dem der letzte Anstieg beginne.
Den unsichtbar schwingenden Pickel der Verhältniszahlen zwischen uns, stapften wir über einen verwaschenen Grat bis zum Ende, wo der Gipfel der Erwartung, deutsche Strickwolle oder tibetischer Fels, aufragte. Und von gleißenden Harfenklängen höchster Atemnot fast entleibt, wurden wir hinweggerafft, zwei nur noch nadelspitzengroße oder noch flüchtigere Wesen.
Gottlob gab es Schlupflöcher zwischen den habgierigen chemischen Elementen, bis wir bei den elektronenreichen Lanthaniden ankamen, hinter denen die überaus verfallsüchtigen, uns aber günstig gestimmten Transurane wirbelten, denen wir unsere Fahrt verdankten.
Bevor wir landeten, hörte ich das Kügelchen hauchen, fürchterliche Schwindel zerrten an seinem goldenen Kleid, es wolle in meinen Mund zurück. Und ich, als Souverän, schluckte den Goldfisch, mit dessen Hilfe ich kurze, sonderbare Freiheit genossen hatte, um, ungeduldig letzte Atomgewichte beiseiteschiebend, wieder auf meinem ledernen Bett zu liegen, ein wenig aus Augen, Nase und Mund blutend, als hätte ich zu schnell Druckstufen durcheilt. Die Zelle war nicht verdunkelt und keine Saftflaschen standen mehr da. In gewohnter Schlichtheit und Helle umgaben mich die fugenlosen Wände, auch das Diapositivfenster zeigte kein Bild, nicht einmal den Gefängnishof. Ich sei wieder vorhanden, sagte ich und wartete darauf, daß der Abhördienst sich melden würde, doch die Lautsprecher blieben stumm.
Da ich von meinem Lager im Erdreich des Alpengartens und von der Reibungshitze beim Sturz durch die Ordnungszahlensysteme verwöhnt war, fror ich, obwohl angenehme Zimmertemperatur herrschen mochte. Ich verlangte nach mehr Wärme, aber die Luftheizung in der Decke rührte sich nicht.

Wahrscheinlich hatte das Aufsichtspersonal gar nicht bemerkt, daß ich nicht in meiner Zelle gewesen war. Erst in der Frühe, bei Schichtwechsel, würde ich wieder Aufmerksamkeit erfahren. Bis dahin gönnte ich mir Schlaf, wohlgelaunt noch einmal die einzelnen Stationen der Morgenlandreise überträumend, da und dort anhaltend und meine jeweiligen Ängste begutachtend wie ein stolzer Hahn, der von oben die Windungen eines sich krümmenden Wurms zählt, seiner Freßlust und Meisterschaft als Geschöpf sicher.
Als ich erwachte, hatte ich Besuch, eine Frau, die mir gegenüber auf einem zweiten Anstaltsbett saß. Ich schloß sofort wieder die Augen und drehte mich zur Seite, denn diese Gestalt, in Rock und blauer Bluse, konnte nur ein Trugbild sein, gemischt geschlechtlich bevölkerte Zellen gab es in keinem Gefängnis auf der ganzen Welt.
»Guten Tag«, hörte ich die Frau sagen. »Wir sind zusammengelegt worden. Willst du Schokolade oder Vanillepudding? Viel darfst du nicht essen wegen deiner Kur.«
Sie solle schweigen oder verschwinden, beschwor ich das raschelnde Weibsstück. Schritte tapsten näher, hielten an, dann seufzte mein Bettkasten unter einem neuen Gewicht, und auf meinem bloßen, von Schauern überzogenen Rücken legte sich eine Hand, die vorsichtig streichelnd um die Schulterblätter kreiste, als prüfte sie zerbrechliche Flügel. Zart griff sie im Nacken zu, massierte ihn, so daß ich stöhnen mußte, und zwangen mit sanfter Gewalt allmählich meinen Kopf herum, bis ich der Frau schließlich ins Gesicht blickte. Sie lächelte und sagte, ich solle die Hosen ausziehen.
Das tat ich nicht, sondern blieb liegen, obwohl ich gern nachgegeben hätte, schon aus Kenntnis meines Berufsrisikos, in dem Kräfte sich bestürzend verschwendeten, aber ein wenig Stolz hatte ich auf meiner Reise zurückerobert.
Sie heiße Nelly, sagte die Frau, sei auch in Haft. Wenn wir zusammenhielten, ertrügen wir einander auf so engem Raum. Töricht von ihr, laut zu sprechen. Ich traute ihr schon nicht mehr, machte jedoch ein paar Finger- und Handzeichen aus

dem Taubstummenalphabet, das ich von Xander Gommeran gelernt hatte. Sie verstand nicht, diese magere, selbst sitzend riesengroß scheinende Person, deren vor Fülle überschäumend dunkle Frisur mit Kämmen hochgesteckt war, ein Fehler, da in abgeschirmten Gefängnisabteilungen, wie meiner, solche Gegenstände unerlaubt waren.

»Steh auf und komm mit«, sagte Nelly.

Ich schloß die Augen und wartete, in meiner Lage die beste Abwehr, eine Weise aktiver Nachgiebigkeit.

Warmer Atem umwehte, bedrängte mich, strich hinweg und stieg, kälter werdend, zu den verfilzten Haaren hinauf, kletterte dann stoßweise wieder herab, immer befehlsgewohnter, bis schließlich an meinem Ohrläppchen vogelleichte Küsse vorüberhuschten, die mich erschütterten.

Ich warf mich herum und wollte Nelly, oder wie immer sie hieß, umarmen, doch weiße Hände packten meine Arme und hielten sie fest, während die Frau mich so heftig auf den Mund küßte, daß meine Oberlippe schmerzhaft durch die eine Zahnlücke getrieben wurde.

Ich würde schlecht riechen, sagte Nelly.

Zum Waschen habe man mich selten geführt, antwortete ich, aber ich hätte manchmal das Wasser der Klosettschüssel benützt. Ehrenwort, es sei völlig frisch und sauber seit meinem Hungerstreik.

Sie sprang auf, spuckte auf den Boden und befahl mir noch einmal, die Hosen auszuziehen.

Ich weigerte mich, da ich nie Kleider zum Wechseln erhalten hatte.

Sie winkte mit dem knochigen Zeigefinger an der bleichen Melkerinnenhand, vor mir in der ausgeleuchteten Kammer, so daß mir, in meiner Schwäche, nichts anderes übrig blieb, als von meinem Bett zu kriechen und schwankend auf Nelly zuzugehen, mit ausgestreckten Armen.

Lachend fing sie mich auf, ich reichte ihr nicht einmal bis zum Hals. Ihre Anstaltsbluse roch nach einem Parfüm, Maiglöckchen, Hortensien oder Schwaden von Heu, was mein Miß-

trauen bestärkte. Ich umarmte eine Agentin.
Ob ich nun mitkäme, fragte sie.
»Allemal«, antwortete ich.
Ob Rosas Kind, die kleine Angela, von mir sei?
»Selbstverständlich«, sagte ich.
Wann ich Rosa zum letzten Mal gesehen hätte? Vor meiner Verhaftung in Norwegen oder später auch noch?
»Jede Nacht«, beteuerte ich. »Nur bei Licht war es schwierig.«
Sie ließ mich los, das heißt, sie stieß mich zurück, was mir Übelkeit bereitete, weil ich schnelle Wechsel nicht mehr bewältigen konnte.
Nelly schleifte mich an den Füßen aus der Zelle, die keine Türschwelle besaß. Ich machte mich gehorsam lang, erklärte aber, ich könne auch gehen.
»Dann steh auf«, befahl sie mir.
Ich sagte zu meiner Beamtin, Arno Axmann sei hier auch eingesperrt, ich wolle ihn gern treffen, um ihm das goldene Kügelchen zurückzugeben. Freiheit sei nur ein momentaner Entschluß im Reigen der Ordnungszahlen.
»Schwätz keinen Dreck«, entgegnete Nelly.
Ich hatte es also mit einer Landsmännin zu tun, deren Dialekt mich weich stimmen sollte, damit irgendwelche Täuschungen besser durchgeführt werden konnten. Deshalb antwortete ich, daß ich mich saumäßig freuen täte, wenn ich Kutteln zu essen bekäme.
Nun passierte etwas, was alle Konzepte umwarf. Nelly, die Agentin, nahm mich hoch und trug mich in ihren Armen weiter. Ich lag wie in einer Wiege.
»Was jetzt kommt, mach's mit«, hörte ich Nelly flüstern. »Sonst krieg' ich Schwierigkeiten. Ich hab' Familie.«
Irgendwo in einem Zimmer des Gefängnisses, meiner verkümmerten Hosen nun doch ledig, mußte ich ein Kleid anziehen, große Korkschuhe, erhielt ein Kopftuch umgebunden, ein Täschchen und einen Schirm an den Arm, wurde außerdem geschminkt, die Backen orange, die Lippen dun-

kelrot. Drei, vier Frauen in Uniform bemühten sich um mich, ihre halblauten Anweisungen und übermütigen Bewegungen taten mir wohl.

»Gehen Sie ein paar Schritte hin und her.«

Dazu hätte ich keine Kraft, sagte ich.

Eine Tasse heiße Fleischbrühe mit einem zerquirlten Ei darin floß in mich, was mich menschlichen Maßen ein wenig näher brachte, und dann wanderte ich in meiner Verkleidung auf und ab, in einem Wandspiegel meine Bewegungen begutachtend, ziemlich zufrieden mit mir.

»Bitte sehr«, sagte ich. »Was nun?«

»Durch die nächste Tür!«

Sie würden mir folgen und mich schützen, erklärten die Beamtinnen. Wenn ich stolpere, solle ich mich einfach fallen lassen.

Die kipplig hohen Schuhe, nur von Riemchen um die Knöchel gehalten, verlangten aufrecht gemessenen Gang mit durchgedrücktem Kreuz, so daß ich nicht um mich blicken konnte, doch aus den Augenwinkeln sah ich, wie aus anderen Türen ähnliche Gestalten segelten, die auch Schwierigkeiten mit dem Gleichgewicht hatten, lauter Frauen.

Wir wurden von den Beamtinnen in einen großen Raum geführt und mußten uns auf einer Empore nebeneinander stellen.

»Bitte halten Sie Abstand und bewegen Sie sich nicht«, sagte Nelly hinter uns.

Jedes der verkleideten oder echten Exemplare bekam eine auf ein Stück weißen Karton geschriebene Nummer, die gut sichtbar in Bauchhöhe gezeigt werden mußte, was mir zu schaffen machte, da ich gleichzeitig Handtasche und Schirm trug.

Nelly kontrollierte, schritt die Reihe entlang, schloß eine Bluse, rückte einen Hut zurecht, prüfte den Sitz einer engen Jacke, und als sie zu mir trat, dem Zweitletzten, tupfte sie mit einem Lappen meine geschminkten Mundränder sauber, kaum hörbar murmelnd, ich sähe wie vom Dorfstrich aus.

Mein Nachbar lachte leise und wurde von Nelly mit einem Stoß in die Seite bestraft, aber es handelte sich, wie ich erstaunt hörte, um keinen Mann. Vielleicht waren alle anderen auch weibliche Wesen und so auffällig vermummt worden, daß ich, als einziger Mann, nicht gleich erkannt werden sollte.
Die Beamtinnen ließen uns allein. Schwierig, in den Korkschuhen, ohne sich zu rühren, auf der Stelle zu bleiben. In meinem Inneren gluckerte es, als sei die Kraftbrühe schon verdaut, und der Magen verlangte nach mehr, gereizt von dem goldenen Kügelchen, das sich in der unwegsamen Finsternis wieder regeneriert hatte.
Ich beugte mich schnell vor, einesteils, um dem nervösen Lichtenberg in mir ein wenig Schwindelgefühl zu versetzen, andererseits blickte ich die Reihe hinunter und erschrak, da eine der Frauen einen Kinnbart besaß, gleichgültig, ob echt oder aufgeklebt, jedenfalls hatte ich keinen und würde mich daher von ihr unterscheiden.
Ein Gongschlag ertönte, weich in der Stille verebbend. Unter uns, wo Stühle standen, betrat ein Zivilist den Raum, gleichzeitig flammten gegen uns gerichtete Scheinwerfer auf. Ich vermochte nichts mehr zu sehen. Nach einer Weile erlosch das Licht wieder, mir tränten die Augen. Auf meinem Gesicht begann die Farbe sich auszudehnen. Ich hatte das Gefühl von hexenhafter Bemalung. Unten, in dem Zimmer, war der Beobachter verschwunden.
Noch fünfmal wiederholte sich die Prozedur, jedoch besser abgestimmt als anfangs. Der Gong erklang, und das Licht blendete auf, bevor der nächste zu uns hineingeschickt wurde, der uns prüfen sollte. Wir standen da, in Helligkeit getaucht und blind gleich erstarrten Kälbern, auf die ein irgendwie unwegsames Schicksal wartete.
Meine dick aufgetragenen Brauen rannen nun auch, und mein gefärbter Mund senkte sich nach unten, als mache mich Kundschaft, die uns musterte, weinerlich. Außerdem juckte die ungewohnte Bluse in der Wärme unter den Lampen. Den

anderen mochte es ähnlich ergehen, sie wurden unruhig.
Die Frau neben mir flüsterte Verwünschungen.
Ich fragte leise, ohne den Kopf zu wenden, ob sie hier einsäße oder hergebracht worden sei? Doch ich bekam keine Antwort.
Weiter weg in der Reihe fiel eine der Papptafeln zu Boden, worauf jemand lachte, es war eine Frau, und gleich darauf wurden noch mehr Zahlen losgelassen, während ich, mein Schild umklammernd, noch stillstand auf den hohen Schuhen, deren eng geschnallte Riemchen allmählich wie feindlich neue Sehnen brannten.
Die Frau mit Bart kam mutig zu uns an den äußersten Flügel und sagte laut, sie würde diese Maskerade nicht mehr mitmachen.
Es handelte sich demnach, außer mir, um mehr Frauen in diesem Erkennungstribunal, aber noch immer begriff ich nicht, weshalb wir so einheitlich präpariert worden waren. Sollte ich sofort erkannt werden? Doch wie wirkte diese Situation im Blick der Besucher, die wahrscheinlich einen solchen Aufwand an Transvestitentum nicht erwartet hatten? Die Frau riß, vor mir stehend, nicht nur ihren Bart, sondern auch eine dunkle Perücke ab, unter der kurz geschnittenes, blondes Haar hervorstach, und schrie mich an, daß sie sich schäme!
Plötzlich drängten alle zu uns. Und nun sah ich ganz genau, es waren tatsächlich nur Frauen mit furchterregend zerlaufenen Wimpern, schiefen Strichen über den Backen, falschen Kußmäulern, verrutschten Büstenhaltern, abgesplittertem Lack auf den Fingernägeln, und die meisten hatten Täschchen und Knirpsschirme am Arm, gleich mir.
Eine Stimme in einem Lautsprecher befahl, wir sollten uns wieder aufstellen.
Ein Mädchen neben mir, dessen Kleid aus der Barockzeit stammen mochte, schwitzend in Stoffbahnen verwickelt, rief, es wolle heim!
Zwei, drei Beobachter, plötzlich zusammen unten im Zu-

schauerraum, forderten uns auf, wir könnten Arm in Arm zur Rampe tanzen, vor und zurück.

Beamte und Beamtinnen stürzten auf die Empore und zerrten uns hinaus. Ein verspäteter Gongschlag holte uns noch ein.

Draußen im Gang wurden wir geprügelt, allerdings nicht gezielt, vielleicht zweifelte inzwischen auch das Haftpersonal an der Weisheit der Direktion.

Jemand rief, die Frauen links, die Männer rechts!

Jene Kollegin, die mit Bart wie ein überheblicher Assyrer ausgesehen hatte, umklammerte mich und drückte mich zu Boden, obgleich ich auf den Füßen geblieben war, trotz der turmhohen Schuhe.

Wir wurden von Nelly, der mageren Riesin, die mich in meiner Zelle geohrfeigt, dann aber in ihren Armen gewiegt hatte, getrennt, wobei ein Teil meiner Kleidung zerriß und, geschleppt von eiserner Hand, stolperte ich davon, hinweg aus Verhüllung und Zwang.

Hinter einer Tür waren wir allein. Nelly sagte, wir müßten kriechen.

Nacheinander schoben wir uns auf dem Bauch eine enge Eisentreppe hinunter, an deren Stufen vielleicht schon mein Kopf geschlagen hatte, als ich zu dringender Ernährung geschleppt worden war, doch dieses Mal schmiegte ich mich wie ein Erholungssuchender an die Härte, vor mir Nellys Sohlen und über uns unsichtbare Strahlen einer Alarmanlage.

Am Ende der Treppe konnten wir uns noch nicht aufrichten, Nelly deutete mit den Fingern, daß noch irgendein Selenauge überkreuz blicke.

Dann erhob sie sich und sprang im Scherenschritt über eine imaginäre Latte. Ich tat es ihr nach, allerdings zu steil, so daß ich, wenn sie mich nicht in der Luft abgefangen und an sich gerissen hätte, auf das Warnsystem gefallen wäre.

Sie habe gleich Dienstschluß, flüsterte sie.

Ich wurde steif vor Verdacht, denn es konnte sein, daß dieser Fluchtversuch auch nur eine der vielen Verführungskünste war, die ich schon in meiner isolierten Wüstenei erlebt hatte.

Doch Nelly trug, wie ich bemerkte, keine Gefängniskleidung mehr, sondern eine Uniform, was mich zuversichtlicher stimmte.

Durch die nächsten vier, fünf gläsernen Türen, die wie Spiegelbilder angeordnet waren, konnten wir aufrecht gehen. Noch einmal mußten wir zu Boden, vor einem Lift, dessen Scherengitter offen stand und der den Rauminhalt des Lastenaufzugs in einem Krankenhaus besaß.

Unten, in einem Kellergeschoß, das so niedrig war, daß ich glaubte, wir würden mit dem Kopf die Leuchtschlangen an der Decke berühren, wurden wir von einer anderen Beamtin in Empfang genommen, die eine Sonnenbrille aufhatte, als wolle sie so wenig wie möglich bemerken. Sie hob den Deckel eines Containers an und sagte, Nase zu, verletzen würde ich mich nicht. Letzter Blick zu Nelly, der Riesin, die mich hineinwarf in schwelendes Verderben. Ich sah noch ihre blauen Augen, bei Schwarzhaarigen eine seltene Farbe.

Schon drang stumm Nachgiebiges an mir vorbei, das, wie angekündigt, nicht schädigte, aber grauenhaften Gestank ausstieß.

Teeblätter, Margarinereste, lahmes Kraut, Pellkartoffeln, alte Mehlsoßen, Schimmel, mittelalterliche Dreckapotheke, in was lag ich?

Der überdimensionale Behälter setzte sich in Bewegung, zunächst geradeaus, dann schräg, schließlich hoch, doch er kippte nicht, wie ich noch wahrnahm, sondern blieb, vielleicht überzählig, außen an einem Müllwagen hängen, dessen Förderschraube mich sonst zermalmt hätte.

3.

Bewußtlosigkeit kann auch ein Schmuck sein, wenn gärendes Fleisch und faulende Wurstteile, saure Milch und Gebirge zerrinnender Gurken einen überfluten. Meine Seele blieb jedoch vorhanden.
Neben mir bewegte sich ein Tier, eine Ratte, die mich mit ihren dunklen Knopfaugen durchdringend musterte. Über den Rand einer zerbeulten Blechbüchse hing eine ihrer Vorderpfoten, unterhalb des Knies gebrochen.
Ich zog eine dünne Strebe aus dem kleinen Damenschirm, den ich noch in der Hand hatte, und schiente das verwundete Glied, es mit Fäden aus meinem Kopftuch umwickelnd.
Es würde mindestens drei Wochen dauern, bis der Verband wieder gelöst werden könne, sagte ich.
Seufzer von Schmerzen im Müll.
Schließlich richtete sich die Ratte mühsam auf, Marmelade um die Schnauze, ein Opfer des Wohlstands, und versuchte, von mir wegzukommen, aber es gelang ihr nicht, so daß ich sie mit der Blechbüchse, aus der sie wimmernd gekrochen war, davonschieben mußte. Noch einmal wandte sie sich nach dem alten Feind, der ihr geholfen hatte, um, und humpelte auf drei Beinen seltsam aufrecht aus meinem Blickfeld.
Dort der Himmel! Ich stemmte mich aus dem Behälter und ruhte sogleich wieder aus, denn seit langem hatte ich kein solches Blau mehr erlebt voll Tiefe oder giftig dichter Nähe, als sollte diese Farbe, oft besungen, nicht Erholung und Frieden bedeuten, eher Mühe und Vergeblichkeit, ein nur noch knarrendes Ideal.
Entweder war ein Unfall geschehen, weshalb der Müllwagen mein Fluchtverlies, den überzähligen Container, verloren und nicht zur städtischen Verbrennungsanlage gebracht hatte, oder der Blechkasten war absichtlich unterwegs ausgeklinkt worden.

Ich erkannte die Gegend wieder, während ich vor einem Graben kniete, in dem Wasser stand. Es war der inzwischen ausgebaggerte Campingplatz am Rande der Autobahn Richtung Augsburg, wenige Kilometer von München entfernt, wo einmal Arno Axmanns Wohnwagen gestanden hatte.
Ich dachte an das Archiv mit den Adressen reicher Leute, ihren Aktienmehrheiten, Beziehungen, Verwandtschaftsgraden, Beteiligungen, Vorlieben und Lastern. Die geheime Datenbank war auf der Insel Sylt während einer Verfolgung in Flammen aufgegangen, doch Axmann hatte noch ein schwarzes Kästchen besessen, in dem, wie er behautpete, Namen von Freunden oder Wohlmeinenden gewesen waren, verklausuliert zu Bezeichnungen von Sträuchern, Blumen, Gesteinen, Bergmassiven und Landschaftsunterschieden.
Nicht ein gläsern schwirrender Mückenschwarm thronte, als ich vor dem versperrten Wohnwagen gewartet hatte, jetzt auch über mir, aufsteigend und sich wieder senkend, sondern eine dünne, grasgrüne, kleine Schlange wand sich vor mir durch aufgeschlitzte, nasse Polster, dann über zertrümmerte Nachtkästchen, Nierentische und abgefahrene Autoreifen, mir vielleicht ebenso einen Weg weisend.
Zunächst kleidete ich mich um, fand Gummigaloschen, eine alte, zu weite Hose mit Trägern, ein wunderbarerweise im Schmutz blütenrein erhaltenes Hemd ohne Kragen und eine Jacke mit Goldknöpfen, die mir ebenfalls ein wenig zu groß war. Es dauerte, nachdem ich alles Überflüssige hochgekrempelt hatte, bis meine neue Tracht saß.
Wo war die zarte, elegant spazierenkriechende Schlange? Warum blieben die über Gestank und Müll sich drehenden und sich von ihm nährenden Mücken aus?
Ein paar Wasser- und Telefonanschlüsse ragten noch aus dem verwüsteten, ehemaligen Freizeitpark. Über Lehmbrocken balancierend, fiel ich in umgepflügte Brennesseln, die schon wieder eng ineinander zu wuchern begonnen hatten. Zwischen Teerstücken der geplatzten Straße wuchsen Glockenblumen, Pfefferminzbüsche, Kuckucksnelken, wilde Erbsen,

Schafgarben und Häuberiche, ein Meer von Fruchtbarkeit und Farben, dahinwogend bis zum gleichmäßigen Fluß der Verkehrsgeräusche von der Autobahn.

Unten im Ufersumpf des Grabens entdeckte ich zwei Leichen, deren von Gasen geschwollene Köpfe, Hände und Füße senkrecht aufgepumpt aus dem Schlick standen. Ich befreite die Gesichter von dem grünen Schleim.

Vor mir schwammen, sacht bewegt von der Untergrundströmung, Moritz Tuch, der uralte Gelehrte, den ich einmal entführt und dafür gewonnen hatte, uns während einer Nacht die Prinzipien seines Hauptwerks »Geduld und Glut« zu erklären, und neben ihm schaukelte Geierwalli, Rosas Mutter, in dem trägen Wasser auf und ab, die, als wir sie nicht mehr zu beherbergen wußten, von dem rechthaberischen Philosophen aufgenommen worden war, und wir hatten damals gedacht, daß aus diesen Monumenten an Erfahrung ein Zukunftspaar hätte werden können, bei dem wir notwendige Kenntnisse finden wollten, doch nun war auch dieser Halt vernichtet worden.

Ein Kurier zwischen allen Lagern, der sich mit Nachgiebigkeit und Neugierde bewaffnet hat, muß Tote wie Lebende lieben und die Last der Vergeblichkeit tragen lernen trotz seiner Tränen.

Jenseits der Bläue über dem Dachauer Moor wurde der Himmel blasser und verkündete, daß der Nachmittag überschritten war. Zeitsprünge, die mir bis hierher geholfen hatten, galten nicht mehr. Ich würde allein weiterstapfen müssen.

Ich ließ die Toten hinter mir, die ich mit Würfen von Zementbrocken, auch damit die Auftriebgase aus den unförmigen Leibern gewichen wären, hätte unkenntlicher machen und versenken können. Oben, auf dem zerfurchten Gelände, suchte ich nach dem Komposthaufen, neben dem der silberne Wohnwagen einst geparkt und wo vielleicht Axmann, behütet von Fliegenwolken, das Code-Kästchen versteckt hatte. Aber ich fand nichts, der Platz sah wie ein verwahrloster, unfruchtbarer Acker aus, über dem nicht einmal ein paar Krähen flatterten.

Niemand störte mich. Die Geräusche der entfernten Autobahn glichen einem Zaun, der das leere Gebiet vor Einflüssen schützte. Nur ein Hubschrauber mit dem gelben Kreuz der Verkehrswacht, schräg von einem aufkommenden Föhnsturm getrieben, klapperte mühsam von einem zum anderen Ende dahin. Meine zu große Hose und die weite Jacke wirkten wie Segel. Böen hoben mich halb hoch, drückten mich wieder nieder, so daß ich teils leer mit den Füßen zappelte oder schnell lief, geschüttelt und gejagt, bis ich endlich gegen einen Bretterhaufen stieß, der wahrscheinlich früher der Einkaufskiosk gewesen war.

Ich zerrte Hölzer beiseite, verletzte mich an Nägeln und grub in das Gewirr hinein, auf der Suche nach Nahrung, da der Hunger, seit ich in Freiheit war, plötzlich größer wurde.

Eine verbeulte, doch geschlossene Konservenbüchse, in der, laut Aufschrift, ein halbes Hühnchen steckte, ließ sich nicht öffnen, obwohl ich sie mehrmals gegen das gezackte Ende einer Eisenschiene warf.

Es gab Brennesseln, aufgeschossenen Sauerampfer, dessen Blätter jedoch nach Blei oder Zinn schmeckten, dann entdeckte ich in einer verschimmelten Schachtel ein paar Kekse, für mich wie Weihnachtsgebäck.

Schon einmal hatte ich über Ufern tretende und in Adern und Nervenenden eindringende Kraft erlebt, zum Beispiel, als ich mit Brandstetter und Quatander durch einen Gletscher gestiegen war und, zusammengebrochen auf dem Eis, Schnee mit Blockmalz kaute.

Ich warf verfaulte Rahmen und Teile von zerhauenen, überraschend leichten Kunststoffwänden beiseite, wühlte mich tiefer in die Reste des Kiosks und trat auf einen Motorradhelm.

Er war gefüllt mit Refabändern, zerschnittenen, aber auch langen, die sich meterweise aus ihrem Versteck ziehen ließen. Begierig zählte ich die kleinen, pedantisch eingestanzten

Löcher, die Kurven bildeten, Rechtecke, Quadrate, Rhomben, Kreuzmuster, Wipfel und Täler wie auf Schnittbögen für Kleider in Frauenzeitschriften.

War ich auf Axmanns verschlüsselten Reichtum an Freunden und Genossen gestoßen, die wir im Notfall bemühen konnten?

Ich zählte, kombinierte, multiplizierte, forschte nach Wurzeln, doch mein Wissen reichte nicht aus, selbst eine Rechenmaschine hätte nichts genützt, denn hinter der Summe aller Abläufe wäre ein neuer Geheimknoten entstanden, der, wie Axmann angedeutet hatte, von ihm aus Pflanzen- und Blumennamen, Gebirgen und Mineralien verfaßt worden war.

Ich rief nach dem Kügelchen in mir, diesem Lichtenberg oder Finsterling, der auch von Axmann stammte.

Keine Antwort, was hieß, daß ich mich, zurückgekehrt in die Wirklichkeit, ohne zauberhafte Hilfe zurechtfinden mußte. Fetzen von Reklameanschlägen, verkohlte Zeitungen, Kartonstücke alter Verpackungen, Dosendeckel, leere Cremetuben, ich las alles, was sich ausscharren ließ, zusammen. Zuletzt lag ich über dem zweiten, ziemlich durchweichten Band des Münchner Telefonbuchs, in dem ich die Stadt- und Landadresse von Adolf Wormbs fand, meinem Pflichtanwalt, dessen grollend versagende Stimme ich durch die Lautsprecher der Zelle gehört hatte.

Der Föhnsturm war wärmer geworden, und die dünnen Stämme von Birken entlang der Straße hatten noch mehr Weiß bekommen, so daß sie, in Richtung des Windes, starr wie ein Metallgitter verharrten.

Dann sah ich den Mond und erschrak, denn er trudelte, eine geknickte Sichel, über das Firmament und schien ebenfalls gegen den Wind anzukämpfen. Auch unser allernächstes Gestirn war in Mitleidenschaft gezogen.

Mit dem Telefonbuch unter dem Arm schlug ich die Richtung zur Stadt ein, ließ die verwesenden, aber kostbar alten Toten hinter mir, die im Uferschlamm des Wassergrabens vorläufig Platz gefunden hatten. Nach ihrer Entdeckung würde man sie sezieren, dann hatten Polizeiapparat und Presse Gelegenheit, sich um sie zu bemühen, wobei Moritz Tuch, der berühmte Philosoph, weit mehr Raum an Nachforschung und weihevollen Reden erführe als Geierwalli, die unbekannte Greisin aus dem Kleinbürgertum.

In der Ferne zitterten im zusammengedrängten Licht des Föhns, der von den Voralpen über die Ebene hereingebrochen war, die kalkigen Silhouetten des Stadtrands. Winzige Vögel, vielleicht Nachtigallen, schossen in Bögen, Klagelaute ausstoßend, über mich hinweg, und auf den abgemähten Wiesen, die ich durchquerte, geschoben in meiner aufgeblähten Kleidung vom Sturm, überholten mich ab und zu kugelige Ballen, losgerissenes, verdorrtes Dornengebüsch, das wie ich dahinstrebte.

Als ich an einer Kiesgrube vorbeikam, in der, unhörbar infolge des Getöses auf dem freien Land, die Baggerschaufeln einer Förderanlage liefen, wußte ich, wo ich mich befand. Doch die große Gärtnerei, die in der Nähe stehen mußte und durch deren Gewächshäuser ich an einem frühen Morgen geirrt war, während mir ein Dackel mit querstehender Flügelfeder eines Huhns im Maul vorausging, der gläserne Pflanzendiscount hatte sich in einen Betonsilo verwandelt, vielleicht für Futtermittel, eingelagerte Butter oder Sprengstoffe der Regierung.

Ich kniete mich nieder und begann, Seite um Seite aus der zweiten Hälfte des Münchner Telefonbuchs zu reißen, sie zusammenzuknüllen und als Gefährten hinter den immer noch rollenden Kugeln aus Dornengestrüpp herzuschicken, hoffend, daß das Papier die dürr gewordene Natur überholen würde.

Ich ließ auch die Privat- und Amtsadresse meines Anwalts nicht aus. Es dauerte lang, bis ich beim Deckel des Bandes angekommen war, dann stand ich auf und fühlte mich erleichtert.

Kurz darauf, nachdem ich über ein Gatter gestiegen war, das zu einem leeren Schafspferch gehörte, stieß ich in dem kurzen, stopplig abgeweideten Gras auf ein sonderbares Paar. Inzwischen hatte der Sturm noch mehr zugenommen und Wolken vom Gebirge herbeigetrieben, die, schwarz und geduckt, als wüßten sie noch nicht wohin, niedrig über die Ebene jagten auf der Suche nach Opfern.

Lilly, die Mulattin und Hilfskraft aus dem Büroturm der Automobilwerke, stand mit ausgebreiteten Armen und flatternden Ärmeln eines durchsichtigen Gewandes gegen den Föhn gestemmt da und beobachtete einen Mann, der vor ihr, gleich einem Gekreuzigten, auf dem Boden lag, die Glieder an eingeschlagene Pflöcke gefesselt.

Ich rief nach einem Messer.

Lilly beachtete mich nicht, war vielleicht wieder in Trance, Gedankenübertragung übend oder von weit her eine Botschaft empfangend, womit sie uns schon einmal geholfen hatte. Der Mann nickte mit geschlossenen Augen, ein wenig lächelnd, was ihm jedoch mißriet, denn er hatte eine Hasenscharte, die seine aufgeworfene Oberlippe spaltete bis hinauf zur breiten Nase. Sein Gesicht aber wirkte jung, obwohl seine Haare grau waren und wie aus Draht.

Er rührte sich, jedoch so, als wolle er es sich in seiner lasterhaften Haltung nur bequemer machen, schlug die Augen auf und sah mich herausfordernd an. Ich hatte den Verdacht, daß er darauf gewartet hatte, von einem Zeugen, der endlich eingetroffen war, besichtigt zu werden.

Um ihn herum lagen fingergroße Döschen verstreut, vielleicht zwanzig oder dreißig Stück, die nicht mit Schafskot verwechselt werden konnten. Ich öffnete eines, und das Negativ eines Mikrofilms entrollte sich.

Der Mann lachte und rief, das seien seine Werke!

»Welche« fragte ich in den Sturm.

»Meine Bücher!«

»Das sind doch keine!«

Er hob seinen Kopf, der nicht von Lederriemen behindert war, und schrie mir ins Gesicht, er habe die Duplikate seiner Arbeit aus einer atombombensicheren Bibliothek entwendet, um sie der Vernichtung preiszugeben.

Ob er sich deshalb habe fesseln lassen, fragte ich. Allein wäre er damit nicht fertig geworden.

»Ja«, schrie er und riß seinen Mund auf, um mir seine vielen echten oder weiß überkronten Zähne zu zeigen, die im Verein mit der klaffenden Hasenscharte wie Schulungsgeräte aussahen.

»Erzähl«, rief ich, »warum ein Wissenschaftler nicht mehr weiter will?«

Ich sei dumm, hörte ich ihn abweisend sagen.

Ich entgegnete laut, solche Verachtung habe mich ins Gefängnis gebracht, das er sich selbst hergestellt habe aus Zweifel oder Wissen.

Er hatte sich wieder in sein Liegekreuz auf der Wiese ergeben, preßte die Lider zu, dann den Mund, so daß die Hasenscharte, die ihn seit seiner Kindheit hinderte, nur noch einen Strich bildete.

Weitere Mikrofilme aus den Dosen reißend, als könne ich dadurch seinen Vorsprung einholen, schaute ich den ausgestreckt Ruhenden zwischen den Pflöcken an, der, wie er behauptete, sein Lebenswerk schon hinter sich hatte und es mir wie eine gemeinsame Schuld darbot.

Unnachgiebiger Regen fiel aus den zusammenstoßenden Wolken des Föhnstroms und schlug, näherkommend, auf die Landschaft nieder, bis er auch uns erreichte. Ich öffnete den Mund und ließ es hineinstürzen, an die Säfte denkend, die während der Haft um mein Bett gestanden hatten, aber jetzt wollte ich offen sein. Ich trank direkt aus dem Himmel.

Der Liegende rührte sich nicht, während das prasselnde Wetter an ihm höher stieg, sein Gesicht bedeckte und seine Kleidung aufweichte, die vor Nässe schwarz wurde. Vielleicht schwamm der Gefesselte in den Fluten gleich davon, die die Wiese nicht mehr fassen konnte, trotzdem machte ich keine Anstalten, ihn zu retten. Seine selbst auferlegte Buße sollte ihn beschäftigen.

Auch Lilly bewegte sich nicht, hielt immer noch die Arme ausgebreitet, eine von dem heftigen Regen übersprühte Gestalt.
Wir drei dort draußen auf unserem Fleck, allein vor der Stadt, wo es das aus einer Gärtnerei umgebaute Depot, die Kiesgrube, den Schafspferch und einen umgepflügten Ferienplatz gab, hätten, wenn wir genügend begabt gewesen wären, zu einer Nachahmung der Natur werden können, eine kleine Baumgruppe oder ein blattloses Strauchwerk.
Dann hörte die herabpeitschende Flut so plötzlich, wie sie begonnen hatte, auf, und schwärmerisches Sonnenlicht brach aus den schneller größer werdenen Abständen zwischen den Wolken hervor. Der Föhn fegte den Himmel rein, und wir wurden von dem warmen Sturm getrocknet, nur der Gekreuzigte lag noch in dem überschwemmten Feld.
Ich riß an seinen Riemen, wollte ihm hochhelfen, aber er ließ es nicht zu, sagte, ich bräuchte nicht zu verstehen.
Lilly jedoch hatte ihre weihevolle Haltung aufgegeben, rieb sich Arme und Schenkel, fror in ihrem dünnen Kleid, das allmählich wieder durchsichtig wurde. Darunter hatte sie nichts an.
Ich fragte Lilly, ob sie mich erkenne, wisse, wer ich sei?
Sie nickte.
»Werde ich gesucht?«
Sie lese keine Zeitung und höre auch nicht Radio, antwortete sie.
»Wo sind die anderen?«
»Ich habe keinen mehr gesehen.«
»Arbeitest du noch im Büro der Fabrik?«
»Nein«, erwiderte sie und ließ sich Zeit, als müsse sie nachdenken. »Ich habe eine Stellung als Kontrolleurin bei den städtischen Verkehrsbetrieben bekommen.«
Unglaubhaft, daß es jemandem, der zu einer geheimen und verfolgten, obgleich noch nicht politisch organisierten Gruppe gehört hatte, gelungen war, Beamtin zu werden.
Ich fragte, ob sie überprüft worden sei?

Sie bejahte und sagte lächelnd, ihr Talent als Medium habe sie vor den üblichen Verdächtigungen bewahrt, denn sie könne Schwarzfahrer sofort erkennen. Ihre Erfolgsquote sei die höchste der Kollegen und Kolleginnen im Dienst. Pro Tag nehme sie etwa zweitausend Mark an Strafgebühren ein, bald werde sie befördert.
Ich wollte gehen, davonspringen, nicht mehr da sein. Nach ein paar Schritten durch das aufspritzende Wasser im Gras rief mich Lilly zurück und sagte, in ihrer Tasche steckten Freifahrscheine, ich könne sie haben.
Einer Vogelscheuche wie mir ohne einen Pfennig blieb nichts anderes übrig. Ich tastete Lillys inzwischen völlig getrocknetes, dünnes Kleid ab, das der Wind aufbauschte, so daß ich zugreifen mußte, um diese Tasche zu erwischen, aber ich fand sie nicht, hielt bei den Brüsten, an Bauch und Hüften immer länger inne, zitternd vor Erregung, während Lilly unbeweglich auf mich herabsah.
»Wo«, fragte ich.
Wie alt ich sei, fragte sie.
»Ich könnte dein Vater sein«, sagte ich.
Dann müsse ich von vorn beginnen, entgegnete sie.
»Wo sind die Billetts?«
Ich solle suchen, sagte das braunfarbige, leuchtend ekstatische Mädchen, dessen Haare, in einem Kranz dick geflochten, um den Kopf lagen.
»Hast du Geld?«
Lilly trat überraschend einen Schritt vor, so daß ich sie, um nicht zu fallen, noch einmal umarmen mußte, die Wange gegen ihren Magen oder Bauch gepreßt, die beide zusammen eine warme, gleichmäßig sich senkende und sich wieder hebende Wölbung bildeten, an der ich mich gern ausgeruht hätte wie der zerzauste Jesus im Schoß von Maria auf den Anhöhen eines Kriegerdenkmals.
Erneut verspürte ich brennenden Hunger, hätte am liebsten gekochte Heringe in Tomaten-, Senf- oder Dillsoße aus Fischbüchsen gegessen oder einfach ein belegtes Brot, wie aus

der Tasche des Pförtners im Alpengarten nachts am Rundfunkturm.
Lilly fragte laut, während der Föhnsturm an uns zerrte, der Himmel bis auf ein paar restliche Wolken durchdringend blau geworden war, ob ich nicht mit ihr schlafen, sie befruchten, überwältigen wolle? Sie warte schon lang darauf, daß einer komme, der ganz anders sei, den sie nicht verachten müsse. Sich losreißend, fiel sie um, lag wie der immer noch gefesselte, sich selbst bestrafende Wissenschaftler im Wiesenwasser, das durch das dünne Gewebe ihres Kleides dunkel höher kroch, zunächst an den Beinen, dann über den Leib und schneller hinauf bis zum Hals leckend, die Brüste als Inseln umgehend und das schließlich am Hals des Mädchens verebbte.
Ich fragte nochmal, ob sie Geld habe?
Sie sagte, ich solle mich bedienen.
Mir schien, als flögen dreizehntausend Raben über uns hinweg, hämisch schreiend, doch es war nur der Wind, der in dem Birkenwäldchen zwischen der Kiesgrube und dem verwüsteten, ehemaligen Campingplatz, an dessen Grund die beiden alten Toten schaukelten, sich verfangen hatte, nun mit letztem Aufwand an den einzelnen Stämmen rüttelnd. Die Natur, die wir nicht sein konnten, blieb selbständig.
Ob sie sich an den taubstummen Xander Gommeran erinnere, fragte ich, schreiend vor Ungeduld.
Sie behauptete, nein.
Ob sie mich erwartet habe?
Sie sagte, jeder sei willkommen.
Ob sie wisse, weshalb Rosa, meine Freundin, mich im Gefängnis habe besuchen dürfen?
Sie hob ihren Kopf, versuchte, ihre Erntedankzöpfe aufzuzerren, um dem Wind in ihren vielen Haaren mehr Raum zu gewähren, aber es gelang ihr nicht. Sie sank zurück ins Gras, und eine Welle des immer noch in unserem Pferch stehenden Wassers schwemmte über ihr Gesicht.
Ich fragte Lilly, ob sie nicht mitkommen wolle? Ich müsse

gehen, mit der S-Bahn bis zur Endstation fahren und dann meinen Pflichtanwalt finden.
Sie antwortete, jede Gelegenheit sei ihr recht. Ihr Dienst beginne erst abends.
»Und deine Eltern«, rief ich. »Wo sind sie?«
Unbekannt, sagte sie. Auf der ganzen Welt sei sie das einzige Kind, das keine Sehnsucht nach Vater und Mutter habe.
Obwohl ich an die Freifahrscheine, die sie angeboten hatte, dachte, wollte ich nicht weitersuchen, sondern kroch von Lilly weg und zu dem an die Holzpflöcke geknebelten Wissenschaftler, dessen Hasenscharte rosarot geworden war, als springe sie wegen der lang andauernden Nässe gleich auf.
Ich riß an den Taschen seiner Jacke und Hose, fand einen Kamm, Schlüssel, kaum mehr erkennbare Geldscheine, die ich an mich nahm, außerdem Photographien von Kindern, zusammen mit einer Frau am Ufer eines Sees, verzückt vor Schreck im Augenblick der Aufnahme.
Ich ginge jetzt, schrie ich Lilly an.
»Ja, geh«, hörte ich sie sagen.
Als ich aufstand, verfing sich der Föhnsturm in meiner Hose und der goldknöpfigen Jacke, während Lilly sich zwischen Mikrofilmdosen und kleinem, harten Schafskot, der nicht zerflossen war unter den Wassermassen, hin- und herwälzte.
Ich fragte, ob sie immer noch bei Christoph Maria Maisstreb bleiben wolle. Seinen Ausweis trug er in einem Pfadfinderbeutel verborgen auf der Brust.
Sie sagte, so gering wie er sei keiner, auch ich nicht. Sie könne sich nur hingeben, wenn nichts mehr gelte.
Rücksichtslos trat ich mit meinem Gummigaloschen über Nasen, Münder, Augen und Stirnen, als seien Seufzer, die das Mädchen und der Mann ausstießen, Laute der Dankbarkeit.
»Geradeaus«, fragte ich.
»Wenn du zur Stadtbahn kommst«, sagte Lilly, »nimm den höchsten Tarif, damit du bei einer Kontrolle nicht auffällst. Hast du genügend Geld für den Billettautomaten?«
Ich rannte durch die Wiesen davon, das Gatter des Schafs-

pferchs überwindend und dann elektrische Drähte, deren Schläge ich nicht spürte oder vielleicht war der Zaun nicht geladen. Es schien eine Kleinigkeit zu sein, gerade aus Haft und Müll gekrochen, wieder Uferlosigkeit vor sich zu haben, nachdem Lilly, die einzige von früher, sich freiwillig neben den Gefesselten gelegt hatte.
Rechts von mir sah ich den hochragenden Bunker, früher einmal eine Großgärtnerei, wo mir Guano, kostbarer, natürlicher, stinkender Vogelmist von fernen Inseln aus geborstenen Säcken über den Kopf gerieselt war, zählte die unaufhaltsam ziehenden Schaufeln des Baggers aus der Kiesgrube links daneben zu ihrem Förderturm und fühlte mich wohl, daß ich lief.
Hoffnung zu haben, ist ein lästerlicher Verdacht, den Wissenschaft wie Philosophie nur verachten können, weil Abenteuer keine Regeln kennt. Ermutigt wurde ich wieder eins mit mir, notgedrungen ohne Zeugen, da außer mir in dieser flüchtig gewordenen Welt nichts mehr zu verweilen schien, es sei denn der stürmisch blaue Himmel, aus dem noch ein paar Hagelkörner herabstürzten, mich grüßend, aber sie trafen nicht.
In der Stadtbahn erhielt ich von einer alten Frau, die allein in einem beleuchteten Abteil saß, einen Fahrschein geschenkt. Sie behauptete, er reiche für jede Strecke, wohin ich auch wolle.
Ob ich sitzen bleiben könne, fragte ich.
So früh jederzeit, sagte sie. Einer meiner Schuhe sei offen.
Ich schloß ihn und träumte weiter, während Stationen gleich Namen von Bergen vorüberflogen, zu denen ich hätte wandern mögen. Schließlich stieg die Renterin aus und überließ mich dem zunehmenden Gedränge und Stimmengewirr. Die erste Fabrikschicht begann bald, wie ich aus den mürrischen Gesichtern um mich herum las. Ich hatte einst dazugehört. Bleiche, unausgeschlafene Kinder, die, alle wärmer als nötig angezogen, von ihren Eltern zu Krippen und Tagesstätten gebracht wurden, klammerten sich an Jacken und Hosen-

beine oder preßten ihr Gesicht an das kalte, klebrige Metall der Haltestangen, als gewährten auch diese noch Schutz.
Ein kleines Mädchen mit großen, hellen Augen, das sein Vater, Türke oder Jugoslawe, auf dem Arm trug, warf ständig den Kopf hin und her, bis eine Frau, deren Fisur es in der Enge durcheinanderbrachte, zu schimpfen anfing und von verletzter Aufsichtspflicht redete.
Andere sprachen dazwischen, ereiferten sich, während die Kinder, rettungslos eingeklemmt, immer ängstlicher zu den Erwachsenen aufsahen. Dann schwiegen in dem Wagen plötzlich alle erschöpft, und nur noch das dumpfe, saugende Rollen des Zuges auf den Gleisen war zu hören.
Das Kind rutschte in den Armen seines Vaters tiefer und hing, wie stranguliert, mit dem Kinn auf den zusammengelegten Männerhänden.
Als an einer Station, die mir bekannt vorkam, die automatischen Türen der Bahn bereits wieder schlossen, zwängte ich mich noch hinaus, falls irgend jemand mich beobachtet hatte und mir folgen wollte. Die roten Schlußleuchten des letzten Wagens versanken im Tunnel.
Nuß- und Kokosriegel, überzogen mit Schokolade, die ich an einem Kiosk von Maisstrebs aufgeweichtem Geld kaufte, schmeckten nach übergelaufenen Pfannengerichten und wurden Bissen um Bissen immer schwerer, so daß ich nur noch mit Mühe die Rolltreppe erreichte. Das gewaltige Futter besaß zu viel ungewohnte Nährstoffe.
Ich spürte nicht, wer mich von den eisernen Stufen, oben ausgeworfen oder immer wieder über sie zurückfallend, aufhob, jedenfalls erwachte ich in einer Nothilfestation, deren Lampe auf mich herabschien, was mich nicht weiter irritiert hätte, denn Licht direkt in die Augen kannte ich aus der Zelle, aber die konzentrierte Beleuchtung kam nicht von der Mitte der Zimmerdecke.
»Tief atmen«, sagte eine Frauenstimme.
Zwei Sanitäter beugten sich vor, murmelten etwas, das nach Rauschgift oder Schnaps klang, dann packten sie Geräte und

Schläuche zusammen und eilten davon. Allmählich wich die Übelkeit.
»Liegen bleiben, sich Zeit lassen«, sagte die Frauenstimme.
»Sind Sie mit der Linie sechs oder drei gekommen? Ich brauche es für die Eintragung.«
Ich wußte es nicht.
»Nichts gegessen? Beim Arbeitsamt gibt es jeden Mittag eine kostenlose Suppe. Ich war mir früher auch nicht zu schade dafür.«
Langsam wandte ich den Kopf und erkannte die Frau, deren furchtloses Sprechen mich schon einmal besänftigt hatte. Es war Brunhilde Regensburg, mit der zusammen und ihrem Mann Gerd Käfer, einem virtuosen Operationssimulanten, sowie einem zum Stadtstreicher gewordenen ehemaligen Regisseur namens von Tane, der einen Sack voll Bananen vom Fruchthof bei sich trug, ich nach vergeblichem Anstehen im Arbeitsamt zum Hautpbahnhof gewandert war.
Als sie zur Uhr an der Wand blickte und die genaue Zeit in einem Formblatt notierte, lächelte sie und sagte, auch sie erinnere sich.
Ich fragte, ob sie noch in dem stillgelegten Milchpilz wohne? Das blonde Krokodil, wie ich sie damals nannte, errötete bis zu ihren borstigen Haaren, die ihr Gesicht jung hielten über dem ausladenden Körper, und erwiderte, die Armut sei vorbei. Sie hätte eine Sozialbehausung bekommen, zwei Zimmer, Küche und eine Besenkammer, alle drei Kinder wohnten bei ihr. Doch ihr Mann sei gestorben, in einer der Kliniken, wo sein durch viele Operationen verkürztes Bein auf Staatskosten mittels einer völlig neuen Methode hätte länger gemacht werden sollen.
Sie gab mir einen lauwarmen Tee zu trinken, der weder nach Pfefferminz noch Kamille roch, eher wie verdünntes Bier, und rieb mein Gesicht mit einer erfrischenden Salbe ein, deren Kühle die Haut spannte und meinen von Schwäche und Nahrungskollaps herrührenden Schweiß trocknete.
»Glück«, murmelte ich.

Es sei einfach, jemandem wohl zu tun, wenn es einem gutgehe, antwortete sie leise.
Meine Hingabe auf der Sanitätsbahre in dem kahlen Raum, der manchmal von den tief darunter fahrenden Zügen erschüttert wurde, und Brunhilde Regensburgs unablässig knetenden und massierenden Hände, die an Hals und Schlüsselbeinen angekommen waren, ergänzten einander, so daß wir beide wie zu steigen begannen, ohne an Festigkeit zu verlieren. Ihr Gesicht schwebte mondgleich über meinem, besaß Mulden, Flecken und verschwimmende Ränder dem Horizont zu.
Sie machte mein Hemd auf und fuhr mit ihren segensreichen Bemühungen fort, was mir selbstverständlich dünkte, als sollte meine Jugend, die längst vergangen war, sich erneuern.
Sie habe eine Lebensstellung ergattert, flüsterte die Frau, beim Gesundheitsdienst der Stadt.
»Unkündbar«, fragte ich.
»Felsenfest«, antwortete sie. »Ich wurde als sozialer Fall eingestellt. Die Behörde nimmt an, daß ich nun die richtige Partei wähle.«
»Werden Sie es tun?«
»Wo der Finger hinzeigt, wird das Kreuz gemacht«, sagte sie und verstärkte ihre Griffe, was in mir ein wenig Widerstand hervorrief, denn ich wollte, noch geschwächt, nicht gleich wieder zu einem Opfer werden, vielmehr Genuß mit Freiheit vereinigen, der Erfahrung nach keine leichte Aufgabe. Rosa hatte gesagt, sie erhalte eine Rente. Warum, wußte ich nicht. Lilly war bei den Verkehrsbetrieben als überragende Kontrolleurin verpflichtet worden, und Brunhilde Regensburg fühlte sich auch aufgehoben. Die Sanitätsuniform, die sie anhatte, zeugte davon. An ihrem rechten Arm trug sie eine frisch gestärkte Rote-Kreuz-Binde.
Sie sei eine Schlampe, sagte ich versuchsweise zu dem blonden Krokodil und wollte mich aufrichten.
Geduldig zwang sie mich nieder, während das bisher verdeckte Licht über ihr hervorrutschte und uns in seinen

lähmenden Schein tauchte, als tropfe Farbe aus ihm.
»Sie brauchen sich nicht zu wehren«, sagte sie. »Ich bin noch im Dienst. Es kostet nichts.«
Mit gerecktem Kopf sah ich, wie sie meine Hose öffnete, ausgerechnet mir, der ich vor Ungewaschenheit, da aus einem Müllbehälter kommend, beileibe keine Versuchung sein konnte. Doch die Sanitäterin ließ nicht nach, benützte zunächst nur eine Hand, dann die andere schon gröber, setzte auch ihren warmen, unnachgiebigen Mund ein, mich daran erinnernd, daß wir schon einmal ähnlich gemeinsam gewesen waren, als wir in einer Photokoje des Hauptbahnhofs mit anderen zusammen Aufnahmen gemacht hatten, die wir an durchreisende Amerikaner verkaufen wollten, doch eine geballte, von Schleiern und Gepäckstücken kaum mehr sichtbare Familie junger Inder riß sie uns aus den Händen, um ausgerechnet bei uns selbstverständliche Inhalte ihrer eigenen Kultur wiederzufinden.
Ich muß gestehen, daß mich die kehlige Bewältigung des Daseins in seiner fleißigsten Form nie interessierte, eher waren mir die langsamen Versuche oder auch abrupten Forderungen gegenseitigen Durchdringens wichtig gewesen, aber ich hatte sie nur selten erlebt, sei es aus Ungeschicklichkeit oder Mangel an Zeit.
»Fertig«, hörte ich die Frauenstimme befriedigt sagen.
Ich stand schon neben der Pritsche, obwohl ich mich noch liegend glaubte und taumelte aus der Nothilfestation, wollte Verdacht oder Verdruß hinter mir lassen, Brunhilde Regenburg verabreichte mir noch einen Schlag. Mit dem birnenförmigen Leib in der Sanitätsuniform und ihrem jugendlichen Gesicht sah sie einer Bienenkönigin gleich, die noch viele verausgabende Pflichten meistern würde.
Hinaustretend in die U-Bahnstation, wo Kioske, metergroße Billettautomaten, Würstchenbuden und Schaufenster für Musikinstrumente und Strickwaren in heftigen Farben prangten, bekam ich plötzlich Würgegefühle, und blitzschnell sprang mir das kleine, goldene Kügelchen aus dem

Mund in die Hand, als hätte es eine rückbezüglich eingestellte Feder hochgeschleudert.

Ich ließ es durch den Spalt der Schwingtür rollen, hinter der Brunhilde Regenburg noch bis zum Ende ihrer Schicht bleiben mußte, hoffend, der teure Kobold und vermeintliche Lichtenberg, durch den ich viel Mut erfahren hatte, würde in dem traurig leeren Raum umherkreisen, bis die Frau in ihrer Uniform, die ihr Lebensstellung garantierte, aufschreckte, um das kostbare Metall einzufangen.

Als ich das Geldtäschchen einer Japanerin auf der Wiese inmitten der Stadt vor dem grobschlächtigen Barockbrunnen, an dessen Rundungen kindliche Bundeswehrsoldaten lehnten, an mich gerissen hatte, was mir eine dünne Lederjacke einbrachte und einen Flug nach der Insel Sylt, damals erfuhr ich, daß es ein Geflecht, ein morsendes Alphabet gewissenhafter Aufmerksamkeit gab, das uns nie verließ, nie verachtete, sondern sich anstrengte, das Gespinst der Bezüglichkeiten bis zu unserem Tod aufrechtzuerhalten.

Aber das goldene Kügelchen polterte nun nicht mehr in mir, gespuckt in meinen Mund an einer Biegung des Korridors in der Festung. Die Verheißung war entschwunden.

Ich schwankte auf der nächsten Rolltreppe empor und konnte nicht mehr daran glauben, daß Wunder, wissenschaftlich in alle Kleinigkeiten zerlegt, im Vergleich wichtiger sein konnten, uns Sätze über den Kopf stülpend, bis wir schließlich, von diesen Kappen blind gemacht, wie Jagdfalken nichts mehr sahen.

In der noch von dem Föhn gelüfteten Stadt, spätestens nach der italienischen Grenze, wo unser Seelen- und Sehnsuchtsland begann, würde es einen Knoten geben, den es zu finden galt, damit der befreiende Sinn nicht verdarb. Ich fühlte, daß ich nur ein Fädchen des einst ausgelegten Netzes ergreifen mußte.

In dem Türken-Haus, in das Johann Jakob Hiller, der Hallendepp aus der Autofabrik, eingezogen war, zusammen mit seinem senkrecht von vielen Händen durch die Treppen-

schächte gehievten Klavier, wohnten nur noch Mädchen, Jugoslawinnen oder Marokanerinnen, es mögen auch, den Augenrändern nach, Javanerinnen darunter gewesen sein. Zwar wurde ich eingelassen, mußte jedoch im Korridor an der Wand warten, während die Mädchen oder zu früh fraulich gewordenen Kinder an mir vorbeiliefen, in Unterröcken, mit über den Brüsten geknüpften Handtüchern oder schon angezogen, meistens in Hosen, auf dem Weg zu dem einzigen Badezimmer, vor dem sie anstanden, lachend empört in vielen fremden Sprachen.
Wer sich die Zähne geputzt hatte, mit einer Bürste oder dem Finger, aber noch ein Stückchen Hals säubern wollte, wurde gleich beiseite gedrängt, und ich bekam die Hast ab, sollte Kußhändchen oder obszöne Gesten beantworten.
Ich fragte nach Mära-Mära.
Sie war hier unbekannt, niemand hatte sie je gesehen.
Schließlich sagte ich, ich wolle meinen Freund besuchen, Johann Jakob Hiller, den Mann mit dem Gesicht voller Runzeln. Dort drüben, in der Ecke, stehe sein Klavier! Spielen, spielen!
Zwei Mädchen, wahrscheinlich nun doch Javanerinnen, öffneten den Deckel des Instruments, zogen Geschirr, Töpfe, Pfannen und wie zu Christbaumschmuck zusammengeknäulte Silberpapierkugeln daraus hervor. Dann drückte eines der Mädchen, dessen wollüstig ausladendes Gesäß nach europäischem Maß keinesfalls zu seinem zierlichen Körper paßte, auf die weißen und schwarzen Tasten, aber kein einziger Ton erklang. Seither stelle ich mir immer wieder vor, wir müßten aus unserer Heimat vor Hunger fliehen, um in einem anderen Land vielleicht Arbeit zu finden, und siedelten uns, zum Beispiel, an den Rändern der Barackenstädte von Teheran an, tief unten im schwefelverseuchten Becken, wo es keine Kanalisation gab, keinen Strom, es sei denn, einer kletterte auf den nächsten Mast und brächte eine Zwinge an einer elektrischen Leitung an, abstürzend tot sich noch wie ein Derwisch drehend mit Schaum vor dem Mund aus Stolz,

daß er diese Tat vollbracht hatte.
Ein anderes Mädchen, unterbrochen beim Zähneputzen in dieser armen Enge und zornig an mir vorbeisteuernd, spie ein Gemengsel aus weißlicher Chemie und nächtlicher Mundfäule in mein Gesicht, endlich einen wehrlosen Vertreter des grausam prächtigen Verdienstlandes vor sich, den es, ohne gleich Konsequenzen fürchten zu müssen, bestrafen konnte.
Links nach der Eingangstür war das Kartonzimmer von Xander Gommeran gewesen, doch er hatte meistens draußen in der Großgärtnerei auf von Stricken zusammengeseilten Teppichen der Stockwerke gewohnt, umgeben von Apparaten, die Megaobertöne hervorbrachten, nur noch für Hunde hörbar, aber seine Taubheit durchdringen sollten, was ihm für Augenblicke auch gelungen war, als er sich per Kopfhörer mit mir verständigte.
Verwirrt und geschwächt von Erinnerung wie Gegenwart, wollte ich die Türkin, Javanerin oder Perserin, die mich angespuckt hatte, in die dunkle Pappschachtel neben der Wohnungstür locken, aber in dem kleinen Zimmer schliefen noch vier oder fünf Mädchen. Dunst und ängstliche Rufe schlugen uns entgegen, so daß ich, in Abschweifungen immer wieder Rettung suchend, beide Hände des Mädchens zu küssen begann, was dieses empörte, vielleicht nicht nur aus Sittenstrenge, sondern sich auch der roten Wundbetten ihrer Fingernägel schämend.
In einer langen Geraden ging ich an dem ausgeweideten Bauernklavier von Johann Jakob Hiller vorbei. Die Tasten ließen, als ich sie berührte, wenigstens in meinem Gedächtnis ein paar Antworten erklingen, als brächte Mozart, nachdem er nachts in Wiener Spielhöllen gesessen und sein Geld verschwendet hatte, noch einige Akkorde zustande, die jedoch sogleich in Geschepper endeten. Das Instrument war wieder mit Geschirr und Küchengeräten gefüllt.
Mädchen, beim morgendlich mühsam eingeteilten Zähneputzen gestört, umringten mich, entblößten sich rücksichtslos von ihren Tüchern und deutlich zu kleinen Büstenhaltern, um

mich aus der Wohnung zu jagen, hinab über die Treppe, deren hölzerne Stufen in der Mitte zu Fußfallen ausgetreten waren. Es polterte und hallte, obwohl ich mich am Geländer festhielt.

»Mära-Mära«, rief ich. »Rosa! Rebekka! Helga Kiesewetter!«

Letztere war in den Automobilwerken eine Betriebsrätin gewesen, von langwieriger Gewerkschaftsarbeit dick geworden, eine beeindruckende Frau mit unordentlicher Frisur, die hinter ihrem Schreibtisch in einem überheizten Holzhaus zwischen den Produktionshallen gesessen hatte, doppelgeschlechtlich, als müßte sie die Rolle männlicher Herrschaft ebenfalls darstellen.

Unten angekommen staute sich der Lärm des Verkehrs unter Pappeln und Kastanien.

In der Untergrundbahn kam ich wieder zu mir. Ich fuhr vor die Stadt, zu der Ausfallstraße, wo das Häuschen mit der fensterlosen Schlafkammer von Rosa, meiner zaghaften Liebe, und Geierwalli gestanden hatte.

Meine kleine Heimat gab es nicht mehr. Die ganze Zeile, auch das schattige Gärtchen, einst voll Kräuter wie Tripmadam, Hufwegerich, Salbei, Minze, Parzifal und Petersilie war eingeebnet worden, rostige Moniereisen ragten in Gittern aus schon mehrstöckig hochgezogenem Spannbeton. Es würde nicht mehr lange dauern, bis auch hier die letzten Lücken geschlossen waren. Diesmal gab es keinen Brand oder eine Verkeilung von Fahrzeugen, aus denen Blut floß, auf der Straße, der morgendliche Föhn hatte schon alle Unregelmäßigkeiten ausgetrocknet. Mich jedoch überkam noch ein kindlich sehnsüchtiger Drang, irgendwo meinen Urin ablassen zu können, letzte bedenkenswerte Zeichnungsart, hier einst gewohnt zu haben.

Umherirrend zwischen Stapeln von Verschalungsbrettern, etlichen Baggern und Kränen, die erst bis zu ihren tonnenschweren Ellenbogen gediehen waren, erfaßten mich Scheinwerfer, da auch bei Tag die Baustelle in Licht getaucht wurde, als sei dies der einzige Triumph für laute Arbeit.

In der Höhe befehligten Kollegen oder dachten vielleicht, über Pläne gebeugt, Windungen und Zirkelschlüssen nach. Nur einer strich an mir vorbei, einen zu kleinen, gelben Plastikhelm auf dem Kopf, während er schief eingeschlagene Nägel mit einer Beißzange aus einer Latte zog, als wolle er mir demonstrieren, daß er nicht umsonst anwesend war. Es handelte sich um einen Hilfsarbeiter oder Lehrling, einen der letzten Indianer der Neuzeit, die noch beschäftigt wurden, damit die Statistiken ein wenig Gleichgewicht erhielten.
»Essen«, fragte der Junge unter seinem wackligen Schutzhut hervor.
»Schiffen«, sagte ich.
»Komm mit«, sagte er.
Voll fürchterlichem Verlangen, das nach Ausweg suchte, verkniffen und bezopft kurz vor der Erlösung, führte mich der Genosse, der er sofort für mich geworden war, bedächtig an Zementbrocken, Schienen, zur Seite gestürztem Gesträuch und, merkwürdigerweise, übereinandergestellten Tischen vorbei, als würden hier manchmal Feste gefeiert werden, bis zur Ecke eines dunklen, karbolbestrichenen Hauses, das von außen einem gigantischen, wetterfesten Pissoir glich.
Ich erleichterte mich. Der Strahl stürmte über umgeworfene Erdschollen, davon halb bedeckten Brennesselkolonien hinweg und tat, schmerzlich austretend, unendlich wohl. Es war, als hätte ich zu einem kleinen Fesselballon werden können, der sich, mit neuer Luft gefüllt, emporhob.
»Suchst du Arbeit«, fragte der Lehrling.
Ich sagte meinen altertümlichen Namen, und er antwortete, daß er Nepomuk David heiße. Nationalität unbekannt.
»Bist du fest angestellt?«
»Klar! Sonst wär ich weg.«
»Hast du noch das Häuschen gesehen, das früher hier stand?«
Er versuchte einem der alten Nägel, die er immer noch aus dem Brett riß, mit den Zähnen den Kopf abzubeißen, doch es war ein Trick. Er spuckte dicken Speichel aus oder ein Bröckchen, das vom Frühstück zurückgeblieben war.

Über uns ächzte ein Kran, in den gerade ein für ungeheure Gewichte geeigneter Träger eingeklinkt wurde, automatenhaft geräuschlos. Ich sah niemanden, der auf den Ausleger hinausgekrochen wäre, um Schrauben und die Festigkeit von Kabeln zu prüfen. Die Baustelle schien sich menschenlos, wie von selbst, fertigzustellen. Nur die Scheinwerfer brannten.
»Geh mit«, sagte ich zu Nepomuk David. »Ich muß aus der Stadt.«
»Kann nicht«, sagte der Lehrling. »Brauchst du eine Uhr?«
Er wickelte den Ärmel seiner noch kaum verschmutzten Montur hoch, und an seinem Handgelenk saßen fünf oder sechs nacheinander umgeschnallte Uhren, dicke und eckige, silberne und eine so vornehm dünne, daß auf ihrem Zifferblatt nur noch die Ahnung von Zahlen zu sehen war. Ihr penibles, sich gegenseitig überholendes, leises Ticken verflüssigte sich wie zu einem kleinen Regen.
»Jedes Stück zwanzig Mark«, sagte Nepomuk David.
Ich hätte kein Geld, antwortete ich.
»Dann schenk ich dir eine, aber nur, wenn du zurückkommst.«
»Ehrenwort«, sagte ich.
Bevor ich den freundlichen, einsamen Mann verließ, bekam ich von ihm aus einer Dreieckstüte noch Kakao zu trinken und drei falsche Brezeln geschenkt, damit ich, wie er sagte, mein Versprechen auch einhalten könne.
»Am Sonntag treffen wir uns wieder.«
Weil ich noch die auffallenden Kleider vom Müllgraben anhatte, nahm ich nicht die S-Bahn, in deren hellen, großen Wagen ich eher aufgefallen wäre, sondern fuhr mit einem Vorortbus.
Nach dem Berufsverkehr waren nur ältere Frauen und Männer unterwegs, die vielleicht in der Stadt eingekauft hatten auf der Suche nach billigen Sonderangeboten. Selten habe ich von Müdigkeit und Resignation verstörtere Gesichter gesehen, als dürfe Leben, das noch geführt werden mußte, sich nur noch in Krankheit ausdrücken.

Ein gebückt dasitzendes Weiblein mit mehreren Kleidern übereinander an, kramte ständig in prall gefüllten Plastikbeuteln herum, die es wie totes, schon gerupftes Federvieh um sich aufgebaut hatte. Als es sich anschickte, an einer Station den Omnibus zu verlassen, richtete es sich nicht auf, sondern schlurfte, gestützt auf seine tauben Säcke, gekrümmt davon und plumpste mühsam, während der Fahrer gelassen zusah, über das Trittbrett hinunter. Beinahe wäre ihr Mantel, oder war's ein Stück Unterrock, von der schnell schließenden, pneumatischen Tür eingeklemmt worden.
Das schwere Fahrzeug zog wieder an, und ich sah, zu der Alten zurückblickend, daß draußen der Sommer begonnen hatte. Bäume am Rand der Straße ließen im nachlassenden Föhnwind ihr Laub durcheinanderstrudeln. An Hängen, gespickt mit herausragenden Steinzacken, wellte sich kurzes Gras, hell gegen den Strich gebürstet, daraufhin wieder dunkel niedergehalten, wobei es manchmal Inseln der Ruhe gab, in denen die Farbe gleichmäßig stehenblieb. Und über den Kämmen der abgebrochenen Höhenzüge vereinigte sich die Luft mit dem Licht, als beginne darüber eine neue Klarheit.
Ich mußte, um an mein Ziel zu gelangen, noch einmal den Bus wechseln, denn der Wohnort meines Pflichtanwalts Adolf Wormbs lag weit außerhalb der Stadt. Und ich stellte mir noch einmal die Lochstreifen aus Arno Axmanns Geheimkassette vor, die vielen, kleinen Punkte, tanzend über die langen Papierbänder verteilt, unentzifferbar.
Bei einer Steigung war die Straße enger geworden, besaß keinen Mittelstreifen mehr, dann fuhren wir über Kehren hinab, wanden uns durch Dörfer in schmalen Tälern, wo es als Rathaus meist einen morschen Bau mit herabhängenden Fenstersimsen wie faulende Lippen gab und eine Verkehrsampel, länger geschaltet als in der Stadt, damit Kühe und Einheimische genügend Zeit hatten.
Ich war noch der einzige Fahrgast im Hinterteil des Omnibusses, angetan mit meiner Müllhose und der immer noch

feuchten Jacke, von der nun die goldenen Knöpfe abgingen. Hänge schienen über uns hereinzustürzen, da und dort mit weißen Sommerhäuschen bedeckt, doch allmählich hörten auch diese Unterbrechungen auf. Der Chauffeur drehte sich um und rief, ob ich erst in Wexrath aussteigen wolle? Vielleicht hätte er, zu dieser Zeit am Nachmittag, wie sonst üblich, schon in einer Wirtschaft Pause gemacht. Zornig zeigte er sein Können, so daß ich aus meiner Ecke nach vorn flog, wo die Schwingungen des Fahrzeugs nicht mehr so stark waren. Der Kakao in meinem Magen wollte aber trotzdem nach oben.

»Was tun Sie am ersten Mai«, fragte ich würgend.

»Feiern«, sagte er.

»Ich kannte einen, der hat an diesem Tag seinen Bus mit roten Fähnchen vollgesteckt.«

»Scheißdreck«, sagte der Fahrer, gleich seien wir da.

Die Höhen waren zu mittleren Bergen geworden, an deren felsigen Flanken keine Ferienhäuser mehr Platz fanden. Die Gegend sah düster, doch vertrauenerweckend arm aus. Unwillkürlich duckte ich mich, als wir unter einer Eisenbahnbrücke hindurchfuhren, hinter der sehr enge Kurven anschlossen, ein Hinweis, daß es hier noch eigensinnige Bauern gab, die bisher einer Straßenbegradigung standgehalten hatten. Links nach einem kleinen, verrotteten Bahnhof, ragten Schornsteine auf, hochmütig verlassen, als seien sie schon seit hundert Jahren erkaltet, rechts ging es über eine Brücke, die, den Gerüsten und Verschalungen nach, auf neueste Spannbetonbreite umgebaut wurde.

»Endstation«, sagte der Fahrer. »Nun aber raus!«

»Morgen früh können Sie mich wieder abholen«, sagte ich. Er antwortete nicht. Nachdem ich ausgestiegen war, zwang er sein ungefüges Fahrzeug mit krachender Schaltung auf die Gegenspur und floh.

Das Dorf war menschenleer. Ich stand zwischen einer hohen Mauer, hinter der sich ein bröcklig dunkles Kastell oder Schloß erhob mit abweisenden Fensterkreuzen, und einem geschlossenen Gasthof namens »Krone«, an dessen Tür ein Schild hing, auf dem »Ruhetag« zu lesen war. Das Papptäfelchen pendelte an seiner Schlinge, als sei es gerade hastig angebracht worden, noch hin und her, und ich hätte Lust gehabt, hinüberzugehen, um zu prüfen, ob an der Klinke noch ein Hauch von Wärme zu spüren war, aber etwas unerklärlich Unterbrochenes hielt mich davon ab.

Ich ging ein steiles Sträßchen hinauf, an dessen Rand ein Bach abwärts floß, in mehreren Abschnitten von Unrat gestaut, so daß sich eine Art Stromschnellen gebildet hatten, nur schuhgroß, über die milchiges und übel riechendes Wasser sickerte. Hinter Steinen waren Lumpen und widerstandsfähige Mistfladen hängengeblieben, und in einer seichten Ecke, gedüngt von landwirtschaftlichen Überresten, wuchs ein Busch hoher, festlicher Glockenblumen, wie es sie schon lang nicht mehr in der geordneten Natur gab. Das freche Blau forderte den wolkenlosen Himmel heraus.

Sollte ich rufen? Wen konnte ich ansprechen? Die zweite Adresse von Adolf Wormbs, obwohl im Münchner Telefonbuch verzeichnet, war mit keinem Straßennamen versehen gewesen.

Bauernhäuser lagen wie eingegraben nebeneinander am Hang, manche mit Schindeln, andere verputzt, fast alle in elendem Zustand. Aus bloßen Stellen der Wände hingen Strohgeflechte und modernde Balkenteile, nur über den Türen waren stets dieselben gewellten Hauben aus gelbem Plastikmaterial angebracht, getragen von dünnen Eisenstangen. Irgendein Handelsvertreter hatte es verstanden, den Bauern diese unnützen kleinen Vordächer aufzuschwatzen.

Plötzlich lief ein Huhn über den Weg, schreiend und flatternd, wie durch meine Anwesenheit in Panik versetzt. Es verschwand hinter einem Holzstapel, kehrte gleich darauf noch konfuser zurück und rannte fast in mich hinein, mit unbeweglichen Augen und aufgerissenem Schnabel, nahe einem Herzschlag. Dasselbe war mir schon einmal passiert, zwischen Rebstöcken bei dem Gebirgsort Olévano in den

Abruzzen, als Rosa in der Genossenschaftsvilla ihr Kind austrug. Das zu meinen Füßen gestorbene Huhn hatte ich ausweiden und zubereiten sollen, was mir nicht gelungen wäre, hätten nicht Giovanni Zaremba, der gebürtige Pole, und Bruno Marzo, ein deutschsprechender Gymnasiast aus Südtirol, dabei geholfen. Ich mußte irgendein Kalkül oder eine bedrohliche Lust in mir besitzen, was jedenfalls Federvieh an den Rand des Todes brachte. Dieses Huhn jedoch raffte sich wieder auf und torkelte in einen Hof, wo, einer trüben Wolke gleich, andere Hühner aus Ecken und Spalten sich zu ihm gesellten, bis alle in einer Mistgrube in Deckung gehen konnten. Ich hörte nur noch ihr unterdrücktes Gegacker.

Eine Katze, lautlos unterwegs, ließ sich nicht schrecken, blickte mich uninteressiert an, sich ihrer ganz anderen, geräumigeren Welt als meiner bewußt, die sie mit ihren Schnurrhaaren in Form komplizierter Ortsbestimmungen aufnehmen und aus den Augenwinkeln überkreuz zu wittern vermochte. Das Tier strich zur Seite und jagte dann senkrecht an einer wettergeschwärzten Scheune hoch, wo es, gleich einem Pfropfen, mit leisem Prunk in ein Loch hineinschoß. Nichts regte sich mehr. Die Bäume am Berg verharrten wie eine Wand, die Drähte der elektrischen Leitungen schienen in die Luft eingebrannt zu sein, und Gemüsehäupter in den Gärten neben den Häusern schimmerten metallisch, zu robuster Gesundheit erstarrt, nicht vorstellbar, daß sie auch zu verzehren waren.

Am Pfarrhaus, dessen Bezeichnung in einem Bogen über dem Portal eingemeißelt stand, bewegte sich ein Vorhang. Ich winkte, wollte nach Adolf Wormbs fragen, aber keines der Fenster öffnete sich. Sie waren in Segmente unterteilt und ein wenig gewölbt, glichen alten Brillengläsern, die mich anblickten, als beinhalte das ganze Haus ein vielköpfig mißtrauisches Geschöpf.

Dahinter, zusammengedrängt von einer hohen, dicken Mauer, lag der Friedhof, steil angehoben, daß man fürchten

mußte, gleich stürzten Gräber samt Erde herunter, denn grau polierte Steintafeln, besonders aber Kreuze, neigten sich zwischen den Kiespfaden nach vorn.
Ich ging weiter, eng an den Höfen entlang, in denen vielleicht Bauersfamilien, unbekannter Sitte gemäß, bei einer dritten oder vierten Zwischenmahlzeit saßen. Landbewohner lebten oft noch ungesünder als wir in der Stadt.
Wo waren die Kühe, die Schweine? Sie mußten in den Ställen stehen, angekettet oder zusammengepfercht bis zur Unbeweglichkeit. In dem Tal gab es kaum Platz für Weiden, nur geringen Austrieb. Auf der Sohle verlief die Bahnlinie, und zu beiden Seiten standen Häuser, gestaffelt wie die Näpfe in einem Aquarellkasten, dessen Farben zu einem einzigen Schimmel zerlaufen waren, mit dem finsteren Rot der Dächer dazwischen.
Vor einer Bäckerei versuchte ich, in die von einer halb heruntergelassenen Jalousie verdeckte Auslage zu blicken, doch vielleicht war das Geschäft längst aufgegeben worden, denn ich sah keine Brotwaren, nur einige verstaubte Zwieback- und Kaffeepackungen, bläuliche Kondensmilchdosen, einen vergessenen, auf einer Waage liegenden, schrecklich großen Kamm und eine abgeschabte Spielzeugmaus aus Blech.
Aber die Maus war lebendig, begann sich zu regen, als fühle sie meine Neugierde. Sie richtete sich auf und sprang schläfrig auf die andere Schale der Waage, so daß der bösartige Kamm von seinem Platz hüpfte, am Griff einer Schublade, sich in falscher Balance hin- und herwiegend, für Augenblicke hängenblieb und endlich herunterfiel.
Die Maus hielt noch so lang die nackten Lider offen, bis die nachzitternde Schale zur Ruhe gekommen war, dann glich sie wieder einem toten Gegenstand.
»Sind Sie der Doktor«, hörte ich über mir fragen.
Erfreut blickte ich nach oben, wo sich im Spalt eines Fensterladens ein verwirrter Kopf zeigte, mit mehr Haarsträhnen als Gesicht.

Ich sei es nicht, sagte ich.
»Der Doktor muß doch nach mir schauen«, klagte die alte Frau. »Ich hab immer meine Versicherung bezahlt.«
Wo er wohne, fragte ich. Ob ich ihn holen solle?
»Nein, nein, sonst wird er nur grantig!«
Wir blickten uns an, sie mit wäßrig kranken Augen, die mich kaum wahrnahmen, und ich, geteilt in Ungeduld und Erbarmen. Weit weg fing ein Hund zu bellen an, der nicht mit uns in Verbindung stehen konnte, vielleicht hielt er sich bei den verlassenen Kaminen, jenseits des Bahnhofs im Tal auf und hatte eine Fährte verloren.
»Kennen Sie das Haus des Rechtsanwalts«, fragte ich.
Die alte Frau ging nicht darauf ein, wiederholte nur, sie brauche den Doktor, den Doktor, und plötzlich schrie sie zornig auf mich herab, sie habe Krebs, jeder im Dorf wisse es!
»Es wird schon nicht so schlimm sein«, erwiderte ich verdrossen.
»Der Krebs, der Krebs, tut weh Tag und Nacht. Der Mann ist weg, backt nicht mehr, hat ein Zimmer in der Stadt!«
Morphium helfe, sagte ich. Ein Wundermittel.
»Braucht er selber«, sagte sie. »Stiehlt es mir.«
»Der Doktor?«
»Ja, der elende Kerl!«
Knallend schloß der Laden, nichts rührte sich mehr. Auch die Maus auf ihrer Schale, wie ich mich vergewisserte, blieb unbeeindruckt, als kenne sie Störungen dieser Art.
Meine Hosen, an den ausgeleierten Trägern hängend, rutschte, und die Jacke umgab mich wie doppelt. Ich mußte das verhängnisvolle Dorf hinter mir lassen, da ich mir, zwar ausgehungert nach Erlebnissen, unnötige Schwierigkeiten nicht erlauben durfte.
Die Straße wurde schmaler, der fleckige, oft ausgebesserte Asphalt ging in Schotter über, und die Häuser standen, keine Bauernhöfe mehr, eher Schuppen, geduckt in der Schräge beisammen.
Nach einer Kurve fing ein lehmiger Weg an, aufgewühlt von

Fahrzeugen, die neben noch unfertigen Einfamilienbauten parkten. Ich war im neuen Dorfteil angelangt, wo die nächste Generation sich eine bessere Heimat zu schaffen versuchte, an den Wochenenden mörtelnd und schuftend bis zur Erschöpfung, angetrieben von einem rabiaten Verlangen nach Eigentum.

Einer dieser verbissenen Jungbürger kam in Gummistiefeln und die Hände in den Taschen langsam den zermalmten Weg herunter. Sein noch nicht ausgewachsener Schnurrbart verlor sich in einem dicken Gesicht.

Was ich hier wolle, fragte er, vor mir stehen bleibend.

Ich sagte, daß ich bei Adolf Wormbs, dem Rechtsanwalt, eingeladen sei. Wo er wohne?

»Da hinauf, letztes Haus«, antwortete der Siedler.

Er ließ mich nicht an sich vorbei, trat schnell auf mich zu, so daß ich nicht mehr ausweichen konnte und mit ihm zusammenprallte, wobei er mir mit seinem Bauch einen Stoß versetzte, der mich an der Brust traf, da er nicht nur größer als ich war, sondern auch höher stand.

Ich bat um Rücksicht.

»Zuviel Leute im Dorf«, sagte er.

Ich hätte niemanden gesehen, entgegnete ich.

»Haben alles leergefressen und die Kinder aus dem Landschulheim mitgenommen«, antwortete er. Um die sei es nicht schade, setzte er hinzu.

Ich probierte Schritte um ihn herum, war jedoch, bergauf, zu langsam, wurde wieder zurückgewiesen.

»Weg mit dir«, sagte er.

Er solle sein Maul halten und mich vorbeilassen.

Die Augen zusammenkneifend, demonstrierte er voll Behagen seine gleich ausbrechende Kraft, wenn er mich treten oder schlagen würde, eines Sieges gewiß. Ich lenkte, ängstlich geworden, ab und fragte ihn, wo das Landschulheim sei? Dort wolle ich auch einen Besuch machen.

»So? Warum?«

»Ein Sohn meiner Schwester, der Neffe meines Onkels . . .«

und beinahe hätte ich noch gesagt, auch die Geliebte meines besten Freundes bräuchten Geld, doch der junge Dörfler erteilte mir einen zweiten Stoß, herausgefordert von meiner Magerkeit, Blässe und den lumpigen Kleidern. Ich fiel zu Boden, wo ich sitzenblieb, andächtig mit aufgestützten Ellenbogen in einer Furche des steilen Wegs.
»Aufstehen«, sagte er.
Unmöglich, erwiderte ich. Ich sei verletzt.
»Wo«, fragte er.
»An der Schulter. Sie ist künstlich, aus Silber und renkt deshalb oft aus.«
»Glaub ich nicht«, sagte er, unbeweglich breitbeinig über mir stehend und störrisch herunterblickend.
Während einer langen Pause, in der er wohl die Konsequenzen seines Tuns erforschte, und ich nicht wußte, ob ich davonlaufen oder mich wehren sollte, denn eine fatalistische Müdigkeit begann, sich in mir breitzumachen, wurde es zunehmend belangloser, ob ich meinen unbekannten Pflichtanwalt noch von Angesicht sprechen würde oder nicht. Als Flüchtling hatte ich mich nur wieder auf das nächste Ziel eingestellt, nachdem Rosa, Xander Gommeran und andere nicht mehr aufzufinden waren.
Der Mann über mir, vielleicht beeindruckt von meiner Bereitschaft, denn selbst der Dümmste und Gröbste ist ein verästeltes Wunderwerk an Empfindsamkeit, zeigte ins Tal hinab und sagte, dort, gegenüber dem Gasthaus »Krone«, wo die Mauer beginne, liege das Landschulheim. Es sei vor zehn Jahren verkauft worden, an die Gewerkschaft, habe früher den Herren von Soden gehört, deren letzte Familie nun aussterbe.
»Vielen Dank«, sagte ich und erhob mich.
Die Kinder des Heims würden keinen Pfennig im Dorf lassen, nur kosten, erzählte er freigiebig weiter. Auf das Land schicke man die Kranken, Schwachen und Verkorksten der Stadt, und wenn sie sich erholt hätten, würden sie wieder gehen, ohne sich zu bedanken. Die Welt kenne keine Gerechtigkeit mehr. Er war erschöpft vom Kräfte vernichtenden Hausbau, der

Schichtarbeit außerhalb des Dorfes und der Einsicht in ein plötzlich ausbrechendes Gefühlserlebnis, das er sich wahrscheinlich noch nie gestattet hatte, eher einmal seine Frau schlagend und danach sein jüngstes Kind umarmend oder seiner Schwiegermutter am nächsten Sonntag helfend, wenn sie die Wäsche beider Familien im Garten an Leinen hängte.
Den leis schluchzenden, dicken jungen Mann an der Hand ging ich bergauf, völlig tränenlos, eher verärgert, wie schnell dieser von termitenähnlicher Ideologie geprägte Siedlerbrokken durch meine Unterlegenheit zum Einsturz gebracht worden war. Das hieß, daß man sich auf die größte Klasse eines Industrielandes immer noch nicht verlassen konnte, denn viele würden im Zweifelsfall, überwältigt von Sentimentalität und Unsicherheit, erneut zur Seite der Macht überlaufen wie einst.
An der Wegkreuzung übergab ich den feuchten, schweren Mann einem kleinen Mädchen, das dort schon gewartet hatte, seinen Vater aus der Ferne bestaunend, von dem es bisher nur Schweiß, Entschlossenheit und Befehle kannte.
Es machte einen Knicks und sagte, die Mutter sei in Sorge.
Das Mädchen sah mich mit seinen verheerend unschuldigen Augen erschrocken an, als erwarte es von mir auch Unheil und stieg weiter den lehmigen Pfad zum Neubaugebiet hinauf, seinen immer noch gebeugten Vater zwar an der Hand, doch bald schon wieder ein, zwei Schritte hinter ihm gehend.
Unter einem verschwenderisch belaubten Nußbaum, dessen kraftvolles Grün sich bis zur Undurchsichtigkeit steigerte, machte ich Halt.
Zu meinen Füßen lag Wexrath, eingezwängt in das Tal, und an seinen beiden Seiten, als könnten sie sich gleich wäßrigen Klumpen nicht am Berg halten, versickerten die Häuser.
In der einen Hälfte, wo sich das Kastell oder Schloß der Familie von Soden befand, das zu einem Landschulheim geworden war, standen Bauernhöfe, das Gasthaus »Krone« und, weiter oben, neue, ein wenig gebrechlich wirkende

Einfamilienhäuser, sorgsam wie eine Erinnerung oder ein schlechtes Gewissen an das Land, das die Eltern und Großeltern einmal besessen hatten, mit kleinen Vorgärten versehen. In der Mitte, wo noch Platz freigeblieben war, verließ die Bahnlinie, eine nach oben gestülpte Rinne, in kurzem Bogen die Schlucht. Ein weißer, blanker Felsriegel schloß das Blickfeld ab.

Jenseits der Schienen verstreute sich der andere Dorfteil, der wahrscheinlich aus der Zeit zwischen den beiden Weltkriegen stammte. Es waren auf das notwendigste Maß beschränkte Häuschen, zum Teil mit Garagen aus Wellblech daneben oder einem Rasenstück davor, auf dem Stangenbohnen und höchstens fünf Obstbäume gediehen.

Es gab noch den stillen Bahnhof und eine Wirtschaft, die selbst tagsüber mit hellgrün brennenden Leuchtröhren vom Giebel bis zu den Dachrinnen Aufmerksamkeit erregen wollte, sowie ein fabrikähnliches, neues Gebäude, und eines, das einer frühindustriellen Burg glich, zerfallen am Fluß stehend mit den Ruinen eines Wasserrads. Dahinter erhoben sich die kahlen Schornsteine, die ich als erste Wahrzeichen bemerkt hatte.

Entfernt oben am Kamm des Hangs schimmerte ein kreidiges Denkmal, es konnte auch ein Tempelchen oder ein vergessener Teepavillon sein, einst naher Ausflugsort der Familie von Soden, denn nur sie hätte genügend Geschmack und Geld besessen, eine Erholungsstätte solcher Art in dieser Landschaft zu errichten.

Der Nußbaum mit seinem mächtigen Blätterdach verbarg mich, warf einen Schattenkreis, in dem ich mich aufgehoben fühlte. Kaum glaubhaft, daß, wie der düstere Jungsiedler andeutete, irgendeine Bande, von der anscheinend die Kinder des Landschulheims fasziniert gewesen waren, das ganze Dorf in stummen Bann geschlagen hatte, so daß sich noch immer niemand auf die Straße traute.

Insekten, vielleicht Bienenschwärme, waren unterwegs, hinüber zu den roten und weißen Blüten von Kastanien, die aus

Steinformationen und Schründen ragten. Ich hörte das Surren und flächenartige Schwirren tausendfältig kleiner Flügel, als müßte ich umworben werden, begutachtet von der Härte starrer Facettenaugen, die meinem Blick vielfach überlegen waren.
Wieder bergan, hinter mir im Schlepp den Duft des ehrwürdigen Nußbaums und plötzlich von dem Gekreisch eines weit entfernten Schweins eingeholt, dachte ich an Klänge und Gerüche meiner Kindheit, die ähnlich zusammengesetzt waren, ständig zwischen Schrecken und Ergebenheit schwankend, so daß ich einmal an einem sommerlichen Nachmittag, in dem die Zeit eine halbe Ewigkeit dauerte, mitten auf der staubigen Straße niedergesunken war und nur noch Blut und Tieraugen gesehen hatte, über die mein Vater, ein Veterinär, der auf einem Motorrad von Hof zu Hof fuhr, allein zu gebieten hatte.
Ich kam höher, vermißte Einfamilienhäuser und Hühnerställe, ging an einer Treppe vorbei, die irgendwo im Wald endete. Ihre Zementstufen waren zerfallen. Ein Vogel jagte mit einem Schrei über mich hinweg, kehrte zurück und blieb in der Luft stehen, die zugespitzten Flügel in schnelleren Schlägen wie verkürzt, und Kopf und Schnabel zu mir gesenkt, als sei er noch immer ein Wappentier.
»Wie heißt du«, rief ich hinauf.
Er gab stoßweise kund: »Wo-mich-geht's-nicht-gut!«
Was das bedeute, fragte ich.
»Umweg«, glaubte ich den Falken oder Steinadler antworten zu hören.
»Begleitest du mich oder willst du warnen?«
Ich solle geradeaus gehen und keinen Anblick scheuen, schien er durch seine beiden gelben, aufgesperrten Schnabelhälften zu antworten, so daß ich schon glaubte, er wolle mich angreifen, doch in einem überraschenden Salto, die Flügel wie Flossen angelegt und den Körper vorgereckt, entwich der Sturmvogel über den nächsten Höhenzug, sehnsüchtig kleiner werdend und bald im Blau des Firmaments zerflossen.

Weiterstapfend erreichte ich einen gepflasterten Hof, in dem ein rotes, zerkratztes Auto auf der Seite lag, die einstmals federnden Achsen ausgestreckt gleich einem toten Käfer. Hier konnte die Bande, von der mir erzählt worden war, zum ersten Mal gewütet haben.

Ich hörte es klingeln und läuten, suchte einen Knopf an der verwinkelten Gartentür, fand aber keinen, mußte nur das Gittertor aufstoßen, in dessen Mitte eine stählerne Rose saß, mit gehämmerten Blütenblättern und stachligem Fruchtknoten in ein Netz unnachgiebiger Ranken und Dornen eingepaßt, Schild und Waffe in einem.

Als ich endlich hineinging und die feindselige Pforte wieder vorsichtig schloß, hatte ich das überwältigende Gefühl von Dauer, als könne ich neunzig Jahre alt werden, die zwar voll Mühsal und Gebrechen wären, aber ich würde überleben.

Den umgestürzten, wie schreienden Wagen mit seinen gespreizten Knickbeinen umgehend, schritt ich durch einen von Wicken überdachten Laubengang, aus dem massenhaft Insekten fielen, in den Hemdkragen und auf den Kopf, als hätten sie ausgehungert auf Beute gewartet.

Es kamen Treppen, eng übereinander in den Fels gehauen, während links, in einem künstlichen, von Betonmauern umfaßten Abgrund, ein Bach, der noch genügend Wasser besaß, schäumend abwärts schoß. Im Dorf unten, beim Pfarrhaus, war er nur noch ein verdrecktes Rinnsal.

Rosen überall, gebündelt zu Büschen oder einzeln steil in senkrechter Pracht oder auch zu wild wuchernden Teppichen über den zerklüfteten Garten gebreitet, im Schatten unter Tannen erst knospend, an der Südseite des Berges schon zahlreicher erblüht, wo eiserne Pfähle standen, die bunte Glaskugeln trugen, deren Feuer ineinander verwobene Regenbogen hervorbrachten, da eine Sprenganlage, immer wieder fünfmal im Kreis entgegen dem Uhrzeigersinn darüberstreichend, darauf genau so viele Male rechts herum, wie ich mitzählte, das Licht tausendfach brach. Klingeln und Läuten, das ich schon anfangs gehört hatte, ließ nicht nach, obwohl

ich mich inzwischen tief in der verschwenderischen Dichte der Anlage befand.
Aber dann sah ich, aus dem Blumentunnel tretend, daß kleine Frauen und Männer mich anblickten, Zwerge und Koboldinnen unten am Bach, mit ihren Werkzeugen, die sie schwangen, halsbrecherisch auf Vorsprüngen, Plattformen und Konsolen über ihn geneigt. Sie hämmerten auf Ambosse, bearbeiteten mit Seilen und Hacken winzige Erzbrocken, die unter ihren Schlägen zu erglühen schienen, handhabten ruckweise Schöpfkellen, strichen mit Flachskämmen durch wäßrige Nebel, benützten Keile, Schaufeln und Eimer, als wollten sie, in ständiger Arbeit begriffen, das Reich, das ihnen verblieben war, wieder vergrößern.
Die Gestalten waren aus bemaltem Gips oder Zement, da und dort beschädigt, so daß durch das Ende schaler Zipfelmützen kräftiges Weiß drang. Nasen hatten dem Sprühen des Baches nicht standgehalten und sahen wie angefressen aus. Schuhe waren abgewaschen worden, Hände verjüngten sich in einem gebogenen Draht, oder vom Rock einer Koboldin, die immerfort ein imaginäres Brot rollte, bröckelte der Saum ab.
Dann bemerkte ich eine überdachte Schaukel, das Gestell aus kunstvollem Eisen. Davor stand ein Tisch, ebenfalls geschmiedet und vielfältig durchbrochen. Überall gewahrte ich nun kleine Zäune, stützende Gabeln an Rosenstauden, Schuhabstreifer vor Treppchen, Deckel über Brunnen und Gitter unter den Öffnungen von Dachrohren, alles aus Eisen, gebogen und verdreht zu Girlanden, schützendes Geflecht oder nur Zierat.
Ein Hase hoppelte an mir vorbei, hielt inne und richtete sich auf, ein langes Löwenzahnblatt im Mund, das an der Bißstelle einige milchige Tropfen auf der Oberfläche zeigte. Das Tier blickte mich mit zurückgelegten Ohren an, als habe es mich erwartet oder kenne Erscheinungen wie mich, wahrscheinlich ein Stallkaninchen, das, freigelassen, sich in dem verwunschenen Garten umtat.
»Wie heißt du«, habe ich gerufen oder gedacht.

Wenn auch der Steinfalke oder Wappenadler vorhin anscheinend Antwort gegeben hatte, konnte ich dasselbe nicht von jedem Geschöpf erwarten, das noch zu den Warmblütern gehörte wie ich.
Schließlich langte ich vor einem Haus an. Das Gebäude saß hoch in dem Abhang, behaftet mit großblättrigem Efeu bis zur ersten Fensterreihe, war weiß geschlämmt und sorgfältig von braun bemaltem Fachwerk unterteilt.
Die gewölbten, kostbaren Scheiben glichen denen im Pfarrhof des Dorfes. Der Giebel, geschnitzt und mit zwei Reitern versehen, erhob sich stolz germanisch. Der Klöppel an der Tür war aus Eisen, dick und fremd, als solle jeder Besucher von diesem unheilbringenden Kloben abgestoßen werden. Eine Sandsteintreppe führte zum ersten Stock, dem eigentlichen Parterre, an dem kein Kot, Regenschlamm und Viehschmutz mehr klebte wie im Mittelalter, als die Straßen noch Abflußkanäle waren und nur im Sommer trockneten.
Das Haus betretend, hörte ich ein Seufzen und schwaches Hecheln, das mich nicht beunruhigte, vielleicht stammte es von einer alten Elektropumpe, dem Zahnrad einer Perpendikeluhr oder einer auslaufenden Waschmaschine.
Unten befanden sich Wirtschaftsräume mit aufgerissenen Türen. Teller, Porzellanbecher, Tiegel, schönes Geschirr, auch Vasen und andere Kleinigkeiten lagen, teilweise zersplittert, auf dem Boden. Marmelade, wahrscheinlich selbst eingekocht von den Bewohnern, strengte sich an, über Tischkanten hinabzutropfen. Ein gedünsteter Kalbskopf, fahl mit glasigen Augen, lauerte in einer Ecke, auf sich ein geschnörkeltes Hütchen Majonnaise tragend mit noch sprossenden Petersilienstengeln in den Ohren. Fliegen hörte ich keine, doch im Kerngehäuse eines angebissenen Apfels wand sich ein Wurm, der sich nach so viel Nahrung mit seinem Schwanz oder Mund, was nicht auszumachen war, freizupeitschen versuchte. Als ich ihn anstupste, zog er sich in das Innere seines offenen Futterplatzes zurück und rollte in abwartende Stellung zusammen.

»Ist hier jemand«, rief ich.
Keine Antwort, nur das Seufzen oder unterdrückte Wimmern war erneut zu vernehmen, während kurz darauf eine der offenen Türen zuschlug, und ein Windstoß, der gleich wieder erstarb, über mich strich.
Ich käme in friedlicher Absicht, rief ich.
Ein Schatten humpelte an mir vorbei und floh dann eiliger, so daß ich nicht sah, ob es eine Kröte gewesen war oder ein Stück Lumpen, das der Wind in Bewegung gesetzt hatte. Bei der Treppe hing ein abgetrennter oder ausgerissener Jackenärmel, dem zerschlissenes Seidenfutter entquoll.
Im zweiten Stockwerk waren die Türen geschlossen. Zögernd öffnete ich die allernächste und blickte in ein peinlich aufgeräumtes Schlafzimmer. An der Stirnseite stand ein Himmelbett mit zur Seite gerafften Vorhängen, auf dessen Kopfkissen ein beschriftetes Blatt lag, das ich, nähertretend, mit Herzklopfen las. Es lautete:

Das Grauen des Ping's
vor dem Pong.
Die Leere
mag eine Lehre sein.
Wir werden uns
nicht mehr treffen.
Wormbs.

Hinausstürzend schrammte ich mit der Schulter am Türbalken, war dankbar für den stechenden Schmerz. Eine Bodenvase fiel im Korridor um und entließ aus ihrem vorgestülpten Schlund eine Flut von weißen und gelben Tischtennisbällen, die davonhüpften, teils die Treppe hinunter, wo sie auf den Steinstufen wie schwere Regentropfen prasselten.
Ich hieße Johann Jakob Weberbeck, rief ich, und sei nicht mehr im Gefängnis.
Es gab oben auch ein Büro, ausgestattet mit Regalen voll Aktenordnern, einem Schreibtisch, Diktiergerät und einer elektrischen Schreibmaschine, die, als ich ihre Tasten berührte, hektisch Ziffern auf eine eingespannte Seite warf, nicht

unter-, sondern nebeneinander. Sie ähnelten den Codereihen eines näherrückenden Atlantiktiefs, den verschlüsselten Summen von Einnahmen oder dem Kurs einer geplanten Segelregatta.

In einem das halbe Haus einnehmenden Gelehrtenzimmer, das an das Büro anschloß, ging ich auf Zehenspitzen. Ein einziges Fenster erhellte notdürftig den verschwiegenen Raum, in dessen Mitte ein Lesepult stand, auf dem ein verdorrter Kräuter- und Blumenkranz lag. Die Wände waren mit dunklen Bücherschränken bestückt. Eine Lampe mit vergilbtem Papierschirm hing fast bis zum Boden, so daß ich ihr ausweichen mußte. Ich zog Bände heraus und stellte sie wieder zurück. Es waren Werke des Rechts, aus verschiedenen Jahrhunderten stammend, alle auf Lateinisch und in Leder oder Pergament gebunden. Dann entdeckte ich noch welche in französischer und italienischer Sprache. Irgendwo mochte es auch deutsche geben, vielleicht sogar aus der Gegenwart, doch ich fand nichts.

In einem Folianten wurden auf vielen Holzschnitten zwischen altdeutsch eckigen Erläuterungen, deren mehrfach getüpfelte Umlaute ernsten Zipfelmützchen ähnelten, Ohren abgeschnitten, Hälse geritzt und durchtrennt. Vermummte Henker zwangen Delinquenten auf einen Holzblock und schoren Köpfe kahl, was damals noch eine behutsame Strafe gewesen sein mochte, denn ein paar Seiten weiter fielen schon Beine ab, am Knie oder weiter oben. Es regnete Finger, Hände und Arme, bis nur noch Rümpfe übrigblieben, allein auf einer Scheibe. Gebogene Pfeile an den Zeichnungen gaben die Drehungsrichtung an, stets rechtsherum, als sei links vermessenes Teufelswerk.

Zwei Darstellungen haben mich besonders beeindruckt. Eine Frau brannte, bis zu den Brüsten in Reisigbündeln stehend, lichterloh, aber noch immer schien sie ungerührt zu sein, da Gesicht, Augen, Mund und Nase ausdrücklich schmerzlos dargestellt waren. Die mittelalterliche Furie oder Hexe, die von religiösem Mißtrauen und männlichen Herrschaftsgelü-

sten zum Flammentod verurteilt worden war, durfte ihren Willen wenigstens in einem Buch bezeugen. Der nächste Holzschnitt zeigte einen aufs Rad geflochtenen Mann ohne Glieder mit herausschlüpfendem Gedärm im Verlauf einer klaffenden Wunde bis hinunter zum Schambein, der sich trotzdem noch aufzubäumen versuchte.
Ich ließ das mörderische Werk fallen, welches ein Rauch- oder Staubwölkchen von sich gab, wie nach meiner unfachlichen Benutzung erleichtert ausatmend. Neben dem gelehrten Raum kam noch ein Zimmer mit schrägen Dachwänden, in dem ein Motorradhelm in Sternenblau und mit scharfem Weiß an den Rändern lag. Vielleicht hatte hier Ricco, der tote Adoptivsohn gewohnt, und alles, was an ihn erinnern konnte, war entfernt worden, bis auf den vergessenen Helm. Merkwürdig, daß der ehemalige Weitsprungmeister auch Motorrad fuhr. Vielleicht hatte der Albino sein Anderssein durch Sport ausgleichen wollen.
Keinerlei Hinweise, daß noch eine Frau zum Haushalt des Anwalts gehörte, es sei denn, der Platz hinter der Schreibmaschine im Büro war ihrer gewesen, obwohl dort keine vergessene Haarspange, vertrocknete Orangenschale oder abgestreiften, hochhackigen Schuhe lagen. Alle Spuren schienen sorgfältig getilgt worden zu sein.
Unten zwischen Küche und Treppe, nahe dem ausgerissenen Jackenärmel, entdeckte ich, verborgen in einem kleinen Nähkorb, ein Kunststoffkästchen, das behutsam tickte wie das elektronische Werk einer Uhr. Falls es sich um einen Zeitzünder handelte, fehlten außen Drähte, die zur versteckten Ladung führten. Hinaus aus dem kostbaren Bau, dessen luxuriöse Verschwiegenheit mich zu ersticken drohte. War auf mich gewartet worden oder sollte ich zufälliger Zeuge einer sich anbahnenden Katastrophe werden?
Hinter dem Haus, in der Mitte eines eingeebneten Rechtecks, stand eine aufgebockte Tischtennisplatte mit herunterhängendem Netz. Auf den grünen Planken lag ein Schäferhund, den Hals mit einer Knebelkette zusammengezogen, wie sie

die Polizei seit längerem verwandte. Ich befreite das Tier von seiner Fessel, kümmerte mich aber nicht darum, ob es bereits erwürgt war oder wieder zu atmen anfing. Auf seinen gelben Augen krochen Mücken umher, mühsam in der Tränenfeuchtigkeit unterwegs.

Die Zwerge und Zwerginnen in der ausgemauerten Bachschlucht, über der Rosenbüsche sich neigten, waren weiterhin an der Arbeit, schlugen auf Steine und Ambosse ein, schaufelten mit Spaten durch die Luft, hoben Gipsfüßchen und ließen sie wieder sinken, während ihre beschädigten Mützen zur Seite geknickt blieben, als lauschten die Kobolde meinen Schritten. Die von vielen Rinnsalen angetriebenen Hammerwerke und bewegten Gliedmaßen kannten weder Zeit noch Müdigkeit.

In dem Garten, der enger und steiler wurde, säumten Feuerbohnen den letzten Plattenweg, dessen Fugen von Unkraut gesprengt worden waren, dann folgten Kohlköpfe und aufgeschossene Spinatstauden, die einsamen Gewächsen tropischer Herkunft ähnelten.

Ich war wie krank vor Verdacht, zugleich erregt, als sollte ich einer Spur folgen, die mich zu einem Entschluß bringen würde. Das Zivile, unscheinbar Versenkte allgemeiner Duldsamkeit bot hier keinen Unterschlupf mehr.

Am Ende des Gartens stand, betropft von einer moosigen Felsnase des Berges, ein kleines, queres Haus. Seine Fensterläden, links und rechts von der geöffneten Tür, waren geschlossen. Aus einem kurzen Kamin ringelte sich ein klein wenig Rauch.

Drinnen herrschte ein betäubend feindseliger Geruch, als lege er darauf Wert, zu erschüttern. Ich sah kaum etwas, tapste umher, stieß an einen Stuhl, ein Spinnrad, die beide polternd umfielen, bemerkte auch, daß in einer tiefen Feuerstelle aufgeschichtete Papiere schwelten, vielleicht Akten, Briefe oder Abrechnungen.

Im vielfältigen Dunkel des Raums, das an das gewundene Kerngehäuse eines angebissenen Apfels erinnerte, glommen

brokatgoldene Seidentapeten an den Wänden mit exotischen Masken und gefährlich dünn abgebildeten Werkzeugen darauf.
Ob da jemand sei, flüsterte ich.
Durch den Spalt eines Fensterladens strebte ein Lichtstrahl bis in eine Zimmerecke, wo er zu einem flüchtigen Netz auseinandertrieb, aus dem sich der geschwellte Leib einer Spinne niedersenkte, deren Vorderteil, mit Zangen und unruhigen Fühlern, in die schwarze Ruhe des Raums tauchte.
»Johann Jakob Weberbeck, tu einen Schritt«, sagte ich laut und wäre durch einen aufmunternden Widerhall tapferer geworden, den das Innere des Gartenhäuschens jedoch vorenthielt.
Auf einer Couch, einem ausladenden Kolonialmöbel, lag ein Körper, der Leichnam von Adolf Wormbs, jener dicke Mann, der mir durch Lautsprecher in meine Zelle hinein versichert hatte, daß er mein Pflichtanwalt sei. Seine Krawatte, versehen mit einem großen Knoten, war gelockert. Sein schwerer alter Kopf, schweißübergossen, hing, an ein Polster gelehnt, zur Seite. Die Angst, das Alleräußerste zu wagen, floß noch von den Wangen ab. Und dann faßte ich in Blut. Er hatte sich mit einem scharfen Rosenmesser, das auf seiner Hemdbrust ruhte, die Pulsadern an den Unterarmen aufgeschlitzt, umsichtig längs und akkurat, damit die Nährflüssigkeit seines Lebens in genügender Menge aus ihm sprudeln konnte.
In Panik versetzt, versuchte ich, den lästerlich unbeweglich gewordenen Leib herumzudrehen, aber es gelang nicht. Nur das Messerchen rutschte von seinem Höhepunkt ab und landete auf der Kappe meines rechten Stiefels.
Ich weiß nicht mehr, weshalb ich mich niederkniete und nach dem Arm langte, schließlich eine Wunde ertastete und daraus noch Blut saugen wollte. Es war vielleicht eine Art von Wiedergutmachung, die zwar nichts zu ändern vermochte, doch auf ihre Weise, während mein Mund immer mehr verschmiert wurde, mich beruhigte.
An der Tür schlüpfte ich, meine Galoschen vom Müllplatz

herunterreißend, in die weichen und zu großen Schuhe von Adolf Wormbs, die jener, bevor er sich entleibte, ausgezogen und sorgsam vor der Schwelle abgestellt hatte.
Inzwischen war der erdrosselte Schäferhund zum Leben erwacht und lag hinter mir auf dem Plattenweg, verschleimt hechelnd mit aufgesperrtem Maul. Von den noch gelb entsetzten Augäpfeln hatten sich die gierigen Mücken davongeschlichen und saßen zusammengedrängt oder von den Lidern totgedrückt innen an den schwarzen Winkeln, wo die Nase begann.
»Wie heißt du, was willst du«, fragte ich.
Das Tier jaulte leise und kam auf dem Bauch kriechend näher, bis es meine Füße abschlecken konnte, die den Geruch seines Herrn trugen.
»Wohin, wohin?«
Der Hund bemühte seinen Schwanz, der kaum in Bewegung kam, streckte die Beine und zitterte am ganzen Leib, daß ich glaubte, nun werde er endgültig sterben, aber er wälzte sich auf die Seite, erhob sich, und dann ging er wie auf Stelzen an mir vorbei und schwankte zu einem Steg. Ich schloß die Tür des Gartenhäuschens und folgte ihm.
Das war also mein Pflichtanwalt gewesen, dieser dicke, bleiche Mann, der sich selbst den Tod beigebracht hatte, weil er zu einsam geworden war oder niemandem mehr Hilfe geben konnte, was eine neue Tiefe an Verlassenheit hervorgerufen hatte.
Mir seinen rührselig wie selbstzerstörerischen Grimm vorstellend, versuchte ich zu beschwichtigen, als höre das ganze Dorf im Tal zu, daß ich nur Auslöser einer scheinbar immer weiter um sich greifenden Zerstörung sei, deren Ende wir noch lange nicht erreicht haben würden.
»Hund, wo bist du?«
Und da kam es wieder angewinselt, dieses seit der Steinzeit durch listige Kreuzung gezähmte Tier mit seinem Wolfsgebiß, das höchstens noch in den Städten Kinder verletzte, wenn sie abrupte Bewegungen vollführten, als seien sie Beute.

»Geh weg oder lauf voraus!«
Gräßlich sein Verständnis, wie ein geprügeltes Menschenwesen mich anschauend, demütig auf schwachen Beinen. Ich gab ihm einen Tritt ins Hinterteil, was mir überaus wohltat, und der Hund jaulte freudig Antwort, wußte seinen buschigen Schwanz zum ersten Mal auffordernd zu bewegen, rupfte ein paar zerzauste Kamillenblüten am Weg ab und stieß im Trab bald danach ein kleines Häufchen blassen Kots aus. Die Fragen seines Körperhaushalts waren wieder gelöst.
Wir kamen auf einem feuchten Pfad, der kaum mehr in dem wuchernden Grün sichtbar war, höher und ließen die letzten, verkrüppelten Bäume hinter uns, Tannen oder Sturmfichten mit Kronen wie zur Seite stehenden Stachelfrisuren. Hin und wieder flogen noch Schmetterlinge umher, in unserem von Technik überzogenen Land eine Seltenheit geworden, überaus kahle Exemplare ohne geschweifte Formen oder lockende Farben und verzeihungsheischend flatternd, als wüßten sie, daß die Verringerung an Natur ihr Aussterben beschlossen hatte.
Der Hund, den ich Karo nannte, schnappte sich eine in stachligem Gebüsch prangende Blütendolde und fraß sie begeistert, was ihn ermutigte. Er fletschte sein Gebiß gegen mich, aber ich trat ihm in das Maul, gedankenlos ohne Furcht, so daß er erneut demütig wurde, vielleicht aus Achtung vor soviel unerwarteter Kraft, eher jedoch, weil er für Augenblicke wieder den Geruch der Schuhe, die ich trug, hatte einatmen dürfen.
Die fleischige Pflanze, deren Kopf nun fehlte, hieß, wie ich auf einem Täfelchen las, das herausfordernd in dieser Wildnis stand, *Achmäa nabokoviana.*
Beinahe wäre ich auf die Knie gesunken, voll Verehrung vor Gewächs und dahingeschiedenen Gelehrten gleichermaßen, der seinen Namen hergegeben hatte und somit in borstig fremder Erscheinung weiterlebte, diesmal allerdings zu Nahrung in einem fremden Hundemagen geworden.
Vom Kamm der Hügelkette drang entferntes Jaulen herab.

Ich mußte mich beeilen, sonst würde ich den Hund aus den Augen verlieren, der irgendwohin unterwegs war, was vielleicht mit dem stummen Dorf oder dem toten Anwalt zusammenhing.
Zwischen Felspfeilern bedeckten alte, krumme Kiefernnadeln den Boden, ein rutschiger Teppich, den der Wind vom Wald heraufgeweht hatte. Ich kletterte auf allen vieren voran, eine plumpe Ameise, die ihre Greifer kaum mehr zu benützen wußte. Dann, endlich oben, wurden Täler und Höhen sichtbar, die im Abenddunst sich biblisch staffelten bis zum Horizont, wo ein letzter Silberstreif sich behauptete.
Die andere Seite des Bergs war kahl, bestand nur aus Geröll und Stein, jäh abfallend in einen Kessel, dessen Grund bereits im Dunkeln lag. Ein bequemer Weg führte in Kehren hinab, so daß ich wieder ausschreiten konnte, dem schattenhaften Hund nach, der befriedende Laute von sich gab. An gefährlichen Engpässen waren Halteseile gespannt, die sich naß anfühlten, als habe es vor kurzem hier geregnet, gleich darauf bekam ich von einem Überhang eine Dusche ab, die aufhörte, sich wieder ergoß, in gleichmäßigen Abständen wie eine angeschnittene, sprudelnde Ader im Fels, versorgt von einem riesigen Herzen inmitten des Gebirgs.
An einer spiegelglatten Schräge endete der Steg. Der Hund lief unruhig mit gesenkter Schnauze hin und her auf der Suche nach einer Spur, die ihn im Stich ließ. Ich entdeckte keine Stufen, eingeschlagene Eisen oder wenigstens Markierungspfeile. Hätte ich trotzdem zu klettern begonnen, wäre nichts anderes übriggeblieben, als mir den Hund mit meinen Hosenträgern auf den Rücken zu schnallen. Wahrhaftig, ein gewaltiger Einfall, eines Alpinisten würdig.
Plötzlich winselte das Tier mit vorgestrecktem Kopf in die Tiefe, setzte sich auf die Hinterläufe, stieß noch einmal einen herzerbrechenden Ton aus, erschüttert von seiner eigenen Kühnheit, bevor es über die Steinplatte davonglitt, immer schneller werdend und bald von dem Abgrund verschluckt.
Dasselbe wagen oder umkehren? Auf der Stelle verharren und

warten, bis jemand kam? Das konnte Wochen dauern, wenn die gesamte Gegend so seltsam bevölkert war wie das Dorf Wexrath.

Als sachter Nachtwind über das Geröll zu streichen begann, sich klagend hinter Kanten und in Spalten verfangend, und am erloschenen Himmel ein dünner, verkniffener Mond aufzog, der sich mit seinem kränklichen Rücken von Bewunderern wie Hilfesuchenden abwandte, glaubte ich aus dem undurchdringlich schwarzen Schlund auf- und abschwellende Schreie oder Gesangsfetzen zu hören, gleichzeitig entzündeten sich Punkte, die zu kleinen Feuerplätzen wurden, im Kreis trieben und girlandenhaft wieder auseinanderstrebten, ein Elfenreigen auf einem fernen, blinden Teich.

Der Wind nahm zu, harfte um unsichtbare Ecken, brachte Kiesel in Fahrt, so daß da und dort von den kahlen Flanken das Geprassel einzelner Steinschläge erklang. Ich fror, hatte Hunger und war wieder einmal allein, ein entflohener Häftling in Kleidern vom Müll.

Also hinab mit mir, dem Hund nach, der, geborgen, sich vielleicht bereits sattfraß, nicht auszudenken, es könnte anders sein, was mich zurückweichen ließ, aber ich war auf der blanken, nassen Platte schon unterwegs, nach vorn gestemmt, entgegen der Geschwindigkeit, die mich umreißen wollte, und wenn ich in dieser gefährlichen Lage das schwierig zu haltende Gleichgewicht verloren hätte, wären mir, mich überschlagend, die Glieder aus den Gelenken gerissen worden.

Abschied in flatternden Adern. Ballen von Luft im Mund, der sich nicht mehr schließen ließ. Die Ohren verstopft, die Schultern gleich Flügeln, und die Haare zu einem Zopf gedreht, der hoffentlich ein wenig steuern würde.

Nach einer Kurve, in der ich wie ein Schlitten gegen die aufragenden Wände gepreßt wurde, ging der Stein in schlüpfriges Blech über, eine Art Rinne, deren Rand höher als ich war. Langgezogene Wellen und weitere Biegungen verlangsamten wie bei einer Berg- und Talbahn die Fahrt, bis ich

zuletzt fast sitzenblieb in der Nacht und über mir die Sterne mich kindlich anblinzelten, bevor ich in Wasser stürzte.
An einem Lagerfeuer kam ich wieder zu mir, ausgezogen nackt, vorn schwitzend und hinten frierend.
»Schön, daß du da bist«, hörte ich eine würdig düstere Stimme sagen.
»Wo ist der Hund«, fragte ich.
»Er macht auf Frösche Jagd.«
»Ich habe auch Hunger.«
Eine Hand schob mir eine geöffnete Büchse zu, die ich auch leergegessen hätte, wenn Katzennahrung darin gewesen wäre, doch es schmeckte nach lauwarmen Maultaschen, meine schwäbische Lieblingsspeise.
Ob ich satt sei, wurde ich nach einer Weile gefragt.
»Noch nicht«, sagte ich.
»Wir sind unterwegs, müssen einteilen.«
Hinter dem Feuer stand, flackernd in Hell und Dunkel geteilt, mein Freund Charly, ehemaliger Einfetter an den Karosseriepressen. Er sah kühn aus, mit verfilzten Haaren und er rauchte eine Zigarre, die er mehr kaute, als daß er an ihr zog.
Neben ihm lehnte an einer umgekippten Lore ein großes, hageres Mädchen in schwarzen Hosen aus Leder, das mich unentwegt anblickte. Seine blonden Haare reichten wie ein glitzernder Vorhang bis zu den Hüften, ebenso auffällig waren an dünnen Armen knochig starke Hände, die geäderten Werkzeugen glichen. Später erfuhr ich, daß das Mädchen vierzig Jahre alt war, eine stellungslose Landschaftsarchitektin, Brigitta Ludmilla Herold, uneheliche Tochter des Anwalts.
Meine Kleider waren noch feucht, schaudernd zwängte ich mich in sie hinein, während Charly einer Flasche Bier an der Kante des entgleisten Eisenkarrens gemessen den Kopf abhieb, und dann tranken die beiden wechselseitig aus dem gezackten Hals, ohne sich zu verletzen.
Ich fragte, ob ich auch einen Schluck haben könne. Charly

schüttelte den Kopf und wies in die Dunkelheit, als solle ich mir mein Bier von dort gefälligst selbst holen.
Das starre Mädchen lächelte, das heißt, sein Ausdruck wurde noch strenger.
Wo wir seien, fragte ich.
»In einer stillgelegten Kiesgrube«, sagte Charly.
Ich erwiderte, ich hätte eher den Eindruck, daß wir uns in einem Kar oder Felskessel befänden. Der Weg über den Berg habe oben in Geröll aufgehört.
Das Mädchen, den funkelnd gesplitterten Flaschenhals mit einer Hand umschließend wie zu einer Mutprobe, sagte mit zusammengepreßten Lippen, ich hätte hier nichts zu suchen, solle gehen und zwar schnell.
Charly, mein Freund, von Dreck verkrustete Stiefel an, kam langsam um das Feuer herum und stieß mich, der ich ihm auf der Insel Sylt geholfen hatte, sich in Gesellschaft reicher Familien nicht zu blamieren, vorwärts.
Eine Schiene schlug mir ans Bein, Wurzelstöcke hielten ihre verkrüppelten Arme auf, in Wasser trat ich auch, doch nur in seichtes, und zwischen anderen Feuern irrend, lodernden oder schon zusammengesunkenen, gewahrte ich in der unterschiedlichen Beleuchtung überall junge Leute oder Kinder, teilweise in Paarung begriffen, vollkommen selbstvergessen. Mitunter spielte Flaschenbier auch eine Rolle, das feierlich als Kostbarkeit reihum gereicht wurde. Niemand beachtete mich. Irgendein schartiges Gehäuse ragte am Rande auf, wahrscheinlich der Rest einer Baggeranlage, als die Grube noch in Betrieb gewesen war. Und ich dachte daran, wie es mich am Ende der glitschigen Steinplatte durch das Rinnensystem geschleudert hatte, früher die Wasserleitung vom Gebirge, damit der Sand aus dem geförderten Kies gewaschen werden konnte.
Ein Mädchen, diesmal keine verkleidete Arbeitslose, erwischte mich an den zu großen Schuhen von Wormbs.
»Brauch meine Brille«, lallte das Mädchen; es schien betrunken zu sein.

Zu wenig Licht, ich hätte keine Taschenlampe, sagte ich.
»Kriechen, den Boden abschlecken, finden«, befahl es.
Das arme Wesen war oben bloß, hatte nur wie ein verstoßenes Indianerkind ein Band um den Hals, doch eine Hose an, die allerdings in Fetzen hing. Seine perlmuttkleinen Brüstchen waren kaum zu erkennen.
Ein Junge torkelte vorbei und warf eine Decke über uns, die nach Urin oder sauren Gurken roch. Er sagte, wir sollen uns bereitmachen.
Was das bedeute, fragte ich das Mädchen, das sich an mich schmiegte.
»Morgenthau«, jauchzte es leise.
Ich verstand nicht, fragte wieder, dabei den Rücken der Zusammengekrümmten tätschelnd. Sie streckte sich und fing zu schnurren an, würde gleich einschlafen.
»Müssen dorthin«, murmelte sie. »Die Idylle.«
»Und deine Brille?«
»Egal! Bin krank.«
Zurück zu Charly und seiner obeliskenhaften Freundin oder sich an die nächste Gruppe wenden, die, im Sitzen sich hin- und herwiegend, einen unverständlichen Gesang wie eine Kojotenschar zum Himmel schickte? Auch die verlorene Brille beschäftigte mich, aber das zitternde, halbnackte Mädchen in meinen Armen ließ nicht los.
Plötzlich waren Motoren zu hören von dort, wo der Ausgang der Kiesgrube liegen mochte, und Sirenen begannen zu heulen. Ich sprang auf und wurde sofort wieder umgeworfen, das ganze Banden- oder Räuberlager befand sich in Aufruhr. Die Kinder und Jugendlichen stießen Schreie aus, hetzten hin und her, einige von ihnen kletterten an den Felsen hoch, erfaßt von kreisenden Suchscheinwerfern, denn oben am Rand des Kessels, gegenüber dem Berg, über den ich gekommen war, formierten sich Panzerfahrzeuge, die nur der Polizei oder dem Heer angehören konnten.
Das Durcheinander lichtete sich bald, nur wenige sammelten sich. Die meisten flohen, kreischend oder jubelnd oder beides

zugleich und machten, da der Ausweg versperrt war, es den anderen nach, zogen sich gegenseitig über Steintürme und Wände empor, zappelnd in den Lichtbündeln wie verwaiste Marionetten. Der Rest schlug Haken über den Kiesgrund, ich war auch dabei, mitgerissen von Charly, während an meiner Hand das brillenlose Kind hing, das ich mehr schleifte, als daß es sich auf seinen Beinen hielt.
»Stehenbleiben, tote Bäume sein«, sagte eine flüsternde Frauenstimme.
Wir erstarrten, ein Bein angehoben gleich Strünken, die Arme und Hände wie verdorrt ausgestreckt und, vor allem, die Köpfe unbeweglich verdreht, jedoch mit aufgesperrten Augen, als säßen Nachtvögel oben in den Zweigen.
Scheinwerfer strichen über uns, blieben nicht stehen, sondern nahmen bei anschwellendem Sirenengeheul die steilen Klippen in Angriff, wo die Jugendlichen auf Schroffen sich zu schwankenden Ketten zusammengeschlossen hatten und reihenweise sich hinabzustürzen begannen, Reißverschlüsse aus Menschen öffneten sich.
Mein letzter Blick galt zwei, drei dahinwehenden Körpern, wunderbar leicht in ihrem Flug in die todeswütige Tiefe. Den Aufprall hörte ich nicht mehr, da wir uns hintereinander durch Wurzelwerk zwängten, schließlich auf dem Bauch kriechen mußten, und ich lobte die Zwerge vom Bach, die mich schon auf vielerlei fremde Betriebsamkeit aufmerksam gemacht hatten.
»Spring«, hörte ich Charly vor uns rufen.
Aufspritzend verschwand ein Leib nach dem anderen in Wasser, das ich, als ich mich auch hineinwarf, laut verwünschte, daß Zeit und Raum in Augenblicken der Vergänglichkeit so wenig Halt boten. Doch das betrunkene Mädchen hatte ich noch an der Hand.
Nachdem wir dahingeschossen waren, mal über Stromschnellen und beinahe ertrinkend, dann durch flachere Gebiete nahe beisammen, allerdings fast erfroren, nahm der Lauf des Flusses einen Bogen, und ich bemerkte, daß wir auf dem

Scheitel eines alten Viadukts schwammen, das um das Gebirgsmassiv herumführte.
Charly sagte gurgelnd neben mir, wir kämen heil an, er sei seiner Sache sicher. Halb auf mir lag die Kleine, mich als Boot benützend, inzwischen wieder zu sich gekommen, was ihr Freude bereitete in ihrem Taumel. Sie wollte mich steuern, zog an meinen Ohren, als sei ich ein Delphin, und ritt schließlich auf mir. Ich mußte sie abwerfen, sonst hätte ich meinen Kopf nicht länger über Wasser halten können.
Vier, fünf Jugendliche prusteten vorbei, dann kam Karo, der Hund, der mit seinen Pfoten ruderte. Auch er wollte zu mir, ich stieß ihn weg.
Wieder allein, gelangte ich kraulend und planschend, um nicht zu erstarren, an die Spitze der treibenden Kavalkade, wo die hagere Landschaftsarchitektin in korrekten Zügen schwamm, die Flut ihrer Haare um sich gebreitet gleich einem Floß, das mittrug.
Ich legte mich auf den Rücken und fragte Brigitta Ludmilla Herold, was mit den anderen geschehen sei?
»Massenselbstmord«, sagte sie. »Auslese durchrationalisierter Technokratien, in der einfache Schulabkömmlinge keine Chance mehr haben.«
Sie tauchte und gewann an Schnelligkeit, während über uns die Sterne wie Stecknadelköpfe eines Kissens blinkten. Das Wasser in der altrömischen Leitung wurde wärmer und floß sanfter dahin.
Irgendwo würden wir bald landen, da Beförderungsmöglichkeiten dieser Art kaum mehr die Regel waren. Vielleicht stürzten wir am Ende des Viadukts ab oder kamen in einem Seitenarm des Flusses von Wexrath an. Nasen stießen Fontänen aus, Glieder bewegten sich wie Flossen, Gelächter war zu hören, bei dem Karo, der Hund, Schwierigkeiten hatte, mitzuhalten.

4.

Zunächst fand ich in der kahlen Villa des Malerehepaars Claire und Hans Heinrich Proll Unterschlupf. Ich war nicht mehr fähig gewesen, noch in derselben Nacht, um Dörfer und Straßen zu vermeiden, naß und schwach, querfeldein durch buckliges Gelände, weiterzumarschieren. Charly hatte versprochen, mir eine Botschaft zukommen zu lassen, sobald ein Weg auch für mich frei sei.
Das Flachdachgebäude aus den frühen sechziger Jahren, das jenseits des Bahndamms oben am Hang im ärmeren Teil von Wexrath lag, nahe der alten, stillgelegten Fabrik mit den zwei Schornsteinen, war leergepfändet worden. Außer ein paar Stühlen, zwei Staffeleien, Farbtuben, einem Kohleherd, Töpfen, ein wenig Geschirr und etlichen Matratzen gab es nichts mehr darin. Allerdings waren in jedem Zimmer, wovon ich drei benützen konnte, Eimer voll Wasser vorhanden, die der Hausherr, panisch besorgt, immer wieder an einem Ziehbrunnen im Garten füllte, als herrsche ständig Brandgefahr.
Ich hatte ein Bett aus Pelzmänteln bekommen, von der Steuerbehörde als notwendiger Eigenbedarf deklariert. Dieses teure, ungewohnte Lager wurde von abgebrannten Kerzenstumpen gesäumt, da nicht nur das Wasser, sondern auch der Strom abgestellt worden waren.
Claire Proll sagte, sie seien dankbar für die Umkehr.
Frühmorgens, beim ersten Licht, ging das Paar an die Arbeit, und bei Anbruch der Dunkelheit legte es sich zur Ruhe. Zu essen erhielt ich wenig, meistens einen Brei aus zerstampften Körnern, eine Schüssel Milch mit eingebrocktem, steinhartem Brot, das nie weich werden konnte, so schnell löffelte ich den Napf aus, doch einmal schlemmten wir Raviolibüchsen leer, einen Restposten aus dem Kolonialwarenladen des Dorfes, in dem die beiden noch Kredit erhielten.
Des Nachts mußte Hans Heinrich zum Brunnen laufen, links

und rechts einen Eimer an der Hand. Die ungewohnte Nahrung putzte uns grausam aus, Gott sei Dank stand jedem von uns ein eigenes Closett zur Verfügung, Türen und Becken hallten in dem unmöblierten Villabau.

Als ich am ersten Morgen auf die Beine kam und in meinem separaten Bad einen kalten Kübel voll über mich geschüttet hatte, saßen die Prolls im ehemaligen Salon, der mit braun gemusterten Marmorfliesen ausgelegt war, bereits wieder an der Arbeit.

Sie malte an einem Bild, das den Kopf eines jungen Mannes darstellte, der teils eine Photographie in einer Zeitung war, doch in der Mitte klafften die Seiten auseinander und dahinter kam die andere, natürlichere Hälfte des Gesichts zum Vorschein, farbiger und bewegter. Das Gemälde täuschte einen Unterschied zwischen Erinnerung und Wollen vor, die auf eine abgefeimte Weise zusammengehörten.

Er tüpfelte an einem Stilleben, es war ein Strauß Klatschmohn und Kornradien in einem geöffneten Fenster, und draußen, auf einer fernen Wiese, wiederholten sich dieselben Blumen, nur um Kleinigkeiten in ihrer Anordnung verschoben.

Ich fragte, ob sie schon lang malen würden?

Sie sagten, seit einigen Monaten.

Wer ihnen das notwendige Handwerk beigebracht habe?

Sie hätten sich ein Lehrbuch gekauft, es sorgfältig studiert und dann mit dem ersten Gemälde begonnen. Die Schwierigkeit sei, daß die Ölfarbe schwer trockne. Eigentlich müßte man drei, vier Motive gleichzeitig in Arbeit nehmen, wie es die alten Meister getan hätten.

Ob sie mit Leuten aus der Zunft bekannt seien, fragte ich noch.

Im Dorf wohne manchmal am Wochenende ein Werbefachmann in seinem Ferienhaus.

Und Kinder?

Ein Sohn sei Rechtsanwalt in Berlin, der Jüngere Offizier bei der Bundeswehr, die Tochter habe den Besitzer einer Kälberfarm hinterm Deich bei Cuxhaven geheiratet. Sie male auch, heilige Mädchen in durchsichtigen Gewändern. Manchmal schicke eines der Kinder ein bißchen Geld, postlagernd in die Stadt, damit es nicht auffalle.

Bewundernswert, wieviel Geduld sie millimeterweise an ihren Werken aufbrachten. Claire den schattigen Beginn einer Ohrmuschel mit hauchdünnen Pinselstrichen verdunkelnd, er die Spitze eines Blütenblatts erhellend, wobei sie kaum weitergekommen waren, wenn ich nach Stunden wieder hinter sie trat. Und allmählich fiel mir auf, daß diese Bilder offenen Eisschränken glichen, deren Ränder und Türen jenseits der Gemälde ihren Standort hatten.

Draußen untersuchte ich zwei Garagen, in denen ich nichts entdeckte außer einem abgeschnittenen Schlauch, zu dem der Rasensprenger fehlte. In einer Laube lag noch eine verrostete Gartenschere, und am Ende des ungemähten Grundstücks, wo wuchernde Erdbeertriebe, verwildertes Buchen- und Thujagebüsch einen Wall bildeten, schimmerte, eingewachsen in die vielfache Hecke, eine kleine, weiße Statue, die eine leere Lampenfassung auf dem Kopf trug. Vielleicht war es der Glühbirne zu langweilig geworden und sie hatte sich, andere Beschäftigung suchend, in die Luft begeben.

Am folgenden Tag, nachdem wir uns säuberlich eine Dose japanischen Thunfisch zum Frühstück geteilt und auch noch das Öl getrunken hatten, damit die Mahlzeit vorhielt, zeigten sie mir einige Aufnahmen, auf denen sie beide noch keine weißen Haare hatten, und er war ohne Bart, während sie jetzt zwei gebleichten alten Engeln glichen, wie aus einem Kapellenfenster.

Auf den Photographien standen Claire und Hans Heinrich Proll vor schwarzen Mercedes-Autos, saßen auf Hotelterrassen oder hoben ein Glas Wein an einer Festtafel, meistens jedoch war er allein zu sehen, neben Kesseln und Armaturen, in einem Büro mit Aktenkarussell und zwischen Lastwagen, an denen in schmerzhafter Reklameschrift sein Name zu lesen war.

Ob das schon lang her sei, fragte ich.

Nein, aber der Aufstieg bis zum Zenit habe über zwanzig Jahre gedauert.
Ich setzte mich in dem weiten Raum mit dem Rücken zur Fensterfront auf den Steinboden, während die beiden minutiös weitermalten, er links und sie rechts von mir, so daß sich in der Blickachse die zwei Ölbilder auf den Staffeleien wie geöffnete Altarflügel trafen.
Die Prolls erzählten: Schon in der Dorfschule liebten sie sich und hatten dann, mit Zustimmung der Eltern, bevor er eingezogen wurde, sehr jung geheiratet.
Nach dem Krieg kam er bald zurück, als stümperhaft englisch sprechender Fahrer einer amerikanischen Kommission, die in der Provinz nationalsozialistische Würdenträger aufzuspüren versuchte. Für drei Jahre war er Bürgermeister von Wexrath geworden, doch die alten Kräfte formierten sich bereits wieder. Politik, schien ihm, würde ein wertloses Geschäft bleiben, selbst in einer kleinen Gemeinde.
Die Bauern wurden noch heimgesucht, stapelten Teppiche, Sessel, Kleider und Schuhe, horteten Silberbesteck und Geld, das sie gegen ein paar Pfund Butter, einen Topf Schweineschmalz, Eier oder einen halben Sack Mehl mit Städtern tauschten, meist Frauen, die Tag und Nacht an die Türen klopften und über ihre hungrigen Kinder klagten. Von Obst, Äpfeln, Birnen und Pflaumen, die an den Hängen von Wexrath wuchsen, wollte niemand etwas wissen. Verlangen nach Vitaminen war unbekannt, da es Mägen nur zu stopfen galt.
Claire und Hans Heinrich fingen in einer Waschküche zu kochen an, bereiteten Saft, verkauften ihn, ein mühsames Saisongeschäft mit langwierigem Vertrieb. Flaschen waren kostbar, mußten wieder eingesammelt, zurücktransportiert, gesäubert und sterilisiert werden, damit die gelagerte Ware nicht verdarb.
Es sei wie ein Alptraum gewesen, sagten sie. In Rucksäcken, später auf Karren, noch immer zu Fuß, hätten sie die abgefüllten Säfte zu Kunden gebracht, dann wären sie dem Leergut

nachgejagt, das die Käufer mit Gewinn auch an andere Firmen verkaufen konnten. Jede Flasche habe fast soviel gekostet wie ihr Inhalt. Trotzdem, sie hielten an ihrem Geschäft fest, aus Verbissenheit oder auch Phantasie.
Der Durchbruch gelang nach Beginn des Marshallplans, als mit Milliardenkrediten Amerikas in dem vom Krieg verwüsteten Land wieder das Borg- und Zinswesen eingeführt wurde, um Westdeutschland stark zu machen gegen den Osten, wo ein anderes Wirtschaftssystem, das Gleichheit und Uneigennützigkeit verhieß, eingeführt worden war und der Egoismus einzelner nicht mehr nötig sein sollte.
»Wir aber haben neue Techniken bekommen«, sagte Hans Heinrich Proll. »In unserem Fall Eindampfung und Verpackung.«
Was das bedeute, fragte ich.
»Keine Glasflaschen mehr, dieses teure Zeug, das uns das Leben schwer machte, sondern Behälter aus Plastik oder hauchdünn aluminiumverkleidete Kartons in Dreiecksform zum Wegwerfen.«
Claire sagte, das sei erst der Anfang gewesen, denn noch immer habe sie Äpfel, Birnen und Pflaumen auspressen, kochen und, mit genügend Wasser gestreckt, abfüllen müssen, inzwischen in mehreren Waschküchen. Sie hätten ein paar Angestellte gehabt, verwitwete Frauen, vor allem Flüchtlinge, die im Dorf angesiedelt worden waren.
Die beiden unterbrachen ihr momentanes Werk und wandten sich mir zu, sprachen vor Eifer durcheinander. Er reinigte einen Pinsel mit Terpentin, Claire rollte die Enden von beinahe leergedrückten Tuben auf, um an ihrer Staffelei wieder Platz zu schaffen und Ordnung in die Farben zu bringen.
Sie hatten, sich hoch verschuldend, die leerstehenden Gebäude der einstigen Ziegelei und späteren Kalkfabrik in Wexrath, die der Familie von Soden gehörte, gekauft, errichteten dort ein Tinkturwerk mit teuren Maschinen und kochten nicht mehr das herrliche Obst, sondern verdampften es zu Konzen-

traten, die sie an Abfüllfirmen lieferten, wo es verdünnt, verpackt und dann verkauft wurde. Langfristige Verträge mit Getränkekonzernen garantierten Aufschwung. Das Imperium gedieh über zehn Jahre, wie ich auf den Photographien gesehen hatte. Die Fabrik wurde ausgebaut, das notwendige Privatheim im geduckt ausschweifenden Betonstil der Zeit kam dazu. Zweigwerke in Wuppertal, Stuttgart und West-Berlin vervollständigten das Betriebsnetz, versorgt von eigenen Tankwagen.

»Der Untergang war ein Schiff«, sagte Claire Proll.

»Nein, nicht«, widersprach er. »Die Konjunktur nahm ab.«

»Größenwahn«, sagte sie.

»Ich mußte mithalten«, sagte er.

»Die Gesetze der Wirtschaft sind nicht die des Glücks«, erwiderte Claire und schüttelte ihren schneeweißen Bubikopf.

»Selbstverständlich nicht, wie wir nun wissen«, antwortete er, ehrfürchtig den nur aus ein paar Fasern bestehenden Pinsel, der endlich sauber geworden war, mit Spucke befeuchtend. »Die Großindustrie, zu der wir nicht gehörten, machte uns den Garaus.«

Nach zwei schlechten Obsternten kaufte Proll in Cuxhaven auf Vermittlung seines Schwiegersohns, dessen Kälbermast auch nicht mehr genügend einbrachte und von dem sich die heilige Jungfrauen malende Tochter inzwischen getrennt hatte, um nur noch ihrer Kunst zu leben, einen alten Dampfer, den er für Millionen umrüsten ließ, und schickte dieses Wahnschiff durch die Ozeane, damit es wohlfeil in Australien, Argentinien oder Südafrika Früchte einsammeln und zu Extrakt verarbeiten sollte, doch dieses weltweite Verfahren war zu kostspielig.

Zuletzt, als die Firma mit zehn oder zwanzig Millionen Mark Schulden zusammenbrach, ließ Hans Heinrich Proll, keinen Ausweg mehr sehend, heimlich den Rest eines Fabriktanks in den Fluß von Wexrath fließen, um keinerlei Konkursmasse mehr zu haben, was günstig schien. Seitdem verfolgte ihn

nach einem vehementen Fischsterben auch der Umweltschutz, weil er aus kriminellem Eigennutz notwendiges Frischwasser verseucht habe.
»Nun malen wir«, sagte sie.
»Wir sind über dem Berg«, bestätigte er. »Ich fühlte mich noch nie so wohl. Unsere Tochter meint, wir hätten Talent. Nächstes Jahr, wenn wir zwei Bilder vollendet haben, will sie uns eine Ausstellung organisieren, doch einnehmen dürfen wir nichts, denn jeder Verdienst über dem Mindestsatz von monatlich fünfhundert Mark pro Person gehört der Steuer. Es ist ein Segen, daß wir in unserem Leben die Schulden der Firma nie mehr abbezahlen können.«
»Wir haben unseren Frieden gefunden«, sagte Claire Proll, die aus einer Tube ein Würstchen Bleiweiß drückte, den Pinsel darin herumrührte und ihn sorgsam auf dem einen Augapfel des Gesichts ansetzte, neben dem die andere Hälfte des Jungmännerkopfes majestätisch leuchtete.
Vielleicht schreckte mich die Kälte des Marmorbodens oder auch die Sicherheit dieses alten Liebespaars.
»Gehen Sie«, sagte Claire, »aber nur in den Garten. Ich habe im Kramladen gehört, das Dorf sei voller Truppen.«
Und er gab mir den Rat, den Himmel zu betrachten, möglichst stundenlang, wenn ich genügend Geduld aufbrächte. Die Wolken bildeten, so vorhanden, verheißungsvolle Formationen, die als rasende Ritter, überschäumende Speisebecher, wogende Wiesen oder Pfeile ins Herz gedeutet werden könnten.
War das ihre Art, mich zu verabschieden? Hatten sie mich in jener Nacht nur aufgenommen, weil Charly sie erpreßte? Oder wollten sie keinen Zeugen haben, nachdem sie sich zur Abgeschiedenheit entschlossen hatten, und die Bilder, die sie altmeisterlich herstellten, soviel Zeit benötigten?
Ich ging durch den ausgeplünderten Flachdachbau, dessen Türpfosten und Fensterbretter sehr schmal ausgefallen waren, sei es aus Furcht und schlechtem Gewissen oder damals irgendwo ansetzender Sparsamkeit. Ich hob einen Doppel-

stecker auf, der nicht mehr Strom leitete, wollte aus dem Hahn eines der Bäder ein wenig Wasser trinken, doch es kam nichts, und stand zuletzt vor der Speisekammer, in deren Regalen nur eine Maus saß, die mich von oben gelassen betrachtete, vielleicht eine Verwandte des noch viel nachsichtiger gewordenen Exemplars aus der stillgelegten Bäckerei im Dorf.

Draußen im Garten brach ich mir Bahn durch Hagebutten, Thymian, Queckwurzeln, wilden Hopfen, Schößlinge von Roßkastanien, Arnikablüten, finstere Rhabarberblätter und, sehr selten in unseren Regionen, Ginkgo, die Arme vorgestreckt wie in einem Kampf.

Als ich unter mein Hemd griff, spürte ich die Narben des großen Anfangsbuchstabens aus dem Alphabet, den das heiße Dampfbügeleisen in der Wäscheabteilung des Gefängnisses auf meine Brust gebrannt hatte.

Die Wolken am Himmel, im Zeitraffer ziehend, spiegelten gebänderte und im Hosenlatz ausgebeulte Landsknechte wider. Sie verfolgten mageres Vieh bis zum Kamm des nächsten Bergs, wo die herausstehenden Knochen mit dem Gerippe der Felsen eins wurden. Aus Mulden, Betten oder großen, weichen Kannen fiel kein einziger Tropfen, das bleiche Heer stürmte achtlos dahin.

Gegen Abend, als ich schon auf den Pelzmänteln lag, Winterfuchs, kleingedrehte Persianerlocken und Ozelot, und die letzten Kerzenstumpen um mein Lager anzündete, weil ich ein Buch lesen wollte, »Die Vernichtung im Chiemgau«, das ich in der Wohlstandsöde gefunden hatte, kam ein wie das Ehepaar Proll weißhaariger Mann zu Besuch, einen flügellahmen Geier auf der Schulter, die von einem Lederschutz bedeckt war, in den sich der Vogel krallte.

Die beiden Maler fragten den Gast, ob er Geld, etwas zu essen oder ein paar Flaschen Bier mitgebracht habe?

Der Mann hatte nichts dabei, stand inmitten des Hauptraums und fing einen opalisierenden Fleischbrocken, den der alte, zerfledderte Geier aus seinem langen Hals würgte, in der Hand auf.

»Mich haben sie durchgelassen, doch das täuscht«, sagte er. Dann fuhr er leiser fort, mit seinen gelben, starren Augen unruhig um sich blickend, seit Tagen sei in Wexrath Polizei unterwegs, sitze in der Wirtschaft »Krone«, durchforsche das leere Landschulheim, habe das Pfarrhaus sowie einige Bauernhöfe besucht, und er würde sich nicht wundern, wenn diese aufrechten Männer auch noch eine Nacht auf dem Friedhof zubrächten.
»Dann stürzen noch mehr Kreuze und Grabplatten um«, sagte ich.
»An Sie wurde mir eine Botschaft aufgetragen, von einer Frau mit goldenem Gebiß«, sagte er. »Sie sollen in das Gasthaus kommen.«
Ich tat, als verstünde ich nicht.
»Sie spült Geschirr, putzt Aschenbecher und wird zornig, wenn man spät noch ein Käsebrot will.«
Der gesträubte, magere Mann fing zu taumeln an, raffte sich wieder auf und warf mir seinen gebrechlichen Vogel zu. Der Geier plumpste nach ein paar Flügelschlägen auf meine Schulter, stieß aasigen Gestank aus, eine Wolke voll Verderbnis, und Gleichgewicht suchend, ohrfeigte er mich mit seinen rauhen Schwingen.
Claire Proll sagte, ich solle keine Angst haben, das Tier sei zahm, sie kenne es seit zwanzig Jahren.
Der Greis, geflickte und zu weite Hose an wie ich, lehnte an der Wand und atmete mühsam, sich unablässig mit den Fingernägeln über die nasse Stirn kratzend, als sitze dort der Ursprung seiner Schrecken, die zutage gefördert werden mußten.
Schließlich ging er hinaus, während wir still auf den kalten Marmorplatten des fahlen Zimmers blieben, in das spätes Tageslicht drang, jedes Geräusch wie mit einer Schutzschicht umhüllend.
Der Geier tat mir weh, obwohl er seine scharfen Klauen möglichst wenig gebrauchte, was zur Folge hatte, daß er sich immer wieder aufbäumte, wobei einer seiner Flügel mich

wieder am Kopf traf. Claire Proll kam zu Hilfe und streichelte den nackten Hals des Raubvogels, der, vor Begierde nach den Liebkosungen, wie ein biegsames Rohr wurde mit einem harten und gebogenen Schnabel vorn, über dem unruhige Augen funkelten.
Leise fragte ich, ob das Tier nicht irgendwoanders Platz finden könne, auf den Staffeleien oder einer Stuhllehne?
Ich erhielt keine Antwort, die Malerin ging zu ihrem Bild zurück, um eine wichtige Kleinigkeit zu vervollständigen. Ihr gegenüber säuberte der ehemalige Getränkefabrikant mit Speichel eine genügend eingetrocknete Ecke seines Gemäldes.
Ich dachte daran, daß ich schon einmal die Wirkung eines Vogels erlebt hatte, allerdings von einem weitaus kleineren, als ein Fink oder Spatz in mein Auto geflogen war und sich auf den Kopf von Moritz Tuch setzte, was den alten Philosophen veranlaßte, auszusteigen und in die Nacht hinein auf ein abgeerntetes Feld zu schreiten, wo das Vögelchen sich in die Luft erhob gleich einem trillernden Violinschlüssel, ein Häufchen Kot auf dem Haupt des Gelehrten zurücklassend, was jener guthieß.
Der Vogelfänger oder Geierbesitzer kam wieder, schlenkernd mit seinen dürren, ausgreifenden Armen und ließ eine Wegwerfspritze fallen, die nicht zerbrach, sondern in Kapriolen davonhüpfte.
Es gehe ihm wieder gut, verkündete er.
Seine gelben Augen tränten nicht mehr, ihre Farbe war sanfter, geradezu selbstverständlich geworden, während aufgestiegene Röte sein Gesicht glättete.
»Cicero ante portas«, sagte er zu mir.
Ich erwiderte, daß ich nicht verstünde, hin- und herschwankend unter der Last des Geiers, dessen Verwesungsgeruch mich benebelte.
»Wieso sind Sie so klein«, fragte er. »Gehören Sie zu der Bande, dem Stoßtrupp, der in unser Dorf eingebrochen ist und erst abzog, als Verstärkung aus dem Landschulheim

mitmachte? Ich sage nicht, daß ich es mißbillige, denn ein gehöriger Aderlaß tut uns wohl. Aber ich, verstehen Sie, ein Landarzt, ein Dorfdoktor, der für alle Gebrechen, die hier blühen, zu Rate gezogen wird von der armen Bevölkerung, verordne mir manchmal ein wenig Durcheinander aus Verdruß und Schadenfreude. Bleiben Sie oder sind Sie auch auf der Flucht?«

Ich sagte, mein Versteck sei ausgezeichnet.

»Er ist unser Gast, so lang er will«, warf Hans Heinrich Proll ein, dem der neue Zustand des von Gift aufgeplusterten Arztes vertraut sein mochte.

Claire schüttelte ihr Haar. In dem sich verschlimmernden, späten Licht bedeckte es sie wie die weiße Kapuze einer Nonne.

Ob er nicht sein Tier zu sich nehmen könne, fragte ich den Arzt. Es verletze mich.

Jeder sei des anderen Gewicht, sagte er und lachte, schlug dann mehrmals gegen seine Brust und stieß regenbogenartige Spucke aus, dünne und zu lange Zähne entblößend, die kaum mehr rosa Fleisch um sich besaßen. Sein Gebiß schien bis zur Nase hinauf und zum Kinn hinunter zu reichen.

Ich wich zur Wand, während er langsam auf mich zukam, seinen kleinen, ausgehöhlten und zerzausten Totenkopf gereckt wie der Geier über mir, der sich ihm entgegenbog, was unser beider Gleichgewicht erneut durcheinanderbrachte, so daß ich mich, wieder von den Flügeln des Vogels geohrfeigt, kaum mehr auf den Beinen halten konnte.

Die beiden zeigten nah beisammen ihre Zungen, als wollten sie sich küssen oder sich gegenseitig ein Bröckchen Aas zuschieben, und überstürzt sagte der alte Arzt:

»Sie müssen sich vorstellen, daß Sie Mediziner sind und nicht helfen können. Was tun Sie dann? Es gibt zwei Möglichkeiten. Entweder Sie geben auf oder aber Sie verpflichten sich ins nächste Kreiskrankenhaus als Stationschef und bauen für Frau und zwei Kinder ein Eigenheim. Ich habe die dritte Version gewählt, die mich vernichten wird. Ich entschloß

mich zur Liebe, einem allumfassenden, die Wexrather verwirrenden Programm. Ich blieb hier, doch hielt es nur aus, indem ich mir Geduld aus der Spritze holte. Kennen Sie Morphium, Kokain, Meskalin, die herrlich geschmeidigen Wahrsager? Lieber Freund, haben Sie, mit meinem Geier auf der Schulter, Mühe zu verstehen? Ich war nie in Amerika, ich sank zu Hause auf meinem grünen Arbeitsteppich bis zu den Schultern ein, und meine Arme wurden zu einer elfstöckigen Kreuzung, durch die bunte Cadillacs fuhren. Welche Erfüllung einer Sucht! Es gibt nichts Vergleichbares.«
Ich wollte den Vogel abschütteln, das heißt, ich versuchte es, aber das elende Tier fühlte sich auf meiner Achsel wohl und hakte sich fest.
Claire Proll rief, jede Bewegung verstärke nur die Kraft der Krallen!
Ihr Mann kam um den Gemäldealtar herum und drückte eine Tube leer, aus der rote, dicke Paste gleich einer Fleischspeise quoll, doch der Geier hatte anscheinend keinen Hunger, rührte sich nicht und brachte mir neue Wunden bei. Der Dorfarzt meinte, der Blutverlust halte sich in Grenzen. Nachher müsse ich mich allerdings desinfizieren, mit Rasierwasser, Parfüm oder Schnaps, was gerade vorhanden sei. Er putze zwar immer die Fänge seines Lieblings, einer Entzündung könne trotzdem vorgebeugt werden.
Er solle den Geier holen, sagte ich zu ihm. Aus Angst, daß der katastrophale Vogel mir zornig in den Kopf hacken würde, flüsterte ich es nur.
Alle drei Personen standen in der possenreichen Dämmerung vor mir und betrachteten mich, das Malerehepaar mit weichen, andächtigen Gesichtern, als lausche es einem neuen Bild nach, das es bald, nun gemeinsam, beginnen mochte, und der hemmungslose Arzt kratzte sich wieder, diesmal nicht an der Stirn, die im Gewölk von Morphium glühte, sondern am Bauch, wofür er sein Hemd aufriß. Hingebungsvoll blickte auf mir das Tier mit vorgestrecktem Hals den einzelnen Knöpfen nach, dann kollerte es befriedigt, als die kleinen

Verschlüsse, zarte Töne auf den Fliesen gebend, endlich zur Ruhe gekommen waren, und setzte sich wieder zurecht. Vogelbeerbaum, Falkner, Standarte, Volksheer, Vogel-Strauß-Politik, Vogt als Schirmherr oder Vormund, Vogelsalat oder Rapunzelkraut, Vokal und Vokabel schossen mir durch den Kopf.

Verlockend war, daß ich in wenigen Jahren, seit ich mich für eine wahnwitzige Darstellung verausgabte, nie mehr an Selbstmord gedacht hatte, auch nicht in Einzelhaft, weil Erwartung und Verachtung sich immer mehr zu gleichen begannen.

Mir fiel noch das Wort Vexillum ein, altrömische Fahne, einer von vielen Ausdrücken, der mir von meinem lexikalisch verseuchten Vater beim Schießen von verkaufbarem Wildbret in unserer Heimat, nachts im Gehölz auf der Lauer liegend, übereignet worden war, als wir uns nur noch im Imperativ, der Befehlsform, miteinander verständigten, die Nasen in nassem Moos und Gras, bis das Reh, das mein Vater mit Schüssen aus einer Maschinenpistole erledigte, im Sprung auf dem Rücken friedlich wiederkäuender Kühe, die ich vorher in den Wald gejagt hatte, tot zusammenbrach.

Ich sagte, ich müsse gehen, in das Wirtshaus, wo jemand auf mich warte, mit goldenem Gebiß.

»Gern«, sagte der von seinem Gift immer noch in Form gehaltene Arzt. »Ich bekomme Hunger, begleiten Sie mich.«

»Dableiben«, hörte ich die Prolls bitten. »Sie werden uns beschützen und unsere Arbeit verstehen lernen. Vielleicht, eines Tages, greifen Sie auch zu Öl und Farben und begrüßen den Konkurs. Zeit verleiht Überlegenheit.«

Ich achtete nicht mehr auf das milde Malerpaar. Claire versuchte noch einmal, mich zurückzuhalten, doch ich war schon durch den vielzimmrigen Flachbau unterwegs, den Aasgeier auf der Schulter, so daß ich gebückt gehen mußte, damit der Vogel nicht wieder erschrak.

Draußen, im Garten, wo Minze, Rabenkraut, Kuckucksnelken, Vergißmeinnicht und Larifarikletten wie Unkraut wuchsen und sich um meine Füße wickelten, sprang der Geier von mir ab. Erleichtert glaubte ich, in den großen, teuren Schuhen des ausgebluteten, einst dicken Anwalts wie davonzuschwimmen.

Es war dunkel geworden über dem Dorf. Die Sterne schielten vertraut aus schwarzen Schluchten wie einst, als ich mächtige Schwarten, gefühlsreiche Bücher zu lesen begonnen hatte, die wahrer gewesen waren als alles bisher.

Der Vogel gab sich Mühe, mit uns Schritt zu halten, watschelte, den Hals gebeugt auf ständiger Suche nach genügend Stand, sprungweise voran, wobei er manchmal die Flügel ausbreitete und zu Boden schlug, um sich Schwung zu geben.

»Wexrath soll nächstes Jahr eingemeindet werden«, sagte der Arzt. »Dann höre ich mit meiner Praxis auf. Ein nicht geringer Teil meiner Kollegen und Kolleginnen ist süchtig.«

»Aus Freude«, fragte ich.

»Man kann es auch auf diese Weise interpretieren, wenn man zugibt, daß Überarbeitung, Angst vor dem permanenten Leid, dem wir täglich begegnen und das wir zu unserem Beruf gemacht haben, in ein Laster verwandelt werden können.«

Er blieb auf dem abschüssigen Teersträßchen, dessen Belag noch die Wärme des verflossenen Tags ausstrahlte, stehen, was den Geier zwischen uns in Verlegenheit brachte, nicht vorbereitet auf diesen Halt. Noch in Fahrt hüpfte der Vogel allein weiter, wollte wenden und stürzte, die Krallen vergebens in die Straßendecke schlagend, um. Zappelnd landete er auf dem Rücken. Da lag das Raubtier, hilflos schreiend wie ein Kind, die gekrümmten Schwingen ausgebreitet und den langen, nackten Hals über den Leib gebogen, als wolle es sich selbstbefriedigen.

Gemeinsam haben wir den Geier aufgehoben, und, jeder einen starren Flügel in der Hand, getragen, während uns ein Traktor entgegenkam, dessen Scheinwerfer blendeten. Als der Schlepper vorbeifuhr, drehte der Landwirt auf seinem hohen Sitz den Kopf nach uns.

Der erschütterte Vogel ließ sich willig transportieren, nur bei dem Gasthaus, das vom Giebel bis zum Dachende von einem umgekehrten Siegeszeichen aus hellgrünen Neonröhren beleuchtet war, ruckte er ein wenig, doch wir ließen nicht nach. Erst auf einer hölzernen Notbrücke neben dem neuen Spannbetongebilde gaben wir ihn frei, wo er mit einem Satz auf das Geländer sprang, einem Platz, der seinen Krallen wohltun mochte.

Wir müßten uns nun trennen, sagte mein Begleiter. Die Spritze verliere an Wirkung, denn er habe sich nur eine schwache Füllung gegönnt in Sorge vor der Nacht, wenn Schlaflosigkeit sich mit Muskelkrämpfen verbünde. Dann brauche er bedeutend mehr Kapillarendruck.

Ich fragte, ob er allein lebe.

»Die Kinder sind weg, meine Frau ist geflohen, niemand gewöhnt sich an die Zustände eines Morphinisten. Die Dorfbevölkerung hält aber noch zu mir, vielleicht, weil es den Bauern, selbst dem Pfarrer schmeichelt, daß es einem Mediziner gelungen ist, ständig krank zu sein, allerdings auf eine für sie nicht durchschaubare Weise. Bitte, besuchen Sie mich, wenn Sie hierbleiben. Ich habe ein schönes Haus. Früher war es einmal ein Café mit einem kleinen Schwimmteich vor dem Wintergarten, leider schon lange leer. Schlamm und Entengrütze haben ihn versaut. Eine Umwälzanlage käme zu teuer.«

Wußte er, daß Wormbs tot war? Oder hatte die Polizei den Selbstmörder noch nicht entdeckt?

Ich hätte ein bißchen Geld nötig, bräuchte neue Kleider, gestand ich.

»Es hat, laut Zeitung, fünfundneunzig Tote gegeben, im Steinbruch hinter dem Berg«, sagte er. »Kinder aus dem Landschulheim waren auch darunter. Jugendliche haben keine Angst, sie sind frei von Erfahrung und Vorsicht. Ich beneide sie.« Und lachend setzte er hinzu: »Erstaunlich, daß sich nicht mehr umbringen, Arbeitslose, alte Rentner, geschiedene Frauen. Sie scharen sich wie kleine Enten um Ärzte, Priester und Politiker.«

Zwei Bäuerinnen betraten die hohl polternden Stegbretter und kamen näher. Eine richtete den Strahl einer Taschenlampe auf uns, dann auf den Vogel, dessen reptilienhaft kleiner Kopf mit aufgerissenem Hakenschnabel vorschnellte, als wolle er das Licht verschlingen. Doch die Frauen hatten keine Angst, sagten nur, der Doktor solle nach Hause gehen, es sei Zeit.
Als wir sie nicht mehr hörten, nur noch das Rauschen des Flusses gleich Langwellenmusik, die der des Weltalls glich, dem immerwährenden Rest des Urknalls, der sich seitdem unendlich ausdehnt, da nahm der Arzt sein Haustier von der Brüstung und setzte es sich auf die Schulter, wo es sich wieder heimisch fühlte und seine Krallen in den Lederschurz schlug.
»Halt! Sie haben etwas vergessen«, rief ich.
»Verzeihung! Wieviel?«
»Ich zahle es Ihnen zurück, falls ich hierbleiben kann«, sagte ich.
Er suchte in seinen Taschen, fand aber nichts außer Schlüsseln und einer Wäscheklammer, mit der er sich manchmal, versicherte er, die Nase versperre, um seinen eigenen Gestank nicht mehr zu riechen.
So ging der Arzt, und ich sah noch sein lohes Haar und den abgeschabten Hals des Vogels, der sich hoch aufgerichtet über ihm bog, gleich einer stolzen Standarte zwischen Himmel und Erde.
Die Straßenbeleuchtung brannte nicht, war vielleicht vom Bürgermeister aufgrund des Sterbens in der Gemeinde abgeschaltet worden. Nur da und dort schimmerte hinter Fenstern ein vereinzeltes Licht, während ich den Dunst der Ställe einatmete, zwischen dem von Kühen und Schweinen unterschied, und einem Hund, der vor mir auftauchte, behutsam den Weg freigab, auf andere Begegnungen hoffend.
In dieser Nacht wäre ich gern fromm gewesen, mit Chorgesängen im Ohr, dem Duft von tropfenden Kerzen in Erinnerung vor einem Altar, sich brausend vervielfachend bei jedem Luftzug, sobald ein neuer Besucher in das Kirchenschiff sich

rettete, den ich kennen und begrüßen würde.
Aber ich stellte mir auch vor, wie der süchtige Arzt mit seinem Geier auf der Schulter am nächsten Tag entlang der Grashänge lustwandelte, und der Vogel sich plötzlich in die Luft erhob, kreisend und spähend, denn auf einer einsamen Bank saß ein Mütterchen, das eingeschlafen war und sich nicht mehr bewegte mit schief herabgesunkenem Runzelhaupt, Beute für das Tier, das, seinem Instinkt nach, Aas vermutete.
An der Tür zu dem Gasthaus »Krone« hing noch das Schild. Ganz nah, die harten Stufen unter den Knien, las ich wieder »Ruhetag«, fuhr die Schrift mit den Fingern ab, als seien die Buchstaben ehern.
Hinter der Wirtschaft kam ich in einen Kastaniengarten, wo Bänke und Tische standen, alle leer. Ich setzte mich nieder, mich an Bier, Schnaps und Wurstplatten erinnernd, über mir das Blätterdach der Bäume. Ich glaube, ich aß einen Käfer, der mir über die Hand kroch. Der knirschende Kokonleib schmeckte nach Nuß mit einem fad bitteren Gerinnsel hinterher.
Als nach einiger Zeit, während der ich mich wohlfühlte, obgleich die Sterne auf ihren Bahnen, jenseits der Kastanienblätter, nicht zu flüstern begannen, ich solle zu ihnen kommen, mich an ihre Schweife heftend, damit der Seele endlich freier Raum gelänge, öffnete sich an der Rückseite des stummen Gebäudes eine Tür. Heraus torkelte eine Gestalt, die von einer andern überholt wurde, an mir vorbeipreschte, einen Rock anhatte und keuchend durch den steilen Garten nach oben lief.
Ich versteckte mich neben einem Bretterstapel, der nach feuchten Sägespänen roch, Bett der Kindheit, als ich für ein Jahr, wahrscheinlich das wichtigste, zu einem Schreinerehepaar in Pflege gegeben worden war in der Nachkriegszeit und, wie es Kindern nicht mehr vergönnt ist, Gemeinsamkeit von Leben und Arbeit erfuhr. Die Hobelbank stand in der Küche, neben dem Herd brachte mein kurzfristiger Vater

schmale Truhen in Form, es waren Fichtensärge, damals lohnendste Aufträge.
Der Mann an der rückwärtigen Tür rief Befehle, war nicht mehr betrunken, und mehrere Taschenlampen flammten auf, heller als jene der Bäuerinnen. Überall waren plötzlich Leute unterwegs und suchten den Friedhof ab, der gleich über dem Wirtshaus anfing.
Es mag eine Stunde gedauert haben, bis ich aus meinem Schlupfwinkel hervorkriechen konnte. In der Ferne verflossen die Geräusche von Autos, die über die Bergstraße fuhren, und neben mir schmatzte verhalten ein Nagetier, das mir nun vertraute.
Zwischen den Gräbern, wo Schieferkreuze, von den todbringenden Steinbrüchen stammend, am Boden lagen, suchte ich. Marmorplatten stellten sich quer, verdorrte Kränze behinderten mich, leise rief ich nach Mära-Mära.
Aus einer frisch ausgehobenen Grube, die am nächsten Tag vielleicht Fracht erhalten würde, erklang eine Stimme. Ich kroch in die Dunkelheit hinab und wurde von den Armen der Jugoslawin, meiner früheren Arbeitskollegin, empfangen.
Mära-Mära umklammerte mich, und ich sie auch. Beide schluchzten wir, küßten uns, während ihre goldenen Zähne an meinem Gesicht knabberten auf Suche nach Geborgenheit, die ich ebenfalls benötigte.
»Du bist da«, sagte ich.
»Da, da«, wiederholte sie auf russisch oder in ihrer Sprache.
»Wir müssen weg«, flüsterte ich.
»Macht nix, Feind ist dumm. Hab ich dich. Soll sagen, wir gehen nach Morgentau, in Idylle.«
»Mit oder ohne H nach dem T?«
»Weiß nicht«, sagte sie und küßte mich wieder, mit ihren teuren Brücken im Mund, während immer mehr Erde auf uns herabregnete vom Grabesrand, bis wir beinahe ganz davon bedeckt waren, so daß Mära-Mära schließlich hinaufkletterte und mich nachzog.
Nachts, in ihrem Bett, nachdem sie mich im Dunkeln über die

Treppen des verschwiegenen Gasthofs emporgeleitet hatte, wo ich an Stockwerkskehren gegen Stühle stieß, dann eine Kuckucksuhr aus dem Gleichgewicht brachte, die überraschend niedrig hing, als befänden wir uns in einem Zwergenhaus, und deren Vogel, von dem Aufprall wach geworden, sein künstliches Nest verließ, heisere Rufe ausstoßend, fünfzehn- oder zwanzigmal jenseits gewohnter Stundenzahlen, fuhr Mära-Mära die eingebrannten Furchen des Buchstabens auf meiner Brust ab und fragte, was mit A beginnen könnte: Aal, Aas oder As! Die ersten beiden Worte hatten je zwei Bedeutungen, das letzte besaß vier, war eine Tonbezeichnung in Dur und Moll, altrömische Gewichts- und Münzeinheit, oberster Rang in Kartenspielen sowie im Sport und chemisches Merkmal für Arsen. Sie bedauerte mich, wollte wissen, wer mir den Fleck beigebracht habe, ob er ein Geheimzeichen sei oder, wie sie sich ausdrückte, eine Flechtung? Wahrscheinlich meinte sie Verfluchung.

Immer wieder die schlecht verheilte Wunde abtastend, was mich zusammenzucken ließ, brachte sie unsere Bettwärme nach der Friedhofskühle in Feuer. Sie streichelte, zwickte mich auch, vielleicht eine jugoslawische Spezialität von Zärtlichkeit, denn Mära-Mära war überaus mager, geradezu eckig, besonders in der Gegend von Gelenken oder um ihre geweihartigen Hüften, was schmerzhaft mit meiner Ausgezehrtheit kollidierte, so daß sie sich einbilden mochte, da keiner von uns genügend Fleisch für gegenseitige Haftung besaß, sie müsse gröbere Maßnahmen anwenden.

Ich wollte nur auftauen und einschlafen, spürte keinerlei Verlangen. Es nützte auch nichts, daß sie unten zu zerren und zu balgen begann. Alles, was sonst zur Verfügung gestanden hätte, schnurrte nur desto mehr zusammen.

»Kein Mann«, fauchte sie, »Bosniak!«

»Kranker Bolschewik«, sagte ich. »Nix Revolution.«

Erbost stieß sie mich in der finsteren Kammer, von der ich nicht einmal die Umrisse wahrnahm, aus dem Bett, so daß ich mich auf dem harten Fußboden einrichten mußte, die Beine angezogen, die Arme um mich geschlagen wie ein Kind, und dabei kamen mir die Worte eines gelehrten Internisten in den Sinn, dem ich einmal in einer Fernsehsendung für Gesundheit staunend zugehört hatte, als er sagte, daß bei Geschwüren im Darmbereich, wenn sich die Kotsäule an den befallenen Stellen vorbeischiebe und austrete, bald genügend Blut im Stuhl zu erkennen sei, um Verdacht auf Krebs nicht auszuschließen.

Dieser Alarm betraf mich nicht, aber half, da ich auf jeden Fall zu wenig Masse in mir hatte. Meine Lage war, trotz allem, besser geworden. Und später, aus flachem, vibrierendem Schlaf mehrmals aufschreckend, wurde ich von Mära-Mära ins Bett zurückgeholt, wo wir uns wie aufgeklappte Messer trotzdem eng aneinanderschoben, ohne zu verletzen.

»Liebes Johann Jakob«, hörte ich flüstern.

»Liebe Jugo«, sagte ich.

»Tust du wertschätzen mir?«

»Ich verehre dich und weiß nicht mehr weiter.«

»Dein Frau ist gerettet, Kind auch. Alle weg. Tausend Kilometer.«

»Wie komme ich dorthin?«

»Muß warten, bei Mära-Mära bleiben, hat Fahrkarte.« Sie lachte schlaftrunken. Nie werde ich vergessen, wie ihre knochige abgenützte Hand mit den ledernen Fingerkuppen und Ballen mein eingesunkenes Hinterteil beklopfte und ihm schmeichelte, auf und ab, hin und her, wobei sie tiefer geriet und nicht scheute, daß dort Schweiß von Schwäche und Unsauberkeit saß, sondern zärtlich gegen die scheue Öffnung drückte, als wisse sie, daß dieser Mund einstmals gleichwertig gewesen war. Vorgeburtliche Selbstverständlichkeit hatte sich längst in Arg und Blitzblank, Scham und Sprache geteilt.

Am nächsten Morgen wurde ich Charlotte und Jahn Heinz Schramm vorgestellt, zu denen Mära-Mära inständig mit ihrer rauhen, fremden Stimme sagte, ich sei ein Freund und brauche ein bißchen Verdienst, würde alles bestens ausführen, was man mir auftrage, Arbeit sei mir bekannt.

Die beiden blickten zur Seite und lauschten, als klopfe Polizei an die Tür, vor der noch das Schild »Ruhetag« hängen mochte.
Frau Schramm, stämmig in einem geblümten Morgenrock mit kreisroten Backen, die vor Ungewißheit wie empört bebten, fragte, ob ich zu der Bande, die durch das Dorf kam, gehöre oder mit dem Landschulheim zu tun habe? Sie könne sich keine Blöße, keinen Fehler erlauben, sonst blieben Gäste aus.
Ihr Mann, ein wenig vergilbt, leichter und kleiner als sie, in einen makellosen Trachtenanzug gekleidet mit grasgrünen Aufschlägen, sowie einem schweren Schlüsselbund am Finger, den er vergeblich in Bewegung zu bringen versuchte, sagte freundlich, eine Hilfskraft, die nicht zuviel verlange, könnten sie gebrauchen. Nahrung, Wohnung und zweihundert Mark pro Monat, akzeptiert? Ich sagte zu, froh in meinen schlotternden Hosen und der dicken Jacke vom Camping-Müll, wo der Philosoph und Geierwalli im Schlick gelegen hatten. Die Wirtin widersprach und befahl mir, ich solle gehen, hier sei kein Platz für mich, sie müsse auf ihren Ruf achten.
Ich sagte, daß ich nur bliebe, wenn sie es verantworten wolle, ich würde nicht auffallen.
»Und Ihr Anzug«, fragte sie.
Der Wirt sagte, ich könne einen von ihm bekommen, der passe, zwanzig Jahre alt, aber noch tadellos.
Ich bedankte mich, so demütig, wie es mir möglich war.
Mära-Mära, das Aas, als habe sie die Pracht des ersten Buchstabens aus dem Alphabet, der in meiner Vorderseite für immer festsaß, begriffen, fiel vor der Besitzerin mit gefalteten Händen auf die Knie und flehte um Erbarmen.
»Aufstehen, aufstehen«, rief Frau Schramm. »Also gut! Er wird der Hausel. Wir haben schon lang keinen mehr. Niemand will mehr dienen.«
Die Jugoslawin wollte die Beine der Wirtin umarmen, doch diese versetzte ihr, zurückweichend, mit einem ihrer kunst-

stoffblauen Pantoffeln unabsichtlich einen Tritt ins Gesicht, so daß von Mära-Märas Goldzähnen ein kleines Plättchen absprang und hinter dem aufdringlichen Glanz die frühere Armut hervorbrach, schwarz oxydiertes Eisen.
Die Wirtin entschuldigte sich, aber Mära-Mära hörte nicht hin, betastete nur unentwegt ihr Gebiß und stammelte Worte in ihrer zischenden Heimatsprache, dabei weinte sie ohne zu schluchzen und stieg schließlich still die Treppe hinauf, gefolgt von Frau Schramm, die versicherte, sie werde selbstverständlich für den Schaden aufkommen.
Der Wirt sagte zu mir, ich sei für die Abfälle, die Säuberung der Straße und für den Garten verantwortlich, alles übrige werde er mir noch erklären.
Auch solle ich dem anderen Personal helfen, einspringen, sobald es nötig sei. Dann ließ er mich, nachdem er sich eine Zigarette angezündet und den ersten Zug nachdenklich eingeatmet hatte, stehen und begann, überall Türen aufzuschließen.
Ich war eingestellt, vorerst untergebracht, doch noch längst nicht in Sicherheit.
Zwei junge Köche kamen aus den oberen Stockwerken herunter, tatsächlich mit den kaminartig weißen Mützen auf, wie Köche in Kinderbüchern abgebildet werden. Hinter ihnen mühte sich über die Stufen herab noch eine sehr dicke, ältere Frau in einem fleckigen Kleiderschurz. Ihr Ächzen war schon von weitem zu hören gewesen. Sie blickten mich alle neugierig an, wie ein Gast nie betrachtet wird, und gingen in die Küche.
Was hatte ich zu tun? Sollte ich den Hof kehren, doch wo gab es einen Besen? Außerdem wollte ich nicht hinaus, falls noch Polizei oder Kriminalbeamte im Dorf unterwegs waren, die sogar den Friedhof abgesucht hatten. Besser, sich vorerst unsichtbar zu machen.
Unterm Dach fand ich eine Kammer, die mir vertraut schien und deren Bett sich warm anfühlte, unser Lager von heute Nacht. Ich legte mich hinein und schlief sofort.

Die nächsten Tage saß ich in der Küche an einem langen Tisch, der in einem zugigen, pavillonförmigen Anbau stand, und half der dicken Frau, die von allen Akropolis genannt wurde, die ältere und ledig gebliebene Schwester von Charlotte Schramm. Ihren Nachnamen erfuhr ich nie.
Wir putzten Gebirge von Salat, Kopf-, Kresse-, Rapunzel- und auch Endivien-, der die schlimmste Arbeit war, da in seinem steifen Gekräusel der meiste Schmutz steckte, Würmer und Schnecken sich in ihm verkrochen hatten und unten, in den Pflanzenschäften, helle Lärvchen klebten, die herausgelesen werden mußten.
Unvorstellbar, daß die riesige Menge grasigen Futters -jeden Tag von den Gästen verzehrt wurde, aber sie schwand dahin, nachdem wir sie gewaschen, mit der Hand zerfetzt oder, wie zum Beispiel die aus Ägypten stammende Endivie, mühsam zentimeterweise kleingeschnitten hatten, als säbelten wir Opferspeise zurecht.
Akropolis sagte, der Dienst am Kunden verlange Geduld. Doch sie nahm auch Rache, ließ manchmal eine Platte, die sie anrichtete, fast unbehandelt, goß nur Öl und Essig darüber, achtete nicht darauf, wenn ihr ein Faden Spucke oder aus Eifer freigewordene Nasennässe hineintroff, meinte nur, Ursprünglichkeit schmecke am besten.
Ich stopfte mich voll, in Erinnerung an die Haft, als mein Körper viel hatte entbehren müssen, glaubte beinahe zu hören, wie Vitamine und Enzyme sich in mir kugelig überschlugen.
Selbstverständlich bekam ich auch Fleisch, gekocht oder gebraten, mit daraus hergestellten Soßen, Päckchenkonzentrate waren verpönt. Dazu gab es Nudeln, Kartoffeln oder Reis. Pommes frites, wohl die schrecklichste Erfindung der Nahrungsindustrie, aß niemand von uns.
Wir befanden uns in keiner durchorganisierten, internationalen Hotelküche, sondern in einem Familienbetrieb.
Ich verstand nichts vom Essen, es war mir fremd geblieben, vielleicht weil Armut nur Sättigung kannte, das Aufladen in

einer Pause für die nächste Anstrengung. Auch hatte ich nie gelernt, aus Geschmacksunterschieden jenen individuellen Gewinn zu ziehen, der froh stimmte. Nahrungsaufnahme war das hastig stumme Hinunterschlingen von zurechtgehämmerten Rohstoffen gewesen, damit der Leib wieder funktionsfähig wurde.

Aber ich dachte auch daran, wie ich nach meinem mißlungenen Selbstmordversuch am Anfang meiner neuen Laufbahn, nachdem ich mich aufgerafft und mir auf dem Einwohnermeldeamt eine Lohnsteuerkarte geholt hatte, plötzlich überall in der Stadt feuerspeiender Pizzabuden gewahr wurde und ein Stück von einem der Bleche in den Ausgabeluken kaufte, hineinbeißend in hitzige Gewürze und zerlaufenen Käse, neben mir einen Kriegsdienstverweigerer, der ebenfalls begeistert aß. Die zwei jungen Köche, beide Lehrlinge, die viel weniger kosteten als ausgebildete Kräfte mit Tarifanspruch, Fritz und Egon Lothar, wobei der kleinere den längeren Namen besaß, Söhne einer Flüchtlingswitwe aus Ostpreußen, die in Wexrath wohnte, tanzten um den ehrwürdigen, Anspruch ausstrahlenden gußeisernen Herd, einen Koloß, der nur im Innern modernisiert worden war, wie die Wirtin erklärte, seitdem es Erdgas durch eine Leitung aus Rußland über Ingolstadt gab.

Ich wollte wissen, wer noch diese neue Energie benütze?

Der Doktor, der Rechtsanwalt, die Konkurrenz im »Hirsch« und ein paar Großbauern. Der unglückliche Saftfabrikant Proll sei pleite gegangen, weil er sich nicht schnell genug dafür entschlossen habe. Sie bedaure es, doch jeder halte sein eigenes Zepter in der Hand.

Ich ging hinter einem meiner Salatberge in Deckung, wenn die fabelhafte Wirtin, in einem ähnlich bespritzten, vormals weiß gewesenen Kleiderschurz gewickelt wie ihre fette, fügsame Schwester, Pfannen und Tiegel auf den Vulkanringen hin- und herdirigierte, den zwei jungen Köchen zurief, welche Hitze ein Rehrücken benötige, daß Kalbsrouladen nur am Rand des Herds entlang gezogen werden dürften, damit Fäden und Füllung nicht zerfielen, und sie ein paar geschnittene Süßkastanien in einen Topf warf, behauptend, diese Früchte seien Katalysatoren, sich selbst nicht verändernde chemische Beschleuniger für einen Lungeneintopf, dessen unverkochte Kronfleischeinlage auf der Zunge gleich Talern nicht zerginge, weshalb die verblüfften Gäste sie manchmal als Souvenir mit nach Hause nähmen.

Dunst und Gerüche umwölkten uns, aus denen die Kommandos von Charlotte Schramm ertönten. Die Fenster des Küchenanbaus blieben immer geschlossen, als würde jeder Luftzug der Außenwelt stören, gar schädigen. Auch eine Absauganlage über dem Herd, die der Technische Überwachungsdienst gefordert hatte, der Millionen Autos, die meisten Fabrikanlagen, Hühnermassenställe und Großraumbüros prüfte, wurde nie eingeschaltet, war vielleicht nur eine Attrappe.

Mittags, sobald der Essenssturm einsetzte, mußte ich weg vom Salat- und zum Spültisch. Dort gab es keine Waschschraube, keinen Dampfreiniger, weder einen Trockentunnel noch einen Wischautomaten, nur Handarbeit war zugelassen. Teller, Bestecke, Deckel, verkrustete Pfannen, eingekochte Kessel türmten sich um mich und warteten auf Säuberung. Die beiden Jungköche kamen ständig angerannt und wollten irgendein wichtiges Gerät, einen überdimensionalen Schneebesen, ein verstopftes Sieb oder einen eisernen Topf, in dem noch verschmorte Zwiebelkringel wie festgeschraubt saßen, so daß wir allmählich alle aufeinander wütend wurden und die Hölle losbrach.

Es hieß hineintauchen in den heißen Sud, blank scheuern und auskratzen, die Brühe nach Fettbrocken, Fasern, Teigwarenschwämme und Gemüseinseln abfischen, wenn ich in der Hetze vergessen hatte, die Platten vorher über einem Eimer mit der Hand leerzustreifen. Doch herumplantschend bis zu den Ellenbogen in der scharfen Lauge, mit heraufziehender Röte an den Armen, wurde ich zufriedener, diese Welt des Abfalls und Winkeldaseins war mir vertraut.

Zwei Frauen aus dem Dorf servierten, jagten durch eine Schwingtür, riefen ihre Bestellungen, spießten die Bons auf eine dolchhohe Nadel neben der Registrierkasse, trieben die Köche an, schoben die Schnitzel, Hühnerschenkel, Karottenkugeln, Wirsinghäufchen oder Paprikagarnierungen noch schnell mit den Fingern zurecht, um, beladen mit drei, vier Portionen wie athletische Gewichtheberinnen, wieder hinauszueilen.
Am Ende dieser Hälfte des Tages erreichte Charlotte Schramm ihren ersten Höhepunkt, eine Art Übersichtsklimax. Sie bewegte sich kaum mehr, zeigte da- und dorthin, wies an, stellte Reihenfolgen zusammen, beschied Fritz, den großen Lehrling, eine Tunke mit ein wenig saurer Sahne anzureichern, auch wenn der Gast bereits vom Stuhl kippe vor Ungeduld und Hunger, denn das Speisehandwerk sei heilig; zeigte dem kleinen Egon Lothar, der mit dem zarten Anrösten einer Jungferkelpfote nicht zurechtkam, wie sie über den aus den Herdköpfen fauchenden, blauen Flammenkränzen in einem Pfännchen hin- und hergeschwenkt werden mußte; legte mit Hand an, wenn ihre Schwester kalt gewordene Nudeln wieder unter einer Heißwasserdusche auffrischte, und zapfte am Büffet außerdem noch Bier, dem sie immer Gelegenheit gewährte, seine Schaumkrone über dem Glas zu entfalten.
Manchmal sagte sie ruhig in dem Getriebe und sann dabei ihrer beherrschten Stimme nach: »Wir sind keine Barbaren.«
Ihr Gesicht glänzte, ihre mütterliche Büste hob und senkte sich bei jedem Atemzug unter der noch fleckiger gewordenen Kittelschürze, und ihre Frisur, irgendein Gewirk aus Nadeln und kaum erkennbaren Dauerwellen, lag nun stramm an. Falls eine Strähne herabfiel, wurde sie angefeuchtet und energisch zurückgesteckt.
Es kamen auch Unfälle vor. Akropolis, die Familienhilfe, verschüttete Suppe aus einem Kessel und glitt auf dem Boden aus, so daß sie donnernd gegen den Salattisch stürzte. Gejammer und Beteuerungen, Schreie nach Wasser, mir und einem

Putzlumpen, sowie nach neuer Eiersticheinlage, damit die verlorene Menge wieder ergänzt werden konnte.
Oder an der von einer faustdicken Feder bewegten Schwingtür gerieten die beiden Bedienerinnen gegeneinander, wenn gleichzeitig die eine hinaus und die andere herein wollte, sie sich aber in den blind gewordenen Scheiben nicht sahen. Es patschte und klirrte, Teller zerbrachen, Bestecke schepperten dahin, und ein Metallkännchen voll zerlassener Butter eines Fischgerichts flog gegen die Wand, verwegene Muster beschreibend, die alte überdeckten.
Dann sagte die Wirtin, am Ruhetag müsse ein bißchen nachgeweißelt werden.
Ihr Mann zeigte sich während dieses Tumults selten. Entweder holte er Vorräte aus der Speise- und Kühlkammer oder, noch lieber, er hielt sich bei den Gästen auf, sprach über das Wetter, Zeitungsmeldungen, gestiegene Preise, verheerende Streiks der zügellosen Arbeiterschaft und schlug, die mit Leder eingebundene Karte in der Hand, Spezialitäten vor, die schleunigst verkauft werden mußten, da sie seit Tagen überzählig waren am Rande der Fäulnis. Die Küche in seinem Rücken, von der nur beruhigende Geräusche in die holzgetäfelte Wirtsstube drangen, würde noch einmal Leckerbissen daraus zaubern.
Die Esser kamen alle aus der Stadt, raumgreifende Mittelstandspersonen, denen eine teure, auswärtige Mahlzeit den Rang ihres Fortkommens bestätigte – Zahnärzte, Bauunternehmer, Rechtsanwälte, Abteilungsleiter und Grossisten – manchmal mit ihren Gattinnen, öfter in Begleitung von Geschäftsfreunden. Ein kurzer Gang nach dem Schlemmen, bevor man wieder zurückfuhr, vertrieb ihnen das schlechte Gewissen wegen der zu reichlichen Kost.
Ich glaube, die Schramms verachteten dieses Pack, denn sie sprachen die Namen ihrer Stammkunden so andächtig aus, daß ich Spuren von Wehrfreudigkeit heraushörte.
Der Herr aus dem Patentamt, hieß es, habe sich ein Haus in der Toscana gekauft, obwohl er schon eines an der französi-

schen Atlantikküste besitze, doch er müsse den Verfall der Währungen ausnützen, das sei er sich schuldig.
Oder der Neue, der gern Pilzgerichte mit fränkischen Knödeln und Preiselbeeren bestelle und über sein Gewicht klage, spreche jetzt vom Segeln auf dem Ammer-, Staffel- oder Chiemsee, dieser wie eine zerlaufene Eisbombe aussehende Enddreißiger, nun an drei Booten beteiligt.
Die Dörfler gingen, und auch nur abends, in den »Hirsch« auf der anderen Seite des Flusses, wo der ärmere Teil des Orts sich befand. Wenige wagten sich zum Biertrinken nach der Stallarbeit in die »Krone«, aber nie waren Frauen darunter, weil eine solche Kühnheit sowieso einer Selbstaufgabe gleichgekommen wäre.
Es gab jedoch ein Abonnement, Punkt zwölf Uhr, für die Arbeiter von der wachsenden Spannbetonbrücke. Sie saßen im ehemaligen Tanzsaal, der sonst nicht mehr benutzt wurde, da eine Renovierung der abblätternden Wände haarsträubend zu Buch gestanden hätte.
Ich mußte manchmal, mitten aus meinem Spülen gerissen, aushelfen, wenn die beiden Bedienerinnen, Lotte und die andere Lotte gerufen, diese Zwischenschicht nicht mehr bewältigten.
Das Ersatzfutter, wie es vom Küchenpersonal bezeichnet wurde, auf der Schulter bis hinunter zur ausgestreckten rechten Hand tragend, die die letzte Platte im Griff hatte, schob ich mich durch die bösartige, selbständig sich bewegende Schwingtür und knallte, nach dem Gang durch einen schmalen Korridor, die Portionen vor die mißmutigen Bauveteranen, die jeden Tag am Essen etwas auszusetzen hatten, sei es, daß es überhaupt Gemüse gab oder dieses auf jeden Fall zu grün aussah oder aber das Schweinefleisch von zu wenig Fett umgeben war. Zu Hause würden sie diesen Fraß unter den Tisch werfen, sagten sie. Oder sie verlangten nach Maggi, Salz, Pfeffer, Ketchup und Kümmel und, merkwürdigerweise, Tripmadam. Vielleicht verwechselten sie diesen Namen mit dem eines städtischen Bordells, wo sie zwar aus Kosten-

gründen nie verkehrten, doch es war Sitte, dauerhaftes Begehren in Form von Flüchen, Beschwörungen und Witzen mit der Essensaufnahme zu vereinigen, doch nie würden sie soviel Raum kriegen, um sich selbst bemitleiden zu können bis zu einem Wagnis.

Trotz Anstrengung und Gegnerschaft fühlte ich mich unter diesen, von Gummistiefeln, verkrusteten Overalls und schmierigen Mützen gepanzerten Rittern wohl, denn als ich einem der Bärtigsten seine Mahlzeit, die er, aus Angabe vor seinen Kollegen, zurückstieß, zu seinen Füßen auf den Boden schüttete, begann er zu lachen und nach einem großen Löffel zu verlangen. Er könne sich eine solche Verschwendung, sagte er gutmütig, nicht leisten. Das wäre, als würde er im Suff die Rentenmarken verbrennen.

Abschätzendes Gemurmel von den langen Tischen, an denen seine Mitkämpfer vornüber gebeugt saßen und mir nun die hohen Kelchgläser voll Weißbier der Reihe nach entgegenstreckten, in die ich, aus einer Schüssel, nacheinander Zitronenscheiben warf, damit das leichte Getränk die nötige Säuernis erhielt. Zurück in das dampfende Spülinferno, wo inzwischen sich Pfannen und Töpfe übereinandertürmten, von denen Fritz und Egon Lothar, die Kochlehrlinge, jeweils satanisch die untersten gesäubert sofort wiederhaben wollten, sonst würde der gesamte Kochverkehr unmittelbar zusammenbrechen, und sie, vermochten diese Engerlinge ihres Gewerbes sich auszudrücken, verlören dann die nötige Berufswahl.

Kein Erbarmen, wenn ich die sperrigen Gefäße aus dem triefenden Haufen hervorzerrte, hineintunkte in das trübe Waschwasser und mit Lappen, Bürsten oder Stahlwolle behandelte, auch mit einem französischen Säuberungsring, aus dem eine nach Zitronen duftende Flüssigkeit rann, die vergessene Kleinigkeiten und Rillen verdeckte, ein Mittel, das zwar gut roch, doch kaum löste.

Die Lehrlinge rissen die Kessel an sich, Charlotte Schramm rieb sie innen mit einer Speckschwarte ein, und ihre Schwester

warf neue Gerichte in die Abgründe.
»Macht nichts«, sagte die Wirtin. Inzwischen war der Mittag vorüber und der Ansturm hatte sie noch nachsichtiger gemacht. »Der Geschmack hält viel aus bei genügend Kombination, Knoblauch, ein wenig Mehlschwitze, die allerdings eine Sünde ist.«
Um diese Zeit, wenn die ersten Gäste aus der altbäuerlich eingerichteten Vorderstube gingen und die Brückenarbeiter polternd den schäbigen Saal verließen, sich noch im Pissoir ballten, um das Weißbier auszustoßen und wo sie mitunter auf Rechtsanwälte oder Augenärzte trafen, die vor der lärmenden Menge verstört zurückwichen trotz viel Drang im Leib, dann trat Moosmach auf, das Kind der Gasthaustochter, die in Nürnberg eine Diskothekenkette verwaltete und sich nicht mehr in ihrem Heimatdorf zeigte. Als einziger Enkel des Wirtsehepaars schlief Moosmach mit seinen Großeltern in den Privatzimmern des ersten Stocks.
Er hieß eigentlich Max oder Mäxchen und wollte sich immer irgendwo verschwenderisch hinbetten, zerrte ein nasses Tuch vom Tisch, in dem Knödelmasse ausgedrückt worden war, um sich auf dem Steinboden darin einzuwickeln oder setzte sich zwischen mich und Akropolis an den nun abgeräumten Salattisch, seinen Windelhintern in eine leere Blechschüssel versenkend, so daß wir geschwind nachsalzten, damit, falls seine Hose voll war, der unangenehme Duft verringert wurde.
Moosmach war es auch erlaubt, scharfe Metzgermesser zu schwingen, sie an den Kanten des Büffets oder noch schlimmer, den Pantinen der Lehrlinge auszuprobieren, was an deren freien Fersen nie zu Verletzungen führte. Er preßte sein Gesicht in einen Napf mit Pudding oder Rhabarberspeise, mochte aber die Süße des Nachtisches nicht, verlangte nach einem gebratenen Kuttelfleck, der sich wie Kaugummi beißen ließ, oder holte mit den Händen die letzten kalten Nudeln aus einem Seier, japsend vor Vergnügen.
»Lieb, lieb«, was Liebling hieß, rief er. »Brauch, brauch!«

Und ich, überwältigt von seiner heftigen Zärtlichkeit, die mich an Rosas Kind hinter der Trennscheibe der Haftanstalt erinnerte, das auch noch kaum hatte sprechen können, doch, als ich vor Erschöpfung und Begehren zu weinen begann, seinen Mund wie eine hingebungsvolle Schleie gegen das dicke Glas preßte, um mir wenigstens Küßchen zu verabreichen, da fühlte ich, wie jeder in der Küche, genügend Geduld, um, auf vor Anstrengung zitternd emporgehobenem Knie, Mäxchen, den kleinen Moosmachmann, in meinem Waschbecken herumrühren zu lassen, wo weiße Teller gleich Kontinenten segelten, Gabeln und Löffel wie altertümliche Schiffe am Grund lagen und das Gebrodel im Abfluß, das aus dem Warmwasserhahn darüber wieder ausgeglichen wurde, den Unterschied zwischen Erwachsensein und Kindheit vorbrummte, Arbeit und Vergessen.
»Muß Zahl hab«, sagte er.
Ich sagte: »Eins, zwei, drei, vier, fünf.«
Er wiederholte: »Eins, drei, vier, acht«, für ihn die bequemste Sprachleiter, auf der er schnell vorankam.
Dem Moosmach-Männchen gelang es, die verschiedenen Teile einer italienischen Espressokanne, in der starker, südländischer Kaffee nachgeahmt wurde, aus der feindlichen Brühe zu holen, und es versuchte, die beiden entgegengesetzten, doch ineinander passenden Schraubgewinde wieder zusammenzufügen. Ich wollte ihm helfen, was ihn in Wut brachte, denn dieser glitzernd kleine Turm aus Leichtmetall gehörte weder ihm noch mir, sondern seiner im lichter gewordenen Dampf der Küche stehenden Großmutter, wie alles, einschließlich dem Großvater im imposanten Jägerkostüm.
»Brauch, brauch«, rief Mäxchen und riß mir eine Brille, die ich nicht aufhatte, vom Gesicht. Seine scharfen Kindernägel taten sehr weh.
Manchmal, wenn die beiden Hälften der Schwingtüre weit auseinanderklafften, gelang es Moosmach, zu entwischen. Er sah sich gemächlich in der Gaststube um, deren Sitzriesen ihn

begeisterten, wollte zu ihnen hinauf und erhielt auf einem freien Stuhl auch Platz, was er mit Lachen vergalt, glucksenden Kinderlauten und gelegentlichem Hineinpatschen in einen noch vollen Teller, wodurch die reizende Vorstellung plötzlich wieder unterbrochen wurde.

Verhieß Moosmach zukunftsträchtig Geld oder moserte es nur? Jedenfalls strebte der Kleine voran, und das Moos konnte ein von ihm zurechtgestutztes, einfacher auszusprechendes »los, mach!« bedeuten, wie es während des Kochdampfes in der Küche ständig zu hören war.

Nur Mära-Mära hatte den Mut, sich nicht um Mäxchen zu kümmern, es nicht auf den Arm zu nehmen, seinen Mund nicht abzuwischen, seine vielen, kleinen Überfälle nicht großzügig zu übersehen. Sie schimpfte auf ihn, sagte aber nie seinen Namen, und ich hatte sie im Verdacht, daß sie ihm ab und zu, wenn niemand um den Weg war, einen Puff versetzte, vielleicht sogar einen kleinen Schlag, nicht gerade an den Kopf, eher auf sein Windelpaket.

Die häßliche Stelle in ihrem prächtigen Gebiß war größer geworden, so daß Mära-Mära vor Zorn den ganzen Zahn von seiner Hülle befreit hatte und nun anklagend herumlief mit offenem Mund, in dem, zwischen all dem Gold, ein schwarzer Stumpen saß.

Ich durfte nicht mehr bei ihr schlafen, sondern Frau Schramm hatte mir eine Abstellkammer mit einem Feldbett zugeteilt, dessen heimtückisch lockere Scharniere mir manchmal ein Stück Haut einklemmten, wenn ich mich nachts umdrehte und auf einem der eisernen Gelenke zu liegen kam.

Akropolis sagte, Mära-Mära solle aus ihrer Heimat erzählen, sie habe Sehnsucht nach Griechenland, den Felsen in der Sonne, wolle irgendwann dorthin fahren in einem Urlauberzug, bevor das Wasser in ihren Beinen höher steige und sie sterben müsse.

Mära-Mära, die Jugoslawin, brachte dies zur Verzweiflung, und sie antwortete stets: »Nix da, dumm, dumm, Verwechselung!«

Eines Morgens, als ich ihr in den Gastzimmern beim Aufräumen und Bettenmachen half, was mich erregte, weil die zurückgelassenen Spuren der Schläfer, Paare oder, was selten geschah, Alleinreisende, zur Rekonstruktion ihres unbekannten Daseins zwang, wenn ein Laken an der äußersten Ecke, und ich fragte mich, wieso dort, einen verräterischen Fleck aufwies oder in einem Waschbecken weder Kamm noch Haarspangen, sondern fünfzehn winzige Schrauben mit aufgesetzten Miniaturmuttern lagen, an denen ich herumrätselte, ob sie zu dem Ersatzteillager eines Vertreters für elektronische Rasierer oder dem eines Prothesenherstellers gehörten, die, so lang nach dem Krieg, kaum mehr Geld einbrachten und vielleicht deshalb weggeworfen wurden, eines Morgens entdeckte Mära-Mära einen vergessenen kleinen, rosaroten Fön aus Bakelit, der, eingeschaltet, wie ein obszönes Instrument in der Hand vibrierte.
Sie deutete mit ein paar unsicheren Gesten an, wie der schmeichelhafte Apparat eingesetzt werden könnte, lautlos lachend, denn weder sie noch ich hätten den Mut gehabt, uns zu bedienen, aber dann begann der notdürftige Windmacher zu stottern, stoppte und surrte wie rückwärts, als hole er versammelnd letzte Kraft, um plötzlich befreit wieder Luft von sich zu geben und ein Papierkügelchen auszustoßen, das in weitem Bogen davonflog.
Stecker heraus, wir hinter dem Geschoß her, nebeneinander auf das zerwühlte Bett stürzend, dessen Benützer entweder unten noch beim Frühstück saß oder das Haus schon verlassen hatte. Wir entfalteten, uns gegenseitig aufgeregt behindernd, ein gezacktes Zettelchen, auf dem folgende Botschaft in ordentlicher Zwergenschrift stand:

Heil Morgenthau!
Geier und Kirche,
888 Kilometer gegen Norden
über Essen
nach Wuppertal,
Gruß, Brandstetter.

Mära-Mära, die aufmerksam mitbuchstabiert hatte, begriff schneller und aß die Aufforderung hinunter, wobei ein Rest des weißen Blättchens an ihrem industriell schwarzen Stahlzahn noch ein Weilchen klebenblieb, während sie geniert die Lippen hin- und herschob, ähnlich einem Kamel, das zu lachen versuchte.

Ich sagte, sie solle packen, sich bereithalten.

Sie verstand nicht, fragte, sich zu mir herumwerfend, warum sie mich greifen, fassen, überfallen solle? Ob ich Liebe wolle? Die Jugoslawin sagte noch ein Wort aus unserem neukolonialen Fabrikdeutsch, das klang, als sitze eine Stallmaus auf einem alten Treppengeländer und begatte, wie von Sinnen, da überraschend in Freiheit, ein Wurmstichloch.

Dann trat ein Augenblick der Erschöpfung, auch Aufgehobenheit ein, als wären wir, allen Anzeichen nach, nicht allein. Wir umarmten uns auf den inzwischen hochgeschobenen Laken und küßten uns, doch zurückhaltend wie zwei Vögelchen in einem einsamen Geäst, am Hals und die Ohrläppchen streifend, während der rosarote Fön noch immer auf dem Boden summte, doch kein neues Papierkügelchen mehr ausspuckte.

Wo aber war Brandstetter, der hier sich aufgehalten haben mußte? Gestern abend, nach dem Mahlzeitgetümmel, als ich noch die Aschenbecher leerte, Gläser in die Küche zurückbrachte, war mir niemand aufgefallen, der ihm ähnlich gesehen hätte, vielleich nur verkleidet mit einer eisgrauen Perükke, dann selbstverständlich ohne seine arrogante Sonnenbrille, die er immer im Rohbau der Automobilwerke trug.

War er erst nachts gekommen und in der Frühe schon wieder abgereist?

Oder hatte er seine Botschaft einer Helferin überlassen, von der er wußte, daß sie sich jeden Morgen die Haare wusch, und sie später mit einer Schreckensmeldung per Telefon abgerufen, so daß sie nicht mehr all ihren Plunder in den Koffer stecken konnte? Weshalb hatte sie jedoch ausgerechnet den Fön vergessen und keine Cremedose, Gummihose oder

Necessaireschachtel, in denen genau so viel Schlupfwinkel gewesen wären? Oder hatte es sich um irgendeinen Mann gehandelt, der nicht, wie üblicherweise, wenig Sorgfalt auf seine Frisur verwandte, sondern sie nach dem Aufstehen wusch und sogar fönte?
»Muß gehen, brauch Platz«, sagte ich, vor Eile in der Art von Mäxchen-Moosmach. Die verschorfte Geierwunde in der rechten Schulter schmerzte und schien sich mit den Narben des brandmarkenden Anfangsbuchstabens auf meiner Brust zu vereinigen. Ich sprang auf. Unten an der Treppe wurde ich von Jahn Heinz Schramm abgefangen.
Er sagte, ich solle mich endlich um die Abfälle kümmern. Büchsen und Flaschen kämen in die Tonne, die abgeholt würde, Verpackungen und Schachteln müsse ich im Garten verbrennen, Essensreste seien für den Saukübel. Sonst noch Welches gehöre auf den Komposthaufen hinter die Stachelbeersträucher und, nicht zu vergessen, ich solle eine Schaufel mitnehmen und alles mit einer Schicht Erde bedecken, damit der Müll verrotte und zu Humus werde.
Aber er hatte keine Chance gegen seine Frau, die schon einen Schrubber, Eimer und Putzlappen bereithielt und mir befahl, zusammen mit ihrer Schwester ins Landschulheim hinüberzugehen und beim Reinigen der Räume zu helfen. Die Familie von Soden, sozial eingestellt und ihr ehemaliges Anwesen liebend, habe darum gebeten.
Schlimmer hätte es nicht kommen können, andererseits reizte mich die Gefahr, als durchstöbere uns ein bittersüßes, hormonales Gift. Neben der breiten Akropolis die Straße überquerend, schaute ich nach links, wo auf der stillen Straße sich eine Schar Enten vom elenden Pfarrbach herabwagte, und dann nach rechts. Dort warteten jenseits der Brücke ein paar Autos, deren Insassen noch nicht wußten, wie sie über den Fluß kommen könnten. Die Arbeiter gaben die eine, schon instandgesetzte Seite noch nicht frei.
Akropolis sagte vor der Pforte in der Mauer des Kastells, ich solle mich taubstumm stellen, Fragen beantworte sie.

Sie blickte mich forschend aus ihren von rotem und weißem Fett bedrängten Augen an, die wegen zu hohen Blutdrucks in viel Feuchtigkeit schwammen.
»Gehörst nicht hierher, mußt heiraten und eine feste Stelle kriegen, sonst haben sie dich am Schlafittel.«
Es tat wohl, von einer Allergeringsten, die älter war und schon viele Demütigungen und Verzichte erfahren hatte, mit Verständnis bedacht zu werden, obwohl ich mir nicht einbildete, daß Akropolis meine Lage übersehen konnte. Gemeinsam betraten wir den schwarz gewordenen Ziegelbau mit seinen Türmchen und Erkern an allen Ecken und den bleiverglasten Fenstern dazwischen. Darüber war an der Fassade eine Sonnenuhr angebracht, deren von Moos und Quecken überwachsene Eisenziffern blind über Wexrath wachten.
Innen schlug uns der fahrige Schweißgeruch von Turnhalle und Grundschule entgegen. In der Halle und auf der breiten Treppe war nicht zu unterscheiden, wie früher die adlige Familie eingerichtet gewesen sein mochte. Die Wände hatten Risse, die hölzernen Stufen seufzten bei jedem Schritt, und oben fehlte der Täfelung jedes vierte oder fünfte Quadrat in Kopfhöhe. Mein Herz zog sich vor Schuldgefühlen zusammen, daß vielleicht die ferienfrohe Gewerkschaftsjugend aus Übermut, endlich einmal auf dem Land zu sein, schlimm gehaust hatte. Daß Büros, weit offenstehende Zimmer mit Schreibtischen und Aktenregalen, verwüstet waren, kümmerte mich wenig. Doch Aborte, die gegenüber lagen, mit ausgehängten Türen, sahen aus, als sei es Kunstschützen gelungen, ihre verschiedenfarbigen und habhaften Ausscheidungen in überragende Höhen zu transportieren.
Akropolis sagte, hier fange sie nicht an.
Dann begannen Säle. Der erste war voll mit Geräten wie Barren, einem schiefen Trapez, einer Sprossenwand und für Sprungübungen gestapelten Filzmatten mit schlampig übereinandergelegten Ecken, die mich an Abbildungen aus einem Katalog erinnerten, voll läppischer Geringfügigkeit.

Charlotte Schramms dumme Schwester, verächtlich die Hüften in ihrem Schürzenkleid bewegend, schritt in den nächsten Saal, der bis zum Ende des Gebäudes reichte. Aus zwei verschmutzten Bogenfenstern fiel gedämpfter Schein.
»Sei kein Ziem«, herrschte sie mich an.
Was das hieße, fragte ich.
»Keulenstück des Rinds«, sagte sie. »In der Küche hochwillkommen. Pack zu!«
Und während sie ihren Eimer über dem löchrig dunklen Fußboden ausleerte, der das schäumende Reinigungsmittel samt Wasser sofort aufsog, und ich an einen Freund aus meiner Jugendzeit dachte, der wie das teure Fleischteil geheißen hatte und, flaschenweise Cognac trinkend, zeternd untergegangen war, stellte ich dann fest, daß wir uns in einer Art verlassener Großraumgruft befanden, denn bis zu der abschließenden Mauer reichten in zwei Doppelreihen Bettstellen, auf denen Deckel lagen, zerwühlte Kissen, Tücher und manchmal noch Habseligkeiten, die auf einstige Bewohner hinwiesen: ein aufgepumpter Fahrradschlauch, eine zerbeulte Keksschachtel, ein Strauß Strohblumen und vier Motorradhelme mit blau schillerndem Visier, wie jener in dem ausgeräumten Zimmer des toten Anwalts.
Akropolis sagte, ich solle die eine Seite nehmen, sie behandle die andere. Bevor sie mit dem Schrubben anfing, räumte sie Betten auf, als sei sie im Gasthaus »Krone«, brummte und schimpfte vor sich hin, wenn sich eine Falte nicht glattstreichen ließ, verwünschte die schlechten Kissen, in denen sich nur kleingehackte Wollknäuel befanden, und hieb Pfühle zurecht, aus denen Staubwolken stiegen.
Ich traute mir diese Unverfrorenheit nicht zu, sondern nahm den Putzlappen und machte mich, auf Knien, über die Dielen her, wischend und Spreißen aus dem alten Holz zerrend, jede Unterbrechung war mir willkommen.
»Bist du noch da«, hörte ich Akropolis rufen.
Inzwischen taubstumm geworden auf ihren Rat hin, hustete ich, wie ich es von meinem Kollegen Xander Gommeran

gelernt hatte, dem wunderbar geschädigten Einrichter aus der Stanzenhalle.

»Fleißig, fleißig«, rief sie.

Wasser holte ich, da der Boden jede Sturzflut aus dem Eimer wie ein ausgedörrter Schwamm austrank, von den Toiletten, wo Sprüche und Zeichnungen an den Wänden standen, die Gott einen Tripper an den Bart wünschten, Geschlechtsteile besangen, Geysire von Fruchtbarkeit anpriesen und die Erwachsenen des Heims, von denen wir noch keinem begegnet waren, als unentwegt lüsterne Monstren darstellten.

Dann entdeckte ich in dem Schlafsaal zwischen zwei Betten einen weißen, kleinen Sarg, dessen Deckel verschoben war. Akropolis hatte inzwischen auf der anderen Seite zu scheuern begonnen, ihr mächtiger Rücken tauchte gleich dem eines Wals immer wieder auf, wenn sie nach Auswegen in dem Schmutz suchte.

Der Sarg war leer, duftete nach Holz und Farbe. Innen lag eine helle, schmale Decke aus Kunststoff, die, als ich hineinlangte, sich trocken anfühlte. Ich überlegte, ob das ein Sickerschutz war oder eine verlockende Ausstattung, um den Kaufpreis zu rechtfertigen.

Wir kannten Tote kaum mehr, seitdem die meisten in Städten wohnten, wo es keinen Platz mehr gab für Gebrechen und das Ende des Lebens. Doch die Leichen, in Särgen aus Holz, Bronze oder Speckstein aufbewahrt, büßten trotzdem wie seit jeher ihre Konturen ein, zerflossen zu Brei, auf denen noch für eine Weile die Gebisse, Schädelknochen und Zaumstücke der Gerippe schwammen, heimgesucht von Würmern, Bakterien und wichtiger Fäulnis, die wieder Blumen, Getreide und Bäume zum Wachsen brachten.

Ich glaube, daß wir immer noch nicht bereit sind, gefangen in der Unbeholfenheit unserer Körper nach der Eiszeit, der Vernunft mehr Raum zu gewähren, weil wir uns nicht eingestehen wollen, wie einsam die Welt geblieben wäre, falls es den Tod nicht gäbe. Die Evolution, die auf Vernichtung vieler Arten und auf Veränderung zum Vorteil in den Stamm-

bäumen der Nucleinsäuren beruht, desgleichen den zivilisatorischen Fortschritt im letzten Sekundenteil der Erdgeschichte hervorgebracht hat, sie hätte nie stattgefunden.
Man muß sich vorstellen, daß im Zeitalter der Lurche, plötzlich von einem Zipfelchen Ewigkeit bedacht, diese Tiere noch einmal Millionen Jahre alt geworden wären, Klumpen voller Dummheit. Nie hätte sich bei den anschließenden Reptilien ein schüchternes Hirn entlang der Wirbelsäule gebildet, geschweige denn wären jene Partien größer geworden mit milliardenfacher Neutronenschaltung, als lungenkleine Fische an Land krochen und die sich teilenden Kontinente eroberten. Viel später hätten sich Menschen, gebückte Affen oder andere Fabelwesen, die uns seitdem über die Abgründe des Todes hinweg die Hand reichten, nie aufgerichtet, bis nun, gleich Schachtelhalmen über dem Kopf, auch Wolkenkratzer wuchsen, die wegen ihres Dickichts eine neue Spezies verlangten, Stickstoffatmer oder extreme Genießer, in der sich verfinsternden Elendsmasse sich trotzdem genügend intelligent bewegend wie in einer warmen Ursuppe.
Jemand sagte, ich solle keine Angst haben, es seien alle ausgeflogen.
Vor einem der Fenster, an der Rückseite des Saals, stand ein magerer, jung wirkender Mann, der zwei Zigaretten gleichzeitig zu rauchen schien, aus Nase und Mund strömten Fahnen. In dem verspäteten Licht der Scheiben sah ich, daß er einen zu großen Anzug anhatte, wie ich. Seine Haare waren kurz, er trug eine Kassenbrille aus Draht, seine wulstigen, scharf getrennten Lippen waren die eines unersättlichen Kirschenessers.
»Kommen Sie ruhig näher«, sagte er. »Ich bin allein.«
Den Putzlappen, der schon wieder trocken geworden war, vor mir herschiebend, steuerte ich um das letzte Bettgestell und blieb am Boden. Akropolis, von der ich kein Geräusch mehr vernahm, mochte ihre Arbeit verdrossen aufgegeben haben und in die Gastwirtschaft zurückgekehrt sein.
»Ich habe Sie erwartet«, sagte der Mann. »Sie sind am

Pfarrhof vorbeigegangen und haben den toten Anwalt entdeckt. Schauen Sie hinaus«, forderte er mich auf.
Widerstrebend, doch mein Stolz eines Kundschafters und Kuriers ließ keine andere Wahl, säuberte ich eine Stelle in dem Fenster und spähte durch das Guckloch.
Unten lag der nicht mehr gepflegte Garten der Familie von Soden, in dessen Mitte, behütet von unbeschnittenen Buchsbaumhecken, zertretene Kiesel auf ein zugeschüttetes Rondell gleich verwirrten Theaterbesuchern zustrebten. Gegenüber am Hang, hinter der Bahnlinie, erhob sich der Teepavillon, verlassen im Mittagslicht.
»Ich wollte einsegnen und den Eltern ein wenig Trost zusprechen«, sagte der hagere Mann neben mir, »aber die Kriminalbeamten ließen mich nicht vor. Die Leichen wurden aus der Kiesgrube von Armeefahrzeugen abgeholt. Hier stellten die Gewerkschaftsfunktionäre noch eine Namensliste zusammen, bevor sie gingen.« Er zertrat eine Zigarette und zündete die nächste an, fugenlos rauchend, vielleicht aß er dazu in der Kälte des deprimierenden Schlafsaals noch weiße Pfefferminzbonbons.
»Ich muß gleich gehen«, sagte er. »Die krebskranke Bäckerin stirbt vielleicht heute, auf jeden Fall morgen.«
Beinahe hätte ich geantwortet, daß sie in dem verstaubten Laden doch ihre Maus habe, die auf der Waage von einer Schale zur andern springe, um das Gleichgewicht zwischen Leben und Tod zu wahren.
Ich fragte, vermeintlich taubstumm keuchend und lallend, Unverständliches, was ihn dazu brachte, mir eine Visitenkarte zu überreichen, auf der in zierlichem Stahlstich stand:

Gunther Isaak Potsdam
Pastor von Wexrath
Telefon 98 44 11

Er habe, sagte er, als junger Flakhelfer am Krieg teilgenommen und sei erst nach zwölf Jahren aus der Gefangenschaft zurückgekehrt. Seine Frau habe sich von ihm scheiden lassen und lebe, wiederverheiratet, in Hamburg. Seine zweite Ehe

gebe ihm immer noch Schuldgefühle ein.
Aus meinem Eimer ergoß sich ein wenig schwarze Brühe über seine Schuhe, und ich setzte mit dem Schrubber nach. Der magere und sympathische Mann stolperte davon, während ich nochmal zu dem kleinen, weißen Sarg in dem Bettwinkel blickte, einsames Überbleibsel des Massenselbstmords.
Hinunter durch das verwahrloste Backsteinschloß und zur Straße, die das Dorf wie einen Kuchen teilte. Der Pfarrer begleitete mich bis zum Fluß.
»Hier sind Sie in Sicherheit.«
Personenautos und Lastwagen kamen langsam über die inzwischen freigegebene eine Hälfte der Brücke, bremsten vor dem steilen Anstieg und fuhren dann durch das enge Tal am Fluß entlang weiter.
Die grünen Neonleisten an der Wirtschaft zum »Hirsch« markierten den Fachwerkbau wie ein amerikanisches Zelt, und die Sägerei, Hammerschmiede oder frühindustrielle Lederfabrik am Wasser, blickte mit den Höhlen ihrer ausgebrannten Fenster herüber. Auf dem Geländer der Hilfsbrükke saß wieder der Geier mit gerecktem Hungerhals, während sein Meister im Sumpf des Ufers bei den Bauarbeitern umhergeisterte, mit roten Gummistiefeln an den Füßen.
Gunther Isaak Potsdam verabschiedete sich und sagte, ich könne ihn jederzeit erreichen.
»Morgenthau«, flüsterte ich fragend.
Er verstehe nicht, antwortete er. Im Zweifelsfall sei er zur Stelle.
Der Geier breitete die Schwingen aus, hob und senkte sie träge. Seine Krallen ließen noch nicht den Stegbalken los, nur sein Körper richtete sich auf, wurde größer und neigte sich nach vorn, um dann wieder in geduckte Stellung zurückzufallen, nicht mehr resignierend, sondern schläfrig lauernd. Die Federn seiner Flügel standen hochmütig ab, und nun krächzte er, ungeduldig erstickt, als liege ihm nur noch die Zunge quer oder zu dick im Schnabel.
Die Bauarbeiter klatschten Beifall und riefen, der Vogel habe

einen Vogel, im Feld gebe es Hasen, zur Not bekomme er ein Butterbrot.

Der Dorfarzt kümmerte sich nicht um sein Tier, hatte unten in der Baubude einen kleinen, tragbaren Fernsehempfänger entdeckt, den er begeistert schwang. Die verdreckten Kollegen, vertrauensvoll wie meistens Arbeiter zu Verrückten sind, ließen den Mediziner gewähren, achteten nur darauf, daß er in seiner morphinen Freude nicht ins Wasser fiel. Auch hinderte ihn der morastige Uferschlamm an zu großen Sprüngen.

Sie versammelten sich an der Leiter, die an der Brücke lehnte und auf der oben ein elektrisches, pausenlos pulsierendes Kreuz befestigt war. Während ich hinunterstieg, glaubte ich den Strom in der von Sprosse zu Sprosse geschlungenen Leitung rieseln zu hören, als hätten die Schwingungen Mühe, durch Knoten und Windungen zu eilen. Ein sarkastischer Ton schwoll an und verrann wieder, wie vermengt mit den stoßweisen Flugversuchen des Raubvogels.

In dem japanischen Apparat lief eine Sendung über die Toten in der Kiesgrube. In flimmernd körnigen Aufnahmen wurden die Felswände gezeigt, von denen sich nachts die verlorenen Kinder hinabgestürzt hatten.

Ein Sprecher, den man nicht sah, sagte, es sei rätselhaft, wie diese Jugendlichen, vergleichbar einer Räuberbande aus einem Schiller-Drama und sich ebenso rücksichtslos kriminell aus dem Land versorgend, überhaupt an glatten Wänden hinaufgelangt wären, um sich ins Verderben fallen zu lassen, so daß die Ordnungskräfte, die eine Katastrophe verhindern wollten, nur noch verstümmelte Körper einsammeln konnten. Elend und Tränen, doch es müsse nach den Ursachen gefragt werden.

Dann ertönte Musik, und die Lagerstellen wurden sichtbar, niedergebrannte Scheiterhaufen, aus denen zum Teil noch schwache Rauchfahnen stiegen, manchmal zur Seite geweht und zerstreut vom Wind.

Dort war ich gewesen und hatte mich mit den wenigen

Überlebenden nachts durch die Rinne des altrömischen Viadukts davonschwemmen lassen. Wo würde das Mädchen nun sein, das seinen Kopf unter der Plane in meinen Bauch gestoßen hatte, als wolle es zurück in einen Schoß? Und der Schäferhund, der verzweifelt seine Pfoten neben uns bewegte und mich überholte, war er aus dem Wasser gerettet worden oder gab es ihn nur noch irgendwo auf einem Acker als Kadaver, dessen Ruhe den Geier, falls es ihm aufzusteigen gelang, anlocken würde? Berichte von Offizieren und Mannschaftsgraden folgten, wie sehr sie sich angestrengt hätten, leise und vorsichtig am Rande der Schlucht aufzufahren und sich einzeln abzuseilen, um keine Verwirrung zu stiften, damit Leben gerettet werden konnten, aber alles habe nichts genützt. Von über hundert Arbeitslosen seien nur zehn, schwer verletzt, geborgen worden.
Die Bauarbeiter sagten, man hätte mit Prügeln und brennenden Ästen die Uniformierten in die Flucht schlagen können. Wenn sie dabeigewesen wären, hätten die Herren sich gewundert.
Gleich darauf gingen sie auseinander, hoben Latten und zerbrochene Verstrebungen auf, einen Hammer, eine vergessene Bohrmaschine, ein Peilgerät, das wichtig gewesen war, als der Spannbeton erst verschalt wurde und die neue Brücke noch nicht nackt im Licht des Tals sich wölbte.
Der Arzt, in dem das Aderngift rasch an Wirkung verlor, stürzte plötzlich wie ein Brett auf den Rücken, eingebettet in den weichen Schmutz. Starr nach oben blickend mit ausgebeulten Augen, regte er sich nicht mehr, und um seine Lippen entstand ein furchtsam liederlicher Rand, als würde alles Blut aus den Öffnungen seiner zerknautschten Kleidung fließen. Das japanische Gerät lag auf seiner Brust und schickte dröhnende Bilder gegen den Himmel. Der Ausgang der Kiesgrube kam in Sicht, wo Fahrzeuge standen, zum Teil mit aufmontierten Maschinengewehren.
Während eines langsam vorrückenden Schwenks kletterte ein junger Offizier aus einer Luke, sprang gemessen ab und ging

aufrecht, als wüßte er, daß er beobachtet wurde, zu einer der erloschenen Feuerstellen, nahm eine noch glostende Kistenseite hoch, auf der in Großbuchstaben deutlich BANANEN AUS PANAMA zu lesen war. Lächelnd warf er das angesengte Teil zu Boden und wandte sich dann zur Kamera, um zu sagen, daß er sich der Verstümmelten erbarme. Sein kurzgeschnittenes Haar stand in Säumen über Stirn und Scheitel ab.

Der Dorfarzt begann, sich zur Seite werfend, während der kleine Fernsehapparat mit der Bildscheibe nach unten in den Dreck fiel, unvermittelt schwarzen Schlamm zu essen, gierig, als habe er mehrere Mahlzeiten ausgelassen. Ich wollte ihn daran hindern, aber meine Hände bekamen keinen Halt. Einmal spürte ich seinen Magen, der unter dem Hemd unregelmäßig hervorsprang und wieder flach wurde, wie Atemstöße.

Die Sendung änderte sich. Stimmen von Politikern und Kriminalfachleuten, gurgelnd von einem Sprecher im Apparatesumpf angekündigt, waren zu hören, daß die Lage der Nation gefährlich, aber noch zu retten sei. Die Großaufnahmen dazu konnten wir nicht sehen, außerdem wand sich unser Patient hin und her, verlangte nach einer Spritze, die wir nicht hatten. Ich riet ihm, in seinem ausgetrockneten Schwimmbad nachzusuchen, vielleicht entdecke er ein vergessenes Besteck. Zwei Bauarbeiter, unförmig in ihren Latzhosen, hielten störrisch triefendes Lederzeug hoch, das sie aus dem Fluß, der wie der Ort hieß, an Land gezogen hatten. Es war die Hose von Brigitta Ludmilla Herold, der arbeitslos gewordenen Landschaftsarchitektin.

Die beengende Kleidung abstreifend, war es ihr hoffentlich gelungen, sich aus den Strudeln des Viadukts zu befreien, und sie stampfte seither mit Charly frierend über die Felder, an Dörfern vorbei, die beide nicht betreten durften.

Der eine Betonierer sagte, man dürfe die Hose nicht am Ofen trocknen, sonst gehe sie ein und bekomme außerdem Risse. Der andere meinte, man solle den nassen Lappen wieder ins

Wasser werfen, er passe nicht, sei zu eng.
Die beiden konnten sich nicht von ihrem Fund trennen, trugen ihn in die Baubude, kamen zurück und schleppten, begleitet von ihren schweigenden Kollegen, den elenden Doktor an Händen und Füßen auch dorthin.
Ich duckte mich, da durch das Flußtal der frei gewordene Geier niedrig herabkam, mit unsicheren Flügeln flatternd und noch nicht der tragfähigen Luft vertrauend. Sein Kreischen und Kollern klang furchtsam, aber dann beschrieb er Bögen, fing sich und stieg höher, immer mehr dem Berg zu, was mich in Aufregung versetzte.
Ich müsse gehen, sagte ich.
»Erst wenn du den verlorenen Nagel geholt hast«, sagte der Vorarbeiter, der Dünnste dieser von Schlamm bespritzten Gruppe.
»Wo«, fragte ich und wunderte mich, daß ein einziger Nagel wichtig sein sollte, obgleich die Zimmerleute beim Verschalen zehntausende verbraucht haben mußten. Er stieß mich über die Leiter hinauf, wo oben das elektrisch betriebene Warnzeichen noch immer blutigrot schwoll und wieder dunkel wurde. Die Brücke war leer, zur Mittagszeit gönnten sich Verkaufsfahrer und Vertreter eine Pause, so daß ich ungehindert über die frische Zementdecke gehen konnte. Der Geier kehrte noch einmal zurück und setzte zu einem Sturzflug an, übermütig wackelnd, dann erneut auf Höhe steigend.
Nun sei es genug, sagte ich.
»Sachte, Männchen«, erwiderte mein Begleiter, schritt voraus.
Ich hob einen kleinen Nagel auf und, als ich ihn in den Mund steckte, schlug er wie eine eigenwillige Kompaßnadel aus. Es drängte mich, der angezeigten Richtung zu folgen, da jedesmal, wenn ich einen anderen Weg nehmen wollte, der Nagel entgegengesetzt in meine Backe stach.
Die Dorfstraße entlang eilend, sah ich das Wirtshaus »Krone«, doch ich konte nicht stehenbleiben, die versprochene, ferne Idylle verlangte nach mir.

In der verstaubten Bäckerei, die kein Brot mehr lieferte, mochte die Maus hinter dem Schaufenster auf einer der Waagschalen sitzen und geruhsam zusehen, wie die andere Hälfte oben verharrte, während die krebskranke Frau im Haus verstarb. Weiter weg, wo das Sträßchen sich zu dem Neubaugebiet und dem schönen Fachwerkhaus des Anwalts hin gabelte, kam mir kein erschöpfter Siedler mehr entgegen, der nach einem Wortgefecht in Tränen ausgebrochen wäre. Unter dem ausladenden Baum, bevor die Krüppelkiefern zwischen den Felsen begannen, holte ich wieder Kraft. Bienen schwirrten wie geometrisch winklige Geschosse umher, Libellen schwangen sich im Takt der vom Wind bewegten Gräserspitzen auf und ab, und kleine, flockige Bällchen, losgerissene Blütenstengel oder gefiederte Knospen von alpinen Hungerpflanzen, trieben durch die zunehmend stürmische Luft.

Nach einem kurzen Marsch auf dem Grat angekommen, sah ich am äußersten Ende einer Felsennase ein graziles Flugzeug, die fast durchsichtigen Schwingen wie ein gerade ausgeschlüpftes Insekt zum Trocknen ausgebreitet. In der geöffneten Kanzel saß ein junger Mann, der mich ungeduldig begrüßte, als habe er schon lang auf mich gewartet.

»Einsteigen«, sagte er.

»Mein Traum«, sagte ich, »aber mir wird schwindlig.«

»Hast du ein Vesperbrot dabei?«

Ich hatte keins.

»Gut, dann lande ich vor der Dämmerung, obwohl ich nach Italien will. Ab vier, fünf Uhr bekommen wir sowieso zu viel Kaltluft. Vielleicht erwische ich einen Heißluftballon für die nächste Strecke.«

Als ich hinter ihm saß, eingezwängt zwischen Gurten, Streben und der sich verletzlich anfühlenden gespannten Haut des zerbrechlichen Apparats, sagte er, er heiße Asse Lieberstein. Während er sich nach mir umdrehte im Sitz, schlug ihm seine Frisur um sein Gesicht wie die von Prinz Eisenherz, als seien seine Haare ein Helm. Er bediente den Steuerknüppel

zur Probe, schaute auf seine Instrumente, die, wie ich feststellte, genau dieselben waren wie bei mir im zweiten Teil der Kanzel und deren Nadeln noch stillstanden.
»Also los«, befahl er.
»Wie denn«, fragte ich. »Du hast doch keinen Motor?«
Es sei eine Sache des Vertrauens, antwortete er.
»Wie bist du überhaupt hierhergekommen?«
Sie hätten die Teile der zerlegten Maschine einzeln heraufgetragen, behauptete er, und dann oben, wo genügend Wind vorhanden sei, zusammengesetzt, für ihn eine Kleinigkeit, er kenne jede Schraube, jedes verleimte Stück, habe das Flugzeug allein in Sonntagsarbeit hergestellt und schon erprobt. Ich müsse keine Angst haben.
Er schob die Wölbung des Dachs nach vorn, das mit einem endgültigen Flüsterton einrastete, und betätigte die Pedale. Hinter mir schwenkte das Schwanzruder hin und her, hoben und senkten sich Flügelklappen, und dann, während mein Magen selbständig wurde, jagte das Gefährt mit einem Ruck über die Gebirgsmasse, neigte sich nach vorn, stürzte ab, doch fing sich, an Fahrt gewinnend, kurz vor dem Aufprall im Tal wieder, wie ich es als konvexes oder konkaves Bild der sich dehnenden Landschaft im Himmel des Dachs sah.
»Nochmal«, rief der Pilot.
Wir neigten uns, so daß die eine Flügelspitze entlang des Bergs fegte, eine Rille hineinzukratzen schien, und bei einer scharfen Wendung, die mich zusammenstauchte, so daß ich nicht mehr vergleichen wollte, sondern nur noch die Steuersäule vor mir umklammerte, hoffte ich allein, daß wir oben bleiben würden, trudelnd oder kriechend, indes die Geschwindigkeit zunahm.
«Gewonnen«, schrie Asse Lieberstein. »Wir fliegen!«
Er löste eine Hand vom Knüppel und reichte mir über die Schulter eine Bierflasche, aus deren Öffnung kranzförmiger Schaum rann. Ich trank und wollte das Seitenfenster aufschieben, doch es ließ sich nicht entriegeln. Zwischen meinen Beinen rollte die Flasche, sich endgültig entleerend, noch lang

hin und her. Allmählich traute ich mich, hinunterzusehen, während wir, begünstigt von der Wärme des Tals, in engen Kehren höher kletterten.
Plötzlich fing Asse Lieberstein zu niesen an und rief: »Zugluft, Flugsamen, eine Allergie!«
Mit einem Ruck spürte ich, daß er die Steuerung der Maschine zu mir geschaltet hatte, obwohl ich nicht wußte, wie sie zu bewerkstelligen war. Ein Krachen und Stöhnen erfolgte in den Schwingen, schon glaubte ich, sie brächen entzwei, aber sie gaben sanft nach, spreizten sich wieder, und ich, Johann Jakob Weberbeck, weiterhin in meinem Traum verfangen, fing den Knüppel zwischen meinen hochgestellten Knien zu bewegen an, versuchte die Pedale niederzutreten und mit den Schuhspitzen wieder zu heben im Anblick der Landschaft, die, wenn sie flach wurde, uns gehörte, im Augenblick des Umkippens überlegt ausgeglichen werden mußte. Welche Freude, darüber zu gebieten!
Endlich gewahrte ich auch, weshalb wir überhaupt hatten starten können. Unten am Fluß stand die Bevölkerung des Dorfes Wexrath, noch das Gummiseil in Händen, mit dem wir emporgeschickt worden waren. Ich wünschte mir, daß auch die Familie Schramm darunter sein würde, Charlotte und Jahn Heinz; Mäxchen-Moosmach, das Windelkind; Fritz und Egon-Lothar, die beiden Kochlehrlinge; Akropolis, die herzkranke Schwester; und Mära-Mära mit dem goldenen Gebiß, das einen Sprung bekommen hatte.
Prinz Löwenherz bewältigte seinen Anfall von Heuschnupfen und übernahm wieder das Steuer. Ein großer Vogel, vielleicht der Geier, der uns auch noch verabschieden wollte, zog nahe über uns hinweg, gepeitscht vom Sturm mit gesträubten Flügeln wie zorniges Gestrüpp.
Dann umfingen uns dichte Wolken, die undurchdringlicher wurden, unförmige Riesengewächse, auf denen wir von Stapel zu Stapel weiterhasteten in unserem Spielzeugapparat, geblendet von einem scharfen, flachen Licht und geschüttelt von Wirbeln und Böen.

Einst, als ich zum ersten Mal in einer Verkehrsmaschine saß, hatte ich mir vorgestellt, man sollte die Luken aufsprengen und hinaustreten auf die weißen Teppiche, um wie Jesus darüberzugehen. Es wäre mir selbstverständlich gewesen, daß sie standhielten und, von Lücke zu Lücke springend, unter denen sich verlockende Bläue auftat, wäre ich als Däumling durch Kissen und Federberge geturnt, wagemutig immer größere Distanzen überwindend voll Gesang.

Jetzt aber, in einem Segelflugzeug, das getreten, gepackt, zur Seite gerafft und taumelnd wieder hinaufgestoßen wurde, so daß jeder Ruderschlag der Flügelklappen umsonst schien, wollte ich nur noch meinen Sessel behalten.

»Die Instrumente gehen nicht mehr«, rief mein Pilot.

Die Nadeln bewegten sich zitternd vor Null, als sei der Erdmagnetismus erloschen, auch der Anzeiger für Geschwindigkeit war ausgefallen.

»Wohin«, schrie Prinz Eisen- oder Löwenherz.

»Nach Morgenthau! In die Idylle!«

»Ich kenne den Kurs nicht!«

»Norden! Weg vom Gebirge, ins Land hinein zur Industrie!«

»Warum«, rief er. »Dort war ich noch nie! Alles überfüllt, selbst die Luft. Wir kommen nicht durch!«

Der kleine Nagel in meinem Mund, den der Schluck aus der Bierflasche nicht hinweggespült hatte, machte sich wieder bemerkbar, pochte gegen den Gaumen in eine Richtung, die entgegengesetzt unseres derzeitigen Flugs lag.

Asse Lieberstein versuchte, die Maschine zu drehen. Ob es ihm gelang, ließ sich nicht feststellen, doch der Kompaß in meinem Mund trieb es immer toller, sprang hin und her, stach auch in ein Zahnloch und blieb eine Weile darin stecken. Als ich den Stift endlich aus seinem Gefängnis befreien und ausspucken konnte, waren wir in der Wolkenlosigkeit angelangt, die sich, nicht mehr unterbrochen von regnerischen Schichten oder metereologisch feindlichem Gewölle, bestürzend leer auftat.

»Dort«, sagte Asse Lieberstein laut. »Wir haben es geschafft! Kaskaden und Nepomuks.«
Was das heiße, fragte ich, während die Landschaft unter uns deutlicher wurde, aufgeteilt in Wälder, Seen, Äcker und Wiesen, in sich geschlossenen Dörfern und den Adern der Straßen dazwischen gleich einem endlosen Zellverband.
»Die Katarakte sind Warmluft«, sagte er. »Die feuchten Heiligen tun uns nichts, weil es noch nicht Abend ist.«
Der bibelhafte Apparat, in dem wir wie zwei geschrumpfte Mehlwürmer saßen, schickte von den Flügelspitzen wieder seine sausend hellen Töne her und, auf den Kämmen von Windwällen dahinjagend, wurde die Fahrt immer schneller. Der Steuerknüppel blieb senkrecht, die Pedale mußten mit beiden Füßen niedergehalten werden, die Instrumente waren auf roten und schwarzen Ziffern angelangt, und mein Nägelchen lag am Boden der von Sonne erglühten Kanzel, wurde nicht mehr als Hilfe gebraucht.
Rechts von uns, im Norden, da wir in striktem Winkel auf trotz des Frühsommers noch schneebedeckte Alpengipfel zuflogen, türmte sich ein Wolkenpferd auf, das in seinen Dimensionen immer größer wurde, unabhängig von jeglichem Wetter. Dahinter lockte, dessen war ich mir sicher, die versprochene Idylle.
Ich schrie und bat, das Steuer herumzuwerfen, doch Asse Lieberstein sagte, daß er froh sei, die meisten Gefahren überwunden zu haben. Als Gast müsse ich mich bescheiden.

5.

Nach ein oder zwei Stunden Flug, wie angesaugt von den Alpen durch eine strömungsgünstige Hochgasse zwischen Wolkenpfeilern, und die Stadt München weit hinter uns lassend, landeten wir auf einem gelben, von Löwenzahn übersäten Feld.
Die Nase der Maschine tauchte, nachdem wir ruckweise tanzend heruntergekommen waren in dichtes, hohes Gras, das rauschend über uns zusammenschlug und die letzten Stöße über dem Boden abbremste, bis wir stillstanden. Langsam neigte sich ein Flügel und stützte sich mit der Spitze auf.
Wir seien angekommen, verkündete Asse Lieberstein. Dort drüben liege die Wieskirche. Bis auf einen Kilometer Distanz habe er das Ziel erreicht. Er brauche sich seines frischen Pilotenscheins nicht zu schämen.
In der eingetretenen Stille wurde mir hinterher brennend klar, daß Prinz Eisenherz ausgerechnet mit mir zum ersten Mal eine so große Entfernung zu segeln gewagt hatte. Bienen und Mücken summten um unsere Köpfe, als er das Kabinendach zurückschob, betäubender Geruch und Erdenschwere hielten uns noch auf den Sitzen fest.
Ob das die Idylle sei, fragte ich.
»Nein, der Sammelplatz.«
»Bist du auch Kurier?«
»Ich nehme einen Pilgerbus und mache mich dann unsichtbar. Den Vogel habe ich gestohlen. Bis morgen wird ihn die Polizei entdecken. Er gehört einem Bastlerverein.«
»Und ich«, rief ich.
»Hol dir eine Kuh und reite als Büßer zur Kirche.«
Er stieg aus, schüttelte seine helmartige Frisur, gab mir die Hand und watete breitbeinig durch das tiefe Gras davon.
»Asse Lieberstein!«
Keine Antwort, er wandte sich auch nicht mehr um, und in

dem Maße, wie er an dem sanft geneigten Hang kleiner wurde, nahm das Getöse der Stechfliegen und neugierigen Libellen aus einem nahen Tümpel zu, die sich auf den in der Sonne heißer werdenden Bespannungslack des Flugzeugapparates stürzten, berauschend fremde Nahrung für sie.
Kühe gab es keine, sonst wären wir an diesen Hindernissen zerschellt. Ein Lämmerwölkchen, das sich einsam über einen Waldfleck neigte, wurde von Aufwind erfaßt und zerteilte sich stumm, war bald nur noch eine Ahnung, die dann auch zerfloß.
Die Auswahl der Eindrücke sollte mich retten, so daß ich mich, genügend geschrumpft, am liebsten in den Grasschluchten verkrochen hätte, wo aber Unholde lauerten, Ameisen, Raupen und Tausendfüßler, gefräßig durch die Schachtelhalme brechend, und die Kreuze auf dem Rücken der Käfer wären zu Zeichen der Inquisition geworden, drohend auf mich zuschwankend. Insofern gab es immer noch keine Herberge, sondern es blieb nichts anderes übrig, als ebenfalls davonzulaufen.
In dem Waldstück, einer pedantisch ausgeholzten und in schnurgeraden Reihen angepflanzten Versammlung von dünnen Stämmen, deren rotbraune Rinde wie gewaschen und gefönt aussah, hörte ich Orgeltöne auf- und absteigen, dann anschwellen. Die Melodie, die allmählich durchdrang, abgelöst von Baßtrauben und nachfolgendem Zwitscherjubel, gefror mir auf dem nassen Rücken. Es war ein Lied von Paul Gerhardt, Mitte des 17. Jahrhunderts: »Geh aus mein Herz und suche Freud«, in dem auch von Narzissen und Tulipanen die Rede war, hochbegabten Nachtigallen, sowie schattenreichen Myrthen.
Als ich aus dem Dunkel trat, erblickte ich die Kirche, ein mit weißen und gelben Farben luftig verzierter, muschelförmiger Bau, dessen Glockenturm und Kuppeldach jeden Augenblick sich selbständig emporzuheben schienen.
Auf einem von Traktorreifen gefurchten Pfad zwischen Stacheldrahtzäunen fiel mir der 7. Vers des berühmten Lieds

ein. Ich sang ihn laut, um mir Mut zu machen:
»Der Weizen wächset mit Gewalt, / darüber jauchzet jung und alt / und rühmt die große Güte / des, der so überflüssig labt / und mit so manchem Gut begabt / das menschliche Gemüte.«

Der Parkplatz vor der Kirche stand voller Autos, doch niemand war zu sehen. Auch Andenkenhäuschen, links und rechts gleich stummen Pförtnern neben dem Anfang der geschwungenen Treppe, die zum Portal hinaufführte, enthielten kein Personal. Ich hätte von den aufgeklappten und überkrusteten Läden dreidimensional schimmernde Glimmerpostkarten, in Plastikhüllen und -kugeln eingebettete Heilige, Wegwartzeichen, Edelweißkönige, Riechfläschchen und Weihwasserbeutelchen pflücken können.

Eine aus Sicheln und Ähren ragende Jungfrau Maria, deren karmesinroter Schmerzensglanz von einer Batterie gespeist wurde, die unter dem rechteckigen Altärchen hing, strahlte betörend. Als ich sie berührte, erhielt ich einen Schlag gegen die Hand, sei es, weil die Elektrizität zu stark und nicht geerdet war oder weil das Sinnbild sich gegen einen Protestanten wehrte.

Nun hatte ich keine Furcht mehr, hinaufwandelnd über die niedrigen Stufen und eintretend in die Kühle, die mich mit einem Choral empfing. Gleich am Eingang mußte ich mich durch eine Schar alter Frauen drängen, die unablässig mühsam knixten, Kreuze über ihre schwarzen Tücher schlugen und mir mit überlaufenden Augen bedeuteten, ich müsse dasselbe tun.

Ich tauchte den Finger in ein lauwarmes Becken und benetzte mich, die christliche Formel über mich tupfend, dann erstarrte ich. Quer aus einer in sich verdrehten Säule hob sich eine empörend übermannshohe Figur, deren Steingewänder und ausgestreckten Glieder so halsbrecherisch aller Balance ledig in den Raum hineinflatterten, als brächen sie gleich ab.

Es war der Evangelist Matthäus, wie ich auf einer Tafel las, die er in der Hand hielt. Darunter entfaltete sich eine Perikope,

ein Ausschnitt der Bibel, in Lateinisch gemeißelt.
Gedrängt und geschoben, wobei ich zweimal glaubte, auch ins Hinterteil gezwickt zu werden, gelangte ich nach einem Viereck aus himmelemporragenden, fuchsfarbenen Pfeilern mit Goldborten um die Kapitelle unter ein Gemälde, das, riesengroß und in seinen perspektivischen Verhältnissen, fortwährend auf den Betrachter herabstürzen wollte.
Es handelte sich, dem Ausdruck und den Ingredienzien nach, um die heilige Familie, umwallt von grimmig schiefen, vor allem erdig feurigen Falten, in ihrer Mitte das Jesuskind hochhaltend, das zu dick war, was damals vor zweihundert Jahren, als das Bild gemalt wurde, Überlebenschancen bedeutete. Zum Beispiel ließen sich Fürsten aus dynastischen Sorgen stets in ihrer ganzen Körper- und Uniformfülle darstellen.
Noch tiefer in der Menge und da ich nicht mehr weiterkam, kniete ich an der Ecke einer Bank nieder. Vor mir beugte sich eine in violette Schleier gekleidete Frau, eingerahmt von regungslos stehenden, weiß umhüllten Kindern mit schlanken Kerzen in der Hand, immer wieder vor, bis sie schließlich abwärtssank. Ich wollte sie auffangen, aber sie lagerte sich, von Schluchzern geschüttelt, direkt vor mich, so daß wir uns berührten.
Aus den von Stuck umkränzten Fenstern, die an der Decke wollüstig in einem erstarrten Wasserfall von Gipsallegorien und Putten staken, brach Licht. Erneut stimmte die unsichtbare Orgel ein Lob an, das Abschied und lockenden Schmerz verhieß. Ein feiner Geruch von Weihrauch und Myrrhe rann durch den Raum.
Vielleicht war es nur Harndrang, der mich zwang, doch auch Anbetung und zugleich Protest stritten miteinander. Ich vergaß mich. Die erhabenen Kinder im Blick, rutschte ich noch näher, bis ich Widerstand fand, der leise vor Ergebung zitterte. Ein Chor stimmte eine Chylusweise an, was auch fetthaltige Darmlymphe heißen konnte oder resorbiert austretender Speisebrei, während die Furche unter den Spitzen

sich zu wölben begann, obgleich sie ihren Gegner nicht kannte. Und ich, verzaubert von Chorälen und Dampf, flüsterte Ergebenheitsadressen, während, Gottseidank, mein Reißverschluß nicht aufsprang.

Wir kennen das stürmische Verlangen dunkel vereister Gemälde von Velazquez, dessen Gestalten den Bildrand entzweibrechen möchten, doch kurz vorher aus Erschöpfung erstarren.

Die Dame erhob sich in Andacht, und ein alter Mann, mit einem steifen Hut auf dem Kopf wie ein Jude, machte ihr Platz neben sich in der Bank. Die Kinder gingen durch eine sich öffnende Gasse.

Aus der unsichtbaren Orgel stürzte ein neues Lied herab, dem sich die Gemeinde anschloß. Es hieß: »Vor deinen Thron tret' ich nun Gott / und ich dich demütig bitte. / Wend' doch dein Angesichtlein vor, / verfolge meine Schritte.« – Text, laut Gesangbuch, apokryph, 17. Jahrhundert, Melodie ebenfalls von unbekanntem Verfasser.

Einzigartig war die darstellerische Mannigfaltigkeit der Figuren, die Mauern und Pfeiler, Kanzel und Seitenaltäre wie goldenes, von Nebelfetzen und blauen Himmelstrichtern durchsetztes Gewölk bedeckten. In einem Spalt lauerte eine nackte Pausbacke und stocherte mit einer Lanze nach einer anderen, und dieses Engelchen weiter unten, knapp auf einer Balustrade sitzend, hatte alle Hände voll zu tun, die vom Pfingststurm auseinandergeblasenen Stucktücher zusammenzuhalten.

Pfauen hüpften, ein Bein angehoben, über Friese, hielten sich lustvoll krümmende Ringelwürmer im Schnabel; ein geschuppter Eber rammte mit dem Kopf gegen eine verschlungene Tür, dem Innern einer Rosenblüte, die sich nicht öffnete; ein Mönch, gemalt oder aus farbigem Gips, schwang sich mit aufstiebender Kutte über einen Bach, der sich durch Schnörkel, die einem Gebüsch glichen, schlängelte; und Flammen des Paradieses oder der Hölle leckten hinter kunstvollen Gittern an den Wänden zur Dachwölbung empor, so daß der Betrachter sich unwillkürlich duckte, als höre er das Brausen von Feuern.

Als ich mich in dem Gewoge umwandte, um endlich die immer noch vielstimmig brausende Orgel zu entdecken, sah ich in das Gesicht eines Köhlers oder funkelnden Waldschrats. Der Mann drängte auf mich zu und sagte, ich solle hinter den Altar gehen, Polizei kontrolliere.

Ich wollte erwidern, niemand suche mich, es sei ein Irrtum, doch der Kerl trat mir auf die Füße, dann, als ich schwankte, stieß er mich vorwärts.

Frauen, in der Überzahl, teilten Püffe aus, stellten sich auf Zehenspitzen, und die violett Verschleierte kreuzte nochmal überraschend meinen Weg, den mir der Köhler bahnte. Es war eine ältere Dame, die nur ein Zyklopenauge zu haben schien, das zornig unter der Verkleidung hervorspähte. Ihr ehemals zierliches Antlitz, nun vogelartig zugespitzt, mochte ein Verkehrsunfall oder eine Flugzeugkatastrophe verunstaltet haben. Das porzellansteife Gebiß stand vor, und über Stirn, Wangen und Kinn liefen die winkligen Nähte angepflanzter Ersatzhäute mit zahllosen Haarrissen wie eingetrockneter Bewurf.

Ich stammelte eine Entschuldigung, und die Dame versetzte mir einen Schlag, der auch jemand anderem gelten konnte.

Vor dem tiefen und in sakramentaler Pracht schwankenden Altarschiff standen im Oval mehrere Reihen kommunionweiß geschmückter Kinder, deren kerzengerade Andacht den Ansturm der Gemeinde aushielt.

Wir müßten zu den Votivregalen, hörte ich den Köhler beflissen sagen.

Ich wollte verweilen, denn jenseits der Myrtenkränze, starren Kinderhälschen und Puffärmel, wurden Elektrokarren aus Chromnickelstahl sichtbar, wie Spastiker sie verwandten. In einem saß der Sohn des Einstellungsbeamten aus dem Autowerk, Alexander Sellner, dem wir Bleigewichte um die Gelenke geschnallt hatten, damit er besser die Tasten seiner elektrischen Schreibmaschine traf.

Der Waldschrat ließ nicht ab, zerrte an mir und teilte rücksichtslos die Menge, die sich nicht um ihn kümmerte, als sei er bekannt, vielleicht Mesner dieser Barockanlage, und er war erst zufrieden, nachdem er mir zwei wie blind gewordene Aluminiumkrücken in die Hand gedrückt hatte, die aus der frühen Nachkriegszeit stammen mochten.
Ich solle sie benützen, sagte er.
Wir lehnten an Regalen, in denen Prothesenteile, Glasaugen, verstaubte Wachsfinger, Perücken und merkwürdig zugeschnittene Hosen mit Gummizügen an den Schäften lagen, die irgendein Körperelend eingedämmt haben mochten.
Der vierschrötige Kalfaktor zeigte auf eine mit Eisenknöpfen beschlagene Pforte neben einem Marmorbecken, über dem eine klobige Steintaube, unförmiges Gefieder ausbreitend, ihren kurzen, dicken Schnabel aufriß.
»Dort hinein, dann über den Korridor hinauf bis zur Purpursakristei. Wer rutscht, genießt Komfort.«
Trotz der düsteren Andeutung meines Führers, der mich abrupt verließ, hätte mich niemand von der Stelle gebracht, da ich mich in den alten Versehrtenstützen so weit aufrichten konnte, daß ich über die Köpfe hinweg endlich die Runde der Rüttler und Schüttler sah.
Es handelte sich um eine Massenhochzeit von Spastikern in einer katholischen Kirche im Mai, seitdem es kaum mehr beschädigte Veteranen gab, an denen Wunder wirksam geworden wären.
Neben jedem Karren stand ein festliches Mädchen, das die Hand seines Schützlings festhielt, und alle lagen wie mein Freund Alexander, bleich und dünn in ihren Elektroverliesen, besänftigt von den geübten Griffen der jungen Frauen.
Zwei fielen mir besonders auf. Beide gehörten zu den Stammgästen der verwahrlosten Leimfabrik, in der ich auch einmal Zuflucht gefunden hatte, dem Freizeitzentrum. Der eine, ein vital Bärtiger, thronte in einem elektronisch glühenden Monstrum an Fortbewegung, das mit dem üppigen Zierat der Kirche korrespondierte; die andere Person war diese zwei-

fach amputierte Frau, die mir im rückwärtigen Bügelzimmer ein Spendenhemd angemessen hatte. Hinter ihr beugte sich jetzt ein Jüngling in einem grünen Samtanzug vor, der, ein sich selbst vergiftender Idealist, wie im Morast seiner Hingebung versank. Nur noch sein Haar sprühte gleich einzelnen Grannen.

Über teppichbelegte Stufen aus dem Schiff der Kirche, vor dem ein strotzender Altar voller Gemälde, goldener Strahlen und Blätter sich auftürmte, kamen junge Diener herab, die rauchende Kessel schwenkten und Glöckchen an Ketten läuten ließen. In ihrer Mitte taumelte ein überladener Priester, geführt von zwei Mönchen, der das umwucherte Meeresauge aus einer Korallenbank hochhielt und laut auf Lateinisch psalmodierte. Die Mädchen neben den mit ihnen zu Vermählenden gingen in die Knie und senkten Palmzweige, echte oder täuschend ähnliche aus Plastik, über die Köpfe ihrer Gefährten, die, wie auf ein Kommando, ihre elektrisch bewegten Karren auf den Priester zulaufen ließen, bis sie ihn völlig eingekreist hatten. Er teilte Hostienblätter aus und achtete darauf, daß Ringe richtig an Finger gesteckt wurden, was schwierig war, da die erregten Glieder, obgleich von den Mädchen energisch geführt, oft danebenstießen.

»O Jesulein süß, o Jesulein mild, / deins Vaters Will'n hast du erfüllt; / bist kommen aus dem Himmelreich, / uns armen Menschen worden gleich . . .«, verkündeten von der Empore die Orgel und ein Chor. In einem Gesangbuch, das mir in die Hand gedrückt wurde, so daß ich aus meinen Krücken absteigen mußte, las ich: Melodie aus Köln, 16. Jahrhundert, Text ebenda.

Eine ehrfürchtige Pause entstand, in der Harzdüfte und ferner Schweiß sich mengten. Doch aus dem entfachten Publikum, das hinter dem Kranz der Kinder sich ballte, lösten sich zwei, drei Gestalten, die sehr unauffällig aussahen. Umsichtig ruderten sie näher, links und rechts achtgebend, während ihre ausdruckslosen Gesichter größer wurden. Einer der geheimen Schergen befeuchtete mit dem Zeigefinger

sein flatterndes Augenlid, auf dem ein entzündetes Gerstenkorn saß.
Durch ein kreisrundes Fenster hoch oben zwischen Stützen und golddurchwirktem Laub schoß Licht, das, draußen von Wolken abgelenkt, in der Kirche wie ein Scheinwerferbündel umherstrich.
Gern hätte ich Alexander Sellner umarmt, der immer noch mit seinem Ehereif kämpfte, oder seiner mädchenhaften Frau, die sich vor resolutem Ärger in die Handknöchel biß, Mut zugesprochen, aber dafür war keine Zeit mehr. Ich ließ Krücken und Gesangbuch los und flüchtete durch die Pforte, die der rechthaberische Köhler mir gewiesen hatte.
Die Arbeiter und Architekten vor etlichen hundert Jahren, als diese Kirche zum Lob Gottes, auch für das der weltlichen Auftraggeber, reiche Äbte und Fürstbischöfe, erbaut worden war, mögen Gläubige gewesen sein, zugleich hatten sie jedoch Witz bewahrt. Es gab keine gerade Treppe, in Windungen breiteten sich durch das Gemäuer vielfache Schnekken aus, mal in Sackgassen endend oder hinauf in ein Ammonshorn führend, die Krönung einer tonnenschwer geschmiedeten Heiligengruppe, aus der ich dann betroffen in das raunende Kirchenschiff hinabsah, oder aber ich konnte kaum mehr aufrecht gehen, weil ein Durchschlupf, den ich fand, mit Schutt gefüllt war.
Je höher ich kam, glaubte ich nun, die Tritte der Kriminalbeamten auf Holz trampeln zu hören. Immer wieder mußte ich an Luken umkehren. Es war, als hätten die Baumeister ihrer Phantasie grimmig freien Lauf gelassen, denn auch Sesselchen, auf denen ich kurz Platz nahm, angebracht im händeringenden Seufzen einer statisch wichtigen Säule, stellten sich als Betrug heraus. Töchter, Söhne oder demütige Kebsen mögen einst dort oben, ihrem Rang gemäß, Zeremonien beigewohnt und sich über die schwindelerregende Tiefe gebeugt haben.
Dieser Teil abendländischer Geschichte war ein Irrgarten, doch noch immer lockte überwältigende Musik, und ich,

entlang einem Gesims, dessen Geländer auf- und abschäumte, hetzte auf das Portal zu, das mich schon beim Eintritt in die Kirche wie eine Himmelspforte begrüßt hatte.
Als ich dort ankam, über Gipsblenden und vergoldete Träger stolpernd, schlug ich umsonst an die Tür, die Flügel ließen sich nicht öffnen. Es war ein gigantisch in Rosa und belgisch Düffel die Flanken teilendes Gemälde, das Sprünge in der Maserung aufwies, Feuchtigkeitsflecken und Löcher.
Irgend jemand überholte mich. Es war eine Frau. Vor Männern wäre ich zur nächsten Balustrade hinabgekrochen, um über der Gemeinde mit einem Schrei loszulassen.
Die Seitenaltäre, zwischen deren Hauben ich oben umherlief, bestanden aus Holz. Offenbar war das Geld zur Neige gegangen, und Maler hatten nur noch mit Farbe marmoriert. Buße stellte sich in Form von Petrus und einer Frau dar, die ein blaues Gewand trug, unter dem sie litt.
Über eine kleine Leiter, deren Haltezapfen in den ausgeleiert bröselnden Dübellöchern hin- und herschlugen, stieg ich ab, endlich am Fuß der Offenbarung ankommend, aus der seit einer Stunde die Macht der Psalmen schallte.
Die Empore des Kirchenschiffs, auf der sich drei silberne Wälder von Orgelpfeifen erhoben, war leer. Ein Dachs, der sich irrtümlich vor einem natürlichen Feind hierher geflüchtet hätte, wäre von den langen Schallwellen der Bässe, die bleiern aus den aufgesperrten Mündern der Erzeugerröhren fielen, plattgewalzt oder von den Trillern und künstlichen Kastratenweisen pfeilschneller Oberstimmen zerfetzt worden. Zellflüssigkeit wäre ausgetreten.
Ich hielt das Dröhnen und senkrechte Jubilieren aus und hatte, im Anblick der verlassenen Orgel und die Mannigfaltigkeit verzweifelten Lobs im Ohr, den Eindruck, daß im Grunde die Entfaltung biologischen Reichtums auf unserem Erdball keine überquellende Muße an Gütern darstellen muß, von der wir uns ernährten. Es wäre vielmehr denkbar, daß die Genese sich gegen uns kehrte, daß jede Frucht, die wir ernten wollten, zu Degeneration wurde, jedes Tier, nachdem wir es

aufgezogen hatten, im Augenblick der Schlachtung sich für uns in Gift verwandelte. Das Absterben, Verweigern der Arten wäre, kosmisch gesehen, kein Fehler, stellte eher eine Erholung dar.

Und an die Millionen gelber Löwenzahnblüten denkend, draußen auf der Maiwiese vor der Barockkirche, wo ich im Segelflugzeug von Asse Lieberstein gelandet war, faßte ich wieder Mut.

Irgend jemand mußte, obgleich, trotz Gesang, kein Chor da war, wenigstens die Orgel bedienen. In einer der Höhlungen zwischen Pfeilern und krustigen Schmuckmotiven zeigte sich ein Gesicht, vielleicht von einem der Beamten, aber die Kirchen hatten doch einmal Asyl geboten?

Ein Knäblein faßte mich an der Hand. Es war blond, steckte in einem maßgeschneiderten Latzanzug, und sein Gesicht leuchtete, an den Schläfen und Backenknochen mit durchsichtigem Flaum bedeckt, wie ein praller Pfirsich.

Seine kleine, feste Hand zog mich fort. Wir gingen an einer Reihe stolzer Tonpfeifen entlang, aus denen es brodelte und fauchte, kamen an den Tretschlaufen eines Blasebalgs vorbei, der nicht mehr notwendig war, da das hochmütige Instrument inzwischen, wie alle, einen elektrischen Motor zu haben schien. Dann löste sich der Griff meines überraschenden Gefährten. Auf einer Bank vor fünf oder sechs übereinandergelagerten Manualen saß eine Frau, die ich kannte.

Das Knäblein legte den Finger auf die Lippen. Ich rief ihm ins Ohr, diese Dame hätte ich gesucht.

Es erwiderte nichts, konnte wahrscheinlich wegen der lauten Musik nichts hören.

Ich sah Hella Munz, jene reiche Frau, die auch ein Kind geboren hatte, gezeugt von Charly, dem Fabrikarbeiter, während Rosa, meine arme Freundin, sich mit dem gefangengenommenen Milliardär hatte begnügen müssen.

Umwallt von einem lohfarbenen Kleid wie eine biblische Figur bediente Hella die Orgel. Ihre spitzen, perlmuttfarbenen Finger flogen über die schwarzen und weißen Tasten der verschiedenen Stufen, und der Engelsknabe, sicher ihr Sohn, machte sich nun noch daran, zwischen ihren Füßen mit den Händen eifrig die Baßhölzer niederzudrücken, ohne auf das Notenalbum einen Blick zu werfen. Kein falscher Ton erklang.

Sie ließ die Tasten los, während die Pfeifen, Fugenchöre, Bombardons, Schalmeien und venezianischen Kastratenstimmen weitermusizierten, und rief, keine Angst, es sei ein genügend langes Tonband in der Abspielanlage!

Ich hätte sie entweder küssen oder schlagen sollen. Sie merkte meine Absicht, lachte wieder und hob die Hände vors Gesicht, schlang dann ihre Arme um sich, als müßte sie sich eines Ansturms erwehren.

Ihr Sohn sah mich mit seinen hellblauen Augen durch ihre scheinbar bloßen, doch teuer blaßbestrumpften Beine aufmerksam an.

»Der Prophet Jesaia«, rief sie. »Brich ihm einen Finger!«

Am Knick der Empore, wo ein Beamter mit einem Gitter kämpfte, über dessen Blattgoldpfeile er noch nicht hinwegkam, stand einer der vielen Heiligen, marmorkahl und zentnerdick.

Ich faßte nach dem Zeigefinger, der nicht abging, vielmehr als ich an ihm rüttelte, flüchtig zur Seite schwenkte. Eine Öffnung tat sich im Steingewand des alten Mahners auf, groß genug, um hineinzuschlüpfen.

Nun befand ich mich im Bauch des starrsinnigen Greises. Hinter mir schlug der Deckel wieder zu, und irgendeine testamentarische Verriegelung, die vielleicht mein eingelagertes Gewicht in Bewegung gesetzt hatte, schloß endgültig ab, so daß mein Verfolger sich umsonst mit seinem ganzen Gewicht an Jesaias Finger gehängt haben würde. Er brachte die Luke nicht wieder auf.

Zunächst blieb ich liegen, die Höhlung war eng und fremd. Bei der kleinsten Bewegung stieß ich an rauhe Wände, die verschieferten Magenzotten oder Darmschlingen glichen, als sei ich in ein Urwelttier geraten. Der häßliche Traum, erneut

in Gefangenschaft zu sein, preßte alle Nässe, die ich noch vorrätig hatte, aus mir, Tränen, Speichel und Urin.
Von weit her, aus teuflischen oder himmlischen Grüften, ließ sich Musik vernehmen, ein Ave-Maria oder ein bebendes Tedeum, das kaum mehr bis in das Verlies gelangte, dann eine Art Hochzeitsmarsch, der mit dem eiweißhaltigen Doppelhelix oder -motiv dem Massenselbstmord in der Kiesgrube und mit der haufenhaften Vermählung der Geringsten zusammenhing. Ich schwamm in meiner Röhre davon und schoß schließlich immer mehr abwärts, ins Freie, wahrscheinlich durch den stoischen After des Propheten.
Es erfolgte eine weiche Landung in der Purpursakristei, die mir der Köhler vorhergesagt hatte. Irgendwo war aus dem dicken Gemäuer diese verschwiegene Kammer gekratzt worden, belegt mit Polstern und die Wände mit gleichfarbigem Samt verhüllt. Oben, in einer kleinen Wölbung, brannte zutraulich eine von aufgedampftem Quecksilber halb verblendete Birne, als habe es verfügbare Elektrizität bereits im Barock gegeben.
Diese Birne machte mich zuversichtlich, erinnernd an das Licht auf den Nachttischchen von Kindern. Aus den zerbrechlichen Stromgefäßen ließen sich, bevor der Schlaf kam, stellvertretende Helden denken, die sich über Land und Städte bewegten, Schwierigkeiten durchleuchteten und Gefahren meisterten.
Auf den Polstern lagen verschimmelte Salatgurken, beinige Brotbrocken und ein Strauß verdorrten Wiesenschaumkrauts, gebunden mit schwarzer Litze.
Wer konnte hier gewesen sein und wann? Ein Flüchtling wie ich oder eine ganze Schar, die sich verstecken wollte? Die Überreste der Mahlzeit deuteten auf mehrere Personen hin, vielleicht Frauen, da meines Wissens gejagte Männer sich nicht mit Blumen als Trost befaßten. Außerdem mußte der Strauß aus dem Vorjahr stammen, denn der Mai hatte erst begonnen, Wiesenschaumkraut gab es in unseren Breiten nicht vor Ende dieses Monats.

Ich suchte nach einer Botschaft, wie ich es nun gewohnt war, einem Zettel oder der Ecke aus einer Zeitung, doch nichts fand sich. Die Pfühle rochen muffig, waren feucht. Daß ich in ein längst aufgegebenes Lustlager von Priestern und deren Anhängern geraten war, schien kaum möglich, die Nahrungsmittel waren noch nicht genügend verdorben.
Hinter dem Samt glitzerten die Köpfchen des Sickerwassers auf den Wänden. Die elektrische Birne über mir gab kein Zeichen, weder flackernd noch verlöschend. Und die Polster ließen sich mit den Fingernägeln nicht aufschlitzen, Stoff und Nähte besaßen die Festigkeit von Altarbehängen.
Schabend, suchend und verzagend kroch ich umher, dachte an das goldene Kügelchen, das mich schon einmal vermeintlich befreit hatte, sich nun aber in der Sanitätsstation der Untergrundbahn bei Brunhilde Regensburg, dem blonden Krokodil, befand, und schlief ein, zusammengekauert an einer weichen Biegung.
Im Traum hielt ich mich in einem Baum auf, einer knorrigen, in vielen Jahren über unserem Familiengrab emporgewucherten Thujastaude meiner Heimat.
Ich lag dort oben zwischen dichten Ästen, atmete den frischen Sterbeduft der zähen, kleinen Blätter ein, die auch im strengsten Winter nicht welkten, und fühlte mich wohl, als sei es selbstverständlich geworden, einer immergrünen Pflanze anzugehören, die viele Menschenleben überdauerte. Pro Jahreszeit blickte ich einmal um mich.
Leute kamen, begossen und harkten die Gräber oder standen in Andacht davor, gingen wieder, kehrten zurück, bedächtiger und gekrümmter, bis sie auch unter den Boden einkehrten. Bei ihnen waren zwei Kinder, die nicht älter wurden: ein großes, ein wenig watschelndes Mädchen mit einem altertümlichen Mozartzopf, das bei Unebenheiten des Kieswegs unsicher die Arme ausstreckte, und ein blonder Junge, der dürr war und seinen Kopf schief hielt, als lausche er umsonst dem Wind. Seine Begleiterin, die er ständig zu beschützen trachtete, redete in einer verstümmelten Sprache auf ihn ein.

Sie blieben auch vor uns stehen, der Thuja und mir, in der ich Herberge gefunden hatte. Der Baum und ich waren uns einig, daß wir nicht nur alle Sorgfalt, die weit über das Ende unserer Zweige und Hände hinausragte, auf diese Kinder verwenden würden, sondern daß ich aus meiner Höhe auch abspringen und die Thuja sich losreißen müßte von ihren Wurzeln, um das Schicksal dieser beiden vielleicht ein wenig beeinflussen zu können, bevor sie genauso verdürben wie ihre Eltern.

Ich erwachte, da mich jemand an den Beinen zog. Ein Bauer oder Knecht sagte, ich solle mich beeilen, hatte überhaupt keine Ehrfurcht vor der Purpurkammer des Barockgemäuers, und schleppte mich hinter sich her. Eine Schlaufe meines Hosenbunds blieb an einem Riegel hängen.

»Sperr dich nicht«, hörte ich den Kerl sagen.

Ich fragte, ob wir allein seien, doch es kam keine Antwort, denn nach einem neuen, mühsamen Durchschlupf, der nur wie für Zementaale angelegt war, stiegen wir ins Freie, oben auf ein von Jutebahnen verhängtes Gerüst am rückwärtigen Teil der Kirche, der renoviert wurde. Die Streben und Bretter schwankten.

Ich sei nicht schwindelfrei, rief ich.

»Unten wartet das Stückgut«, sagte mein Führer. »Wir sind schon spät dran.«

Und wie damals, als wir den geraubten Willy Quatander auf der Flucht vor der Polizei über ein Baugerüst getrieben hatten, kletterte ich über Leitern, hielt mich ängstlich fest und glaubte, gleich abzustürzen, obwohl ich nicht so kurzsichtig war wie der Milliardär, dem ich die Haftschalen aus den Augen gerieben hatte.

Unten angelangt, sagte der Bauer, sich zufrieden Spinnweben und Mörtelstückchen aus den Haaren rechend, daß ich der letzte Kunde sei.

Wir schritten durch eine Allee von Kastanienbäumen, deren unerschöpfliche Kronen zusammengewachsen waren und ein rauschend grünes Dach bildeten. Zwischen den Stämmen

fielen schräge Bahnen von Sonnenstrahlen herein, die den Glanz flockiger Löwenzahnblüten mit sich trugen.
Enten kreuzten schreiend und flatternd, als sei ihnen auf der Wiese draußen Schreckliches widerfahren, unseren Weg und wandten sich mit aufgesperrten Schnäbeln gegen uns, die daunenbewehrten Brüstchen kämpferisch geschwellt.
Ich dachte schon, der Bauer würde, da er es eilig hatte, mit seinen Gummistiefeln nach ihnen treten, doch er beugte sich zu den Empörten hinab, leis schnatternde Laute von sich gebend, die der feuchten Entensprache ähnelten. Er legte einen seiner dicken Arbeitsfinger besänftigend in Schnäbel, wobei er durch seine Hornhaut nichts spürte, falls er gebissen wurde.
Eine Gasse öffnete sich, und wir konnten weitergehen, hinter uns das Entenvolk, das mit ausgebreiteten Flügeln mitzuhalten versuchte. So zogen wir am Ende der Allee in ein Gehöft ein, das hufeisenförmig aus einem mehrstöckigen Wohnhaus und zwei niedrigen Wirtschaftsgebäuden bestand. In der Mitte des gepflasterten, blank gefegten Hofs wartete ein Sattelschlepper.
»Einsteigen», befahl der Bauer oder Fährmann. Ich wollte zur Kabine, aber er sagte, sie sei besetzt und ließ an der Rückfront des Transporters eine hydraulische Klappe herunter, über deren Querleisten er mich emporschob.
Allmählich bereitete mir die verschwörerische Methodik, von einer Falle in die nächste zu gelangen, Vergnügen, ja Schadenfreude, denn unaufspürbar für beflissene Staatsorgane durchquerte ich das Land, obgleich es meine Aufgabe gewesen wäre, als Kurier das Freundesnetz wiederzuknüpfen, doch anscheinend hatte es nie völlig zerstört werden können.
Diese Halluzination atmete ich in einem erneut drangsalischen Kirchendunkel ein, das allerdings von Stallgeruch durchsetzt war. Ich befand mich, kaum zu glauben, unter lauter Kälbern.
Der Lastwagen ruckte an, zog, in schneller Folge geschaltet, was sich jedesmal wie ein Holperschritt auf einem Tanzboden

auswirkte, davon und beschrieb eine lange Kurve, die mich gegen Leiber preßte.

Köstlich die Wärme und Glätte der Felle! Ich hing zwischen zwei Tieren, umarmte sie, mußte nur darauf achten, daß meine Füße nicht unter Klauen kamen, denn das Jungvieh trampelte unruhig auf der Stelle, um sein Gleichgewicht zu wahren.

Eine triefende Schnauze schob sich in meine Hand, stieß immer wieder Schutz suchend nach und schleckte schließlich mit rauher Zunge den eigenen Schleim von meinen Fingern, was mir wohlige Schauder über den Rücken jagte.

Dasselbe Gefühl hatte ich, als ich während der letzten Tage des Kriegs von meinem Vater bei Bauern untergebracht worden war. Ich mußte im Stall schlafen, mit anderen Jungen und Mädchen zusammen, die keine Eltern mehr hatten, was mich übermütig machte, da ich noch welche besaß. Nachts kommandierte ich die ausgebombten Stadtstümper zu einer Mutprobe und hieß sie ihre Hände, die ich mit Molke übergoß, in die Mäuler von Kälbern stecken. Wer diese fremde Tortur, bis auf fünfzig gezählt, verkraftete, durfte aus einem Eimer trinken, in dem noch wirkliche Milch war. Alle hielten vor Hunger das ländliche Sündenfieber aus, so daß ich mich vor dem Schweinekoben erdreistete, in das Gebiß einer Muttersau zu fassen, denn Held und alleinig Wissender wollte ich unbedingt bleiben, aber diese Tat bekam mir schlecht. Seitdem fehlt mir am linken Daumen, da ich vorsichtigerweise nicht rechts zugegriffen hatte, ein kleines Stück.

Durch Spalten in den Seitenwänden drangen Licht und Luft. Die Kälber im Wagen blieben ergeben in ihr Schicksal, dessen Bestimmung ein Schlachthof sein mochte. Ihre weißen Rükken schimmerten wie Wolken, die sich dem Schlingern und Schwanken des Lastzugs anschlossen. Wahrscheinlich waren die Tiere, um die Mast zu beschleunigen, mit Zusätzen von Antibiotika gefüttert worden, was den Flüssigkeitsgehalt ihrer Körperzellen vermehrte, günstig für schnell erzielbares

Verkaufsgewicht. Und deshalb wehrten sie sich auch nicht gegen die fremde Umgebung, dösten vor sich hin, von pharmazeutischer Verunreinigung in ihren Instinkten verringert, außerdem schlapp und krankheitsanfällig geworden. Armes Vieh, das, um immer mehr kosten- und arbeitssparende Fleischberge zu erzeugen, bald nur noch biologische Klumpen sein würde in den klimatisierten Kulissen industrieller Produktion.
Ich bekam, wie in Flugzeugen, Eisenbahnabteilen und Aufzügen, meine längst fällige Panik, wußte weder aus noch ein, wollte davonlaufen, konnte mich jedoch nicht einmal auf der Stelle genügend zu bewegen. Der Stau an Adrenalin und Enzymen, der mich davonjagen hieß, als sei ich ein Buschmann in Gefahr, dessen Zeitgeschichte unsere Physis noch angehört, vernichtete mich beinahe, trieb den Blutdruck hoch, verknäulte Gefühle und Überlegungen und stürzte mich in eine sich selbst ernährende Chaotik.
Über uns hörte ich ein Trampeln und maulaufsperrend dumpfes Klagen. Es gab in den Ausmaßen des Sattelschleppers noch einen zweiten Stock, wo sich ebenfalls Kälber befanden, dort oben nach den Hebelgesetzen bei jeder Kurve mehr hin- und hergeworfen in Düsternis und Leid, als wir unten.
Was enthielten unsere Gewohnheiten noch, an dem wir festhalten wollten? Gefrorene Orchester aus Helligkeit, Farben, Geräuschen, Empfindungen und Raumverhältnissen, verbunden mit dem Torpedo der Lichtgeschwindigkeit, deren Absolutheit auch nicht mehr garantiert war?
Die Physik konnte die Musik der Energie darstellen mit Hilfe mathematischer Zeichen, die Dauerhaftigkeit versprachen. Das Erschreckende des Hörens, Sehens und Feststellens jedoch war, daß alle Sinnbedürftigkeit aus einem immer noch okkulten Grund hervorzugehen schien. Selbst ein Körper in unserer Hand, das selbstverständliche Gehen auf festem Boden blieben ein Wunder, das letztlich nicht zu erklären war, Kopfzerbrechen oder Panik wie mir in dieser tierhaften

Abgeschlossenheit verursachte.
Denn der Raum, die Lebenszeit, in der wir umherstrudelten, stellte sich nur als Wellen dar, Teilchen sich gegenseitig abstoßender Kräfte, durch die wir, falls sie irgendwann versagen wollten, nach allen Seiten des Erdballs jagen würden wie noch nie erfundene Geschosse.
Sollte ich, geschüttelt samt den Kälbern, durch den Frachtaufbau des Schleppers brechen und sternschnuppengleich im All heimisch werden müssen?
Vielleicht war noch nie etwas dagewesen, auch wenn ich, schwitzend vor Angst, zwischen antibiocartesischem Vieh stak auf seiner Fahrt zu einer Tötungsanlage, aus der dann die notwendigen Vorformen von Schnitzeln und Würsten für unseren Erdenverbleib quellen würden.
Die Logik, derzeitige Auskunft aller Orte, behauptete, sie sei der mentale Prozeß der Wurzeln, aus einer Einheit von Zeit stammend, die unsere Begrifflichkeit als Medium sehe, Zustandsvektor in Wellengleichungen, Operator von Unbestimmtheitsrelationen, mathematisch schönstes Schema erforschter Naturgesetze. Doch immer trat zusammen mit diesem alten, mechanistischen Weltbild eine konventionelle Größe auf, die bürgerliche Uhr-Sekunde.
Man kann sie auch Ironie nennen, Blickbeschränkung, Abwehr. Sie ist ein mythisches, religiöses oder wirtschaftliches Mittel, das uns, je reicher und funktioneller geworden, beibringt, wie wir uns von unserer ursprünglichen Haltlosigkeit, dem Nahrungsrausch oder kasteiender Selbstdisziplin, zu trennen lernten. Zurückgeblieben sind züngelnde Formaldehydspuren in den Wannen der Sezierer, die glauben, ein freigelegter Muskel lasse den von irgendwo hergekommenen Befehl zur Spannung erklären. Anders gesagt, zwischen Mastkälbern auf einer Fahrt in eine ungewisse Zukunft, gehörte die Welt, wie wir sie kannten, nicht uns.
»Durst«, schrie jemand.
Es war eine Frauenstimme aus der vorderen Hälfte des Ladeverlieses.

Ich rief meinen Namen und daß ich auch da sei.
»Komm herüber!«
»Wie denn?«
»Hau die blöden Tiere entzwei!«
Ich hätte kein Beil, antwortete ich, sei außerdem soeben Vegetarier geworden.
Der Gestank in dem rüttelnden Raum nahm zu, das Jungvieh mistete entgeistert. Wohin ich faßte, rannen warme Fladen herab oder klebten schon erkaltet am Fell. Meine Füße hatte es auch getroffen.
»Luft, Klappe auf«, rief eine andere Frauenstimme, was mich endgültig in Gang setzte, doppelten Zuspruch wollte ich nicht versäumen.
Halb schwimmend, halb kriechend bewegte ich mich bäuchlings über die Kälberrücken, zog mich an Ohren und den kleinen Hornknäufen von Stierkälbchen vorwärts. Einmal fiel ich in eine Lücke und wurde noch schmutziger, bevor ich mich wieder emporschwingen konnte.
Wir begrüßten uns förmlich, zu sehen vermochten wir uns kaum. Hände, die sich suchten, gerieten fehl. Flüssiger Dung machte sich ebenfalls bemerkbar.
Die eine stellte sich als Hilde Vanderlaub vor, die zweite hieß Gudrun Annemarie Zach und schien, der Tonlage nach, jünger zu sein.
Die beiden Frauen standen eingezwängt in der Ecke, so daß ich mich seitlich zwischen sie drängen mußte, mich entschuldigend und meine Arme an mich pressend, wobei sie links und rechts gegen Hüften und Schenkel stießen, was uns alle in Verlegenheit brachte.
Die Frauen duzten mich nicht mehr, fragten, wer mich eingeladen habe?
Ich erzählte von dem Bauern, der mich aus der Purpursakristei geholt und sich dann als Fahrer entpuppt hatte.
»Ich meine, hat man Sie über Treffpunkt und Transportmittel verständigt«, fragte Frau Vanderlaub.
»Ich hörte zum ersten Mal darüber in einem Dorf, später

brachte mich ein Segelflugzeug hierher.«
»Und welches Ziel hat Ihre Reise?«
Ich zögerte, bevor ich den funkelnd regenbogenen Namen nannte, der Aufbruch, Frische und Benetzung verhieß. Vielleicht war unsere unkonventionelle Bleibe ein Mißverständnis oder ein nur scherzhaft ausgeführter Menschenraub, obgleich dunkel blieb, was daran hätte reizvoll sein können. Die Herkunft der beiden Frauen kannte ich nicht, und in Axmanns Kartothek der Armenabteilung, die ich allerdings nicht ganz durchgeblättert hatte, waren die Namen verschlüsselt gewesen.
»Sie erlauben«, sagte die Jüngere.
Als befänden wir uns auf einem Flugplatz, kontrollierte sie, tastete mich ohne Scheu ab, an Stellen, die beulten, ungeniert verweilend. Zuletzt fuhr sie mit ihrer Stallhand über mein Gesicht, kühl bemerkend, wir sollten uns wenigstens in den Konturen kennenlernen.
»In Ordnung, unbewaffnet«, sagte sie. »Älter als die Stimme. Jetzt dürfen Sie prüfen. Vorsicht, ich habe eine Mandelentzündung.«
Verweigerung wäre in dieser keuschen Lage wie schlechte Laune gewesen. Ich begab mich also meinerseits auf die Suche, vorerst nur antippend, dann bestimmender, beschützt von Wärme und Finsternis.
Gudrun war mager wie ein Strumpf, um den Hals trug sie einen Wickel. Ihr Haar fühlte sich gleich dem stachligen Rücken eines jungen Igels an. Ihre Rippen standen hervor, besaßen Andeutungen von Brüstchen, und ihr Gesäß, über das ich nur flüchtig zu streifen wagte, schien auch kaum vorhanden zu sein. Aber ihre kräftigen Schultern hatten die erregende Breite einer furchtlosen Zehnkämpferin.
Ich bedankte mich und wandte mich, kühner geworden, zur anderen Seite. »Sie gestatten?«
»Tun Sie sich keinen Zwang an. Ich bin nicht kitzlig. Meine Mutter hat im letzten Krieg während der Flucht viele Wochen

ohne Schaden in einem Heuwagen verbracht«, sagte Frau Vanderlaub.
So feudal gepolstert oder innerlich befestigt seien wenige, sagte ich. Selbst das Mastvieh vermute Wirrnis und Schrecken.
Auch sie war ohne Fleisch. In ihrer Bluse oder losen Kittelschürze hingen birnenförmige Gebilde, von denen ich sofort ließ, obwohl ich sie gern aufdringlich umfaßt hätte. Die untere Körperpartie wurde von zwei Schaufelhälften geteilt, dem Becken, und auf dem Rücken saß ein Buckel oder Höcker, eine Verwachsung oder ein umgeschnalltes, knetbares Sprengstoffpäckchen.
Als ich zurückwich, stieß mich ein harter Kälberkopf wieder vor, und ich landete in vier Frauenarmen. Eine Hand beklopfte mich, die anderen lagen fest.
Ob ich mir der Pflicht eines Kavaliers bewußt sei, fragten die Damen. Etwas zum Trinken dabei habe? Die Hitze und der aufdringliche Geruch setze den Schleimhäuten zu.
Leider besaß ich nichts außer Speichel, war ohne Vorsorge in den Transporter gestiegen, froh, aus dem kirchlichen Schneckengehäuse befreit zu sein. Das Eintrocknen oder drohende Vernarben behutsamster Schlünde hätte auch ein Altmeister der Täuschung und Tarnung nicht vorherbedacht.
Ein beginnendes Gefälle, über das der Lastzug mit bremsendem Motor nun unaufhaltsam hinabsank, in unserer Blindheit sich steiler darbietend als nötig, brachte uns noch mehr in Bedrängnis, denn die lebende Fracht, das jugendliche Vieh, schob sich uns entgegen, trampelte, schnaufte vor Entsetzen, wollte flüchten, wofür kein Platz war, dem schwindenden Boden ausweichend und nach vorn drängend, wo wir standen, uns umklammernd in die Ecke gedrückt.
Ich fühlte die Birnenstücke, das Sprengstoffpäckchen oder den Buckel, die Rippen und verehrungswürdig breite Schultern. Eine große Nase traf mich, ein Lippenpaar, und allmählich wurden wir, ineinander verkeilt und die Beine angezogen, von der Gewalt der Tiere nach oben gehoben, zum

nächsten Stockwerk, in dem sich nochmals dieselbe panische Ladung befand, deren Hufe über unseren Köpfen donnerte.
»Warum bin ich nicht zu Hause geblieben«, klagte eine der Frauen.
Sie bekomme keine Luft mehr, sagte die andere.
Und ich rief, als Kavalier, der Fassung behielt, aus Kot entwickle sich Methangas, das beim kleinsten Funken explodieren könne, hoffentlich seien die elektrischen Leitungen des Wagens intakt. Rauchen dürfe niemand.
Die Natur half uns, unterbrach ihre verheerend gestreute Evolution. Die vordersten Kälber versagten, zermürbt von Angst und erdrosselt von ihren hyperbolisch gedüngten Muskelsträngen. Herzschläge oder Kollapse rafften sie dahin, so daß wir, während die Fahrt wieder ebener wurde und die Tiere schwankend in dösige Gleichgültigkeit zurückfielen, bequem auf drei Kadavern uns gegenübersaßen, die Köpfe nah beisammen und ein wenig schluchzend vor Erleichterung. Wir berührten unsere Wangen und duzten uns.
Vorn, im Führerhaus, erhielt ich berichtet, würden noch vier Frauen mitfahren, Freundinnen von Gudrun Annemarie Zach und Hilde Vanderlaub. Zwei säßen, die beiden anderen lägen in der Schlafkoje. Alle seien sie verheiratet, hätten Kinder und Männer verlassen, um, wie mit Lautstärke beteuert wurde, ein neues Leben anzufangen.
Seitdem ich unterwegs war, stellte sich Sinn nur noch in Form ungewöhnlicher Existenz dar, als sei es Pflicht geworden, nicht mehr einem zivilisatorischen Zustand anzugehören.
Die Augen eines Kalbes, die mich anstarrten, ließen sich zwar in Hornhaut, Linse und Glaskörper zerlegen, Strahlen- und Ziliarzonen, für die der Akkomodationsmuskel je nach Belieben die Entfernung einstellte, jedoch selbst vom gelben Fleck, der schärfsten Stelle, die Bilder aufnahm und zum Gehirn schickte, ließ sich nicht voraussagen, ob der Gegenstand des Beschaulichen, zum Beispiel wir als verdrecktes Dreiergespann am Ende des Frachtraums, einem Verständnis entsprach. Kälber und Menschen blieben, obwohl mit denselben

Sinnesorganen ausgestattet, grundsätzlich verschieden.
»Haben Sie Gepäck«, fragte die Ältere.
Ich sagte, daß ich aus dem Gefängnis käme und meine Kleider auf einer Müllhalde gefunden hätte.
Hilde Vanderlaub erzählte, ihr Mann, ein Innenarchitekt, habe sie davongejagt oder ausgeschickt, stellvertretend einen besseren Lebensinhalt zu finden. Noch bereue sie den Schritt nicht. Im Krieg und in den schlimmen Hungerjahren danach hätten ihre Eltern viel Phantasie und Daseinskraft entwickelt.
Die Jüngere, Gudrun Annemarie Zach, deren Name gleich brechendem Laubgewächs klang, umarmte mich, ihre Schultern darbietend. Ich lag an ihnen, fühlte die Kugelgelenke unter der Haut, vergnügte mich verstohlen an den gebündelten Strängen der Rückenmuskeln, die mich an tägliche Liegestütze mahnten.
»Was können wir tun«, fragte die Ältere. »Warten oder rufen?«
Ich sagte, wir müßten wie das Vieh werden.
»Zuviel! Wir dürfen uns nicht ergeben! Aber ausweichen, das können wir!«
Gudrun erwiderte, mich nochmals an sich ziehend ohne Erwartung, das fühlte ich ihren Armen an, daß sie sich entschieden habe, allein zu bleiben. Kind besitze sie keines, ihr letzter Freund, ein Physiker, sei größenwahnsinnig geworden, lebe in einem isländischen Dorf und versuche, sein Wissen mit der alten Sprache dort zu vereinigen, die selbst am Telefon noch in Stabreimen gesprochen werde.
Wir hatten im derzeitigen Zustand keine andere Chance, als tierhaft in den Abgründen eines Sattelschleppers auf Befreiung zu hoffen.
»Schlaftabletten«, sagte Hilde Vanderlaub.
Sie schob uns etwas in den Mund, das nach gesüßtem Kakao und einem schleichenden Bitterstoff schmeckte, der, je länger er zwischen Zunge und Gaumen verweilte, sich desto aufdringlicher gebärdete.
Ich versuchte, schon ein wenig lallend, zu sagen, daß der

Meck, der Zweck, das Versteck mir einsichtig sei, mich an Volkslieder erinnere, die wir gleich anstimmen könnten, wollten wir dem Tod aufrecht begegnen.
Gudrun Annemarie, die dasselbe Quantum in ihrem Mund verarbeitete, stieß mich in die Arme ihrer Kollegin.
Dort kam ich an die birnenförmigen Brüste zu liegen, Genuß, Schlaffheit, angebliches Leder und Rosenspitzen spürend.
Die Kälber, ein warmer Stau! Der chemische Schlaf oder Schlag, als käme Gott als postulierte Weltsicht plumpsend nieder.
Das Vieh staunte uns in der Düsternis an, und Wissenschaft, die lexikalisch vorgeprägt worden war, spiegelte sich in einem Kanon von Bezüglichkeiten. Gleich würde ich zu springen vermögen, leicht wie ein Drachenflieger über Täler hinweg.
»Bist du da?«
»Ja«, sagte ich. »Die Finger werden taub.«
»Mir auch, mir auch.«
Auf den weißfelligen drei Kadavern, die dem Chaos nicht standgehalten hatten, streckten wir uns aus. Hilde sagte, sie bringe ihre Beine nicht zusammen, da sei eine Sperre. Und Gudrun beschwerte sich, ein Huf scharre ihr immer wieder im Gesicht.
»Das sind tote Tiere«, beschwichtigte ich. »Erst in ein, zwei Tagen fangen sie zu verwesen an. Wir können unsere Betten ohne Gefahr benützen.«
Und nun fing lebloser Schlummer an, dessen Vorhang immer niedriger sank, vereint mit der verteilt säuselnden Bitternis in den ergebenen Papillen auf der Zunge, von wo aus die Fahrt in die Verschwiegenheit der Blutbahnen begonnen hatte.
Fliegen, die sich in dem stickigen Gebrodel des Viehwagens wohl fühlten, wurden größer, wagten sich näher und starrten uns aus ihren vielhundertfach geteilten Facettenaugen an, Bilder zusammensetzend, deren Umfang und Schärfe vielleicht Träume übertrafen.
Die Mühseligkeit, trotz pharmazeutischer Behandlung noch anwesend sein zu wollen, ging endgültig unter, eingeweckt in

ein abgrundtiefes Glas, das entweder bis in das Magma des Erdinnern reichte oder auch in die seitenverkehrten Schläfenlappen eines Gehirns, unter dem geruhsam auf dem Türkensattel der über alle Regungen gebietende Hypothalamus saß.
»Aufstehen, herauskommen«, hieß es dann irgendwann.
Eine der Frauen sagte schläfrig, ihr Schal sei noch nicht zu Ende. Nadel aus, Nadel ein, es spanne sich das Fädchen, auf einer Wiese sitze sie, ein fleißig tapferes Mädchen.
Im gefährlich hellen Licht der geöffneten Ladeklappe stand der Fahrer, die Kälber mit Faustschlägen auseinandertreibend.
»Das Boot wartet«, rief er.
Wir halfen uns gegenseitig von den inzwischen kälter gewordenen Tierleichen, an die der Bauer wütend Fußtritte verteilte.
Vielleicht könne man das Fleisch noch mit ein paar Spritzen auffrischen, sagte er schließlich, sonst fehle ihm Schlachtgewicht, genau der Preis des Dieselkraftstoffs, den er verbraucht habe.
Das kraus Kreatürliche, das mich schon lang verfolgte, als wolle es zu der Regelmäßigkeit von Flurbereinigungen und verkehrsgerechten Städten einen Gegenzauber herstellen, floh. Doch unsere Eltern mögen, Bombentrichtern, Phosphorwunden und Hungerödemen nach dem Krieg entronnen, ähnlich ausgesehen haben wir wir.
Der Fahrer sagte, er müsse seine Ladung abliefern, zu Hause im Gutshof der Wieskirche wartete schon die nächste. Kein Gramm dürfe verlorengehen nach der jährlich teuren Mast.
Auf einem langen, überlasteten, in braunen, von Schwermetallen und Salzen verseuchten Fluten liegenden Kahn fanden wir uns wieder, Hilde, Gudrun und die vier Frauen aus dem Führerhaus des Lastzugs. Wir mußten uns in Sand eingraben, der feucht war und klumpte. Jeder bekam eine dreieckige Plane, ein Einmannzelt, das vor Nässe und Kälte schützte, als wir in unsere geräumig ausgescharrten Löcher schlüpften.

Bevor wir ablegten, verteilte ein junger Schiffer, der zur Maskerade einen schütteren, blonden Bart trug, an jeden noch Milchtüten und Speckschnitten, Proviant, wie er sagte. Mir fiel, tief in meinem Bau, das Wort Haubenlerche ein, einziger Mann unter sechs Frauen, die sich unabgesprochen über das ganze Schiff verteilt hatten, eigensinnig auf Abstand ihrer Nester achtend.

Der Lastkahn steuerte in den Strom hinaus, während am Kai zwischen Schuppen noch der Bauer stand, hinter sich den Sattelschlepper mit verendendem Vieh, die Arme hocherhoben gleich einem Flaggenmaat, der ungeduldig Abschiedszeichen gab.

Wir würden ihn nie mehr wiedertreffen. Seit den letzten Tagen war klargeworden, daß ein Verlangen, eine Zielgerichtetheit erfolgte, um den, der dazugehörte oder mitgelockt wurde, zu überzeugen. Bald würden andere Formen von Leben wichtig sein.

Ich fing in meinem Gehäuse zu beten an, Prediger- und Zigeunersprache vermengend: »Vater uns, der du bist in Himmelan, tust das Buckerlte lenzen, machst den Schattenbrenner zum Guck. Keiner, der noch mit Fahnen sein Haupt bedeckt, wird ohne Tat verderben. Die Senserei hat ein Siebenfröstle auf dem Keks, kohlerig und krach. Mit Meilenstiefeln werden wir kommen, wo der Brandling rundelt, die Märkle wieder folgsam in unseren Taschen einkehren, damit sich Futter und Glück beißen, wie's Brot im warmen Sack.«

Ich fühlte mich wohl, die aufgelösten Tabletten in den Adern, und oben, im Zentrum der Verweigerung, schickte der Hypothalamus, angeregt von dem peptiden Gift, noch kleine chemische Befehle aus, damit die narzissenhafte Geschlossenheit anhielt.

Es gab überschwemmte Inseln im Fluß mit Weidenbüschen, deren silbrig grüne Kronen gerade noch aus dem fremd gewordenen Wasser ragten. Schlösser und Burgen hingen an Steilhängen, meist zerfallen, als habe der Fluch der Raubritter weiterhin Kraft. Grellrote Bojen teilten die Fahrrinne, es

herrschte Rechtsverkehr, wenn die Eisen- und Kohletanker, Containerkähne und Schiffe voll verflüssigtem Gas aneinander vorüberrauschten. Ein hochliegender, unbeschäftigter Bagger hielt sich grau am Rande einer Böschung auf. Und über die steilen Weinberge an beiden Ufern entfalteten sich die seit Jahrhunderten gemörtelten Mäuerchen, die Erdreich zusammenhielten, wodurch beim nächsten Regen nicht wieder der ganze Fleiß von den Bergen rann.
In Nähe des Städtchens Boppard kreuzte ein bewimpeltes Ausflugsschiff unseren Weg. Schieferbedeckte Kirchen erhoben sich am Ufer, und ein Silobau, gelb schraffiert, trug die Aufschrift ›Loreley-Mühle‹. Am Himmel schwebte ein aus zarten Stengelchen zusammengesetzter Polizei-Hubschrauber vorüber, der uns oder andere beobachtete.
Aus den Sandhügeln des Kahns reckten sich Köpfe wie von Spulwürmern, deren Inkubationszeit zu Ende war. Über einen durch die Mitte des Schiffs gelegten schmalen Brettersteg fuhr auf einem Klapprad eine stämmige junge Frau, hinter sich einen kläffenden Hund, der sie nicht zu überholen wagte, und dann folgte ein kleines Kind, das noch kaum gehen konnte, doch nicht stürzte.
Als der Zug in umgekehrter Reihenfolge langsam auf den Planken zurückkam, rief die Frau, wer ein großes Geschäft machen müsse, könne die Toilette hinter dem Steuerhaus benützen.
Für kleine Geschäfte sollten wir uns demnach auf den Sand verlassen, tröstlicher Gedanke, wie Hamster das eigene Versteck zu besprenkeln.
Manchmal grüßten sich begegnende Schiffe in Intervallen von kurzen und langen Heultönen, womit Geschwindigkeit, Ziel, Ladung und Ausweichmanöver benannt werden mochten. Vielleicht gab es auch verschlüsselte Korrespondenzen, daß wir an Bord waren, unterwegs ins Morgenthauland. Und es hätte mich nicht gewundert, wenn in anderen Schleppern oder nebeneinandergekoppelten Kähnen, die von doppelschraubigen Bugsiermaschinen vorangestoßen wurden, eben-

falls sand- oder kohlenstaubbedeckte Passagiere vorhanden gewesen wären.

Gegen Abend brach die Sonne durch und verwandelte das eingeschnittene Tal, durch das wir glitten, in eine von Licht und Freiheit sprühende Schneise, die nach Norden zum Meer führte. In dieser einzigartigen Landschaft voll grenadierstolzen Weinstöcken, unerschütterlichen Dörfern und erholsamen Biegungen im Strom, der einmal blau, fischreich und liederwürdig gewesen war, hatten sich im letzten Jahrhundert vermögend gewordene Engländer und Belgier angesiedelt, an den steilsten Stellen neuromantische Häuser bauend, die vor tropfender Nachahmungsseligkeit alten Burgen und Schlössern glichen.

Die sandigen Frauen genossen die Wärme, hatten sich aus ihren Trichtern geschoben, und einige öffneten Blusen und Jacken, lagen mit entblößten Brüsten da, die nur für einen Mann immer wieder überraschend vielfältige Formen und Konsistenz besaßen.

Zwei warfen sich Klumpen zu und lachten. Eine schob sich noch weiter aus ihrem Loch und rieb sich, als hätte sie diese Gelegenheit vorherbedacht, mit einer Bräunungsmilch ein. Trotz heftiger Behandlung wollte die Tinktur nicht einsikkern. Entweder war das Mittel unecht oder Schmutz verhinderte den Zugang zur Haut.

Römerinnen mögen hier gewesen sein, faul in Sänften lagernd und von germanischen Gefangenen über Saumpfade getragen. In Metallkörben wurden auf Holzkohle garende Bratenstücke mitbefördert. Weinkrüge wanderten von Hand zu Hand, wovon die Sklaven auch ein wenig abbekamen. Und oben angekommen auf den Höhen, wo Wälder und dornige Heckenebenen begannen, machte der Zug im Schutz eines Feldtempelchens oder eines alten Ringwalls halt. Andachtsflammen glommen aus Ölschalen, die Frauen stiegen von ihren Pfühlen und fingen zu tanzen an, sich die Spangen aus den Gewändern reißend, mit nackten Füßen auf Mosaik stampfend, bis die Lust keinen Unterschied mehr kannte und

die römischen Damen sich mit den bärtigen Sklaven vereinten. Unten am Rhein warteten dreiundsechzig Ehegatten ohne Neid.
Der Verkehr auf dem verseuchten Wasser hatte abgenommen, die meisten Schiffe lagen schon am Ufer. Nur unser Schlepper fuhr noch, zögernd am Rand, bis er schließlich auch einen Kai ansteuerte, hinter dem sich Silos und Lagerhäuser erhoben, graue Monumente unseres Zeitalters. Positionslampen blinkten von verschiedenen Masten.
Der Kapitän watete über den Sand zu uns und sagte, wir müßten aussteigen. Dabei klatschte er in die Hände, als scheuche er Kinder fort.
Gudrun Annemarie Zach, die ich an ihrer Stimme erkannte, rief, sie sei müde, habe Hunger.
Andere Frauen wollten auch nicht aufstehen, hatten es sich wieder unter ihren Planen bequem gemacht, sagten, erst in Rotterdam verließen sie das Schiff.
Ein stählerner Rüssel senkte sich aus der Nacht in die Ladung herab und saugte Sand hoch mit einer Gewalt, daß die nächst Liegende beinahe mitgerissen wurde. Ein Bein steckte bereits in dem Trichter.
Am Heck des Kahns half uns die stämmige Frau über Bord. Sie verabschiedete jeden. Es klang erleichtert, aber auch traurig, als wäre sie gern mitgekommen.
Der Ort hieß, obgleich am Rhein, Sachsenwald, als sollten wir auf ein kämpferisches Ziel vorbereitet werden. Spät am Abend war, außer uns, fast niemand mehr unterwegs. Hinter den Fenstern der niedrigen Häuser flackerten manchmal die blaufarbenen Kanonaden eingeschalteter Fernsehapparate.
Wir mußten aufpassen, unser Trupp sah elend aus, jeder Dorfpolizist wäre mißtrauisch geworden, obwohl alle Frauen, wie sie gegenseitig beteuerten, Ausweise besaßen, nicht vorbestraft waren, wenn auch drei von ihnen, die ihre Familien verlassen hatten, inzwischen auf Suchlisten stehen mochten.

Eine schlug vor, Fahrräder zu stehlen, um schneller voranzukommen.
Eine andere höhnte, dann könnten wir uns gleich Tandems kaufen, aber ohne Tarnmäntel trete sie die Fahrt nicht an.
An einem noch offenen Kiosk kaufte ich vier Flaschen Maiwein, um zu beeindrucken. Die Frauen warteten, dem übriggebliebenen Rest einer Klasse von Schulmädchen ähnlich, eng in einer Seitenstraße. Die schwarz toupierte Geschäftsinhaberin, deren überfütterte Backen wie Lampionhälften im Gesicht hingen, wollte nicht glauben, daß ich soviel Getränke brauchte, und zählte zweimal mein Münzgeld nach, Zehn- und Fünfzigpfennigstücke.
Ich sagte, ich sei kein Bettler.
Sie antwortete nicht, steckte sich einen Riegel Kaugummi in den Mund, begann zu malmen und, als ich die Flaschen endlich in meinen Armen verstaut hatte, blies sie verachtungsvoll einen weißen Ballon vor ihren dicken Lippen auf, dessen Membran jeden Augenblick zu platzen drohte. Dann saugte sie das bebende Gewölk bis auf einen Gummirest wieder ein.
Ich bedankte mich für den Kauf und ging. In meinem Rücken schienen sich die Blicke des ganzen Dorfes zu vereinen. Fortdauernder Argwohn hatte einen Grad erreicht, der sogar beschwingte.
Es fehlte ein Korkenzieher. Die jüngste der Frauen, eine untersetzte Person, immer noch geschminkt, schlug an einem eisernen Zaun nacheinander die Flaschenhälse auf, und wir tranken, in einer Ecke zwischen blühenden Brennesselstauden und einer Garage aus Wellblech stehend, andächtig den Wein, der sehr süß war und nach einem schmierigen Parfüm roch.
Wieso wurde von der Winzerindustrie der Monat Mai mit bordellartigem Geschmack versehen, statt ihm Glockenblumen- oder Veilchenduft zu verleihen? Noch ein Grund, schleunigst diese Welt zu verlassen.
Nach unserer Lemurenreise verbreitete der Alkohol eine

verheerende Wirkung. Zwei wollten tanzen, zwei sofort sich hinlegen. Gudrun Annemarie ließ keine Rührung zu, schlug mir auf den Oberarm, bis ich vor Schmerz wütend wurde. Doch ihre breiten, knochigen Schultern fingen dann meine Hiebe, so heftig sie auch ausfielen, wie hohe Stuhllehnen ab.
Wieder sagte jemand, wir müßten uns tarnen.
Frau Vanderlaub lief voraus, brach in einem ungeschützten Vorgarten von jungen Birken und Buchen einige Zweige ab, ohne Rücksicht, ob uns jemand hören oder beobachten würde. Und gleich Pfingstochsen, das heißt -jungfrauen, wandelten wir durch spärlich erhellte Gassen mit grünem Laub vor uns in feierlicher Prozession.
Alle Wege führten nachts zum Bahnhof, wo wir unsere Zweige in einen überdachten Fahrradständer steckten. Wir blieben außerhalb des Gebäudes, bis noch ein Zug kam. Billetts kauften wir nicht, auch nicht beim Schaffner, der zu so später Stunde auf der Kurzstrecke nicht mehr kontrollierte. In Opladen, der übernächsten Station, stiegen wir schon wieder aus.
Hilde Vanderlaub sagte, wir müßten nach Wuppertal, von dort gehe es zu Fuß weiter.
Ich fragte, woher sie das wisse?
Sie sagte, ein junger Schauspieler, den sie in einer Diskothek kennengelernt habe, als sie prüfen wollte, ob sie noch begehrt werde, sei ihr nicht von der Seite gewichen. Seither besitze sie Auftrag, Spur, Namen und Geld.
Vor dem Bahnhof von Opladen roch es nach verflüchteten Leichen, süß chemischem Geruch, den irgendeine Fabrik abgelassen hatte. Sich langweilende Taxifahrer ohne Aussicht auf Kundschaft schossen zwischen ihren bleiweißen Autos einen gefleckten Fußball hin und her, der manchmal auf Blech klatschte, was Gejohle und Flüche hervorrief, teils aus Freude, aber auch Angst, ob Eigentum eingebeult oder noch schlimmer beschädigt worden war.
Zwei, drei junge Türken lehnten an leeren Gepäckkarren in der Halle, wartend auf Kundschaft oder Landsleute. In den

Sichtgräbern der Verkaufsautomaten lagen Keksschachteln, welkende Nelken und Käsebrote.
Auch die Fahrkartenschalter waren geschlossen, und wir hatten Sorge, ob es noch einen Zug gab, gleichgültig wohin. Schließlich fuhr einer donnernd ein, mit schäbigen Wagen, auf deren Hinweistafeln das immer wieder anders abgeblätterte Wort ›Hellas-Express‹ stand.
Es war ein Seelensammler, der an jeder Station hielt. Wir verteilten uns, schmutzige Gestalten, die sich anstrengten, als Pfadfinder zu gelten, doch ausgestattet mit Fünfzigmarkscheinen, die uns Hilde Vanderlaub zugesteckt hatte.
Drei zahlten, vier, zu denen ich gehörte, nicht. Es gab ein wenig Streit, aber nachts änderte sich selbst bei Schaffnern, die ein Leben lang unterwegs und oft von ihren Familien getrennt sind, die Übersicht.
Ein angetrunkener Kerl in Uniform sagte freimütig, er sei seit vierzig Jahren in der kommunistischen Partei und immer noch im Dienst. Im Herbst werde er pensioniert.
Frühmorgens in Wuppertal stiegen wir aus. Eine der Frauen brauchte Tampons. Wir wanderten von Apotheke zu Apotheke, bis wir den Schildern nach, wer Dienst hatte, die Richtige fanden, weit weg in diesem vorrevolutionären Tal, an dessen Hängen überraschend viel Grün wuchs, als hätten wir die Idylle, die wir suchten, schon erreicht.
Das Natürliche als Schreck: Wir bildeten einen Kreis, in dem die Verwundete sich den filzigen Stift einführte, der quellen würde. Ich zitterte ein wenig, weil ich nicht wahrhaben wollte, daß noch viel mehr, was wir zu verbergen gelernt hatten, offen sich darstellen konnte, damit wir uns wieder unserer Herkunft näherten.
Als die legendäre Schwebebahn, aufgehängt zwischen durchbrochenen Eisenstelzen, die wie herausgeschälte, steile Hüftknochen von Urwelttieren aussahen, über dem öligen Flüßchen Wupper die Fahrt aufnahm, saßen wir in rumpelnden Gondeln und blickten hinaus, von Schlaflosigkeit und Erwartung erregt.

Mehrmals ließen wir uns hin- und hertragen, nahmen Abschied von Fabrikschornsteinen, Wohnblöcken und Reklameschriften. Noch wußten wir nicht, was auf uns harrte, doch das Leben, das wir geführt hatten, entfernte sich wie in einem umgedrehten Fernglas, wurde geringer und verlor seine Gewalt. Vorbeigehoben in der Höhe sah ich in die Fenster eines noch leeren Bürohauses und erinnerte mich, daß ich, lang vor meinem Selbstmordversuch, auch einmal an einem Schreibtisch gesessen hatte, telefonierend und Geschäftslisten ausfüllend. Ich war in einem Gnadenakt Angestellter geworden, mußte nicht mehr schwitzen und mich schmutzig machen, durfte mich geborgen fühlen in einer unerschöpflichen Hierarchie, deren abgemessene Dosierungen durch alle Glieder der Verwaltung rieselten bis hinunter zu mir.
Auch diese Existenzform hinter Glas, für viele ein Zeichen des Aufstiegs, würde vorüber sein, als wären Überfluß und dadurch immer zahlreichere Rücksichtnahmen eine Fata Morgana gewesen, zerflatternd über den Städten.
Wir wechselten Omnibusse und fuhren zu Endstationen, die Vorortlinien hörten auch auf. Dann begannen wir zu marschieren, voraus Gudrun Annemarie Zach, das Mädchen mit den Schultern einer Zehnkämpferin. Es war angenehm, nicht entscheiden zu müssen, sondern hinter einer Frau herzugehen, die selbstbewußt ausschritt. Eine der Gefährtinnen zog ihre Schuhe aus und warf sie weg. Ich holte die Stiefelchen wieder, traute plötzlich wollüstigem Barfußlaufen nicht.
Die Landschaft senkte sich, war in parallele Schnellstraßen aufgeteilt, unterschnitten von Querverbindungen. Dazwischen standen graue Reihenhäuser mit Gärtchen und Garagen; Verkehr herrschte keiner mehr.
Die Fluten der mobilen Bevölkerung waren schon verebbt, hatten die Betriebe erreicht. Der vielleicht nicht einmal in seiner ganzen Konsequenz durchdachte Plan bestand darin, Arbeiter und Angestellte stets zur Verfügung zu haben. Nie mehr würden sie zur Besinnung kommen, konnten da- und

dorthin geschickt werden, wo immer Industrie sich konzentrierte oder wohin sie wieder verlegt wurde. Neue Techniken machten Arbeitsgänge überflüssig, verlangten andererseits Qualifizierung, weshalb bald ein Teil der noch Beschäftigten zwei- oder dreimal in ihrem Leben erneut auf der Schulbank Platz nehmen mußten.

So würden sie in Atem gehalten werden, ständig unterwegs und abends in ihre Wohnungen heimkehrend, einzeln geblieben und mürrisch erschöpft.

Die Bebauung wurde spärlicher. Es gab noch eine Hühnerfarm, ein Lager für Schrott und gebrauchte Reifen und eine von Unkraut überwucherte Schienenschleife, in der ein verlassener Milchpilz mit angefügtem Billettschalter stand. In solch einem Gehäuse hatte Brunhilde Regensburg, das blonde Krokodil, mit Kindern und ihrem operationshörigen Mann gewohnt, zu der durch einen Türspalt der Sanitätsstation in der Münchner Untergrundbahn mein goldenes Kügelchen zurückgerollt war. Nie mehr würde es vor mir seine Tänze aufführen oder mich in eine wunderliche Zeit- und Daseinskluft entrücken.

Zwei junge Frauen, die Taschen trugen, begegneten uns. Als hätten sie uns erwartet, boten sie, scheu lächelnd, in Plastikhüllen verpackte Semmeln, kleine Dauerwürste und Pfirsiche an. Eine von ihnen sagte, sie wünsche uns Segen, der Weg sei frei, im Polizeifunk habe es keine Warnung gegeben.

Die Jüngste unserer Gruppe, jene mit geschminkten Lippen, umarmte die beiden, die zu schluchzen anfingen und stammelten, nicht jeder könne mit. Sie rannten davon, wobei ihnen noch Bananen aus den Taschen fielen, die wir auch mitnahmen.

Hilde Vanderlaub sagte, es sei schon nach Mittag, wir dürften uns nicht aufhalten.

Merkwürdigerweise besaß niemand eine Uhr. Ich hatte seit Jahren keine. In Norwegen, dann im Gefängnis, war Zeit überflüssig geworden.

Niemandsland begann. Nicht wie üblich am Rand der Städte

dehnten sich von Sämaschinen in engen Reihen ausgelegte Wintersaaten aus, die im Frühjahr hochgewachsen waren, vielmehr verödeten die Felder zu gelben Steppen und von Mauerwällen unregelmäßig brachliegenden Äckern, auf denen Disteln und Schafgarbeninseln wuchsen, die so undurchdringlich waren, daß wir sie umgehen mußten. Außerdem nahmen Insektenschwärme und Vogelflüge zu, als seien hier lang nicht mehr Kunstdünger und Pestizide verteilt worden.

Manchmal mußten wir um uns schlagen, uns hinwerfen, es stach, surrte und schrie. Selbst bei Rulaman, dem romantischen Helden meiner Kindheit, dessen Geschichten in der Steinzeit spielten, war nichts von dieser Art Natur zu lesen gewesen.

Wir stapften weiter. Die Betonhälften eines gesprengten Bunkers oder einstigen Ausfluglokals ragten wie geschwärzte Eisschollen aus der Erde. Daneben lag eine umgestürzte Antenne im Kraut, auf der ein hellrotes Heer von Ameisen entlanghastete. Im verästelten Gipfel des toten Fernempfangs ruhte der von Licht und Luft, Gärung und Bakterien auseinandergesprengte Kadaver eines Kaninchens oder einer Katze, aus dem sich die Ameisen unaufhaltsam Nahrung holten. Die Stücke, die sie über ihren Köpfen davonschleppten, waren so groß, schwankend und wieder energisch von Zangen in Transportbalance gebracht, als stemmten wir Rinderhälften hoch.

Stundenlang ging es mühsam weiter, durch verdorrtes Wintergras und wucherndes Gesträuch. Unsere Beine waren mit verendeten Mücken, Blütenstaub und früh reifgewordenem Pflanzensamen bedeckt, der klebrige Häkchen besaß, als müßten auch wir Arten verbreiten. Irgend etwas rücksichtslos Summarisches hatte uns ergriffen, so daß das Atmen zum Keuchen wurde.

Auffallend war auch das Schwinden der Wolken, die sich nicht mehr, wie üblich über Städten an Spätnachmittagen, zusammenballten, um Dunst und aufgestiegene Wärme wie-

der auszuscheiden. Ein freiere Thermik riß sie auseinander, schickte sie zu den Industrieräumen zurück oder ließ sie in kältere Zonen hochdriften, wo sie schleierförmig dünner wurden, verschluckt von pflichterfüllter Entropie.
In einer Pause, die wir uns gönnten, ein wenig von unseren Vorräten essend und vor Müdigkeit nur leise über Durst klagend, doch einem nahen Tümpel mißtrauten wir, obwohl frische Blasen auf seiner Oberfläche platzten, als sei er eine Quelle, fing das Zehnkampfmädchen plötzlich zu schreien an, der Wahnsinn werde alle zerstören, es wolle heim, wir irrten uns!
Gudrun Annemarie Zach lief davon, war bald nicht mehr zu sehen in der verfilzten Öde. Zwei Frauen, die erschreckt aufgesprungen waren, setzten sich nach ein paar Schritten wieder hin und sagten, wer kein Vertrauen habe, könne sich nur noch selbst bestrafen.
Die Stille saugte an uns, als sollten wir immer bloßer werden. Meine Füße zuckten, der Schweiß auf der Brust schien sich in Geißeltierchen verwandelt zu haben, und am Hinterkopf, den ich gegen ein Moospolster preßte, pochten Schmerzen gleich einem Hammerwerk.
Das geschminkte Mädchen griff unter ihren Rock und wollte sich befriedigen. Hilde Vanderlaub, die Älteste, hielt die suchende Hand fest, küßte sie dann und sagte, wir dürften uns nicht vergeuden.
Meines Wissens ein falscher Rat, aber die anderen Frauen, die sich abgewandt hatten, waren froh, daß sie nicht hatten Zeuge werden müssen, was sie sich selbst nicht zu gestatten wagten, obgleich die Unruhe durch eine kurze, hingebungsvolle Reaktion des Körpers gelöst worden wäre. Geschweige, daß ich mich freigemacht und behandelt hätte.
Allmählich wurden wir gleichgültig, ein Teil der Landschaft um uns, deren fauliger Hauch über uns strich. Insektenschwärme und Vögel, die hinter verschwenderischer Beute herjagten, vereinigten sich zu einem finsteren Schwirren aus Gier oder Klage.

Als wir uns wieder aufrafften, Macheten oder Knüppel, um das Pflanzendickicht zu teilen, besaßen wir nicht, folgte uns im Abstand die geflohene Zehnkämpferin, die sich dann an die Spitze setzte, mit ihrem Brustkorb und den breiten Schultern Bahn brechend, während sie eines der harten Dauerwürstchen aß.
Gudrun Annemarie hieß uns stillstehen, denn ein paar hundert Meter weiter blitzten Helme. Eine andere Truppe, Polizei oder Heeresfachleute, war ebenfalls unterwegs, richtete Gewehre auf uns. Durch ein Megaphon hörten wir den Befehl: »Stichwort!«
Wir hatten keines, was vielleicht unser Glück war, oder aber diese Friedenskrieger wollten nicht mehr behelligt werden. Sie gingen beiseite, spiegelten uns noch aus verblendeten Handgläsern von Gesicht zu Gesicht an und winkten schließlich den Weg frei. Hintereinander strichen sie geduckt durch die Schachtelhalme davon.
Später, nach ein oder zwei Stunden, es war dunkler geworden, gewahrten wir im Westen glänzende Kuppeln, neben denen sich würfelartige Gebäude erhoben, atomare Aufbereitungsanlagen oder Stromerzeuger, die vielleicht auf Grund eines Unfalls oder zu hoher Kosten nicht mehr arbeiteten. Wir wichen einem Zaun aus, an dem Totenkopfschilder warnten, und liefen durch den Steppenschilf, bis es endgültig Nacht geworden war.
Hilde Vanderlaub, nun wieder in Führung mit ihren Birnenbrüsten unter dem Haushaltskittel aus der Vorzeit, sagte, wir dürften nicht aufgeben.
An einem Hang, der mit einem flüsternden Rhododendrongehege bewachsen war, hatten wir Mühe, weiterzukommen. Als eine der Frauen ein Streichholz entzündete, sahen wir einen Igel, der mit aufgerichteten Stacheln an uns vorbeitrabte und schnüffelnd einer Spur nachlief.
Ich hörte die Stimme der Zehnkämpferin, die behauptete, nun müßten wir Raupen, Engerlinge und Würmer essen.
Die Frau, die den ganzen Tag barfuß gegangen war, verlangte

nach ihren Schuhen. Sie habe Blut zwischen den Zehen, empörte sie sich geziert.
Ich zog ihr die Stiefelchen an, weiches Leder, matte Schäfte mit Reißverschluß, aber wir wurden von dem Igel unterbrochen, der mit aufgestellten Stacheln zwischen uns hindurchjagte, schnaufend und prustend, als sei er einen Zentner schwer.
Obwohl er in dem ausufernden Niemandsland genügend Nahrung gefunden hätte, war sein Sinn woandershin gerichtet. Wir krochen auf Knien und Ellenbogen hinter ihm, möglichst klein bleibend, um sein Selbstbewußtsein nicht zu verletzen.
An einem Gitter, dessen Höhe nicht abzuschätzen war, obwohl ein- oder zweihundert Meter über uns im Winkellicht des inzwischen aufgegangenen Monds wir Vogelleichen in den Drähten hängen sahen, machte der Igel halt, stülpte unter seiner Wehr ein verletzlich rosarotes Schnäuzchen vor und betätigte damit an dem riesigen Abwehrgrill eine Taste, die aussah wie der metallisch schimmernde Frühlingsfortsatz einer jungen Distel.
Der Igel wanderte in eine sich öffnende Schleuse hinein, wandte sich um und schien mit einer Pfote zu winken, dann entlud sich für einen Augenblick der blaue Ball eines Elmsfeuers über seinem Rücken.
Köpfe und Schultern einziehend, schlüpften wir hintereinander durch die Lücke mit dem Gesicht so tief wie möglich im Gras, während um uns die Spannung des Gitters toste. Jemand begann zu schluchzen, und als wir drüben alle angekommen waren, sagte eine Stimme: »Willkommen im Morgenthauland!«

6.

Wir zerschlissenen Einwanderer, auf der Suche nach heliotropischem Heil, blieben, nachdem wir den haushohen Zaun zwischen Zivilisation und anderer Welt hinter uns gebracht hatten, jedoch allein.
Wir gingen durch Gras, das die wuchernde Pracht und Grausamkeit von auf- und absteigenden Wellen angenommen hatte. Verletzungen geschahen. Mir hatte ein schneidender Halm die Hälfte meiner Warze am rechten Nasenflügel aufgetrennt, so daß unaufhörlich ein Faden Blut in den Mund rann. Ich schleckte und fürchtete mich, drückte gegen die Wunde, die sich nicht schloß, und behauptete, nun bekäme ich Krebs, da sich verwilderte Zellen ausbreiten könnten bei stimulierend psychotischer Gelegenheit: Ich sei hoch gestimmt, zugleich körperlich erschöpft, beste Bedingungen für regelloses Wachstum, mich damit zu überschwemmen
»Hört ihr das Flüstern der Fruchtbarkeit«, glaube ich gesagt zu haben. »Ausdruck von Schuld und Sühne. Wir müssen umkehren. Hierher gehören wir nicht!«
Eine der Frauen, die aussah wie ein Lumpenpaket, entgegnete, ich solle mich nicht so kostbar fühlen. Und sie drückte mir einen kleinen Stein gegen das klaffende Wärzchen, worauf nur noch wenig Blut austrat.
Die Jüngste, Geschminkte, war immer mehr zerflossen, aber desto froher geworden, selbst als sie einen herabfallenden Ast auf den Kopf bekam, der ihre Frisur zerstörte. Sie lachte und biß auf einem Stück Rinde herum, das, wie sie behauptete, nach taubem Kaugummi schmecke. Es konnte sich, der weichen Ergiebigkeit nach, um eine Portion vom Stamm eines Mammutbaums handeln. Merkwürdig, weshalb es diese Riesen hier gab.
Am meisten klagte Gudrun Annemarie Zach. Wahrscheinlich entsprach die Stärke des zehnkämpferischen Mädchens nicht

den Bedingungen der wilden Natur, verlangte nach Sandbahnen in städtischen Stadien oder komplizierten Turngeräten. Jedenfalls brach sie nach Stunden kilometerlangen Marschs wieder zusammen. Zwei Kolleginnen massierten ihren Rükken und ihre Schenkel, dort, wo zuviel Muskelkraft saß, und schließlich spuckten sie auch noch darauf.
Frisch herabfallender Speichel bewirkte nicht nur Kühlung, es bettete sich auch die Liebe und Geduld der Geschlechtsgenossinnen, die solches taten, wie Watte auf Wunden. Gudrun Annemarie watete weiter, mit breiten Schultern, ihrem kugligen Gesäß und den sehnigen Beinen durch Furchen dröhnenden Grüns.
Irgendwann am ersten Tag im Jenseits, als wir endlich auf den Kieseln eines leeren Bachs leichter vorankamen, warf sich Hilde Vanderlaub zu Boden und rief, sie habe Hunger, so sehr!
Ich wollte, genauso mutlos niedersinkend, ihre ledernen Brüste unter der Kittelschürze streicheln, in den Altersrillen ein wenig Leben in Bewegung bringen.
Eine andere Frau, die ich noch nicht wahrgenommen hatte, beugte sich nieder und zog meine Hände zurück, sagte zornig, während sie bittere, helle Wolfsmilch aus den Stengeln der gleichnamigen Pflanze über uns spritzte, daß wir nicht einzigartig seien, es lasse sich für unseren Zustand nur noch keinen Vergleich finden.
Baum- oder Wiesenpieper, die es in der verseuchten anderen Welt kaum mehr gab, setzten über dem Bachbett, wo wir lagen und saßen, mit einem Gezeter ein, als wollten sie locken oder warnen. Sie schossen empor, kehrten jedoch schnell wieder zurück. Wir unterschieden an den handbällchenkleinen Körpern rosarote Beine und solche, die schwarz waren. Jene gehörten den Mutigsten an, denn als wir uns auf Gelege stürzten, getupfte und hauchdünn gezeichnete, vielleicht auch schon halb ausgebrütete Eier, um endlich etwas in den Mund zu bekommen, griffen uns die armseligen Wipflinge mit stählernem Gesang an. Sie schwirrten in Wolken herbei,

versuchten zu hacken und uns zu vertreiben, Fakultäten der Verzweiflung, obgleich ein Schlag, eine Handbewegung sie aus der Bahn warf. Zwei blieben mit gebrochenen Flügeln auf den Steinen liegen, schreiend mit aufgesperrtem Schnabel um sich rotierend, bis ich sie zerstampfte. Eine der Frauen gab mir einen Kuß. Es war, als sei ich geadelt worden.
Max von Eyth, Sohn eines Pfarrers und Schwabe, hatte Ende des 19. Jahrhunderts mit sechsscharigen Pflügen, die an Seilzügen zwischen gewaltigen Dampfmaschinen hin- und hergeschleppt wurden, den fruchtbaren Nilschlamm der Äkker Ägyptens gelüftet.
Und Sven Hedin, der Schwede, war dreißig Jahre später mit umfangreichem Troß und Mitarbeiterstab jahrelang durch die Wüste Gobi gezogen, was uns ebenfalls abenteuerliche Bücher bescherte.
Die Vögel ließen von uns ab, aber einige flogen noch von Zweig zu Zweig, erbost oder jammervoll klagend, trotzdem klang es wie eine Aufforderung. In einem lichten Gehölz aus Birken und jungen Pappeln bot sich uns eine Armee von Ritterlingen dar, breiten, violetten Pilzen, deren Lamellen über den fleischigen Stielen wie die aufgeblätterten Seiten minutiöser Gesetzesbücher aussahen.
Wir schlangen die Speise hinunter, saugten und kauten. Die größte Überraschung war, daß diese stolzen Fingerlinge süß schmeckten, ein wenig nach altem Pudding, der zu lang im Eisschrank gestanden hatte, dann wieder aufgetaut worden war, außerdem nach verschwenderisch geripptem Karton. Lang würde die Zellulose im Magen liegenbleiben und Sättigung verheißen, bis Verdauungsschwierigkeiten einsetzten.
In dieser Nacht schliefen wir zum ersten Mal im Freien, Städter, die weder Decken noch ein Zelt besaßen. Doch wir verfielen nicht in Panik, jeder hatte denselben Gedanken, brach Äste ab und breitete sie in einer Mulde aus, darauf legten wir eine Schicht Gras, nicht Moos, das zuviel Feuchtigkeit gehabt hätte. Mit Farnwedeln aus einem sumpfigen Areal deckten wir das gemeinsame Nest zu und krochen hinein.

Jeder zupfte und scharrte, bis er genügend Anschluß und Wärme spürte. Alle wollten, daß auch ihre Gesichter unter dem Farnbelag waren, wie in der Kindheit nachts bei Gewitter. Ich lag zunächst außen und bemühte mich, einen Blätterwulst am Rücken aufzuschichten, aber allmählich wanderte ich, von kleinen Unregelmäßigkeiten oder Anregungen gestoßen, immer mehr zur Mitte des Haufens, wo ich in Dunst und Wohlbehagen versank.

»Bist du da?«

»Ja, ich auch«, antwortete eine Frau.

»Mich beißt eine Ameise am Schenkel«, sagte eine andere.

»Zerdrück sie, rück nicht weg.«

»Geschafft! Ich glaube, ich muß noch austreten.«

Protest, man dürfe nichts mehr verändern, sonst gebe es eine Lücke. Jeder, der müsse, solle es laufen lassen. Die Erde schlucke es.

»Meinst du, das geht?«

»Früher haben sie es auch so gemacht.«

»Ich trau mich nicht«, flüsterte die Jüngste.

»Probieren geht über riskieren«, erwiderte Hilde Vanderlaub. »Denk an den Heuwagen, in dem meine Eltern flüchteten. Wir haben uns nicht mehr geschämt.«

Alle lauschten, hielten den Atem an, ob nun glucksend ein Bächlein zwischen dem Geäst unseres Unterbetts davonrinnen würde, doch wir hörten nichts. Zwei, drei drehten sich enttäuscht auf die andere Seite, was eine allgemeine Umschichtung und Nervosität verursachte, bis wir uns wieder ineinander verhakt hatten, möglichst jede Blöße deckend.

Ich dachte daran, daß ich eigentlich hätte aufstehen sollen, um mich zu erleichtern, und schon zog sich mein Leib zusammen, als könnte ich meine Notdurft wie einen Blütenstengel über den Kopf hinausstülpen, damit niemand gestört wurde. Außerdem sorgte ich mich, daß die, die außen lagen, bald frieren würden, obwohl Frauen infolge ihrer nachgiebigeren Zellstruktur Kälte und Wärme besser auszugleichen verstanden. Sie waren die geeignetsten Raumfahrerinnen.

»Was macht unser Junge«, fragte jemand.
»Er dampft, schläft gleich«, sagte ich.
»Ist er zufrieden?«
»Mehr könnte er nicht haben«, antwortete ich.
Verständnisvoll, obgleich fremd, war der Geruch, der mich umgab, ein schwerer, anthropotischer Nebel, dessen Last durch jede Ritze quoll.
Er erinnerte mich an die Gelegenheiten meiner Ehe, als ich, Schreie und Seufzer bei mir und ihr herausfordernd, fast nie den Grund des Verlangens erreichte, außer einem einzigen Mal. Es war nachmittags unter einem Stuhl gewesen, gegen den der Kopf meiner Liebe stieß, während ich alle Öffnungen beherrschen wollte, jubelnd und flehend. Draußen, auf dem Neubaubalkon, türmten sich drei alte Sofas übereinander, gekauft bei der städtischen Familienhilfe.
Unser Kind schlief nebenan hinter einem Vorhang, und wenn einer von uns ein wenig Volkshochschullehre laut repetieren wollte, um Sätze oder Formeln im Gedächtnis zu behalten, mußte er in den fensterlosen Abtritt gehen. Dort saß er dann, immer schneller atmend, bis er, einen Hilferuf ausstoßend, ohnmächtig von der geschlossenen Abortbrille sank.
Hände strichen über mich, und auch ich wagte, ohne Ellenbogenfreiheit, um mich zu tasten, fühlte Knorpel, Gebein und Moos, wollte tiefer greifen, doch dafür gab es keinen Platz. An meinem Schritt legte sich eine Hand zurecht, die nichts wollte, nur faul gespreizt gleich den Spannknöchelchen einer Fledermaus verharrte. Behütet schlief ich ein.
Spät nachts erwachte ich, da ich inzwischen an den Rand des Horts geschoben worden war, wo Nässe und Kälte über den Rücken krochen. Ich stieß meinen Kopf in das Gewühl, wurde aber nicht mehr angenommen. Die Frauen reagierten im unruhigen Schlaf feindlich, benützten mich als Schild gegen die ungewohnte Natur.
Gudrun Annemarie, weit weg unter der Farndecke, murmelte etwas sperrig Verlorenes von einer Kleiderfabrik, in der sie vielleicht einmal gearbeitet hatte, und richtete sich schlaftrun-

ken auf, so daß das ganze Schutzgefüge ins Rutschen kam. Ich besänftigte sie und rückte die Blätterwedel wieder über uns zurecht.

»Gudrun«, flüsterte ich.

Keine Antwort, auch kein Seufzen.

»Hör den Fröschen zu, sie kommen näher mit großen Köpfen.«

Murren und erneutes Schlichten, doch es brachte mich nicht in die Mitte des Kreises zurück, trotzdem schlief ich nochmal ein. Frühmorgens tropfte, bevor die Sonne aufging, Tau oder ein langsamer Regen auf uns. Jemand wollte wissen, wieviel Uhr es sei?

Wir gehörten endgültig nicht mehr der bequemen Welt an, froren, hatten Hunger, standen kummervoll herum. Einige rieben sich die Arme, als könnten sie dadurch dem abgesunkenen Blutzuckerspiegel wieder aufhelfen. Mürrisch gähnend blickte jeder am anderen vorbei.

Das Lumpenpaket hatte sich entfernt und brachte in ihrem Rock bläuliche Blüten und schwarze Beeren. Von den bitteren Früchten aßen wir wenig, doch die lüsternen Blumenkelche, aus denen unreife Samenstempel hingen, schmeckten nach Nuß, vermengt mit säuerlicher Kreide, und kleine, samtflaumig grüne Blättchen am Stiel vervollständigten das Mahl.

Zwar fürchteten wir uns, denn jemand erklärte, dies seien Tollkirschengewächse, aber niemand hörte zu essen auf. Es war, als müßten wir uns immer eifriger in eine Betäubung hineinkauen, bis der Rock des Lumpenpakets leer war. Und nun bemerkte ich, daß sie sich zwei Zöpfe geflochten hatte, steif abstehend und umschlungen von Gras.

Die Wirkung der fremden Nahrung trat bald ein. Hungergefühle schwanden, das heißt, sie lösten sich in gaukelnde Schwindel auf, am Rande einer sanften Übelkeit schwankend. Hilde Vanderlaub und ich wollten uns übergeben, was uns nicht gelang, während die andern mit weit aufgerissenen Augen zusahen, in denen sich die Pupillen verdunkelten und

größer wurden, als liefen sie in die Iris aus.
Die Lähmung nahm zu, umschloß das dünn schlagende Herz.
Wir lehnten, verrenkt schmutzige Gestalten, an Birken und Pappeln, durch die allmählich die Sonne drang. Blätter, Äste und Stämme schienen sich mit dem schwimmenden Licht zu vereinigen, verloren ihre Einzelheiten, wuchsen zu einer einzigen Pflanzenmasse zusammen, die sich wieder ausdehnte. Ein Baum senkte sich, suchte nach Halt. Eine Krone richtete sich abwärts, als beginne dort der Himmel und die Erde habe sich spiegelverkehrt gedreht. Maikäfer, oder waren es dicke Borkenzwicker, erhoben sich zu dumpfen Flugbomben, deren Schwingen surrenden Zäunen glichen.
Gudrun Annemarie mit ihren Zehnkämpferschultern wagte den ersten Schritt, hölzern stolpernd. Zwei ahmten nach, torkelnd nach Stützen auf dem ungewissen Boden suchend, der federte, sich immer wieder entzog. Schließlich faßten wir uns alle an den Händen und fingen zögernd zu tanzen an, ein Kreis ungeputzter Zähne, deren Belag mir in dem Taumel menorcastisch vorkam, lecker mayonnaisehaft.
Der Reigen bewegte sich zu einer Birke, rieb sich an weiß flackernder Rinde und den hornigen Buckeln darauf, vergrößerte sich wieder und drehte sich langsam kreisend auf ein sumpfiges Gebiet zu, aus dem wir die Farne für unser Bett geholt hatten.
Unbegreiflich, wie wir diese Zeitlupengazellerei meisterten, andererseits sahen wir unserer Lächerlichkeit kritisch zu, als stünden wir außerhalb. Gliederschwere und bernsteinartig versiegelte Raserei ergänzten einander.
Das Lumpenpaket sang: »Wenn wir lustig Abschied nähmen, gäb es keinen Krieg nicht mehr. Der Jämmerling, der Jämmerling, ein Wurm so lang wie Rathausdächer, kröche dann ins Meer.«
Zweiter Vers: »Der Flieder brenne bis zum Stumpf, die Wolken brächen ab. Der Zwerge Mützen, Nasen schmölzen wie Zinn am Neujahrstag.«
Bevor wir im Wasser des Moors einsanken, erschreckte uns

ein Mann, der stöhnend mit einem Schubkarren, auf dem ein alter Eisschrank lang, nicht mehr weiterkam.
Der vor Anstrengung rot angelaufene Kerl war pausbäckig und strohblond und rief, als sei unsere Anwesenheit nicht überraschend für ihn, wir sollten ihm gefälligst helfen!
Sein Befehl, donnernd unsere Wolkigkeit zerteilend, ließ alle plötzlich in Schweiß ausbrechen. Die Lähmungen verebbten, desto mehr nahm eine weinerlich hastige Beflissenheit zu.
»Zwei vorn am Rad, zwei an der Seite, der Rest bei mir«, ordnete der Mann an, der kurze, zerrissene Hosen trug und barfuß ging. Seine Beine waren mit elfenbeinartig erstarrten Schwaden bedeckt.
Wir zogen und zerrten, behinderten uns gegenseitig, hoben den Karren über Wurzeln, schoben ihn immer schneller, während die Tür des Eisschranks aufschwang und wieder zuklappte, doch das Schloß sperrte nicht ab. Von neuem hieb der Flügel eines der wichtigsten Haushaltsgeräte aus der Vergangenheit zu, warf einen von uns zur Seite.
Endlich gelangten wir auf einen Pfad, der sich durch das geräumiger werdende Gehölz schlängelte. Er war von vielen Tritten festgestampft worden, fühlte sich kühl und ballenbereit an, so daß wir alle die Schuhe auszogen und sie an den verknoteten Schnürsenkeln um den Hals hängten. Der Schubkarren flog durch enge Kurven.
Auf einer Anhöhe, wo es kein Buschwerk mehr gab, legten wir eine Pause ein, bestrichen von lauem Wind. Der apfelbakkig Blonde warf sich ins Gras und streckte alle viere von sich. Wir blieben andächtig im Kreis um ihn stehen.
Links unten war in der Ebene ein pfeilförmiges Gehäuse am Rand einer zementierten Bahn zu sehen, wahrscheinlich der Kontrollturm eines verlassenen kleinen Flugplatzes. Rechts von uns fiel der Hügel, auf dem wir verschnauften, zu einem Wald hinab, dessen Ausdehnung sich im morgendlichen Dunst verlor. Vor uns ragte eine Mauer feuerroter Kuckucksnelken auf, in denen Bienen, Hummeln oder noch größere Insekten nach Nahrung suchten, Kelche aussaugend und

Pollen einsammelnd an gelben, dicken Hinterbeinen.
Eine der Frauen, deren Gesicht ich nicht mehr erkannte, rief, Tod und Paradies seien gleich furchtbar!
»Mutter, faß dich«, sagte der Schubkarrenmann. »Jede Woche kommt ein neuer Trupp zu uns. Fragt sich nur, wohin jeder gehört.«
Er deutete auf ein Täfelchen an seiner Brust, dessen Nadel, da er kein Hemd anhatte, im Fleisch steckte. Auf dem Bakelitschild stand, als sei er einem Kongreß von Zahnärzten oder Internisten entsprungen, sein Name: Joachim von Seltmans.
»Der Letzte aus dem Geschlecht der Kampfflieger«, sagte er. »Früher war ich Übersetzer für internationales Patentrecht des Hoch- und Niederdruckwesens, also für Bodenbehälter, Raffinerien und Tanks unter stratosphärischen Bedingungen.«
In den Kuckucksnelken neigten sich einzelne Stengel, die bis zum Ende des Schafts mit aufgesprungenen Kelchen bedeckt waren, unter dem Ansturm der gefräßigen Bestäuber.
Joachim von Seltmans sagte, sein Deputat erwarte ihn, er müsse sich beeilen, Hunger könne sich hier niemand leisten.
Die Frauen, denen ich mein Überleben verdankte, liefen plötzlich davon, hinein in die Dichte der Blumen, und obgleich ich den Leidgenossinnen flehend nachrief, schloß sich die Pracht der Blüten hinter ihnen, während der Urenkel eines todbringenden Luftakrobaten mich aufforderte, das Seil zu nehmen, das er dabei habe.
Er hinten an den Holmen des Schubkarrens, auf dem der alte Eisschrank ab und zu wieder sein Maul aufriß, und ich vorn in der Schlinge wie ein Treidler, so zogen wir den Hang hinab, bremsend vor jeder Biegung des Pfads und froh an der nächsten Aufwärtskehre, wenn unser Gefährt nicht mehr bockte, sondern im Schwung herumbugsiert werden konnte, bevor es erneut zuviel Fahrt erhielt.
Die hypertrophe Maßlosigkeit des Wuchses, ob meterhohe Kräuter, die rochen, als sei die ganze Landschaft eine einzige brodelnde Hexenspeise, oder Dornenhecken, in denen mein

Fuß, wenn ich nicht achtgegeben hätte, für immer festgehakt wäre, stellten 18. Jahrhundert dar, als die Konfessionen aufgeklärter Franzosen noch nicht die Last zukünftigen Fortschritts kannten und die Überwältigung der Natur noch preisen konnten.

Joachim von Seltmans flüsterte, als wir nahe an einem riesigen, verkrüppelten Baum vorbeirollten, wir müßten vorsichtig sein, den Kopf senken.

Ich blickte, im Seil vor dem Karren über einen kurzen Anstieg stampfend, trotzdem in die Eibe oder Eiche hinauf und sah an einer Seite des Stamms industriellen Hohn in Kleinformat, einen fremden, zugleich bekannt anmutenden Gegenstand hängen, einen durch Blattkrebs und verzweigtes Geäder prall in Form gebrachten Wagen, ein Auto, dessen lange Auspuffrohre aus Luftwurzeln und blinde Scheiben aus Moos bestanden. Schlinggewächse verknoteten sich gleich Haltegurten durch Atmungslöcher.

Joachim von Seltmans rief unterdrückt, ich solle mich bükken, ließ den Karren los, der an der nächsten Abwärtskehre mich im Rücken traf, den Eisschrank abwarf und in eine Insel aus Kletterrosen am Hang hineinsauste. Hinter uns löste sich, wie ich hörte, das grüne Auto von seinem Mutterbaum, stürzte ab und brach auf dem Boden auseinander. Sogleich schwärmten aus ihrem Versteck eine Reihe zornig hagerer Schlupfwespen, so daß wir, der eine mit dem leeren Karren, der andere den Eisschrank hinter sich herschleppend an der offenen Tür, die Flucht ergriffen. Erst unten am Berg, als unsere Verfolger aufgegeben hatten, kamen wir wieder zu Atem.

Der Nachfahre eines Kampffliegers sagte, ich müsse meine Schuhe anziehen, der Weg werde steinig. Seine Füße hätten sich an die Bedingungen gewöhnt, die Haut eines Nashorns bekommen. Er wischte sich Schweiß ab, traute dem Frieden noch nicht, weihte mich ein, daß es im Morgenthauland zahlreiche Bedrohungen gebe, Fallen und Phantasmagorien, die zum größten Teil aus der Vergangenheit stammten. Sie

seien zwar purgierend, aber trotzdem grausam.
»Seit wann bist du hier«, fragte ich.
»Ein Jahr«, antwortete er. »Mich haben zwei Versicherungskaufleute mitgenommen. Sie hatten eine Botschaft.«
»Von wem?«
»Weiß ich nicht«, sagte er. »Ich wollte nach Amerika auswandern. Mein Telefon wurde abgehört, dreimal kam die Polizei ins Büro, warum, habe ich nie erfahren. Seit den Notstandsgesetzen ist alles möglich. Es schien, wie meistens, nur ein summarischer Verdacht auf der Spule irgendeines Computers des Kriminalamts zu sein, da in unserem Stadtviertel ein angeblicher Sympathisant der letzten Terroristen entdeckt worden war, ein Häufchen Elend in der Ecke eines verschimmelten Matratzenlagers.«
Ich sagte, in unserem reichen Land werde bald um jedes Kaufhaus, jede Bank Stacheldraht gezogen.
»Es ist die Schuld«, sagte er. »Sie haben betoniert und gerüstet, statt klein zu bleiben in der Mitte Europas. Sie suchen nach Liebe und Anerkennung und ernten nur Argwohn.«
Wir seien beeindruckende Barbaren, antwortete ich, und könnten uns nicht entscheiden, wohin wir gehörten, zum Osten oder Westen.
Wütend sprang der Pausbäckige, der erschöpft neben seinem wieder beladenen Schubkarren hockte, auf und schrie:
»Wer käme in einem anderen Staat je auf den Gedanken, verlorene Geschichte einzurichten, das Rad zurückdrehen zu wollen? Dies hier ist genauso überheblich! Sühnetheologie als Spiel! Und«, klagte er, leiser werdend, »die Biologie macht auch schon mit. Ich sage dir, es hat eine Verschwörung der Natur mit dem zusammengebrochenen Fortschritt begonnen. Es gibt Sträucher, die wie lachende Fratzen von Nietzsche aussehen, und manchmal müssen wir uns vor einem süßlichen Sturm verkriechen, der einem den Atem nimmt und sich wie Richard-Wagner-Wind anhört.«
Für Untergänge sei ich Spezialist, antwortete ich. Wenn eine

Krise der anderen folge, fühlte ich mich wohl. Was außerordentlich eitel war, in Wahrheit fürchtete ich mich vor allem Unbekannten.
Er antwortete mürrisch, Geld oder Armut spiele hier keine Rolle mehr, es komme nur noch auf den Charakter an. Man werde ständig entdeckt.
»Ein gigantisch psychoanalytischer Kindergarten?«
»Nein«, sagte er, »sonst besäßen wir wieder bürgerliche Haushalte, die in Sehnsucht und Möglichkeit verschieden wären.«
»Wo stimmt es dann nicht?«
»Die Armut ist die Garantie.«
»Also, ein christliches Urparadies, ein Thomas-Müntzer-Fleck?«
»Auch nicht! Dazu sind zehntausend Quadratkilometer zu groß, umgeben von Industrie.«
»Wer bezahlt dafür?«
»Niemand«, behauptete er. »Wir erhalten uns selbst.«
»Warum dann der Zaun? Oder wieso wird er von draußen respektiert?«
»Nicht wir, die anderen haben ihn errichtet, aus Schutzbedürfnis. Wir sind keine Republik, keine Demokratie, kein Plebiszit, nichts Altgriechisches noch Zukünftiges.«
»Die freie, anachronistisch gewaltlose Anarchie«, fragte ich.
Er spuckte haargenau vor seine bloßen, afrikanisch widerstandsfähig gewordenen Füße, worauf ich nun meine Schuhe anzog, und Joachim von Seltmans erwiderte:
»Schön wäre es, ich glaube daran. Bei uns gibt es im täglichen Leben immer noch Gewalt, sie drückt sich nur anders aus. Sie wurde«, fing er zu überlegen an, »umfassender, sichtbarer, direkter. Nein, auch nicht! Jetzt tue ich allen Unrecht und wenn ich ich dies sage, verrät meine Unsicherheit, wie schwer wir uns noch im Gleichgewicht halten. Wir laufen jeden Tag wie zwischen Spießruten. Wir verzichten und wollen trotzdem alles. Wir essen Frösche vor Hunger und zahlen dreihunderttausend Lei für fünfzig hektographierte Seiten aus der

Summa Theologica oder für die Lehrfibel von Daniel Gottlob Moritz Schreber, der nicht nur die Kleingärten für das Berliner Proletariat erfand, sondern auch Stützkorsette, Mundschrauben und Onaniewehren für die Jugend.«
Gebogen stand er, hemdlos und in kurzen Hosen, hinter seinem Karren gleich einer seit Jahren verlassenen Brunnenfigur, aus der kein Wasser mehr floß. Zwei Schlupfwespen des herabgefallenen, inzwischen verwelkenden Kleinwagens, der als Erinnerung an dem Baum gehangen hatte, vielleicht gelenkt von einem sinnvollen Naturbedürfnis, das jedoch nicht der Erfahrung entsprach, waren in unsere Nähe gelangt und setzten mit Sturzflügen auf uns an.
Gern hätte ich die unter einem Mikroskop sehr fremden Köpfe der Insekten betrachtet mit ihren Fühlern und weitsichtigen Augen auf ihrer Rundumachse von zweihundertvierzig Grad, um am zweiten Tag der Morgenthaufahrt mich gewöhnlicher Wunder zu vergewissern.
»Meine Mutter mag mich nicht«, schrie Joachim plötzlich. »Nichts wie weg!«
Wir liefen die letzten Serpentinen des Indianerpfads hinunter, er am Ende des Schubkarrens, ich vorn im Seil, das manchmal schlaff wurde, wenn mich die Fracht überholen wollte. So brachten wir den Berg hinter uns, während die zwei Wespen, trotz ihres imposanten Blicks, uns zwischen Hecken und Schachtelhalmen verloren.
Der Wald, den ich von oben gesehen hatte, war ein gravitätischer Kastanienhang voll weißer und rosaroter Kerzenblüten. Die Bäume standen weit auseinander, ob planvoll angepflanzt oder durch gelenkten Flugsamen auf genügend Abstand gebracht. Die Kronen rauschten raumgreifend, und wir strebten darunter auf einer weißen Meile aus Schotter und Kalk dahin, kleine Staubwölkchen hinter uns lassend.
Der Urenkel verkündete, der Zucker der Freiheit verlange rasches Handeln. Wir müßten zum Moor ausweichen.
Meine Kraft lasse nach, sagte ich. Ich bräuchte Speck, Brot und einen Schluck Schnaps, sonst würde ich aufgeben.

Zum zweiten Mal überwältigte mich der Schreck des Natürlichen. Letzten Morgen war die Reihe an einer der Frauen gewesen, als wir in Wuppertal vor der Öffnungszeit nach einer Apotheke suchten. Jetzt aber mußte ich austreten, mein Bauch grollte, die Schenkel zitterten schon vor Krampf und Drang.

Das Niederhocken und sich im Gleichgewicht halten in einer genügend Senkrechten, die vom Kopf durch den gereckten Oberkörper bis zur nötigen Plattfüßigkeit dringen sollte, fiel schwankend aus, so daß ich mich an ein dorniges Stämmchen klammerte, Schlehweiß oder Hagebutte. Blutströpfchen, die aus Einstichen der Handballen quollen, krönten die Erleichterung, als wurzelhaftes Pech endlich den Darm verlassen konnte.

»Nimm Huflattich«, rief Joachim. »Drei Lagen!«

Genauso schwierig war, Zugriff und Achtsamkeit zu vereinigen, damit ich mit den Fingern nicht durch die Blätter brach, deren Haftung nicht dem gewohnten Papier entsprach und wären es rutschige Zeitungsfetzen gewesen. Bidet, fiel mir ein. Was ist das? Ein sprudelndes Gefäß oder eine demütige Dienerin?

Der Gestank in der undurchlässigen Wärme unter den Königskastanien machte mich schuldbewußt. Im Jahrhundert der Wasserspülungen schlug er unmißverständlich zu. Betroffen sah ich hinter mich, wo sich Mücken auf den Nahrungsberg stürzten.

Joachim rief, ich solle abklemmen! Bauersfrauen der Kanarischen Inseln könnten es noch, säuberten sich mit einem Feldstein.

Unentschlossen kratzte ich im Untergrund, fand nur kleine Kiesel zwischen Gräsern. Den spröden Lattichblättern wollte ich nicht mehr vertrauen, hüpfte in der Hocke wie ein gebücktes Känguruh zu einem Strauch, der entschieden anders duftete, säuerlich harzig. Es war wilder Hopfen. Eine Handvoll Grün und junger Knospen abraufend, bediente ich mich.

Auf dem Schubkarren den Eisschrank, der vielleicht einmal einer jungen Familie gehört hatte – sie Angestellte in der Paßabteilung des Einwohnermeldeamts, er Lagerarbeiter in einer Schraubenfabrik, dazu ein schulpflichtiges Kind, zwei andere vor dem dritten Monat mit Hilfe einer Fürsorgeschwester abgetrieben – wir zogen weiter durch den Kastanienfrieden, dessen gedämpftes Licht von den gewölbten Kronen gefiltert wurde. Auf dem kalkigen Weg fühlten wir uns wie Staatsgäste.
Seltmans sagte nach einer Weile, er vergleiche die erwartungsvolle Stille mit Aminophenen, einer organischen Ablagerung der Phenolgruppe, ähnlich dem altägyptischen Gott Ammon, der bärtig und mit gefalteten Händen steinern hinter einem Rednerpult stehe und auf uns herabsehe.
Ich hatte einst, als ich vom Arbeitsamt kam, eine englische Limousine, Marke Jaguar, beobachtet, die gemächlich durch die Straßen fuhr mit einem jungen Mann am Steuer, während am äußersten Ende des Kofferraums eine dünne Antenne sich in die Höhe schraubte, angetrieben von einem irgendwo in der geräumigen Karosserie versteckten kleinen Elektromotor.
Unser beider Wissen konnte sich zwar ergänzen, doch nicht vereinen, wie es jenseits des Zauns in der Komfortwelt noch immer üblich war.
Der Boden des majestätischen Walds wurde steiniger, nur noch wenige Gräser wuchsen auf ihm, als verliere ein unübersehbarer Kopf sein Unterhaar, auf dem in größeren Abständen noch die Kastanienbäume hochragten. Da und dort zeigten sie Sturmschäden, neigten sich zur Seite, hatten eine Hälfte verloren oder versuchten, sich an einen Nachbarn zu lehnen, so daß in der Höhe sich krümmende Brücken entstanden waren.
Sonnenstrahlen trafen ins Gesicht. Mir war, als wanderten wir durch eine Art Kreidezeit, die uns bedrohte, vielleicht weil wir noch textile Kleider trugen, wenn auch von Schmutz und Schweiß zersetzt. Vor allem der Eisschrank stellte einen Makel dar.

Ich fragte, ob wir ihn nicht wegwerfen könnten?
»Niemals«, sagte Joachim. »Ich wollte fliehen und fand ihn in einer verbotenen Gegend. Er ist ein Geschenk, daß ich wiederaufgenommen werde.«
»Gibt es keinen Weg zurück?«
»Jederzeit! Du mußt nur deiner sicher werden. Doch wer ist das, wenn Kindheit und Sehnsucht, Arbeit und Sättigung getrennt bleiben?«
Ich wollte nicht verstehen, im Seil gegen verharschte Speichelpfropfen, da der Durst zugenommen hatte, mit der Zunge stoßend. Sie schmeckten nach dem Kalk des kilometerlangen, allmählich sich senkenden Wegs.
Ein Läufer, der nur noch wehende Reste anhatte, aber einen blauen, festsitzenden Plastikhelm trug, überholte uns.
Seltmans rief, bevor der Wahnsinnige in der nächsten Kehre verschwand, ob er eine Nachricht für uns habe?
Der Bote blieb stehen, wartete, bis wir ihn erreichten. Sein magerer Leib mit der darübergespannten Haut sah aus, als besitze er nicht zwei, sondern mehrere arbeitende Lungenflügel.
Er müsse sich beeilen, sagte der Läufer. Was wir wünschten?
Joachim, der Rotbäckige, riß den anderen, der keine Kraft hatte, sich zu wehren, an sich und schrie, wenn Zeit wieder zerhackt werde, dann sei der ganze Aufwand umsonst!
»Wie heißt dein Stichwort«, fragte der Läufer.
»Hab keins! Bin Transporteur. Wo sind deine Briefe? Ich sehe keine. Hast du sie im Mund versteckt?«
»Auswendig gelernt«, antwortete der Läufer. »Zwei Botschaften sind für Kinder, sechs für vier Frauen, ein Mädchen und eine Witwe, drei für den Magistrat, aber ich gebe sie an eine Kollegin weiter. Sie ist ausdauernder als ich, rennt ohne Unterbrechung einen ganzen Tag. Ich glaube, sie kommt aus Peru, hat in dreitausend Meter Höhe trainiert.«
Hierarchie gebe es nicht mehr, sagte Seltmans. Ob das Torflager noch vorhanden sei?
Unvermittelt begann der sehnige Läufer, dessen Helm in die

Stirn gerutscht war, andächtig zu singen: »Wir sind die Moorsoldaten / und ziehen mit dem Spaten / ins Moor, ins Moor! / Die Posten gehen hin und her, / der Winter kann nicht ewig sein, / der Stacheldraht, der Stacheldraht, / wir fürchten ihn nicht mehr.«

Dann sagte er, das Werk, soweit er gesehen habe, bestehe noch, ein Peitschenmann habe ihn davongetrieben. Die Qual könne nicht so schnell vergessen werden, beide Seiten müßten sich lang dafür hergeben.

Seltmans bekam Tränen in die Augen und umarmte den Läufer. Ich konnte diesen abrupten Wechsel nicht begreifen, im Morgenthauland verschoben sich ständig Methoden und Maße.

»Sind Sie freiwillig hier«, fragte ich den Boten.

»Sie nicht?«

»Nein«, gestand ich. »Sonst wäre ich wieder im Gefängnis.«

»Darauf achten wir nicht, Freiheit den Feinden, Beschränkung den Freunden!«

Gestärkt durch den anachronistischen Wahlspruch, setzte er sich in Trab, zuerst den einen, dann den anderen Fuß betonend, und tauchte bald zwischen den Kastanien unter.

»Ins Seil«, rief Joachim.

Die Erde beiderseits des Wegs wurde weicher, und die Bäume wichen. Pilzkolonien breiteten sich aus, als wollten Klima und Bodenbeschaffenheit wie in einem botanischen Garten ein wenig Anschauungsunterricht erteilen.

Die gelben kleinen, dicht gedrängten seien Stockschwämmchen, sagte mein Schieber am Karren hinten. Vorsicht, nur in kochenden Suppen verwendbar! Dort drüben stünden Kaiserlinge, leicht zu verwechseln mit Fliegenpilzen. Wenn man sie zu essen wage, schmeckten sie nach Kalbfleisch.

Wir gelangten in eine Ebene, und der Weg, nicht mehr aus Kalk und Steinen, verschmälerte sich. Ein Feld weißer Kegel behinderte uns, die, wenn unsere Füße sie trafen, Wolken von Staub oder Sporen entließen.

»Flaschenboviste«, belehrte mich der Nachkomme des Fliegers. »Immer eßbar, obwohl sie nach dem Pflücken sofort an Farbe verlieren. Ihre Fermente verderben schnell. Ein Tag im Eisschrank macht sie giftig.«

Da war er wieder, der kaum auszugleichende Unterschied zwischen Zivilisation und Natur! Wer von der Erde aß, besaß einen Vorteil von wenigen Tagen, die anderen aber, überhäuft von Frostkost und Büchsennahrung, würden sich jahrelang am Leben halten können.

Der Himmel, wie schon nach dem Zaun, an dem das dunstige Ruhrrevier endete, wölbte sich im Azur, der dunkelsten Sorte der Smalte, gleich tief gefärbtem Kaliglas. Nur im Westen, wohin die Frauen durch die Kuckucksnelken gerannt waren, der Einsamkeit entfliehend, zeigten sich verstreute Herden atmosphärischer Kummerwölkchen.

Ich fragte Joachim, ob er verheiratet sei?

Seine Frau tue Dienst im dritten Versteck, nahe dem Demokratieloch, sagte er. Seit Monaten habe er sie nicht mehr gesehen.

»Habt ihr Kinder?«

»Bleiben draußen bei meiner Schwiegermutter.«

»Warum«, fragte ich und dachte an meinen Sohn, der mir Hilfe gewesen wäre.

»Kinder stören hier auch«, sagte er unwillig. »Zu laut, zu gierig, zu einseitig kräftig. Wir haben schon große Schwierigkeiten, die Unterschiede zwischen uns auszugleichen. Alles soll gleichviel gelten.«

»Werden sie verbannt?«

»Keineswegs! Wer Kinder mitbringt, zeigt Mut. Aber stell dir vor, was passiert, wenn die Gegenwart keine Vergangenheit mehr haben könnte, denn so geduldig müßten wir zu Kindern sein.«

»Und was geschieht beim Sterben?«

Er lächelte, sah trotz seiner verschmierten Backen hochmütig aus, als hätte ich eine überflüssige Frage gestellt, die längst beantwortet war.

Noch sei ich nicht an der Reihe, versuchte ich zu scherzen.

»Im armen Land wirst du Kräfte entdecken, die vorher niemand mehr kannte.«
»Dann leben wir wie in einem Märchen?«
»Vielleicht«, sagte er. »In den Büchern stehen unsere Erinnerungen, Hoffnungen und Sünden. Jeder Tag mißt sich an ihnen.«
Zum Beispiel sei der standhafte Zinnsoldat in seinem Papierschiffchen untergegangen, ergänzte ich. Und der Wolf, verkleidet als Großmutter, habe Rotkäppchen gefressen.
»Möglich«, antwortete er. »Die Freiheit ist so schwierig, daß man in ihr umkommt. Zunächst muß ich mein Geschenk abliefern.«
Das Feld der Boviste wurde niedriger, allmählich bildeten sie nur noch Inseln, die dann in Zungen ausliefen.
Dies seien Schwindlinge, sagte Joachim. Sei bräuchten wenig, würden viele Tage ohne Wasser aushalten. Die kleinsten wüchsen auf einer einzigen Fichtennadel.
Es roch nach Knoblauch, den diese winzigen Statthalter verströmten, sich gegen Trockenheit und Wind auf der Ebene behauptend. Mich aber überkam bei diesem Duft eine Vision von geschmortem Schweinefleisch, schillernden Schlachtfestwürsten und einem Topf voll grüner Bohnen.
Ob hier denn niemals gegessen werde, fragte ich erbittert vorn in meinem Seil. Von Arbeit und Gedanken allein könne man nicht leben. Ich müsse sofort einen Becher Kaffee mit Schlagsahne haben. Auf Zucker würde ich verzichten.
Ein Gespinst von Rissen kreuzte unseren Pfad, als hätten Ziegen hier immer wieder nach Futter gesucht und feste Spuren hinterlassen. Vom Wald her nahm im Rücken der Wind zu, so daß wir geschoben wurden und unser Karren leichter zu wiegen schien.
Plötzlich bremste Seltmans, kniete hin und preßte sein Ohr an den harten Boden. Schritte näherten sich, behauptete er.
Wir waren weder im Wilden Westen, in dem es wenigstens Trapper gegeben hatte mit Proviantsäcken am Sattel, noch ließ sich irgendwo eine Ansiedlung entdecken, eine Hütte

oder ein verwunschenes Gasthaus.
»Vorwärts«, befahl Joachim.
Empörend dieses Ausgeliefertsein aus Schwäche und Orientierungslosigkeit und daher meine Folgsamkeit, weiter zu traben mit dem aufgeladenen Eisschrank, dessen Tür sich öffnete und schloß. Das verblichene, alte Monstrum gähnte verächtlich, denn nirgends gab es Stromleitungen oder Elektrizitätsmasten, die mir früher, in den Straßen- und Autobahnlandschaften, gar nicht mehr aufgefallen waren.
Der Horizont blieb nicht leer, zwei Punkte bewegten sich entlang einer Schräge, noch weit entfernt auf uns zu. Wir rumpelten über das Gewirr der Ziegenstege, im Blick den Schnittpunkt von zwei Geraden, die, je näher sie gerieten, desto flacher wurden. Kurz vor dem Aufeinandertreffen legte sich eine Sekante darüber, ein dunkler Strich durch die Grasnarbe, den eine Bö verursachte.
Seltmans rief eine Parole, die ich nicht verstand, sie klang irisch oder hebräisch, zungenstolpernd schlapp mit aufeinanderfolgenden Vokalen, wiederum ein Merkmal für die Exklusivität dieses abseitigen Lands. Ich erinnerte mich an ein Wort, das Arno Axmann manchmal wie einen Fluch faul zwischen den Zähnen gewälzt hatte und das »sattapadavitihárena« lautete, was Quark auf indisch hieß.
Zwei Nonnen hüpften fünf Schritte vor, drei zurück, dabei geißelten sie sich mit Ziemern, in deren Schnüre allerdings keine Bleikügelchen, Glasscherben oder Nägel eingeflochten waren. Ihre braunen Kutten schützten die Rücken vor starken Schmerzen.
Die beiden Nonnen taten, als bemerkten sie uns nicht, führten ihren Exzeß aus, fünf Schritte vor, drei zurück, Dissidentinnen, die sich an ihrer auferlegten Strafe labten. Sie waren jung, trugen Brillen mit getönten Gläsern und hatten, der Vollständigkeit ihrer Kleidung nach, noch keinen langen, entbehrungsvollen Marsch hinter sich. Gestärkte, in vielfachen Falten plissierte Häubchen umschlossen ihre Gesichter gleich akkuratem Gefieder.

»Buße ist das beste Kleid, füllt die Näpfe, kehrt die Wunden«, hörten wir die zwei Besessenen singen, »morgens ist das Horn voll Blut, abends leert es sich dann wieder. Jesus reißt die Binden ab, verdirbt nicht mehr, verdirbt nicht mehr, steigt aus seinem stummen Grab. Kyrie eleison, Kyrie eleison, Herr, erbarme dich, wir greifen nach dem Pilgerstab.«
Sich geißelnd gingen sie mit ihren verzückten Tanzschritten, die sie kaum weiterbrachten, an uns vorbei und bogen in einen der Ziegenpfade ein, der sich in den über der ganzen Ebene liegenden Strahlenkranz der Stege einfügte. Lange blickten wir ihnen nach, doch folgten ihnen nicht. Es wäre ein Sakrileg gewesen.
Bodenbrüter wurden gestört und liefen käckernd durch das dürre Gras, um von ihren Nestern abzulenken, dann erst flatterten die Vögel auf. Mäuse brachten die Halme des für sie unübersehbaren Dickichts zu klingelndem Rascheln, so daß überall Bewegung entstand, als wehre sich eine zwischen den Wurzeln wohnende Bevölkerung gegen säulenhafte Eindringlinge. Schließlich kehrte wieder Stille ein, nur noch ein Pelikan, der wegen der Trockenheit eigentlich nicht hierhergehörte, hatte Sorge, sich in die Luft zu erheben, mühsam klappernd mit seinem voluminösen Schnabel, dessen untere Hälfte einem angepflockten, traurigen Kahn glich.
Wolken kämen, sagte Joachim. Wenn wir das Lager nicht erreichten, würden wir ertrinken. Jedes Naturereignis sei hier grenzenlos.
Trotzdem blieben wir stehen, hoffend, die beiden Nonnen kehrten um oder gäben Zeichen, wir sollten ihnen helfen. Erst als sie auf einem Kamm in der Steppe kleiner geworden waren, verloren in ihrer Entschiedenheit, die bösartig oder nur ein Spiel war, entschlossen wir uns auch.
Ich hätte das Sterben schon kennengelernt, sagte ich.
»Ekel vor der Zivilisation«, fragte Seltmans. »Nicht ernst zu nehmen! Das Leben beginnt mit unfaßbaren Gefahren stets von neuem.«

Ob er Rosa Kästle kenne und ihre Tochter Angela, fragte ich ihn.

»Wir haben hier andere Namen.«

Er legte sich ins Zugseil, während ich nun hinten schob, vor mir den Eisschrank, in den ein Iltis, ohne daß wir es bemerkt hatten, hineingeschlüpft war. Wenn die Tür aufsprang, sah ich einen neugierigen, spitzen Kopf und wie sich scharfe Pfoten an einem Gitterfach festkrallten.

7.

Zwei oder drei Tage lag ich im obersten Stockwerk eines Schuppens, der manchmal von vielen Personen bevölkert war, aber ich schlief meistens, mich auf einer Matratze hin- und herrollend, die trotz meiner Träume überraschend glatt und standfest blieb. Wahrscheinlich stammte sie noch aus dem Zeitalter der Produktionswut, der ich entronnen war. Eine schwere Decke behinderte mich, eine Art Vlies, das, wenn ich mich herumwälzte, nicht mittat, sondern wie verzinkte Falten beibehielt, so daß entweder eine Kerbe schmerzte, eine durchsackende Bucht das Atmen belastete oder, was am meisten störte, ich meine Beine kaum strecken konnte, als ruhten auf ihnen unmißverständlich mürrische Köter.
Außerdem stank die Decke nach feuchter Ungewaschenheit, die sich auf eine nachdrücklich lauernde Weise mit meiner vereinigte.
Doch durch Bretterfugen strich Wind, dämpfte meinen Gesichtsschweiß und ließ mitunter ein Stück Papier aufwirbeln, das sich nie zu weit entfernte, immer wieder in der Nähe niedersank. Sein auffordernder Tanz und meine Träume schienen eine Beziehung anknüpfen zu wollen.
Essen erhielt ich von irgendwoher, jeweils eine Schüssel stand vor mir, selten warm. Sie enthielt weiße Bohnen, später einen Brei aus Bröckchen und schwarzer Soße, der von fettlos angebranntem Mehl herrühren konnte, wie ich ihn aus der Nachkriegskindheit kannte. Zum letzten Mal, bevor ich aufstand, bekam ich ein bleiches Geschlinge, wie zum Gast eines chinesischen Mahlzeitversuchs geworden. Vielleicht waren es junge Sumpfwurzeln, bei uns einst Kanonenputzer genannt, die ein wenig süßlich schmeckten, oder ich aß zarte Lianen eines Tropenwalds, nicht gekocht, nur heiß überbrüht und gewürzt.

Alles roch angenehm und sättigte, obwohl ich noch die Erinnerung an Fleisch und Wurst hatte, aber diese gab es nie. Eine Kornblume weckte mich. Ich sah sie, als ich endlich ausgeschlafen hatte, nah vor einem Spalt der Scheune sacht von Luftzügen bewegt. Der dicke, sich nach oben verjüngende Stengel war in vielsprossigen Windungen von kleinen Sternen besteckt, deren Bläue mich blendete. Aus ihrem Kranz ragten gelbe Stempel, die vor Fruchtbarkeit zitterten. Ich sprang von meinem Bett hinunter und verstauchte mir, nicht darauf achtend, wie hoch ich gelegen hatte, einen Knöchel. Der Schmerz verdeutlichte den Inhalt des Schuppens.

Wo befand ich mich? In einem neuen Gefängnis oder am Rand der Welt, wenn Märchen versprachen, die Widersprüche wieder zu einigen?

Zuerst fielen mir Schneeschuhe auf, breite, altmodische Eskimotreter mit Riemenwerk zwischen gebogenem Rohr, wie sie noch mein Großvater benützt hatte, Pionier des Schneesports im Allgäu Ende des 19. Jahrhunderts, bevor er norwegische Ski von seinem Freund Hauptlehrer Hofer bekam, die jener, obwohl arm, für die überwältigende Summe von drei Goldmark das Paar in Ulm an der Donau gekauft hatte.

Dazwischen hingen Petroleum- oder Kerosinlampen an den Wänden, was mich verstörte, denn das eine wie andere Beleuchtungsprinzip schloß einander nicht aus, bezweckte dasselbe, doch war sprachlich verschieden durch russischen Anteil.

In der Mitte des Korridors, an dessen einer Seite sich die mehrstöckigen Lagerstätten befanden, stand ein mächtiger Kanonenofen mit einem Deckel, der, ausgeglüht, beinahe durchsichtig geworden war.

Ich dachte an Fladenbrote, Hirseschnitten, geräucherte Gerste und zerkochten Kerbelbrei, doch der mannshohe Herd ließ sich anfassen, war kalt.

Ein Fernrohr verlängerte sich, als ich es an seiner Schnur abnahm, und rückte einer Fliege so nah, daß sich eines ihrer

Augen ins Brennglas stülpte, rasend sich vergrößernd durch die Enge des Kosmos. Und ein Messer, türkisch gebogen, erwies sich als ein Instrument, mit dem die wuchernden Fortsätze von Hufen begradigt werden konnten. Mein kleiner, meist betrunkener Vater hatte bei meinem letzten Besuch auf seinem verwahrlosten Bauernhof genau dasselbe zum Schnitzen eines Salatbestecks verwendet, dünnen Kellen aus weichem Pappelholz, die bald Essiggüsse, Salz- und Zwiebelschärfe zerfraßen.

Hinaustretend empfing mich Licht, das, die Sonne stand vier Finger rechts vom senkrechten Mittag, sich dampfend und springend verlängerte, in der Ferne an einer Nebelwand bauend. Das Papierblättchen, das durch Wachpausen getanzt war, trudelte zu meinen Füßen nieder und sog schnell Nässe auf. Bevor es unleserlich wurde, entzifferte ich einen Namen, Prospan Luckedei Scheilala.

Merkwürdig, wieviel Botschaften oder Sinnsprüche mir in die Quere kamen. Alle Gänge und Handlungen wurden von Namen und auch Versen begleitet.

Höcker erhoben sich bis zum Horizont über braunem Torf, dazwischen lagen Schluchten und Gräben, an deren Rändern sich manchmal Gestalten emporstemmten, niedergedrückt von Lasten. Das Ende der welligen Moorebene war nicht auszumachen, sie ging in Dunst aus milchigen Strahlen und Wärme über. Da und dort wuchsen Bäume, bärtige Kiefern und kaum Zweige tragende Rieseneschen, die hochmütig wirkten, als wollten sie nicht in der Gegend bleiben, sondern bald auswandern.

Ein Schaf, das um die Ecke des Bretterbaus kam, stieß mit seinem feuchten Maul in meine Hand, suchte nach etwas.

»Kannst du sprechen«, fragte ich, wie gewohnt, das Tier.

Blökend sprang es davon und hinein in eine Grube, aus der dunkle Lauge hochspritzte. Ihr Kamm, mit seinen Lappen und geborstenen Zähnen, blieb viel zu lang, als es physikalisch möglich war, in der Luft hängen, bevor er wieder in sich zusammenbrach.

Die Oberfläche des Wassers hatte sich längst beruhigt, bis ich endlich zu dem kleinen Teich lief, der einem kreisrunden, tiefliegenden Auge glich. Das Schaf tauchte nicht mehr auf, vielleicht war es mit einem noch unbekannten Lungenvolumen ausgestattet. Ich zählte mehrere Minuten, doch nichts regte sich.
Schließlich kletterte ich, mich an Wurzeln und einem aus der Steilwand rostendem Schienenstück festhaltend, hinunter, denn etwas träg Weißes schimmerte in der Brühe, das, je näher ich mich wagte und in Morast einzusinken begann, desto größer wurde. Es war nicht das Schaf, sondern der Eisschrank, den Seltmans und ich durch die Wildnis transportiert hatten. Die Tür des Haushaltsgeräts stand immer noch auf, aber kein Iltis wollte sich daraus befreien.
Handelte es sich hier um Selbstmorde von Tieren gleich denen der arbeitslosen Jugendlichen? Außerdem schien Joachims Geschenk nicht angenommen worden zu sein.
In Panik kletterte ich zurück und stolperte über das Moor, von einer Grasinsel zur nächsten springend, dann der Länge nach hinschlagend und durch klebrigen Sumpf rudernd, Beine und Arme möglichst weit auseinander, was viel Kraft kostete, um nicht von Gewächsen oder sich öffnenden Strudellöchern im Schlamm nach unten gezogen zu werden.
Irgendwann hörte ich Kommandos, erblickte verdreckte und beschmierte Figuren und konnte auf einer Bohle liegenbleiben, die, wie ich später bemerkte, als ich wieder zu Kräften gekommen war, schwindelerregend weit über einen Graben hinausragte, in dem unten Menschen arbeiteten.
Leute stachen, auf Terrassen stehend, mit Spaten akkurate Torfstücke aus, andere trugen sie in Gestellen auf dem Rücken zu einem Sammelplatz, wo sie in Loren umgeladen wurden, die jeweils eine Gruppe über Rampen hinaufschob. Dann wendete das Gefährt auf einer Drehscheibe und verschwand hinter einer Bodenerhebung. Auf den Gegensteigen der Gräben polterten die Kipplader, an die sich die Schieber

klammerten, leer zurück und liefen in einer engen Kurve der Schienen tief unten aus.
Ich schaute zu und traute mich nicht von meinem Aussichtsplatz, denn das dicke Brett wippte bei jeder Bewegung. Ich hörte wieder Rufe, die nun mir galten, und Leute winkten, ich solle herunterkommen.
Daran war nicht zu denken. Vor Übelkeit, nicht loszulassen, konzentrierte ich mich auf eine Handvoll Margeriten, die gegenüber der Schlucht im Wind gaukelten, was mich zwang, sie immer wieder anzupeilen, wodurch das Schlingern in mir ausgeglichen wurde. Die Stengel der mageren Pflanzen mochten zwei oder drei Meter groß sein, und darüber nickten weiße Häubchen, deren hypnotisch gelbe Mitte wohltat.
Jemand zog mich am Bein und dirigierte mich von der luftigen Stelle auf sicheren Grund zurück. Es war ein Zwerg oder vorschnell alt gewordener Junge mit einem von Schlamm verkrusteten Gesicht. Zwei Finger an einer Hand fehlten ihm. Als er nach seinem geglückten Versuch vor Genugtuung lachte, sprangen ihm Schmutzflocken von Jochbein und Backen.
Seine Mutter wolle mich sprechen, sagte er.
Wer das sei, fragte ich. Warum sie alle im Torf arbeiteten wie in einem Straflager?
»Brauchen Brennstoff«, antwortete er. »Machen Handel, sind reich.«
Waren es Türken, Jugoslawen oder Griechen? Doch diese Schinderei wäre jenseits des Zauns selbst ihnen fremd gewesen. Ich konnte mir nur vorstellen, daß ein paar mit abgelaufenen Pässen oder auch schon Ausgewiesene sich in das Morgenthauland gerettet hatten, um nicht heimkehren zu müssen, wo sie, falls ihre Ersparnisse für keinen bescheidenen Hausbau gereicht hätten, verlassener durch den Staub ihrer Dörfer gegangen wären als vorher.
Der Zwerg reichte mir Schokolade, eine ganze Tafel, die er sorgsam aus der golden beschrifteten Packung geschält hatte und die dann erheblich kleiner geworden war.

»Mußt essen, ist gut«, beschwor er mich. Grün-, rot- und gezackt malvenfarbene Schmetterlinge, verschwenderische Exemplare, wie ich sie seit Jahren nicht mehr gesehen hatte, kreisten wie Häuptlingsschmuck um seinen Kopf. »Gibt Kraft«, sagte er und sah mich bedauernd an, um plötzlich zu rufen: »Springen! Geht schneller!«
Eine metallisch schmeckende Angst durchlief mich, ähnlich jener, als ich in einem Buch, das von mexikanischen Indianern handelte, die Vorschriften las, wie man sich anders bewegen könne, zum Beispiel aus Lust nach einer schöneren Welt kopfüber, man müsse es, gedanklich und charakterlich geübt, nur wollen, zum Beispiel in eine Schlucht hinunterstürzend, ohne zu zerschellen, während Gestein und der Schatten des eigenen Körpers ohne Konsequenz hinter einem herwirbelten.
Der Kleine richtete sich auf, senkte seinen schweren Kopf und atmete mehrmals schnell ein und aus, so daß seine Ohren sich zu vergrößern schienen und durch seinen Nacken eine pulsierende Röte lief, die wieder abnahm. Er ballte die Fäustchen und schwang die Arme, als sollten sie zu Hubschrauberflügeln werden. In dieser Haltung rannte er, einen Schrei ausstoßend, auf das Bohlenbrett hinaus, verharrte dort einen Augenblick und versank, ein wenig schräg in der Luft hängend, mit geschlossenen Beinen in die Tiefe.
Eine Elster schoß an mir vorbei, äugte herab, kam zurück und versetzte mir einen Schlag über den Mund, so daß ich zu atmen aufhörte und, eigentlich furchtlos, auch lossprang, als sei der Abgrund ein Federbett. Am Ende des Bretts kehrten jedoch Furcht und Bewußtsein dessen, was sich abspielte, zurück, weshalb ich, schon fallend, mich noch an dem schlüpfrigen Holz festzuhalten versuchte, aber meine Hände glitten ab, und über mir verkehrte sich der Himmel zu einem Trichter, in dem ich von Wand zu Wand geschleudert wurde.
Bevor ich aufschlug, mich dehnend und wieder zusammenkrümmend, jagte die am Bauch vernähte Rennsau meines Vaters vorüber. Das goldene Kügelchen, das mir Axmann in

den Mund gespieen hatte, blies sich auf und zerbarst. Zuletzt erstarrte Rosa, ein auf einer Pfanne erhitztes Bleifigürchen, in einem Topf voll Wasser. Ihre Haare wurden zu Spießen, alles andere war unkenntlich verschmort.

Wahrscheinlich hat mir geholfen, daß ich in meiner Jugend Skiläufer gewesen war und unwillkürlich nachgab, um Muskeln und Gelenke zu schonen.

Ich hörte Gelächter und Händeklatschen, lag still. Schließlich faßte ich nach einem Ast, der an mir herumstocherte, zog mich hoch und sah, während noch der Aufprall in mir nachhallte, Frauen um mich stehen, die mich, fast teilnahmslos, betrachteten. Unter ihnen befand sich der Zwerg, der sich mit der dreifingrigen Hand ein paar Blutstropfen vom Mund wischte. Anscheinend war die Landung auch für ihn keine Selbstverständlichkeit gewesen.

»Fliegen, fliegen«, riefen einige und lachten wieder.

Befehle, kaum zu vernehmen aus der Ferne, brachten sie ein wenig durcheinander, doch eine Alte, deren unförmiges Kleid aus einer Pferdedecke oder einem Mehlsack geschneidert war, an dem reihenweise Orden hingen, die kleinen blinkend, die größeren scheppernd wie Gießkannenteile, zeigte nach oben und sagte, wenn ich besser zugelangt hätte, wären mir Wunden erspart geblieben. Wer hierherkomme, müsse Würde bewahren.

Oben, unter der Bohle, hing eine Strickleiter, die beinahe bis zu uns herabreichte. Ich zählte benommen die Sprossen, als könnten sie wenigstens numerisch noch helfen. Als ich zu dem Zwerg blickte, winkte er ab und drängte sich hinter die Frauen.

Eine sagte, ihr Fuß tue weh, sie habe ihn unter das Rad einer Lore gebracht.

Eine andere klagte, es sei nicht einzusehen, die Ungeduld der Vergangenheit mitzumachen. Sie gehe nun ins zweite Versteck, wo man mehr zu essen bekomme und nicht mehr so viel arbeiten dürfe.

Die Alte hob, in übertriebener Verzweiflung, ihre Arme,

wandte sich nach allen Seiten, aber ihre Leidensgenossinnen rutschten den Rest des Hangs hinunter, auf den Hintern rodelnd wie Häsinnen.
Mir kam ein Verdacht, der meine Gliederschmerzen fast vergehen ließ: Vielleicht stand ich noch auf der Moorebene und war gar nicht abgestürzt? Mein Zustand konnte sich in Verlangen und Bewahrung aufgeteilt haben, wobei sich das Gewohnte als die stärkere Hälfte erwies.
Die medaillengeschmückte Frau öffnete am Hals ihre Kluft, und der Iltis, den ich in Seltmans versenktem Eisschrank ertrunken geglaubt hatte, streckte seinen mit einem hellen Scheitel verzierten Kopf heraus, unruhig schnüffelnd, bis er mich witterte. Seine Knopfaugen sahen mich starr an, die Alte kraulte den Pelz unter der Schnauze des Tiers.
»Sag was«, forderte sie mich auf. »Bist nicht gestorben.«
Ich wußte keine Antwort.
Der Iltis holte aus den Höhlen des Kleides ein verschrumpeltes Äpfelchen, das, übersät von eingetrockneten Narben, mehr Süße in seiner Unansehnlichkeit barg als ein gleichmäßig grünes Glanzprodukt aus den Kunstdüngerweiten Kaliforniens. Er fräste die zähe Schale mit seinen dolchartigen Zähnen in einem Kranz ab, geschickt die Klauen benützend gleich zwei Zwingen einer kleinen Drehbank.
»Mundet gut«, schien der Iltis zu sagen.
»Wie, bitte?«
Die Alte schüttelte sich vor Freude und stopfte das Nagetier, das sein Futter umkrallte, in dem Ausschnitt zwischen ihren Brüsten zurecht.
»Bin ein Nimmersatt«, ließ es vernehmen, was mich nochmal in Zweifel brachte, ob ich dieser Vorstellung überhaupt angehörte.
Beißender Qualm, als sei irgendwo der Torf in Brand geraten, senkte sich über uns, und alle drei mußten wir husten. Der Iltis wischte sich auch die Augen, wobei er den Apfel auf einer Pfote balancierte.
»Canossa, Engerlinge und Larven«, glaubte ich ihn nun

schmatzend murmeln zu hören, während er ins Kerngehäuse vorstieß. »Wer sich nicht auskennt, wird sich selbst bestrafen.«
Die Strickleiter wurde losgebunden und fiel herab. Das Feuer am Ende des Grabens war stärker geworden, der Rauch strich dichter und wärmer durch die Schlucht, füllte sie allmählich. Die mächtige Frau legte sich neben mich, da es am Boden noch am meisten Sauerstoff gab.
Die Gefahr sei gleich vorüber, sagte sie. Fische würden geräuchert, jemand habe dafür zuviel frische Holunderzweige genommen.
Der Iltis war nicht derselben Meinung, fluchte und schimpfte, jetzt in einer fistelnden Sprache, die ich nicht verstand. Er spuckte Apfelreste aus und verschwand in seinem Versteck, wo er herumtobte, so daß die Alte Mühe hatte, ihn zu beruhigen. Wahrscheinlich tat er ihr mit seinen Krallen weh, denn sie drohte ihm, ihn aus seinem Nest zu werfen, doch davon wollte er nichts wissen.
Demütig die Vorderpfoten zusammengepreßt, als bitte er um Gnade, zeigte er sich wieder, dabei blinzelte er und legte den Kopf schief, ihn schmeichlerisch am faltig sonnengegerbten Hals seiner Herbergsmutter hinaufschiebend, bis seine Schnauze ihren Mund erreichte, und wahrhaftig, sie küßten sich, ein Bild des Einklangs, das größte Bestürzung in mir hervorrief. Ich wurde, von paradiesischen Zeichen prähistorischer Erinnerungen bedrängt, für einen Augenblick ohnmächtig, wozu auch die Atemnot beitrug. Als ich wieder zu mir kam, stapfte die urtümliche Person, mit ihren klingelnden Orden an der Brust, schwankend in die Rauchwand hinein. Auf ihrer Schulter saß der Iltis, der zurückblickte und wie ein aufgezogenes Spielzeugtier sich unentwegt auf den Bauch trommelte.
»Wilhelm, gib Ruhe«, hörte ich noch rufen, bevor die beiden gravitätisch in den Schwaden untertauchten.
Ich lag und wartete. Alle Widersprüche, ob bewußt oder abwehrend krisenhaft wahrgenommen, vermischten sich zu

einer Dominanz, die mich, ein Teilchen von vielen, im Ganzen mitnahm. Die Verletzungen und erzwungenermaßen erlittenen Vernichtungstendenzen blieben begrenzt, als gäbe es im letzten Drittel dieses Jahrhunderts ein Spiel, Personen, entgegen kalkulierender Technologie und Analyse, bodenlos umzukehren.

Da dort, zwei Eiben! In ihren Kronen hing noch Rauch, verringert flatternd. Die Sonne, sich dem Abend zuwendend, wurde sichtbarer, ein fürchterlich naher Feuerball, der aber, je mehr sich der Qualm über der Schlucht lichtete, desto ferner rückte, bis er wieder zu einer erhaben ruhigen Scheibe geworden war, die uns Wärme, Mikrowellen für die Sprünge der Genetik und Magnetismus auf Grund kosmischer Reibung verschiedenster Schweren spendete, was, nebenbei, den drahtlosen Verkehr und die Orientierung um die Erde ermöglichte.

Später, es wurde merklich kühler, ging ich über Serpentinen hinab. Ich fühlte mich wie ein verlassener Erfolgreicher, der seinen virtuosen Katzenjammer auch am Beispiel des Untergangs der Titanic beschreiben könnte, als das Messer eines Eisbergs in der See den Rumpf aufschlitzte und Fahrgäste, ob arm oder reich, beim Anblick explodierender Lichter und durch Stahlplanken brechender Maschinenblöcke im Wasser sich an Türen, Sessel und umgeschlagene Rettungsboote klammerten und weitertrieben.

Niemand forderte mich auf, mitzuarbeiten. Obwohl die Schicht noch andauerte, die verdreckten Frauen, zum Teil mit kleinen Kindern an der Hand oder in Umschlagtüchern auf den Hüften, am Ende ihrer Kraft waren, hatten sie Rufe, einen Wink für mich, den Gast, der sich erst vergewissern sollte.

Zuletzt faßte ich auch an. Zwei Männer, die ich nur an den längeren Nasen und verworren braunen Gebissen unterscheiden konnte, also Raucher, brachten eine überladene Lore nicht über die Rampe hinauf. Ich schob, bald in einen Singsang mit einfallend, von Schwelle zu Schwelle.

Oben, auf der Moorebene, erfrischte Wind. Das Drehkreuz der Schiene stürzte die Ladung hinweg, während andere, die auf uns warteten, zu sortieren begannen.
Ich fragte, ob wir mit dem leeren Karren wieder hinunterführen?
Zwei moorige Gesellen sagten, ihre Zuteilung an Nahrung sei gering. Sie sprangen auf die eiserne Deichsel und rumpelten wie froh gebuckelte Asseln davon, die das späte Licht begrüßten.
Der Zwerg oder zu schnell alt gewordene Junge, der mich über die Bohle gelockt hatte mit seinem Indianersprung, trat neben einem Gestell aus Stangen, an dem Räucherfische hingen, hervor und sagte, sein mondförmig großes Gesicht hin- und herwendend, an den Türmen fehle einer.
Ich fragte, ob er noch Schokolade habe.
»Klumpfuß, ist genug«, erwiderte der kleine Chef.
»Kennst du Prospan Luckedei Scheilala«, fragte ich auch. »Ich habe den Namen auf einem Papier gelesen.«
Der Zwerg antwortete nicht, nahm einen Anlauf und wurde von einem langen Brett, das auf der anderen Seite kippte, in die Höhe geschleudert. Sich drehend und die kurzen Arme und Beine entfaltend, schien er für eine Weile in der inzwischen klar gewordenen Luft horizontal steckenzubleiben, als verfestige er sich zu einem wesentlichen Bestandteil der Protuberanzen und Triangeln der Unbescheidenheit. Dann schnellte er in Rückwärtssaltos davon.
Ich dachte an Hoffmann's Zinnober, der kopfunter, nachdem er ein ganzes Städtchen mit seinem Blendwerk beherrscht hatte, in einer Vase gelandet und darin erstickt war. Wunder endeten oft rücksichtslos.
Als wieder eine Lore ihre Fracht entlud, griff ich zu. Auf einem sorgfältig geschichteten Turm aus nassen Soden hielt sich einer im Gleichgewicht und schrie, er brauche neue Ware!
Die dicken, ziegelartigen Rechtecke mußten in weitem Kreis zu einem hohen Babel-Bau, damit der Brennstoff trocknete,

gestapelt werden. Hölzer, abgebrochene Äste, herumliegende Schnäbel und Klauen von Adlern und Geiern, die anscheinend hier im Überfluß starben, wurden eingefügt. Jede Fuge erhielt eine Abstützung.

Der Meister vom Gipfel kam ein paar Stufen herunter und rief, mit entzündeten Augen durch eine Scharte blickend, Kriegszeiten fingen an, wir rüsteten für den nächsten Kampf!

»Sind wir in einem Staat, wo man mehr tun muß als vorher«, fragte ich entsetzt.

»Hast Du Angst?«

»Ja«, sagte ich. Die Aussicht, in der Idylle vielleicht das erleben zu müssen, an dem viele unserer Eltern und Vorfahren zerbrochen waren, stimmte nicht günstig. Außerdem bekümmerten mich die vorzeitlichen Fellachen auf den Abraumhalden.

Guido, wie der Pyramidenbauer hieß, sagte, durch sein Guckloch schnaubend, ich bräuchte mich nicht zu fürchten, er halte Gleichgewicht. Wenn ich keine Kraft mehr habe, könne ich auch wieder absteigen, niemand werde zur Arbeit gezwungen.

Nach einigem Stöhnen oder halblauten Beschwörungsformeln erschien er oben auf dem stumpfen Kegel, ein Schwimmer, der die Bewegungen des steilen Gebäudes besänftigte. Er hatte schwarze, verfilzt abstehende Haare und Lücken in den Zähnen, durch die, mal auf der einen, dann auf der anderen Seite, die Spitze seiner hellroten Zunge hervorschnellte, als wolle er Insekten fangen.

»Wir sind auch Neulinge«, sagte er. »Nichts hält uns und trotzdem bleiben wir im ersten Versteck, denn das zweite oder dritte ist noch freiwilliger. Da arbeitet man lieber hier.«

Ich fragte, warum Torf überhaupt notwendig sei? Es gebe doch auch Holz, Erdöl und Kohle?

»Weiß ich nicht«, antwortete er. »In der Baracke brauchen wir jeden Abend zum Kochen einen halben Zentner. Schau, wie weit unser Gebiet reicht!«

Ich klomm höher, wobei er mir Hilfe leistete, bis ich oben zu liegen kam. In der Ferne waren noch viele Kegel zu sehen, in Abständen zum Horizont der Moorebene immer kleiner werdend gleich den komplizierten Knoten eines vielsäumig gehäkelten Kleids. Rauch stand manchmal darüber, von der Kühle des Abends niedergedrückt, so daß durch mannigfaltige Schleier die Unwirklichkeit noch zunahm. Es war, als seien wir zum Inhalt eines matt glasierten Gemäldes geworden, das arme Pracht darstellte, ob in einem Museum hängend und ehrfürchtig betrachtet oder schon vergessen im Einrollen begriffen.

Vier Elstern mit pastenweiß gesprenkeltem Gefieder flogen ohne Scheu ein und setzten sich auf unsere Schultern, äugend und sich putzend.

Dann hüpften sie weiter und pickten in den Torf, rissen seit Jahrtausenden erstickte Fasern aus, bis sie endlich etwas Blitzendes gefunden hatten, einen kleinen Ring, um den sie alle vier kämpften. Federn stoben, und Guido und ich mußten ein Stück absteigen, damit wir nicht von Schnäbeln getroffen wurden. Als einer der Vögel das Beutestück endgültig eroberte, verlagerte sich die Jagd in die Luft, ein kreischender Knäuel aus Klauen und Schwingen, der sich in der Ferne verlor.

Guido trat vor Begeisterung einen Teil der obersten Mauer los, weshalb wir uns kaum mehr in der Waagerechten halten konnten. Ich häufte auf meiner Seite hastig Übergewicht auf, um das schwankende Gebäude zu beruhigen, denn inzwischen war unten wieder eine volle Lore angekommen, und Soden flogen, von Hand zu Hand weitergegeben, zu uns herauf.

Eine Frau rief, der Ring gehöre ihr! Gräßlich, ihn von der Entfernung des Monds zu trennen!

Begriffe und Vergleiche schlüpften vorüber, doch ich arbeitete verbissen weiter, wie ich es gelernt hatte beim Überleben im Nebel, der aus Fragen verschiedenster Gleichzeitigkeiten bestehen mochte.

Wir setzten die schweren Torfecken gleichmäßig kreisum,

immer ein wenig nach innen geneigt und Abstände einhaltend für den Durchzug. Noch längst nicht war der mögliche Gipfel erreicht, da eine Stange in der Mitte, an der wir uns orientierten, mitzuwachsen schien.
»Schluß jetzt«, sagte Guido. »Ich mag nicht mehr, mir ist kalt.«
Ich antwortete, er sei jünger und kenne sich hier aus.
»Meine Mutter ist da«, erwiderte er, »eine Kriegerwitwe, die mich durchgebracht hat und nie mehr mit einem Mann zusammen war.«
»Gut, dann hast du also ein Vaterproblem wie die ganze Nation.«
»Verreck, friß Gras«, schrie er, »oder geh ins Gas«, und hieb mir nassen Torf über den Kopf, so daß ich, für einen Augenblick, nichts mehr sah, nur noch verweste Krümel zwischen den Zähnen spürte, aber die Mannschaft unter uns nahm keine Rücksicht, schleuderte weiter ihre Ladung empor. Wir mußten fangen und Schicht um Schicht auflegen.
Bei einem Knall, ziemlich nah, stoppte die Arbeit. Die letzten Torfstücke fielen, auf halbem Weg nach oben wieder zur Erde zurück, und eine Lore rasselte davon.
Ein Mann, auf der anderen Seite des Grabens, schwang eine lange Peitsche, aus deren verflochtenen Strängen scharfe Töne erklangen, eine Art Kommandomusik.
Guido und ich kletterten gleichzeitig an der schwarzen Pyramide hinab, nachgebend oder dagegenstemmend, wenn der Turm sich zur Seite neigte, bis wir uns unten auf den Bauch werfen konnten, immer noch die Garben des Befehlenden hörend vom Rand der Schlucht gegenüber.
Kinder liefen vorbei, klein und von erstarrtem Schmutz bedeckt wie Ureinwohner Australiens, doch einige von ihnen lachten und vollführten mit den Armen übermütige Siegeszeichen.
Mich umdrehend hätte ich gern ein Flugzeug gesehen, wenigstens den verläßlichen Kondensstreifen einer Verkehrmaschine, die ihren entzweistrebenden Schweif hinter sich her-

schleppte, ein gewohntes Bild aus der anderen Welt. Aber der Himmel blieb rein, durchsichtig abgestuft von Dunst belagert gleich Gläsern mit verschiedenen Schärfen.

Guido flüsterte, wir müßten zur Baracke, gleich sei Essensempfang. Wer zu spät komme, werde bestraft und erhalte nichts. Gleich danach sagte er noch, ich solle keine Angst haben, es gebe später ein Festmahl.

Irgend etwas, das vielleicht seit längerem, nachdem ich mich für das zukunftsvergangene Morgenthauland entschieden hätte, sich in mir anbahnte, geriet außer sich, sich dehnend an Stellen wie dem Becken, auf der Brust und in den Oberarmen, als bekäme ich Wassersucht oder Zellulitis, anders vermochte ich es aus Argwohn nicht zu begreifen. Eine wehe Sanftmut oder auch hingebungsvolle Stärke, die sich nicht mehr in derzeitigem Behauptungswillen ausdrücken wollte, schwoll in mir, verweigerte Erfahrung und Bereitschaft. Der Kampf nötigte mich blasphemisch zellwenderisch und boshaft mütterlich, ähnlich einer Katze, die geboren hatte und nun den Kuchen der Nachgeburt verschlang, ohne Rücksicht auf Gestank und Blut, um verlorene Elemente wiederzugewinnen.

War diese in mir ablaufende Veränderung eine notwendige Maßnahme, die dem Leib durch die andere Landschaft und deren fremde Inhalte aufgezwungen wurde?

Ich glaubte, Guido mich Johanna nennen zu hören, obwohl ich Johann hieß, was er aber gar nicht wissen konnte, zudem galten hier die Taufnamen nicht.

Ich sah meine Handgelenke an, die noch dünner geworden waren, außerdem hatte sich mein Gewicht verlagert, so daß ich, als ich mich aufrichtete, Lust bekam, einen Spagat zu machen.

»Tu's doch«, sagte Guido. »Wir haben Verrückte, die zur Erholung nach der Arbeit im Handstand gehen.«

Plötzlich wußte ich, daß dieser eifrige Torfschichter jüdischer Abstammung war, und er sagte, ohne daß ich ihn gefragt hätte, sein Vater habe die Vernichtungskammer betreten, und

seine Mutter trage ihre Orden zu Recht. Er sei damals gerade geboren und später versteckt worden.
Ob sie draußen eine Rente gehabt hätten, fragte ich.
»Eine deutsche, eine aus dem Osten und eine französische, alle winzig.«
»Und jetzt?«
»Brauchen wir keine mehr. Tausend Mark wären zur Zeit tausenddreihundert gambische Dalasi oder siebenhundertfünfzig neu-kaledonische Franken oder fünfhundert Hongkong-Dollar oder ich weiß nicht wieviel Wons aus Südkorea. Wir versuchten Geldgeschäfte, weil in Frankfurt die Mieten immer höherstiegen, aber es lohnte sich nicht mit kleinen Summen. Münzgold und zwei Barren, in der Schweiz gekauft, hatten wir auch einmal.«
Ich sei in einer Autofabrik gewesen und hätte danach Schachtarbeiten gemacht, sagte ich.
»Lohnt noch weniger.«
»Und hier, in der Armut?«
»Willst du dich selbst bezahlen? Wie könnte man es?«
»Dann sind wir verdammt.«
»Schlecht für dich, wenn du nur Häßlichkeit und Mühsal siehst. Als mein Vater ins Gas ging, soll er gesungen haben, behauptet meine Mutter.«
Ich fragte ihn, ob er tatsächlich in einem Konzentrationslager zur Welt gekommen sei, doch er antwortete nicht, denn von neuem hob das Peitschenknallen an, bedrohlich näher, als habe der Wächter mit einem gigantischen Sprung den tiefen Graben des zu Tage liegenden Moorwerks überwunden.
Wir rannten den anderen nach, die bereits die Terrassen hochgeklettert waren und sich in Gruppen auf der Hochebene verteilten. Guido kannte einen Steg, der zwischen braunen Tümpeln und trügerisch mit Moos bewachsenen Sumpfflächen hindurchführte, wobei die Kunst des Laufens darin bestand, nicht fest aufzutreten und sich nicht von Mückenschwärmen beirren zu lassen, sondern sich blindlings den Windungen und Kehren anzuvertrauen, als sei jedes Hinder-

nis, jeder Engpaß traumatisch bekannt.
Am Tor der Baracke fanden sich alle wieder, teils keuchend, einige auch vergnügt, besonders größere Kinder, denen nicht anzusehen war, ob es sich um Mädchen oder Jungen handelte. Sie verlangten im Chor nach »Stöpsel und Pflock«, die sie von einem alten, schlohweiß bekränzten Mann erhielten, dessen Bart wie ein Waschbrett abstand.
Die Kinder knieten nieder. Eines drehte blitzschnell in seinen zusammengepreßten Händen eine Rute hin und her, deren Spitze im Loch eines Scheits steckte, aus dem sich ab und zu schüchtern ein Rauchkringel entwickelte und wieder zusammenfiel, während zwei andere die Unterseite der gewichtigen Feuerstelle festhielten und ein viertes vorsichtig dürres Geflecht nachschob und gedankenreich behauchte.
Wir hatten uns in einem Kreis aufgestellt und begutachteten andächtig das unfortschrittliche Entfachen eines Flämmchens, welches auf sich warten ließ. Eine Frau sagte träumerisch, sie erinnere sich an ein Buch, das Rulaman geheißen habe, ein Roman, in dem das Zusammentreffen der Stein- mit der Bronzezeit auf der Schwäbischen Alb beschrieben worden sei. Rulaman habe noch einen Burria, einen Höhlenlöwen erlegt und immer, selbst im Winter, Feuer entzünden können.
Die ordensbewehrte Katastrophale schritt ein, Guido's Mutter, riß ein Streichholz an, das die Bemühungen der Kinder sogleich zunichte machte, ihr Werk in Brand setzte.
»Geht voraus,« sagte sie, »stellt euch auf, zählt ab und legt die Ausfälle in den Gang, damit wir den Abendappell hinter uns bringen. Wir wollen dann noch feiern.«
Am Ende der Baracke, wo ich für Tage im dritten Stock der Lagerstätten gedämmert hatte, kam ich als letzter daran. Wir waren einhundertsechs Personen, fast nur Frauen und Mädchen, was mich froh stimmte, auch körperlich bestätigte, während einst im Wachstumsland die Unterschiede so wichtig gewesen waren.
Kümmerliche Puppen aus Lappen und Werg wurden vor den Füßen aufgereiht, dazwischen Eßbestecke aus Aluminium,

Blech und Holz. Die jüngsten Kinder streckten sich auf den Dielen aus, fingen an Daumen oder zwei Fingern zu lutschen an, das zerbissene Ohr eines ramponierten Spielhasens in der Faust oder einen eroberten Schnürsenkel, der hier eine Kostbarkeit darstellte.

Es gab keine Wachmannschaft, keine Schäferhunde, weder Maschinengewehre noch Stacheldrahtzäune, trotzdem blieben alle stehen. Die Stille in der dunklen Scheune wuchs zu einer beängstigenden Fülle, nur die Kleinkinder seufzten sich in den Schlaf, den sie in dieser Lage anscheinend gewohnt waren.

Mir einer Serie von Hieben tauchte der Peitschenmann im Einlaß auf, breitbeinig stehenbleibend und schreiend, wieviel wir seien?

Ich mußte es sagen, ausgerechnet ich, jemand stieß mich an, doch bevor ich die Zahl ausrufen konnte, widerfuhr dem vor sich hinknallenden Scheusal ein Mißgeschick: Seine Lederpeitsche verfing sich in der herausgemoderten Angel der schief hängenden Tür, und der Kerl brauchte lang, bis er sein Instrument wieder befreit hatte. Niemand lachte oder hüstelte wenigstens zum Zeichen der Genugtuung, alle blickten geradeaus, als hätten sie nichts bemerkt. Zwei, drei der kräftigen Frauen hätten genügt, den Kerl zu entwaffnen, niederzuwerfen und zu knebeln.

»Einhundertundsechs«, sagte ich laut.

»Aha, ein Neuer! Vortreten!«

Er stolzierte durch den Korridor, aber beachtete die liegenden Kinder, die sich zum Teil umdrehten und aufsahen, seine Stiefel streiften sie nicht einmal. Als er vor mir stand, spuckte er mir ins Gesicht.

»Und«, fragte er. »Keine Gegenwehr?«

Ich wischte den Speichel ab und sagte, ich wisse noch nicht genau, wie man sich im Morgenthauland verhalten müsse.

»Zuschlagen«, erwiderte er, »sonst verhungerst du.«

Er wurde auf mich zugeschoben, viele drängten nach, so weit es die Enge erlaubte. Aus Bretterritzen der Rückwand fiel

Licht, machte sein Gesicht blank, eine fahle, unentschiedene Fläche mit einer Stupsnase und schütterem Bartwuchs auf Kinn und eingefallenen Wangen.
Hinter uns wurde von Östrogengehalt wegen Tarnung oder Alkoholimus gesprochen, es gebe auch einen Trunk aus Hahnentritt, Beifuß und Akelei, der dieselbe Wandlung anrege.
Die kindlich ernste Miene des Peitschenmanns verzerrte sich. Ich dachte an mein Schmelzen bei der Torfpyramide und neues Gewichtsverhältnis, das ich gefühlt hatte. Unwillkürlich lehnte ich mich an den nächsten Körper, den einer Frau. Der Kreis erweiterte sich, bevor ich von dem Wächter, dem unsere Übermacht gleichgültig schien, bestraft werden konnte, denn Guido wälzte sich auf dem Boden, so daß die Frauen ihre kleinen Kinder in Sicherheit bringen mußten. Er schäumte, stieß zunächst unverständliche Laute aus, sprang wieder auf und schrie dann, er wolle nicht in den Bunker, reiße jedem den Hals ab, der sich ihm nähere! Für jeden Toten einen anderen!
Und, als hätten sie sich abgesprochen, fiel nun der Peitschenmann um und schlug sich selbst, tobte und verlangte nach seinem Vater, der ihn allein gelassen habe mit Schuld und Stärke! Kinderköpfe seien an Mauern geschmettert, Nackte am Rand von Gruben erschossen worden, bis der Schnaps für die Abteilungen ausging! Einmal habe das Auspuffrohr des Erstickungswagens versagt, weil ein Witzbold eine Handvoll Vergißmeinnicht hineingesteckt hatte.
Als die Barackenkinder vor Schreck über den Ausbruch ebenfalls zu schreien anfingen, drängte sich Guidos Mutter vor und goß einen Eimer Wasser über die beiden.
»Das genügt für heute«, sagte sie. »Sonst möchten wir es noch wahrhaben.«
Der Peitschenmann wurde hochgehoben und, als seien seine von dem Anfall verwickelten Glieder zerbrechlich geworden, behutsam weitergereicht. Dann kam Guido an die Reihe, der lallte, er wolle zu seinem Lager, dort gehöre er hin.

Viele betteten ihre Kinder in die Matratzen- und Strohsackhöhlen und krochen mit hinein, um endlich auszuruhen. Andere standen bei dem angeheizten Kanonenofen und stritten sich um Töpfe.

Draußen bildete sich ein Zug aus Frauen, der die beiden Erinnerungshelden wie zwei Germanenfürsten auf Ästen zwischen sich trug. Nebel war aufgekommen und strich über uns, klamme Seide, die an die Gesichter klebte. Vier Frauen hielten Fackeln in den Händen, und einige hatten nun Abendkleider an, glitzernde, wenn auch arg mitgenommene Roben, die sie, als wir in dichtes, nasses Gras kamen, hochrafften und am Bauch verknoteten.

Leuchtwürmchen flogen voraus und zeigten den Weg, der vom Moor weg zunächst durch einen Wald führte, dessen Buchen und Eschen, so weit die Bäume noch zu unterscheiden waren, Alleen bildeten. Wenn von dem Trampelpfad, dem wir folgten, eine Spur abzweigte, blieb das Volk der Glühwürmchen über der Kreuzung stehen und wartete auf uns.

Jemand sagte, diese liederlichen Mutanten würden uns in die Irre leiten. Es sei bekannt, daß es gepauste Chimären gebe, die aus unserem Genhaushalt stammten.

Eine der zerrupft Damenhaften antwortete, während wir erwartungsvoll schwiegen, doch den Marsch fortsetzten, und nur noch Scharren der Füße im Laub zu hören war, man solle sich auf die Beständigkeit der Natur verlassen, sie kenne nur Lösungen. Fehlentwicklungen, die den Ansprüchen nicht genügten, verlören sich bald.

»Und die Saurier«, fragte ein Mädchen von der Spitze des Zugs. »Warum sind sie nicht mehr da?«

»Es wurde kälter, außerdem erstickten sie an ihrem uneigentlichen Gewicht.«

»Und jetzt fängt alles mit den Glühwürmchen wieder von vorn an?«

»Sie sind eine Variante, ein Hinweis, daß unser Gehirn und diese Köpfchen derselben Fortsetzung angehören.«

»Verstehe ich nicht«, protestierte das Mädchen und brachte die Kolonne, da es stehenblieb, durcheinander, so daß die beiden Bewußtlosen, Guido und der Peitschenmann, bedenklich auf ihren Astkatafalken schwankten.
»Es ist eine Frage der Nukleinsäuren. Wir, die Pflanzen und Tiere besitzen dieselben, nur die Anzahl in den Zellkernen ist verschieden.«
Ich schlängelte mich an die Seite der verkleideten Besserwisserin, die kühl in die Stille der herabsinkenden Nacht hineinsprach, und niemand wunderte sich, weshalb wir außerdem zwei Männer auf Gestellen durch einen unbekannten Wald schleppten und gleichzeitig über Molekularbiologie belehrt wurden.
Die Wegweiser seien nicht mehr da, hieß es.
»Sie haben sich geärgert. Vorwärts!«
»Links herum«, rief eine Frau.
»Falsch«, sagte eine andere mit Baßstimme. »Dort beginnt der Sumpf.«
Meine Hand fand, ohne daran gehindert zu werden, die der Genetikerin. Wir gingen am Ende, wo Guidos Kopf über das Gezweig hing und Speichelfäden, oder waren es lautlose Tränen der Erinnerung an den singend in die Gaskammer gegangenen Vater, auf uns tropften.
Kinder überholten uns, riefen, die Glühwürmchen seien schon in der Schlucht! Wir müßten uns beeilen!
»Siehst du«, sagte meine Führerin, »wie wichtig es ist, sich Überraschungen der Entwicklung, die sonst tausende von Jahren dauert, hinzugeben? In unserem Land stolpert das Zeitgefüge.«
Ich wollte erwidern, das sei Blendwerk, Zauberei, aber die Fingernägel der hochgemuten Frau, zwei lange und die übrigen abgebrochen von der Arbeit im Torfwerk, bestachen mich. Alles war wirklich vorhanden.
Wir marschierten, nur noch notdürftig von den fast verbrannten Fackeln beleuchtet, zu einem Bach hinab. Ich hätte, um mich nicht so ausgeliefert zu fühlen, gern eine Aufgabe

übernommen, zum Beispiel eine Furt aus Steinen gelegt oder wäre bis zur Brust ins kalte Wasser gewatet. Doch die Glühwürmchen hatten schon die beste Stelle ausgesucht, begrenzten sie, auf beiden Seiten hin- und herschwirrend, spalierförmig. Unsere Füße wurden kaum naß. Wir schritten über einen breiten Plattengrat, der einmal eine Brücke gewesen sein mochte, keltisch oder noch früher.

In einem lehmigen Hohlweg, steil bergauf, verzögerte sich der Marsch. Stöhnend versuchten die Frauen und ihre Kinder, die beiden Tragbahren genügend hochzustemmen, doch keine Anstrengung nützte mehr. Guido und der Peitschenmann rutschten ab und fielen in den Schmutz.

Alle legten sich hin, wartend, was nun geschehen würde. Einige lachten furchtsam, andere klagten, sie wollten in die Schlafräume zurück. Ich preßte die rauhe Handfläche der Dame an mein Gesicht, als könne ich mich damit schützen. Dann hatte ich den Eindruck, ein luminiszierendes Eichkätzchen zu sehen, das jeweils, wenn ich es anblickte, zu der für mich unsichtbaren Seite eines Baums wechselte, an dem es hinauffloh, eine Erscheinung, die mich neugierig machte. Gleich darauf zeigte sich entfernt zwischen den dunklen Stämmen ein mäusisches Wesen oder ein aufgeblasenes Klonikat unserer Art, das sich, da einzeln, noch nicht näher wagte. Ich dachte an die Mendelschen Regeln bei Kreuzungen von Bohnen, Erbsen oder Wicken, einstmals einzigartig hinter böhmischen Klostermauern begonnen und von der historischen Öffentlichkeit lang verschmäht, aber die jetzige Menschenmaus, als hätte sie meine Gedanken erraten, zog sich wieder zurück, und an deren Stelle erschien ein flammend behaartes Wildschwein, häßlich mager, das mir bekannt vorkam. Ich duckte mich noch mehr hinter der vertrauenerweckenden Hand der Biologin, doch Alma, die Rennsau, dem verwahrlosten Bauernhof meines kleinen Vaters und seines Freundes und Feinds, dem Laienprediger Albrecht Roser, entronnen, und nur um sie konnte es sich handeln, trippelte unaufhaltsam näher, ihre Schnauze vorge-

streckt, als wollte sie mich aufspießen.
»Geh weg«, rief ich. »Wir sind woanders!«
Das Tier hatte uns beinahe erreicht, schnaubte und pflügte mit seinem Maul durch den Lehm des Hohlwegs, die Erwachsenen aufscheuchend, dagegen alle Kinder sorgsam umgehend, die von diesem Angriff nicht beeindruckt waren. Sie streichelten den Waldläufer, stießen ihn auch an, lockten ihn wieder und sagten, das Schwein habe Hunger, es brauche Blutwurst und rohe Kartoffeln.
Alma richtete sich auf den Hinterläufen empor, groß und gesträubt, als sei sie im Wahn mit knirschender Tuschfeder von Busch oder Kubin gezeichnet worden, doch sie antwortete nicht, obwohl sie es hätte tun können und floh, ein Spuk, der einer bis hierher schon veränderten Natur trotzdem noch nicht angehören wollte, vielleicht aus Rührung, da sie aus einer gemeinsamen Heimat stammte.
»Alma«, rief sie, »sei nicht dumm! Es passiert dir nichts!«
In diesem Augenblick erwachten, wie abgestimmt, unsere süchtigen Helden, fluchten, daß wir sie in den Dreck des Wegs hatten fallen lassen. Guido verlangte nach Wasser, der Peitschenmann wollte Bonbons, Gummibärchen, irgend etwas Süßes.
Die Hand der gelehrten Dame verließ mich, einen schmerzhaften Riß auf meiner Backe hinterlassend von einem ihrer zwei langen Nägel. Hätte sie gewußt, daß ich ein gebranntes A auf der Brust besaß, wäre sie wohl noch ein wenig neugieriger verweilt.
Guido und der Peitschenmann mußten nun gehen wie wir, niemand wollte sie mehr tragen. Einige Frauen sagten, sie würden morgen nicht arbeiten, verpflichten könne sie niemand außer sie selbst. Die Kinder rannten wieder voraus, zu den Glühwürmchen zeigend, deren Schwarm merklich geschrumpft war. Die meisten zerstreuten sich zwischen den Bäumen, andere blieben noch in dünnen Säulen über unseren Köpfen stehen, gaben aber allmählich auch ihre Wegweiserschaft auf.

Die Ordensfrau befahl, kleinste Pfade zu benützen, wir müßten in der Nähe des Moors bleiben. Straßen, die bald begönnen, sollten wir meiden. Jedes Versteck sei rund angelegt, viele Quadratkilometer groß. Wer es verlasse, müsse sich vorher geprüft haben.
»Ich bin so weit«, rief ein Mädchen. »Seit einem Jahr kriege ich Haferbrei und Kürbisschnitzel. Die Haare habe ich mir abgeschnitten, weil es kein Shampoo gibt, nur Kernseife und kaltes Wasser. Ich will zum Demokratieloch. Jede Nacht fahren von dort Hunderte in ein besseres Land.«
»Bist du dir sicher«, fragte Guidos Mutter vorn im Zug.
»Nein«, schrie das Mädchen, ein wächsernes Wesen mit der letzten, glostenden Fackel in der Hand, das mich an jenes erinnerte, welches, eine protestantische Waise, vor Jahren bei der Diskussion in Axmanns Wohnwagen sich der Vermessenheit einer Angleichung von Biologie und Wirklichkeit heftig widersetzt hatte.
»Wenn du gehst, wirst du allein sein«, drohte die mächtige Alte.
Ein Schakal, in schrägem Paßschritt schlendernd näherkommend und rechtsanwältisch hüstelnd, mindestens einen Meter über den Schultern höher als üblich, ließ das Mädchen an sein Fell. Furchtlos schwang sich die Kleine auf das Tier, packte es an den Ohren und rief: »Gerechtigkeit für die Ungläubigen!« Sie ritt hinweg, sofort von der Dunkelheit verschluckt, während wir weiterzogen, die Kinder links und rechts von uns im Gehölz.
Der Marsch dauerte nicht mehr lang. Die Bäume standen enger und unregelmäßiger, und wir befanden uns auf einem Steg, der von Brettern und Zweigen belegt war, aus denen, wenn die Kolonne manchmal im Gleichschritt auftrat, schwarzes Wasser quoll; dann öffnete sich eine Lichtung. Wir sahen blaue Begrüßungsfeuer in eisernen Körben am Eingang zu einem Schlund.
Der dünne Peitschenmann, den ich die letzte Strecke fast allein geschleppt hatte, wurde munter und sagte, nun sei alles

vergeben und vermoost.
Vorsichtig kletterten wir hintereinander über krumme, teilweise auch fehlende Stufen hinab, uns an Wurzelwerk, das aus den Wänden hing, festhaltend, und gelangten in eine Schenke, tief unter dem Moor.
»Willkommen«, begrüßte uns jemand, wie schon oft. »Macht es euch bequem, alles ist vorhanden.«
Musik setzte ein, Geigen, Flöten und zarte Bässe, doch die Instrumentalisten sahen wir nicht. Vielleicht waren es verborgen angesiedelte Heuschrecken, Käfer und Laubfrösche, das Konzert floß schwebend um uns.
In der Mitte des von Kerzen huschend erhellten Raums stand Rosa, meine Liebe, mit ausgebreiteten Armen und flammenden Backen, und ich bildete mir ein, daß sie mir zuzwinkerte. Sie war immer noch mager wie damals bei dem Besuch im Gefängnis, doch ihr Haar hatte sich wieder gerötet.
An kleinen Tischen nahmen wir Platz, gebrechliche Stuhl- und Bankbeine sanken unter unserem Gewicht in den lockeren Boden ein, was leises Gelächter verursachte, bis eine erwartungsvolle Ordnung erneut hergestellt war. Nur Guido konnte sich nicht beruhigen, verlangte nach einem Herrschersitz, als einer der letzten Nachfahren jener, die von den eigenen Landsleuten ermordet worden seien. Er brauchte Genugtuung für sein Seelenheil.
Der Peitschenmann wollte ihn neben sich ziehen, aber Rosa ließ dies nicht zu, sagte, sie sollten sich weit auseinandersetzen, wir hätten nichts zu verzeihen.
Das Orchester hörte zu spielen auf, die Tür des eingegrabenen Wirtshauses schloß selbständig, und mir tropfte heißes Wachs von einer niedrigen Geweihleuchte auf die Stirn, was allgemeines Erbarmen verursachte. Die Flecken erkalteten schnell, ich konnte sie abschälen.
Rosa klatschte in die Hände und verkündete, nun solle die Zeit stillstehen, die Gäste seien eingekehrt, das Mahl beginne! Zahlreiche Verbündete hätten ihr geholfen, putzend, kochend und schmückend.

Ein Buffet erstrahlte, ein Orgelwerk aus Tiegeln, Pfannen, Platten und Kasserollen, auf denen sich Speisen türmten, die wir nicht kannten, so daß Rosa sie erklären mußte:
Es gab süßsaure Lauchzungen in Aspik, Meerrettich als Schaumgebäck, Rot- und Weißkraut in Fladen gebacken, Holunder verkleidet, oder achtfach geschwenkte Rosenknospen mit Trüffelbiß, eine Seltenheit, die jedoch ausreichend vorhanden war, geradezu schöpfkellenweise. Dazu kam Pestalozzisoße gepfeffert, unter der sich vollkommen runde, infolge ihres Schwergewichts lüstern abgesunkene Kartöffelchen aufhielten, die, wenn sie auf der Zunge lagen, sich lautlos öffneten, was jedesmal einen muschelartigen Ruck in der Erkenntnisfähigkeit ermöglichte.
Einige fragten nach Fleisch, geschmorten Wildlenden oder gespickten Kleinigkeiten aus der Vogelwelt, die den pflanzlichen Kostbarkeiten entsprochen hätten, aber Rosa wehrte ab, weil schon das Schreien der Früchte, Körner und Blätter, wenn wir beim Ernten zuzuhören verstünden, uns schuldig mache. Ein mit Butter bestrichener, milchig junger Maiskolben habe, wenn wir ihn abnagten, die verzögerte Todesfrucht eines Kindes, das sein Ende nicht begreife, jedoch bang fühle.
Serviert wurden die vielen arbeitsreichen Gerichte, und das war für mich die nächste Überraschung, von Angela, Rosas vier- oder fünfjähriger Tochter, die immer noch kaum sprechen konnte. Sie hatte einen alten, langen Bademantel an, der hinter ihr herschleppte, weshalb sie oft stolperte und Portionen von den Tellern verschüttete, die sie feierlich vor sich hertrug.
Alle sahen dem Mädchen geduldig zu, wie es sich mühte, die Mahlzeiten zu verteilen, mit einem sich selbst tröstenden Lächeln im Gesicht, das, wenn ein Hindernis im Boden zu überwinden war, kurz erstarb, dann wieder hoheitsvoll sich auf uns einrichtete.
»Wohl bekommen«, sagte Angela bei jedem, den sie bediente.
»Bring gleich noch mehr.«
Es dauerte lang, bis sich alle sättigen konnten, soufflierte

Blumenköpfe einschaufelnd oder mit Honig panierte Fichtensprossen ablutschend, wobei jemand schließlich rief, er habe eine geröstete Ameise erwischt, was für ein Happen! Nur Rosa lachte, am Buffet stehend und ihrem Kind eine neue Platte reichend, auf der ein gedünstetes Schweinehaupt mit Petersilie im Maul thronte, doch der Kopf war, wie wir bald feststellten, eine Futterrübe, täuschend in diese Form gebracht.

Angela wurde bei ihren Gängen durch die Moorwirtschaft von zwei Murmeltieren unterstützt, die aufgerichtet stolzierten, mittragend und ausgleichend. Manchmal folgte ihnen, ein Kännchen Tunke oder einen halben Laib Brot zwischen den Pfoten, ein mürrisch hastender Kollege, Wilhelm der Iltis mit seinem weißen Streifen über dem Kopf, Brustkind aus dem abgründigen Sackkleid von Guidos Mutter, die keinen Blick für diesen Einfall hatte, sondern alles verzehrte, was sie erreichen konnte.

»Musik«, fragte Rosa.

»Ich bitte darum«, antwortete Guido, dessen übermäßig lange Zunge, durch eine seiner Zahnlücken stoßend, wieder eidechsenhaft überraschte, aber nicht das gelbe Flöckchen auf dem Eierlöffel einer Nachbarin erreichte.

Ein Essenschor fing zu singen an, mehrstimmig hell, was uns verleitete, mitzutun. Das Lied hieß:

»O Wonne kranker Herzen, getröstet ist der Gram, verwunden sind die Schmerzen, so weit der Himmel kann. Denn lieblich hat ergossen, sich Leid und eine Pracht, die noch viel weiter flossen, als der Gedanken Acht. – Jauchze mein Bein, laß das Zögern sein, fliehend am Bach, vergessen ist die Schmach.«

Wiederum waren, obgleich den Stimmen nach es sich nun um habhaftere Wesen handeln mußte, vergleichsweise Füchse, Marder oder nur noch in Dalmatien hausende Kleinbären, keine Solisten zu sehen.

Rosa ließ den Refrain dreimal wiederholen, bis wir ihn auswendig wußten, und ich fürchtete schon, daß zuletzt aus einer Erdmauer der Schenke, eine Wasserflut brechen würde, die uns alle heilsbringend ertränken sollte.

Der schönste Auftritt gelang Lehrer Freitag, einst Direktor der backsteindicken Festung, in der ich während des letzten Kriegs als verschüchterter Volksschüler gesessen hatte. Der alpindürre Enziangreis hielt sich noch aufrecht, uns Getränke in Kelchgläsern anbietend, grüne Brause, bekömmlich saurer Frankenwein und steifes Pilsbier.

Er flüsterte nur, sich ständig bückend, damit er nicht an die Geweihleuchte stieß. Wenn er nachschenken wollte, entschuldigte er sich, da er die Kannen oder Flaschen oft vergaß, vom Büffet zu holen.

Ich nahm eine Mischung, die mir nicht bekam, sondern meine durchgeisterte Benommenheit steigerte, aber deshalb entdeckte ich auch eine Fledermaus, die faul gespreizt an der zugefallenen Tür hing. Ihre Stunde war gekommen.

Der getrocknete Schmutz fiel in Schuppen von den Frauen, deren Kinder, früher gesättigt als wir, jetzt auf mütterlichen Schenkeln schliefen. Wir waren zurückgekehrt, getröstet und gelabt.

Zwei Männer erkannte ich sofort wieder, Alphons, den Reifenerneuerer einer kleinen Vulkanisieranstalt, der kaum mehr Haare besaß und unablässig mörserhafte Zigaretten rauchte, sein Protest gegen Salate und Gemüse; und Dieter Unkauf, ein dicklich gewordener, doch jugendlich gebliebener Wissenschaftler, den wir damals verachteten, weil er in den Turnstunden, um sich nicht beweisen zu müssen, stets Asthma oder Herzstiche erzeugte. Er trug als einziger einen zusammenhängenden Anzug.

Neben mir entpuppte sich eine Frau als Adrophina, meine erste Kinderliebe, der ich einmal eine Tafel weißer Chemieschokolade geschenkt hatte, eine Gabe, die mehr Wert besaß als alle Bomber und Raketen, die Engeland, wie es in einem Soldatenlied hieß, zerstören sollten.

Sie legte den Arm um mich und fing zu erzählen an. Über zwanzig Jahre habe sie in der Legefabrik des Fürsten unserer

Heimatstadt Millionen von Eiern sortiert, dann sei sie, nach ihrer Scheidung, mit einer Axt in der Hand, in das Rentamtbüro marschiert und habe Lohnaufbesserung gefordert, sonst schlage sie die Addiermaschine entzwei. Seitdem arbeite sie in der Zwirnerei der Firma Wollrabe als Gobelinstickerin, es gehe ihr wohl.

Ich sagte, ich würde mich ebenfalls in der Kunst des Abenteuers üben. Endlich habe jeder sein Gewerbe gefunden.

Sie hörte nicht zu, erklärte, die Gewirke seien ein auf zwei oder zwei zu drei Meter große Rechtecke, die bemalt würden, die Farben stelle die Fabrik. Durch Schablonen entstünden wunderbare Bilder, einige der Gemälde habe sie mit Rabatt für ihre Wohnung gekauft.

Ich wollte wissen, wie jene Darstellungen aussähen.

Es handelte sich um Frucht- und Wildstücke, nur Klassiker kamen in Frage, aber es gab auch eine waghalsige Leichenöffnung von Rembrandt van Rijn, auf der Dunkelheit und starkes Licht viel Arbeit gäben, während die Doktoren sich über den Kadaver beugten, in Mäntel wegen der notwendigen Kälte gehüllt. Die Gelehrten, man merke es ihnen an, täten nur so, als verstünden sie das Innere des toten Leibs. Diesen Quacksalbern wäre sie ungern in die Hände gefallen.

Das beste Bild, das sie immer wieder durchpauste zu einem Pseudogobelin, war für Adrophina ein Getümmel von Peter Paul Rubens, massenhaft von der Kundschaft begehrt, auf dem nackte Krieger, ein Pferdemann, eine herabstürzende Frau und ein sich aufbäumender Löwe miteinander kämpften. Alle seien dick, auch sie habe zwanzig Pfund zugenommen, sie begrüße diese Notwendigkeit entgegen der Mode, denn für die Armen habe sich nichts geändert. Man müsse zulegen, solang der Vorrat reiche. Schon morgen könne Inflation oder noch mehr Arbeitslosigkeit ausbrechen. Man brauche ein Polster wie damals hierzulande wieder.

Adrophina hatte sich verausgabt, wollte schlafen, streckte sich auf der wackligen Bank aus, ihren Kopf in meinen Schoß bettend ohne Rücksicht auf den Rest ihrer Dauerwellen, die

im Morgenthauland eine Rarität waren.
Mir gegenüber saß, wie ich nun erkannte, Medea Mohn, Tochter eines Uhrenmachers, vor dessen Leberflecken auf der Stirn ich mich als Kind gefürchtet und der, wenn er ein Vergrößerungsglas gleich einem kleinen, schwarzen Fernrohr in sein Auge klemmte, um das Innere eines kaputten Taschenchronometers zu besichtigen, wie ein schlecht gelaunter Zauberer ausgesehen hatte.
Medea war blond und mager geblieben, spießte an einem Hölzchen ein geschältes Wachtelei oder einen unreifen, nicht zu weich gewordenen Nußkern auf, um nur daran zu lecken und die Gabe wieder auf ein großes, grünes Blatt, ihren Teller, zurückzulegen. Sie blickte mich abweisend an.
»Keine Angst«, sagte ich. »Du bist doch hier.«
Sie antwortete nicht, wischte ihren Mund ab, obwohl an ihm keinerlei Spuren von Nahrung klebten. Dann kämmte sie mit den Fingern durch ihr Haar, das, wie bei vielen Fahlen, wenn ungewaschen, keine Fülle mehr besaß. Die obere Hälfte ihres Abendkleids war mit trachtenartigen Rosetten bestickt.
»Ist unsere ganze Volksschulklasse hier«, fragte ich.
Sie fing zu weinen an. Langsam rannen die Tränen einzeln in den beiden Falten links und rechts ihrer scharfen Nase hinunter. Medea preßte eine Hand gegen ihre flache Brust.
Ich erinnerte mich an einen Kuß, nachts in einem Indianergelaß auf dem Dachboden über der Wohnung von Dieter Unkauf. Sein Vater, ein Ingenieur, war schon blind gewesen und suchte uns manchmal dort oben, mit seinem Stock gegen das Treppengeländer schlagend und dann auf uns. Wir wären eine verdorbene Bande, sagte er, man müßte uns kahl scheren.
Als Medeas Lippen und meine sich endlich trafen, wußten wir damals nicht, wie es weitergehen sollte. Speichel, zu weit entblößte Zähne, Herzklopfen und Blutgeschmack behinderten uns. Wir ließen wieder voneinander, wahrscheinlich froh, daß wir mehr nicht zu bewerkstelligen vermochten. Wie hätte eine Vereinigung aussehen können, aus der, dem Hörensagen nach, sofort Kinder entstanden? Sie hatte mich umklammert,

und ich strich über ihr Knie, achtgebend, daß ich nicht zu hoch griff, wo die Schenkel sich zu wölben begannen vor dem wichtigen, doch bösen Zusammenschluß.
Lehrer Freitag sagte, seine Tochter sei auch hier.
Er zeigte mit einem leeren Glas zu einer Frau, die in einer Ecke der Schenke hockte. Isolde, einst die Größte und Begehrteste in unserer Klasse, hoheitsvoll gegen halbe Butterbrote die Lösungen von Rechenaufgaben eintauschend.
Einer der seltenen Männer rief, und schon damals waren mehr Mädchen als Buben vorhanden gewesen, Isolde solle aufstehen, was sie nicht tat. Ihr Vater stellte das Glas ab und nahm ein volles vom nächsten Tisch, trank es aus.
Rosa wies ihre Tochter an, Flockenspeise zu verteilen, in der Fichtenarrak sei, ein Elixier aus dem Elfen- und Feenreich, das unserer Geschichte auch angehöre.
Angela, das wacklige Schätzelchen, schritt, mit je einem schweren Zinnbecher in der Hand, auf uns zu, stolperte und fiel schon wieder und schrie, bedeckt von dem leis vulkanischen Alkoholgericht, nach seiner Mutter, die es an sich riß.
»Später machen wir Kasse«, sagte Rosa zornig. »Täuscht euch nicht, ich lebe von dieser Wirtschaft. Cruzeiros nehme ich nicht, nur Deutschmark, Dollars und Gulden. Wir wohnen nicht in Ruanda. Wuppertal und der Besitz des letzten Fürsten von Bismarck sind die Grenzen. Verstanden?«
Sie herzte ihr unbeholfenes Kind, das, von Willi Quatander, dem vor Jahren eingefangenen Milliardär stammend, nur Beweisnot, Verzicht und Schrecken empfangen hatte. Rosa gab ihrer Tochter nur noch halb gefüllte Becher in jede Hand und schickte sie wieder auf den Weg, den Angela nun meisterte. Wir löffelten und schlürften und bedankten uns. Sie stampfte auf der Stelle vor Vergnügen und verlangte nach einem Milchfläschchen.
»Bin Baby«, sagte sie, »brauch Bademantel«, den sie immer noch anhatte und in dessen Falten sie tiefer hineinwollte, ein Tierchen, das nur Bekanntem vertraute.
Eine andere, inzwischen von Moorschmutz gleich historisch

gewordenem Schutz befreite Frau erhob sich hinter einem der Tischchen, Lina, meine zweite Kinderliebe aus der Volksschulzeit, eine eckige Gestalt mit kurzem Haar.
Lina jodelte in feuchten Schleifen mit Kopfstimme, was bei einigen ein paar Tränen hervorbrachte. Schließlich fing sie von einem Blatt zu lesen an, daß Richard in einem Gletscherfluß beim Schwimmen an Herzschlag gestorben sei. Balthasar, der schon als Kind auf Händen gehen konnte, wurde in einer Papierfabrik von einer Trommel erfaßt und zermalmt. Katzen-Eugen, der Bäckersohn, der immer warme Brezeln mitgebracht habe, wohne in Canada und reise mit seinem Sohn durch das Land, veranstalte open air-Konzerte, Altjazz. Von Helga, der Nonne, habe ein Läufer ein Telegramm abgegeben, in dem stehe, daß sie uns Gedeih und Erleuchtung wünsche.
Lina fuhr fort, die beschriebene Seite umwendend: Bickel, der mich in einem Leiterwagen, als ich noch aus der Flasche trank, zur Schule gekarrt hatte, war zu Terroristen übergegangen, sein falsches Bild tauche mitunter noch im Fernsehen auf, was uns gleichgültig lassen könne. Aber Elli die Zwiebel, unsere Kleinste, habe sich, zum letzten Mal, an einem Sylvestermorgen auf der Queralpenstraße zwischen Immenstadt und Bregenz gezeigt und trug, trotz Kälte, einen durchsichtigen Schlafanzug. Seither sei sie nicht mehr gesehen worden.
Lina lachte und sang einen Vers, den ich nicht kannte. Er hieß: »Dumm sind wir, haben gegessen, getrunken, schrumm, schrumm! Watschen ans Ohr, der Holzknecht frißt nur, was er kennt. Der Dachs verteilt Brustbeinfettsalbe und flennt. Bist blöd, trinkst Bier, bleibst hier, gehst wieder, oh je, oh je! Die süße Maus schlüpft unter den Rock, wo's brennt. Oh je, oh je!«
Adrophina erwachte in meinem Schoß und sagte, Lina habe einen ihrer Arbeiter, einen Vorbestraften, geheiratet. An Wochenden würden die beiden in Dörfern ihre Schiffschaukel auf- und am Montag wieder abbauen, eine grausige Arbeit, die wenig einbringe.

Lina umarmte Joselfranz, der betrunken war. Nach dem Krieg, sagte er, habe sich sein Vater, ein Schreiner, aus Liebeskummer mit Hilfe einer Mauserpistole in einer Berghütte umgebracht. Er, der Sohn, sei zum größten Fensterhersteller Süddeutschlands geworden, besitze drei Autos und werde seiner Tochter ein Taxiunternehmen kaufen. In fünfzig Jahren, wenn er noch lebe, reise er durch die Welt. Der dort, und er zeigte auf mich, dieser Hungerleider, dürfe ihn dann begleiten, er bezahle dafür.

Ich erwiderte nichts.

Jeden Tag stehe er ganz unten im Torf, schrie Joselfranz, bis zu den Knien im Wasser. Der Reichtum vor dem Zaun störe ihn nicht mehr.

Rosa unterbrach den Streit, klatschte in die Hände, worauf die Kerzen schwächer brannten, doch von dem Turm der glasierten Pflanzenspeisen ging ein glühendes Leuchten aus. Psalmodierend zählte sie auf:

»Es riecht nach Ringelnattern und Narzissen, Zwerge kochen ihre Tropfen, Elfen schneiden Brombeerkuchen, die Alten halten Reiher fest, die sich gerne rupfen lassen, bauen Kissen, Dächer, gähnen, fühlen sich zuhaus. Im Mai sind alle Wiesen bedeckt mit Butterblumen, Schnepfen straucheln über Löwen, Falken scheuern sich die Augen, Würmer kriechen durchs Gehölz der Halme, Riesen ziehen Stiefel an, machen ihren Finger naß, prüfen Richtung, Wind, in jedem Tümpel schwimmt ein Kind.«

Ein langer Akkord gestopfter Trompeten und wehmütig klirrender Zithersaiten erklang, von unsichtbaren Helfern ausgeführt, die vielleicht hinter den Bohlenwänden einer Orchesterloge saßen. Die Fledermaus verließ ihren Platz an der Tür und hängte sich, sacht hin- und herschaukelnd, an die Decke.

Eine Mohrin mit hoher Frisur und Ohrringen aus blitzenden Goldplättchen sagte, sie heiße Atlantique, unser Klassenkamerad Gunther schicke sie. Er habe keine Krämpfe mehr, sei Chefkoch eines Touristenhotels an der Elfenbeinküste geworden.

Sie überreichte uns ein Wurzelmännchen, das Gunther täuschend ähnlich sah mit einer kleinen Mütze auf dem Kopf aus Gips.
Alle wollten das Schnitzwerk betasten, doch in einem unbedachten Augenblick holte es sich Wilhelm der Iltis, knurrend aus der Dunkelheit des Fußbodens auftauchend, von einem der Tischchen und verschwand mit der Beute unter dem Buffet. Wir hörten unmißverständliches Krachen.
Rosa wehrte uns, den Iltis aus seinem Versteck zu jagen, und bat mich, schnell ein Gedicht zu sagen, sonst zerfalle die Nacht.
Wohlan, überlegte ich, an die unreinen Trochäen und Hexameter denkend, die damals die Schüsse auf dem unebenen Fußballfeld zum Tor begleiteten und im Jubel beim Prall des Balls ins Netz wieder kleiner wurden. Trauer und Schuld könnten kein Verzicht sein, traute ich mich weiter, es flatterten die Fahnen im Anblick der Vergänglichkeit. Die Last der Märchen, die Kraft der Mädchen, Farne, die größer würden als wir, widerstünden dem giftigen Wind. Auch Elli die Zwiebel kehre zurück, unser letztes, verlassenes Kind.
Kein Beifall, eher Erschöpfung in einer Pause, dann sagte Dieter Unkauf trotz des allgemeinen Schweigens, unsere Rührung sei falsch. Im technischen Zeitalter müsse man sich den Tatsachen stellen, wobei er vergaß, deren Eigenschaften zu nennen. Sein blinder Vater habe ihn einst dazu verurteilt, Braumeister zu werden, doch nach Jahren sei er wieder zur Schule gegangen, eine schreckliche Mühe. Draußen habe er es in einem Werk für Programmrechner zum Abteilungsleiter gebracht. Es komme nicht auf Idealismus an, allein materielle Wirklichkeit von Ideen bestimme unser Leben.
Einige nickten, andere dösten vor sich hin. Direktor Freitag reichte dem Wissenschaftler auf einem silbernen Löffel eine knoblauchgedünstete Tomate und murmelte, das sei Balsam für lispelnde Entzauberung.
Donnernd öffnete sich der Eingang unserer Schenke, und herein traten die Geschwister Rettenmeyer, Neubürger der

Deutschen Demokratischen Republik. Ihre Haare waren noch blonder geworden, mit weißen Abschnitten darin. Die ein- oder zweieiigen Zwillinge steckten Fackeln in ihre Münder und spieen feurige Fontänen aus, immer behender, so daß die Mehrzahl der Klasse in Deckung ging, als könne unsere Moorwirtschaft in Brand gesetzt werden.
Direktor Freitag wollte etwas zu trinken anbieten, sagte, Waldmeisterbowle lösche auch Petroleumdurst, aber die Vorführungen der beiden proletarischen Teufel waren noch nicht zu Ende. Sie zogen ein zunächst nur faustgroßes Schwert, dessen Schneide konisch ineinanderstak, auseinander und wirbelten es sich gegenseitig zu, mit der Spitze in den Handflächen oder, noch artistischer, es mit der Stirn auffangend, ohne daß es Male hinterließ. Zuletzt steckten sie sich, gleich fanatisierten Indern, lange, dünne Gabeln, die einem Grillapparat für Schaschlik angehören mochten, durch die Backen. Kein Blut floß, und Schmerzen schienen die beiden auch nicht zu verspüren.
Ähnliches hatte ich einmal erlebt, als in der Stanzenhalle der Automobilfabrik, wo ich arbeitete, einer der Jugoslawen, Tito oder Alexander der Große, von einem scharfen Karosserieteil getroffen wurde, und die Hast der Arbeit das befreiende Fließen von Blut erst nach langer Zeit gestattete.
Die Zwillinge, die es verstanden hatten, in einem ganz anderen Teil unseres Landes an Fertigkeiten zu gewinnen, ließen sich nieder. Einer von ihnen sagte, sie seien Angestellte des Staatszirkus, unkündbar, doch ständig Leistungssteigerungen ausgesetzt. Der Weg hierher sei unnötig kompliziert gewesen, obwohl sie auf der letzten Strecke, von einem Demokratieloch zum anderen, die elektrische Untergrundbahn benutzt hätten. Bier her, Sekt, belegte Brote!
Sie erhielten nichts, denn Rosa, ihr schweres Kind auf den Knien, klatschte in die Hände, und von der Decke der eingegrabenen Stätte ließen sich Spinnen herab, die atemberaubend geschwind Netze zu weben begannen, so daß wir bald eingehüllt waren. Niemand wehrte sich, die hauchfeinen

Ausscheidungen der Tiere wogen nichts. Alle achteten darauf, die verwirrende Kompliziertheit der klebrigen Fäden, ihre Entschlossenheit und bekömmliche Virulenz nicht zu zerreißen. Liebevolle Verknüpfungen glänzten im Kerzenlicht. An Ausbuchtungen, wie Köpfen, Schultern und Armen überlagerten sich die hunderttausendfachen Verflechtungen, scheinbar wispernd, als stünden sie unter Strom. Und wenn ich daran dachte, daß im Verhältnis zu ihrer Geringfügigkeit sich viele Meterkilogramm an Spannung in ihnen verbargen, wurde ich noch unbeweglicher. Wir verharrten feierlich, Kokonschüler, für die Vergänglichkeit keine Rolle mehr spielte. Die Flüchtigkeit von Zeit nahm zu.
Nur Atlantique, Gunthers Freundin und Abgesandte von der Elfenbeinküste, verstand es, ohne den grauen Dunst zu stören, sich ein wenig zu bewegen und brachte, mit angefeuchtetem Zeigefinger, auf den Stirnen der Zwillinge einen blauen Klecks an, vielleicht ein Stammeszeichen der Zukunft. Auch die Ordensmutter bekam einen ab, dann aber versank die Gemeinde wieder in Stille und Verknüpfung.
Erst neulich, überlegte ich, hatten wir ein Seitenheer Napoleons verscheucht. Huintzen, Stecken mit dreifachen Sprossen im Stamm, auf denen Gras zum Trocknen der Mahd hing, erschreckten französische Söldner, die glaubten, sie träfen auf Übermacht nahe des Bodensees.
Die Kinder regten sich im Schlaf, brachten das Spinnengestränge zum Schaukeln. Die Mütter flüsterten beruhigend und blieben aufrecht. Eine hatte eine geschwollene Vogelbeere zwischen den Lippen und schluckte sie nicht, einer andern war der Kopf in die Höhe gehoben worden, als hänge sie in einer medizinischen Streckung.
Dann erblickte ich wieder Guido neben seiner Ordensmutter, beide mumienhaft verkleistert. Sein schwarzes Haar war damals eine Tolle gewesen, die er mit einer einzigen Kopfbewegung großstädtisch zurückwerfen konnte bei Antworten auf Lehrer Freitags Fragen. Guido wurde zu Joachim Gottschalk, Sohn eines hugenottischen Schauspielerehepaars aus

Berlin, das während des Kriegs in unserem Allgäustädtchen Zuflucht gefunden hatte. Zwei Monate war er in unserer Klasse gewesen, daraufhin hieß es, er sei tot, seine Eltern und er hätten sich die Pulsadern aufgeschnitten.

Entfernte Zimbeln und Schalmeien erklangen, als müßten noch einmal die Mauern von Jericho gestürzt werden. Etliche Käfer begannen durch die Gespinste zu klettern, die uns in Bann hielten, rissen da und dort Luken auf, vollführten mit ihren Zangen, Greifern und stachelbewehrten Füßen ein barbarisches Fest.

Ich entdeckte auch den Peitschenmann, unseren bleichen Peiniger, dem auf den Torfterrassen das Kommando gehörte, und niemand hatte ihm gewehrt, obwohl einst Millionen zusammengetrieben und getötet worden waren und sich nicht, wenn auch waffenlos, ihren Mördern entgegengeworfen hatten. Hunderttausende wären umgekommen, doch viele hätten sich retten können.

Der Peitschenmann war, unnachsichtlich, Prospan Luckedei Scheilala, nur ein anderer Name, da im Morgenthauland nicht bestraft, sondern nachgeholt wurde. Prospan hieß früher Magnus, den der Adjutant seines Vaters in einer Beiwagenmaschine immer zur Schule brachte, von allen in der Stadt respektvoll gegrüßt.

Einer der Käfer arbeitete sich an Magnussens Umhüllung hinauf und befreite Augen und Mund. Noch einmal gab es Tränen, die allerdings gleich hängenblieben, und die lange, rote Zunge, die wieder durch eine Zahnlücke schlüpfte, verfing sich ebenfalls. Aber das Signal war gegeben: Wir entwirrten die stillstehende Zeit.

Rosa sagte, sie schließe nun die Wirtschaft, es sei sehr spät geworden.

Adrophina wollte beim Geschirrabwaschen helfen, was nicht nötig war. Die Reste gehörten den unsichtbaren Musikanten, die sich erst darüber hermachen würden, wenn wir gegangen wären.

Wir verließen das Murmelgasthaus, stapften über Wurzeln

und durch Moorwasser, in dem glimmende Larven umhertanzten, die ausgestanzten Mondsichelchen glichen, Bestandteile einer endlosen Nahrungskette, deren letztes Glied bisher wir waren.

Joselfranz sagte, der Weg in die Scheune zurück sei weit. Er wüßte einen anderen Platz.

Die Kinder jammerten, wollten getragen werden, die Kleinen im Arm, die Größeren auf der Schulter. Zwei wurden von Zweigen abgeworfen, was aufhielt. Die schmerzhaft Getroffenen ließen sich trotzdem beruhigen.

»Fackeln her«, hieß es. »Wo sind die Zwillinge?«

Die Rettenmeyers hatten kein Feuer mehr, weder Petroleum noch Lappen. Sie entschuldigten sich, daß ihr Handwerkszeug gerade noch für ihren Auftritt in der Schenke gereicht hätte. Sie seien von der zeitweiligen Lichtlosigkeit ihres Wegs überrascht worden. Für Künstler, wie sie, bedeute das Nichtschlucken von Flammen, deren gewöhnlicher Zweck Beleuchtung oder Hitze zum Kochen, Braten und Backen sei, eine Enttäuschung. Daheim, im Staatszirkus, bräuchten sie sich darum nicht zu kümmern.

Joselfranz führte uns, als wir das Sumpfgebiet hinter uns hatten, zu Geleisen, die an einem Prellbock begannen.

»Einsteigen«, rief er.

Eine erlesene Kalesche erwartete uns, eine Draisine, Vorläufer der Eisenbahn, erfunden anfangs des 19. Jahrhunderts von Forstmeister Karl Freiherr von Drais, dem wahrscheinlich das Abschleppen von Bauholz auf Fuhrwerken zu langsam gewesen war, besonders bei schlechtem Wetter, wenn die schwerfälligen Fahrzeuge in schlammigen Wegen nicht weiterkamen, weshalb Drais den Transport auf Schienen verlegte. Sein Fürst, als Arbeitgeber, der Wälder plündern ließ, wird es ihm mit dem kleinadligen Titel gedankt haben.

Gleich Schiffbrüchigen standen wir auf der geländerlosen Plattform, nur die in der Mitte konnten sich an einem leeren Fahnenmast festhalten, die andern dann an ihnen. Vorn pumpten einige Frauen einen breiten Schwengel hin und her,

der über eine Welle, keine Kette, die Hinterräder in Schwung brachte.
Gegenwind peitschte unsere Gesichter, die Fahrt wurde schneller. Einmal flog eine zusammengefallene Station vorbei, auf deren Dach ein kleiner Christbaum brannte, nicht voller Kerzen, sondern er war, wir sahen es genau und machten uns gegenseitig darauf aufmerksam, mit elektrischen Birnen bestückt. Es mußte also doch Strom im wüsten Hungerland geben, vielleicht aus verborgenen Quellen.
In den Kurven der rostigen Strecke pfiff der freie Wagen, als bejubelte er sein Verhältnis zur industriellen Revolution aus dem vorherigen Jahrhundert. Wenn bei einem Gefälle gebremst werden mußte, benützte Joselfranz eine Schaufel wie ein Fährmann. Algiger Schotter und abgeplatzte Bruchstücke des Blechblatts schwirrten um unsere Köpfe. Medea Mohn rief, von ihrer Schläfe rinne Blut, was niemanden interessierte.
In einer langgezogenen Schleife zwischen Hecken lief die Draisine aus, erreichte wieder einen Prellbock, an den sie seufzend stieß. Wir blieben noch auf der handgetriebenen Maschine stehen, wagten nicht, abzusteigen. Auch der Mond, der uns kreisrund begleitet hatte, wußte nicht, ob er weiter unser Beschirmer sein sollte, schrumpfte schließlich, von einer Nachtwolke verdeckt.
Aus einem von bröckelnden Einfassungen umgebenen Beet, ein verlassen überwucherter Marktplatz, hieben wir Blumen ab, deren Üppigkeit und Ausmaße lästerlich waren.
Die polternden Sträuße wogen schwer, konnten nur von zwei oder drei zusammen getragen werden. Joselfranz ging voraus, sagte laut, Futter sei nötig. Bissige Echos seines Kommentars kamen von düsteren, nicht erkennbaren Holz- oder Felswänden zurück.
Über eine schwankende, roh gezimmerte Leiter ging es weiter, ein halsstarriges Unternehmen bei Dunkelheit und einsetzendem Frühnebel, so daß manche umkehren wollten, überredet, geschoben und gezogen werden mußten. Außer-

dem behinderten die Blumengarben, und für die Kinder waren die Sprossenabstände zu groß. Ich hielt eines an mich gepreßt, mit den Füßen manchmal ins Leere tastend und nur mit einer Hand mich festklammernd, was Griffe und Tritte durcheinanderbrachte.

Das Kind und ich, wir brachten uns gegenseitig Mut bei. »Gleich sind wir da«, sagte ich. »Gleich kannst du schlafen.« »Gleich, gleich«, wiederholte es tapfer. »Du Mama, ich auch.«

Diese Nacht, gefüllt von Tränen und Erkennen, als seien endlose Jahre verschiedenster Kämpfe nur ein Umblättern gewesen, war noch nicht zu Ende. Das Kind hing an meinem Hals, als Joselfranz, der oben stand, mir beim letzten Schritt half. Noch einmal wurden wir mit dem balsamischen Wort »Willkommen« gutgeheißen, was mich allmählich anekelte. Nach der Angst auf der verkrüppelten Himmelsleiter, betraten wir eine niedrige Halle, die ein Stall sein konnte, gestützt von verstaucht morschen Balken. Es gab keine Raufen, Gitter ohne Abflußrinnen, aber haufenweise lag Mist auf dem Boden, hoch und stinkend, so daß wir ausweichen mußten. Doch in der Mitte des Gebäudes behauptete sich ein Heuhügel.

Kaum daß wir uns an dessen Rand niedergelassen hatten, polterte und schnaubte es lebensbedrohend, und aus der hinteren Hälfte der von verkrusteten Birnen beleuchteten Walhalla schoß ein Tier herein, eine Kuh, mit vorgestreckten Beinen. Sie landete in dem gedörrtem Futter, ohne uns zu beschädigen, blickte verwundert um sich und fraß ein bißchen, wandte sich dann zur Seite, den Schwanz hebend und klatschende Fladen ausstoßend.

Mir, der ich mich im Hof meines lexikalisch gebildeten Vaters hatte einmal erholen dürfen, fiel auf, daß das Vieh, obwohl mager mit Knochenschaufeln vorn und hinten, als käme es aus den Hungeröden Indiens, einen unnatürlich aufgepumpten Bauch besaß, in dem zuviel Grünzeug gärte.

Noch mehr Rinder krachten gleich unbeholfen geflügelten

Kolossen herein, die Beulen ihrer Knie krankhaft gewölbt. Assyrische Keulschwingen besaßen die Kühe jedoch nicht, trotzdem gelangten sie in den Stall, der sich über den Wipfeln befinden mochte.
Wir wichen zurück, sahen zu, wie sich das Tierzeug verteilte, pfladernd und muhend, wobei es sich bemühte, nicht den Heuhügel zu beschmutzen, sondern pflichteifrig die Mistwege einhielt. Zuletzt rutschten noch zwei Kälbchen nach, eines auf dem Rücken mit hochgestreckten Beinen, das andere auf der Seite, beide weiß vor Empörung.
Wir müßten schlafen, sagte die Ordensmutter, die Nacht sei gleich vorüber, morgen erwarte uns neue Arbeit.
Sie warf sich ins Heu, und Wilhelm der Iltis, der sich seitdem zwischen ihren Brüsten aufgehalten hatte, sprang aus seiner Behausung und ans nächste Euter. Aber dort gab es nichts zu holen, die Zapfen waren leer. Er biß hinein, bekam einen Huftritt ab, der ihn zur Seite schleuderte.
Joselfranz sagte, wir sollten die Blumen vom Marktplatz verfüttern, sie gäben dem Vieh wieder Kraft.
Einige versuchten es, doch die Kühe waren klüger, nahmen nichts an.
In einem Kreuz von zwei Balken stak ein Messer. Junge Frauen halfen mir, die Schneide zu säubern, spuckten auf sie, rieben sie mit ihren Fingernägeln und einem schwefligen Urinstein blank.
Dann stach ich, wie ich es von meinem Vater gelernt hatte, von der letzten Rippe eine Handbreit weiter nach unten in die Bäuche der Rinder, es waren neun Stück, deren Pansen beinahe platzten. Stinkend und zischend entwich die Verdauungsluft. Das scheinbar geflügelte Vieh stöhnte, aus Dankbarkeit oder Wissen.
Die Frauen vermochten ohne Anleitung aus Kleiderfetzen und frischem Mist, in dem Abwehrschimmel gedieh, riesige Verbände um die Kuhbäuche anzulegen. Wir zurrten und schnallten zurecht, Knoten wie Weberstek, Achter, Trossenstau und Galgenrück ausprobierend, die mir mein Sohn

einst, in Miniaturform auf eine Karte geklebt, zu einem Geburtstag geschickt hatte.
Blut und Wundwasser tropften noch, als wir Letzten uns dann auch in das Heu eingruben, über dem eine schwächliche Birne brannte, was mich dankbar stimmte, daß noch nicht alle Zivilisation vergangen war. Guido, nicht gestorben an aufgeschnittenen Pulsadern, lag neben dem schlafenden Peitschenmann, Prospan Luckedei Scheilala, der in unserer Volksschulklasse Magnus geheißen hatte.
Günstiges Verdämmern, während die dampfenden Kuhfladenwälle aufkommender Morgenkühle wehrten. Mäuse trippelten heimwärts in ihre Löcher, dagegen fingen Kuckucke in der Ferne sich heißer zu melden an.
Ich war wohl versehen, um mich herum ruhten mehrere Kinder, darunter das kleine Mädchen, das ich über die Leiter hochgeschleppt hatte. Mir fielen Reime ein wie ›Gänsefüßchen, Kümmernis, der Igel lebt, weiß davon nichts‹, oder ›Haumiblau und Hinkefuß, der Schornsteinfeger ist voll Ruß‹, oder ›die Otter nagt an einem Fisch, das Leben ist noch immer frisch‹. Zu meinem Glück fehlten nur noch Rosa und ihre Tochter Angela, die verschlossen in ihrer Moorschenke zurückgeblieben waren.

8.

Die Torfleute arbeiteten noch einige Tage zusammen, Soden stechend und zu Trockenpyramiden schichtend, durch die der Moorwind blies. Prospan spielte sich wieder als Wächter auf, doch seine Überlebenskräfte, die er an Stelle seines Vaters vorführte, um Schuld aufzuzehren, bis Versöhnung in Hirn und Herz einkehren könnten, nahmen ab. Guido, der Vertreter eines Opfers jener Vergangenheit, machte nicht mehr mit, legte sich immer öfter in die Sonne, was niemanden störte, oder er flocht Kränze aus Ginster, der am Hang einer kieselsauren Moräne wuchs. Die Kinder bauten sich aus dem Gestrüpp gelbe Iglus, deren Dächer sie kunstvoll in Hauben verschnürten. Regenschauer drangen nicht durch.

Als es ihnen gelang, einen Wurf junger Hasen zu fangen und in ihre Hütten zu sperren, wurde ihr Jägerdasein enttäuscht. Nach vierundzwanzig Stunden waren, obwohl gestreichelt und gepflegt, die kleinen Tiere alle tot. Kurz bevor sie starben, schrien sie mit hoher Stimme wie verstümmelte Vögel, jagten um sich selbst und erstarrten.

Ich meinte, dies sei ein Zeichen für Tollwut, wir müßten fliehen, aber niemand erkrankte.

Dem ständigen Wechsel zwischen Freiheit und Fron, Risiko und Erkenntnislosigkeit konnte ich kaum standhalten. Es war, als würden sich Träume auf die Wirklichkeit besinnen, zugleich verhielten sie sich wie immer ungewiß. Die mageren Kühe trotteten einmal, keineswegs mit Flügeln ausgestattet, von ihrem Bäume überragenden Stelzenstall zu uns und fraßen alles Kraut, das wir ihnen gaben, gebärdeten sich nur wie halb verhungertes Vieh.

Meine Verdauung überkreuzte sich, ein in der papierlosen und jede Wasserspülung vereitelnde Idylle üblicher Zustand. Wenn wir in der Schlafscheune hartes Fladenbrot mit gesalzenem Griebenschmalz aßen, später noch Töpfe voll Wirsingkohl leerten, und nachts Rauchfleisch für Unersättliche über die Strohsäcke weitergegeben wurde, so daß ich nach geziemender Frist am nächsten Mittag auf einer der frei in die Landschaft ragenden Schwellen der Lorenbahn am Rand einer Terrasse saß, dann wunderte es mich, warum, entgegen der verabfolgten Reihe, der explosionsartige Schwulst des fast gänzlich gebliebenen Grüns zuerst kam, danach erst elend Schwarzes.

Die Abfälle wurden sofort wieder verarbeitet, entsprechend einer sich im Gleichgewicht befindenden Natur. Lachmöven stürzten sich auf den Haufen und jagten mich in die Flucht. Nachbarn auf Nebenbalken erklärten, diese Wasservögel fräßen auch Aluminium und hellen Plastik, Seltenheiten bei uns. Reflexe des Lichts, die sie an das Meer erinnerten, erweckten ihre Gier, doch sie hätten sich zu denaturieren, ihre ursprüngliche Lust zu überspringen verstanden.

Neue Flüchtlinge trafen ein, meistens Frauen mit Kindern, gefolgt von ein paar Männern, deren spärliche Bartflechten wie aus Flugsamen gewachsen waren, seit sie das lärmende Altland verlassen hatten. Einige Gestalten trugen stolz frisch erworbenen Schmutz zur Schau und reckten ihre Fäuste hoch, eine Geste, die hier wenig galt.

Die Grenzen des Willkommens waren erreicht. Botschaften liefen um, man solle sich trennen, unsere Baracke sei überfüllt, Morgenthau biete genügend Platz für alle.

Prospan schwang noch seine Peitsche, versuchte mit wenig Überzeugung, die Kolonnen ins Moor zu treiben. Viele wehrten sich, bewarfen ihn mit Torfstücken, er bekam auch Ohrfeigen und Schläge, so daß ihn die Ordensmutter in Schutz nehmen mußte. Schließlich lag er, wie alle, auch im Gras, hoch über den Grabstufen, aus denen die Lagerinsassen tonnenweise vorindustrielles Brennmaterial gewonnen hatten. Die Kinder machten Jagd auf ein verirrtes Schaf, das einer anderen Kolonie gehörte, die »zum grünen Tank« hieß, was immer das bedeuten mochte, ein zugewachsener Panzer oder ein verschlicktes, nicht mehr benötigtes Säuberungsbecken

für Schwermetall- und Kaliwasser.
Zwei junge Frauen schlachteten das Schaf, das heißt, sie schächteten es, stießen ihm ein Messer in den Hals und warfen sich über das sich panisch wehrende Tier, nachdem es mit Schaufelschlägen auf den Kopf nicht hatte betäubt werden können.
Es dauerte, bis es ausgeronnen war. Guidos Mutter sagte, wir sollten die Hinterläufe hin- und herbewegen, um das Blut vorzudrücken, doch niemand traute sich, es zu tun. Die Augen des Opfers sahen uns ohne Vorwurf an, groß und blank. Genauso durchdringend gleichgültig waren die Blicke der toten, an Haken hängenden Schafe in der kleinen Metzgerei gewesen, wo Franca Brandstetter, die verfolgte Kommunistin, ein wenig Geld verdiente, als wir, die damals schwangere Rosa und ich, sie in einem Abruzzendorf trafen.
Eine alte Frau, mager mit weißen, mittels einer juwelenbesetzten Spange zusammengefaßten Haaren und einem dicken Bauch unter geblümtem Stoff, als habe sie Krebs im letzten Stadium, sprach französisch, was niemand verstand, auch ich nicht, obgleich meine Großmutter, aus dem Elsaß gebürtig, Redewendungen wie ›jardin-Garten‹, ›chasses den Gickel aus dem légume‹ oder ›la vache qui rit, die wäscht sich nie‹ gebraucht hatte.
Die Alte, und nur sie besaß den Mut für die Notwendigkeiten, wies uns mit Gesten an, Birkenstämmchen abzuschlagen, zu entzweigen und sie, gleich einem Gatter, in den Boden zu rammen, an dem das Schaf dann aufgehängt wurde. Die Ordensfrau half, es auszuweiden.
Vorsicht bei dem tiefen Schnitt durch den gespannten Bauch, nachdem ein Junge mit einer Axt das Brustbein zerteilt hatte, daß die Blase nicht beschädigt wurde, sonst wäre das Fleisch verdorben worden. Die Nieren, das Herz, die Lungen, die Milz und der Magen brauchten Sorgfalt, als trennten auch wir uns von unseren Innereien, die wir noch nie hatten berühren können.
Man legte sie auf einen Rost und briet sie, wenig gewürzt über

schwachem Feuer, trotzdem entstanden auf ihnen kleine Salzkrater.

Die kompliziertere Anstrengung war, Muskelflächen abzutrennen, das Schaf endgültig von seinem Knochengerüst zu lösen. Ein Kreis schloß sich um die Alte und die Ordensmutter, die sich nicht sicher waren, wie jeweils tranchiert oder durchgehauen werden sollte. Wir berieten, aus Verlegenheit und Nichtwissen spöttelnd. Alle litten unter der Fremdheit des blutigen, enthäuteten Kadavers, den sie aber essen wollten.

Am Abend, müde und schwer von dem vielen Fleisch, nur noch das Gerippe des Schafs war übriggeblieben, machten sich etwa zwanzig auf den Weg zurück, da sie sich um Neuankömmlinge sorgten. In der Baracke blieben viele Kinder, obwohl wir anderen, in entgegengesetzter Richtung aufbrechend, ihre Unbefangenheit gegenüber Schrecken und Fallen nötig gehabt hätten. Es hieß, sie würden auf einem Fuhrwerk nachkommen, der Nachtmarsch über eine Abkürzung sei ihnen nicht zuzumuten. Sie freuten sich, einmal fahren zu dürfen, in einem vierspännigen, mit Heu ausgepolsterten Wagen.

Lebensmittel nahm niemand von uns Restlichen mit, wie immer herrschte Vertrauen in den Reichtum der Wildnis, und ich fragte mich, ob wir nicht alle bereits auf eine Stufe egozentrischer Schafsmäßigkeit gesunken waren.

Die Sonne stand, eine ausgebeulte Kugel, als hätte sie ein Gesicht, noch knapp über dem Horizont und versuchte, ihn einzudrücken, vielleicht war die Erde ein Hohlraum, an dessen Himmel sich Seen, Flüsse und Meere verkleinert spiegelten, und wir wanderten an seiner Wölbung hinauf oder hinab, uns immer wieder in den eigenen Schlingen verfangend.

Plötzlich fiel ein Mann um. Er war in meinem Alter, lag auf dem Rücken, bekam keine Luft mehr und schlug sich gegen die Brust, die, keuchte er, zersprungen sei. Es mochte sich um eine Herzlähmung oder -verstopfung handeln.

Die Frauen betteten ihn in ihre Arme, trockneten sein graues, nasses, vor Angst entstelltes Gesicht, trösteten, doch sagten nicht, daß der Anfall gleich vorüber sei, sondern lobten den Sterbenden, wie gut er dem Tod begegne, den wir alle erleiden würden. Froh könne man die Welt verlassen, Licht begleite uns.

Ich kannte jenes Herzjagen und -stolpern, wenn das Blut nicht mehr fließen wollte, sich feindselig irgendwo in Klumpen zusammenballte, in den Füßen, vor der Blase, die ausgepreßt wurde oder über den Rippen, so daß jeder Atemzug schmerzte. Gleich konnte auch ich stürzen, von Schweiß und Kälte bedeckt. Ich fing zu rennen an, nicht zu weit weg in einem Bogen, falls ich Hilfe brauchte, die Blickkette durfte nicht abreißen, denn die Angst, als sei ich vor einem Raubtier auf der Flucht, ließ sich nicht bezähmen.

Die Frauen riefen, nun komme ich an die Reihe!

Die Übelkeit schwand, die fadenförmig verengte Schnelligkeit des Pulses erholte sich, und taumelnd kehrte ich um, einen Buchsbaumzweig, den ich von einer Hecke abgerissen hatte, wie ein Sieger in der Hand.

Die Frauen verlangten, ich solle dem Sterbenden noch einmal aufhelfen, sie würden keine Schwesterndienste mehr leisten, der Tod habe nichts mit Krankheit zu tun.

Ich schleppte ihn davon. Seine Beine knickten ein, und seine Arme an meinem Hals vermochten nicht mehr zu greifen.

»Ein paar Schritte nur«, sagte ich, »aufrecht ist es besser.«

»Ja«, stammelte er. »Ja, ja«, dieser von seiner Zerstörung verbogene Mann, dessen Augen hervorquollen und Fingerbetten schwarz geworden waren. Seinen Namen kannte ich nicht, sein Gestank, da er vor Schwäche in die Hose gemacht hatte, begleitete uns.

Erstaunlicherweise hielt er mit, über einen Pfad, den Ottern oder Marder durch das verwelkte Altgras getrampelt haben konnten. Wir schwankten dahin, der endgültig sinkenden Sonne entgegen, die nur noch ein glühender Streifen war.

»Wem soll ich etwas ausrichten«, fragte ich.

»Bin allein«, erwiderte er.
»Verlaß dich auf mich«, sagte ich.
»Du kriegst meine Schuhe«, sagte er überraschend klar, als würde er wieder Luft bekommen. »Schöne Stiefel.«
»Hast du Essen dabei?«
»Nichts«.
»Woher kommst du?«
»Wuppertal. Mutter war die erste Zugführerin der Schwebebahn.«
»Lebt sie noch?«
»Nein, bin drum gegangen.«
So starb er, während die letzte Wärme sich verkroch.
Eine stille Verheerung belichtete nochmal das Gelände, aus dem ein Reiher abhob, zwei Bäume bückten sich, als zögen sie ihre Wurzelballen heraus, und ein Blitz aus einem trockenen Sommergewitter durchschnitt die beginnende Nacht.
An einer Eiche wollten wir den Toten begraben, eine mühselige Arbeit, da niemand einen Spaten oder eine Schaufel besaß. Die Frauen sagten, Steine über dem Leichnam würden ebenso schützen. Ich schlug vor, übermütig geworden nach meinem Anfall, den ich überwunden hatte beim Anblick des Sterbens, daß wir den Mann auch in der Höhe bestatten könnten.
Zwei kletterten hoch, hievten den Toten nach und banden ihn mit Lianen und Wicken fest. Auspendelnd kam der Wuppertaler zur Ruhe, mit klaffendem Kiefer, vor dem Glühwürmchen, vielleicht dieselben, die uns den Weg gezeigt hatten, einen kleinen Tanz veranstalteten.
Atlantique, die schöne Mohrin, eins mit der Farbe der Dunkelheit, kniete nieder und sprach ein grammatikalisches Gebet:
»Hast gehabt, bist gewesen, würdest sein, eins, zwei drei. Kannst nicht mehr, warst gehörig, solltest noch, niemals kehrst du wieder ein.«
Die Negerin aß eine Handvoll Erde, als sei sie es dem dort oben, der nun trocknen würde, schuldig.

Wir fingen zu marschieren an, hintereinander, eine Truppe, in der ich, als einziger Mann, übriggeblieben war. Merkwürdigerweise behagte mir der Part, als hätte ich ein wenig Brüste bekommen, andere Wangen, feinere Knochen in den Händen und ein Gesäß, auf das ich mich verlassen durfte. Außerdem fiel mir das Atmen leicht, von Herzbeklemmungen keine Spur mehr.
Nach Stunden, die wir vom nächtlichen Neigungswinkel einzeln stehender Rhabarberblätter ablasen, kamen wir in eine Klamm. Ein von Fels zu Fels fallender, eingezwängter Bach versprühte schaumigen Schein, während wir über rutschige Höcker und Tritte hinunterkletterten. Ein Drahtseil an der Steilseite hörte bald auf, endete in einem blauen Feuer, und ein großer Salamander, der sich ständig über die Brust strich, schloß sich uns an, vielleicht ein Führer in dem donnernden Abgrund.
Aus den Wänden wuchsen efeuumwickelte Bäume, deren Geäst in dem Brausen wogte und um sich tastete, als wollte es uns zu sich zerren. Besonders Weißdorn war, mit langen Zweigen auf kurzen Stümpfen, so peitschend beweglich, daß wir uns hinter moosige Steine duckten, übereinanderfallend in glitschiger Feuchtigkeit. Vor einer Biegung, wo der nicht mehr von Überhängen geschützte Steg nur noch eine Handbreit an dem tosenden Wasser vorbeiführte, wurde der Salamander, der es verstanden hatte, für Augenblicke herausfordernd vor uns zu tappen, erfaßt und emporgewirbelt. Er verschwand in der Schwärze über der Schlucht, wahrscheinlich weitergereicht von den Ästen zu fleischfressenden Pflanzen, die ganz oben gediehen und nur Beute erhielten, wenn die Bäume ihnen dazu verhalfen.
Die Zwillinge Rettenmeyer, ohne Petroleum und Feuer, wollten sich an Wurzeln hochhangeln, um das begabte Tier, das ihnen, als Angestellten eines Zirkus, Eindruck gemacht hatte, zurückzuholen. Sie kehrten bald wieder um. Eine nasse Felsennase, die ausgesehen habe wie die Fratze eines Kirchendachs, hatte ihnen den Durchstieg verwehrt.

Die Ordensmutter sagte, ihre Beine täten nicht mehr mit. Ihren Iltis hatte sie verloren, oder aber er war geflüchtet, bevor wir zu der Klamm gekommen waren. Sie kümmerte sich nicht darum, raffte fröstelnd ihr großes Gewand zusammen.

Als die Enge wich, der Bach breiter wurde und ruhiger strömte, verging seine funkelnde Helligkeit, die uns begleitet hatte. In einer Laube aus erblühten Rhododendronstauden, uns dem betäubenden Geruch nach in seine grüne Hölle tastend, legten wir uns nieder. Die Zwillinge erklärten, bei ihnen zu Hause gebe es ein Institut, das die unwirklichsten Möglichkeiten von Beziehungen materialistisch untersuche. Verbindungen zwischen Lehrerinnen und Schülern verschiedenster Temperamente hätten gezeigt, ob es sich um die Entfernung zu einer Orbitstation oder zu einem wochenlang unter dem Polareis getauchten Atomboot handle, daß, jenseits von drahtloser Telegraphie, gedankliche Entsprechungen bestünden, in einer Häufigkeit von eins zu vier.

Ich konnte nicht schlafen, setzte mich an den Eingang der Blätterburg, behütet von den Atemzügen, einem Dunst aus Erschöpfung und Zufriedenheit.

Der Bach sprach Wohlklang in seinem Bett, lauer Nebel zog durch die Klamm, als sollte, bevor der kältere Morgen anfing, noch einmal Eintracht umworben werden. Die Beine der Gehölze schienen nachzugeben, von Spalt zu Spalt in die senkrechten Felsen greifend. Mitunter stürzte Erde in das Wasser, und das Moos, der Efeu, der Huflattich, wilde Reben und blasse Nachtdolden auf messerscharfen Stengeln behaupteten sich in gefährlicher Einseitigkeit.

Auf einem ihrer Streifen, der selbständig sich Bahn geschaffen hatte oder noch ein loser Strang des Drahtseils aus der Schlucht war, rollte ein Gefährt daher, silbrig klingelnd. Gezogen wurde es von zwei braunen Maikäfern, die Mühe hatten, die zierliche Kutsche über dem Grat zu halten. Auf dem Bock saß ein Fasan, der acht straff gezwirnte Zügelfäden in seinem Schnabel vereinigte. Hinter den geschwungenen

Federbögen des Wagens standen zwei stolze Ameisendiener, deren Fühler und Glieder die Naben schmierten, den Rädern, wenn notwendig, mit bei den Umdrehungen halfen und außerdem den Weg weiteten, Blätter und Gewölk beiseiteschiebend.

In der vornehmen Kalesche ruhte Prospan Luckedei Scheilala, der Peitschenmann, gekleidet in ein chinesisches Wams mit mehreren Reihen von Knöpfen. Er rauchte eine lange Pfeife und blickte mich durch einen tiefseehaft gewölbten, kleinen Zwicker an, der auf seiner Nase wackelte.

Ein Strahl traf mich, und ich sank zwischen die Gefährtinnen auf das Lager, während Prospan weiterfuhr. In der Ferne, am Ausgang der Schlucht, entstand Aufruhr. Ich hörte noch fremdländische Beschimpfungen, Gefiedel und Trompetenstöße, dann Geklirr und Geschepper, als kämpften verschiedene Heere gegeneinander, bevor sie sich voneinander lösten.

Erst spät am Vormittag erwachten wir und brieten ein Kaninchen, das, nächtlings totgequetscht von den mächtigen Schenkeln der Ordensmutter, schon halb gar war. In seinen Bauch stopften wir Sauerampfer, Knöterich und Knospen von Nolimetangere, die beim Erhitzen aus der schlecht vernähten Öffnung noch davonzuhüpfen versuchten.

Einige klagten über Leibschmerzen, wollten nicht mehr laufen. Ließen sich in diesem wirren Land überhaupt keine Fahrgelegenheiten auftreiben? Waren Straßen, die es früher gegeben hatte, alle zugewachsen oder verbargen sie sich hinter planvoll angelegten Hügeln und Hecken, damit wir sie nicht fanden? Nur die Zwillinge, aus einer anderen, selbstvergessenen Republik stammend, behielten ihren Mut, sagten, nach Übungen mit schwelenden Scheitern von unserem bescheidenen Herd, die allerdings zu keinem Feuerspeien mehr entfachbar waren, daß sie nicht hierhergekommen seien, um Untergänge zu erleben. Zeitweilige Abwendung von technisierten Gesellschaften dürfe sich nicht in Jammer oder gefälligem Weh verlieren.

Atlantique, die sich, gut ausgeschlafen, sorgfältig ihre großen,

makellosen Zähne mit Salbei und Minze säuberte, meinte, bei ihr, an der Elfenbeinküste, bestünden krassere Unterschiede. Rings um die neuen Hotels in denen die Oberschicht ihre Feste feiere und die Vertreter westlicher Hilfsdienste sowie die Kapitalanleger einstiger Kolonialmächte wohnten, wüchsen die Blech- und Kartonhütten der Arbeitslosen immer mehr in die Ebenen hinein. Bei jedem Regenguß schwämmen die Gehäuse davon. Sobald Trockenheit einsetze, würden sie wieder aufgebaut und die gedunsenen Leiber der gestorbenen Kinder, Kranken und Alten neben den letzten Rinnsalen begraben, Seuchenherde für das nächste Verderben. Und, sagte sie, nicht einmal bitter, wir begrüßten das Sterben, da nur noch die Bevölkerungen des Elends weiterwüchsen, um sich durch Zuwachs zu verteidigen, während in den zivilisierten Staaten jedes Kind zu einem Denkmal der Unschuld geworden sei. Sie verstehe unseren Erlebnismangel, aber verachte ihn auch. Gunter, unser Klassenkamerad, Chefkoch in einem jener feudalen Herbergen an der Küste, habe wenigstens sein Asthma verloren. Er atme wie ein Vögelchen. Medea Mohn, meine Braut aus griesgrämiger Kindheit, protestierte, strich an ihrem Abendkleid hinab, ekelte sich vor ihrer Ungewaschenheit, obwohl sie zu dem Bach hinuntersteigen und mit allerdings kaltem Wasser sich hätte erfrischen können, zwei Händevoll ins Gesicht, Tropfen unter die Achseln, wo das rasierte Gänseklein wieder zu wachsen anfing.
Medea rief: »Gehen wir! Irgendwo werden wir jemanden treffen. Mein Vater wollte hundert Jahre alt werden. Er starb an seinem großen Leberfleck auf der Nase, der in Wirklichkeit Krebs war. Zuletzt hatte er kaum mehr ein Gesicht.«
»Ach, ach«, wunderten sich einige in der morgendlich verschleimten Klamm, »das teure Schätzelchen möchte sich wehren. Es darf vorausgehen.«
Nachdem der Käferwagen von Prospan Luckedei Scheilala, meinem Altersgenossen aus ABC-Schüler-Zeiten, verschwunden war, den vielleicht die anderen auch gesehen

hatten, doch sie schwiegen darüber, rafften wir uns schließlich auf, hohe Akeleien und die abgebrochenen Zweige von in diesen Breitengraden unbekannten Honig- oder Posamentenbäumen beiseiteräumend. Die stoische Ordensmutter trat Farne nieder, küßte aber, sich niederkniend, ein Würmchen, das uns in die Quere kam. Wir sollten unscheinbare Helfer begrüßen, sagte sie, hätten es im Land der Parallelautobahnen verlernt.

Ein paar erzählten sich von Boilern, Haarwaschmitteln und duftender Seife, längst auch eine proletarische Selbstverständlichkeit, die wir nun sehr entbehrten. Es fehlte, bei aller romantischen Abschweifung, der Zauberstab, mit dem wir an einen Stamm hätten schlagen können, aus dem dann heißes Wasser, vermengt mit Badesalzen, gesprudelt wäre.

Die Nebelschwaden verloren sich im Laub, manchmal um Blattwerk verknotet, als wehrten sie sich. Die Schlucht wurde breiter, der über Steine springende Bach vergrößerte sich zu einem langsam strömenden Fluß, gespeist von aus den Hängen tretenden Seitenarmen oder auch unterirdischen Quellen.

»Wir brauchen ein Floß«, hieß es. »Wer kann es bauen?«

Daran war nicht zu denken. Wir besaßen kein Handwerkszeug, außerdem beherrschte, im Gegensatz zu früher, die Natur uns und nicht wir sie. Niemand hätte gewagt, Tannen, Pappeln und Fichten, die am leichtesten abzuholzen waren, Wunden beizubringen. Wahrscheinlich wären die Bäume schweigend vorgerückt, um uns zu zermalmen.

Eine Ebene öffnete sich, überwältigend grün und, wie wir von unserem noch höher liegenden Standort sahen, an manchen Stellen in unregelmäßige Streifen aufgeteilt, bei denen es sich um angelegte Felder oder intervallartigen Wildwuchs handeln konnte.

Die Mohrin verzweifelte, streckte weinend ihre Arme aus und wollte sich ins Gestrüpp werfen, doch die ein- oder zweieiigen DDR-Zwillinge hielten sie zurück. Weglos mußten wir uns durch einen niedrigen Wald aus Holunderbüschen winden, die ineinander verwachsen waren, als wollten

sie eine Verheißung abwehren, uns einer weiteren Prüfung unterziehen.
Obwohl es erst Frühsommer war, reiften die Früchte bereits, hingen in schwarzen Glocken bis zum Boden. Einzeln kämpften wir uns voran, sahen bald wie mit Tusche bespritzt aus, aßen auch von dem Überfluß und vergewisserten uns mit Rufen, mal kriechend, dann wieder aufrecht uns hindurchwindend, daß wir noch alle beisammen waren.
Überall saßen Sperlinge in dem Dickicht, lärmend sich vollfressend und sogleich, da das Futter anscheinend stürmisch durch ihre kurzen Darmkatarakte wanderte, unablässig Strahlen von sich schießend, die sich nicht von der ursprünglichen Nahrung unterschieden.
Böse, kleine Augen blickten uns an, als neideten sie unseren Einbruch. Ich hörte Verwünschungen, Schreie, hatte auch mit Spatzen zu tun, die sich auf mich stürzten, mich zu picken versuchten. Drei oder vier erwürgte ich, wobei sich ein Krällchen in die Hand bohrte. Sepsis, Starrkrampf, schnöder Tod im Busch.
Die Gebrüder Rettenmeyer riefen, wir sollten singen, hoch mit Kopfstimme, um die Verschiedenheit von Menschen und Getier möglichst in nahe Schwingungstoleranz zu bringen. Wir kannten das Lied:
»O Lebensbrünnlein tief und bloß, entsprungen aus dem Schoß, die Pracht ohn' alle Ende. Denn wie ein Hirsch aus frischer Quell, so schreit die arme Seele aus dieser Welt Elende.« Refrain: »Wiege hin und her, fürchte dich nicht, wir gehen übers Meer.«
Die Vögel formierten sich, was in der Enge von Beeren, Blättern und Gezweig schwierig war, doch Welle um Welle rückten sie vorwärts, uns einen Weg bahnend, den wir nur auf dem Bauch hinter uns brachten. Kamille, Baldrian, Lavendel, Knabenkraut, gelber Enzian und Arnika, alles Heilpflanzen laut Linnés binärem System, wir walzten sie nieder. Ihre Säfte drangen durch unsere Lumpen, besänftigend und stärkend. Als wir im Freien waren, Risse und Abschürfungen mit

Kräutern bedeckten und gegenseitig unser holundergeschwärztes Aussehen bestaunten, hatten sich die Sperlinge zu einem riesigen Schwarm vereinigt, der über uns stillstand, eine in sich kreisende, schmetternde Wolke, die sich senkte, wieder erhob, schließlich langsam vorrückte und sich zu einer Heeressäule der Luft verlängerte. Sobald jemand ausscheren wollte, eine andere Richtung einzuschlagen versuchte, wurde er von einem herabfallend schwirrenden Spatzenverband zurückgescheucht. Es galt nur der Vogelwille.

Nach dem nächsten Marsch, es war Mittag geworden, in der Bläue des Himmels saß die Sonne wie ein feindseliger Klumpen fest, kamen wir zu einer Straße, einem asphaltierten Bändchen, das schon lang nicht mehr benützt worden schien. Wegerich und Schafgarben hatten die Decke zu packeisähnlichen Würfeln hochgehoben. Ein verlassenes Fahrzeug stand dort, ein Lastwagen, der allen Platz bot auf dem verlatteten Ladeteil, allerdings gab es noch eine Schwierigkeit: Der alte Ottomotor wurde nicht von Benzin, sondern durch Holzgas angetrieben. Hinter dem Fahrerhaus hing eine teerverkrustete, etwa zwei Meter hohe Kesselröhre, deren Spundloch mit einem Kläppchen unten, durch das der notwendige Sauerstoff eingesogen wurde, das Wichtigste war, wie die feuerbegabten Zwillinge erklärten, die in ihrer Artistenschule auch ein wenig Ingenieurskunst durchgenommen haben mochten.

Wir mußten Holz sammeln, nicht dürres, aber auch nicht zu grünes, und möglichst gleichmäßig zurechtgebrochen, damit es eingeschichtet werden konnte, teils gestampft, dann wieder gelockert. Das naß sich entwickelnde Schwelen, nachdem der Kessel endlich brannte, war ständig nahe dem Ersticken. Zögernde Explosionen pochten in den Zylindern und hoben müde die Kolben.

Adrophina, die fünfzehn Jahre lang Eiersortiererin gewesen, später Gobelinpauserin geworden war, fuhr, gefühlvoll auch zwei Hebel am Lenkrad bedienend, die Lufteingang und abfließenden Wasserdampf regulierten. Ich saß neben ihr und schaltete mit beiden Händen den Gang, der nicht synchroni-

siert war, sondern nach viel Zwischengas verlangte, damit jeweils die klappernden Zahnräder des Getriebes auf die nächst höhere Umdrehungszahl gebracht wurden.
Falls wir am Rand des Mondes landeten, würden wir nicht aufhören, sagte sie. Ihr Vater habe lange einen solchen Lotterkarren aus der Kriegszeit gehabt.
Es gäbe kein Holz auf dem Mond, sagte ich.
»Macht nichts, wir fliegen. Wiegen tun wir nicht mehr viel.«
Jubel hinter uns, wo die Mannschaft sich festhielt. Guido öffnete die Deckel des Ofens, stocherte mit einem Haken herum. Die Lagermutter zeigte dem Iltis die Gegend, doch das Tier strebte in die Brüstewohnung zurück, nachdem es schon verlorengegangen war, aber noch vor der Abfahrt uns gefunden hatte.
Wir schwankten über einen Damm, krachten in Löcher und erhoben uns daraus wieder. Links und rechts der Böschungen sprossen in überfluteten Feldern flaumige Büschel, vermutlich Reispflänzchen, die in unserem mitteleuropäischen Klima reif werden würden. Vielleicht hatte sich über dem Morgenthauareal eine Wetterhaube gebildet, die genügend Wärme einschloß bis zu einem verspäteten Herbst.
Unser Ausflug endete jäh, das holprige Sträßchen verschwand in Geröll. Wir stiegen aus, lachten und klagten, wollten weiterfahren, achteten nicht auf den luziferischen Wagen, der sich unvermittelt rückwärts bewegte, an Tempo gewann, von Adrophina und mir nicht mehr erreicht wurde. Noch bannte ihn der Damm in die Spur, aber dann bäumte er sich, mit leer drehenden Rädern, auf und stürzte wie ein erbostes Schlachtroß in eines der sumpfigen Felder, versank gluckernd, vom schweren Motorblock nach unten gezogen, nur das Heck blieb oben mit einem Nummernschild, das wir erst jetzt bemerkten. Es lautete: MORG-A 12.
»Es gibt noch mehr Autos«, rief Adrophina. »Vielleicht finden wir einen Omnibus? Das Land wird immer bequemer.«
Wir wanderten, von Hunger geplagt, durch die unregelmäßi-

gen Gebiete weiter, verwünschten den Reis, der allmählich verödete, kamen zu Staudenhainen, in denen Quitten, Birnen und Granatäpfel wuchsen, entdeckten auch eine verrostete Pflückmaschine, deren Greifarme und Frucht ausspeiende Trichter so klein waren, daß es sich höchstens um ein Gerät für Sojabohnen handeln konnte. Verblaßt an der Blechwand stand ein Fabrikname, McGuire, was immer das übersetzt bedeuten mochte.

Zwei Mädchen setzten sich auf einen Ameisenhügel und erklärten, sie hätten genug, gingen keinen Schritt mehr.

Nicht die klirrende Ordensmutter, sondern Medea Mohn und Lina, die einstige Schiffschaukelbesitzerin, ohrfeigten die beiden, befahlen ihnen, aufzustehen. Wer in der Diaspora versage, habe nicht das Glück der Verwunschenheit begriffen, das nur Auserkorenen sich erkläre.

Zu viel des Guten! Ich wehrte mich, sagte, wir seien zwar unterwegs, hätten bisher aber nur wenig Sinn in der von Freiwilligkeit zu Zwang gewordenen grimmigen Natur entdecken können, auch ich empfände Verweigerung als notwendig zum Überleben.

Der Ameisenberg war nicht bevölkert, die Mädchen konnten sitzenbleiben, doch die Sperlinge kamen wieder, einzelne Schwärme über unseren Köpfen, nicht mehr kämpferisch, eher bekümmert, als hätten sie die Futtergrenze ihres Reviers erreicht.

Guido, der sich von uns getrennt hatte, kam mit einem Megaphon in der Hand zurück, sagte, nicht weit von hier hielten sich Gebenedeite auf, die Verstärkung brauchten.

Ob es dort Gulasch, Nudeln oder Hühnchen gebe, wurde gefragt. Wir würden uns nur noch bewegen, wenn kräftige Bestechung winke.

»Sie haben kein Essen, sie stellen es erst her«, antwortete Guido.

»Dann bleiben wir«, erwiderten die beiden Mädchen auf dem Ameisenkegel, dessen Festigkeit zu bröseln anfing.

Einige meinten, es bestehe keine andere Wahl, als sich wieder

aufzuraffen. Vielleicht erreichten wir das zweite Versteck, das mit mehr Gaben ausgestattet sein könnte, denn Spatzen, die entkräftet vom Himmel fielen, seien als Nahrung zu wenig.
»Fürbaß«, trompetete Guido durch das batteriegespeiste Megaphon, das mich hoffen ließ. Waren die für das Instrument notwendigen elektrischen Trockenzellen in dem zurückgeworfenen Land hergestellt oder auf irgendwelchen Schleichwegen importiert worden?
In gezackten Förderschaufeln, die einem wenigstens einhundert Meter Durchmesser hohen Grabkranz eines Braunkohlebaggers angehörten, schwebten wir von dem Hochmoor hinunter. Die Aggregate arbeiteten lautlos, standen, wenn wir jeweils ausstiegen, genügend lang still, und wir sahen nicht, ob sich über den haushohen Raupen in dem Maschinenhäuschen, das am Ende des mehrere tausend Tonnen schweren Apparats klebte, jemand aufhielt, der unser Kommen steuerte.
Die Ordensmutter, mit der ich hinabgesunken war, während ich dem Iltis ein paar verquetschte Holunderbeeren zur Beruhigung anbot, die er verweigerte, rühmte das Bauwerk, sagte, sie bedauere es, daß ihr Mann, der aufrecht ins Gas gegangen sei – Friede seinem Mut! – nicht Ingenieur, sondern Schauspieler gewesen war.
»Fürchtest du dich, weil du noch lebst«, fragte ich.
»Wahrscheinlich«, antwortete sie. »Weshalb ist mein Sohn noch so jung mit seiner Zunge in den Zahnlücken und der Tolle über der Stirn?«
Ich stammelte etwas von Eiweiß-, Musik- und Fernsehüberschwemmungen des Industriealters, aus dem wir geflüchtet seien. Das Überangebot an Nahrung, Information, Zerstreuung und gleichzeitiger Verachtung habe uns geprägt. Sie könne sich jedoch voll Stolz an ihre Iltisbrust schlagen, Guido wolle ihr nicht entrinnen.
»Er verläßt mich«, sagte sie.
»Durchaus nicht! Wohin sollte er gehen?«
»Haßt er mich?«

»Er verehrte dich.«
»Bewahrt er in seinem Herzen, was sein Vater vollbracht hat?«
»Ich glaube nicht. Er muß sich, wie alle, erst trennen lernen.«
»Wie soll ich«, sagte die Ordensmutter neben dem Baggerkoloß, diesem ungestümen Mahnmal zur Ausschabung fossiler Energie, »meinen Sohn glücklich werden lassen? Ich sehe noch, wie er im Lager vor Begeisterung klatschte, als zehn Kroatinnen die Schemel unter den Füßen weggestoßen wurden, und er mich fragte, weshalb die Frauen nicht mehr zappelten, die Akkordeonmusik dazu sei doch schön?«
»Er und Prospan Luckedei Scheilala sind ein und dasselbe.«
»Eine Schande«, rief sie. »Wir haben widerstanden, aber der Vater des Peitschenmanns gehörte zu den Mördern!«
»Wir wollen es nicht vergessen«, sagte ich ohne Überzeugung.
»Und die Qual, der Hohn, die Wut?«
Vorsichtig gab ich zu bedenken, daß wir nur Erbarmen haben könnten, wenn wir es auch mit uns selbst hätten. Eine Nation finde sich in den Tränen wieder. Ohne Bescheidenheit brächten wir wenig zustande, sondern trampelten nur weiter. Ob sie die Kaufhäuser vermisse, die Straßen, Pomaden, eingeschweißten Salate und Speckseiten?
»Ja«, sagte sie. »Ich muß schon wieder hungern.«
»Dann geh, bevor Morgenthau wegen Überfüllung geschlossen wird.«
Nein, erwiderte sie, die zwischenzeitliche Armut beschere ihr ein Durchatmen, außerdem habe sie den Verdacht, daß wir unfreiwillig Mitglieder eines Übungsgeländes geworden seien, in dem eine andere Strategie der Machthaber ausprobiert werde. Das gelte es zu vereiteln.
Guido rief durch sein Megaphon ungeduldig zum Sammeln. Das ausgeschürfte Gebiet habe gefährliche Untiefen, wir sollten die blauen Grenzpfähle beachten!
Jenseits des Beckens, durch das wir wateten, manchmal noch von ängstlich flatternden Sperlingen verfolgt, die uns klagend

zurücklocken wollten, stiegen wir zu den Feldern hinauf, deren unterschiedliche Streifen wir gesehen hatten.

Zwischen Weizen, Roggen, Hirse, Kartoffeln und Rüben gedieh viel Unkraut, das heißt auch Blumen, die den Insekten und Bienen reiche Abwechslung boten, ebenfalls Schädlinge nährend, so daß jene nicht mehr auf die Nutzpflanzen angewiesen waren.

Klee und Klatschmohn sprossen, Bärenklau und Geißfuß wucherten höher als das noch grüne Korn. Besonders Inseln von Hirtentäschel und Augentrost wogten in den Äckern, was daran denken ließ, wie die Ernte wohl geraten würde und welcher Arbeitsaufwand dafür nötig war.

Hartlaubhecken schützten vor dem Wind, Disteln hatten den Weg ausgetrocknet, und durch dünne Spuren, um Steine kreuzend, liefen Käfer und geflügelte Larven, stoßend und drängend, als hätte sie ein Befreiungsrausch ergriffen.

»Alle halt«, schrie Guido.

An einem Bug in dem lauschigen Pfad stand auf Holzpodesten oder kniete am Boden eine lange Reihe von Frauen und halbwüchsigen Kindern, die in gleichförmig auf- und abschwellenden Takten gemeinsam die Felder besangen, mitunter schreiend, dann wieder mit unverständlichem Gebrumm. Guido sagte, wir sollten mitmachen.

Magnus, also Prospan Luckedei der Peitschenmann, war der Erste, der sich niederwarf und in einer der inbrünstigen Litaneien mit einfiel. Es schlossen sich ein paar wenige an, einem schwermütigen Gesang sich hingebend, der, ich spürte es, verlockend den Körper bestrich, ihn wie zu massieren schien. Nun ahmten das Lied viele nach, das anscheinend die Rüben, Kartoffeln und Wirsingköpfe zum Wachstum aufforderte.

Dazu kam, daß es noch Gestelle in den Feldern gab, Stelzen mit Lautsprechern darauf, schwarze Trichter, aus denen für uns nur noch zum Teil hörbare Intervalle erklangen, ein übergeordnetes Programm, das ebenfalls befruchtend wirken mochte.

Die Ordensfrau schüttelte sich und sagte, sie kenne den Ursprung, ein Psalm aus dem protestantischen Gesangbuch. Grollend begann sie zu singen, als wolle sie den Staat der Kräuter und Ähren, Blumen und Knollen bekämpfen.
»Wunderbarer König, Herrscher von uns allen, laß kein Lob gefallen. Hilf uns doch, stärk uns für, bring die Zung zum Klingen. Dein Vatergüte fließt dahin, ob wir auch oft verleumdet. Beug uns jetzt, bring uns ein, die Herzen widerhallen.«
Vielleicht wurde in der osmotischen Zellulose, die den Stickstoff für uns unschädlich machte, durch die Beschallung ein Bündnis erweckt, als könnten wir und die Pflanzen, uns ähnlich im genetischen Eiweißbaum, einander bald verständigen.
Doch der Raum blieb ein Torso. Die Landschaft entflammte für Augenblicke mittels einer Sternschnuppe, in Spektralbahnen den Nachmittag beschließend.
Viele von uns stürmten davon, mich mitreißend. Nur Atlantique, die Mohrin und Freundin von Gunther, dem Chefkoch an der Elfenbeinküste, blieb knien, ihre blasphemisch mageren und langen Arme hochreckend, aus denen Elle und Speiche verschwistert vortraten. Hier sei ihr Platz, rief sie, vergleichbar den Hängen ihrer Heimat mit den elenden Hütten um die weißen Hotels. Sie höre das Knistern der Wurzeln und Murmeln der Halme.
Nach einem unfertigen Autobahnrondell, das keine Anschlüsse besaß und dessen Betonplatten von Wolfsmilch gesäumt wurden, stiegen wir zu einem Flugplatz hinauf, dem vor Tagen schon Freundinnen durch Kuckucksnelken entgegengeflohen waren.
Am Ende oder Beginn der verwaisten Piste stand eine riesige Figur mit zerstörten Lampen vor dem Sockel. Ich glaubte, es handele sich um Artemis oder eine andere Jagdgöttin, doch die verzückt aufgerichtete Moorleiche, deren Haupt ausladender als der jedem Gleichgewicht spottende Schnürleib ihrer Taille war, wurde von Arbeiterinnen, die uns aufforder-

ten, mitzutun, Nerthus genannt, ein altgermanisches Sinnbild der Fruchtbarkeit, aber auch des Totschlags.

Guidos Mutter mit ihren Medaillen und dem winselnd gaffenden Iltis, stieg über Leitern zu dem Sumpfantlitz hinauf, dessen bleckender Frevel vergoldet wurde, eine Fleißaufgabe, die ich bei der Verschönerung der Berliner Siegessäule kennengelernt hatte, windumtost hinüberblickend in den anderen Sektor unseres geteilten Landes, wo eine ähnlich geschichtsträchtige Säule fehlte, weshalb die Genossen einen Fernsehturm errichtet hatten mit drehbarem Restaurant, was die dicken Soßen auf den Tellern der Gäste verdarb. Sie erkalteten gewindeschnell.

Es wird weder gehämmert noch aufgespritzt, wenn man vergoldet, vielmehr heißt es, unendliche Geduld zu haben, damit die hauchdünnen Plättchen, zipfelweise von der Folie abgezogen, beatmet, mit den Fingerkuppen beklopft und aufgeklebt, genügend Zeit bekommen, sich jedem Fältchen in der Struktur anzuschmiegen, sich mit der fremden Wirklichkeit zu befreunden. Bei Nasenflügeln, Mundwinkeln, Ohrabsätzen und Halshäuten zittern die Unterschiede. Jeder Sprung oder die nächste Erhebung stehen im Gegensatz zu den kleinen Quadraten, die sich dagegen sperren, in verwerfend neue Formen gebracht zu werden.

Die sagenhafte, von Männern erdrosselte, doch wegen ihrer Größe friedlich stolze Nerthus wird auch die Göttin der Ehre, Finken und Gerste, vor allem des Leinsamens genannt, den unsere alleingelassenen Mütter und die Kriegerwitwen unserer Väter zur Förderung ihrer einsamen Verdauung schluckten.

Das Vergolden der posthumen Gestalt mag der Versuch gewesen sein, sich ein Stück Geschichte anzueignen, die allerdings, was eine nicht weit zurückliegende Vergangenheit betraf, Weihe in sich barg. Ich floh, wollte nicht hören, weshalb die Ordensmutter, ihr Sohn, auch Prospan Luckedei und die andern sich mit an die Arbeit machten, den steinernen Zügen gleißende Sichtbarkeit zu verleihen, von germani-

schem Nebel kündend, der Schicksalsfragen wieder in den Himmel verschob oder in abgründigen Moder versenkte.
Ich lief ohne Botschaft über die leere Rollbahn, kam an der Ruine einer zweimotorigen Sportmaschine vorbei. Aus den Fensterhöhlen ihrer zerborstenen Kanzel ragten Stauden mit aufdringlich raschelnden Samenkapseln, und das in einem steilen Winkel hochstehende Heckruder glich dem Schwanz eines Kinderwals, der sich vergeblich mühte, endlich zu tauchen.
Der zementierten Fläche hätten am besten Rollschuhe unter den Füßen entsprochen. Ich wäre dahingeglitten, Schwung holend in Kurven mit dem Holpern der Hartgummiräder in den Ohren, doch ich ging nur, immer schneller, obwohl die zu großen Galoschen von Adolf Wormbs, meinem einstigen, durch Selbstmord ausgebluteten Pflichtanwalt, sehr hinderlich waren.
Schrauben und Nieten lagen umher, geplatzte und halb verschmorte Reifen, desgleichen nun nicht mehr kreischende Aluminiumstücke, als sei das letzte Passagier- oder Frachtflugzeug hier nur durchgestartet, um, nach einem Landeverbot, wieder an Höhe zu gewinnen, wichtige Teile des Fahrwerks und der Verkleidung zurücklassend.
In der Ferne erhob sich ein Gebäude mit einem Radarturm. Ich kam kaum näher, obgleich ich mich anstrengte. Irgendeine Kraft hielt mich zurück, vielleicht waren es die Naben des Libellenwagens von Prospan Luckedei oder das in Vergoldung gehüllte Mienenspiel der Moorleiche.
Mitten im Beton klaffte ein Spalt. Ich dachte an die Erdarbeiten beim Elisabethplatz in München, als ich, herbeigerufen von Telefonhandwerkern, in einem Schacht überraschend meinen Freund Charly, ebenfalls Einfetter aus der Stanzenhalle, an der Strippe hatte, der mir erklärte, er sitze im Polizeihauptquartier, wir brauchten uns nicht zu fürchten.
Zur Seite weichend, geriet ich in verdorrtes, sonst auf hochtechnisierten Plätzen von abgasimmunen Schafen üblicherweise kurzgehaltenes Flugplatzkraut. Schlingen und Dornen

mußten niedergetreten werden. Größere Bodenampeln als am Anfang, ebenfalls birnen- und glaslos, mit Kabeln, die steif in langen Schleifen übereinander hochstanden, brachten mich zu Fall, dann hastete ich weiter.

An einem Tor des beleuchteten Gebäudes sagte jemand »willkommen«, gottseidank blechern und unfreundlich. Diesen Gruß haßte ich inzwischen.

Ein Papagei, ein automatisch sprechendes Kunsttier, täuschend farbig und beweglich, das auf der Waagesäule eines Abfertigungsschalters befestigt war, blickte mich an und verstummte, als ich den nächsten Schritt tat, der den Lichtbalken zwischen zwei Selenzellen trennte.

Nichts war, wie gewohnt, vorhanden. Aus den Deckensegmenten der Räume hingen die Eingeweide herab, elektrische Leitungen, Wärme- und Frischluftröhren der Klimaanlage, sowie die eckig gepreßten Fibern der Telefon- und Fernschreibadern. Doch Musik erklang, Paukenschläge, die ungeduldig den Vier Jahreszeiten Händels nacheilten, symphonische Illustrationen von blutigem Gefieder toter Rebhühner, Kaninchenspuren im Schnee und den Halskrausen hochgemuter Edelmänner, auf die tausendfach heißes Kerzenwachs herabgetropft war.

Oben, in einer umlaufenden Galerie, prangten Reliefwappen, als hätte es nie Kriege und Verteilerkämpfe gegeben. Ich las Namen wie Kurmark, Hohenzollern, Neubrandenburg, Danzig, Schwerin, Elsaß-Lothringen und Halberstadt. Die Heraldik besaß Laub-, Zinnen-, Schwert- und Adlersymbole, gegen die eine ostdeutsche Fahne, welche in einer ausgeplünderten, nun aber vermausten Boutique hing, geradezu gelehrt aussah.

Die Kassettendecke der Haupthalle stammte noch aus der Zeit des Dritten Reiches, ein protziges Rahmenwerk über eine Art Parteitagsgruft, durch die sich einst uniformierte Würdenträger, Industrielle in Ulstermänteln, ondolierte Gattinnen und Gigolos bewegt haben mochten, bevor sie in Ju 52-Maschinen in die Lüfte gebracht worden waren.

Pfeiler hatten sich zur Seite geneigt, Schutt türmte sich. In einem leeren Zeitungskiosk hing noch das verstaubte Exemplar einer Bild-Zeitung, das den millionenfach beweinten, von qualvoller Gesichtsrose verzerrten Tod eines in seinem Beruf gegerbten Show-Masters meldete, den sein Späßemachen eingeholt hatte, eine Nachricht wie aus einem Freudschen Katalog.

Aber unter dem Ladentisch, wo mehrere alte Wollstrümpfe lagen, als habe es hier immer gezogen und das Verkaufspersonal sich gegen kalte Füße wehren müssen, entdeckte ich ein vollständig erhaltenes, dickes Buch, die Summa Technologiae. Vielleicht befand sich der Autor sogar in unserer Idylle? Ich blätterte planlos, las komplizierte Worte einer klirrend zusammenstoßenden Sprache. Unter der Kapitelüberschrift »Konstruktion auf der Grundlage von Irrtümern« hieß es: »Das thermodynamische Paradoxon einer Affenhorde, die solange auf einer Schreibmaschine herumtippt, bis sich daraus zufällig die Encyclopaedia Britannica ergibt, wurde durch die Evolution zur Wirklichkeit. Eine Unzahl äußerer Faktoren kann die Sterblichkeit einer Population erhöhen. Die Antwort ist eine Selektion durch hohe Fruchtbarkeit. – Beispiel einer gerichteten Folge eines richtungslosen Wirkens. So entsteht aus der Überlagerung zweier Systeme von Veränderungen, die beide in einem zufälligen Verhältnis zueinander stehen, die Ordnung einer immer vollkommeneren Organisation.

Es gibt deshalb zwei Geschlechter, weil dies evolutionär vorteilhaft ist. Der Geschlechtsakt ermöglicht die Konfrontation von zwei Arten an Erbinformationen. Einen weiteren Mechanismus, der zugleich dafür sorgt, daß konstruktive Neuerungen, Erfindungen oder schlicht gesagt: Mutationen sich in der Population ausbreiten, und der die Organismen davor schützt, daß dieser Zuwachs sich in der individuellen Entwicklung nachteilig auswirkt, ihn nennen wir die Mischerbigkeit.«

Ich betastete meine Lumpen und trockenen Lippen, blickte

zu den erloschenen Leuchtschriften von Gesellschaften wie LUFTHANSA, LOFTLEIDIR und PANAM hinüber, Gegensatzpaare eines Zustands, dessen Unterschiede laut jenen Lehre utopisches Malmen hören ließ, als könne der nächste Grad einer höheren, bewußteren Zivilisation nur durch zeitweilige Zerstörung der alten und menschenverachtenden erreicht werden.

Vor Jahren hatten wir, eine kleine Truppe von Eiferern und Naiven, uns dazu entschlossen, nicht mehr hinzunehmen, sondern, wie formuliert, gezielt geschlechtlich vorzugehen, indem die Hilfsarbeiterin Rosa sich mit dem gestohlenen Milliardär Quatander in einer fensterlosen Kammer paarte, desgleichen der proletarische Einfetter Charly mit der lohfarbenen und gebildeten Hella Munz auf der Insel Sylt.

Das Paradoxon arbeitete jedoch unendlich langsam, denn wie sollte eine Folge von geborenen und in genau bestimmten, sehr verschiedenen Verhältnissen beobachteten Kindern aufwachsen, da wir sterblich waren, höchstens neunzig Jahre alt wurden? Ein Labor, in dem die von Erbvor- und -nachteilen, günstigen oder mißlichen Umständen bedingten Zuchtexemplare den Unterschied zwischen arm und reich, dumm oder gescheit, häßlich oder schön in aller Reinheit darstellten, wie es auf der Erde milliardenhaft, scheinbar ohne Regeln, geschah, diesen übersichtlichen Winkel würde es nie geben.

Unsere Tat blieb trotzdem die gerichtete Folge eines Wirkens, beschrieben von jenem kühl Wahnsinnigen. Der Zuwachs an individueller Entwicklung schwamm in einer Suppe, die Wirklichkeit, Milieu, Realität, Verlust und Gedeihen ausdampfte. Bestimmbar waren nur ein paar Merkmale. Zu verzeihen würde das allermeiste sein, aber ebenso unablässig bohrte das Verlangen weiter, sich nicht der furchtbar weit gestreuten Natur überlassen zu wollen, als seien wir Primeln, Affen oder, noch ein bißchen klüger, schnatternde Delphine.

Ich legte das Buch in sein Fach neben die Wollstrümpfe zurück. Wenn ich es mitnahm, würden seine Sätze ablenken. Ich schützte meinen Organismus, der nach Rüben verlangte,

Kümmelkartoffeln oder Erbseneintopf vor höhnischer Konfrontation.
Auf einem Band, das einmal Gepäck befördert hatte und nun, versandet und voll Kies, mit Kakteen bewachsen war, die in der trockenen Luft wie in einem Wüstenklima gediehen, lachsrote und zirbelweiße Blüten zwischen ihren stachligen Kartätschenblättern besaßen, stampfte ich vorsichtig weiter, um nichts zu verletzen. Einmal fiel ich von der stillstehenden Transportanlage und landete auf einem vergessenen Koffer, der nach Saffian roch, Tabak- und Kleiderparfüm, sich weich anfühlte, und vor Wehmut biß ich in seinen Deckel.
Welche Welt mochte dies gewesen sein, als es noch Luxusbehälter gab, deren Messingreißverschlüsse, wie Zahn um Zahn geschmiedet, sich jetzt nicht mehr aufziehen ließen, als hätte ich die Bewegungen dazu verlernt? Ich wollte mich in den Inhalt hineinwühlen, in seidene Röcke und Blusen, hätte italienische Schuhe über meine zerschundenen Hände stülpen oder an hellgrüner und lilablasser Seife mit eingeprägtem Firmenkrönchen schlecken können und zerrte schon gedankenverloren an meinen Lumpen, die nach schweißigem Verfall rochen, um in einen Nadelstreifenanzug aus leichter Kaschmirwolle zu steigen, ein verkleideter Held, der noch nie so feierlich gewandet gewesen wäre.
In der Auslandsabteilung, die geheizt zu sein schien, saßen Frauen. Sie löteten Kanister zusammen, sprachen mehr, als daß sie arbeiteten. Unter ihnen gab es ein paar Männer, die Stickereien fertigten, Tischdecken und Kissenbezüge, durch die sie, nicht einmal ungeschickt, mit Nadel und Faden stocherten.
Ich sei da, rief ich.
Keine Antwort in der Runde. Mäuse- oder Bussardkot oder Gummiflocken verschmorter Leitungen regneten herab.
Gudrun Annemarie Zach mit ihrer Brustlosigkeit und den Schultern einer Zehnkämpferin, die auch durch die Kukkucksnelken geflüchtet war, herrschte mich an, Margarine und gekochte Rüben lägen im Eisschrank.

Ich käme aus den Baracken, dem Torf, klagte ich.
»Bist du Nutznießer oder willst du ins zweite Versteck? Wer bei uns nur Station macht, wird zwar gefüttert, muß aber gleich wieder gehen.«
Ich hätte mich verausgabt, sagte ich, bräuche eine Pause.
»Dann arbeite.«
»Wo soll ich Platz nehmen, was tun?«
»Du kannst dir ein Zierhäubchen vornehmen«, sagte Gudrun Annemarie, ihren Lötkolben schwingend, als schmölzen die Nähte des Blechs von selbst zusammen.
Weberkorn und Zwirnhalbleinen seien mir bekannt, beteuerte ich. Auf dicken Hohlsäumen hätte ich als Kind geschlafen, bei meiner Großmutter, die französisch gesprochen habe. Gedrehte Schnur- und Filethäkelei würden im Industrieland wieder hochgeachtet werden.
»Hast du Sehnsucht«, fragte eine hagere, ältere Person. Es war Hilde Vanderlaub, die Anführerin beim Eintritt in die Morgenthauidylle.
Ich überlegte, daß ihre birnenförmigen Brüste, für mich sexuelle Greifgewalt, wahrscheinlich nun schlaff geworden waren und ihr ausladendes Becken nicht mehr dasselbe fordernde Zucken warf wie beim Stolzieren durch unwegsames Gehölz.
Ein Jüngling, den langen, roten Faden der Schiffchenspitze eines kompliziert garnierten Kinderfäustlings hinter sich herziehend, sagte, über uns würden Solarzellen und Windgeneratoren genügend leisten ohne Fremdstoffe.
Solchen Euphemismus, erwiderte ich, also blasinstrumentenhafte oder glasperlende Wohlgestimmtheit hätte ich schon früher gehört. Es käme darauf an, zu erfahren, weshalb die Weiber löteten und die wenigen Männer strickten. Gewollte Gegensätze seien noch keine Erweckung.
Ein Mann erhob sich, der seine müde Zipfelmütze zurechtrückte, als gehöre er zu den Pionieren des Skiläufertums, und erklärte geduldig: Elektroden spalteten in Bädern, die wieder freigeschaufelt wurden, Wasser- und Sauerstoff. Dahinein

werde Kohlendioxyd geblasen, überall vorhanden als Abfallprodukt unserer Anwesenheit. Der ausgeschiedene Wasserstoff verbinde sich mit dem CO_2-Gas zu Ameisensäure, einer vielseitig verwendbaren Rohmaterialie.
»Pissen Insekten jetzt Benzin«, fragte ich, »nachdem ein Öllieferant nach dem andern verlorenging?«
Ameisensäure könne Verbrennungsmotoren antreiben, entgegnete der Häkler, demnach ebenfalls zur Erzeugung elektrischen Stroms benutzt werden, beste Verwertung von CO_2 industrieller Abluft, die gegenwärtig noch zum größten Teil in die Erdatmosphäre entweiche und sie immer stärker anreichere, was eine in ihrem Umfang noch gar nicht überschaubare Auswirkung auf Temperaturen habe. Wir würden uns selbst aufheizen.
»Herrlich, bald bekommen wir subtropisches Klima«, sagte ich. »Keine Bunkerarchitektur aus teutonischem Schutzbedürfnis mehr! Überall Weinfelder, Orangenhaine und viermal im Jahr blühender Ginster. Unser Land wird zu einer nach Norden verrückten Mittelmeermulde, in der Springböcke weiden, Kinder sich beim Essen mit grünem Mus von Mangofrüchten beschmieren, und vielleicht entstehen auch wieder sanfte Brontosaurier, auf denen wir reiten.«
»Mitnichten«, sagte der Zipfelmützenträger, der, während er sprach, kurzsichtig vor den Augen mit einem stählernen Stäbchen gezwirbelte Schlaufen hochhob und ins nächste Loch bugsierte. »Die Polkappen tauen, der Wasserspiegel aller Meere steigt um drei bis fünf Meter. Hamburg wird überflutet, die Bretagne versinkt, durch Gibraltar, was nur die nächsten Regionen anbelangt, stürzen Fluten und reißen kleingehackte Felsen mit sich.«
»Akzeptiert«, sagte ich, »Ruin als Besinnung und Reinigung.«
Der Untergang des Abendlands, ob moralisch oder ökologisch, sei auswegslos, antwortete er. Die Natur kenne keine Wiederholungen. Wir wären dann tot, sie jedoch überlebte.
»Was können wir dagegen aufbringen?«

»Demut und Verstand«, sagte er, einen kleinen Wurf zu einer abnabelnden Öse an der Ecke seines Zierdeckchens vorbereitend. »Die Alternative ist nicht einfach«, sinnierte er weiter, »weil ökonomisch fortschrittsfeindlich. Jene Milliarden Menschen, die nie eine Glühlampe, Wasserpumpe und genügend Nahrung haben werden, stimmen nicht zu. Es käme darauf an, ihren Glauben an die Erde und den Kosmos mit unserer Technik zu vereinen.

»Fern, fern«, sagte ich. »Wo gibt's etwas zu beißen?«

»Im Eisschrank liegen Margarinewürfel und gekochte Rübchen, Brot wird morgen gebacken.«

»Muß hier alles selbst ausgeführt werden? Im Industrieland wurden wir bestens bedient.«

»Man brauchte Geld dazu, Ellenbogenfreiheit, Egoismus.« Zufrieden betrachtete er sein Kunstwerk, biß den Faden ab und legte es sich auf den Kopf. Er sah damit wie ein gezierter Schultheiß aus, den es in ein Kloster verschlagen hatte, in dem nicht mehr gebetet und gesungen, sondern gelötet wurde.

Im Moorgasthaus hätten wir auch bezahlen müssen, und zwar in harter Währung, sagte ich.

Dann sei Rosa, die Wirtin, aus irgendeinem Grund verärgert gewesen, antwortete er. Niemand verbiete den Geldverkehr, er schlängle sich eben noch dahin.

»Und später? Paradies, neue Steinzeit oder Reformation?«

»Wir leben von den Resten«, erwiderte er. »Es kann sein, daß wir wieder zu Kampfhorden werden, die sich gegenseitig eßbare Wurzeln und geflügelte Rinder abjagen. Möglich ist auch die Verbindung von Glück und Einschränkung.«

»Geduld durch Schrecken! Eine wiederbelebte Nachkriegsromantik. Wer beim Talglicht in seiner Höhle keine Zeitung erhält, wird Geschichten erzählen, erfundene und wahre. Und die Kinder in ihren von Würmern und Schimmelpilzen verseuchten Farnbetten hören atemlos zu.«

»Nicht schlecht«, sagte er, »doch auf die notwendigen Errungenschaften der Medizin wollen wir nicht verzichten. Das wäre lächerlich. Es gibt hier Röntgengeräte und einige Opera-

tionssäle. Wie sehr sie noch benützt werden, weiß ich nicht. Ein Bauer aus dem Königreich Hunza, der uns für ein Jahr als Mietlehrer beisteht, versprach in seinem Kolonialenglisch, das wir viele Apparate bald nicht mehr benötigen, wenn wir der anderen Gangart folgen würden.«
»So viel Reinheit wird es nie geben.«
»Ach, hör auf«, antwortete er, sein Deckchen abnehmend und in eine Schachtel zu anderen legend. Vielleicht arbeiteten die Häkler für einen Versandhandel, der von einem Lohngefälle profitierte wie dem eines Gefängnisses. »Wir haben Konservenbüchsen zum Ausweichen, nicht selbst hergestellte. Ob sie jemand einschleuste, um zu helfen oder aus Korruption, spielt keine Rolle. Ich meine, vieles ist verwendbar. Nicht Fanatismus, sondern eine Mischung aus Unbescheidenheit und erkannten Mängeln macht uns unabhängiger.«
Ein unterirdisches Grollen setzte ein, als würden schlagende Wetter unter dem Fußboden durch Flöze jagen. Risse zeigten sich in einer Wand, auf der noch Plakate hingen, die Flüge in Touristengegenden anpriesen, nach Thailand, Surinam, Britisch Guayana, Madagaskar und spanisch Menorca, das inzwischen mit denselben Terrassenhäusern bepflastert worden war wie das schon deutsch verklumpte Mallorca.
Zwei Frauen, die Allerjüngsten, versuchten, mit ihren erkaltenden Lötkolben am Rand der leeren Abfertigungsschalter hölzerne Leisten hochzustemmen, wo Abhörwanzen installiert seien. Man müsse das Ungeziefer ausreißen, es dürfe keine Verbindungen mehr zur Außenwelt geben!
»Gemach«, sagte der Alte, das nächste Stück betastend, welches er hohlsäumend veredeln wollte. »Wenn sie etwas von uns wissen möchten, dann erfahren sie nur, daß große Unterschiede eingetreten sind. Sie mißtrauen, wir handeln rücksichtslos kindlich. Laßt sie doch! Wieso könnten sie sich noch im Recht glauben? Es gibt keine Programme in ihren Speichern, die für Gefühle taugen.«
Die Sprünge in der Mauer wurden größer, Staub nebelte uns

ein, legte sich auf die Gesichter und Gewänder. Mehlige Nornen stalpelten fertiggestellte Kanister aufeinander, in denen Kohlendioxyd zu ameisigem Knallgas eingesperrt werden sollte.

Rumpelnd beugte sich die verschlissene Flughafenkathedrale zu der einen, dann der anderen Seite, und es mochte sein, daß unter uns Stollengänge, aus denen ein Jahrhundert lang Kohle abgebaut worden war, nun leer zusammenbrachen, ausgehend von Wuppertal, der schönsten Stadt des Ruhrgebiets mit ihren Hügeln, ziegelschwarzen Siedlungen und der geschmiedeten Hängebahn über dem Fluß.

Ein Mädchen führte mich in einen zu einer Backstube mit gemauertem Ofen umgebauten Raum. Es gab Apfelkuchen mit dickem Hefeboden und heißen Kräutertee aus einer Thermoskanne. Die Männer hätten den Kuchen gemacht, erklärte das Mädchen.

»Kinder fehlen«, sagte ich. »Ihr seid nur mit euch selbst beschäftigt.«

»Jeder kann gehen, wohin er will. Im zweiten Versteck soll das Durchschnittsalter unter zwanzig sein. Vom dritten hört man fast nichts.«

»Wie bist du hergekommen«, fragte ich.

»Über das Torflager. Ich habe es dort nicht lang ausgehalten. Zu anstrengend und schmutzig, außerdem hat mich ein Spaten getroffen.«

Es zog seinen Flickenrock hoch, trug keinen Schlüpfer oder ein anderes, unterhosenähnliches Gebilde und zeigte mir freimütig an der Seite ihrer linken Hinterbacke eine gut heilende Wunde.

»Vom Peitschenmann?«

»Beim Graben rutschte einer über mir aus und stürzte herunter. Ich konnte nicht mehr ausweichen, war völlig stumpf vor Müdigkeit.«

»Hoffentlich bekommst du keine Entzündung.«

»Eine Ärztin hat das Blut nochmal zum Fließen gebracht und dann Wacholderpulver hineingestreut. Für sie war diese

Methode auch neu. Ich fühle mich wohl, und Fieber hatte ich nie.«

Ich konnte an die scheinbar überall in Morgenthau waltende Einfachheit nicht glauben, dieses idyllische Gleichgewicht zwischen Naturkräften und Bereitschaft, wie es vor zwei- oder dreitausend Jahren schon gar nicht geherrscht hatte, als eitrige Zähne, ein Wirbelbruch oder Frührheumatismus, der sogleich das Herz in Mitleidenschaft zog, den sicheren Tod bedeuteten.

Trotz beißenden Hungers vermochte ich nur wenig zu essen, der Kuchen war sehr süß, ob von Restraffinade aus alten Beständen oder wegen in die Äpfel eingekochtem Zuckerrübensaft. Der Tee jedoch kräftigte, ein zunehmendes Glühen in den Gliedern stieg bis in den Kopf, und meine Ohren fingen zu brennen an.

Was ich tun solle, fragte ich das Mädchen. Häkeln oder löten?

»Schau dich zunächst einmal um. Du mußt nicht bleiben, wenn du nicht willst. Den Weg weiter kenne ich allerdings auch nicht.«

»Wer holt die fertigen Kanister ab?«

»Ein Lastwagen aus einem Museum. Eines Tages gehen wir alle dorthin.«

»Und wie lang seid ihr schon da?«

»Drei Wochen. Wir warten auf Nachfolger.«

»Die Zeiteinteilung habt ihr also nicht vergessen«, sagte ich.

»Wir fanden Kalender und eine goldene Armbanduhr, die sich bei jeder Bewegung selbst aufzieht«, antwortete das Mädchen. »Eigentlich ist sie nicht nötig. Man bekommt ein Gefühl für die Stunden, selbst bei Wolken, aber die Sonne scheint hier öfter als draußen.«

Das hätte ich auch bemerkt, sagte ich. Ich würde mir manchmal einbilden, ich verstünde das Wetter im voraus zu riechen, wie auf der Pirsch.

Das Mädchen lächelte, nahm Mehl vom Tisch und streute es mir über die Schulter. Das bringe Glück und Fruchtbarkeit, flüsterte es. Der Unterweiser aus dem Königreich Hunza

habe diese Geste empfohlen.
Wo der überragende Bauer sei, fragte ich.
»Er wohnt im Gras, ist Selbstversorger, fürchtet sich vor dem Flugplatzgebäude. Wenn wir ihn sehen wollen, müssen wir ihn suchen, weit weg von der Landebahn. Immer steht er dann plötzlich neben uns, als habe er uns erwartet.«
»Glaubt ihr wirklich, daß dieser Künstler der Bedürfnislosigkeit aus Hunza stammt?«
»Er hat Heimweh, erzählt von seinem Dorf, den Frauen dort, die alles bestimmen und den kleinen Kindern drei Jahre die Brust geben. Buttermilch und Quark, an die er gewöhnt ist, gibt es bei uns auch kaum. Die verrückt gewordenen Kühe aus den Wipfelställen lassen sich nur selten einfangen und melken.«
»Weißt du überhaupt, wo Hunza liegt?«
»Im Karakorum-Massiv, am Karawanenweg von Gilgit zum Kaiber-Paß. Chinesen bauen jetzt die Straße aus.«
»Und mit euch spricht der Segensreiche in einem ehrwürdig verstümmelten Trägerenglisch?«
»Das kann doch jeder! Wir sind eine amerikanische Kolonie, und sie waren eine britische.«
Für mich sei nicht vorstellbar, daß dieses tapfere Landvölkchen sich habe reinhalten können, sagte ich. Sie säße einem nur noch in Reisebeschreibungen vorhandenem Mythos auf.
»Warum sucht er ständig nach frischen oder gedörrten Aprikosen? Er sagt, zu Hause esse er sie jeden Tag, sie seien eine Hauptnahrung. Bei uns würde niemand auf diese Idee kommen.«
Vegetarier hätten die merkwürdigsten Einfälle, antwortete ich. Zum Beispiel würden sie aus zerstampften Roggenhülsen bleiche Osterhasen backen oder sich Rettichscheiben hinter die Ohren klemmen, die Unrat aus dem Kopf ziehen sollen, und zur Entwässerung kauten sie unentwegt rohe Kohlraben.
Vielen Dank, erwiderte das Mädchen, es habe dazugelernt.
Aussichtslos, diese sanfte Fanatikerin für eine skeptische Beurteilung der Lage zu gewinnen. Ironische Kleinigkeiten

gerannen hier zu einer anderen Systematik von Vernunft, als sei das Leben, da wir geführt hatten, umgekippt worden, obwohl wir uns in den noch stehenden Gemäuern eines Flughafens befanden. Herunterhängende Bleche der gestanzten Deckenverkleidungen nebst einer Backstube, wie es sie, meines Wissens, nie in solch einem Gebäude gegeben hatte, schienen sich gerade wegen ihrer Absurdität für Beweise zu eignen.

Das Mädchen aß Mehl, vielleicht jüngst handgemahlenes, verschmähte die Apfelkuchen, und eine sektiererisch nachgiebige Geduld verklärte ihr Gesicht, welches keinerlei Unregelmäßigkeiten oder markante Spuren besaß, sondern unterschiedlos oval war, lippen-, nasenflügel- und augenlieblich, so daß ich es, selbst beim Betrachten, schon wieder vergaß.

Ich ginge jetzt, sagte ich.

»Wohlauf«, erwiderte es.

Ob die kanisterlötenden Kolleginnen eine zweite Hunzaherrlichkeit aufbauen und den unterwürfig gewordenen Männern neue Sitten beibringen wollten, fragte ich noch.

»Statistisch waren wir schon immer mehr«, sagte es. »In der Idylle können wir uns bewähren.«

»Gleich den Trümmerfrauen nach dem zweiten Weltkrieg!«

»Ich bin jung und möchte mich nicht umsonst fürchten.«

Wir lebten aber hinter einem Zaun, rief ich, nur in einem Schutzgebiet!

Träume seien widersprüchlich, antwortete das Mädchen.

Ein eiserner Fußabstreifer oder das entblößte Drahtgeflecht eines Heizkissens lag an der Tür, außerdem ringelte sich der Verwesungsduft von Filterzigaretten an uns vorbei, perfide Entschleierungen, die nicht hierhergehörten. Vielleicht qualmten in der Auslandsabteilung nebenan die Häkler und Filetsticker eine letzte Packung auf.

Das Mädchen empfahl mir zu essen, wenn auch süß Verschlamptes, da Gelegenheiten noch seltener würden. Es habe vor Tagen eine Büchse Ölsardinen aus den Vorräten geleert, mit schlechtem Gewissen, aber der Ekel vor dem ehemaligen

Polsterdasein sei es wert gewesen. Niemand schelte deswegen.

Ich stürmte eine Wendeltreppe hinauf, die sich kreisrund durch ein Loch wand, mußte mich bewegen, suchte nach bestätigenden Fehlern.

Oben kam ich in ein Zimmer, in dem Stapel von Kartonetiketten lagen mit Aufdrucken wie MUC, NYC, BOC, AFZOK und PLNOC, Abkürzungen einstiger Schnelligkeit. Im nächsten Raum hing einsam an einem Bügel ein Hemd, teure Baumwollware, ein enges Futteral mit geplatzten Nähten, das einem hefeweißen Piloten gehört haben mochte. Ich preßte es an meine Nase und atmete den noch schwach haftenden Stärkegeruch ein. Die Kapitäne der Luft, die wir früher, auch auf Grund ihrer Gehaltshoheit, bewundert hatten, waren geflohen.

Hinter der Galerie mit den altdeutschen Wappen gab es Büros voll elektrischer Addiermaschinen und Fernschreibern. Ein Gerät zierpte blind schüchtern vor sich hin, warf keine Zeichen mehr auf die Papierrolle. Die Stromstärke hatte abgenommen, und die Durchsagen waren versiegt.

Ein Gemach, auf drei Seiten aus Glas, barg ein Arsenal von Pumps, hochhackigen Stiefelchen, lederbesohlten Halbschuhen und leichten Strandtretern. Die Fülle erinnerte mich an Photographien aus reichsunmittelbaren Straflagern, in denen ebenfalls massenhaft Schuhe gelegen hatten, abgestreift von den dann umgebrachten Opfern.

Ganz oben kam ich in einen flackernd blau beleuchteten Turm, ein Rondell mit Sicht nach allen Seiten.

Jemand fragte, ob ich eine heiße Brühwurst mitgebracht habe? Die Konzentration lasse nach.

Unten würden Küchlein angeboten, sagte ich.

»Zum Kotzen! So kriegt man mich nicht kirre.«

In einem hohen Drehsessel flegelte ein selbstbewußter Wicht mit auffallend großen Schultern. Zum Schutz gegen die augenkratzende Helligkeit seines Kommandostands, bestehend aus mehreren Monitoren, auf denen die Amplituden

von Sinuskurven dahinströmten, trug der Mann wie ein Tennisspieler ein Schild über der Stirn.
Ich nannte meinen Namen und daß ich erst seit Stunden hier sei.
Er hieß Baldur Kaspar Priamus, was mich düster stimmte. Die Verklausulierungen in der Idylle betrieben allmählich kaustischen Selbstzweck.
Knöpfe bedienend, versuchte der Herr, die öden Wellen zu unterbrechen oder gar zu verändern, um seine Anwesenheit zu dokumentieren, doch sie schnappten immer wieder in ihre achsiale Sturheit zurück.
»Nichts im Sinn, nichts in Sicht«, sagte er.
Priamus schwang sich in seinem Stuhl herum, und nun sah ich im Niederspannungsfeuer der Instrumentalscheiben, daß der Radartechniker wenigstens so alt war wie ich, außerdem glich er der kurz gewachsenen Ausgabe eines Ringers. Zahllose Fältchen, tief gekerbt von der röntgenhaften Beleuchtung, verunstalteten sein Gesicht zu einer schrumpelnden Zitrone, die sich zum Austrocknen entschlossen hatte.
»Bist du Läufer? Die Leere bringt mich um.«
Ich hätte einen getroffen, sagte ich. Er habe einen Plastikhelm aufgehabt, und mit Reißzwecken seien Nachrichtenzettel wie Schuppen an seinen nackten Oberkörper geheftet gewesen.
»Das war Réomir!«
»Kenne ich nicht.«
»Er verbindet die Moorwirtschaft mit dem Museum.«
Bei der Klassenabspeisung sei er nicht aufgefallen, widersprach ich. Rosa, meine Freundin aus der Motorenzeit, habe ihn nicht vorgestellt.
»Hier kannst du Springer werden.«
Ich sei kein Hochlandabessinier mit einem Lungenvolumen über die Schulterblätter hinaus, wehrte ich ab.
»Sie haben mich alleingelassen, und nichts passiert«, sagte er.
»Ich drehe und wende mich, gucke mich dumm, hoffe auf ein umherirrendes Pünktchen in den Koordinaten, gleichgültig, ob es ein Flugzeug wäre, der Gehirnstrom eines zufälligen

Unfallopfers oder der leiernde Herzschlag eines Fettzerstörten, angeschlossen an die Leitungen einer Intensivstation. Ich möchte arbeiten!«

Er solle improvisieren oder sich umschulen lassen wie alle anderen auch, sagte ich.

»Ich bin umsonst hier«, klagte er weiter. »Vor einem Monat wohnte ich noch bei meiner Mutter in einem Reihenhäuschen am Stadtrand von München. Es ging mir gut. Nicht zuviel Aufträge, manchmal Bier im Hirschgarten und Leberkäse. Wenn ich betrunken war und nachts kotzte, haben meine Mutter und ich zusammen am nächsten Morgen die Bettücher in der Badewanne eingeweicht, bevor wir sie in die Waschmaschine steckten.«

Baldur Kaspar Priamus sprang auf, hatte eine Lederhose an, die ihm eng auf den prallen Schenkeln saß. Er wollte mir den Turm zeigen, doch verfing sich in einem stetig länger werdenden Refastreifen, dessen Muster er abzutasten begann, als könne er daraus Aufgaben lösen.

»Die Löchlein«, sagte er, »schau sie dir an! Phantastisch versetzt, geordnete Gleichungen, das Stirnband eines Denkers!«

Er schickte die Papierschlange durch einen Rechner, koppelte und schaltete quer, dann verschwand auf einem der Monitoren die Sinuskurve und eine Schrift erschien: admiralty tide tables volume 1/1972. Darunter stand: scottland, west coast, standart port ullapool, high water 0100 and 1300/0700 and 1900 – low water 0300 and 1500/1000 and 2200.

Baldur Kaspar Priamus setzte sich wieder in seinen Drehstuhl und beobachtete eine nun mit Daten prunkende Scheibe, jeweils Zeile um Zeile von oben her springend, Zahlen der times and heights of high and low in meters and feet, beginnend am Samstag den 1. Januar anno 1972 für jenes legendäre Ullapool, das einzigartigerweise Lat. 57° 54' N. Long 5° 10' W. lag.

Der kleine Operator konnte sich sattsehen an Zahlen und Nummern, die bereits bis zum Donnerstag den 6. Januar vorgerückt waren, wo um 05 Uhr 16 das Niedrigwasser 1,00 Meter gleich 3,30 Fuß betrug, um 11 Uhr 21 das Hochwasser 4,20 Meter gleich 13,60 Fuß; um 17 Uhr 56 war der tiefste Fall wieder mit 0,90 Meter gleich 3,00 Fuß erreicht, während es genau 23 Uhr 56 erneut auf 3,70 Meter gleich 12,30 Fuß kletterte.

Ich fragte beunruhigt, ob solche Fluten auch mit uns zu tun haben könnten, vielleicht über die Landebahn hereinbrächen? Mir sei nicht klar, weshalb dieses Gezeitenregister der englischen Marine im Bildschirm eines aufgegebenen Radarturms herumgeistere.

»Der Lochstreifen ist ein altes Programm, das von jedem Schiffsfunk abgerufen werden konnte«, sagte er. »Ich wette, es gibt noch eine Gesamtübersicht.«

»Ein Flugplatz ist doch kein Hafen! Hier muß es trocken bleiben! Bist du ein zweiter Noah, der sich vorbereitet? Die Idylle soll ersaufen?«

Er unterbrach den fortlaufenden Januar, schrieb per Tasten irgend etwas in den Monitor, worauf augenblicklich der Wasserkalender erlosch und Überschriften zu morsen begannen:

volume 1: european waters, including mediterranean.

volume 2: the atlantic and indian oceans, including tidal stream predictions.

volume 3: the pacific ocean und adjacent seas.

Das meine er nicht, rief er! »Ports, ports!«

Priamus sprang von seinem hohen Sitz, riß den Lochstreifen ab, holte aus einer Schachtel einen anderen und verfütterte ihn an ein klobiges Gerät, das aus den Löchern rasend Impulse und deren Unterbrechungen sog, die sich in Texte und Zahlen verwandelten.

Aberdeen, antwerp, avonmouth, belfast, bergen, boulogne, brest hieß es. Dazu schlugen sich Seitenziffern, pages, nieder.

»Wetten, ich kriege auch das Ende des Alphabets«, rief er. Hurtig hämmernd auf der unter dem Sichtgerät herausragenden Schreibgarnitur, gelang es ihm, die nächsten Häfen

wegzuwischen, es wirbelten nur noch verstümmelte Namen durcheinander, bis die Reihe bockend wieder bei ullapool festhakte und mit venezia, walton-on-the-naze, wilhelmshaven und yekaterininskaya endete.
Triumphierend wandte er sich um. Seine zerstreuten Gesichtsrunzeln gewitterten wie Photospuren von Elektronen, die gegen eine Bleiplatte geschossen wurden. Er sah einem Kyborg ähnlich, Kopf eines Menschen auf einem Rechner, nicht zu verwechseln mit dem Dorf Kyburg, gelegen im Kanton Zürich und geschmückt mit einer Baumwollspinnerei und einem alten Schloß desselben Namens.
Eine Katze hüpfte über die Sender, ein erbarmungswürdig abgemagertes Geschöpf mit grannenlangen Barthaaren, die ortend Witterung aufnahmen. Schnüffelnd krallte sich das Tier an mein Hosenbein, würde mich ab jetzt nie mehr vergessen, überall mich wiederfinden, auch fünfzig Kilometer entfernt, was bestürzend war, da hierzulande eine Katze auch zu einem Drachen werden mochte, ich schloß es nicht aus.
»Deine Freundin«, fragte ich den Spezialisten.
»Zugelaufen«, antwortete er. »Die Mäuse im Bau verschmäht sie, aber ich habe noch eine Dose Milchpulver.«
»Wenn sie Junge bekommt, mußt du ausziehen.«
Ich kann sie nicht begatten«, sagte er.
Dies sei bei knäbischer Phimose möglich, sagte ich, oder er schnitze sein Glied zu einem Dolch.
»Katharina«, schmeichelte er. »Komm her!«
Das Tier, an und für sich Befehlen unzugänglich wie alle seine Artgenossen im Gegensatz zu den knechtbaren Hunden, was seinen lautlosen, immer wieder verlockenden Hochmut ausmachte, sprang auf Baldur Kaspar Priamus' Schoß und ließ sich am Steiß kraulen, bis es, wild geworden von Streichelelektrizitäten, seinen Ernährer zu beißen und zu krallen versuchte, so daß er es mit einem Schmerzensschrei von sich schleuderte.
»Gibt's hier keine Kater«, fragte ich.
»Bei dem Hunza-Bauer wohnt ein Fuchs.«

»Das klappt nicht.«
»Sie bekommt ein paar kleine Stromstöße verpaßt.«
»Dann laden sich ihre Barthaare nicht mehr von selbst auf und sie stolpert mit Schlagseite durchs Gelände.«
»Woher weißt du das?«
Ich riet nur, denn in Hochbauten mit Moniereisen wie faradaysche Käfige im Beton, die von den meisten Wellen abschirmten, litt unser Nervensystem. Krankheiten nahmen zu, Lifts und Korridore wurden von Wütenden zerkratzt, die Ärzteschaft solcher Schlafburgen wies eine Überzahl an Neurologen auf.
»Dafür habe ich was«, sagte er, stellte an mehreren Monitoren die Sinuskurven auf Null und tippte irgendwelche Stufen ein, worauf in allen blauen Schirmen endlose Zeilen erschienen, die aus den Großbuchstaben A, C, G und T bestanden.
Was das sei, fragte ich.
»Das DNA-, Desoxyribonukleinsäuremolekül, Grundlage aller Lebewesen.«
»Auch für mich?«
»Selbstverständlich! Dies hier ist der genetische Code eines einfachen Virus, der etwa 5000 Nukleotide beinhaltet. Der eines Bakteriums würde bereits 2000 eng beschriebene Seiten von zahllosen Kombinationen der 4 Zeichen umfassen, und der Lebenstakt eines Menschen füllte mehr als 1 Million Blätter.«
»Trotzdem bleiben wir aber nur vierstellig«, wunderte ich mich.
»Es reicht«, sagte er. »Die Potenzen lassen sich nicht mehr ausschreiben. Im Doppel-Helix, einem paarigem Gewindemodell, sitzen sich Phosphate und unterzuckerte Elemente gegenüber, die von vier Basen gesteuert werden, dem Adenin, Cytosin, Guanin und Thymin – A, C, G und T. Du kriegst die Tür nicht mehr zu, wenn wir sie in Lochstreifen ausdrücken wollten. Jahre würden vergehen.«
»Sehr übersichtlich«, sagte ich und sah, wie sich durch diesen thrombosischen Turm die Schlangen einer peniblen Wissen-

schaft würgten, die Auslandsabteilung und die postfaschistische Inlandshalle des Flughafens verstopften, so daß nur übriggeblieben wäre, mit Scheren einzugreifen oder den ganzen Segen anzuzünden.

»Du hast recht«, sagte Baldur Kaspar Priamus, »man kann schneiden, doch nicht mechanisch, nur chemisch.«

»Warze weg, Blinddarm raus oder, in meinem Fall, Haare auf die Brust, damit ich männlicher werde?«

»Krankheiten oder zuviel Gescheitheit lassen sich noch nicht in der kilometerlangen Reihe der einzelnen Perlen unterbrechen. Niemand weiß bisher, wo sie sitzen, und es mag außerdem sein, daß sie sich verschieden anschmiegen. Fest steht nur, wir setzen uns, durch ein Mikroskop betrachtet, aus stupiden Einzelteilen zusammen.«

»Ach, Kyborg, ach, Radarmensch«, sagte ich. »Bist du traurig?«

»Nein«, antwortete er. »Ich ahne Einheit, besonders hier, wo man nicht mehr abgelenkt wird, doch eine Formel wird es nie geben, die zum Beispiel einen stinkenden Aschenbecher, für mich als Nichtraucher ein Menetekel, mit den Spuren von Krähenfüßen auf einem beschneiten Garagendach, dem Kräfteausgleich sich überschlagender Wellen im Indischen Ozean, den Liebesblicken von drei australischen Ureinwohnern, dem Surren der Ohren eines Maikäfers vor dem Start und dem Wiegen der Hüften einer jungen Verwahrlosten zwischen Wolkenkratzern mathematisch versinnbildlichte.«

Wir sollten uns um die Katze kümmern, schlug ich vor.

»Miau, miau«, rief Baldur Kaspar Priamus.

Das Tier zeigte sich nicht, rieb vielleicht sein verlangendes Afterknötchen an einem herausstehenden Plastikknorpel, der genügend Reize simulierte.

Unten rumorte es, das Gebäude schwankte leicht nach, und eine Scheibe im Rondell bekam einen Sprung, durch den nieselnd frische Luft hereinzog. Staub, der reichlich vorhanden war, tanzte von Schirm zu Schirm und veranlaßte außerdem zwei Katastermäuse, mit ihren doppelt so großen Hinterläufen als Vorderpfoten, die Katze in die Flucht zu jagen. Baldur Kaspar Priamus ließ sich davon nicht aus dem Konzept bringen.

»Nun wollen wir sehen«, sagte er, »ob es in meiner Programmkammer noch handfestere Gegenstände gibt.«

Die Ziffern und Reihen der gezeitigen Uhrstände von Greenock, Helgoland, London Bridge und Ullapool schrumpften, desgleichen die Zahlen der Säuren und Basen mimosenhafter Molekularbiologie. Auch die Sinuskurven erloschen, deren Schwingungen akkommodierte Gerätegleichheit signalisiert hatten.

In der Ecke eines Monitors fing ein Pünktchen zu wandern an, das sich verbreiterte, zwei, drei Meßkreise übersprang und am gegenüberliegenden Rand ein Sternenhäufchen hervorbrachte.

»Flugzeuge«, rief ich. »Werden wir abgeholt?«

»Es kann eine leere Ölsardinenbüchse sein«, sagte er, »die eine heimlich Gesättigte aus dem Fenster geworfen hat, oder ein metallisch gewordener Mückenschwarm oder ein begabtes Rudel fliegender Mikroprozessoren.«

»Brunz die Hand an! Hast du einen NDR, einen Near-Distance-Radar?«

Der Techniker warf sich zu Boden, fiepte wie die Springmäuse, die nicht wiederkehrten, spuckte in die Milchpulverbüchse der knochigen Katze und holte Knödelchen heraus. Seine Lider, die Nase und den Mund damit beschmierend, maskierte er sich, als sei er ein Indio, der in die Asche eines geliebten Verstorbenen griff.

»Der Eidam und der Wehdag«, sagte er. »Schwiegersöhne des Unglücks.«

Er solle zu den Frauen gehen, sagte ich, dort klärten sich die Verhältnisse. Die Stricker und Häkler würden sich bereits danach richten.

Priamus wollte nicht, blieb sitzen auf den Zementrillen, unter denen kein rauschender Strand lag, und fing zu jammern an, daß er einsam geworden sei, unnütz, seine Kenntnisse verkrü-

melten. Früher habe er als Feuerwehrmann von Soffit Data gearbeitet, einer amerikanischen Firma für beschleunigte Digitalbanken der jüngsten Generation. Manchmal sei er wochenlang unterwegs gewesen, um eine störanfällige Rechenanlage irgendwo in Madrid, Tunis, Frankfurt oder Warschau zu prüfen und immer habe er Glück gehabt.
»Was hat das mit kybernetischer Mathematik zu tun?«
»Weißt du, beim Überlegen fühlte ich«, antwortete er. »Es war, als würde ich an eine kapriziöse Frau denken. Wenn ich die wichtigsten Knotenpunkte in meinen Listen durchging und sie von den Speichern zurückmelden ließ, wurde ich immer nervöser, bis ich schließlich die Neutronenknäuel, die Hysterie, das Bruchstück, den Ausfall eines hauchdünnen Staplers oder Flip-flops aus der Ferne roch. Mein Herz tat weh, traumwandlerisch ging ich zum richtigen Schrank, öffnete ihn und faßte hinein.«
Eine Maschine, auch die komplizierteste, könne man nicht beschlafen, sagte ich als Laie.
Doch, das sei der Fall, erwiderte er. Es gebe eine homiletische Korrespondenz von Integralen, vergleichbar dem Inhalt der Bibel zu ihrem Buchrücken.
Ich kickte die letzte Maus, die vorbeischlich, zum Turmausgang. Ihr Fell besaß weiße Flecken wie ein Albino- oder Laborzwitter.
»Bleib da«, bat Baldur Kaspar Priamus.
»Der Hunza-Bauer wird dich Mores lehren«, sagte ich.
»Hat er schon! Seit ich seine Rohkost esse, protze ich zweimal pro Tag riesige Haufen wie ein Wilder, und dieser gräßlich gelassene Kerl verwendet sie wieder zum Düngen um sein Grashaus.«
»Was zieht er damit auf? Tomaten, Mohn, Brechbohnen?«
»Mais und Gerste, Dauerkost unserer Region. Er will sich auch noch Hühner anschaffen.«
»Und sein Fuchs?«
»Ich bin überzeugt, daß es ihm gelingt«, sagte er, »den Fleischfresser auf Körner umzupolen.«

Diesen Heroen müsse ich unbedingt kennenlernen, rief ich. Mein Körper- und Seelenheil hinge davon ab!
Priamus packte zu, so daß ich stürzte und am Kinn ein weiteres Mal erhielt. Kämpfen wollte ich, endlich ein anderes bißchen Freiheit erreichen. Wir rollten unter ein Pult, aus dem ein aluminiumvermanteltes Kabel hing.
»Vorsicht, tu die Schulter weg, sonst gibt's Zunder«, rief Priamus. Er gestand, daß er nach Morgenthauland geflüchtet sei, als er sein Damaskus erlebt habe:
Nach Tagen des Suchens in einem haushohen gekühlten Rechenmonstrum älterer Generation, das nur immer wieder Leerpausen ausspuckte, hatte er entdeckt, daß ein kreisender Radarschirm eines nahen Armeestützpunkts bei jeder Strahlungsoffensive die Subtrahenden außer Kraft setzte.
Dies wurde geregelt, und er kehrte heim, trank zwei Maß Hochzeitsbier beim Münchner Wiesenfest und schlief in seiner kriegsverwitweten Mutter Häuschen am Stadtrand ein. Nachts bellte ein Hund aus der Nachbarschaft den Schrumpfkopf des Mondes an, was den Genuß des Hinüberschlummerns unnötig orchestrierte.
Gegen Morgen brummte das leise gestellte Telefon. Priamus war sofort vorhanden, sagte seinen Code, eine siebzehnfache Zahl mit einem Diphthong dazwischen, unentzifferbarer Schlüssel aus dem Niederbayerischen, und wurde mit einem der A-Bomber, die, von iberischen Flugplätzen startend, vierundzwanzig Stunden mit ihrer finsteren Fracht entlang den Grenzen des russischen Machtbereichs unterwegs waren, fernmündlich verbunden. Ein multilateraler Geheimdienstler des SAC befahl, Priamus müsse reparieren.
In einer der Maschinen war der Landecomputer ausgefallen. Das hieß, entweder abstürzen oder ausklinken, beides eine Katastrophe.
Kaspar Baldur, dessen Lederhosen steif am Bettende lehnten, begann, mühelos geschaltet über Satelliten, Kontrollzahlennummern abzurufen, und dann, als er die geöffnete Fischtomatenbüchse sah, von seiner Mutter zur morgendlichen

Stärkung auf den Nachttisch gestellt, hatte er eine Idee.
Priamus zitierte die Erkennungswelle des nächsten Unheilsbombers, der ebenfalls in der Luft war, koppelte mit Hilfe dessen Bordkybernetikers das lädierte mit dem funktionierenden System und fand den Fehler, einen ausgefallenen Chip, der, mit viertausend anderen zusammen, Nebelwände und Tiefdruckgebiete bezüglich der Hochs verglich.
Das Flugzeug stürzte nicht ab, konnte auf einer wohl ausgestatteten Piste in Spanien niedergehen. Seine zwei Tonnen schweren Behälter, in denen ein Uranmantel eine Wasserstoffexplosion ausgelöst hätte, blieben stumm, sorgsam von Transportbühnen in vor Kälte rauchende Tiefbunker niedergebracht, wo untertänige Automaten darauf achteten, daß sich das prekäre Zahlenwerk der labilen Moleküle nicht verschob.
Ich wollte zur Turmluke, doch Baldur Kaspar klagte nochmal, ob ich ermessen könne, wie sehr er leide?
»Laß los, sonst gehn wir beide in diesem abgewirtschafteten Stall zu Bruch.«
Wochen später, flüsterte er haßerfüllt, hätten ihn zwei amerikanische Herren besucht, die sich, ohne genaues zu nennen, bedankten und ihm eine stattliche Schachtel schweizer Pralinen überreichten.
»Keinen Scheck oder ein paar unauffällige Goldbarren in einer Aktentasche?«
Lichtpunkte überholten sich in den Panoramafenstern, als würden sie sich neugierig an das Glas pressen. Vielleicht war es eine Vorausabteilung der wegweisenden Glühwürmchen oder die Feuer längst verblaßter Sterne, nach Milliarden Jahren im Spektrum rotverschoben eintreffend. Ein Ahornblatt hing sich im Teilchensturm aus den Weiten an die vorderste Scheibe, den gekehlten Stiel perpendikelähnlich nach unten, und schweflige Wolken, ob fern galaktische Dünste oder nahe Dunstschwaden von dem brüchigen Flugplatz, zogen vorüber.

Er habe noch eine Kleinigkeit aufbewahrt, sagte der einsame Bayer.
Andere Koordinaten leuchten in den Monitoren auf, mathematische Symbole wie weihnachtliches Zuckerzeug mit sich schleppend und sie tröpfchenweise an verschiedene Koeffizienten lagernd.
Dies seien verblichene Geschmacksreservate, offenbarte Baldur Kaspar, zum Beispiel der Kuvertleim aus einer Packung Briefpapier zu Beginn des Wiederaufbaus unter Adenauer!
»Pfui Teufel, das riecht nach ausgekochten Knochen!«
Mehr noch, auch die Suffixe nahrungsähnlicher Rückseiten von Hoteladressen hatte Priamus vorrätig, Aufkleber aus Bad Schachen, Sankt Moritz, Vevey und Montecatini, wo die reichsten Vertriebenen überlebt hatten, bis sie mit Tausend-Dollar-Pässen über den Atlantik fliehen konnten. Jener Leim schien, trotz Alter, immer noch habhaft, beinahe bißfähig zu sein.
»Und nun ein Meisterflug!«
Die Exponate der Potenzen verdinglichten sich zu Bildsätzen, Malereien des Computers, der das wirre Gefüge der Logarithmen nur noch geometrisch darzustellen vermochte, ähnlich in der Form den Epigrammen eines Barockdichters wie Friedrich Freiherr von Logau.
Dies seien die zusammengedrängten Felder von Primzahlen, sagte Kaspar Baldur Priamus, außer durch Eins unteilbar, und zugleich könnten sie den Duft des Klebestoffs von blauen Hermesköpfen griechischer Briefmarken darstellen, ungestempelt geschnitten noch kostbarer, vor hundert Jahren nur Pfennige, heute pro Stück tausende von Mark wert.
Ich konnte keine einzige dieser verheißungsvollen Geschmacksillustrationen nachvollziehen im Anblick der umherwuselnden Plätzchen zwischen den Verteilerästen auf den Monitoren.
»Du mußt dir vorstellen«, sagte der Datenkünstler, »daß damals ein Brief von Korinth nach Augsburg einen Monat unterwegs war.«

»Und ich soll nun die Unterseite eines Hermeskopfes schmecken?«
»Die Zahlen drücken alles aus.«
»Tun sie nicht, denn meine eintausendzweihundertundvier Papillen auf der Zunge verweigern jede Auskunft.«
Über die gewundene Stiege gelangte ich wieder zu den Frauen in die Kanisterhalle. Eine von ihnen führte mich auf dem versandeten und kakteenbewachsenen Förderband zu einem kleinen Raum, in dem einst das Frachtpersonal, Türken oder Mesopotamier, ihre Stullen und Schürzen aufbewahrt hatten. Ich erhielt zwei Wochen alte Eier, die durch Kochen in Senf immer noch eßbar seien, desgleichen einen garen Fisch, eine unscheinbare, ebenfalls betagte, mit Knoblauch und Kirschlorbeer behandelte Sprotte.
»Leb wohl«, sagte die Frau.
Als ich mich durch die Löterinnen und Handarbeitsmänner drängte, wurden mir beschriftete Zettel und korrigierte Zeitungsausschnitte mit Nadeln an die Brustlumpen geheftet. Ich solle die Luft einteilen, hunzamäßig werden, hieß es. Das zweite Versteck sei nicht groß, ich müsse höchstens einen Radius von fünfzig Kilometern laufen.
Beim Verlassen des verrotteten Gebäudes setzte sich ein Sperling auf meinen Kopf. Es war Nacht, doch ich dachte nicht an Schlaf, schritt aus, leise singend und beschützt von dem kleinen Vogel, der bis zum Morgen vorausblickender Weggefährte bleiben würde.

9.

In einem unübersehbaren Heidelbeerfeld, vor den Stufen eines Tempels oder klassizistischen Bahnhofs liegend, wachte ich auf. Links- oder rechtsdrehende Milchsäure, Entkalker von Fellen, ebenso Ätzmittel für die Heilkunde, hatte mich gefällt, nachdem meine Beinmuskeln von ihr überladen worden waren während des gewaltigen Marschs.
Mücken lärmten in der Wärme der harten Gewächse, die an mir kratzten und nur widerstrebend Platz für ein Bett gaben. Im Nacken, am Bauch, vor allem an den Fingern, als hätte ich sie nachts ständig ausgestreckt, um den Weg zu ertasten, saßen Pakete von Schmerz. Ich mußte von Sinnen gewesen sein, die Strecke hinter mich zu bringen, taumelnd durch Gezweig und Furten, wenn ich nicht mehr weiter wußte und blind vor Schwärze und Erschöpfung, obwohl der Spatz im Haar sich immer wieder gemeldet hatte. Nun war er weg, hatte aber noch einen auf der Kopfhaut brennenden Kegel hinterlassen. Dasselbe war Moritz Tuch passiert, dem uralten Hoffnungsphilosophen, inzwischen ermordet. Vielleicht gehörte ich auch einer gefährdet kleinen Bevölkerungsschicht an, davon ausgehend, daß jede zweihunderttausendste Person genügend Mut und Begierde besaß, wenigstens Dauerläufe wie Weltenformeln zu behandeln.
Die Botschaften fehlten! Entweder waren sie mir von Ästen und Sichelgräsern abgerissen worden, oder aber Plünderer hatten sie entwendet, als ich in den Heidelbeeren schlief.
Käfer krochen an mir hoch, mit ihren blank geputzten Rüstungen rasselnd. Eine Blindschleiche, zwei Knöpfe der Manschette des Hemds, dem der Ärmel fehlte, überspringend, verlor ihren Schwanz, ruckweise ihn abstoßend und dann befreit züngelnd. Mit einem Satz in die Luft verschwand sie.
Das Mittagessen stehe auf dem Alabastertisch bereit, hörte ich sagen.

Gesichter beugten sich herab, bedauernd lächelnd, weil ich nicht wußte, wo ich mich befand. Eine Assel, fürchterlich zehn- oder zwanzigfach abschnittsweise gegliedert, kroch meine Nase hinunter, blieb kühl auf dem Mund liegen und schob dann mehrmals minimal ihre Ringe zusammen; donnernder Ekel für die Lippen.

Die Gnomenköpfe im weißen Licht wichen, dagegen plumpste ein Pelikan neben mir nieder, wahrscheinlich derselbe, der vor Tagen aus der Steppe hungrig klappernd hochgeflogen war auf der Suche nach Tümpeln. Aus seinem blechförmig gebogenen Schnabel spie er laues Wasser über mich, Vorratsbrühe, die ich trotzdem trank vor Durst. Den letzten Strahl spritzte er mir direkt in den Mund, als sei ich eines seiner Jungen.

»Steh auf und komm endlich«, sagte eine Stimme.

Ein alter, kleiner Mann mit verschorfter Glatze, in der ein Fähnchen steckte wie in einer hawaiischen Götterspeise, zog mich mit sich, hinauf über die gebläute, von zertretenen Beeren rutschige Treppe. Die Marmorsäulen der Tempelfront setzten sich in die Ferne gleich einem Zyklopenzaun fort, der unermeßlich schien.

»Hast du ein Taschentuch«, fragte der Alte.

Nach einem der himmelhohen Eingänge erhielt ich aus einer Bergkristallvase, deren Ränder von Goldemaille eingefaßt waren, einen nach saurem Honig oder gegorenem Holunder schmeckenden Saft. Die Amphore stand auf einer ovalen Tischplatte, in der ein Ritter auf einem Pferd der gleichen umfassenden Kostbarkeit saß, rundum mit andersfarbigen Ornamentalien versehen. Auch die Quadrate von Gebäudehälften und die Rechtecke des grünen und dunkelblauen Himmels waren aus Stein.

»Kein Fleisch«, sagte ich, »mir tut jeder Knochen einzeln weh.«

Aus einem Silberschrein mit Passionsszenen in Kassettenschnitt holte der Haarlose ein wenig Gewürm, kalte Kutteln, zurechtgeschnittene und gekochte Streifen von Rindsmagen-

wänden in einer mit Kümmel, Zwiebeln, Schnittlauch und Petersilie gewürzten Soße geliert, schlüpfriges Wohlbefinden beim Verschlingen der Innereien, die nur von höchst Zivilisierten geachtet werden konnte.
»Kein Taschentuch«, fragte der Alte wieder, der eines zum Bedecken seiner Glatze haben wollte. Er protestiere gegen eine schäbige Gesetzmäßigkeit: Hier gebe es keine aus Stoff, in der Deutschen Demokratischen Republik, die an die Idylle grenze, fehlten sogar die verschwenderisch papierenen.
»Doch wo kämen wir hin«, fügte er hinzu, »wenn wir uns in verschiedenen Mängeln überbieten wollten!«
Auf Sockeln und Konsolen standen nackte Marmorfiguren, Gewichte stemmende Männer, elegische Kinder, stürzende Engel mit brunnenschweren Flügeln und ein Faun, dessen Hufe glitzernden Muschelschaum teilten.
Eine verlegen zur Seite blickende Frau, die mit der einen Hand ihre Brüste und mit den geschlossenen Fingern der anderen ihre pummelige Scham zu verdecken trachtete, fiel beinahe um.
Der Alte strich ihr über die dicken Schenkel, in denen mit dem Meißel elegant ausgehauenes Fettgewebe saß, so daß ich das Beben der Schichten zu sehen glaubte.
Dies sei die Venus der Medici, erklärte er, ausgegraben in der Villa Adriana bei Tivoli und später, unter Cosimo III., nach Florenz gebracht.
Stolz schritt das Männchen voran, während der Wimpel auf seinem Haupt wippte, vielleicht ein Zeichen der Führerschaft und, wie in Morgenthau üblich, gerade wegen seiner Lächerlichkeit ernst zu nehmen.
An den Wänden eines kreisrunden Saals hingen Bilder, eingedunkelte Szenen in breitem Goldrahmen. Ihre Verschnörkelungen ließen den Malereien wenig Raum. Ich kam mir vor, als sei ich in eine Prunkhölle geraten, da der Boden aus Marmor war, schwarz, braun, weißblau und blutig gefleckt. Bögen, Winkel und Tritte strebten zu einer imaginären Stadtlandschaft zusammen, deren erstarrter Marktplatz

einer tödlich leeren Sonne glich.
Er müsse den einzigen intakten Sattelschlepper abladen helfen, der vom Flugplatz die verlöteten Kanister zum Museum transportiere, sagte der Alte. Ich könne allein weitergehen. Die Kutteln in meinem Magen wälzten sich Zinnen ähnlich im beginnenden Verdauungsstrom.
»Wenn dich jemand fragt, wer du bist, dann beruf dich auf mich. Ich bin Nelson der Taucher, kein Nachfahre des englischen Admirals, der auf Korsika ein Auge und in der Seeschlacht bei Abukir den rechten Arm verlor. Ich hatte auch nie eine Liebe zu einer Lady Hamilton, und volkstümlich heldenhaft verwundet wurde ich schon gar nicht. Ich bleibe da und werde zu keinem Trafalgar.«
Ich sah, daß in den Augenringen und Narben von Nelson überall kleine Körnchen saßen, Pulverschwärze oder nach außen dringende Pest. Seine zwei großen, zu dem schmächtigen Körper gehörenden Hände umschlossen mein Gesicht, und ich roch, daß sie vierzig, fünfzig Jahre lang jeden Tag mit Schmierseife, Benzin oder noch schlimmeren Mitteln gewaschen worden waren, nun vergilbt von vielen Falten, die meine Backen wärmten.
»Kindskopf«, sagte er.
Ich stieg endgültig aus den unförmigen Luxusschuhen meines Anwalts Wormbs, dessen mechanische Zipfelzwerge an dem Gebirgsbach noch auf ihre Ambosse schlagen mochten, und betrat, feuchte Spuren hinterlassend, die nächste Halle, wo auf Ledersofas, Leitern und Hebebühnen zahlreiche Jugendliche saßen, teils arbeitend oder auch phlegmatisch sinnend. Von den bleiverglasten Oberlichtkuppeln bis hinunter auf Kniehöhe waren die Mauern mit Gemälden bedeckt, daseinsfreudig krachende Winterschilderungen aus den Flußläufen Niederlands, desgleichen mit sommerlichen Bildern futternden, trinkenden und tanzenden Mittelalterleuten. Dazwischen hingen französische Impressionisten, vor allem der millionenfache Tupfenfleiß von Seurat, einem früh verendeten Absinthtrinker, der die Plattenphotographie vorwegge-

nommen, Farben in Grundwerte aufgeteilt hatte, die im Abstand gesehen, wieder zu Einheiten ineinanderflossen. Stilleben prangten, schäumende Hirsche stürzten in Schluchten, gebissen von hundert Hunden, oder ein Rebhuhn, schon mit Speck gespickt, ließ sein Köpfchen über eine Tischplatte hängen. Daneben lag eine gestrichelte Träufelzitrone, damals teurer als ein Gramm Gold.

Fünf Watteaus machten mich konfus, leuchtend dahingehuschte Soldaten- und Kavaliersbilder, in denen, laut einem an zwei Ketten gefesseltem Katalog, sich Reife- und Spätzeit verschmolzen hätten, da jener Franzose erst in England seinem höchsten Grad nähergekommen sei, weshalb Friedrich der Große sich darum bemühte, alle Hauptwerke dieses Malers in Berlin zu horten. Es gelang ihm nicht, und Watteau, der von dem homophilen König nie gehört hatte, verewigte weiterhin englisches Hofleben zwischen Gras, Bäumen und Schlössern.

Vom Dach der Halle sank ein Mädchen herab, das, wie die meisten Jugendlichen hier, ein Gemälde kopierte. Es belehrte mich, daß Watteau nicht oft in Öl gemalt, sondern Rötelstift oder mit Weiß gehöhte schwarze Kreide verwendet habe. Er sei ein Handwerker gewesen, der Schnelligkeit mit Sorgfalt vereinte.

Wir stellten uns, unabgesprochen, Rücken gegen Rücken und waren gleich groß, das Mädchen und ich, dessen Vater ich hätte sein können.

Dann drehte es sich um, zeichnete rote und grüne Girlanden über mein Gesicht, hielt mir ein parfümiertes Spiegelchen vor, in dem ich wie ein schüchterner Indianer aussah, der seine Zöpfe verloren hatte. Die Farben wischte es mir gleich wieder ab.

»Das Museum gehört uns«, sagte das Mädchen. »Wir erhalten und verwalten es.«

Ein etwa zehn auf zwölf Meter hohes Gebilde lehnte an einem Kistenstapel, ein Hodler-Bild, auf dem ein großer, eine Axt schwingender Mann ein kahles Bäumchen im Gebirge fällte.

Es bog sich entsetzt zur Seite, aber dem wütigen Kerl war anzumerken, daß er keine Gnade kannte, sondern Brennholz für seine arme Hütte im Tal benötigte.
Ob dies Leihgaben oder geraubte Stücke seien, fragte ich.
»Die Museen beliefern uns stillschweigend«, sagte das Mädchen. »Wir müssen uns nicht darum kümmern. Immer wieder bringen Flüchtlinge aus irgendeiner Hauptstadt ein verpacktes Gemälde mit. Vielleicht wollen staatliche Sammlungen die berühmtesten Originale in Sicherheit bringen, weil sie ihren Alarmanlagen und den Versicherungen nicht mehr trauen, oder aber die Direktoren versuchen, uns zu bestechen, um im äußersten Notfall nicht vergeblich am Zaun vor Morgenthauland zu stehen. Zum Beispiel hängt im Züricher Parlament nur noch eine Kopie dieses Hodlers, und ich habe ihn auch schon als Miniatur gemalt. Sie paßt in jedes Schminktäschchen.«
Die Kleine zerrte mich weiter, in einen anderen Saal, wo es altdeutsche Tafelwerke gab, andächtig goldene, silberne und madonnenblaue Allegorien, deren Reinheit bis zum Untergang der Welt dauern würde. Ein Hirte brachte dem im Stroh liegenden Jesuskind einen angebissenen Apfel; ein zottiger Heiliger steckte lächelnd in einer Düne, umschwirrt von kleinen Teufeln, die ihn vergeblich an Bart und meterlangen Fingernägeln zupften; ein fahler, stolzer Fürst saß auf einem Wagen und wurde wahrscheinlich zu seiner Hinrichtung gezogen; und immer wieder scharte sich die Heilige Familie in einem offenen Heuschober um das Kind, über sich die Sichel des Monds, die vielen anderen Kindern den Tod gebracht hatte, als die damalige Besatzungsmacht befahl, alle Erstgeburten zu töten, damit jener prophezeite, doch nicht erkannte Erlöser vorsorglich ausgerottet würde.
»Nun weine nicht«, sagte das Mädchen. »Wenn man hier wohnt, werden Bilder wie Kleider und warmes Essen. Nicht mehr vorstellbar, daß wir ohne sie aufgewachsen sind.«
Gibt es solche Maler noch, fragte ich.
»Sie kommen wieder«, antwortete es. »Einer im Allgäu und

eine Landschaftshexe in Norddeutschland. Aus Frankreich und Irland kenne ich zwei, fünf von Sizilien, einen in Rußland und eine in Japan. Mindestens hundert wird es in Südamerika geben, oder auch tausend, aber wir werden sie nie sehen. Sie lassen sich nicht bezahlen, verschenken alles.«

Ein Jüngling mit kurzgeschorenen Haaren und fransigen Augenbrauen wie ein Derwisch glitt auf einer Rutsche vor unsere Füße, verlangte schärfere Kohle für eine Zeichnung, die er mahnend in seinen Händen hochhielt.

Er solle sie selbst herstellen, sagte das Mädchen, einen Meiler bauen.

»Das dauert einen Monat, bis das Zeug wieder erkaltet«, rief der Kopist stolz.

»Gut für dich, dann brauchst du nicht nachzudenken.«

»Und Oksar und Piamonta, Riccosam und Molilein? Sie sitzen alle oben vor demselben Bild!«

»Originale gelten nichts«, antwortete die Kleine. »Du kannst sie für Ziegenbutter oder Salatsetzlinge eintauschen.«

Er esse nur Nudeln, sagte der Jüngling, habe noch einen Sack voll zur Seite gebracht und ein Dutzend Senfgläser.

Er beachtete uns nicht mehr, stand still und lauschte, als werde er unhörbar gerufen, öffnete dann seinen löchrigen Hosenladen, zog sein Schwänzlein heraus und fing selbstvergessen zu pieseln an, direkt auf die Zeichnung, deren Konturen unscheinbarer wurden, bis sie zerronnen waren und das durchnäßte Papier sich zusammenrollte.

»So«, sagte er. »Jetzt hole ich Kamelmist, bereite ein Feuerchen und trockne meine Hände.«

Das Mädchen nannte sich Amaliswintha, einst Tochter Theoderichs des Großen, zwangsweise verheiratet mit dem Westgoten Eutarich zu Anfang des fünften Jahrhunderts, der bald an Fleckfieber starb. Amaliswintha setzte ihren unmündigen Sohn Athalarich, einen zwittrigen Knaben, als Regenten ein, der ebenfalls nur kurz lebte. Sie wurde, nachdem sie einen mit Quecksilber vergifteten Brotfladen gegessen hatte, in einem fensterlosen Thermalbad von ihrer Kammerfrau ertränkt.

Das Grabmahl ihres Gatten steht noch an der Straße nach Ravenna, ein Kuppelbau, überragt von einer Legefarm. Auf der anderen Seite beginnt der versandende Hafen der Stadt.
In einem Torbogen mit abschüssigem Flur versperrten uns Tiere den Weg, Katzen, Hunde, Kälber und Schakale, die letzteren konnten auch bucklige Gemsen sein, alle in Beton gegossen und, wie es im klassischen Griechenland bei Plastiken üblich gewesen war, bemalt. Es saß auch eine Unternehmerfamilie auf einer gezimmerten Birkenbank gleich Orgelpfeifen von Vater, Mutter, Tochter, Sohn bis zum jüngsten Kind, die Zementarme auf die Schenkel gelegt und durch kreisrunde blaue Brillen uns anblickend, als störten wir ihre Pyramidenruhe.
Ihnen gegenüber erhob sich ein drei Meter großer Mann in gelben Hosen, eingezwängt in eine schwarze Jacke, mit einem Schmutzfleck am Schritt. Kinn und lange Nase der Figur waren gesenkt, die Hände endeten in fingerlosen Fäustlingen, und auf dem Kopf, die kleinen, engen Augen fast verdeckend, trug dieser Insulaner einen Kaffeewärmer aus braunem Samt, in dem rote Preiselbeeren und weiße Hundsblüten eingebrannt waren.
»Das könnte ich sein«, sagte ich.
»Gottlob erkannt«, sagte Amaliswintha. »Wie alt willst du werden?«
»Sechsundachtzig«, antwortete ich. »Mein Sohn ist dann sechsundfünfzig, und wir werden zusammen ein abschließendes Kinderbuch schreiben.«
»Sechsundneunzig und einhundertsechsundzwanzig«, bestimmte das Mädchen, »sonst lohnt es sich noch nicht«.
Während ich zaudernd mein Ebenbild streichelte, die Maulwurfsklumpen des Reißverschlusses an der Jacke zählte, erfuhr ich von Amaliswintha, daß der Künstler ein silikosekranker Rentner gewesen sei, der in seinem Schrebergarten mit dem Darstellen von Nachbarn begonnen hatte. Er starb an einem Sonntag Vormittag, als im Kunstverein von Gelsenkirchen seine Arbeiten gezeigt wurden, inmitten seiner Plasti-

ken, bevor das Publikum kam, an Herzschlag.
»Er hat mich doch gar nicht gekannt?«
»Ob dir oder einem anderen ähnlich, spielt keine Rolle. So seht ihr eben aus!«
»Ist er teuer?«
»Hunderttausend! Aber je länger er tot ist, desto billiger wird er. Die Experten draußen haben Angst, sagen, er sei weder ein Naiver, noch gehöre er zum Proletkult. Ich schätze, nach dem nächsten Krieg kostet er Millionen, wenn es dann noch eine Figur von ihm gibt.«
Seine letzte hockte vor uns auf dem Boden, ein Schmetterling, der eher einem steinhaufenartigen Frosch glich. Besonders die lampendicken Augen und Äste als Fühler am Kopf des Geschöpfes erschreckten. Die Flügel standen plump ab, mit Abrißkanten, wie sie schon vor Leonardo da Vinci strömungsgerechter modelliert worden waren, trotzdem, von dem gegossenem Beton und den grob aufgeklatschten Farbflecken ging eine Macht aus, daß das Mädchen und ich uns an die Hand nahmen. Es war kaum Platz um das Urwelttier.
Ganz Morgenthau sei ein Museum, Leib und Gefühle herausfordernd, sagte ich. Kunst gelte viel, stelle Erinnerungen her, doch das Überleben möchte am liebsten darauf keine Rücksicht nehmen. Nach dem Besuch idyllischer Gefilde sollte man in ein Kaffeehaus gehen und Kuchen und Sahne essen.
»Haben wir nicht«, kommandierte die Kleine, ihr spärliches Röckchen über die Schenkel ziehend, wo eingetrockneter Schmutz saß, Kuhmist von den scheuen Wipfelrindern oder Dreck aus dem Tempel.
In der nächsten Halle herrschte Aufregung, Wächterinnen und Knaben liefen durcheinander. Ein Gemälde war beschädigt worden, das Goldene Zeitalter von Lucas Cranach dem Älteren.
Der paradiesisch runde Apfelbaum unter einem kalkigen Feenschloß wies Kratzspuren auf; ein filigraner Löwe, rechts an einer Ziegelmauer, hatte seinen Schwanz verloren; zwei der insgesamt neun nackten Frauen, die einen Reigen tanzten

oder in einem Weiher die Arme schamvoll über den Kopf schlugen, besaßen keine Gesichter mehr; und dem Gebirgstrichter in der Mitte des Bilds, dessen zerklüftete Öffnung einer trompetenden Scheide glich, war oben das Gestrüpp abrasiert worden. Nur die trächtig gemalten Rehe mit jeweils sechs Beinen, wie ich zu sehen glaubte, schienen unversehrt, desgleichen sieben bärtige Männer.

Ein Spion, Provokateur oder Säureattentäter sei unterwegs, wurde gerufen. Knebel her und Morphium!

Orangene Kleckse, schlechte Mischungen führten zu einer Leiter, auf der, hoch oben, ein dünngliedriges Mädchen saß, das seine Hände einfangen wollte, eine Spastikerin, vielleicht auch Braut aus der Barockkirche in der Butterblumenwiese. Rudolf Bauder und Helga Kiesewetter, die beiden Betriebsräte der Autofabrik, ebenfalls aus der mörderischen Zivilisation abgewandert, stießen einige Künstler zur Seite und spritzten mit einem voll aufgedrehten Schlauch die Marmorfliesen blank, sagten, wer sein Werk noch nicht vollendet habe, solle das Original photographieren, was Verachtungsgeheul hervorrief.

In einer Ecke des Saals sanken Amaliswintha und ich nieder, und die stolze Kleine bot mir unter Uccellos dreitafligem Schlachtengemälde, auf dem sich amaryllisglostende Pferdehintern begehrlich wölbten, das dunkle Schnütchen ihres Afters zwischen bunten Lumpen dar.

»Vorn oder hinten, es tut überall weh«, sagte sie. »Einmal muß es sein. Bei einem Unbekannten wird man mutiger.«

Ich spürte, wie Blut die nötigen Schwellkörper füllte, das Mädchen half mit, fischte an mir herum, reibend, als besäße ich eine luftgetrocknete, niemals abbrechbare Wurzel, und ich wäre bereit gewesen, rücksichtsvoll einzudringen, auf welcher Seite auch immer, aber einer der jugendlichen Wächter schaute höflich zu, sagte, wir sollten uns nicht bewegen, die Konturen veränderten sich ständig. Er versuchte, aus einem dunklen Papierbogen einen Scherenschnitt zu schneiden, geschwind mit seinem Instrument hantierend. Unsere

beiden Köpfe ließ er über den kaum unterscheidbaren Armen und Beine so eng zusammen wie auf dem Rumpf eines monströsen Kalbs.
Derart unschuldige Öffentlichkeit vertrug ich nach einer Woche in Morgenthau immer noch nicht, auch Amaliswintha wehrte sich, rief dem Jüngling zu, er solle sich zunächst selbst als Fahnenmast ausschneiden, dann lägen wir zur Verfügung. Nelson der Taucher kam mit einem Schubkarren voll Perükken vorbei, warf ein paar über uns, die wir auf unsere bloßen Stellen packten. Es waren Kunststofffrisuren mit Etiketten aus Taiwan und Hongkong, Geflechte, die keine Verbindung mit unserem Schweiß eingingen. Wir streichelten uns, doch Enttäuschung und Getrenntheit ließen sich nicht ableiten. Ich erhielt Stöße, knuffte zurück, beide standen wir auf.
»Es war mir eine Ehre«, sagte das Mädchen und verneigte sich.
Ich hätte ihr gern ein Sträußchen Petersilie oder Rosmarin überreicht, fand aber nur Abfälle, unsere Rückenpartien und zersäbelten Hintern aus Papier.
»Kennst du das dritte Versteck«, fragte ich.
»Fünfzig Werst mit einem Fabrikviertel im Norden.«
»Gehst du mit?«
»Ich warte auf meinen Vater. Er soll noch leben.«
In die Mitte eines vieleckigen Mosaiktisches, dessen Blüten und höfische Schnörkel aus Lapislazuli, Amethyst, Korallen, Bernstein, Porphyr und anderen Steinchen bestanden, ein verwirrendes Frühstücksoktagon, nach sechzehnjähriger Arbeit von Ligozzi und Peccetti im Florenz des siebzehnten Jahrhunderts fertiggestellt, ebenfalls eine Auftragsarbeit der Medicis, nun gestohlen oder als Schenkung anwesend, hatte ein Huhn ein Ei gelegt, das sogleich zerbrochen war. Nelson der Taucher regelte den Ansturm, damit möglichst viele von dem zerlaufenen Dotter schlecken konnten. Eine grauhaarige Krankenschwester in abgeschabter Berufskleidung schwang ein Salzfäßchen und beteuerte, daß auch das Weiße kalorienhaltig sei.

Mehr Hühner liefen herbei, eine halbe Hundertschaft, javanische und batavische Zwergrassen, hinterher gewichtige Wyandotten-, nebst Hamburger- und Rhodeländersorten, die sich alle gütlich zeigen wollten, doch nur auf Mosaik und, da der prächtigste Platz schon bekleckert war, auf einen Muscheln abbildenden Achat- und Jaspistisch flogen, dann zu einer altägyptischen Stele und einem weihrauchigen Nähkästchen, dessen Deckel mit heiteren Dekorationen menschlicher Hörnerwesen bestückt war, die sich im Uhrzeigersinn eindeutige Pfeile in die braunen Rückseiten schossen.
Nelson der Taucher sagte, Speisefische hätten sie auch, im Saal für Monochromie und Kinetik, gläserne Behälter, gefüllt mit Karpfen, Forellen, Raubhechten und Flossenkrebsen, eine Züchtung, die kaum Nahrung brauche, den eigenen Kot fresse, der von Mikroparasiten mit Spurenelementen angereichert werde.
Ich wollte hinaus, die fünfzig russischen Werst gleich fast so vielen Kilometern, fünfhundertmal mehr Saschens oder noch dreimal mehr Archins, hinter mich bringen, doch Nelson der Taucher, oberste Aufsicht, ereiferte sich:
Das gepökelte Rußgesicht hatte tausend Meter unter der Erde mit einem Seil am Gürtel, wenn Streben zusammenbrachen und Flöze überflutet worden waren, eingeschlossene Kollegen gerettet, sich durch Gerümpel windend und Bewußtlose beatmend, die er dann in Sicherheit schleppte. Im Förderkorb gab es Sauerstoffmasken für die Verletzten, und er bekam eine Flasche Bier, vorsorglich von den jungen Ärzten in ihren Kitteln erwärmt, damit die Labung keine Schockwirkung verursachte.
Ob er für seine Taten geehrt worden sei, fragte ich. Der beste Maler des Landes hätte ihn altmeisterlich in florentischer Glasur fassen sollen, drei Meter groß für die Ahnengalerie. Die Bergwerksgesellschaft hatte sich nicht lumpen lassen. Als Frühinvalide, da er an Staublunge litt, war ihm zur vorzeitigen Verabschiedung eine silberne Leistungsnadel überreicht worden. Ein Jahr später hatte sich seine Frau im Garten hinter

dem Siedlungshäuschen neben den Hasenställen an einem Birnbaum erhängt. Altersbedingte Depression war auf dem Totenschein gestanden.
Nelson der Taucher lehnte an einer Kopie des Davids von Michelangelo Buonarotti. Die über vier Meter hohe Gestalt verlagerte ihre Festigkeit mehr in das etwas länger scheinende, zur Seite gestellte linke Bein, als in den gespreizten rechten Fuß, über dem am Schenkel die große, adernbewehrte Hand hing, Gleichgewicht und gelassene Kraft der schmerzlich klaren Figur herstellend, welche mit der Linken an der Schulter die Schlaufe der Schleuder hielt und skeptisch, ein wenig schielend, zur Seite dem Feind entgegenblickte, der ein Riese gewesen war.
Der kleine, kohlegegerbte Mann, sich verlegen kratzend, vielleicht hatte er Läuse oder Schaben saßen in seinem zerfallenem Wams, schien David, dem kraftstrotzenden Helden, ähnlich zu werden, der sich noch auf seine anatomische gerechtere Schönheit verlassen konnte. Aus einer Öffnung der Kuppel stürzten Falter herunter, bizarre Exemplare mit Dornenflügeln und schwirrenden Rüsseln, sich auf das Kräuselhaupt Davids, den immer noch bewimpelten Glatzkopf von Nelson und mich senkend, bis wir gänzlich bedeckt waren.
Irgendeine Aufregung oder Eifersucht im Erdreich brachte das Museum, wie vor einem Tag das zerrümpelte Flughafengebäude, zum Wanken. Der David stürzte um, war aus sorgfältig eingestrichenem Gips gewesen. Die Brustmuskeln zerschellten, der straffe Bauch splitterte, Arme und Beine brachen entzwei, und die Murmeln des Hodensacks sowie das zart behäutete Geschlecht schlitterten über die Marmorfliesen.
Wir müßten uns um das Gas kümmern, sagte Nelson.
»Dem Todes- oder Lebensstoff?«
Um die Kompostkanister aus dem ersten Versteck. Im zweiten hinke die Zukunft auch noch nach, antwortete er.
Wir gingen durch eine Pforte, die in zehn goldene Bilder

geteilt war, Szenen aus dem Leben von Jakob und Esau, an denen Lorenzo Ghiberti im fünfzehnten Jahrhundert siebenundzwanzig Jahre lang gearbeitet hatte, Modellierungen, deren Figürchen, Fassaden und pflanzenhafte Hintergründe vom vielen Anfassen blank gescheuert waren. Die Schwingtür hieß »das Paradies«, eine Schenkung gottgläubig reicher Tuchhändler.
Alle diese Schätze würde es bald nur noch in Büchern geben, sagte Nelson. Die Zerstörungen nähmen zu. Seine Töchter hätten ihn für verrückt erklärt, als er nach dem Tod seiner Frau drei Orangen und eine Tafel Schokolade eingesteckt habe, um zu gehen. Der Weg sei nicht weit gewesen.
Auf der Rückseite des Museums stapelten sich die verlöteten Blechbehälter in Kolonnaden mit manchmal noch Raum dazwischen für einen assyrischen Tempelhund, eine Bronze aus der Hausmeierzeit Pippin des Kurzen oder Gebilden, wie sie heute vor Krankenhäusern und Arbeitsämtern üblich waren, undefinierbare Brunnenaufsätze und andere Mißverständnisse.
Nelson sagte, ich solle zum Wasser gehen und mich erholen. Er sei wochenlang schwermütig gewesen, bis ihn das Durcheinander von Kunst und Natur nicht mehr bedrückt habe. Kinder nahmen mich mit, die alle barfuß liefen und mich, wenn der Weg steinig wurde, beinahe hochhoben, in der Schwebe transportierten. Ihre Sohlen mußten Hornhäute oder Schalen wie Gebirgstiere besitzen.
Bei Eukalyptusbäumen stand eine ramponierte Dreschmaschine, eines jener mit Sprechfunk und Unterhaltungskassetten ausgestatteten, sich selbständig fortbewegenden Vehikel, das vorn in seinen Scheren das Getreide aufnahm und hinten Korn und Spreu nach links und rechts in mitfahrende Lastwagen spie, dabei aber die resistent gewordenen Samen der chemisch bekämpften Unkräuter wieder aussäte, die in den Monokulturen immer zahlreicher gediehen waren.
Ein Pärchen hauste in der Führerkabine und zeigte uns einen Teddybären durch die geöffneten Fenster, spuckte Kerne

heraus, von Kirschen oder rückverwandelten Wildfrüchten. Üppige Schößlinge wuchsen bereits um das Fahrzeug, zäunten es ein, bis es eines Morgens unter ihren Zweigen verschwunden sein würde.

An einem tiefen und klaren Fluß, der durch eine Gänseblumenwiese strömte, machten wir halt. Die Kinder sagten, einzige Gefahr der Gegend stellten groß gewachsene Hamster dar, die aus Mutationslaune oder statistisch getroffener Variabilität zu jagenden Fleischfressern geworden seien.

Da diese fröhlich verwahrlosten Kinder sich in Fachkürzeln ausdrückten, ob gezielt oder nur morgenthauisch, legte ich mich auf alle Fälle weit weg ins Gras, das, obgleich wahrscheinlich nie gemäht, trotzdem frühlingshaft kurz und dicht war.

Sperber rüttelten in der Höhe, nach alten, schwerfällig gewordenen Mäusevätern suchend, die sie schlagen konnten. Ein Geier zog niedrige Schleifen mit vorgereckt nacktem Hals, der dem Aas entsprach, das er, falls vorhanden, sich einverleiben würde, um die Natur von Verseuchungsherden zu säubern. Springnattern, ungiftige Schlangen, bewegten sich, auf- und niederschnellend, fort, ein Insekt fressend oder umsonst nach einem tanzendem Mückenschwarm züngelnd, der, die Gefahr vielleicht als Klopfzeichen in der schwelenden Luft empfangend, sogleich auseinanderstiebte und, sich wieder vereinend, ein leises melodisches Zirpen von sich gab, dessen Weisen mich beruhigten. Nichts würde mir geschehen, solang ich nur zusah, nicht eingriff.

Ein schwarzhaariges Mädchen fragte mich, an ihrer nassen Frisur nestelnd, weshalb ich nicht käme? Die Temperatur sei angenehm.

»Wohin denn?«

»In den Bach«, sagte es. »Er kommt aus dem Dachsteingebirge, wo du mit Martin Brandstetter und Willy Quatander über den Gletscher aufgestiegen bist.«

Ob es schon Monatsblutungen habe, fragte ich das Mädchen.

»Ab zehn Jahren hier üblich«, antwortete es. »Die Knaben

werden erst später reif. Sie sammeln für uns trockenes Moos und Spinngewebe zum Schutz. Einmal brachte einer Stücke von einem Gobelin. Er hat es gut gemeint, doch sie hätten das Auswaschen nicht vertragen. Wir haben sie wieder zusammengenäht. Ein Hase, der schreit.«

Der Bach, wie die Kleine den reißenden Fluß nannte, brach aus einem gleichmäßig aufgeschüttetem Hügel, den eine Sandsteinbrüstung durchschnitt, von der sich, Schreie und verstümmelte Versanfänge ausstoßend, Schwimmer und Schwimmerinnen herabstürzten, die erst nach zehn, zwanzig Sekunden, ich zählte beklommen mit, wieder auftauchten, dann zum Ufer paddelten oder weitertrieben, mit ihren gelackten Seehundsköpfen in den Wellen kaum mehr sichtbar, worauf sie, noch einmal Luft holend, in Strudeln, die um Felszacken schäumten, verschwanden.

Ich sagte, dahinein ginge ich nie.

»Wenig Schwierigkeiten«, besänftigte das Mädchen. »Man muß sich tragen lassen, die Beine anziehen und so tun, als liege man in einem Bett. Nur wer zappelt, kann sich verletzen.«

»Schwimmen alle von euch?«

Dies sei keine Gewissensfrage, antwortete es. Niemand kümmere sich darum. Wer von den Jüngsten nicht wolle, bitte sehr, man könne sich auch mit einem Mund voll Wasser bespritzen und sich wieder trocknen lassen. Irgendwann würden alle mitmachen. Es gebe den Stern, den Lotus und das Rad. Man fasse sich an Füßen und Händen an und treibe drehend durchs Wasser.

»Ist schon jemand von euch untergegangen?«

»Einmal hatten wir Mühe mit Nelson dem Taucher, als er auch baden wollte«, sagte das Mädchen. »Er blieb an einem Brückenpfeiler hängen, ertrank beinahe. Ein Müllsack, der von Gelsenkirchen oder Opladen hierhergeschwemmt worden war, ohne vorher entdeckt zu werden, was eine Schande ist, hat ihn gerettet.«

»Mit was war der Sack gefüllt?«

»Faschingsnasen, Weinstöpseln und Sandalen, alle aus Plastik.«
Produkte der Zivilisation seien doch nicht völlig zu verachten, sagte ich.
Das von chemischen Prozessen überhaupt nicht faszinierte Mädchen warf sich in den Fluß, führte otternhafte Schnelligkeit vor und gab sich dann in einer einzigen Bewegung den gefährlichen Wasserfällen hin. Darüber standen Wolken von Kolibris, fünfzigmal pro Sekunde ihre Flügel schlagend und mit ihren Nähnadelschnäbeln aus umgestülpten Blütenkelchen, die im Luftzug über den Gewässern bebten, Nahrungströpfchen holend.
Vom anderen Ufer schleuderte ein arg magerer, nicht gebräunter Junge, ein Brett, es mochte eine Tür, ein germanischer Schild oder ein anderes Museumsholz sein, in die Fluten, sprang nach und ritt auf ihm, immer ausladender hin- und herschwingend. Das flache Schiff hing an einem langen, sich dehnenden Drahtseil, das um einen Baumstamm befestigt war.
Schließlich balancierte der Artist nur noch auf einem Bein, stampfte für Augenblicke freihändig den Wellen entgegen, die sein gedrosseltes Fahrzeug auf der Oberfläche trugen, und wagte zuletzt einen Kopfstand mit gestreckten Beinen, eine atemberaubende Vorführung. Als ich unwillkürlich auch die Luft anhielt, erstickte ich beinahe.
Mit einem gurgelnden Schrei schnellte er davon, kletterte auf die Böschung und hüllte sich in einen blauen Bademantel, den er sogleich wieder herunterriß, nackt auf der Wiese herumtobend und Verwünschungen ausstoßend wie »Arschloch, blöde Votze, bring dich um, Scheiße ins Gesicht, hack den Schwanz ab, Postbote« und »fick die Mutter!«
Die Kinder, Jungen und Mädchen, lachten oder sahen ihm nur zu, schienen seine Wut gewohnt zu sein. Einige streichelten ihn und versuchten, ihn ins Gras zu ziehen, obwohl er noch um sich schlug, ohne jemanden zu verletzen.
Die Kinder forderten mich auf, auch ins Wasser zu springen

und das Brett zu benützen. Die Tür war kaum zu bändigen, gebärdete sich wie ein selbständiges Tier, das, wenn ich es prustend erklettern wollte, bockend mich abwarf, an seinem Zaun wild ausscherte, zur Seite kippte, gegen Kopf und Schultern stieß, bis ich endlich obenauf lag, krampfhaft die Halteschlaufe mit dem Knebel in der Hand und, welcher Triumph, mich aufrichten konnte, reitend über den Wellen und von Ufer zu Ufer tosend, so daß ich augenblicklich trocknete. Kühner geworden, versuchte ich, nur auf einem Bein zu stehen.

In der Ferne schoben sich die Marmorsäulen des Tempels wie Ziehharmonikafalten zusammen, und das Heidelbeerfeld verlor lautlos seine Beeren, während ich, unter den Kolibris, durch den Wasserfall strudelte, in sanftere Gefälle geriet, immer noch atmete und mich tragen ließ.

Es bedurfte keinerlei Anstrengung mehr, die Strömung half. Manchmal steiften mich Farne oder ich stieß mich von einem aus dem Fluß ragenden Felsen ab. Von einer Brücke, in Spannung gewölbt wie Tuschmalerei, grüßten tropfende Wesen. Dahinter kreiste langsam in einer Bucht das festungsartige Nest eines Höckerschwans, der mit seinem Schnabel unbeirrt störrische Zweige einflocht. Als ich an ihm vorbeiglitt, zischte er eine Verwünschung.

Der Strom wurde reißend, schwoll im enger gewordenen Bett zu Kaskaden an, die kaum zu bewältigen waren. Ich kämpfte, um flach liegenzubleiben, doch als ich endlich ein paar Bewegungen zustandebrachte, wurde ich herumgewirbelt und in die Tiefe gezogen, die mich wohl nie mehr freigelassen hätte.

Einige Kinder, eins mit dem Fluß, waren von der Brücke gesprungen und mir nachgeschwommen. Tauchend hoben sie mich, und in einem Kanon von zusammenhängenden Gliedern überwanden wir Schnellen und Katarakte, bis wir wieder stillere Gewässer erreichten.

Ein Mädchen rief, sie habe ihre Gummistiefel verloren.

Ein Junge beklagte sich, daß die doppelt geknüpfte Schnur

seines Brotbeutels gerissen sei, in dem die Brillen der Kurzsichtigen waren. Er suchte auf dem Grunde, fand aber nichts.
Beiderseits der Ufer zeigten sich in den Wäldern, noch nicht gänzlich überwuchert, ein gelbes Schlößchen, die Ruine einer Mietskaserne und, weiter weg, ein von blühendem Unkraut durchsetzter Terassenbau.
In einem norwegisch anmutendem Sund, umgeben von den verwitternden Hohlfassaden eines Kaufhauses und pavianartigen Kletterblöcken, konnten wir auf riesigen Blättern von Seeanemonen verschnaufen. Ihre rosafarbenen Sprossen glichen verwachsen ausgebuchteten Blutgefäßen nach Schuß- oder Hiebverletzungen.
Dort ruhten wir aus, verscheuchten faul Mücken, aßen ein paar rohe Würmer, die es in den Blüten gab und die nußähnlich schmeckten. Nach den ersten Bissen hatte ich keinen Ekel mehr.
Das jüngste Kind begann zu frieren und strampelte, sagte, es brauche Windel und Hemd. Ein Jüngling legte es sich auf den Bauch, umarmte und tröstete es. Ein Tannenzapfen schlug neben ihnen ein, kam wieder hoch und verbreitete, selbständig kreisend wie ein Liliputheizstrahler, bündelweise Keimwärme.
Ein Opa sei da, hieß es.
Unverständlich für mich, doch als ich zu der Holzfrucht blickte, gewahrte ich ein Blinzeln und listiges Kneifen der Schuppen, das sich Mühe gab, genügend Lücken offen zu halten.
Einer der Hamster, vor denen ich gewarnt worden war, setzte von Blatt zu Blatt näher, ein Elefantenkaninchen oder Pelzschwein, quer im Maul einen abgerissenen Arm oder den Rest eines Beins. Wir ließen uns alle ins Wasser fallen und schwammen davon, die meisten im olympischen Biberstil, so daß ich kaum nachkam und den Sprung des Raubtiers auf meinen Rücken zu spüren glaubte.
Der Fluß wurde flacher, besaß kaum mehr Geschwindigkeit, manchmal schleiften unsere Beine über Kies. Auch die Ge-

wächse hatten abgenommen, gingen in gestaffelte Schilfebenen über. Eine kleine, umherirrende Flugechse oder geblendete Fledermaus klatschte ins Wasser, bewegte noch ein wenig die Glieder und ertrank.

Mitten aus dem behäbigen Bach erhob sich ein Standbild, eine Art Friedhofsfindling, in den ein zerfurchtes Antlitz eingemeißelt war mit Backenbart und wulstigen Greisenaugen.

Übermütig spritzend rief die Schar, das sei Henry Morgenthau!

Der Namensgeber unseres Traumreichs war elf Jahre Finanzminister unter Präsident Roosevelt bis zum Ende des letzten Weltkrieges gewesen, jüdischer Rächer und Prophet, der einen Plan ausgearbeitet hatte, nach dem Deutschland zu einem Agrar- und Schafsstaat hätte werden sollen, damit niemals mehr aus der Mitte Europas Gefahr entstehen konnte, eine betörende Idee, die aber nicht befolgt worden war. Allerdings verdankten wir ihr nachträglich unsere Idylle hinter dem elektrischen Zaun.

Morgenthau war, achtzigjährig, in Poughkeepsie gestorben, einem amerikanischen Weiler, der lautmalerisch indianisch Rauhbein, Halt-den-Qualm-an oder Achtung-Rauchsignal heißen mochte.

Die Stahl-, Chemie- und Kohlenindustrie wäre geschleift worden; allerdings sollte das Rheinland samt südlicheren Weinbergen internationalisiert werden. Nichts davon war verwirklicht worden.

Links und rechts von Morgenthaus Erinnerungsmal standen Säulen, an denen die Höhe des Wassers abgelesen werden konnte, rechts in Zentimetern, links in Inches. Zur Zeit sank der Pegel.

Die Kleinsten mußten nun geschleppt werden oder sie legten sich auf die Rücken der Kräftigsten, um sich von der Sonne wärmen zu lassen. Eine neugierige Rohrdommel suchte auch einen Platz, erkor sich, nach Proben reihum, schließlich meinen Kopf, was mich stolz machte. Hochgereckt und so ruhig wie möglich schwamm ich voll Verantwortung.

An einer langen, dunklen Biegung mit einem Zufluß, der Schaumkronen, Bruchstücke von Torf und Grasschwaden hereinschwemmte, was auf einen Ursprung im Moor hinwies, ragte aus der Tiefe eine Lehmwand empor, getüpfelt von Löchern. Keine Mauerschwalben wohnten darin, die sie gegraben haben konnten und, vor Gewittern, genügend über dem Strom tanzendes Mückenfutter gefunden hätten. Die bleiche Senkrechte verharrte unbelebt, nur einmal löste sich von ihr eine dünne Schicht und rutschte, dann ins Wasser klatschend, ab.
Eines der größeren Mädchen flüsterte neben mir, dort habe sich die Wohnung von Tankwart Erich Hofer befunden, einem der ersten Siedler. Manchmal wären sie hingeschwommen, um ihm etwas zum Essen zu bringen.
Auf halber Höhe der Steile war ein Loch zu sehen, ähnlich jenen in Altar- und Wildnisbildern oder als gemauerte Schlünde von künstlich phantastischen Gärten bekannt.
Wo der Einsiedler jetzt sei, fragte ich leise.
»Tot oder abgerufen«, sagte das Mädchen. »Wir sind hinaufgeklettert, kein Gerippe lag da, und das Wehr unten, wo wir suchten, war auch ohne Leiche. Wahrscheinlich ist er ins Industrieland zurückgegangen.«
»Weshalb, wenn einer seine Ruhe gefunden hat?«
»Wir möchten nicht endgültig auswandern«, antwortete meine Begleiterin heftig, worauf wir in der eingeschlossenen Stille höhnischen Echos nachlauschen konnten. »Morgenthau bleibt nicht, wird bald untergehen.«
»Die Idylle nur ein Provisorium?«
»Schau«, sagte das Mädchen traurig, langsam sich zur Seite wälzend und nun wie auf Kopfkissen und Laken liegend. »Es wäre schöner gewesen, wenn wir uns nicht vor Milch und Honig, Regen und Wind hätten fürchten müssen. Der Tankwart wird keinen Erfolg haben.«
Ich erzählte, weiterhin im ruhigen Altherrenstil schwimmend, damit der Vogel auf mir sitzen blieb, daß es immer gewissenhafte Magister geben würde. Einer von ihnen sei der

Freund meiner inzwischen neunzigjährigen Tante Anna Louise Weberbeck gewesen, einer Organistin, die noch jeden Sonntagmorgen in dörflichen Gemeinden seufzend Harmonium vor, zwischen und nach der Predigt spiele. Zwei Generationen evangelischer Pfarrer habe sie überlebt, rode jedes Jahr ohne Erbarmen ihren Garten, lasse von Rentnern für ein paar Mark das Spalierobst bis auf dann besser tragende Schößlinge stutzen.

Einzeln dümpelten wir weiter. Die Rohrdommel hüpfte, kaum ihre Krällchen benützend, zu meiner Stirn, erhob sich und verharrte einen Augenblick nachdenklich in der Luft, bevor sie davonschwirrte.

Keine Tiere oder andere Erscheinungen forderten mehr heraus. Wir tranken klares Wasser gleich Polypen, die sich per Rückstoß fortbewegen konnten. Der fleischfressende Hamster, mit einem blutigem Gliedmaß im Maul, hatte uns nicht erreicht.

Vor den Reusen eines Elektrizitätswerks staute sich der Fluß. Es gab Mauern und verengende Führungen. Ich klammerte mich, nach den Kindern, auch an eine Leiter und stieg hinauf. Oben, auf einer geteerten Straße, wartete ein blauer Ikarus-Omnibus, hergestellt in Ungarn. Auf den Sesseln lagen flauschige Mäntel bereit.

Dampfend vor Nässe und Wärme fuhren wir ab, schon beinahe schlafend, während der besorgte Chauffeur mißverstehend die Scheibenwischer einschaltete. Vögel klopften mit ihren Schnäbeln gegen die Scheiben, nach uns verlangend, doch unsere Geborgenheit ließ keine Zersetzungen mehr zu.

Aus den Museumskolonnaden waren die Versorgungskanister für Heizung, Kochen und Gasbeleuchtung abgefördert worden, nur ein Scherenschleifer ging im Freien auf und ab, lamentierend, daß niemand ihm Arbeit gebe, die Zeiten würden immer stumpfer, aber auch Vegetarier bräuchten doch Messer zum Zerkleinern! Rechthaberisch schärfte er die Schneiden und Zinken einer gegabelten Hellebarde, die er sich aus einer Waffensammlung geholt haben mochte, um sein Handwerk vorzuführen. Mit dem Fuß trat er ein Pedal, das über einen kurzen Nabenhebel ein Rad in Schwung brachte, dessen Transmissionsriemen wiederum den Wetzstein drehte, von dem Funken sprühten. Da niemand, außer mir, ihm Aufmerksamkeit schenkte, klappte er die kleine, für seine Zwecke optimal ausgestattete Maschine zusammen, die nun ein Karren war, ihn hinter sich herziehend; das mittelalterliche Tötungsgerät schulterte er. Ein fast weißhaariger Luchs, aus den Heidelbeerfeldern auftauchend, gesellte sich zu ihm, und beide tauchten sie, mürrisch, doch federnd nebeneinandergehend, im Dunst höheren Gestrüpps unter.

Den leichten Bademantel an, der alle Nässe aus meinen Lumpen sog, wanderte ich durch Gemäldesäle, auf der Suche nach den Kindern, die sich irgendwohin unbemerkt verlaufen hatten. Die Hallen waren leer. Keine Jünglinge kopierten mehr oder daß Mädchen die Szenen der Meister in Kupferplatten geätzt hätten für Vervielfältigungszwecke. Auch die Hühner, kostbare Mosaiktische begabt mit Eiern beklekkernd, zeigten sich nicht. Es herrschte Stille, ob aus Verachtung oder Erholungsverlangen.

In einem Kuppelgewölbe, größer als jenes, in dem der gipserne, inzwischen zerschellte David gestanden hatte, breitete sich, wie in einem dreidimensionalen Frachtraum, ein Bild aus, wenigstens zehn Meter hoch und ebenso lang.

Es war eine Pagode ohne Fenster inmitten von Grün, mit einem von Wölkchen behüteten Föhnhimmel darüber, der mich ängstigte.

Alle Emporen, Säulendurchlässe, Galerien, eingefügte Treppen und Schrägen waren bevölkert. Näher tretend sah ich, daß Mohrenknaben beturbanten Weisen silberne Hühnerflügel oder einen Brillantkelch reichten. Tücherumschlungene Frauen scherten sich nicht darum, saßen auf den Stufen weiter unten, ebenfalls essend und trinkend. Aufrechte Ameisen, beinahe so groß wie ihre Herrinnen, bedienten sie. Ich erblickte es, durch einen Feldstecher spähend, der zur Benützung wiederum an einer Kette hing.

Vor dem farbigen Tempel tummelten sich im Freien auf verschachtelten Terrassen thebanisch gewandete Jünglinge und Mädchen, tanzend oder schon außer sich durch Tollkirschensäfte und Pilzgerichte. Aber auch ein Hammel stand noch da. Im Hals des Opfertiers steckte ein Messer; der letzte Stoß war vergessen worden.
Ganz unten, im Gras, befanden sich nur Frauen. Eine schritt durch eine Pforte, hinter der die Giebel eines Dörfchens aufragten. Sehr nah in der Perspektive starrten blaublasse Eisschroffen eines Gebirgs herüber.
Eine andere Dame wollte, völlig in Rot gekleidet, sich auf einer Treppe davonschleichen, doch ein Zwerg, kaum sichtbar, hielt sie an einem langen Rockzipfel fest, hechelnd vor Verlassenheit.
In einem der Kataloge, die ich schon kannte, fand ich, nachschlagend, dasselbe Bild. Es hieß »das Badefest von Susanna«, denn eine rechteckig stufenförmige Umfassung zwischen Zedern und Zypressen glich einer Art Swimmingpool, wie es ihn damals noch gar nicht gegeben haben konnte.
Die Ausgelassenen, sich gegenseitig Fütternden und Tränkenden gerieten durcheinander. Zipfelmützen und Turbane wurden abgesetzt. Gebratene Fasanenhälften, noch zuckende Froschschenkel und erhitzte Gemüsetöpfe überzog frostiger Schauer.
Aus den Galerien und Emporen strebten, beinahe im Gleichschritt, Kolonnen von Monteuren und Starkstrommädchen herab, die sich zum Teil an den Händen faßten. Stufen neigten sich, Mauern und Kolonnaden lösten sich auf, das luftige Gebäude zerfiel wie eine Scharade.
Einer der Monteure sagte, ich könne mitkommen.
Schwindlig vor Glück folgte ich, die hilfreichen Kinder, Nelson den Taucher und die Heidelbeeren im Stich lassend. Bei so viel entschiedenem Willen, den die blau Gekleideten stampfend demonstrierten, wagte ich auch wieder an Pappschachteln voll Pommes frites und Koteletts zu denken, begossen mit deutschem Flaschensekt.

10.

Sich glücklich zu preisen, im Zeitalter der Teilzeitenwirtschaft in eine Wolke von Eintagsfliegen zu geraten! Draußen, im Industrieland, gab es immer mehr Tote, versinnbildlicht in statistischen Kurven schlanker Bösartigkeit.
Wo blieben Städte wie Lüdenscheid, Plettenberg und Meschede, obwohl ich, seit Eintritt in die Idylle, vielleicht zweihundert Kilometer meist nach Osten gegangen war? Neheim-Hüsten bei der Möhne-Talsperre fehlte; Brilon mit seinem altehrwürdigen, in ein Restaurant umgebauten und in vielen Feinschmeckeratlanten bewimpelten Karzer tauchte, ob zugeschüttet oder verwachsen, nie auf. War Paderborn nur noch ein Spuk? Und Gütersloh, eine der Welt größten Buchfabriken mit Niederlassungen in Italien, Spanien, Nord- und Südamerika, schien sich, trotz fleißig evangelischer Kaufmannsgeschichte, eingegraben zu haben.
Es hatte geheißen, Morgenthau sei zehntausend Quadratkilometer groß, reiche bis zu den Wäldern des Fürsten von Bismarck, am südlichen Rand des Stadtstaats Hamburg. Deprimierend die Vorstellung, daß wir von technologischer Verwüstung umgeben waren, andererseits die Idylle so groß sein mußte, damit sie überhaupt zu einer solchen hatte werden können.
Die Eintagsfliegen ließen nicht nach, schwärmten graziös mit ihren seidendünnen Flügelchen, an denen dochtartige Leiber hingen, in geschwinden Teppichen auf und nieder. Zwölf Monate hatte es gedauert, damit die Brut dann ausschlüpfen konnte. Sie schwang sich, innerhalb einer Minute erwachsen geworden, ohne während ihres kurzen Lebens je zu essen, in die Höhe, paarte sich dort, indem sich Weibchen und Männchen im Flug nur streiften, eine für uns unerreichbare Pikanterie.
Eines der Starkstrommädchen, das unter seiner gelben Gum-

mipelerine schwitzte, sagte, die alten Kanäle und Stauseen seien alle versumpft.
Der älteste Monteur rief, ein Mann mit grauen Haaren um Kopf und Schultern, so daß er einem Mantelpavian glich, wir müßten nach Norden, zur Pommerlachbrücke.
In der Ferne, wo eine Kaltluftfront auf Drängen mittelmeerisch erwärmten Nachschubs, der uns überholte, gewittrig abfloß, zuckten orangefarbene und salzig weiße Streifen, sich zu einem Regenbogen vereinigend, dessen Enden ganze Landstriche in funkelnde Kristallbäder tauchten.
Zwei aus unserem kleinen Heerhaufen erkannte ich wieder: Christoph Maria Maisstreb, der hasenschartige Soziologe aus dem überfluteten Feld vor München, und Akropolis, säulenbeinig ledige Schwester von Charlotte Schramm, in deren Gasthof »Krone« ich einige Tage als Hausdiener verborgen gewesen war.
Am Rand der Sümpfe lagen meterdicke Schichten von Eintagsfliegen, die umsonst Fruchtbarkeit ausgetauscht hatten. Allein jene, die am Abend in laues, nicht zu tiefes Wasser stürzten, würden sich milliardenfach vermehren und nach einem Jahr als nächste Generation aufsteigen, wiederum keine Nahrung zu sich nehmend, geisterhafte Heroinnen und Helden der Fortentwicklung.
Vielleicht herrschte sensible Konspiration zwischen ihnen und dem Ungeziefer auf den stoisch schweren Häuptern der letzten Elefanten, die wir am Horizont dahinziehen glaubten, es mochte sich auch um seltsame Luftbewegungen gehandelt haben.
»Eine Kirche mit Zwiebelturm«, wurde vorn gerufen.
Weit weg, direkt unter dem Scheitel des Regenbogens in einer grünen, von vielen Schattierungen gewellten Ebene lag, der Faltkarte nach, die ein Junge bei sich hatte, die Stadt Minden an der Kreuzung des Mittellandkanals und der Weser.
Der Anführgeselle und haarumflossene Pavian sagte, seines Wissens befinde sich dahinter der Eingang zum dritten Versteck mit dem Demokratieloch.

Er täuschte sich. Wir waren noch bis zum nächsten Vormittag unterwegs, teils auf Schotterpfaden, dann wieder einsinkend, wenn der Weg durch morastische Gebiete führte, doch in Gefahr kamen wir nie. Sobald jemand eine falsche Richtung einschlug, schwoll das Konzert der Frösche um uns zu eilfertigem Lärm an, so daß wir nur darauf achten mußten, die stille Schneise oder den nicht besetzten Orchestergraben inmitten all der musizierenden Tiere nicht zu verlassen.

Eine Läuferin überholte uns, einige, die sie aufhalten wollten, rücksichtslos beiseite stoßend.

Ob sie Nachrichten bringe, fragen wir. Auch würde uns interessieren, wieviel Kilometer wir noch vor uns hätten?

Keine Antwort. Die sinistre Frau trabte weiter, hinter sich einen Strudel nächtlicher Luft und eine Art Moschusparfüm nachziehend, auf dessen Spur wir blieben, begleitet von dem hohen und tiefen, kreuz und quer sich verknüpfenden Quaken der Frösche, von denen manchmal ein von innen beleuchtetes Augenpaar uns aus Schlick oder von schwimmenden Blätterinseln anblickte.

Auf der Pommerlachbrücke, einer Betonkonstruktion ohne Geländer, die unmittelbar aus verwilderten Gehpilzen heraus über ein Tal hinwegstrebte und sich in der Dunkelheit verlor, setzte plötzlich Sturm ein, als sollten wir daran gehindert werden, weiterzukommen.

Jemand sagte, es wäre besser, den Abhang hinunterzuklettern. Falls unten ein Fluß sei, könne man aus herumliegenden Verschalungsbrettern ein Floß zimmern. Vielleicht gelangten wir in einen Vorort der Stadt Minden mit alten Tennisplätzen, Rangiergeleisen und Schreberkolonien.

Der Mantelpavian in seinem Monteuranzug wollte davon nichts wissen, sondern legte sich auf den Bauch und begann zu kriechen, geübt robbend auf Ellenbogen und Knien, nur noch ein Gewehr in den Armbeugen fehlte ihm zu soldatischer Vollständigkeit.

Hintereinander schoben wir uns voran, während der Wind pfeifend aus dem Abgrund an den beiden Seiten der Brücke

hochsprang, um dann, sich wie auf den Rücken werfend, über uns herabzustürzen, nach Lücken suchend, an Gliedern zerrend, mit seiner ganzen Schläue und Vielfältigkeit sich in jeden kleinsten Winkel grabend.
In einer Pause, als das Fauchen und Heulen nachließ, sich irgendwo für den nächsten Angriff sammelte, rief Akropolis zwischen meinen Füßen, sie müsse sterben, ihr Herz ersticke gleich!
Eines der Starkstrommädchen schrie, und es klang, als wüßte es nun zwischen Lachen oder entsetztem Weinen zu unterscheiden, Akropolis solle aufstehen, könne gleich davonfliegen.
»Die Pfeiler«, sagte Akropolis laut in der momentan unbewegt tropischen Ruhe, die uns Schweiß aus den Poren trieb. »In alle Brücken wurden Sprengkammern eingebaut, mein Schwager war im Krieg bei einer Strafkompanie.«
Ich lief nach vorn, zu dem Genossen, der sich gerade unbekümmert aus seiner blauen Gemäldekluft schälte und keinerlei Anteilnahme für die Todkranke aufbrachte.
Es sei bekannt, erwiderte er, daß jeder Übergang, alle Autobahnkreuzungen, Elektrizitätswerke, Pumpstationen und Talsperren von der Besatzungsmacht vorsorglich in der Zeit des Kalten Kriegs vermint worden waren, und es würde ihn nicht wundern, wenn dasselbe auch hier geschehen sei. Keine Angst, selbst ein genau treffender Blitz könne eingemauertes Dynamit nicht entzünden. Die einzige Gefahr wären sich immer schneller überlagernde Schwingungswellen, Korpuskelintegrale potenzierter Ordnung, doch wir kröchen ja, marschierten nicht im Gleichschritt.
Bei dieser Hitze würden wir eher verdampfen, sagte ich.
»In Hiroshima«, erwiderte er, »wurden von Gebäuden, Menschen und Haustieren nur noch Schattenrisse gefunden. Einige Wissenschaftler behaupten, selbst Wasser habe sich in dieser Form auf dem verbrannten Boden abgebildet.«
Nun war er nackt, wickelte seinen Anzug um den Hals und stellte sich als Leopold Baruch von Walbaum vor, Nachfahre

des legendären Schrifttypisten Justus Erich gleichen Namens. Der Wind, nachdem er sich in einer Ecke der Nacht wieder Kraft geholt hatte, schlich aus dem Tal näher, umspielte zunächst die ungeschützte Fahrbahn, klopfte neugierig an die zweihundert Meter hohen, konischen Stützen, bekam Echos aus den winzigen Hohlräumen zwischen Zement und Sand, in denen weit auseinanderklaffende Sonnen von Elektronenschalen kreisten, in Distanzen gemessen vergleichbar den Kothäufchen von Schmetterlingen auf den Begrenzungen eines Fußballfelds zu seinem Mittelpunkt, und fing erneut an, seine unsichtbaren Muskeln anzustrengen, Schrauben, zurückgelassene Nägel, Muttern, vergessene Hölzchen, Butterbrotpapiere und Flaschenscherben einsammelnd, bis er sie schließlich im Kreis wirbelte.

»Eine Windhose«, rief Walbaum. »Beiß dich fest, sonst bist du weg!«

Das Zementband war völlig reingefegt worden, die Kleinteile flohen rundum in einem Trichter nach oben, beschienen von einer oszillierenden Jagd, deren Trompetenmündung sich gierig der Dunkelheit entgegenstülpte, daraus verschwiegenes Licht holend, vielleicht Zeugnisse einer weit entfernten Sterneningenieurkunst, die uns, nach Jahrmillionen, erst jetzt erreichte.

Eine drückende zweite Pause entstand, in der Leopold Baruch von Walbaum den Beruf seines Ahns besang:

Garamond und Weiß-Antiqua, ich solle nicht verzagen! Palatino, Trajanus, ein Küßchen von der Baskerville, die Brücke schwanke, singe schon. Didot und Bodoni, Tuphorion brenne Breitkopf ab, Gavotte, Legende und Feste Gideon. Breitbeinig dastehend, die Arme zum Himmel erhoben, schloß er mit, »Erbar und Futura, zuletzt kommt die Ornata!«

Die Windhose stülpte sich brausend noch ein Stück auf, erstarb und fiel, ihren illustrierenden Schein ausdampfend, schließlich in sich zusammen, während die Schrauben, Nägel, Keilhölzer und vergessenen Schilder der Baustelle auf uns niederprasselten, ein Regen von Zivilisationsbruchstücken. Gleichzeitig wurde die dumpfe Hitze von Kälte abgelöst, der Wind besaß wieder teutonische Grade, nahm unregelmäßig zu, versuchte uns über die Brücke zu stürzen, was ihm nicht gelang. Die Monteure aus der Museumsscharade schrien Verwünschungen und hielten sich aneinander fest. Die Starkstrommädchen wollten noch mehr Herausforderung.

Auch Akropolis überlebte trotz ihrer verstopften Herzkranzgefäße. Sie stampfte an uns vorbei, furienhaft geschüttelt von dem Sturm, bis sie erneut keine Luft mehr bekam, so daß ihr Walbaum ein Notatemdusche verabreichen mußte.

Der Morgen begann mit Tau und verläßlicherem Licht, etwa im zahmen Verhältnis von eingedünsteten Scheiben roter Rüben zu heller Sellerie in Haushaltsgläsern, eine gutartige Verschiebung des Spektrums.

Die Brücke war nicht fertiggebaut worden, hörte frei über dem Abgrund auf. An verbogenen Eisenzinken, die aus den äußersten Kanten ragten, hingen in der wehen Frühe hin- und herschaukelnde totenköpfige Warntafeln.

Der Peitschenmann solle einen Weg finden, wurde verlangt, doch Prospan Luckedei Scheilala ließ sich nicht blicken, hatte sich längst darauf besonnen, daß es für ihn im Moorlager immer noch Arbeit gab, als er in seiner Libellen- und Maikäferkutsche durch die tosende Bachschlucht gefahren war, gemächlich eine lange, holländische Tonpfeife rauchend und mich durch einen diabolisch auf der Nase wackelnden Zwicker musternd, seines Siegs gewiß.

Walbaum entdeckte einen Lastenlift, dessen Aggregate, auch mathematischer Ausdruck mehrerer Bilder, wie Walbaum behauptete, noch in Betrieb waren, und wir sanken zusammengepfercht im letzten Pfeiler hinab. Es konnte sein, daß alle Brückenbeine ausgehöhlt waren, von Akropolis schon warnend angedeutet.

Die Stadt unten fing mit verlassenen Lokomotivschuppen und Häusern aus der Kohlezeit an. Über geplatzte Asphaltdecken, Trümmer und an asiatisch verwickelndem Unkraut

vorbei gelangten wir zum Marktplatz. Fabriken, Lagerhallen, dann einzeln hohe Wohnbauten und quadratische Kaufhöfe wiesen keine Schäden auf, selbst die Fensterscheiben waren noch ganz, doch niemand zeigte sich hinter ihnen. Minden schien ausgestorben zu sein, vielleicht weil die schwierig gewordenen Stadtkulturen nichts mehr galten.
Im Rathausturm, unterhalb der Uhr, waren Figuren, die sonst bei jedem Stundenschlag ein Singspiel vorführten, stehengeblieben, vorn ein Sichelmann, neben sich ein Regenschirmweibchen und ein Bäuerchen, bemalte ländlich gebuckelte Personen aus schwarzwälder Vergangenheit.
Wir sollen nichts berühren, warnte jemand, alles könne verseucht sein.
Plötzlich ruckte an der mächtigen Uhr der Tod, mit seiner Sense über der Schulter, weiter, während schwarze Tränen aus seinen Augenhöhlen liefen, eine Mahnung, die uns guttat. Das Bauernpaar schnarrte im Kreis, während hinter ihm Zwerge hervortraten unter der Last von Säcken, Grubenbalken und schwerem Handwerkszeug, dann hörte der Reigen wieder auf.
In den verblaßten Gemäuern der Stadt waren, wie wir nun aber sahen und hörten, überall Vögel unterwegs, Rotkehlchen, Grasmücken, Neuntöter, Goldammern, Zeisige und andere, den Ältesten unter uns noch aus kindlichen Quartettspielen bekannt. Jeweils vier Exemplare wurden damals nach auffälligen Merkmalen zusammengelegt, damit ein Satz Karten gewonnen werden konnte.
Christa, die immer noch ihren Regenschutz umhatte, wollte eine flügellahme Taube fangen, die möglicherweise ein Briefröllchen bei sich trug, doch der kränkliche Vogel entwischte immer wieder, so daß Christa ihn zu steinigen versuchte, womit sie kein Glück hatte. Schließlich gelang es der Taube, auf eine erblindete Verkehrsampel zu flattern, und erleichtert spritzte das Tier einen Strahl weißen Kots auf den gelben Gummimantel des Mädchens.
Minden, in deren Straßen noch Autobleche und abgerissene

Sicherheitsgurte lagen, war ein Hunderttausendseelenort gewesen mit Gießereien und einer Stahlmöbelfabrik. Aus dem Mittelalter stammte eine Hallenkirche, ein Meisterwerk längsgerichteter Sandsteinkunst, für die mehrere Generationen ein Zehntel ihres Einkommens gespendet hatten, um sich Bürgerrecht und Ansehen zu erkaufen.

In der Fußgängerzone teilte sich das aus Plattenfugen emporgeschossene Zittergras, und ein pelziger Koloß wankte auf uns zu, gähnend und seufzend, einer der raubgierigen Mutationshamster, den seine Verirrung, von der Museumsherrlichkeit hierher, gezähmt zu haben schien. Ergeben sank er in die Knie, ließ Schleim aus seinem Maul tropfen und wartete, was mit ihm geschehen sollte. Glück oder Verderbnis, die Regeln blieben sich gleich, was mich erkühnte, einfach aufzusteigen und, zwischen zwei Fettpolstern wie auf einem Kamel sitzend, ritt ich an die Spitze des Zugs.

Der nackte Walbaum sagte, Größe sei nur eine Gewöhnung, deshalb lasse er zum Beispiel ungehindert seine Haare wachsen, bis er eines Tages keine Kleider mehr brauche.

Mein genverknäulter Riesenhamster tapste gemächlich dahin, wollte allerdings aus jedem Tümpel trinken, der sich zwischen Bohlen oder vor dem leeren Kassenhäuschen des Fußballstadions gebildet hatte. Das Tier soff, als müsse es einen inneren Brand löschen, vielleicht widrige Folge im Enzymhaushalt dieser hohen Entwicklungsstufe, doch die Starkstrommädchen, unermüdlich in ihrem Gehzwang, murrten. Es ging ihnen zu langsam voran.

Willig ließ sich das Tier geknüpfte Zügel aus Wäscheleinen überstülpen und sogar eine Drahttrense ins Maul legen, so daß ich es besser anspornen und leiten konnte, aber die Mädchen verlangten noch, ich solle Akropolis Platz machen, die wieder einem Zusammenbruch nahe war.

Gemeinsam hievten wir sie auf den Hamster, wo sie, begeistert um sich blickend, genügend Luft bekam, wie sie japsend behauptete, auch die langsamen überlegten Bewegungen des zukünftigen Verkehrsmittels würden ihr behagen, sein Hin-

und Herwiegen massiere ihren Rücken. Nur schlecht dürfe es einem dabei nicht werden.

Wir verließen Minden mit seinen in den Außenorten liegenden Kleinbetrieben und verwüsteten Futterstellen, deren gläserne Reklameschriften zertrümmert und deren Zapfautomaten umgestürzt waren, als habe ein Taifun gewütet. Leopold Baruch von Walbaum meinte voll häßlichem Stolz, das sei der Volkszorn gewesen.

Dazu bestehe kein Grund, sagte ich. Autos und Benzin gebe es doch gar nicht in dieser selbstgerechten Ödenei.

»Die Plagen von damals«, erwiderte er. »Nach dem Verlust der Bequemlichkeit hat sich Angst gestaut. Sie schaffte sich Raum, damit die neue Vielfalt und Weite überhaupt erkennbar wurde.«

Zerstörungen hülfen nur den Feinden, antwortete ich.

»Im Übermaß vorhanden«, erwiderte der entblößte Mantelpavian. »Wir sind Teutonen und kennen uns geschichtlich am besten in der Gewalt aus. Deshalb auch zur Besinnung der Sprung zurück.«

Unnötigerweise erhob sich bei diesem Geständnis sein Glied, das einen morchelartig durchbluteten Kopf mit einer schlecht beschnittenen Verwachsung vorwies, die sich beiderseits in der Gewichtsverlagerung ergänzte. Walbaum schwenkte das Gemächt, bot es allen Seiten dar, wahrscheinlich hoffte er auf Hände oder einen ähnlich gearteten Mund, aber Christa, das Pelerinenmädchen, während die anderen unbeteiligt weiterschritten, bekränzte seine Säule nur mit ein paar Blumen, worauf die ganze Pracht wieder in sich zusammenfiel.

Mir jedoch sagte sie, mit himmlischen Blicken zu Walbaum, ich solle beiseite ins Gebüsch kommen, sie brauche Beruhigung.

Was ich nicht tat, vielmehr mir nicht zutraute, denn der arglos scherenschneidende Beobachter im Museum, als ich mit der kleinen Führerin in den Kissenpfuhl unter altdeutschen Tafelmeistern gefallen war, hatte mich auch schon aus dem Konzept gebracht.

»Gulle, gulle, mein Herz«, rief Christa.
Walbaum wiederholte die apokryphe Sentenz, das Mädchen an der Hand nehmend und mit ihm davonhüpfend.
An einer Wegkreuzung machten wir halt. Das Kamelhamster sank nieder und ließ Akropolis absteigen, die ihre Glieder dehnte und nach Honig verlangte, ein erprobtes Mittel für ihre Beine. Dann könne jemand anderer reiten, der sich auch geschwächt fühle.
Das älteste Mädchen, durchtränkt in seiner blauen Baumwolle, zeigte auf eine stalagmittenartige Festung im verdorrten Gras, die Wölbungen, Orgelpfeifen, Löcher und Galerien besaß, ein aschgrauer Bau aus Tuff oder erstarrtem Insektenspeichel. Dort gebe es etwas zu holen.
Akropolis sagte, sie esse nur, was sie kenne. Im letzten Krieg habe man sogar die Ausscheidungen von Stechimmen mit Zuckerrübensaft vermischt, ein schlieriger Brei, der nach einem Tag wieder in seine unterschiedlichen Bestandteile zerfallen sei, wenn man ihn nicht ständig umrührte.
Wir wußten nicht, ob wir nachgeben oder üppig gewachsenen Schlehdorn anbieten sollten, der auf jeden Fall den Magen gefüllt hätte. Jemand versprach, daß eine Stunde weiter in einer Lichtung ein Gasthaus stehe. Akropolis setzte sich auf den Boden und tastete über ihre Herzseite, die Augen nach oben gerichtet, in denen viel Weißes dramatisch zum Vorschein kam.
Der Hamster wurde unruhig, richtete sich auf. Walbaum riß an den Zügeln, doch das freundlich entstellte Tier schüttelte ihn ab und stand mit auseinandergestellten Klumppfoten zitternd bereit, davonzugaloppieren. Flockiger Geifer, als habe es plötzlich Fieber oder Maul- und Klauenseuche bekommen, rann ihm unentwegt aus dem naß haarigen Maul.
Ein paar Vögel, die auf Jagd in den Graswogen auf- und niedertauchten, sammelten sich und umschwirrten den Hamster, im Flug aus seinem Fell reiche Beute holend, die sie mit ausgesperrten Schnäbeln wie herausrechten.
Und dann sahen wir es, der Pelz des Kolosses war vollständig

mit Wanderameisen bedeckt, einem Milliardenheer, in dessen Pfad der Hamster gelaufen war. Auf seinen Augen bildeten sich wimmelnde Trauben, die Nüstern verstopften sich, Husten und Keuchen halfen nicht mehr. Die blinden Soldaten hatten sich bereits hineinbegeben, füllten mit ihren kleinen Leibern den Rachen, würden ins Innere vorstoßen, bis sie alle Hohlräume gefüllt hatten, um das Hindernis, das ihnen den Weg versperrte, zu überwältigen. Sonderbarerweise griffen sie uns nicht an, als scheuten sie eine andere Blutgruppe oder unsere Glätte.

Ihr Marsch führte zu der fahlen Rippenburg, überwand Gräben, indem sie sich selber zerstampften, bis die Furt eingeebnet war. Sie hangelten sich, einander zu einer Treppe zusammenfügend, auf ein Felsenstück hinauf und an der anderen Seite wieder hinab, ein Fluten und Rascheln von vielen Millionen Einzelgliedern pro Meile.

Dann schwankte die Königin vorbei, eine vom Transport abgeschabte dreihundertmal größere Chitinwalze mit gebrochenen Beinen und Fühlern, die von den Zangen der Arbeiter und Arbeiterinnen hochgestemmt und gleitend weitergereicht wurde. Leidensfähig fügsam ließ sie sich unter dem Hamster hindurchtragen, stieg langsam zu dem Stein empor, wo sie im Licht wie verzückte, als müßten nicht nur sie und ihre wütig fleißigen Knechte und Mägde, sondern auch wir andächtig durchatmen, um uns Bahn in Richtung des erhabenen Traums zu brechen, in dem sie für den Rest ihres Leidens unablässig Eier legen würde, Tag und Nacht gefüttert und an bloßen Nervenknötchen gekniffen, bis sich die unbarmherzigen Reizungen ihrer Fruchtbarkeit erschöpft hatten. Daraufhin würde sie nur noch Futter für die maßlose Menge ihres Volkes sein.

Unser Fabelnagewesen blies die Backentaschen auf, in dem es keine Wintervorräte barg, nur von Ameisen befreite es sich noch einmal, beinahe wiehernd und in Sätzen davonspringend, wobei das Fett der beiden gewachsenen Höcker nun ungastlich hin- und herschlappte.

Nach wenigen Metern stand es wieder still und brach langsam in die Knie, schnaubend und röchelnd, da die millionenfache Last auf ihm und als Füllung innen zugenommen hatte. Es wälzte sich, die Beine gespreizt und den muskulösen Hals nach Fluchtmöglichkeiten gereckt, in dürrem Sichelgras, kindlich jammernd. Einst, noch in seinem unbedeutendsten Zustand, hatte es Kornwurm geheißen, ein lehmgelb, schwarz und weiß gefleckter, nur dreißig Zentimeter kurzschwänziger Getreidekörnchenfresser, kein blutrünstiges Raubgelaß, das, auf der Spur seiner Mutation, uns nachtrabend wie zu höherem Geschick nun vernichtet wurde.
Akropolis saß auf der Erde und seufzte. Einige Mädchen schlugen auf ihre unter den Gewändern begrabenen Brüste. Leopold Baruch von Walbaum versuchte, Stränge seiner grauen Haare auszureißen, und Christoph Maria Maisstreb zerrte an seiner schon mehrmals zugewachsenen Hasenscharte, die sich wieder öffnete und zu bluten begann. Die weißen Schäfte der Schneidezähne wurden sichtbar.
Aus der Ferne, denn wir wagten uns nicht näher, da das unablässige Wandervolk, immer hungrig, jetzt vielleicht auch uns angegriffen hätte, sah der verendende Hamster kläglich aus. Die kleinen Feinde erstickten ihn, seine um Hilfe bettelnden Laute erstarben. Noch einmal warf sich der Koloß herum und zerbrach ein Gelege von Schlangeneiern, an deren Schimmer wir uns orientierten. Auf dem Rücken liegend wurde er von außen und innen her zerbissen, ein Nahrungsgebirge, von dem nach einigen Tagen auch keine Hülle übrigbleiben würde, höchstens blank gefegte Knochen, Wegweiser für den nächsten Troß.
Die germanischen Tropen geizten nicht mit Reverenzen. Zwar konnten sie, umgeben von pragmatischen Verseuchern, nur im Schutz eines hohen Zauns gedeihen, einem technischen Gebilde, doch es war ihnen unmißverständlich gelungen, sich in Sprüngen fortzuentwickeln, andererseits verhielten sie sich, als sei die Zeit des Wachstums phasenweise zurückgedreht worden, schüchtern korrekt, um uns zu zwin-

gen, der zerstörerischen Verschiedenheit von Körper und Verlangen nachzugeben.
Das konnte heißen, daß sich Kräfte nur in den Winkeln der Bescheidenheit sammeln ließen, oder aber wir mußten uns darauf besinnen, verschwiegen gebildete Müllmenschen oder neu bekränzte Neandertaler zu werden. Jedenfalls hielt der Grad der Herausforderung unsere mühsame Überlebenstaktik nicht mehr im Gleichgewicht. Bald würden wir Barbaren sein, die jeder Ungewohnheit nur noch schreckhaft feindlich begegneten.
Ich fragte Christa, ob sie bezahlt worden sei, hierherzukommen.
Sie sagte, ihre Mutter habe sich im feenhaften Morgenthau zum zweitenmal verheiratet. Der unbekannte Schwippvater stelle einen Frevel dar. Sie verfolge diesen Mann, bis sie auch Mittel finde, ihn zu zerstören.
Demütigungen seien Nahrung, entgegnete ich.
»Er will mich gering machen. Ich bin die einzige Tochter und hatte einen Freund, der Artist war, mit sechzehn Kugeln gleichzeitig arbeitete, und mir hatte man, wenn ich genügend üben würde, was ich tat, Zukunft in einer Bodengruppe versprochen, fünf Frauen, vier Männer, ich als Leichtgewicht ganz oben auf der Pyramide nach dem Sprung vom Federbrett! Das ist unvergeßlich.«
Rache sei ein wichtiges Erlebnis, zusammen mit Schadenfreude eine Tugend, sagte ich. Sie solle nicht kleinmütig werden im Anblick der für uns geltenden Wucherungen von Morgenthau. Zum Beispiel brauche ein Acker auch hierzulande 75 Liter Wasser mit Spurenelementen, Stickstoff und Sonne, um Getreide für ein Brötchen zu produzieren, Knet-, Hefe- und Backemulsionen, die vergärten und verdampften, noch nicht eingerechnet. Und bereits eine halbe Tonne von diesem kostbaren Naß sei für einen einzigen Weißkohlkopf vonnöten, bis wir ihn zubereiten könnten, die in den Himmel davonjagenden Kochjoules in Tausenderwerten nicht mitgerechnet.

Der Kadaver im Dörrgras auf dem blinden Weg der Wanderameisen war, bis zum Gerüst ausgeweidet, schon erstarrt, und die kleinen Vögel, sonst immer unterwegs nach Futter, trauten sich nicht mehr zu dem rücklings hohlen Fellgebäude hin. Eines der Mädchen, vielleicht war es eine Ärztin oder eine geflohene Haushaltshilfe, deren Wissendurst von uns jeher unterschätzt wurde, wandte sich um und sagte, auf das Tier weisend:

»Es gibt in der bekannten Welt fünfeinhalbtausend Sprachen. Mehr als die Hälfte wird nur noch von jeweils Vierzigtausend gesprochen. Suaheli, Haussa, Sango und Yoruba sind in ihrer Reinheit allein Zauberern verständlich, vergleichbar dem Sumerischen, Babylonischen und Aramäischen, das von der römischen Besatzungsmacht verunreinigt wurde. In den Waldgebieten Indochinas und im Himalaja verändern sich die Ausdrücke für ein Hemd, eine Dachrinne oder ein Schnitzmesser bis zur Unkenntlichkeit. Fünfhundert Sprachen sind gut erforscht, die meisten besitzen aber noch gar keine Schrift, sondern werden, wie in den Gebirgen Äthiopiens, mit Knallauten oder einem Zwinkern der Augen von Gesicht zu Gesicht weitergegeben. Vielleicht nehmen Hirtenvölker wieder zu. Das Englische jedoch bleibt Kitt, selbst verwesende Diktatoren stützen sich noch auf blonde Sachberater. Dazwischen gibt es ein wenig Französisch und Spanisch und bei uns die neue Infinitivsprache der Verstümmelungen, das Türken, Griechen und Jugoslawen bis zum Spott beherrschen.«

In dem Gewölle der Allgemeinheit schien alles übergewichtig geworden zu sein, als putze eine Nobelpreisträgerin für Chemie aus Freude die Treppen verwurmter Wohnungen.

Nach vielen Durstkilometern durch Furten und sperrige Nelkenwälder, um deren betörenden Duft wir uns nicht scherten, trat am Ende dieses Morgens ein tabakbraun verwittertes Männlein aus einem Nessel- und Wickenfeld. Seine hellblauen Augen waren entweder zu nah oder zu weit in ihrer Schärfe eingestellt.

Der von einem der Lötmädchen in der vergangenen Nacht

erwähnte Hunza-Bauer trug Ohrenschützer und hielt ein Weisungstäfelchen wie ein beleidigter Angestellter des längst verkrauteten Flugplatzes hoch, hinter dem er sich eingegraben hatte. Neben ihm trippelte unaufmerksam der Gefährtenfuchs, aus dessen offenem Maul uns Aasgeruch entgegenwehte.

Der Trainingsbauer für Sparsinn und genügsame Ausgeglichenheit verteilte luftgetrocknete Aprikosen, die von seinem fernen Gebirgsreich stammen mochten. Wir kauten sie, und ihre langsam sich entwickelnde Säuernis lockte allmählich so viel Speichel hervor, daß wir uns wieder erfrischt fühlten.

Dem neuen, sittsam wortlosen Führer folgend, der anscheinend wußte, wohin wir wollten, was dem nackten Mantelpavian Walbaum nicht behagte, weshalb er zu gröhlen anfing, in Büsche einbrach und mit Steinen die Nester von Schnepfen, Landmöven oder anderen Bodenbrütern bewarf, da geschah etwas mit uns, das ich nur in Umschweifungen wie Eomation, follical jump, Wallenberg'schem Spektralpropeller oder als die Verwilderung des Ichs innerhalb von Mauern bezeichnen konnte:

Wir wurden, stets das zerknitterte Bäuerlein vor uns im Blick, das dreißig oder über hundert Jahre alt sein mochte, hochgehoben und hinweggestäubt, einer Art halogenen Gleiche ohne Licht ausgesetzt, die trotzdem blendete und auf alle 14^{21} Zellkerne des menschlichen Körpers zu treffen schien, was das Dahinstrudeln oder die Unterleibsströme noch verkomplizierte, denn es gehörte ein ebenso erleichternder Peinigungsgrad dazu, der im 18. Jahrhundert Trülle genannt worden war, ein Strafkäfig für Sittlichkeitsdelikte, in dem auf zwei runden, gegenläufigen Scheiben mittels eines Zahnradgetriebes die Delinquenten so lang herumgewirbelt wurden, bis sie, nach mehrfachen Bewußtlosigkeiten, meist starben. Allerdings berichteten überlebende männliche Zeugen, daß diese Verluderung auch angenehm infolge vehementen Samenergusses gewesen sei, ähnlich den Erfahrungen russischer und amerikanischer Astronauten während der Vorbereitung in Schleudermaschinen für Gewichtsbelastungen. Tröstlich, daß beim Start ins All fortwährend Ejakulationen stattfanden, deren milchig haltlose Fädchen allerdings sofort gleich den Bartstoppeln der Himmelsstürmer nach der Trockenrasur in Beuteln eingefangen werden mußten, damit in der Schwerelosigkeit nicht irgendeine fremde Hysterie sich auf einen der vieltausendfachen Kontakte in der Kapsel legte und einen Steuerungskollaps verursachte.

Wir seufzten und wehklagten, reichten uns die Hände und verließen uns wieder, kopflos wie in einem frühen Kollektivtraum dahinschwebend, aber auch unserer Versetzung orakelhaft altertümelnd zusehend, als sei ein die Körperhaftigkeit mißachtender Flug nur eine Nachholung, die wir seit Eiszeiten vergessen hatten.

In einem Kuppelbau fanden wir zu uns wieder. Vorher hatten wir noch eine Landschaft aus Nissenhütten, Grashäusern oder erdbewegter und teilweise verdeckelter Architektur überblickt, Höcker schlechten Gewissens, durchwachsen von Alteuropa und dem verwegenen Charme der Brücken- und Pfahlgrenzen von hundertdreizehn Herzog- und Fürstentümern, als, zum Beispiel, der Biertrinker, Armenverklärer und fleißige Wortakrobat Jean Paul, Familienname Richter, noch gelebt hatte, mit Verdruß und Übermut verquickt.

Kompaßkarten fehlten, jene im Maßstab von 1:10 000, auf denen Holzpfade, nicht mehr begehbare Ruinen, keltische Bogenhälften oder Tabernakelkreuze von Verunglückten mit Tuschhütchen und Dickwimpel verzeichnet sind. Niederkehrend nach der luziferischen Fahrt wäre es nützlich gewesen, sich vergewissern zu können, daß nichts verloren gegangen war, auch in dem überdimensionalem Bodengelaß genügend Übersicht waltete.

Es gab Lauch-, Heidelbeer- und eine fortgeschrittene Art kalt geschlagener Haarsuppe zu essen. Letztere schmeckte, da ein wenig angebrannt, nach Konzentrations- oder Torflagerhistorie.

Der Masochismus ist ein Assoziativ des Sadistischen, die

beide in die Dromomanie münden, den erotischen Laufwahn oder die sexuelle Wanderfreude, von Cunnilinctus einfühlend besungen:

Nun folgt, wenn du bezüngelst den Kanten
deiner schwangeren Geliebten am Hang,
im Bauch ihr das Kind schon mit Lust,
denn es regt sich im Wasser, streckt
Schnabel und Darm, ohne Scheu
und wird in Sphären stolzieren.

Die klafterweite Halle, ob gänzlich unter der Erde oder mit ihrem Walfischrücken aus den Weidenwogen ragend, glich den aufblasbaren Kunststoffgebilden, die man früher für regensichere Tennisplätze oder schnell errichtbare Getreidespeicher hergestellt hatte. Auch strömte ständig Luft durch sie, aber ihre Innenhaut schien nicht nachgiebig, sondern eher aus einem Material erstarrter Insektensekrete mit federnder Oberfläche zu sein, ähnlich den Wänden meiner fensterlosen Haftzelle, gegen die ich vergeblich mit dem Kopf gerannt war.

Von den aufstrebenden Wölbungsgraden hingen Flaschenzüge, aneinandergebundene Gemälde und Farbdrucke herab, mehr jedoch Geräte des täglichen oder vergangenen Bedarfs, zahlreiche Sorten von Pflügen und Motoren, auch Kleidungsstücke aus Eskimofellen, aztekischen Wattepanzern, silbernen Kettenrüstungen bis zu Gewändern flockiger Düsternis, in die sich einst die morbidesten Stände gehüllt hatten. Würste, Metallstücke verschiedenster Legierungen, zentnerweise Kräuter- und Knoblauchringe vervollständigten diesen sich drehenden, gegeneinander stoßenden, glimpernden und blitzenden, in seiner Fröhlichkeit chinesisch festlich anmutenden Reichtum, in dem es auch Feinmechanikteile gab, Tausende von Brillen-, Fernrohr- und Fenstergläsern, als sei die Welt des Augenscheins zusammengebrochen, und an Nylonfäden pendelten zartgliedrige Stalagtiten, die Innereien von Rechenmaschinen und Kompilatoren der ersten und der vierten Generation, letztere hauchdünne Schalttäfelchen, de-

ren aufgedampfte Netzwerke mathematisch schöner Zweckmäßigkeit nur noch durch ein Mikroskop zu erkennen gewesen wären.
Es vereinigten sich Wotans Grobheit mit Böcklins schleifender Melancholie, und die messerscharfe Vielfalt des MIT's, der Massachusetts Institute of Technology, mit der sibirischen Akademikerstadt der Wissenschaften, dem Akadem Gorodok.
Die Bevölkerung des dritten Verstecks, wahrscheinlich nicht nur hier, sondern auch in anderen Bauten oder auf den Grasebenen in Zelten, Asthütten oder durchgrünten Mietskasernen vormaliger Städte anwesend, hatte sich unter dem närrisch sinnfälligen Perpendikelwerk mäanderhafte Nischen und Kojen geschaffen, die alle kein Dach besaßen.
Man konnte eintreten, sich niederlassen, wurde nicht beachtet, doch, wenn man sitzenblieb, bald in irgendeine Arbeit wie die Windelei eines Kinds, das Annähen eines Knopfs oder in die virulenten Schmierprobleme eines Zahnradgetriebes verwickelt, für das es nur Salatöl, nicht die notwendig fähige Festigkeit eines gehärteten Industriefettes gab.
Schwierig, sich von Familie zu Familie oder Kolonne um Kolonne zu behaupten, da diese spätgebenedeite Endlosschule gleich einem wimmelnden Bakterienhaushalt durcheinanderstrudelte, zwar irgendwie allgemein oder egozentrisch einzeln gesteuert, denn es fehlten Zusammenstöße und Verknäuelungen, fabelhafterweise tat sich niemand Zwang an.
Einmal sah ich, wie ein Greis einer Frau mit Barockenschleppe die Stelzen, auf denen sie ging, wegriß, aber sie wurde, als sie mit einem Schrei umfiel, von Passanten beiläufig aufgefangen und wieder zurechtgestellt. Und zwei Männer, der eine betrunken, der andere mit einem Säugling im Arm, stießen zusammen, schrien und spuckten sich an, verfluchten die japanische Dichte und sich gegenseitig, doch nachdem sie genügend getobt hatten, tranken sie Himbeersaft aus einer Flasche, in der, wie mir jemand zuflüsterte, sechzigprozentiger Alkohol war, und schwankten, ziemlich ungeniert in

ihren Bewegungen, davon.
Begeistert und erschöpft traf ich später Christa und Leopold Baruch von Walbaum, der wieder seinen Latzanzug trug; beide aßen sie Tomaten, hypertroph gequollene Exemplare italienischer Berieselungskunst, deren geplatzte Stempelschnuten in der oberen Mitte an die fürchterliche Fruchtbarkeit schwarz gewordener Scheiden denken ließ.
»Schäm dich nicht«, rief Christa. »Jetzt müssen wir nicht mehr weg!«
Walbaum grölte, seine Tomate in der sich zusammenballenden Faust vermantschend, während er auf seine nackten Zehen blickte und begierig mitzuzählen trachtete, wo der Regen der dicken Tropfen einen körnig soßigen Hügel bildete, »woidi ili uidi, bratuschka!«
Komm rein oder hau ab, Brüderchen! Bei Jean Bromberger, einem französischen Tempelchristen, dem ich einmal, als er schon über achtzig war, ein Weihrauchfäßchen hatte reichen müssen, das er für die Linderung seines grauen Stars benötigte, heißt es am Anfang einer Novelle namens »Im Zelt«, entre où sort, mais referme la porte, la pluie gicle jusqu'içi . . ., tritt ein oder geh, doch schließ die Tür, der Regen spritzt bis hierher.
Wir begegneten weiteren Personen der letzten Wanderkohorte: Medea Mohn mit dem Leberfleck an der Hand meiner ersten Schülerliebe Androphina taumelnd, der Eiersortiererin und späteren Gobelinpauserin. Hinter ihnen schlenderte Guido der Pyramidenbauer, zusammen mit seiner Hereromutter, die keine Orden mehr trug, aber Wilhelm der Iltis saß noch zwischen ihren Brüsten und schnüffelte neugierig, sicher geborgen an seinem Platz, in die Gegend, die ihm zu gefüllt sein mochte. Immer wieder riß er sein spitzes Maul auf, als bekäme er zu wenig Luft.
Zwei unpaarhufige Zwillinge, was ihrer unterschiedlichen Größe und Ausdrucksfähigkeit anzumerken war, drängten mich in einen kleinen Schalterraum, wo die Läuferpost ankam, die nicht mit Tagesdaten gestempelt, sondern mit

Stunden-, Minuten-, Regenfällen-, Sonnenschein-, Winddrift- und noch anderen Gezeitenbeschreibungen versehen war.

Abessinierinnen mit hervorstehenden Kniescheiben und hochbeinig ausgemergelte Dauergeher rissen sich, kaum schwitzend, aber schlecht riechend, die kurzen Hosen von den Gesäßkörbchen, wurden von den Zwillingen massiert und ein wenig mit Zitrone betröpfelt, und gingen dann wieder ungeduldig auf Lauffahrt, bespickt mit Botschaften wie Litfaßsäulen, die Sicherheitsnadeln unblutig durch die Häute gesteckt.

Als ich mittun wollte, verlangte eine hepatitisfahle Genossin, die vor ihrem nächsten Start eine ungeschälte Salatgurke aß, welche außer wenig Vitaminen nichts anderes an Kraft beherbergte und im Magen klumpen würde, ich solle fünfzig Liegestütz machen, zwei Spagate und sechzig Trampelschritte mit den Füßen hoch bis zu den Brustwarzen. Dies sei eine der Programmübungen für ältere Piloten der kanadischen Luftwaffe.

Ein korrekt gekleideter Herr, der aus einem Maßkrug schäumendes Braunbier trank, unterbrach meine Bemühungen, als ich nach der Hälfte der Armbeugen auf dem Bauch lag und nur noch die Knöchel und gehöhlten Riste der Postprotagonisten vor mir sah. Einseitige Strapazen seien nicht mein Fall, hörte ich ihn sagen.

Er führte mich zu einem Hügel, in dessen Terrassen steil übereinander hölzerne Bänke und Tische eingelassen waren, ähnlich dem Münchner Braugarten Nockherberg, wo an Pfingsten, zur Heuwende, bei Herbstanfang und Winterbeginn und wieder zur Frühjahrskur Starkbier ausgeschenkt wurde.

Das Areal war kaum besetzt, nur ein paar Versäumerinnen und Jünglinge hatten sich trunken vereinigt, lobten den Tag und schmähten das Faß auf der Gipfelhöhe, das, anscheinend leer, vom Ausschankpersonal verlassen worden war.

Den Rand seines preußischen Preßglases mit einem weichen

Lederläppchen säubernd, schob mir mein Beschützer den Krug zu und forderte mich auf, einen langen Schluck zu nehmen, damit ich wieder zu Kräften komme.
Alkohol und gemäße Liebesbereitschaft verbreiteten sich im Körper, klopften von innen an die Schläfen, als könnten von dort aus Flügelchen wachsen, senkten sich in die Beine und verliehen ihnen Standkraft, krochen an den Magenwänden hoch und besänftigten alle Flatterhaftigkeit, was zur Folge hatte, daß ich noch mehr trinken wollte, um den sich krümmenden Schuß in die Weite zu besiegeln.
Er heiße Julian Freiherr Polio von Pregnitz, stellte sich der Herr vor, der, wie ich nun bemerkte, unter seinem euklidisch gemusterten Jackett einen spitzwinklig ausgeschnittenen Sommerpullover trug, was ihn nicht zu beeinträchtigen schien.
Er war Landrat gewesen, dann pensioniert worden und, tatendurstiger denn vorher, hatte er sich nach vielen Ränken in Richtung Morgenthau begeben, nicht einmal aufgefordert. Am elektrischen Zaun sei ihm aber, nach dreitägigem Warten, beinahe die Geduld ausgegangen.
Ich fragte, ob ihm auch ein Igel den Weg gezeigt habe?
»Ein Engerling«, antwortete er, »kurz vor seiner Verpuppung. Er wand sich und schied verzweifelt eine kleine Spur Kot aus, hinter der ich mit beschlagener Brille herkroch. Als ich drüben war, sagte eine Lautsprecherstimme, ich könne mich aufrichten und weitergehen.«
Von Kuckucksblumen, dem Moorlager und dem Flugplatz wußte er nichts. Anscheinend war es ihm gestattet worden, über andere Wege gleich ins letzte Versteck zu gelangen.
Dieses für mich verdrießliche, ebenso grillenhafte Privileg nahm er sofort auf und erwiderte, ich müsse keine Nachtragsarbeit leisten, wenn ein alter, zwanzig Kilo zu schwerer Mann ein paar Sprünge voraus habe. Regeln würden, wie ich schon erfahren hätte, hier anders gültig. Guter Wille helfe kaum.
»Alle bohren in Wunden und freuen sich«, sagte ich.
Das sei ungewohnt, antwortete er, da es in der industriellen

Welt dafür keine Gelegenheit mehr habe geben können, um Katastrophen zu vermeiden.
Auch ein Schwuler sollte mich hier nicht überzeugen, entgegnete ich.
»Falsch«, sagte Julius Freiherr Polio von Pregnitz. »Wenn Sie weinen wollen, dann tun Sie es!«
Ich sank nicht an seine Brust, obgleich ich es gern getan hätte, um den leiblichen Vater, meinen kleinen allgäuer Trunkenbold, diesen Reheabschießer, mit einem übergeordneten Städter, der auf Bildung und Genuß hatte vertrauen dürfen, zu ergänzen, denn der Freiherr erzählte:
»Frühzeitiger Rentner, Tod oder Besinnung? Ich wurde, da ich im Opernabonnement eingeschrieben war, zu einem Laiendarsteller. Volk als Hintergrund und schlecht bezahlt fehlte im staatlichen Kunstgetriebe. Ich trat im ›Eugen Onegin‹ mit anderen russischen Kämpfern auf, schwertfechtend und polternd. War Priester, in einen weißen Mantel gekleidet, ganz oben auf dem Bühnenkamm, zweimal im Takt der Musik schweigend hin- und herschreitend während der ›Zauberflöte‹, und lärmte als singender Statist in der ›Carmina burana‹, ein bärenfelliger Germane, der Knüppel gegen eine hölzerne Triangel schlagen mußte.«
Seine Eitelkeit ekle mich an, sagte ich.
»Verständlich«, erwiderte er. »Ähnliches haben Sie noch nicht zustandegebracht. Die letzte Generation scheut sich, sentimental zu werden, weil sie zu wenig weiß.«
Untergehakt schleppte er mich Stufe für Stufe von dem Nockherberg wieder hinunter, auf dem inzwischen keine Gäste mehr saßen, und überantwortete mich am Ausgang der versenkten Lufthalle einem jungen Hochzeitspaar, Yüksel Aslan und Lillit Everett. Sie war Tennistrainerin gewesen.
Als ich Polio von Pregnitz umarmen, gar küssen wollte, wehrte er ab, Tränen und hellen Nasenschleim in den feinen Pullover unter seiner Jacke hineinwischend und mir ein Papiertaschentuch reichend, in das, vom Lippenstift einer

Frau oder als Firmenzeichen, am Rand ein rotes Herzchen eingeprägt war.

Zwei Tage arbeitete ich als Müllwerker, zusammen mit den Türken. Es gab, obgleich fast alles verwertet wurde, noch Unrat, beispielsweise Falsifikatfolien, Flaschenkappen, Einwegkanister, Dauerwellenröllchen aus Polyester und Tortengußgelate, industrielle Irrläufer, einst in Freihandelszonen wie Gibraltar und Malta auf ihre Verwendbarkeit geprüft und nach achtzehnhundert Stunden in ihren Packungen endgültig versteifend. Mittlerer Zerfallswert: 5^{12}.

Wie dort, woher wir stammten, waren hier Fuhren unterwegs, die vor den eingegrabenen, teilweise auch aufgestülpten Häusern hielten. Wir standen am Schelf, kippten Kübel voll in die zerkleinernde Schraube, deren Gewalt nach vorn zog, wo sich die Fracht zusammenpreßte, bis sie allmählich zu uns zurückwich, so daß wir zuletzt hineinstopfen mußten. Yüksel gab mir zum Schutz durchsichtige Handschuhe.

Seine Frau wollte am Trittbrett hinten keinen Platz freigeben. In Englisch, Türkisch und ein wenig Deutsch beklagte sie sich, sprang vor, wenn eine Pause eintrat, und versuchte, den mayonnaisehaft dicken und kaum mehr bewegungsfähigen Fahrer zu veranlassen, mich davonzujagen, da ich zu neu sei. Der Müllwagen war außen orangefarben und innen technisch genauso ausgestattet wie jene, die wir frühmorgens immer gehört hatten. Der Fahrer kletterte von seinem Sessel, sah sich die Bescherung an, deren Ende mit herausragenden Sperrteilen allmählich zu einer explodierten Zigarre geworden war, und sagte, jeder Scheißdreck sehe inzwischen wie die Frisur seiner rechthaberischen Mutter aus, zurückgeblieben in einem kommunistischen Viertel, auf dem jetzt eine Universität erbaut werde, ein Prachtbau aus Nickelrahmen, Glas und Beton, wo seine Tochter studieren wolle.

Er versenkte seinen Kopf in einen Eimer, in dem sich süßsaure Fischlein befanden, sein drittes Frühstück, dänische Kronsilds, von denen er auf eine irreguläre Weise für sein ganzes Morgenthauleben, falls es sich nicht zu sehr ausdeh-

nen würde, genügend Vorrat hatte.
Mich nahm er in seine Kabine mit, um seine Türken nicht zu stören, denn sie hätten, obwohl schon länger als er hier, immer noch nicht ihr Selbstverständnis gefunden.
Die Arbeit sei doch nicht schwer, sagte ich.
Von Marxismus wisse er nichts, erwiderte er kauend.
Ein Stück vorrückend bis zum nächsten Ladeplatz, der an einer abschüssigen Kurve lag, umgeben von turmartigen Gestellen, in denen vereinzelt Kabinen hingen mit Schwingen oder Segeln aus den Fensterluken, als sollten Dynamos angetrieben werden oder der Wind diese verzwickte Hinfälligkeit durch die Luft zu irgendeiner höheren Empfängnis davonblasen, sank der Laster, da sein Fördergewinde erneut zu tun bekam, vorn in die Federbeinknie ein, erhob sich wieder und schwankte hin und her, sich beinahe haltlos bewegend, was ich diesem Endprodukt von Ingenieursfleiß nicht zugetraut hätte, doch der Wagen beruhigte sich wieder, im kleinsten Gang vorwärtsgeschaltet.
Wieso er fahre und die Türken hinten sich schmutzig machen müßten, fragte ich.
»Weil es so ist«, sagte er.
»Ich denke, am Ende der bekannten Welt können wir tauschen?«
»Du sollst dich daran gewöhnen, daß sich nichts ändert, nur die Umrisse werden fester«, sagte er.
Das sei unlogisch, erwiderte ich. Nachdem alle äußeren Wichtigkeiten umgestoßen wurden, verfielen auch die inneren.
»Die Asche der Zigarre«, sagte er.
Vergleiche nützen nichts, entgegnete ich.
»Einverstanden, aber ich esse trotzdem soviel wie vorher, nicht aus Verlust, sondern Freude«.
»Dann verreckst du noch schneller.«
»Keine Angst! Es gibt Dicke und dicke Raucher, die trotzdem neunzig werden.«
Diese Friedhöfe, ich würde sie kennen, sagte ich. Die Alten

gingen, so lang sie noch eine Kanne schwingen könnten, auf ihnen umher, auch fremde Gräber begießend. Das bebildere nur eine negative Wahl. Jede Greisin, zu Boden gekrümmt sich auf ein Scheit Holz stützend, sei ein schwermütiges Denkmal unseres Verderbens. Und jeder Landrat verkünde, von der Biologie her gesehen, dieselbe Verschämtheit, wenn wir im Anblick von Thujabäumen und der auf Gipsbetten gepferchten Kinderengel uns des eignen Tods vergewissern müßten, der den Spuren der Nacktschnecke auf einem Kiesweg gleiche oder dem Tritt des Totengräbers in ein freigeschaufeltes Gerippe.

»Bist du fertig«, sagte der Fahrer.

»Stehen deine Türken noch«, fragte ich.

»Claro, pipambimbo!«

»Hol sie vor!«

»Bist blöd«, sagte er. »Soll ich den Kram machen?«

Es wäre möglich, sagte ich, daß bei niedrigen Arbeiten jeder den anderen ersetzt.

»Und sonst noch was! Ich habe meine Aufgabe.«

»Und deine Tochter«, fragte ich.

»Genau derselbe Verhau«, sagte er. »Wie die Mutter, die nicht weichen will.«

»Deine Frau«, freute ich mich.

»Kann sein. Sie ist weg, hinter einem Bürgermeister her.«

»Von welcher Stadt?«

»Essen! Wo du nur noch in deinem eigenen Auto fahren kannst wie in Kalifornien. Jeden Tag eine Stunde hin und eine zurück.«

»Liebt sie?«

Das letzte Mal, als sie im Rathaus gewesen seien, um sich scheiden zu lassen, hätten sie zwei oder drei Kilometer unter der Erde durch Zementröhren gehen müssen und wären dann, nach den Aufzügen, vor der falschen Tür gestanden.

»Die Wanze duckt sich unter dem neuen Sockel«, antwortete ich.

»Unverständlich«, sagte er. »Wo ist mein belegtes Brot?«

Wir waren zu einem Feuerplatz gekommen, an dem Mädchen mit Masken auf, die Lohe immer wieder aufbrausen ließen, damit die Umgebung nicht zu sehr beschädigt wurde durch umherwirbelnde Giftigkeit.
Der dicke Fahrer manövrierte seine Müllorange vorsichtig an einen tosenden Klafter und bediente einen Hebel, worauf, wie ich im Rückspiegel sah, das Gerümpel in ein Krematorium rutschte.
Er habe die letzte Stulle nicht ganz gegessen, sagte er. Ob ich den Rest wolle?
Mettwurst lag zwischen den Schichten, von den beiden Brothälften schon fast aufgesaugt, durchaus möglich, wenn Fett, Muskelfasern, zermahlene Körner und Bakterienstämme sich genügend erwärmten.
»Deine Tochter, sie verachtete dich?«
Er müsse weiterfahren, sagte er. Nachmittags sei er Schiedsrichter bei Kaninchenrennen.
»Hatte sie große oder kleine Brüste?«
»Vergessen.«
Ich erzählte, daß ich mit meinem Sohn jeden Abend in der Badewanne gelegen und er mit einer kleinen Kanne meine Tulpe begossen habe, eine Bezeichnung seiner Mutter, meiner damaligen Frau, heute Drogistin in Berlin.
»Steig aus«, befahl der Fahrer.
Inmitten eines Fabrikgeländes verwahrlost und von Flugsamen begattet, das jedoch, vereinzeltem Lärm nach, noch ein wenig Betrieb zu haben schien, vielleicht wurden dort Kopfkissen, Spirituskocher, äußerst notwendiges Handwerkzeug wie Franzosen und Engländer hergestellt, stand ein leuchtend weißes Dorf. Es sah papierern aus, kaum drei oder vier Meter hoch trotz seiner byzantischen Kuppeln, vergoldeten Dachrinnen und Schnabelfirste, vielfach unterteilten Kirchenfenstern ohne Bleifassungen und Türen, die Portalen glichen, aber so niedrig, als führten sie in Kinderställe.
Lillit und Yüksel wohnten in dem klösterlichen Gewirr. Ich könne mitkommen, sagten sie, Platz gebe es immer.

Der von jedem lächelnd bezeugte Pflichtprotestantismus Morgenthau's werde allmählich lästig, gab ich zu verstehen. Es wäre erleichternd, wenn ich einmal abgewiesen würde.
»Du mußt in ein Loch fallen«, erwiderte Frau Everett, die einstige Berufsspielerin, deren Erfolge nicht sehr groß gewesen sein mochten, sonst wäre sie draußen im Fortschrittskonzert geblieben. Am linken Handgelenk trug sie ein Armband, um das eingehängte Bällchen quollen.
Beim Betreten eines der Kieswege schoß ein freudig wedelnder Schäferhund auf uns zu, der von der Tennishexe sofort mit einem Fußtritt gegen die Schnauze bedacht wurde. Jaulend verkroch sich das Tier unter Phloxen, Rosen und Schwertlilien, die überall auf dem welligen Gelände wuchsen. Leute liefen über die eingeschnittenen Pfade, hatten Eimerchen, Kinder, Teigrollen und Putzmittelschwämme im Arm, geisterhaft abwesend, als seien sie Patienten eines potemkinschen Sanatoriums.
Auf einer Anhöhe dirigierte mit einem Eierschneebesen gemächlich ein Mädchen die Blumen, und wahrscheinlich neigten und hoben sich die Dolden und Blüten im Takt des phlegmatischen Geräts. Ich war mir nicht sicher, ob ich es sah, vermuten mußte ich es, auch aus Selbstachtung.
»Wo ist der Hund geblieben«, wollte ich wissen.
»Kopf ab«, sagte Lillit, und Yüksel nickte dazu.
»Jetzt gleich«, fragte ich.
»Der Mond weint«, sagte sie. »Wir lieben Schweine. In der Eisenbahn von Frankfurt nach Istanbul sind wir es auch.«
Aha, wir seien die weißen Stümper, erwiderte ich, und sie verachtete Müllwolle, die Tränen Europas.
Sie gab mir eine Ohrfeige, aber zwinkerte dabei, dann sich zwischen uns, die beiden Männer, einhängend, bis wir im Laufschritt zu einer Kapelle oder einem Bauernhaus gekommen waren, wo man seine Schuhe auf einen Haufen werfen mußte. Wer die Schnürsenkel nicht zusammen knotete, würde nie mehr etwas Passendes finden.
Es gab wenig Platz neben kleinen und großen Kirchhofsva-

sen, auseinandergerissenem Gestühl alter Kinos, Pergamonaltärchen und Stationenbildern, die an Pfählen hingen. Töpfe, Pfannen und Flaschen türmten sich, Berge der Erinnerung. Darum herum lagerten die Bewohner, murmelnd oder schon nach Schlaf suchend, sich hin- und herwiegend wie schmiegsame Gewächse in einem Meer.

»Setz dich«, sagte Aslan.

Ob es einen Abort gebe, fragte ich.

Ja, draußen an der Ecke der Rosen, zwei Donnerbalken, ein ohne Löschkalk in der Grube bei der Menge der Gäste noch nicht gelöstes Problem.

Ich vergaß meinen Drang, denn Tausende abgekniffene Filterenden von Zigaretten waren vor einem polnischen oder russischem Marienmotiv aufgebaut, verleimt oder stecknadelverbunden, jedenfalls, obwohl der Berg ständig bebte, ein nicht einstürzendes Mahnmal. Blechfrösche mit herausstehenden Enden für die Aufziehschlüssel säumten den Andachtshaufen, und Missionsmohren mit einem Schlitz für Münzen im Buckel boten ihre gefalteten Hände dar, deren Nägel abgesplittert waren.

Dahinter glänzte Silberpapier und Verpackungsfolie in langen Bahnen, von denen, so sorgfältig wie möglich, die Knitterfalten während des Auftragens herausgestrichen worden waren.

Ruhige Gesichter, die Namen haben konnten wie Wanja, Pjotr, Semjon, Nadjeschda und Katja neigten sich über Rapsölfunzeln. Oder eine Jewgenia Brut fütterte ein trocken knisterndes Hindenburglicht vorsichtig mit Stearinblättchen, ernst dieser Tätigkeit hingegeben.

Diese Wunderwelt des Hungers und der Scherben blieb trotz des flirrenden Plunders schweigend hochmütig, vor allem, als jemand auch noch in der anscheinend um sich greifenden neuen Landessprache sagte: »Waljai!« – Fische le camp, putz die Platte, hau ab!

Ich konnte mich in den Resten der Erinnerung an die Uffizien von Florenz oder in einer frühchristlichen Untergrundkirche

Xantens befinden, andere Versionen waren ebenfalls möglich. Ein Sturm würde, sobald Grimm und Neid den schützenden Zaun Morgenthau's überschritten, dieses Vogelfutter der Apokalypse durcheinanderwirbeln und zerstreuen, und keine drei Meter hohen Kuckucksblumen oder ein reitbereiter Raubhamster zeugten mehr davon.
Lillit Everett und Yüksel Aslan küßten mich vorsorglich. Ich saß zwischen ihnen auf dem gestampften Estrich, aus dessen trockenen Lehmfugen Kälte emporstrich, als gäbe es darunter noch eine andere Schicht klirrender Verkettungen. Yüksel drehte eine mörserdicke Zigarette, zündete sie umständlich an einem der Lämpchen an, tat einen Zug und reichte sie weiter. Der beißende Rauch schmeckte nach Spänen oder dem deutschen Waldgewächs Judenstrick, jedenfalls wie kaum fermentierter Schwarztabak. Lillit und ich husteten. Die nächsten Nachbarn schienen das Gift gewohnt zu sein, inhalierten es unbewegt und bliesen damit niedergelassene Mücken und Fliegen von den verschwitzten Backen und entblößten Schultern ihrer schlafenden Kinder.
»Wir suchen den Mörder von Moritz Tuch und Geierwally«, sagte eine Stimme, die ich wiedererkannte.
Vor dem größten Altar, einem Schild aus Farbpostkarten, glimmenden Schwefel- und Schiefersteinchen, verwelkten Sträußen und Gestecken von Milchtassen mit Goldrand und Osterinschriften, erhob sich Brigitta Ludmilla Herold, arbeitslose Landschaftsarchitektin und illegitime Tochter von Adolf Wormbs, meinem durch Selbstmord in seinem Zwergenareopag dahingeschiedenen Pflichtanwalt. Sie trug noch die schwarzen Lederhosen, ausgebeult von den verrutschten Elchschaufeln ihrer Hüften, und ihr langes, blondes Haar stand um sie ab wie ein starrer Mantel.
»Wer könnte es gewesen sein«, fragte sie.
Knochig zeigte sie da- und dorthin, eine herrschsüchtige Lehrerin.
Einige sahen schuldbewußt zur Seite und flüsterten, andere duckten sich, beschäftigt mit dem Aufbrechen von Buchek-

kern oder dem Enthülsen vergilbter Erbsenschäfte. Ein Mädchen verschluckte sich an einer Handvoll Haselnüsse und mußte auf den Rücken geklopft werden.
Yüksel und Lillit, die meine Position ahnen mochten, streichelten mich, bevor ich aufsprang und rief, ich hätte den Philosophen und die Mutter von Rosa nicht erschlagen! Es sei umsonst, mich zu bezichtigen!
»Nach deinem Gefängnisausbruch«, sagte Brigitta Ludmilla, »warst du am Tümpel des verlassenen Campingplatzes. Erst zwei Tage später hat die Polizei die Toten gefunden und sezieren lassen. Wir wundern uns, weshalb du sie überhaupt entdeckt hast und wieso du aus deiner Zementkammer fliehen konntest?«
Sie schaute über uns, erhielt aber keinen Beifall, was mich keineswegs ermutigte, denn Hungernde oder Zukurzgekommene hören jedem Redefluß zu.
Nelly, die Gefängnisbeamtin, habe mich während eines assyrischen Tanzes vor dem Erkennungsdienst mit Hilfe anderer Wärterinnen befreit, sagte ich. Zuletzt sei ich im Keller in einen Abfallbehälter gestopft und dann vor der Stadt ausgekippt worden. Zeuge: eine Ratte mit geschienter Pfote wie eine verunglückte Skiläuferin.
»Ein neuer Fall von Pfingsten», fragte die Landschaftsarchitektin.
»Für mich schon«, sagte ich.
»Und wer hat dich hierhergeführt?«
»Frauen und ein Igel, der mit seiner rosa Schnauze die elektrische Klappe im Zaun bediente.«
»Fest steht«, sagte Brigitta Ludmilla, »daß du im Auftrag von Arno Axmann eines Nachts den Philosophen entführt hast, weil Rosa mit dem gefangenen Milliardär kein Kind zeugen wollte, und Moritz Tuch sollte sie dazu überreden, was ihm auch gelang.«
»Stimmt nicht ganz«, erwiderte ich. »Die beiden Herren unterhielten sich zwar auf höchster Ebene und kamen sich dadurch näher, der geschichtsbewußte Denker und der gebil-

dete Wirtschaftsführer, doch erst als sich Quatander umzubringen versuchte, und Rosa ebenfalls ihre Pulsadern aufriß, um ihm auf eine lächerliche, ja gefährliche Weise, Blut zuzuführen, entstand so etwas wie Liebe zwischen ihnen. Seitdem ist Quatander verschwunden, aber sein Konzern wird immer größer.«
»Vielleicht starb er oder hat sich nach Tibet verabschiedet«, sagte die Wortführerin. »Deine Freundin gebar einen Sohn, den dann Hella Munz aufzog, die einige Zeit bei euch wohnte und als Putzfrau in einer Versicherung arbeitete.«
Hella, die Kleinbürgerimitatorin, hatte mich mit ihren sorgfältig gesäuberten Schuhen, parallel gelegten Messern, Gabeln und Löffeln auf dem Tisch und der soldatisch ausgerichteten Wäsche im Schrank geschunden. Die ersehnt proletarischen Annäherungswonnen waren ihr nur möglich geworden, indem sie sich in einen kranken Ordnungszustand flüchtete. Andererseits verdiente sie Achtung, daß sie sich überhaupt so weit hatte verlieren können.
»Wir verstehen deine Furcht«, sagte Brigitta Ludmilla Wormbs laut. »Auch du bist wesentlich für Morgenthau, nicht wahr?«
Sie erhielt kein Echo von der Gemeinde, die sich dämmernd um die kleinen Lichter scharte und anscheinend nicht wissen wollte, welche Wege hatten zurückgelegt werden müssen, damit ein Gegenreich der Phantasie entstand. Das Flackern der Öllämpchen und sein zur Geborgenheit einladender Widerschein von den unbeholfenen Wänden der geduckten Kartoffelkathedrale mochte diesen östlichen Köpfen genügen. Vielleicht täuschte ich mich auch.
»Daß Moritz Tuch nach dem nächtlichen Gespräch zu Martin Brandstetters Haus gefahren wurde, wohin schon Geierwally ausquartiert worden war, wußtest nur du.«
»Falsch«, erwiderte ich. »Axmann hat es getan. Er transportierte auch am nächsten Tag den Philosophen zurück nach Tübingen und nahm Geierwally mit. Der uralte Zukunftsrauner und die skeptische Greisin hatten sich gefunden. Einmal

bekamen wir eine Postkarte von ihr, ohne Datum und Adresse. Sie würde bleiben, schrieb sie in gotischen Buchstaben.«
»Demnach könnte Axmann die beiden umgebracht haben?«
»Warum sollte er?«
»Um sich zu entlasten, und gleichzeitig hätte das geheimnisvolle Komplott, das noch niemand kannte, Aufsehen erregt.«
Das sei unlogisch, sagte ich, denn ein Jahr später wären von den beiden Frauen die überaus begehrten Kinder geboren worden, deren vertauschte Leben in verschiedenen Milieus gerade erst begannen. Es handle sich nicht um Kolibakterien mit stündlichen Generationsfolgen. Noch nie habe ein derart unübersichtlicher Versuch stattgefunden, denn die Betrachter alterten im selben Maße wie ihre Objekte. Ähnlich durchgepauste Gleichheit geschehe nur noch in der Kleinst- und Großphysik.
»Unser Teufelchen windet sich wissenschaftlich«, sagte die Landschaftsarchitektin. Sie kämmte durch ihr schweres Nixenhaar und übersprang darin mit ihren langknochigen Fingern unentwirrbare Knötchen. »Moritz Tuch und Geierwally starben letzten Monat, nicht vor zwei oder drei Jahren.«
Es könnten auch vier oder fünf gewesen sein, sagte ich. Die Zeit auf der norwegischen Insel habe sich kaum von der im Gefängnis unterschieden, wo es wenigstens im vorgetäuschten Fenster verschiedene Bilder in Form von Naturaufnahmen gegeben hätte.
»Dann bleibt wieder nur Arno Axmann übrig«, sagte Brigitta Ludmilla.
Der Hunza-Bauer polterte mit seinem Fuchs herein, verwirrt um sich blickend. Anscheinend hatte er sich zwischen den Fabriken, aufblasbaren Domen und orthopädisch angelegten Zwiebelhäusern verlaufen, immer sein Säckchen gedörrter Aprikosen dabei, aus dem sein Begleittier jedoch nicht zu nähren war, weshalb es sogleich auf irgendeinen dicken Brummer, ein behaglich vorhandenes Beutelmäuschen oder gar einen vom Speichel der schlafenden Kinder genügend

benetzten Laubfrosch zur Jagd ansetzte, zwischen den Gemeindemitgliedern umhersprang, zunächst einen, und ich nehme an, daß es sich um das bisher einzige in der geteilten Welt anwesende Exemplar handelte, fleischfarbenen Salzstreuer erwischte, den der Fuchs hin- und herschüttelte und bald wieder ausspie; dann brachte er eine behutsam gehäufte Devotionalie lauterer Zahnspangen zu Fall, verfing sich in den Fransen eines Sofas, kämpfte mit ihnen, als versteckten sich dahinter Leckerbissen, schnappte schließlich vor der früher stellungslosen Landschaftsarchitektin nach Luft, die ihm spielerisch aus ihren Sandalen eine nackte Zehe darbot, und entzündete sich, über ein Brandopfer vor Hitze seitlich geneigter Kerzen hinwegspringend, selbst, wurde zu einer fauchenden und knurrenden Fackel, die nach dem Ausgang suchte, an dem gottlob noch der Hunza-Bauer stand, der sich auf seinen Genossen warf und die Flammen in dessen Pelz erstickte, was zur Folge hatte, daß Qualm in der sowieso stickigen Atmosphäre uns noch mehr belästigte.
Zwei begannen zu weinen, einige schrien nach Vergeltung. Der Mantelpavian Leopold Baruch von Walbaum erlitt einen kurzen Asthmaanfall.
Nachdem der Hochgebirgsbauer und sein Tier gegangen waren und wir uns wieder beruhigt hatten, sagte ich, für den Tod des Philosophen und Rosas Mutter käme auch Sindbad der Einfahrer in Frage, den wir in Verdacht gehabt hatten, daß er ein Spitzel gewesen sei. Vielleicht habe er sich mit einer gewaltsamen Tat bei seinen Auftraggebern legitimieren müssen?
»Die beiden Alten wohnten in Tübingen«, sagte Brigitta Ludmilla. »Hat er sie dort umgebracht und zweihundert Kilometer weit zu dem Tümpel geschleppt, um die Spur zu verwischen?«
»Umgekehrt«, sagte ich. »Moritz Tuch fuhr zurück. Er forschte auf dem verwüsteten Campingplatz nach dem Codekästchen. Sindbad, der es ebenfalls haben wollte, entdeckte ihn dabei.«

»Und Geierwally?«
»Zeigte den Weg. Sie war die einzige, die noch davon wußte. Alle andern waren längst untergetaucht oder schon in Morgenthau.«
»Was hätte der Philosoph mit der Schatulle anfangen können?«
»Darin befanden sich die Schlüsselworte von Axmann's zweiter Registratur für die Adressen der Helfer, Sympathisanten und Gönner. Der Philosoph versuchte, das Netz wieder zu knüpfen, genauso, wie sein Hauptwerk ›Geduld und Glut‹ aus dem Geschichtsbewußtsein zur Hoffnung aufruft, die in Praxis münden soll.«
»Sehr schön von ihm«, erwiderte Brigitta Ludmilla. »Der pensionierte Gelehrte wird zum Verschwörer, begleitet von einer Greisin.«
»Sindbad, der nichts fand«, sagte ich, »erschlug sie aus Berechnung, denn möglich wäre auch, daß Moritz Tuch erfolgreich gewesen ist, und Sindbad entledigte sich der Mitwisser. Er stellte es als Kampf um das Kästchen dar.«
»Obwohl es gar keine Adressen mehr gab«, sagte sie.
»Verstehe ich nicht.«
»Auf der Insel Sylt ging die ganze Kartei in Flammen auf. Axmann setzte sie selbst in Brand und fuhr so lange hin und her, bis der Wohnwagen nur noch ein glühendes Gerippe war, dann erst faßte ihn die Polizei.«
»Der Fuchs«, sagte ich.
»Hat damit gar nichts zu tun.«
»Es bleibt noch Prospan Luckedei Scheilala übrig«, wandte ich ein. »Er wütete im Torf wie ein Lageraufseher.«
»Das traute er sich zu, weil wir mitspielten. Die zweite Generation löst sich von der Schuld der Väter, indem sie nachahmt.«
Magnus, der Sohn des Ortsgruppenleiters, durfte zur gemäßen Nazi-Bestie werden, sagte ich. Dies sei nur Illustrierung der Vergangenheit. Allerdings habe er mir in der Volksschule einmal mit einem Stein auf den Kopf geschlagen, und die

beiden Alten hätten zertrümmerte Schädel gehabt.
»Sie lagen also schon lang in dem Weiher?«
»Sie waren wie aufgeblasen.«
Ob Hilde Vanderlaub oder Gudrun Annemarie Zach, die Zehnkämpferin, der Mantelpavian oder das türkische Ehepaar, so weit ich bekannte Personen in der allgemeinen Verneblung erkennen konnte, sie hörten kaum zu. Nur wieder ein Tier, der Iltis, entsprungen den Brüsten der Ordensmutter, hüpfte neugierig umher, darauf achtend, daß er nicht in die Nähe von Kerzen oder Rapsölflämmchen kam. Von den Zinnen eines beleuchteten Scherenschnitts holte er sich einen Maikäfer, der sich gerade zum Flug aufpumpte. Dann sah ich, daß die Zwillinge Rettenmeyer, die Zirkusangestellten aus der Deutschen Demokratischen Republik, auch anwesend waren. Sie dösten in einem aluminiumverkleideten Winkel.
»Die Toten gehören dir«, sagte die Landschaftsarchitektin.
Ich hätte sie nicht auf dem Gewissen, antwortete ich.
»Paß auf! Du bist der Einzige, der immer mit dabei war und, wie es sich für einen Kurier gehört, wenig Schaden genommen hat. Es ist, als wärst du aus Eitelkeit oder Naivität unverletzbar. Daß du befreit wurdest, gehört auch dazu, an Wunder glauben wir alle, sonst säßen wir nicht hier. Aber die Mutter deiner Freundin Rosa und der Überredungskünstler Tuch lagen ausgerechnet an deinem Weg. Für mich stellt sich das Verbrechen als Fall von Wiedergutmachung dar. Du wolltest gleichziehen, endlich auch schuldig werden, da du Jahre in der Isolation warst, ohne etwas zu verraten. Kaum draußen, hat dich die Unschlüssigkeit, das Irreguläre, Märchenhafte überwältigt. Du brauchtest ein Gewicht, ein Gegenteil zu deiner vorherigen Abgeschiedenheit. Wer so plötzlich in die Sonne kommt, hat Angst vor dem Verglühen und möchte wieder eintauchen. Aus Selbsterhaltung hast du zugeschlagen, als die beiden Alten dir ausgerechnet an diesem Tag in die Quere kamen.«
So sei es geschehen, antwortete ich.

»Gibt es dazu noch Besonderheiten oder weitere Tote«, fragte Brigitta Ludmilla Herold, die ich während des Massenselbstmords von Jugendlichen kennengelernt hatte und mit der ich nachts im kalten Wasser des römischen Viadukts davongeschwommen war.
»Es wäre besser gewesen, wenn ich schneller getroffen hätte«, sagte ich. »Die Köpfe waren sehr hart.«
Lillit Everett und Yüksel Aslan, die nicht viel verstanden haben konnten, zogen mich zu sich herunter und streichelten mich wieder. Eine grauhaarige dünne Frau, die sich Lieselotte-wo-ist-die-Tür nannte, dicht neben ihnen, flüsterte mir zu, jeder Mörder werde von den Flügeln der Engel gestreift. Ihr Gesichtchen verkleinerte sich unter Schauern.
Die blonde Landschaftsarchitektin lehnte an einem der Postkartenaltäre, der ihrem sperrigen Gewicht standhielt, und trank aus einer Schnabeltasse. Einige verlangten ebenfalls nach Holunderwein, der anscheinend noch zu heiß war; Brigitte Ludmilla blies heftig in das kränkliche Gefäß.
Draußen setzten Regenböen ein, prasselten auf das dünne Dach der Wohnkapelle, so daß schon nach wenigen Minuten an den verklebten Wänden lange Rinnsale herableckten und kleine Güsse da und dort direkt von oben kamen. Leere Konserveneimer und Waschschüsseln wurden aufgestellt, deren triumphales Gongen und Klingen leiser wurde, je mehr sie sich füllten. Eine Batterie Kerzen wehrte sich mit wehenden Flammen, bis sie schließlich zischend erlöschte.
Die kühle Unterbrechung tat wohl. Kinder erwachten wie zum Anbruch eines neuen Tags. Die Leute kramten ihr bißchen Hausrat zusammen, um es vor Nässe zu schützen. Lachen, Fragen und Antworten erklangen, der niederdrükkende Dampf wich. Irgendwo hatte sich eine tiefe Pfütze gebildet, vom Boden und den Öllichtern genügend temperiert, in der zwei Frauen ihre Säuglinge badeten, da, wie die beiden Müter sagten, es selten sei, ohne Aufwand warmes Wasser zu bekommen.
Vor einem der Altäre, einem schiefen, doch festen Bau aus

Ketchupflaschen, Saft- und Teebüchsen, verbunden mit schillernden Klebestreifen, als hätten Schnecken sich darumgewunden, sammelte sich eine bewegt ehrfürchtige Gruppe. Akropolis saß mit breiten Beinen zurückgelehnt an den Stufen, die Hände auf die Schenkel gelegt. Ihre Augen waren offen, aber sie blickten unentwegt über uns hinweg, und in ihrem Mund schien das Gebiß, das ihr oft Schwierigkeiten bereitet hatte, wieder verrutscht zu sein, was sie nicht kümmerte. Sie war tot.

Ob sie Verwandte hier habe, fragten Monteure, die sogleich Ordnung schaffen wollten. Oder ob es wenigstens Bekannte von ihr gebe?

Maisstreb sah ich nicht, Walbaum und Christa wichen zur Seite, also trat ich vor und sagte, daß die Tote aus einem Dorf namens Wexrath stamme, wo ihre Schwester und ihr Schwager noch lebten, Besitzer eines Wirtshauses.

Zu weit weg, dorthin könne man sie nicht transportieren, hieß es. Ich müsse sie begraben, kirchlich oder freidenkerisch, je nach Vergnügen. Auf jeden Fall gehöre sie so bald wie möglich unter den Boden wegen der Seuchengefahr, denn in Morgenthau gebe es keine medizinischen Prophylaxe.

Lieselotte-wo-ist-die-Tür protestierte. Die Fäustchen in die kaum bemerkbaren Hüften gestemmt, sagte sie: »Seit wir im anderen Land sind, haben sich unsere Körper umgestellt. Vielleicht zerfallen die Toten schneller, doch die Lebenden gedeihen vorteilhaft. Wir essen und trinken nur noch Reines, zu dem auch manchmal Schmutz gehört. Chemische Pulver sind verbannt, und wer sich wenig wäscht, pflegt, ohne daß er sich darum sorgt, den wichtigen Säuremantel seiner Haut. An mehrmalig täglichem Duschen, wie die amerikanische Nation, gehen wir nicht ein. Wir putzen und scheuern, verschweigen und verschönern uns nicht hinweg. Die jungen Mütter säugen und bekommen Lust, die Kinder reiten auf Bäumen, die Erwachsenen laufen ohne Vorbereitung gleich Gazellen, und wir Alten fühlen uns nicht mehr eingemauert wie zuhaus.«

Sie hob ihre Arme, als wolle sie das All umhegen; ihre fistelnde Erweckungsstimme und ekstatische Haltung berührte niemanden peinlich, im Gegenteil, sie wurde beglückwünscht, dazu gab es Gelächter und Einwände, daß die Neuzeit noch längst nicht begonnen habe, wir befänden uns eher in einer Art Heldenurlaub ohne Bezahlung.
Die Toten könne man beklagen und beweinen, sagte Lieselotte-wo-ist-die-Tür, als ließen sie sich dem Tod noch einmal entreißen. Sie habe eine andere Idee. Akropolis, verklärt in unserer Mitte gestorben, müsse einbalsamiert werden, damit wir auch eine Heilige zum anschaulichen Gedenken hätten. Aus alten Sitten entstünde Geschichte, die nicht verschwiegen werden dürfe, wie man es uns in der Betonrepublik noch habe verordnen wollen.
Nun mußte ich einschreiten, um dem Unsinn ein Ende zu bereiten, sonst würde Weihrauchton aufwallen.
»Eine neue Kirche brauchen wir nicht«, erwiderte ich. »Die Christliche war nur anfangs auf Seiten der Armen, doch wohin hat sie geführt? Zu Kreuzzügen, Hexenverbrennungen, Folterungen von Nichtgläubigen und sogenannten Wilden. Später segnete sie Dukatensäcke, Festungen, Panzerschiffe und Kontinentalkriege. Die Russen an die Macht! Sie bauen Eisenbahnen durch Sibirien, restaurierten Kornspeicher und beten trotzdem. Ein Wald von Birken mit Heidelbeerfluten und Pilzsteppen! Wer glauben möchte, kann sich das Allernächste aussuchen. Auch eine Verkehrsampel oder eine Hochgarage gewähren Einkehr dem, der nach Geschlossenheit dürstet.«
Mein Brauereibiblisch stieß nicht ab, entfachte eher noch mehr Bereitschaft, Akropolis als Sinnenbild erfüllten Lebens zu bewahren. Von den verschiedensten Methoden der Einbalsamierung, der mesopotamischen, spät ägyptischen, keltisch verschnürten oder der zweifelhaften der Berliner Charité wurde gesprochen. Die Moskauer Variante erwähnte niemand, noch die albanisch gestichelte.
Zweifellos mußten alle weichen Teile entfernt werden, die

Innereien bis hinauf zum Gaumen, vielleicht ließe sich die Zunge gerben. Das Gehirn, nach sorgfältiger Schädelöffnung, war auch nicht zu retten. Sie würden es nicht ausstellen können, einen Fötus voller Gedanken, wenn selbst die bleiche Kopfmasse von Einstein, dahindämmernd in einem trüben Glas, erst dreißig Jahre nach des Gelehrten Tod wieder von einem Journalisten aufgespürt worden war, ohne daß sich das Geheimnis des autistischen Genies in den zahllosen Windungen hätte entdecken lassen. Dagegen war Akropolis ein bescheidener Fall.
Wie sollte gereinigt und erneut gestopft werden? Lysol, Essigsäure, Knallgas hinein, mit Galläpfeltinte auswischen, und dann verknäulten Blumendraht und Topfwolle nehmen oder dürres Heidekraut, Nieswurz, Makadam, die ätherischen Fruchtnüßchen von Zypressen?
Lieselotte-wo-ist-die-Tür schlug das altehrwürdige Verfahren der Horsttrocknung vor, als wir auf unserem Weg vom Torflager zum Flugplatz den alten Mann, der stehend in meinen Armen gestorben war, in einen Baum gehängt hatten, wo er eines Tages als Triumph oder Klippfischfahne rascheln würde.
Leopold Baruch von Walbaum erzählte von neapolitanischen Mumien, die unversehrt im untersten Tropfsteinkeller der Santa Margerita – Urna col corpo in corrotto stünden oder hingen, mehrere hundert, meistens Frauen, deren Haut fest geblieben sei. Bei einigen sehe man durch die immer noch gewölbte Pergamentschicht des Bauches die ungeborenen Kinder dahinter, ihre javanisch geschlossenen Lider, die Daumen wie schon zum Lutschen bereit und die angezogenen Füßchen, als trieben die verharzten Säuglinge weiterhin durch die selig warme Füllung ihrer Mütter.
Dies war das einfachste Angebot: Man würde die entschlafene Akropolis sitzenlassen, die Zwiebelkapelle versiegeln und ein paar Jahrhunderte warten. Entweder verfielen Gehäuse samt Inhalt oder aber, viele Generationen später, könnte im Museum von Morgenthau eine mit der damaligen Tracht

bekleidete, wohl erhaltene Leiche besichtigt werden, möglich sogar als Übergröße, da Leben in ferner Zukunft vielleicht nur noch bei genügender Verringerung durchstehbar sein würde, und somit hätte Akropolis, die Küchenhilfe, wieder die Würde ihres Namens erreicht, was zum Gedeihen der Legende für eine Heilige überaus wichtig wäre.

Die meisten wandten sich ab, besprachen ihre eigene Unterbringung, irgendwo in noch einigermaßen bewohnfähigen Büros des Fabrikviertels, tauschten Adressen des Gras- und Buschlandes aus, redeten von Jagdwild, frei laufendem Federvieh, den scharfen Sporen von Kampfhähnen.

Verlockend die Vorstellung, daß alle Toten mit soviel Umsicht behandelt würden, obwohl die Monteure mich zur Verscharrung aufgefordert hatten.

Selbst wenn wir, der Hoffnung von Lieselotte-wo-ist-die-Tür nach hypertroph oder strophantinisch altern sollten, müßten hin und wieder trotzdem einige sterben, die dann als Dörrobst auf Felsen säßen, vergilbt aus Spalten lugten, Wipfel besetzten, in Reisfeldern schwömmen oder, eingerammt an Trampelpfaden, ihre zu Wegweisern geschrumpften Arme aufhielten.

Der störrische Bewahrungseifer wurde von Martin Brandstetter unterbrochen, ehemals Meister im Rohbau der Schweißerhalle, mit dem zusammen ich den Miliardär über einen Gletscher des Dachsteingebirges hochgeführt hatte, wo wir dann, nach einer Wirtschaftslektion, unserem gedemütigtem Opfer die Freiheit gegeben hatten.

Brandstetter führte zwei Kinder an der Hand, Angela und David. Er ging vorsichtig, weil Angela bei jeder Person stehenblieb und sie begutachtete, andererseits wich niemand zur Seite, weshalb Brandstetter beinahe David verlor, der aus zwei noch brennenden Kerzen einen Feuerring für Insekten biegen wollte, und Angela, die Tolpatschige, die sich über die Säuglingspfütze beugte, schrie plötzlich, als sie bemerkte, daß Brandstetters Hand nicht mehr da war.

Brandstetter sammelte seine Brut wieder ein, schließlich

angekommen im Bug des österlichen Wohnschiffes bei Brigitta Ludmilla Herold, die noch immer dort stand, rauchend und vergorenen Holunder trinkend. Die Landschaftsarchitektin verneigte sich und bat um Aufmerksamkeit.
Das seien die Beweisstücke, sagte sie. Wegen ihnen hätten wir alle Wege und Fluchtmöglichkeiten hinter uns gebracht.
David, für seine fünf oder sechs Jahre zu groß, aber mit Taubheit geschlagen, produzierte sich aus Verlegenheit, versuchte einen Handstand, der ihm mißriet, fiel in einen fast den Boden berührenden Spagat, und Angela, die umständlich auf einem Hocker Platz genommen hatte, wollte David nachahmen, mußte aufgefangen werden, sonst wäre sie gestürzt. Da sie jedoch auf ihren Füßen landete, klatschte sie sich selbst Beifall.
Meine Bewährungsangst im Anblick der Kinder, denen meine ganze Liebe gehörte, war umsonst. Alle zollten Bewunderung, drängten näher, erpicht auf Klärung, der wir noch nie so nahe gewesen waren, Sinnbedürfnis schien unausrottbar zu sein.
Brandstetter gab Angela ein Fläschchen voll Milch, und David, wie er ihm und uns, deutlich sprechend, erklärte, eine gekochte Zwiebel, die David wie einen Königsapfel in Empfang nahm. Erst später traute sich der Junge, davon abzubeißen.
Brigitta Ludmilla eröffnete: Die unvollständige Korrelation zwischen Eltern und Kindern, sagte sie, sorge mit Folgen von Regressionen für ein ständiges Auf und Ab. Nehme man die genetische Erklärung als die plausiblere, so hieße das, daß gerade nach den Gesetzen der Molekularbiologie die Gleichen nicht nur Gleiche zeugen würden, sondern auch Andere, und diese permanente Verschiedenheit beschleunige sich systematisch zum Populationsmittel hin, dem Gähnen der Statistik.
Staunen und Verwünschungen! Die fadendünne Lieselotte-wo-ist-die-Tür fiel wie schraubenförmig in sich zusammen; Christoph Maria Maisstreb, der unphilosophisch wütende

Soziologe, schaffte sich Raum nach vorn; und Hilde Vanderlaub, die magere Reckin mit den Birnenbrüsten, wollte die beiden Kinder dem sich wehrenden Brandstetter entreißen, stiftete Verwirrung und landete in einem Seitenflügel der Altäre, wo sie auf einem Bett verschiedenstaltriger und farbiger Schnürsenkel zu liegen kam.

Vererbt würden keine besonderen Eigenschaften, fuhr die Landschaftsarchitektin fort, sondern Anweisungen für die Bildung von Körperzellen, des chemischen Kästchens verschlüsselte Informationen, als gesamter Inhalt in jedem Kern vorhanden, ob Saurier, Biene oder Müllersbursch. Jeder Zellmittelpunkt verfüge über den gleichen doppelten Satz von zweimal 23 Chromosomen, einem schwachen Säureester, der sich in dem befruchteten Ei wieder zu einem mütterlichem und väterlichem Zweifachgewinde vereinige.

»Grauenhaft«, sagte jemand.

Eine der jüngsten Mütter rief, sie lasse es nicht zu, daß ihr Kind verdorben werde, es sei gesund.

Droben, auf der Treppe zum höchsten Hauchpapieraltar, saßen Angela und David wie zwei Orgelpfeifen. Er taub, sie sprach- und gehbehindert, begriffen sie trotzig, daß ihre Anwesenheit gemeint war.

Brandstetter, der das Kartei- und Sammelwesen seines Freundes Axmann schon immer bewundert hatte, holte einen Zettel aus der Tasche und las vor: Niemand kenne die Zahl der Steuerungseinzelheiten, der Gene bei Menschen. Es könnten Zehntausende oder Millionen sein. Die Intelligenz, die Herausragung sei also vielschichtig. Die Miriaden von Erbträgern spielten blind mit den Gewichten der Eigenschaften, einziger Grund, weshalb wir bisher noch nicht ausgestorben seien und über eine breite Dauer verfügten, vergleichbar den Antibiotica. Nur resistente Zufälle, die sich behaupteten, sammelten sich zu einem Typ.

Brigitta Ludmilla kniete vor Angela hin und reichte dem geduldigen Kind, das sich zu sehr beachtet fühlte, einen schwarzen Lederhandschuh, den die Landschaftsarchitektin

als Flosse in dem Viadukt benützt haben mochte.
Angela nahm das Geschenk an, kaute auf ihm herum, doch es schmeckte ihr nicht. Sie wollte für jeden Finger ein Püppchen, mehrmals zählend, wobei sie immer die Zwei überschlug, schließlich gelangte sie trotzdem zur Fünferzahl. Fröhlich blickte sie sich nach David um, den ihre Umständlichkeit störte, der aber dann Streichhölzer, ein kleines Wollknäuel und ein Päckchen falscher Wimpern, eine vergessene Devotionalie, aus den Fugen der Bretter zauberte und alles Angela für ihren Handschuh überreichte.
Baldur Kaspar Priamus, der verwaiste Rechenspezialist aus dem Kontrollturm des Flugplatzes, stieg, seine Katze Katharina im Arm, auf eine Bockleiter, die eine sarkastische Hausfrau noch aus der Fensterputzhörigkeit mitgeschleppt hatte. Er war auf Wiesenrollern hergekommen, eine seiner nicht ausgereiften Erfindungen. Auf den struppigen Halbsavannen verhakten sie sich oder ihre synchronisierten Gelenkigkeitslager tanzten nacheinander aus der Reihe.
Priamus sagte, die Vererbung von äußeren Merkmalen interessiere ihn sehr, da er klein und zu breit geraten sei, unabhängig von Ernährung und Lebensweise. Zahlreiche Streckversuche vor Generationen, wie im Mittelalter während Foltern, hätten nichts bewirkt, aber Geschicklichkeit könne durch Training erheblich beeinflußt werden. Welche Teufelei stecke hinter den Gebrechen der beiden Kinder?
»Gettobiologie«, schlug Brigitta Ludmilla vor. »Oder es haben sich negative Werte auf Grund größter Streuung, wenn man an die extreme Verschiedenartigkeit der Eltern denkt, zufällig maximiert.«
»Das wäre Exogamie, das Gegenteil von Inzucht, eine Art Dopplereffekt«, erwiderte er, »falls sich nur einige Gene dominant verhalten haben.«
»Heiraten nur relativ gleich Große,« erwiderte sie, »so tritt kein Anstieg ein. Tun sich jedoch in einem verstärkten Maße ungleich Große zusammen, so führt das zu einem allgemein kletternden Wuchs. Auslösefaktor war das Fahrrad, mit dem

die dörfliche Geschlossenheit durchbrochen wurde. Das Durcheinanderschütteln der Bevölkerung steigerte auch den Intelligenzquotienten.«

Der Münchner Kleinbürger und als Radarfachmann sehr einseitig Gebildete schrie vor Wut auf, denn dieser Verdacht hieß, daß durch Reize und Anordnungen wir dazu gebracht wurden, uns möglichst ungleich intelligenzträchtig fortzupflanzen, nur dann hatten Schwachbegabte für ihre Kindeskinder wieder ein wenig Aussicht, ohne auf dem einmal im Leben Erreichten sitzenbleiben zu müssen. Die ›Fahrradler‹ oder ›Prozeßspringer‹ veränderten den biologischen Gang nicht, sie nutzten nur dessen Mechanismen aus.

»Das Prinzip von Belohnung und Strafe ist ein ewiger Fluch«, rief Priamus.

»Oder ein Segen«, antwortete die Landschaftsarchitektin.

Sie führte das Beispiel der Tuberkulose an: Die Krankheit selbst hatte sich nicht gewandelt, blieb eine durch das Bakterium hervorgerufene Infektion mit charakteristischen Merkmalen. In früheren Jahrhunderten war sie in hohem Maße erblich gewesen, ihr Verursacher unbekannt allgegenwärtig, und ob jemand an ihr starb, hing weitgehend von der ererbten Anfälligkeit ab, sowie unzureichender Nahrung und schlechten, hygienischen Verhältnissen. Nachdem Robert Koch 1892 den Erreger identifiziert hatte, verrutschte infolge Vorbeugung und Behandlung die Ansteckungsgefahr. Durch eine Reinigung der Umwelt wurde ein Tbc-Schutzschirm errichtet, so daß bei weitem nicht mehr jeder Disponierte erkrankte. Mit der vergrößerten Gesundheitszahl sank in diesem einen Fall auch die Erblichkeit von Tuberkulose.

Das sei deprimierend, sagte Baldur Kaspar auf der Bockleiter. Er schleuderte seine Katze von sich, die sich ausgerechnet an meinen Lumpen und in meinem Sonnenbrand festkrallte.

Priamus wartete mit einem Exempel aus seiner Vergangenheit auf:

Wenn man eine Gruppe von Transitpassagieren eines interna-

tionalen Flughafens beiseite nehme und sie auf die Dunkelheit ihrer Farbe untersuche, so finde man Schwarze, Orientalen, braungebrannt hellhäutige Weiße auf der Rückreise aus dem Urlaub, und blaß dunkelhäutig vermeintlich Weiße, die von Tagungen, Meditationen oder Sauftouren kämen. Es sei nach Erbanlage und Milieu eine äußerst verschiedene Truppe. Havariere nun die gemeinsame Maschine nahe einer sonnig einsamen Insel, wo sich die unfreiwilligen Gäste unter für alle identischen Lebensbedingungen durchzuschlagen hätten, so verschwänden die Hautfarben nicht, sondern blieben über Generationen hinweg erhalten. Da aber die Umwelt für alle gleich geworden sei, lasse sich die Pigmentierung noch genetisch erklären. Ihre Erblichkeit habe zugenommen, die der Fähigkeiten nicht.
Lieselotte-wo-ist-die-Tür, irgendwo kauernd, sprang auf und rief, sie sei Musikerin gewesen! Ihre Erfahrungen stünden im Gegensatz zu unserem Trauerspiel. Einer ihrer Schüler habe beim Regensburger Wettbewerb den ersten Preis errungen.
Priamus, der Rechner, entgegnete ihr von seinem ungeschützten Hochsitz, sie vernichte ihren Fleiß selbst, denn ein Schock von Zehnjährigen, zum ersten Mal am Klavier, würde der Erwartung gemäß gleich stümperhaft klimpern. Gewähre man den geduldigen Kleinen drei Jahre lang Unterricht, so steige ihr Niveau insgesamt, doch es begönnen sich immer größere Unterschiede zwischen den musikalisch stärker und schwächer Begabten herauszubilden. Die erworbenen Fähigkeiten triumphierten, sonst nichts.
»Aber der Preis«, rief Lieselotte-wo-ist-die-Tür, tränenüberströmt.
»Spricht gegen uns. Wir sind vergeblich nach Morgenthau geflohen.«
»Verstehe ich nicht!«
»Gänschen«, antwortete Priamus sanft. »Wenn alle dasselbe wollen, werden sie nicht gleicher, nur verschiedener.«
»Dann sind wir Feinde wie früher?«

»Noch nicht, wir strengen uns ja an und leben in freiwilliger Armseligkeit, die zusammenhält.«
»Können wir dableiben?«
»Ich wüßte nicht, wo sonst.«
»So mag ich dich wieder, und euch alle auch«, sagte Lieselotte-wo-ist-die-Tür, deren protestantischer Erbarmungston mich nun auch rührte.
Andere hatten ebenfalls feuchte Augen bekommen, nur Brigitta Ludmilla Herold zeigte keine Bewegung, aß gleichmütig hostienförmige Pistazienblättchen, deren giftgrüner Duft zu uns herabwehte.
Brandstetter hatte Angela und David, die sich langweilten, auf den Schoß genommen und saß wie auf einem Barhocker mit zwei unbezahlbaren Kelchgläsern auf den Knien da. Zum Schutz trug er wieder seine kindische Sonnenbrille.
Angela wollte ihre hochgeschlossenen, blauen Spangensandaletten verkehrt herum anhaben, was David nicht guthieß. Er machte ihr immer wieder vor, daß der rechte Schuh nur an den rechten Fuß passe und der andere deshalb allein an den linken. Schließlich gab er ihrem Willen, der Durchsetzvermögen oder nur die notwendige Übung, Sprachhemmnisse zu überstimmen, sein mochte, nach und zog ihr die Schuhe überkreuz an.
Sie begann zu laufen, stolperte und fiel prompt, beklagte sich und alle anderen, die Tränen sprangen ihr, wie damals hinter der Trennscheibe des Gefängnisses, waagerecht einzeln entgegen der Fallgesetze aus den Augen, und David, ihr blonder Diener, machte eine verzeihungsvolle Geste, die beklommen auch ihm selbst galt, putzte Angela mit einem Tuch, einer reich gesäumten, ehrwürdigen Fahne aus der Hosentaschenzeit der Väter, die er wiederum aus den Bretterfugen gezaubert hatte, Gesicht und Nase und schneuzte sich ebenfalls.
Zwar wich er seiner vermeintlichen Schwester aus, versuchte aber, an Brandstetter seine Überforderung auszulassen, führte Boxhiebe, karateähnliche Schläge und Finten vor, bis er schließlich in Brandstetters Schoß auch zu weinen begann.

Sein Schluchzen rieselte von den Schulterblättern über den bebend braunen Rücken.
Homophobe Inzeste seien statthaft gewesen, sagte Hilde Vanderlaub. Sie habe drei Kinder verlassen. Es zuckten ihr Brüste und Nabel beim Gedenken daran.
Verführerisch, daß ich weder Angelas noch Davids Vater war, obgleich ich fühlte, als hätte ich sie früher beim Spielen am Sonntag morgen auf dem Bauch liegen gehabt.
Die Monteure und Starkstrommädchen sammelten sich. Es werde allmählich Zeit, aufzubrechen, sagten sie. Wer wolle, könne mitkommen, besonders Fachkräfte, der Arbeitsmarkt gewähre verschwenderische Möglichkeiten, auch Wohnungen und Ferienplätze würden garantiert.
Mißverständlich, was sie damit meinten, denn woher wir stammten, herrschte Überangebot und Aussortierung, auch deshalb waren wir nach Morgenthau gegangen, vor allem aber, um auf einem Platz ohne Zwang neue Kraft und Nachgiebigkeit zu entdecken.
Brigitta Ludmilla gebot Einhalt. Wir stünden vor einer Wendung, sagte sie. Das Schicksal der Kinder verpflichte uns. Mutproben und Theorien hätten wir in Bewegung gesetzt, Polizisten und Staatsrechtler, also uns geneigte und fremde Personen beschäftigt, nun müsse die Konsequenz ausgestanden werden, der übermütige Pakt halte nicht ewig.
Gudrun Annemarie Zach erwiderte, kein Mensch habe die Freiheit, fünf Meter hoch zu wachsen. Die Natur binde uns fest. Auch könne niemand in Sekundenbruchteilen zehnstellige Zahlen miteinander multiplizieren. Trotzdem lehne sie sich dagegen auf.
Sie wußte nicht, daß Arno Axmann, bevor er Meister im Materiallager der Autofabrik wurde, in einem Zirkus als Gedächtnisakrobat aufgetreten war, Fragen nach Telefonnummern und Namen aus dem Publikum beantwortend, bis er an Gehirnfieber erkrankte, von dem ihn Hella Munz, stets auf Jagd nach Exotik, heilte.

»Wer extrem gefordert wird, wächst«, sagte ich. »Die Benachteiligten sinken unter den Pegel.
Kaspar Baldur Priamus pflichtete bei. Die Varianz sei die Zahl, nach deren Breite und Nähe sich die Einzelpersönlichkeiten um einen Mittelwert streuten, dem Abweichungsquadrat. Die Wurzel daraus führe zum Standard, keinesfalls mit der Norm vergleichbar. Wir befänden uns auf einer Kurve.
»Also Sieg der Revolution«, fragte die Landschaftsarchitektin spöttisch. »Sonst haben wir keine Chancen?«
Die Ordensmutter, die sich bisher nicht gemeldet hatte, vielleicht aus Müdigkeit oder Langeweile nach dem Überleben von Pein und Tod in Konzentrationslagern deutscher Herrschaft, erwiderte, wir sollten die Gegenwart genießen lernen, beobachten und uns nicht zieren, es gebe keinerlei Hilfen außer Bescheidenheit und Zuversicht.
Auf unsere zwei Kinder angewendet, eine abenteuerliche Regel: Vielleicht wurde eine höhere Geburtenrate mit leicht unterdurchschnittlicher Intelligenz dadurch wettgemacht, daß sie sich weniger fortpflanzte, trotz Fruchtbarkeit sich geradezu rasend wie in Trocken- und Hungerzonen sterblich gebärdete im Gegensatz zu den Gehätschelten des klimatisch gemäßigten Gürtels, in dem noch immer die Fortschritte der Industrie am meisten gediehen, eine Befürwortung des Rassenwahns. Das hieße überspitzt, daß bei noch zunehmender Technologie die Tendenz, ohne Arbeit zu bleiben, sich in Familien mit derselben Unfehlbarkeit vererben würde wie inzwischen schlechte Zähne.
Angela und David waren auf Brandstetters Knien eingeschlafen. Die drei schwankten wie eine marokkanische Bodentruppe bescheidenster Equilibristik leicht hin und her, und wahrscheinlich hatte der Untermann Brandstetter hinter seiner Tarnbrille auch die Augen geschlossen und fühlte sich auserkoren wie Joseph in Ägypten.
Eine der noch brennenden Kerzen warf den Schatten eines Tausendfüßlers an die Wand, dessen Hellebardenbeine vorwärts griffen, aber kaum von der Stelle kamen, vergleichbar

Platons These von den Eliten, da die meisten noch nicht ohne Hierarchie leben konnten.
Wir bräuchten Räder, Schienen, Gleise, Ballons, Drachen, sparsame Motoren, Windmühlen und Tapferkeit wurde gesagt. Wer sich dazu entschlossen habe, Träume zu verwirklichen, dürfe nicht bestraft werden. Auch die Starkstrommädchen und Monteure seien mit unterwegs. Durch eine der verschlossenen Zwergenpforten des Byzantinerbaus brach Joachim von Seltmans herein, mit dem zusammen ich den alten Eisschrank über Ziegenpfade gekarrt hatte. Das runde Gesicht des Kampffliegerenkels war rot verschwollen, und seine weizengraue Langfrisur klebte ihm an den Ohren.
»Mobilität oder Untergang«, rief er. »Schamloses Prinzip der Leistung! Wo ist mein Geschenk?«
Ich drängte mich zu ihm und erzählte, daß ich es unten im kreisrunden Weiher des Moorlagers gesehen hätte, aber nicht mehr habe herausholen können. Es sei zu tief gesunken.
Er legte sich vor meine Füße und schlief sofort ein, den Kopf in die Hand gestützt. Lillit Everett, die Tennisspielerin aus der Türkei, schob ihm ein Kissen unter, worauf er seufzend mit nachgebenden Gliedern sich ausstreckte.
»Wieder da«, stellte Brigitta Ludmilla Herold fest, die sich, als sei sie zu sehr beschäftigt worden, ihre schwarzen Beinkleider ausgezogen hatte. Die ungekräuselt flache, wie gekämmte Flut ihrer Schamhaare verzweigte sich bis auf ihre Schenkel, was an ein zweites Gesicht erinnerte oder an einen dunklen Jagdfalter.
»Die Anspruchsvollsten werden honoriert«, sagte sie. »Bildung, Wissen und Geschicklichkeit! Wir werten die unangenehmsten Berufe auf. Medizinprofessoren dürfen weiterarbeiten, wenn die weniger bezahlten Schwestern in den Intensivstationen sich gleich fühlen. Ich fürchte aber, daß dann viele Talente abwandern würden im Gegensatz zu einer notwendigen Imigration. Jeder Astrophysiker könnte Nachtportier werden, aber nicht jeder Empfangschef auch nur Amateurastronom.

»Der Staat müßte eingreifen«, sagte ich, »um die Vergeudung von Begabungen aufzufangen.«
»Und wie entschied sich unser potentieller Pilot auf seiner Bockleiter«, fragte Brigitta Ludmilla. »Wäre ihm das für seine Mutter angesparte Häuschen am Stadtrand mehr wert als seine einseitig erworbene Hochleistungsarbeit. Würde er versuchen, vor der zuständigen Instanz seines Berufs scheinheilig Unfähigkeit nachzuweisen, um sich als frei schaffender und trotzdem genügend bezahlter Gepäckträger durchzuschlagen? Ein Teil unserer Gesellschaft bestünde nur noch aus Simulanten, die ihre Qualifikationen leugneten, damit sie in die früher niedrigeren, jetzt aber höher bezahlten Berufe einsteigen könnten.«
»Wer eine Gesellschaft ohne Zwangsmaßnahmen will«, sagte Baldur Kaspar Priamus, »die keine Mammutbürokratie zur Überwachung der Leistung und für die Zuteilung der Waren braucht und die außerdem in dem allgemein erwünschtem Umfang produktiv bleibt und im Namen der Gerechtigkeit bei unvermeidbar biologischer Verschiedenheit keine unnötig sozialen Stufen entstehen läßt, der wird einen differenzierten Leistungslohn kaum aufgeben können. Die Frage nimmt praktischen und unmittelbaren politischen Charakter an. Wie groß müssen die Zweckmäßigkeiten tatsächlich sein, damit die Gesellschaft sich nicht permanent selber stört? Oder wieviel Gleichheit ist herstellbar, wieviel Ungleichheit unentbehrlich? Es gibt keinen Grund zur Annahme, daß die heutigen Extreme die optimalste Balance darstellen. Die bestehenden Unterschiede sind nur historisch, keine Naturgesetze.«
Dorthin, wo schon bessere Regelungen getroffen worden seien, gingen sie jetzt, riefen Walbaum, der Mantelpavian, und einige Starkstrommädchen. Auf, auf, bald sei Abfahrtszeit des einzigen Zugs pro Woche!
Niemand des leidensfähigen Publikums machte Anstalten, die Geborgenheit des philanthropischen Gehäuses zu verlassen, doch Brandstetter und die beiden Kinder erwachten aus

ihrem Dämmerschlaf. Angela und David kraulten und lausten sich gegenseitig.
Brandstetter wollte wissen, wie weit die Diskussion gekommen sei?
Lieselotte-wo-ist-die-Tür, die erbittert den Quirl eines Butterfäßchens auf- und abbewegte, meinte, Tor und Teufel, Ritterfräulein und Wäscherin, alles bleibe gleich verschieden, aber derselben Art, wie Weizenkeim oder Weißbrot, von dem wir hier nicht genügend hätten.
Brandstetter sagte, die beiden Kinder stellten den positiven Beweis von Eigenschaften dar, weil die Elternpaare äußersten Schichten angehörten, die sich üblicherweise nicht mischten, insofern hätten David und Angela, gerade wegen ihrer Gebrechen, die besten Überlebensaussichten.
Diese blasierte Formel brachte mich in Wut. »Das hieße«, rief ich, »daß eines Tages nur noch Idioten und Verstümmelte über die Erde kriechen! Sie sammeln ihre Kräuter, sind mit jedem Käferbreilein zufrieden und schließen folgsam abends Fenster und die Tür!«
»Wer sagt denn, daß die reichsten, empfindlichsten und komplexesten Formen sich fortpflanzen«, erwiderte die Landschaftsarchitektin. »Wo in der Natur haben wir unabdingbaren Fortschritt? Er reicht bis zum lebensfähigen Gleichgewicht, dann hört er auf. Nur der Durchschnittstypus hält an scheinbarer Unvergänglichkeit fest. Weder ein Glücksfall vererbt sich, noch das Genie. Intelligenz läßt sich nicht beliebig lehren, auch kein Weitspringen für olympische Rekordmarken.«
Christoph Maria Maisstreb, der Hasenschartige, meist stumm, seit er sich in den überschwemmten Feldern vor München auf ein Liegekreuz hatte schnüren lassen, führte den Gedanken noch weiter:
Seltsamerweise werde auch die Frage verdrängt, ob die biologische Evolution mit den Menschen überhaupt als abgeschlossen betrachtet werden könne. Bildeten wir das letzte Glied einer langen Kette? Warum sollte die Entwicklung

beim homo sapiens aufhören? Wie wir uns heute kennen würden, seien wir ein Ende oder ein Ziel, vielleicht jedoch nur eine Brücke. Wie aber sähen die Nachfolger aus? Herdenmutanten oder Heldentypen unkriegerisch säuselnder Übereinstimmung, denn alle anderen, Faustkeilträger, Druckknopfgeneralisten oder Fahrradler, hätten wir schon genossen. Nietzsche habe sich damit gequält, vor ihm sei der Jesuitenpater Teilhard von Chardin davon erschüttert worden, und selbst Marx habe eingestanden, der Mensch existiere nur noch als Geschichte. Auch die letzten Vertreter und Verteidiger mosaischer Offenbarung verschanzten sich zwar in den exakten Wissenschaften, doch auch sie fielen immer mehr Paradoxien anheim und flüchteten sich zum Teil in asiatische Religionen, die eine Wiedergeburt lehrten, damit der Kreis sich nochmal schließen lasse. Möglich sei zudem, daß wir uns selber amputierten, die Evolution unterbrächen, was nicht allgemeine Vernichtung aller Lebewesen bedeute, denn wir verhielten uns fortwährend kindlich zwiespältig und vernunftswidrig, eben aus Angst vor der anderen, der neuen, für uns demnach schrecklichen Gestalt, da sie völlig unbekannt sei. Insofern hätten wir allein als Kämpfende ein Recht auf Existenz.
Die Frauen interessierten Maisstrebs Zweifel und Befürchtungen wenig, nicht aus Gedankenlosigkeit, sie gaben in ihrer Bewegung, Haltung und Zugehörigkeit eher zu verstehen, daß solche Fragen für sie entschieden waren, vielleicht schon vor Jahrtausenden, während die Männer sich wie Verteidiger aufrichteten; wir Sinnversilberer, Totengräber und Mehrzweckbauern.
Angela wünschte, Brigitta Ludmilla solle wieder in ihre Lederhosen schlüpfen. Sicher störte Angela nicht die ostentative Nacktheit der hageren Landschaftsarchitektin, sondern deren lange, schwarze Beinkleider hatten es ihr angetan. David fing Fliegen, schüttelte sie in der hohlen Faust und versuchte, sie Katharina, der Katze von Priamus, zu füttern.
»Kollegen und Kolleginnen«, sagte Brandstetter. »Jahre habe

ich auf diesen Augenblick gewartet. Es ist, als seien Sternschnuppen zu Gast. Viele haben sich eingesetzt, wenige konnten sich durchschlagen. Unser Aufenthalt wird noch dauern, doch die Problematik, wer wir sind, hat sich einseitig geklärt. Da wir nichts besitzen außer Duldsamkeit und Willen zum Sparsinn, stellt sich die Frage nach der Macht. Wenn wir sie besäßen, könnten wir Güter und Inhalte anders verteilen und dadurch allmählich mehr Übersicht gewinnen.«

Aus der geräumigen Brustfurche der Ordensmutter spähte der Iltis, der sich in seiner Herberge vielleicht Wunden geleckt hatte, und rieb sich mit den Pfoten die Augen, als mißtraue er diesmal seiner angeborenen Neugierde.

Julian Freiherr Polio von Pregnitz, der Führer und Trinker aus der aufblasbaren Halle, der leider nicht anwesend war, hätte sich verächtlich abgewandt. Für eine Person seiner Herkunft beinhaltete Begehren nach Dasein und Vielfalt nur noch Ekel.

Doch Joachim von Seltmans sagte, er verstehe uns. Wer in Landhäusern mit Ahnenbildern in den Zimmern und mit einer dreisprachigen Gouvernante aufgewachsen sei, fast ohne Anstrengungen beste Schulung erhalten habe, fühle sich gedemütigt.

»Falsch«, entgegnete Brandstetter. »Schuldbewußt arm gewordene Reiche können wir nicht brauchen. Von ihren Vorteilen lernen wir gern. Es wäre dumm, sich nicht anzueignen, was schon vorhanden ist. Wir müssen leichter werden, bedenkenloser, wie sie einst!

Gudrun Annemarie fragte, ob sie zurückkehren, Rotkreuzschwester oder Buchbinderin werden solle?

Inzwischen hatten die Frauen, alte, jüngere und die beiden mit den in der erwärmten Pfütze gebadeten Säuglingen, ihre Rucksäcke, Koffer und verschnürten Kartons zu Schlafkojen zusammengestellt. Die vom Platzregen gelöschten Kerzen brannten wieder, desgleichen die Rapsöl- und Petroleumlämpchen. Die Zwillinge Rettenmeyer waren aus ihrem aluminiumverkleideten Winkel nicht gewichen.

Brandstetter glitt erschöpft von seinem Platz und sagte noch, daß er sich glücklich fühle und der Verschiedenheit recht gebe, ohne sie kämen wir nicht aus. Wir seien erst das Zaumzeug, nicht die Entwicklung selbst. Unsere Zaghaftigkeit, unser Geprügeltsein, unser Fleiß und unsere durch viele Strafen erworbene List und Tücke werde sich später als Kraft und Mut erweisen, wie ein Schlüssel unter dem Teppich, wie ein Uhu im Gebälk, wie der Ausgang des Darms, wie der Schatten des Wegwarts in der Sonne, wie die Brille vor dem Gesicht, wie die Ameise beim Anblick eines Turms, wie das Fädchen in der Öse, wie eine Blume noch ohne Blätter, wie das Glas, wie . . . Er begann zu weinen.
Angela und David deckten ihn mit einer Schürze von dem Altar zu und steckten ihm gewachste Wattebäusche, die sie irgendwo ergattert hatten, behutsam eingedreht in die Ohren. Dann holten sie Kopfkissen und blendend weiße Federpfühle aus einer Kiste, umarmten sich und spuckten sich gegenseitig noch einmal liebevoll ins Gesicht.
Walbaum sagte zu mir, »nun komm«.
Und Seltmans murmelte trotzig im Schlaf, er bringe seinen Eisschrank auch ohne mich aus dem Wasserloch.
Baldur Kaspar Priamus klappte die Bockleiter zusammen und meinte, er kehre zu den Gezeitenkurven von Ullapool auf den Monitoren zurück.
Der Hunza-Bauer und Nelson der Taucher blieben verschwunden, als verachteten sie unseren Aufwand.
Yüksel Aslan und Lillit Everett, Lieselotte-wo-ist-die-Tür und die Ordensmutter bemühten sich, ein rosarotes Fladenbrot oder eine Pizza auf einem heißen Blech zu backen und gerieten darüber in lauten Streit.
Hilde Vanderlaub und Gudrun Annemarie Zach hefteten sich Botschaften an die Haut, würden gleich zu Läuferinnen werden. Ich fürchtete, daß wir endgültig Abschied nehmen mußten. Jemand öffnete schon die niedere Kapellentür.
Um Akropolis hatte sich niemand mehr gekümmert. Sie war ein wenig zur Seite gerutscht, immer noch lächelnd, doch

Verklärung und befreite Haltung erhärteten sich allmählich. Es würde nicht mehr lang dauern, bis sie zu erstarren anfing, in ein Grab gebettet oder einbalsamiert.
Wir gingen, die Starkstrommädchen und Monteure aus dem Gemälde des Museums am Fluß.
Als sie mich noch einmal fragten, ob ich tatsächlich mitkommen wolle, gestand ich, daß ich Erholung nötig hätte.
In Morgenthau, auch nach allerlei Erweckungsplagen, gab es kein Ziel ohne Marsch durch viel Bewuchs und über geisterhaft geordnete Steinbrocken. Wir sangen das Lied von der »Schlange, Schlange«, da uns keine Glühwürmchen leuchteten, und stolperten über Wurzeln, Schieferstufen, ab und zu auch liegengebliebene Kanister und verbeulte Fässer, die beim Aufbau des Schutzgebiets rücksichtslos vergessen worden waren.
Gegen Morgen, bevor wir zu dem sagenhaften Demokratieloch in der Mitte des dritten Verstecks gelangten, und die noch nicht aufgegangene Sonne mit ihren ersten Strahlen über den Rand des rückwärtigen Horizonts tastete, hörten wir Trampeln und Schnauben.
Über die Kämme der Hügel stob eine Herde von großartig verwilderten Schweinen. Voran, wie ich zu sehen glaubte, galoppierte Alma, die schon in meiner Heimat redebegabte Hybridsau mit regelwidrigen achtzehn oder neunzehn Rippen, für die Fleischer, wegen des verlängerten Gewichts ohne Speck, verlockende Züchtungsprämien bezahlt hätten, aber ich war mir gewiß, daß sich Errungenschaften Morgenthau's nur mit Schwierigkeiten in die gierige Zivilisation verpflanzen ließen.
Die Starkstrommädchen, Monteure und Walbaum stiegen in einem verrotteten Kohle- und Eisenerzschuppen Hunderte von Metern in die Tiefe. Dunst und Wärme nahmen zu, als hätte es nie klimatisierende Exhaustoren gegeben. Ein paar vergessene Grubenlampen leuchteten, und von eingeknickten Stempeln und den morschen Balken an der Decke tropfte glimmendes Sickerwasser.

Unten in dem Schacht, in einer betonierten Ebene, setzten wir uns in einem vielgliedrig engen Zug einzeln hintereinander in dunkelblaue Plüschsessel, vor denen auf Speisebrettchen sich Salz- und Pfefferstreuer, versiegelte Plätzchen, Tomatenfläschchen, Zahnstocher und mehrsprachige Formblätter befanden.

Die Fahrt begann stufenlos beschleunigt ohne ein Geräusch, Gang- und Toilettenlichter erloschen. In die bequemen Sitze gepreßt jagten wir unter der Erde durch einen Tunnel davon, hinüber in den nächsten Teil unseres komplizierten Landes, das abgekürzt, als schere es sich kaum um seine Anwesenheit, nur DDR hieß.

Lieferbare Titel von Günter Herburger

Die Augen der Kämpfer
Roman. Leinen. DM 36,–

Die Augen der Kämpfer. Zweite Reise
Roman. Gebunden. DM 42,–

Birne
Die schönsten Geschichten aus Birne kann alles, Birne kann noch mehr, Birne brennt durch
Mit Zeichnungen von Daniel Herburger.
Auswahl und Nachwort von Klaus Roehler.
Gebunden. DM 19,80

Capri
Die Geschichte eines Diebs. Leinen. DM 24,–

Das Flackern des Feuers im Land
Beschreibungen. Broschiert. DM 24,–

Das Lager
Ausgewählte Gedichte 1966 - 1983.
Sammlung Luchterhand Band 525. DM 14,80

Makadam
Gedichte. Broschiert. DM 17,80

Blick aus dem Paradies / Thuja
Zwei Spiele eines Themas. Broschiert. DM 17,80

Luchterhand

Lars Gustafsson

»Soviel Witz bei soviel Trauer und Melancholie, soviel Poesie bei soviel wacher Intelligenz, soviel Phantasie bei genauer Realitätsbezogenheit schaffen ein nicht alltägliches Lesevergnügen. Lars Gustafsson ist Poet, Essayist, Philosoph und schreibt eine präzise Prosa, die noch die ungewöhnlichsten Geschehnisse in ein helles klares Licht taucht.«
Frankfurter Allgemeine Zeitung

Eine Insel in der Nähe von Magora
Gesammelte Erzählungen und Gedichte
Band 1401

Herr Gustafsson persönlich
Roman. Band 1559

Sigismund
Aus den Erinnerungen
eines polnischen Barockfürsten.
Roman. Band 2092

Der Tod eines Bienenzüchters
Roman. Band 2106

Sprache und Lüge
Drei sprachphilosophische Extremisten
Friedrich Nietzsche,
Alexander Bryan Johnson, Fritz Mauthner
Band 5405

Fischer Taschenbuch Verlag

fi 159/1

Gerhard Roth

Circus Saluti
Erzählung
Collection S. Fischer Band 2321

Der große Horizont
Fischer Taschenbuch Band 2082

Schöne Bilder beim Trabrennen
Fischer Taschenbuch Band 5400

DER STILLE OZEAN
Roman. 247 S. Ln.
(auch als Fischer Taschenbuch Band 5413 lieferbar)

die autobiographie des albert einstein
Kurzromane
Fischer Taschenbuch Band 5070

Menschen Bilder Marionetten
Prosa, Kurzromane, Stücke
453 S. Ln.

Ein neuer Morgen
Roman. 161 S. Ln.
(auch als Fischer Taschenbuch Band 2107 lieferbar)

Winterreise
Roman. 192 S. Ln.
(auch als Fischer Taschenbuch Band 2094 lieferbar)

Landläufiger Tod
Roman. 795 S. Ln.

Dorfchronik zum »Landläufigen Tod«
Collection S. Fischer Band 2340

S. Fischer
Fischer Taschenbuch Verlag

fi 131/3

Klaus Schlesinger

Klaus Schlesinger wurde 1937 in Berlin geboren. Nach einer Ausbildung zum Chemielaboranten und Studium an einer Ingenieurschule lebt er heute als Journalist und Schriftsteller in Ost-Berlin. Er hat Erzählungen, Reportagen, Hörspiele und Filmszenarien geschrieben. Im Juni 1979 wurde Klaus Schlesinger zusammen mit acht anderen Autoren wegen kritischer Äußerungen zur DDR-Kulturpolitik aus dem Schriftstellerverband der DDR ausgeschlossen.

Alte Filme
Eine Berliner Geschichte
124 Seiten. Leinen
Fischer Taschenbuch Band 2091

Berliner Traum
Fünf Geschichten
172 Seiten. Leinen
Fischer Taschenbuch Band 2101

Leben im Winter
Erzählung
126 Seiten. Geb.

Matulla und Busch
Fischer Taschenbuch Band 2337

Michael
Roman
Fischer Taschenbuch Band 5409

S. Fischer
Fischer Taschenbuch Verlag

fi 130/2

Gerold Späth

Commedia
443 Seiten. Leinen. Ausgezeichnet
mit dem ersten Alfred-Döblin-Preis
Fischer Taschenbuch Band 5411

Balzapf oder Als ich auftauchte
Roman. 439 Seiten. Leinen
Fischer Taschenbuch Band 5428

Die heile Hölle
Roman
Fischer Taschenbuch Band 5063

Heißer Sonntag
Roman
Fischer Taschenbuch Band 5076

Sacramento
Neun Geschichten. 141 Seiten. Leinen

Stimmgänge
Roman
Fischer Taschenbuch Band 2175

Unschlecht
Roman
Fischer Taschenbuch Band 2078

Sindbadland
292 Seiten. Leinen

S. Fischer
Fischer Taschenbuch Verlag

fi 125/3